鮑鵬山印

商務印書館上海分館

中国人的心灵

三千年理智与情感

鲍鹏山 著

商务印书馆
创于1897 The Commercial Press

图书在版编目（CIP）数据

中国人的心灵：三千年理智与情感 / 鲍鹏山著. —
北京：商务印书馆，2018（2025.10重印）
ISBN 978 - 7 - 100 - 16037 - 7

Ⅰ. ①中…　Ⅱ. ①鲍…　Ⅲ. ①中国文学 — 文学史　Ⅳ. ①I209

中国版本图书馆 CIP 数据核字（2018）第073045号

中 国 人 的 心 灵

三千年理智与情感

鲍鹏山　著

商 务 印 书 馆 出 版
（北京王府井大街36号　邮政编码 100710）
商 务 印 书 馆 发 行
徐州绪权印刷有限公司印刷
ISBN 978 - 7 - 100 - 16037 - 7

2018年6月第1版　　开本 640×960　1/16
2025年10月第12次印刷　　印张 31

定价：92.00元

鲍鹏山，上海市文史研究馆馆员，中国孔子基金会学术委员会委员，团中央国学之声教育联盟副主席。央视《百家讲坛》《典籍里的中国》、上海电视台《东方大讲坛》、上海教育电视台《世纪大讲坛》、山东卫视《新杏坛》等栏目的主讲嘉宾。浦江学堂、花时间读书社、学商书院创办人。出版有《寂寞圣哲》、《中国人的心灵——三千年理智与情感》、《风流去》、《孔子传》、“水浒系列”（《鲍鹏山品水浒》《鲍鹏山新批水浒传》《江湖不远》）、“孔子三来”（《孔子如来》《孔子归来》《孔子原来》）、“经典导读系列”（《〈论语〉导读》《〈道德经〉导读》《〈大学〉〈中庸〉导读》《〈孟子〉开讲》）等著作三十多部。《光明日报》、《中国周刊》、《美文》、《寻根》、《走进孔子》、《中学生阅读》（高中版）等多家杂志的专栏作者。作品被选入多种文集及人民教育出版社的全国统编高中语文教材。2016年被评为“感动上海”年度十大人物。

文徵明《关山积雪图》(局部)

目 录

一个民族的情怀

《诗经》对我们而言，是一个谜，它有着太多的秘密没有被我们揭开。可是，它实在是太美了，使我们在殚精竭虑、不胜疲惫地解谜失败之后，仍然对它恋恋不舍。《诗经》是我们民族最美丽、最缥缈的传说，可它离我们那么近，“诗云”与“子曰”并称，在相当长的历史时期内几乎成为我们日常生活中的圣经，左右着我们的思维与判断，甚至我们表情达意的方式都蒙它赐予——所谓“赋诗言志”。但它又总是与我们保持着距离——此曲只应天上有，人间哪得几回闻？我们已经对“子曰”完全历史化，孔子其人其事已经凿凿可信，铭刻在历史之柱上，而作为“诗云”的《诗经》，却一直不肯降为历史——虽然我们也曾认定它与其他经典一样，是史，但那只是我们的一厢情愿。它本来就不是描述“事实”，而是表达“愿望”，如果说它是我们的心灵史，那倒很准确。其实，文学史就是心灵史。《诗经》确是反映了周代广阔的社会生活，堪称周代社会的一面镜子，我们也因此为它冠以“现实主义”之名。但它真正的价值是，它表达了那个时代的痛与爱，愤怒与柔情，遗憾与追求……直到今天，我们仍然在痛苦着他们的痛苦，追求着他们的追求。它永远是鲜活的生活之树，而不是灰色的理论与道德教条。虽然，从孔子及其门徒开始，我们就在竭力把它道德化；至少从汉代开始，我们就一直在把它学术化，但它永远是诗，是艺术，是感性的、美丽的，是作用于我们的心灵与情感并一直在感动我们而不是教训我们的。是的，它应该是，也一直是大众的至爱，是我们心灵的寄托与表达。

一个问题是:《诗经》本来就是诗。为什么成了“经”?

从政治伦理的角度去解释，当然可以予以说明。但问题在于，为什么远在汉代，我们就把这样一部基本用四言韵文形式写成的、以抒情为主的、收录自那么广博的时空中的个性化的创作，与那些朝廷文诰、圣贤语录、哲学和史学著作，一同列为国家的经典?

从创作论上说,《诗经》是“历史真实”的产物，也就是说，收集在这本古老经典中的三百零五首诗，都应该有一个创作背景，都是在特定历史事实的触发下创造出来的。

但是，它终究是诗，而不是历史。它们是经过心灵过滤的。它表达的不是历史真实，而是创作者的“心理真实”。它是情绪，是情怀，是喜怒哀乐，而且，和我们心心相印、息息相通。对了，正是在这一点上,《诗经》终于成了“经”：它是个性的，却也是共性的；它是几千年前的某一些人在特定环境下的独特体会，却也是几千年来直至今天我们所有人的共同感受……它是我们共同道德观的经典表达，是我们共同政治观的经典表达，还是我们共同人生体验的经典表达。一句话，它既是我们民族价值观的经典表达，也是我们民族博大情怀的经典表达。

因此，我们不从学术的角度，不从经学家的角度，我们从情感的角度去看《诗经》，最后，我们会发现，它仍然是“经”!

是爱情之经，是亲情之经，是友情之经，是同情之经，是爱恨情仇之经，是喜怒哀乐之经。

还有更多的具体的问题纠缠着我们。这些美丽的诗篇从何而来？什么人创造了它们？什么人收集了它们？又是哪些人在几百年青灯古卷旁守护它们、琢磨它们，最后把它们聚拢成册，成为一本凝聚民族情怀的美丽经典？

什么是风、雅、颂？什么是赋、比、兴？这些至今仍活在我们的书面与心头的历久弥新的语汇，有着什么样的古老奥义？体现着我们民族的哪些思维特征？

当这本美丽的大书被编纂成册之后，它如何成为一个民族的核心记忆？一个民族是如何喜爱它，珍视它，代代传诵它，研读它，以此形成自己的文学传统，并从中找到自己的精神力量？

是的，《诗经》与我们的距离主要体现在我们对它的无知上。事实上，我们无论是对《诗经》本身及其中具体诗篇的解释，还是对《诗经》的编辑成书、分类标准和意图，以及它所呈现出的艺术独特风采，都莫衷一是。莫衷一是的事实表明我们都只是在臆测、在推断，而不是在证明与发现。是的，我可以稍微武断一点说，有关《诗经》的现有"学术成果"，大多数是出于推断与猜测。对《诗经》中的很多问题，我们都各持不同见解而互不相能。即便有些问题看来已经被"公认"，但那也正是全体的无能为力——是全体的无能，从而无力提出更有说服力的结论，便只好就这么得过且过，大家一齐装糊涂，往前挨日子。我举几个例子。

正如大凡神圣人物总有一个神秘出身一样，《诗经》的出身也颇扑朔迷离。关于《诗经》的搜集、编辑，它既是辑录从西周初年至春秋中叶五百年左右的诗歌，至少其中的十五国风产生的空间范围又大得惊人——黄河流域、江汉流域及汝水一带全在其中，那么，如此漫长的时间和如此辽阔的空间，是什么人，用什么样的方式把这些不同时间、不同地点产生的诗歌收集到一起的？为了解答这个问题，便有了"采诗说”和“献诗说”。班固的《汉书·食货志》，何休的《公羊传》注，都有“采诗”之说，且都说得极有诗意：

> 孟春之月，群居者将散，行人振木铎徇于路以采诗。献之太师，比其音律，以闻于天子。(《汉书·食货志》)

> 五谷毕入，民皆居宅，……男女同巷，相从夜绩。……从十月尽正月止，男女有所怨恨，相从而歌，饥者歌其食，劳者歌其事。男年六十，女年五十无子者，官衣食之，使之民间求诗，乡移于邑，邑移于国，国以闻于天子。故王者不出牖户，尽知天下所苦，不下堂而知四方。(《公羊传》何休注)

但仔细推敲他们的说法，却并无任何历史根据，司马迁就没有这种说法，大量记载《诗经》的引用的《左传》中也无这种说法。但我们却又无力驳斥班固和何休，因为他们的说法虽然只是一个缺乏证据的推断，却是一个合理的推断。在那样一个前提之下——时间五百多年，空间辽阔浩渺——那么，《诗经》之结集，必有这么一个过程。更重要的是，否定了这个说法之后，我们并不能提供一个更合理的说法。

与“国风”来自“采诗”的说法相配合的，便是大、小雅的来自“公卿至于列士”的“献诗”。这种说法也只是《国语·周语》中“召公谏厉王”一段中的一个孤证，且这“公卿至于列士献诗”之“诗”，是否为公卿列士们的自作，也成问题。况且，就《诗经》中大、小雅部分来看，一些尖锐的讽刺之作，像《小雅·十月之交》中对皇父等七个用事大臣点名揭批，大约也不是“献诗”的好材料。更有一些诗，据说是写于周厉王时候，如《大雅·板》《大雅·荡》《大雅·桑柔》；在厉王以杀人来弭谤的时候，这样的诗，大约也不好献上去。

《诗经》的搜集固是一个问题，然而集中起来的诗，要把它按一定的规则编排成书，也需要有这么一个人——哪怕这个工作历经多人之手。那又是哪些人？最后毕其功的人物是谁？司马迁说此人是孔子，这当然是最好的人选，但司马迁并没说明他这么说的证据。这个说法也受到后人的质疑。

就《诗经》本身看，它的作者到底是些什么样的人，是一个更大的问题，但学术界已不把它当作问题，大家一致得过且过了。但这确实是一个没有解决的问题。抗战之前，朱东润先生在武汉大学的《文哲季刊》上发表《国风出于民间论质疑》等四篇文章，对“国风”是民歌的说法提出理据充分的质疑，却不见有什么反响。1981年朱先生又把这四篇文章和写于1946年的另一篇文章结集重新印发，以《诗三百篇探故》的书名由上海古籍出版社出版，但仍没见什么回应。我私下认为朱先生一定颇寂寞，他提出了一个问题，却没有人来与他讨论；他扔出了白手套，却没有人拾起来。换一个时地，他再扔一次，仍然没有人应战。这种尴尬其实很好理解：大家都不愿再惹事，得过且过。因为这事惹不起，大家都一齐躲起来了。

但另一方面，上述种种学术上的疑问并没有在多大程度上影响我们对《诗经》的欣赏和喜爱。正如一位绝世佳人，她吸引我们的，是她的美丽和风韵，而不是她的身份、背景。我们爱她，只因倾倒于她的风韵和美丽，却并不是因为了解到了她的出身，也不一定是“学术”地探究到了她美之为美的原因——事实上，正如苏格拉底早就警告过的，“学术”在“美”这样的问题上是无能为力的。正如除非我们的联姻是为了政治、经济等利益考虑，我们爱一位美丽的女子并不一定看她的门第和背景。纯洁的爱情是没有背景的，真正的文学欣赏也可能正是没有学术的。我们是否被感动、被感染，是文学欣赏是否发生的唯一标准，而我们是否还能被感动，或被感染，正是我们是否具有欣赏能力的重要标志。正如一个人对他所追求的绝世佳人身世背景的过分关注会让我们怀疑他的真正用心一样，过分学术化的文学研究，也让我们怀疑他是否有“爱”文学的能力，甚至是否真的爱文学，还是仅仅因为这种“学术研究”能给他带来世俗的好处。

《诗经》三百零五首诗中的每一首诗，都是特定人物在特定情境下特定情怀的表现，是一个人的情感。但它感动了我们，感染了我们，让我们感怀万端。因此，它也成了我们全体的情感。

据《世说新语·文学》的记载，那个东晋名相谢安，曾问谢家的子弟们:《诗经》中何句最佳？他的侄子，后来淝水之战的主帅谢玄答道：“昔我往矣，杨柳依依。今我来思，雨雪霏霏。”这是《小雅·采薇》末章的几句。这几句确实很美，但如果谢太傅问我:《诗经》中哪一篇最美？我一定回答说:《陈风·月出》——

月出皎兮。佼人僚兮。舒窈纠兮。劳心悄兮。
月出皓兮。佼人懰兮。舒忧受兮。劳心慅兮。
月出照兮。佼人燎兮。舒夭绍兮。劳心惨兮。
（月亮出来明晃晃啊，那个美人真漂亮啊。
步履款款身苗条啊，我的心儿扑扑跳啊。）

我们可能只是无意中向窗外的月夜一瞥，却看见了如此美丽的一幕。美是一种没有峭壁的高度，她不压迫我们，但仍让我们仰望；她温暖、柔和，并不刺戳我们，但我们仍然受伤；她如此接近我们，却又如此远离我们，如此垂顾我们，却又如此弃绝我们。这个美丽的女子，她只是月夜的一部分，或者说，月夜是她的一部分，她与月已经构成了圆满，我们已无缘得预其间。但她如皎月泻辉般辐射出来的美，还是灼伤了我们的心；对这澄澈圆融的境界，我们能介入其中的——不，能奉献与之的，也只是这颗怦然而动的心……

明月，美人，和我们的心，是这首诗的三个主要意象；一首诗，竟有如此的大圆满。要知道，自然、美人和我们：天堂也只要这三个元素就够了。

《诗经》三百零五首，美丽的诗篇触目皆是，我只是举了个例子。《诗经》毕竟是“诗”，我们要把它当“诗”来读。只有这样，才能挽救被过度学术化弄得面目可憎的古代诗歌的清誉。

历史何以成为散文（上）

我们把先秦记录历史大事，王朝政治，重要人物的行为、语言、思想、事迹及各诸侯国之间纠纷缠斗的政治、军事、外交诸多事件的著作，称为历史著作；因为它们同时具有较高的文学价值，我们又称之为历史散文。从记言的《尚书》到记事的《春秋》，从所谓“春秋三传”、《国语》到《战国策》，在先秦，史官随时笔录的枯燥的政府档案经过几个杰出人物的如椽巨笔，终于定格为彪炳千秋的史册，这些史学著作不仅是那个时代的史的记录，而且是那个时代哲学思想和文学成就的反映。其丰富的文化含量使其成为中国传统文化的基本元典，成为历代学子的必读书目。

《尚书》的“佶屈聱牙”我们可以放过，但孔子的《春秋》却有费点口舌的价值。“春”与“秋”为一年四季中的二季，春种秋收，春生秋杀，春秋代序为一个周期、一年，所以，“春秋”合称就是指时间的运转。古代史最初的体例是编年的（按时间顺序依年编纂），故以“春秋”作为史著的通称。而《春秋》则特指据说是孔子根据鲁国史料编纂而成的一部编年体史书。该书记事从鲁隐公元年（前722）至鲁哀公十四年（前481），共二百四十二年，此间的各国大事，都简要记录在其中了。

但这部记录二百四十二年间大事的史书，文字却仅有一万六千多字。二百多年各诸侯国大事，其间纠结缠绕，勾心斗角，因果相连，人事相搅，多少复杂繁难，以一万六千余字当之，定须简洁而谨严，要言而不烦，一以当十。这就形成了《春秋》的“微言大义”。微言者，言语简洁而精省也；大义者，内涵丰富且包孕着主观倾向性也。这对事、对人之“主观倾向性”褒贬，又往往是暗示而非明宣的，此所谓“春秋笔法”。《孟子·滕文公下》：“世衰道微，邪说暴行有作，臣弑其君者有之，子弑其父者有之；孔子惧，作《春秋》。”显然，孔子作《春秋》不仅为客观记叙史事，为后人索隐，更为表达自己的政治道德观点，并以之矫正世道人心，故《春秋》微言之中，有褒贬在焉。所以，“孔子作《春秋》而乱臣贼子惧”。

但用一万六千余字写二百四十二年历史，可以想见其疏略简陋，这不是语言的锤炼所能避免的。所以，实际上，《春秋》并不能真正完成对春秋时期的历史记录，它只是一部“历史提纲”。王安石更直接批评它是“断烂朝报”。从叙述事实角度看，它实际上没有叙事，因为它没有“叙”，只有“记”，它只记录事件的孤零零的结果，而无起因、发生、发展之过程，更遑论其间的诸种因素的交互影响，包括各类人物的不同作用。就对事件的评论看，它亦没有论事，因为它没有“论”，只是过分依赖、迷信语言的多义性、丰富性，滥用其模糊性，在能指和所指之间增加无约束甚至无规则的随意联系，这给我们真正理解作者的思想倾向增加了难度。如“王正月”之“王”，在与“正月”连用时增加了它所指的义项，使之具有“尊王”的意味，就有些勉强。再如同为弑君，有的记为“人”（如文公十六年：宋人弑其君杵臼），有的则无此“人”（如成公十八年：晋弑其君州蒲。文公十八年：莒弑其君庶其）。

有“人”者表示“少数人”，被弑之君罪不该死，而这“少数人”倒有弑君之罪；无“人”者表示“举国共杀之”，君乃罪有应得。这样费琢磨，也不够明确。至于某些为尊亲者讳的用词，更值得商榷。如“践土之盟”时，晋文公为盟主，召集诸侯大会，也通知周天子到会，主弱臣强，天子竟被诸侯呼来唤去，形同被挟，实为周天子一大耻辱。但孔子记曰“天王狩于河阳”，用一“狩”字，为之遮丑，这样做，能否起到“尊王”的作用，还很难说，而这种做法，遮盖了历史真相，倒是真的。实为史家所不宜取也。

《春秋》既有这些叙事和论事上的不足和缺点，就须有人对之做阐释。被后人称为“春秋三传”的《左传》《公羊传》《穀梁传》就是传释《春秋》的著作。

这三部著作中，《穀梁传》(鲁人穀梁赤作)、《公羊传》(齐人公羊高作)乃是阐释《春秋》的微言大义的，是弥补《春秋》“论事”之不足，对《春秋》的“微言”做深文周纳的注释和阐释，有时不免穿凿附会。这两部著作实际上已不再是史学著作，而是政治学、伦理学著作。而《左传》则补《春秋》“叙事”之不足，史料既丰富多彩，格局又规模宏大(十九余万字)，史学价值与文学价值都堪称一流。

《左传》原称《春秋左氏传》，若标点为《〈春秋〉左氏传》，可明白地看出它与《春秋》的关系：它是以《春秋》一万六千余字为经、为纲，而以自己为传、为目，补叙其历史原委的著作。当然，两者之间也不能做到事事对应，《春秋》中的有些经文《左传》并未注解；《春秋》中没有记载的事件，《左传》却也有补写。所以，也有人据此认为《左传》是独立著作，与《春秋》无关。如宋人黄震《黄氏日钞》卷三十一就说：“《左氏》虽依经作传，实则自为一书。甚至全年不及经文一字者有之，焉在其为释经哉?”但即便如此，《左传》“依经作传”的事实却是大家都承认的，而且左氏对历史事件、历史人物的评价，在政治立场、伦理倡导等价值取舍方面也与《春秋》基本一致。至于在作传过程中，对历史事件的记录，左氏自己有所取舍，甚至在事实材料的基础上，有些自己的见解，也未尝不可。左氏于为经作传之时，渐生自创一体的雄心，也在情理之中。

《左传》的作者，司马迁和班固都认为是鲁太史左丘明，但唐代以后，即有人对此说法提出怀疑。我们可以笼统地说，这部著作成书于战国初年，其作者已不可确考。

《春秋》是编年体的断代史，依经作传的《左传》当然也是此种体例。它的记事上起鲁隐公元年（前722），下迄鲁哀公二十七年（前468），比《春秋》多了十三年，共二百五十五年。另外，《左传》最后还有一节附记，署曰“悼之四年”，但所叙事迹至韩、魏灭智伯，已是鲁悼公十四年（前454）左右的事。所以也可以说《左传》记事下迄鲁悼公十四年。《左传》不是专史，但凡此二百六十多年间，各诸侯国的政治、经济、军事、外交、文化、风俗、人物诸多状况，在《左传》中皆有生动而具体的反映。要了解此间的历史，《左传》是最翔实、可信的材料。

由于《左传》是在“叙事”上下功夫，这就使它有可能在叙事、写人及语言诸方面达到相当高的水准，取得与之相关的文学成就。事实上，《左传》在中国古代文化典籍中，不仅是以其巨大的史学成就为人重视，也因为其巨大的文学成就对后来的文学史产生巨大影响，从而为历代所推崇。

如果说《春秋》是对历史事件“结果”的记录，并用谨慎选用词语的方法含蓄地表达对历史事件的评价，那么，《左传》则是对历史事件“过程”的记叙，并在记叙过程中“于叙事中寓褒贬”。一个值得我们注意的、有趣的现象是，相较于《左传》对历史事件过程的生动、翔实的记叙而言，其对历史事件结果的记录反而显得草草——事实上，由于对历史事件过程的叙述已足够充分，对事件原因、发生、发展过程的描述已足够细致具体，其“结果”往往已是不言而喻——不需要太多的“言”即可“喻”之于读者。很显然，相较于《春秋》对历史事件结果的过分重视，《左传》的作者更关注对历史事件“原因”的探究。这种对“因果”的追寻，可以说是深入到了史学的本质。也就是说，《春秋》可以说是档案（历史事实的堆积），而《左传》则不仅是“史”（历史事实的堆积），而且是“学”（对历史的研究）。《左传》作者对历史“因果”的关注与追寻，使得史学真正成为科学。由此观之，《左传》作者在对史学的理解上，对史官（家）职责和素质的理解上，远超孔子，而《左传》的史学价值也远远超过《春秋》。

而且，由于《左传》热心于对历史刨根究底，热心于对历史事实做细致的观察并记录在案，这又出乎意料地使《左传》具有了极高的文学价值。其文学价值主要体现在它叙事的成就上。它善于叙事，精于剪裁，详略得当，而且细节描写也大放异彩。在细节描写中，作者刻画了人物的性格，洞悉了事件发展的隐微动机。其对战争描写的擅长及取得的成就，更是历来为人称道。我们前面说到了，《左传》更关注对历史事件的“因果”的追寻，所以，它写战争，并不把重点放在战争结果上，而是把关注点放在战争的背景、起因，交战各方战前的准备、政治、经济状况、人心向背、兵力部署、外交情况、将帅的性格与士兵的士气、战略战术的运用等等。围绕这些问题，作者把大量的历史事实网罗了进来并组织起来（这也就实现了对历史的记录）。而组织这些材料，并委婉周详、生动活泼地加以叙述，使之有跌宕起伏的情节、错综复杂的矛盾、张弛有致的节奏、突出明确的中心，兼之谨严而巧妙的结构、清晰而相扣的层次，《左传》的叙事艺术也就自然地凸显出来。

与叙事艺术紧密相关，《左传》在写人的艺术上也取得了很高的成就。显然作者认识到了，作为历史主体的人——尤其是当事人，其品性、人格、性情、修养、见识等等，对历史事件的发展起着重要的导向作用。所以，《左传》写人，也是为了“叙事”，为了更好地叙事，更好地说明事件发生、发展的原因。

《左传》写人的方法，约略有四。一是通过人物的语言和行动来表现人物的性格。实际上，“说什么”和“做什么”是一个人性格的主要表现。二是把人物放在矛盾冲突之中，通过描写人物如何应对矛盾冲突，以其在矛盾冲突中的行为、思想、心理来展现人物性格。“如何做”“如何说”——也即“方式”的选择，是人物性格的又一突出表现。三是通过对比手法来衬托人物性格，把不同人物的不同性格对比着写，从而使各自性格特征在对比衬托中更加明显。四是细节描写，它可以使我们对人物性格有更深入、更细致、更深刻、更近距离的了解。

《左传》叙事、写人之成就，可以举隐公元年“郑伯克段于鄢”为例说明。《春秋》在此年月下只一句：“夏，五月，郑伯克段于鄢。”只是把事件中的“结果”系于年、月，而整个事件的过程及起因、发展则付诸阙如。《左传》则以一“初”字领起追述，一下子就把事件起因追溯至四十年前（按：郑武公娶于申在武公十年［前761］，武公十四年［前757］庄公“寤生”，武公十七年［前754］生共叔段，公元前743年庄公即位，公元前722年，即隐公元年，庄公克段于鄢。此据司马迁《史记·十二诸侯年表》及杨伯峻《春秋左传注》），而三十六年前庄公出生时的“寤生”（难产），乃是这一件历史大事的近乎微不足道的“因”，真令人感慨！不仅统治者内部所谓的神圣伦常之爱被撕下了面具，甚至历史理性也会因此受到怀疑。

就叙事言，《春秋》中的“郑伯克段于鄢”六个字，到了《左传》，就变成了七百多字的大文章：事件的起因、发生、发展，情节曲折而生动，具体而翔实；人物性格鲜明而突出。其写情节，自“庄公寤生”引起姜氏厌恶起，接叙姜氏“欲立”共叔段，为之请制，请京，收贰，完聚，将袭郑，庄公伐京，段出奔共，颍考叔献计，庄公母子隧而相见……环环相扣，层次清晰。故事的展开，矛盾的发展，人物的出场，都有条而不紊。其写人，则姜氏之偏执自私、乖戾狭隘，共叔段之飞扬跋扈、有恃无恐、无知愚蠢而野心勃勃，都在情节展开中自然地显示出来。尤其是郑庄公，其行事之周密，用心之险恶，处心积虑而不动声色，欲擒故纵而貌似忠厚，果断斩决而善待机会，深谋远虑而委曲求全，在其行事及语言中得到了淋漓尽致的表现。令人发粲的是整个事件结束后的最后一句“遂为母子如初”，一个“初”字，照应了全文开头的“初”，也让我们自然想到：这对母子，他们之间的“初”是什么样子呢？“如初”不过也仍然是内怀怨毒、尔虞我诈、互相拆台罢了。这出“其乐也融融”“其乐也泄泄”的“隧而相见”闹剧，只不过是掩了天下人耳目，庄公得以保持“孝悌”之名，而姜氏仍可以养尊处优，过着寄生的贵妇人生活而已。这篇七百多字的奇文，以“初”始，以“初”终（后面一节“君子曰”与全文情节互不相关，其思想倾向又近于画蛇添足，置之勿论可也），首尾可对照，可对接，完然自足。文章结构之精妙，令人惊叹！

《左传》艺术成就的第三个方面，是其语言上的特色。其叙述语言典雅、平实、简练丰润、含蓄畅达、曲折尽情。其人物语言，与人物的性格、修养、身份及处境、在事件中的地位，十分贴切。其行人辞令（外交辞令），更是历来为人称道。我们看鲁僖公三十年（前630）的“烛之武退秦师”一节中烛之武对秦穆公的一段说辞：

夜缒而出。见秦伯曰：“秦、晋围郑，郑既知亡矣。若亡郑而有益于君，敢以烦执事。越国以鄙远，君知其难也。焉用亡郑以陪邻？邻之厚，君之薄也。若舍郑以为东道主，行李之往来，共其乏困，君亦无所害。且君尝为晋君赐矣，许君焦、瑕，朝济而夕设版焉，君之所知也。夫晋何厌之有？既东封郑，又欲肆其西封，若不阙秦，将焉取之？阙秦以利晋，唯君图之。”

面对着两个超级大国的围攻，弱小的郑国当然没有军事上的任何优势，烛之武在谈判桌上也可以说没有一点筹码。所以，他先坦率地承认，若秦晋再围攻下去，郑国必亡，郑国人自己也知道并准备接受这种结局。坦承自己国家的处境，让人觉得他老实而诚恳。然后烛之武话锋一转，“若亡郑而有益于君，敢以烦执事”，亡郑固然对郑国是个灾难，但秦国能从中得到什么好处呢？这一转折，就使得烛之武此番说辞，好像并非为郑国打算，而是在为秦君谋划。接着他站在秦国立场上先就秦郑关系展开分析：亡郑，对秦而言，有百害而无一利；舍郑（放郑国一马），对秦而言，有百利而无一害。于是，秦郑关系不应该是敌对关系、你死我活关系，而应该是战略伙伴关系，或至少应该建立战略伙伴关系，双方存在着共同利益和广阔的军事合作前景。下文写到秦穆公退兵后，留下了杞子、逢孙、杨孙“戍之”，实际上，是在郑国建立了军事基地，既可两面夹击钳制晋国，又可将郑国作为秦国争霸中原的跳板。秦国确实是从“舍郑”中得到了巨大的好处。

在谈完了秦郑关系、化敌为友之后，烛之武又话锋一转，对秦穆公指出秦晋关系的脆弱性、秦晋两国根本利益的尖锐对立性。他也从两个方面分析：从过去看，晋负秦（晋惠公曾对秦穆公失信，晋人过河拆桥、忘恩负义的行为秦穆公当然没有忘记）；从未来看，晋阙秦。晋要强大、争霸中原必先抑制秦国，使无后顾之忧；而秦要东向，也必先越过晋国这一关口。秦晋之间正因为根本利益互相对立，所以虽是邻居，常常搞些“秦晋之好”的联姻之类的双方心照不宣的把戏（穆公就是晋文公的岳丈），但世世交恶、相斫不休的事实是不能掩盖的。三年以后（僖公三十二、三十三年），秦谋袭郑，晋设伏于崤，使秦全军覆没，即可为烛之武预言的注脚。

上述事实客观存在，只不过穆公一时糊涂而未能了然。烛之武也只不过是给穆公提个醒，指出这个格局罢了。而在迷途中的穆公经烛之武的当头棒喝，幡然猛醒，结果是“秦伯说，与郑人盟。使杞子、逢孙、杨孙戍之，乃还”。由此观之，烛之武对穆公所言皆是事实，且果然是于郑于秦，皆大欢喜。这类外交辞令，当然是最值得推重的，与后来纵横捭阖之徒的徒逞口舌、播乱是非、设阱陷人、构隙成奸、务为自利而损人的做法，有本质区别。

从文法言，这段说辞，层次清晰。先退一步，为一层；谈秦郑关系，为一层；谈秦晋关系，又为一层；最后两句“阙秦以利晋，唯君图之”是总结性的话，也为一层。凡四层，层层相续相扣。就烛之武立论的核心言，则不外乎“利害”二字。穆公何许人也？唯“利害”可以动之。所以，烛之武开口便是“有益于君”的“益”，中承“君亦无所害”的“害”，闭口则是“阙秦以利晋”的“阙”和“利”。一大段滔滔不绝之后，以四字收束：“唯君图之。”此君“图”什么？——唯“利”是“图”而已。秦穆公“图利”，烛之武乃说之以“利”，如此才能句句入耳，听之无厌，闻之心悦，最后言听计从，“与郑人盟”。而对与女婿昨日同盟，一旦决裂竟毫不介怀、毫无愧疚，亦可见穆公英雄加流氓的本色。再验之以三年以后（僖公三十二、三十三年），穆公利用郑人信任而谋袭郑，亦毫不受信诺之约束。后来蔺相如廷斥秦王嬴政：“秦自穆公以来，未尝有坚明约束者也。”（《史记·廉颇蔺相如列传》）言之凿凿有据也。

历史何以成为散文（下）

《战国策》是先秦历史散文中文学成就最高的一部。它是一部独特的历史著作，与《国语》一样，是国别体史著，按战国时期秦、齐、楚、赵等十二国的次序，辑录与十二国有关的史事四百九十七条，三十三卷。记事年代起于战国初年，迄于秦并六国之后，约当公元前452—前216年之间，约二百四十年的历史。

它可能是秦汉间编纂的史书，作者及成书的具体年代已不可考。原来可能只是战国时期史官们记录下来的史料和纵横家、策士们用于揣摩、演练口才的文稿。这样的拼盘形式的东西，名称也极多。有《国策》《国事》《事语》《短长》《修书》等名称，后经刘向整理，并定名为《战国策》，这一堆芜杂而错乱的文稿才变得流畅可读。

刘向把该书定名为《战国策》，是极好、极准确的。首先，"战国"二字说明了这是一部与战国的史事有关的著作；其次，"策"字则兼含二义：策士与策士们的策论。事实上，《战国策》确实有史书与子书的双重特征。

就史书言，它是叙事的，而且所叙的乃是"史事"，至少它的作者是把它当“史”来传播的。但它记事不记年月，且往往夸张甚至虚构事件，这就严重损害了它的史学价值。就子书言，它往往有大段纵横捭阖之辞（如“苏秦以连横说秦”等）；这些说辞或谏辞，可能出自当时策士之手，是他们简练以为揣摩的范本，就其文采、结构、修辞而言，与先秦子书实属同俦。

《战国策》之虚构文章，最有名者莫过于《魏策四》中的“唐雎为安陵君劫秦王”一节：

秦王使人谓安陵君曰：“寡人欲以五百里之地易安陵，安陵君其许寡人！”安陵君曰：“大王加惠，以大易小，甚善。虽然，受地于先王，愿终守之，弗敢易！”秦王不说。安陵君因使唐雎使于秦。

秦王谓唐雎曰：“寡人以五百里之地易安陵，安陵君不听寡人，何也？且秦灭韩亡魏，而君以五十里之地存者，以君为长者，故不错意也。今吾以十倍之地，请广于君，而君逆寡人者，轻寡人与？”唐雎对曰：“否，非若是也。安陵君受地于先王而守之，虽千里不敢易也。岂直五百里哉？”秦王怫然怒，谓唐雎曰：“公亦尝闻天子之怒乎？”唐雎对曰：“臣未尝闻也。”秦王曰：“天子之怒，伏尸百万，流血千里。”唐雎曰：“大王尝闻布衣之怒乎？”秦王曰：“布衣之怒，亦免冠徒跣，以头抢地耳。”唐雎曰：“此庸夫之怒也，非士之怒也。夫专诸之刺王僚也，彗星袭月；聂政之刺韩傀也，白虹贯日；要离之刺庆忌也，仓鹰击于殿上。此三子者，皆布衣之士也，怀怒未发，休祲降于天，与臣而将四矣。若士必怒，伏尸二人，流血五步，天下缟素，今日是也！”挺剑而起。

秦王色挠，长跪而谢之，曰：“先生坐！何至于此！寡人谕矣：夫韩、魏灭亡而安陵以五十里之地存者，徒以有先生也。”

这是先秦时期的一场“不对称战争”，一场在大国的武力与布衣之士的口舌与佩剑上发生的战争。秦王仗势凌人而终于自取其辱、自挫于人，唐雎不屈不挠、气盖强嬴。如果说，秦王的不可一世是因为他背后强大的军事力量，那么，唐雎的道义之勇则来自当时士阶层的自信。当秦王说出“天子之怒，伏尸百万，流血千里”这样视天下如草芥的下流话时，他不是如他所愿，吓住了唐雎，而是激怒了唐雎。这是“布衣之怒”，是道义之怒。自“专诸之刺王僚”至“挺剑而起”，真是写得如火如荼，杀气腾腾。这段文字根本不是史实（吴师道《战国策校注补正》、林云铭《古文析义》、缪文远《战国策考辨》都考订此事为虚构）。文中的“挺剑而起”，使臣上殿而能带剑，更不符合事实。但我们试从文字角度看，在唐雎那一段“俊绝、宕绝、峭绝、快绝”（金圣叹语）的言辞之后，接之以“挺剑而起”的动作，是何等风流、何等英雄，又是何等具有观赏性！

我们还要考虑的是，作者为何要虚构出这样一段充满激情的故事？事实上，它正是激情的体现。这种激情，是作为士阶层的自豪、自信、自尊，甚至自大的表现，是他们道德上的自足与才智上的自信。他们本来是无可凭依的一群，但在战国这样的大时代大风云中，他们发现，正是他们，才是真正的风云人物，才是真正的时代之子，才是真正的当代英雄！他们是策士，是谋士，是侠士，是壮士；他们进取不息，奋斗不止，尚气任侠，轻生重义。他们沽名钓誉，追名逐利；他们藐视传统，粪土王侯；他们杠杆天下，推动历史。他们一怒而天下震，安居而天下息——是的，他们就凭借他们的权变、机智、胆略与三寸不烂之舌，把一个时代变成了他们表演的舞台，把王侯将相都变成了他们的傀儡……

《战国策》记事的特点，不仅有夸饰乃至虚构成分，还体现在它对史事的选择上。从《春秋》到《左传》，作为记事（或以记事为主）的历史著作，其所选记之事，必是历史大事或有历史学意义的事件；而

《战国策》则站在写人的立场上，所叙写之事，往往与历史意义较远，而与人物形象较近。

如《齐策·齐人有冯谖者》一节，叙冯谖愿为孟尝君门客时与孟尝君的对话，及三弹剑铗以求待遇提高事：

> 齐人有冯谖者，贫乏不能自存，使人属孟尝君，愿寄食门下。孟尝君曰："客何好？"曰："客无好也。"曰："客何能？"曰："客无能也。"孟尝君笑而受之，曰："诺。"左右以君贱之也，食以草具。
>
> 居有顷，倚柱弹其剑，歌曰："长铗，归来乎！食无鱼。"左右以告。孟尝君曰："食之，比门下之客。"居有顷，复弹其铗，歌曰："长铗，归来乎！出无车。"左右皆笑之，以告。孟尝君曰："为之驾，比门下之车客。"于是乘其车，揭其剑，过其友曰："孟尝君客我！"后有顷，复弹其剑铗，歌曰："长铗，归来乎！无以为家。"左右皆恶之，以为贪而不知足。孟尝君问："冯公有亲乎？"对曰："有老母。"孟尝君使人给其食用，无使乏。于是冯谖不复歌。

《战国策》中的这段文字，作者想夸耀冯谖的才能，所以有"孟尝君为相数十年，无纤介之祸者，冯谖之计也"之说。但我们感兴趣的，可能更在文章的前半部分。这篇文章前半部分轻松，后半部分严肃；前半部分游戏，后半部分认真；好看的当然在前半部分。当然，这样说只是相对的。若和《左传》《国语》相比，我们可以说《战国策》的这段文字通篇都是在游戏：前半部分是冯谖在戏弄孟尝君，后半部分则是冯谖导演，与孟尝君一起戏弄齐湣王君臣。

而最为人们所熟知的，大概要算冯谖弹铗而歌这一段了。这一段戏剧性太强，已经有了一些夸张的味道，但唯其如此，冯谖、孟尝君的性格才尤为突出。冯谖有大自信，所以才会有如此大表演；孟尝君有大胸襟（当然也需要有大家产），所以才有如此大宽容。他连鸡鸣狗盗之徒都能藏污纳垢，为什么不能容忍一个行为有些乖张的冯谖呢？况且他心里也在纳闷：这家伙说不定是真英雄！且忍忍看！

从著史的角度看，这样的事，这样的叙，已与史无关轻重，孔子、左丘明定是弃而不取，而《战国策》作者却于此津津乐道，且叙得津津有味。可见《战国策》作者记事之目的乃不在记史，他的兴趣亦不在探究历史因果；但这样的事，却与凸显人物性格与形象关涉极大，这样的叙，其用意亦在夸饰人物及其成功。可见《战国策》记事之目的乃在写人也。若言先秦历史散文中，《左传》记事，《国语》记言，《战国策》记人，当不为太错。当然，左氏记史事而连类及人，是事终不可离人而独成事，故左氏笔下，春秋之际杰出人物亦能栩栩如生；《战国策》叙人物而自然涉史，是人终为史中之人，并终以其个人活动而影响历史。

就叙事写人的生动性而言，《左传》当然不及《战国策》。因为《左传》有两点限制：一是编年体，这种按时间而编排事件的体例，往往人为地割断了叙事的脉络，只能把事件按时间段拆散零售，从而影响了事件的戏剧性、情节的连贯性和我们阅读的连贯性。二是《左传》的作者是谨遵史学实录精神的老实人，他严格按照真实的历史事件本来面目来记录，他是历史的书记官。历史事件中严肃的偏多，而戏剧性、趣味性并不时时发生，更何况一个戴着道德眼镜去观察历史的老实人，在他的筛汰下，《左传》谨严、厚重，道德意味浓，而艺术趣味仅能次之。

相较之下，《战国策》就不同了，这是不老实人写的，它的作者可能并非史家，职业训练、职业修养不够（如记事不记年月），甚至罔顾职业道德，夸饰甚至虚构、编造“史实”，这就严重损害了该书的史学价值，但却又因此而增加了它的文学性——我们甚至可以怀疑《战国策》的作者乃是小说家。记事不记年月，则事可颠倒次序，从而可以倒因为果、倒果为因地为人物吹嘘而神其事、神其人；务求炫人耳目、耸人听闻，夸饰乃至虚构事实，当然可以增加其戏剧性和文学趣味。可以说，《战国策》是以损害史学价值的代价，取得了它极高的文学成就。它的叙事较《左传》更生动，更曲折，更波澜迭起，更扣人心弦。它的结构更巧妙，人物更生动，语言更活泼，它在摆脱史学规范约束之后，自由无碍、为所欲为地“创造历史”。它一扫《左传》的古朴、典雅、厚重，而代之以新鲜、活泼、浪漫。一种新的风格已经形成并将对后来产生影响。

《战国策》不仅是先秦史学著作的重大发展，是先秦历史散文的翘楚，而且它还更直接地影响了《史记》，在很多方面都是《史记》的先驱。

首先，《战国策》思想通达而不拘束于儒家伦理。通达的、宽容的思想和开放的、欣赏的眼界对一个史学家来说很重要。古人常说《左传》言义，《战国策》言利，并以此批评《战国策》“坏人心术”，但这种评价是明显有偏见的，事实上《左传》何尝不言利？如前所叙，烛之武退秦师，通篇一个“利”字。《战国策》又何尝不言“义”？即使冯谖，也讲究知恩图报，也讲究“为民父母”。事实上，《战国策》的作者，眼界比《左传》的开阔一些，其所欣赏、所赞赏的对象比《左传》更宽泛一些。后来司马迁“多爱”，显然与《战国策》一样思路。在司马迁笔下，不仅有天子、诸侯、忠臣、孝子、将军、学者，还有商人、医卜、刺客、游侠；有这种眼界与胸襟，才能撰一部通史，囊括天下英雄豪杰、贩夫走卒，而成一人类生活全图。

其二，如果说，《左传》使史学成为科学，那么，《战国策》就是使史学变成人学，从而也就成为真正的文学。《战国策》写人，凸显杰出的个人在历史中的作用，与《史记》纪传体，以人代史有明显的传承关系；而《战国策》写人的种种手法，如在矛盾冲突中写人，通过语言、行动写人，通过细节写人，通过对比写人，通过对环境的渲染凸显人，诸如此类，也为《史记》所继承和发展，历史著作从而兼具了史传文学的特点。所不同者，《战国策》所写的人比较单一，大都为王侯将相、策士豪杰，而《史记》则推而及之于社会各阶层的杰出人士。

其三，从文字风格上讲，《战国策》的浪漫气息、恣肆文风也对《史记》产生了很大影响。《左传》《国语》的文风是古朴而典雅的，而《战国策》的文风则显得华丽而活泼、自由而洒脱。《史记》文风的省净、灵动、自由，是对《战国策》的直接继承。可以说，《战国策》是《左传》《国语》与《史记》之间的桥梁、过渡，它标志着古典的、朴实的，带有一定艰涩意味的古典历史散文的衰落，而充满浪漫气息，文风流畅多变、生动活泼的新型历史散文开始出现，并由《史记》把这种文风发展到空前绝后的高峰，成为中国古典散文的典范作品，影响深远，滋溉久远。

道德文章

孟子（约前372—前289），名轲，字子舆，邹（今山东邹县东南）人，相传为孔子之孙孔伋（子思）的门人，是孔子之后儒家的重要人物，被称为“亚圣”。他主张人性本善，并在此基础上提出了“王道”“仁政”的政治理论。他还说“民为贵，社稷次之，君为轻”，对古代民本思想做了最简洁、最经典的概括。他个性热情、自信，又咄咄逼人，不遗余力维护孔子，排拒杨墨，以好辩著称。《孟子》一书，收录的就是他与人辩论的文章，共七篇，又各有上下。在先秦诸子中，孟子和庄子最偏激，最钻牛角尖，但他们的文章也因此最好看。如果说，庄子是人生的悟者，那么，孟子就是人生的迷者。悟者的文章因为超脱与透彻而好看，迷者的文章因为热情与天真而好看。如果用孔子对人的分类来说，庄子是狷者，孟子是狂者，要读一流的文字，“必也狂狷乎”！

孟子既以好辩著称，他在辩论上就必有自己的特色。平心而论，孟子辩论的最大特色，不在于在学理上穷究不已，卓识不凡，新见迭出，引人入胜，而在于他论题之外的功夫：揣摸对方心理，窥测对方思路，巧设陷阱，暗布机关，引人入彀，而后一剑封喉——等对方明白上了圈套，却已没了“喉”——最后一句总是他说的，所以，他就是胜利者了。另外，他是一个极端自信而又热情洋溢的人，他有充沛的道德上的自负，以及由此而来的目空一切的勇气，他总是认为真理永远在他这一边，所以，他与别人辩论时虽然设了不少圈套，但却并不显得心机阴暗，相反，倒显得他机智能干。从这方面看，他是一个极天真的人。我们欣赏他的文章，往往不是为他的道理所折服，而是被他的聪明机智所吸引。

我们来看看他与齐宣王的一段辩论：

齐宣王问曰：“齐桓、晋文之事，可得闻乎？”

孟子对曰：“仲尼之徒，无道桓、文之事者，是以后世无传焉，臣未之闻也。无以，则王乎？”（《孟子·梁惠王上》）

宣王是一个颇有心机的人，他问齐桓、晋文之事，表面上是在谈历史，实际上却是在借历史表明自己的“所欲”：他要像齐桓、晋文一样成就霸业。当然，他一定知道孟子是倡“王道”而反“霸道”的，所以，他不能直接与孟子谈“霸道”问题，于是把这种想法打扮了一番，以谈历史人物的面貌出现，若孟子不察他的用意，与他大谈齐桓、晋文，孟子可就上了他的圈套了。

但孟子岂能在这样的地方掉以轻心，对他的真实用心疏忽大意？他看穿了宣王的用心，只一句“仲尼之徒，无道桓、文之事者，是以后世无传焉，臣未之闻也”就轻轻地把对方的招数化解了。注意，孟子这句话实际上是绵里藏针的。“仲尼之徒，无道桓、文之事者”云云，实际上是在警告齐宣王：我是仲尼之徒，你拿这个问题问我，是失礼不敬的！但若话就此打住，语气就太生硬、太冲撞了，双方就僵住了，所以，下面又接以“是以后世无传焉，臣未之闻也”，好像前面所说的，不是警告，而只是证明自己不能谈（注意，不是不愿谈——孟子就是要巧妙地把不愿谈转化为不能谈）的原因。但我们知道，实际上这个借口是孟子编造的，仲尼之徒何尝不谈桓、文？就是孔子，也大谈桓、文，《论语》中孔子就谈及齐桓公、晋文公，更多的还谈到了管仲，并以“仁”许之。这一点，齐宣王也未必不知道，但孟子既已严肃地这样说，他也莫可奈何。孟子化解了对方的进攻后，顺势乘虚而入：“无以，则王乎？”——不能谈霸道了，我们今天谈谈王道如何？把主动权、话语权都抢了过来，孟子的这种做法，倒真有些“霸道”，这正是他的一贯作风。

曰：“德何如，则可以王矣？”

曰：“保民而王，莫之能御也。”

曰：“若寡人者，可以保民乎哉？”

曰：“可。”（同上）

齐宣王当然不甘心就这样缴械投降，在孟子提出“保民而王”的正面主张后，他突然问了一句：“若寡人者，可以保民乎哉？”这句话也是暗含圈套的。他知道孟子对他的施政方针是不满意的，对他个人的道德评价也是不高的，所以，他问这个问题，内心里一定是在等着否定的回答，他也一定以为等到的肯定是否定的回答，而一旦得到否定的回答，他就可以乘机脱身而去：既然我的资质不能保民而王，我还是逞武而霸吧！但他万没想到孟子的回答那么干脆利落并且几乎不容间隙：“可。”——一下子就堵住了宣王的退路。孟子岂是容易落入圈套的？当然，这一声“可”的回答也不仅仅是权宜之计，而是孟子的一贯主张。主张人性本善的孟子，有一名言，叫“人皆可以为尧舜”，这地方的“可”，也就是“人皆可以为尧舜”的“可”。当然，这一“可”，不是“行”，而是“可能行”，只是一种可能性，孟子所肯定的也只是可能性，而不是现实性。

曰:“何由知吾可也?”(同上)

宣王显然对孟子的武断自负很为厌烦,对自己被对方识破、脱身的后路被堵更为恼火。——你凭什么说我行?

在一段短兵相接式的交手后(这“短兵”,也就是语言的短小利落了),孟子有意调整一下节奏;齐宣王已经很恼火,也要适当调整一下他的情绪,所以孟子没有直接回答,而是平静地叙述了一个事件——“齐宣王以羊易牛的故事”。

曰:“臣闻之胡龁曰:‘王坐于堂上,有牵牛而过堂下者,王见之,曰:“牛何之?”对曰:“将以衅钟。”王曰:“舍之!吾不忍其觳觫,若无罪而就死地。”对曰:“然则废衅钟与?”曰:“何可废也,以羊易之。”’不识有诸?”

曰:“有之。”(同上)

孟子叙述这个事件既是为了回答宣王,展开下文,同时,这一叙述也拖延了时间,从而缓解了紧张的气氛。等到孟子叙述结束时,齐宣王回答“有之”,他显然仍然怒气未消,但已不那么一触即发了。

曰:“是心足以王矣!百姓皆以王为爱也,臣固知王之不忍也。”

王曰:“然。诚有百姓者。齐国虽褊小,吾何爱一牛?即不忍其觳觫,若无罪而就死地,故以羊易之也。”

曰:“王无异于百姓之以王为爱也。以小易大,彼恶知之?王若隐其无罪而就死地,则牛羊何择焉?”

王笑曰:“是诚何心哉!我非爱其财而易之以羊也,宜乎百姓之谓我爱也。”

曰:“无伤也,是乃仁术也!见牛未见羊也。君子之于禽兽也,见其生不忍见其死,闻其声不忍食其肉,是以君子远庖厨也。”

王说曰:“《诗》云:‘他人有心,予忖度之。’夫子之谓也。夫我乃行之,反而求之,不得吾心;夫子言之,于我心有戚戚焉。此心之所以合于王者,何也?”(同上)

注意孟子的回答“是心足以王矣”这一句,我们若把此句以下一直至“于我心有戚戚焉”删去,直接接以“王曰:‘此心之所以合于王者,何也’”,就“论理”的角度说,毫无损失,且简洁明白,畅达了许多。那么,此间“百姓皆以王为爱也,臣固知王之不忍也”至“于我心有戚戚焉”有什么意义?——它的意义在于通过对齐宣王到底是吝啬还是仁慈的辨析,得出宣王有“恻隐之心”的结论,并由此让宣王“心有戚戚”,在心理上彻底打垮宣王,在情感上俘虏宣王,使他俯首帖耳,言听计从。孟子先是顺手一推,让宣王落水,“百姓皆以王为爱也”,让宣王处在全国人嘲笑议论的尴尬中,并使之不能自救,在“是诚何心哉”的自问中不能自圆其说,万分委屈与烦恼却又无可奈何,然后又援之以手,救他上岸:“无伤也,是乃仁术也!”通过“见牛未见羊”的心理分析,让宣王摆脱窘境,同时,又水到渠成地证明了宣王“不忍之心”的真实存在,从而“有效”地证明了宣王确实“可能”实行王道,现在只看他自己是否愿意了。通过这么一打一拉,打一耳光又揉一揉,使宣王对孟子救他出困境万分感激,从而在感情上俘虏了他,使他言听计从。孟子果真是辩论的高手!再看下面这一节:

曰:“邹人与楚人战,则王以为孰胜?”

曰:“楚人胜。”

曰:“然则小固不可以敌大,寡固不可以敌众,弱固不可以敌强。

海内之地，方千里者九，齐集有其一；以一服八，何以异于邹敌楚哉！盖亦反其本矣！今王发政施仁，使天下仕者皆欲立于王之朝，耕者皆欲耕于王之野，商贾皆欲藏于王之市，行旅皆欲出于王之涂，天下之欲疾其君者皆欲赴愬于王：其若是，孰能御之?”（同上）

从“王发政施仁”起，一连串用了五个排比句，写出了天下归心的大局面，真有百川归海、风起云涌之感。这显然又与孟子对自己理论的自信，以及因此而来的充沛的激情、浪漫的情怀有关。他文章的气势足以感人，而这气势确实如他所说，是来自他内心道德上的“浩然正气”的。像孟子的这种辩论特色，更多地显示出其个人性情及文学性的一面，我们从中读出了辩论双方的心理活动，主动与被动的转换，攻与守的变化，机关与陷阱的埋设与避让，自我情绪的表现与对对方情绪的控制，说话分寸恰到好处的把握，在排比、比喻、反诘、寓言故事等众多修辞手法中体现出来的文章的气势，以及说理的形象性、生动性、情感性。这些无疑大大增加了《孟子》一书的文学价值。

另一方面，我们必须注意到的是，虽然孟子在辩论时耍了一些花招，但他所说的，都是“正当的道理”，是光明磊落的道德之言，所以，我们不会觉得他狡诈，只会佩服他智慧。这又是《孟子》一书的道德价值。

但与之相应的则是，作为一部论理著作，《孟子》的逻辑性、说理的严肃性、真实性却有相当的问题。即如上文所引的“邹人与楚人战”一节而论，后面一大段排比句所描绘出的天下归心的“德政”理想确实很有鼓动性，以至于弄得齐宣王也要“尝试之”；前面由“邹人与楚人战”而得出的“小固不可以敌大，寡固不可以敌众，弱固不可以敌强”也是正确的；但再由之推导出齐“以一服八”而必败的结论，却无论是从理论上还是从现实上都不大靠得住。我们知道秦也是占有一州，而“以一服八”，以武力制六合为一的。仔细再看，孟子在这里耍了一个小小的花招，首先，他把齐与其他诸侯国力量的对比只简化为一个因素的对比——土地的大与小，再把这种对比高度抽象为“一”和“八”，从而给我们一错觉：一小八大，一不能胜八。但是，事实上，这里的“八”不是一个整一的“八”，而是“八”个分散的一，齐完全可以各个击破，如秦以后所做的那样。

这种有意或无意的逻辑错误，在《孟子》中有不少，比如下面：

> 天时不如地利，地利不如人和。三里之城，七里之郭，环而攻之而不胜。夫环而攻之，必有得天时者矣；然而不胜者，是天时不如地利也。城非不高也，池非不深也，兵革非不坚利也，米粟非不多也；委而去之，是地利不如人和也。故曰：域民不以封疆之界，固国不以山谿之险，威天下不以兵革之利。得道者多助，失道者寡助。寡助之至，亲戚畔之；多助之至，天下顺之。以天下之所顺，攻亲戚之所畔，故君子有不战，战必胜矣。(《孟子·公孙丑下》)

得道多助，失道寡助，从价值认定的角度说，是不错的。我们应当义不容辞、义无反顾地去做一个有道的人，而不能成为一个无道的人（当然，孟子这里原是指有道之君和无道之君）。而且，得道的人，应当在“得道”的同时，“得到”众人的帮助和支持；失道的人，也理当为人摒弃而使之付出“失道”的代价。

但这里只是说“应当”“理当”，只是一种道德诉求，而不能说“一定会”。道德诉求并不总是转变为客观事实。事实上，道德及道德行为并没有一个预设的好结果在前方等着。即以孔子、孟子自身而论，他们算是得道之人了吧，但他们一生的遭遇又如何呢？还不是处处碰壁，为人所拒？何曾多助过？不得道者，也不一定就寡助。大盗跖手下的人据说也有“三千”，和孔子打了个平手（庄子说他“盗亦有道”，但此“道”与孟子的“道”不能混淆）；鲁哀公不能算是得道明君吧，但鲁国人谁敢不服从他？孔子恰恰是带头恭敬他、抬举他、辅助他。谁不敬爱他，孔子还特生气。

所以，孟子这一段正气浩然的道德之论，虽有极大的感染力，以至于几千年来成为对莘莘学子进行思想教育、道德培养的必读章节，但逻辑上却不大讲得通。“天时不如地利，地利不如人和”的层层论证，更缺少基本的逻辑关联。“然而不胜者”，可能有多种原因，不一定就是没有地利；反过来，有地利没有天时，也不行。所以，也可以说“地利不如天时”。而孟子论证“地利不如人和”，更是一厢情愿地先假定他要贬低的“不重要”的条件（地利）都具备，然后再证明因他要推崇的“重要条件”（人和）缺乏而失败，从而证明自己的观点。这种做法，是十足的蛮不讲理。“万事俱备，只欠东风”，难道能证明“万事不如东风”吗？其实，一物之实现，条件往往有多个，缺一不可。这“多个”条件的任一个，都不能说比其他条件更重要。

其他如对一些历史、地理知识，孟子也往往不大较真，他所描述的历史，往往是他想象中的历史，而不是真实的历史，他所提及的地理，也有不少错误。奇怪的是，这种粗枝大叶的毛病，虽然损害了他文章的科学性、严肃性与学理上的正确性，却不仅无损于他文章的文学性，更有助于他的文学性；不仅无损于他的学术人格，反而增添了他的人格魅力。

孟子证明客观真理，总显得勉强而力不从心，他逻辑不严密，证据也不充分。但他一涉足伦理学领域，便雄辩滔滔。因为道德伦理的建立往往是一种信仰的建立，而不是客观科学的证立。建立一种道德信仰，需要的是一种价值估定，而价值往往是由人为判断的；证立客观科学，需要的是严密的逻辑推理和事实支持。如“鱼我所欲也”这一节：

> 鱼，我所欲也；熊掌，亦我所欲也，二者不可得兼，舍鱼而取熊掌者也。生，亦我所欲也；义，亦我所欲也，二者不可得兼，舍生而取义者也。生亦我所欲，所欲有甚于生者，故不为苟得也；死亦我所恶，所恶有甚于死者，故患有所不辟也。如使人之所欲莫甚于生，则凡可以得生者何不用也？使人之所恶莫甚于死者，则凡可以辟患者何不为也？由是则生而有不用也，由是则可以辟患而有不为也。是故所欲有甚于生者，所恶有甚于死者。非独贤者有是心也，人皆有之，贤者能勿丧耳。(《孟子·告子上》)

孟子是要建立一种“舍生取义”的文化信仰，他只需要说明为什么必须这样就可以了，也就是说，他不需要证明“舍生取义”为“真”，他只要证明“舍生取义”为“善”。而在这一点上他做得非常成功。他反问我们：假如没有什么东西比生更重要，那么，不就凡是可以得生的手段都可以使用么？同样，假如没有什么比死更可怕，那么，凡是可以避死的事不都可以做么？这两个“凡是”，必使人类堕落而无止境。所以，为了人类的崇高和自尊，人类必须建立一个道德底线：在任何情况下，都不能不择手段，都不能无恶不作。那么，自然就必须有一种东西比生更重要，更值得我们珍视，那就是“义”；必须有一种东西比死更可怕，更要我们避开，那就是“不义”。

孟子用两个假设、两个反问，就证明了这么伟大的伦理学命题，显示出的，不仅是他做文章手段的高超，更是他思维缜密、直达事物核心的大本领。对人、物有透彻的认识，对世界有是非判断力，是做文章的最高秘诀。

如果说，庄子说明了天道的伟大与高渺难测，那么，孟子就证明了人类的道德尊严与精神崇高。这是孟子最伟大的贡献。

孟子是一个唯心的人，所以他的文章师心自用；是一个纯任意气的人，所以他的文章意气风发。他疾恶如仇，道德感极强，所以他对他看不惯的人与事动辄恶言相加，拔刀相向。他无论骂诸侯、骂学者，都毫不留情，连对他极关照、极尊敬的齐宣王，他也丝毫不假以颜色。他只认天理正义、公道良心，不讲什么人情世故。所以，他是真君子，用他自己的话说，是“大丈夫”。他对邪恶有不可遏止的杀伐心，所以他的文章有杀伐气，他把这种气质称为“浩然之气”。他可能就是从自身的道德良知与道德勇气里，找到了人类的希望与信心，发现了堕落人类获得救赎的途径。于是，他到处与人辩论，鼓吹自己的救世之道。他可能相信，只要他不停止他的吹嘘（吹嘘的本意是吹枯嘘生，即给枯死者吹以生气，使之重生），这世界的末日就不会到来；他工作一日，这世界的末日就会推后一日，且一息生机会渐渐转来。所以，当有人批评他“好辩”时，他回答说：“予岂好辩哉？予不得已也！”他自信天已将大任降到他的肩上。所以，他的工作，给他崇高感、伟大感、成就感。“平治天下，舍我其谁？！”这样的人，这样的性情，怎能没有这样的文章？他的人，是天地精华；他的文章，是天地奇观。

人在江湖

一

> 往昔有人，名曰庄周。周之奇，不知其所以然也。化而为书，名曰《庄子》，书之妙，不知其所以然也。是书也，出于意想之外，而游于溟涬之初。吾乌乎读之？句与为句乎？字与为字乎？庸讵知吾之所谓句即《庄》之所谓句，吾之所谓字即《庄》之所谓字邪？文与为文乎？义与为义乎？庸讵知吾之所谓文即《庄》之所谓文，吾之所谓义即《庄》之所谓义耶？（《读庄子法小引》）

以上这段仿庄子的文字，乃是清代学者张潮读庄周时读出的感受。我看得出来，张潮先生读庄子是到了这样的境地了：爱不释手却又终难释义，不能释义却又终于不能释怀。古往今来，不知多少人像张潮一样，被庄子弄得进退两难，无所适从。

读庄子的人，定知道那是多层的愉快。你正在惊异那思想的奇警，在那踌躇的当儿，忽然又发觉一件事，你问那精微奥妙的思想何以竟有那样凑巧的、曲达圆妙的辞句来表现它，你更惊异，再定神一看，又不知道那是思想那是文字了，也许什么也不是，而是经过化合作用的第三种东西。（闻一多《古典新义·庄子》）

当一种美美得让我们无所适从时，我们就会意识到自身的局限。“山阴道上，目不暇接”之时，我们不就能体验到我们渺小的心智与有限的感官无福消受这天赐的过多福祉么？读庄子，我们也往往被庄子播弄得手足无措，有时只好手之舞之，足之蹈之。除此，我们还有什么方式来表达我们内心的感动？这位“天仙才子”（李鼎语），他幻化无方，意在尘外，鬼话连篇，奇怪迭出。他总在一些地方吓着我们，让我们充斥经验、知识以及无数俗念的心灵惴惴不安，惊诧莫名。而等我们惊魂甫定，便会发现，呈现在我们面前的，是朝暾夕月，落崖惊风。我们的视界为之一开，我们的俗情为之一扫。同时，他永远有着我们不懂的地方，山重水复，柳暗花明；永远有着我们不曾涉及的境界，仰之弥高，钻之弥坚。造化钟神秀，造化把何等样的神秀聚焦在这个“槁项黄馘”的哲人身上啊！

二

庄子钓于濮水。楚王使大夫二人往先焉，曰：“愿以境内累矣。”（《庄子·秋水》）

先秦诸子，谁不想做官？“一朝权在手，便把令来行。”“在其位，谋其政。”“君子之仕，行其义也。”谁不想通过世俗的权力来杠杆天下，实现自己的乌托邦之梦？庄子的机会来了，但庄子的心已冷了。这是一场有趣的情景：一边是濮水边心如澄澈秋水、身如不系之舟的庄周先生，一边是身负楚王使命、恭敬不怠、颠沛以之的二大夫。两边谁更能享受生命的真乐趣？这可能是一个永远聚讼不已、不能有统一志趣的话题。对幸福的理解太多样了。我的看法是，庄周们一定能掂出各级官僚"威福"的分量，而大小官僚永远不可能理解庄周们"闲福"对真正人生的意义。这有关对"自由"的价值评价。这也是一个似曾相识的情景——它使我们一下子就想到了距庄子七百多年前渭水边上发生的一幕：八十多岁的姜太公用直钩钓鱼，用意却在钓文王。他成功了。而比姜太公年轻得多的庄子（他死时也只有六十来岁），此时是真心真意地在钓鱼，且可能毫无诗意——他可能真的需要一条鱼来充实他的辘辘饥肠。庄子此时面临着双重诱惑：他的前面是清波粼粼的濮水以及水中从容不迫的游鱼，他的背后则是楚国的相位——楚威王要把境内的国事交给他了。大概楚威王也知道庄子的脾气，所以用了一个"累"字，只是庄子要不要这种"累"？多少人在这种累赘中体味到权力给人的充实感、成就感？这是生命中不能承受之"重"。

庄子持竿不顾。（同上）

好一个"不顾"！濮水的清波吸引了他，他无暇回头看身后的权势。他那么不经意地推掉了在俗人看来千载难逢的发达机遇。他把这看成了无聊的打扰。如果他学许由，他该跳进濮水洗洗他干皱的耳朵了。大约怕惊走了在鱼钩边游荡试探的鱼，他没有这么做，从而也没有让这二位风尘仆仆的大夫太难堪。他只问了两位衣着锦绣的大夫一个似乎毫不相关的问题：楚国水田里的乌龟，它们是愿意到楚王那里，让楚王用精致的竹箱装着它，用丝绸的巾饰覆盖它，珍藏在宗庙里，用死来换取"留骨而贵”呢，还是愿意拖着尾巴在泥水里自由自在地活着呢？二位大夫此时倒很有一点正常人的心智，回答说：“宁愿拖着尾巴在泥水中活着。”

庄子曰：“往矣，吾将曳尾于涂中。”（同上）

你们走吧！我也是这样选择的。这则记载在《秋水》篇中的故事（司马迁在《史记》中复述了这个故事，文字略有出入），不知会让多少人暗自惭愧汗颜。这是由超凡绝俗的大智慧中生长出来的清洁的精神，又由这种清洁的精神滋养出拒绝诱惑的惊人内力。当然，我们不能以此悬鹄，来要求心智不高、内力不坚的芸芸众生，但我仍很高兴能看到在中国古代文人中有这样一个拒绝权势媒聘、坚决不合作的例子。是的，在一个文化屈从权势的文化传统中，庄子是一棵孤独的树，是一棵孤独地在深夜看守心灵月亮的树。当我们都在大黑夜里昧昧昏睡时，月亮为什么没有丢失？就是因为有了这样一两棵在清风夜唳中独自看守月亮的树。

一轮孤月之下一株孤独的树，这是一种不可企及的妩媚。

三

庄子就这样带着他特有的神秘莫测的微笑，从俗人的世界中掉转了头。有人说，庄子到自然中去了，到江湖中去了。但若再细心一点，我们会发现，庄子的自然是神性的自然，而不是后来山水田园诗人们的人性的自然。他的自然，充满灵性，充满神性，充满诗性，超绝而神秘，清凉而温柔；它离俗人世界那么远，而离世界的核心那么近。用现代哲学的话说，他走近“存在”了。语言是存在的家。这话说得真是太好了。在庄子的语辞密林里，“存在”如同一只小鸟，在里面做巢。庄子是在永恒的乡愁中追寻着“家园”。追寻就是构筑。庄子用他的“无端崖之辞”“荒唐之言”“谬悠之说”构筑着家园。这是一个天仙被贬谪到无聊混乱人间后对理念世界模糊记忆的追踪。虽然无奈，但仍执着，在固执的回忆中，他把头脑中模模糊糊、影影绰绰的理念世界幻象捕捉到文字中。这是在我们意料之外的另一个世界，这里云山苍苍，天风荡荡，处子绰约，婴儿无邪。在这里活动的都是一些“大有径庭，不近人情”的高人，这是一些身上的尘垢秕糠都能陶铸出尧舜的高人：

> 在缥缈遥远的姑射山上，有个神人居住。他的皮肤洁白如冰雪，体态轻妙如处女。不食五谷杂粮，吸清风饮甘露。乘云气驾飞龙，遨游于四海之外……这个神人啊，这样的德行啊，将混同万物而为一……这样的人啊，没有什么能伤害他，滔天的洪水也不能淹没他；天下大旱，金石都被融化、土山都被烧焦，而他却不感到灼热。
>
> （藐姑射之山，有神人居焉。肌肤若冰雪，绰约若处子。不食五谷，吸风饮露。乘云气，御飞龙，而游乎四海之外……之人也，之德也，将磅礴万物以为一……之人也，物莫之伤，大浸稽天而不溺；大旱金石流、土山焦而不热。[《逍遥游》]）
>
> 圣人的生就是天道在运行，圣人的死就是与物同化。安静时他们与阴气同寂，活动时他们与阳气同步……无自然之灾害，无外物之累赘。没有人的非议，没有鬼的责难。他的生如同漂浮，他的死如同休歇……他的睡眠没有梦，他醒来也没有忧愁。他的精神纯净精粹，他的灵魂优游安逸。他虚空而恬淡，合乎自然之道。
>
> （圣人之生也天行，其死也物化。静而与阴同德，动而与阳同波……无天灾，无物累。无人非，无鬼责。其生若浮，其死若休……其寝不梦，其觉无忧。其神纯粹，其魂不罢［疲］，虚无恬淡，乃合天德。[《刻意》]）

“礼乐囚姬旦，诗书缚孔丘”，可能囚缚得住这些人？儒家的“圣人”是人伦之圣。庄子的“圣人”则是人格之圣。这是冲决一切束缚的人生，这是莫之夭阏的人格。这是一个无情的世界，又是一个大情大义的世界。这些人超凡脱俗，这些人又激情满怀。他们或击缶而歌，或凭几而嘘；或形为槁木，或心如死灰；有时踌躇满志、洋洋四顾，有时或歌或哭、不任其声；有时南首而卧为高士，有时却又拊髀雀跃做顽童。“不失其性命之情”（《骈拇》），“恢恢乎游刃有余”（《养生主》）。他们“无不忘也，无不有也，澹然无极而众美从之”（《刻意》），“天地与我并生，万物与我为一”（《齐物论》），他们“乘天地之正，御六气之辩，以游无穷”（《逍遥游》）。他们如此远离我们，却又如此吸引我们！他们那么无情，却又那么富于激情；他们那么丑陋其形，却又那么美妙其神。他们对人间那么不屑，却又那么富于同情心，对人世间存有那么多的怜悯——一部《庄子》，一言以蔽之，就是对人类的怜悯！庄子似因无情而坚强，实则因最多情而最虚弱！庄子代表人类最脆弱的心灵，最温柔的心灵，最敏感因而也最易受到伤害的心灵……

四

胡文英这样说庄子：

> 庄子眼极冷，心肠极热。眼冷，故是非不管；心肠热，故感慨万端。虽知无用，而未能忘情，到底是热肠挂住；虽不能忘情，而终不下手，到底是冷眼看穿。（《庄子独见》）

这是庄子自己的“哲学困境”。此时的庄子，徘徊两间，在内心的矛盾中做困兽之斗。他自己管不住自己，自己被自己纠缠而无计脱身，自己对自己无所适从、无可奈何。他有蛇的冷酷犀利，更有鸽子的温柔宽仁。对人世间的种种荒唐与罪恶，他自知不能用书生的秃笔来与之叫阵，只好冷眼相看，但终于耿耿而不能释怀，于是，随着诸侯们剑锋的残忍到极致，他的笔锋也就荒唐到极致；因着世界黑暗到极致，他的态度也就偏激到极致。天下污浊，不能用庄重正派的语言与之对话，只好以谬悠之说、荒唐之言、无端崖之辞来与之周旋。他好像在和这个世界比谁更无赖，谁更无理，谁更无情，谁更无聊，谁更无所顾忌，谁更无所关爱，谁更赤条条来去无牵挂，从而谁更能破罐子破摔——只是，我们谁看不出他满纸荒唐言中的一把辛酸泪？对这种充满血泪的怪诞与孤傲，我们又怎能不悚然面对、肃然起敬、油然生爱？

鲁迅先生曾说，孔夫子是中国的权势者们捧起来的。科举制度建立后，孔孟之道是应付考试的必读书，是敲开富贵之门的敲门砖。而老庄哲学则全凭庄子的个性魅力（如前文所说，此魅力包括庄子的魅力与《庄子》的魅力）吸引着一代又一代的士子，并经过他们，进入我们民族记忆的核心。可以说，孔孟之道是朝廷的，老庄哲学是民间的。民间的庄子构成了我们民族心理中最底层的基石。所以鲁迅先生又说，研究中国人，从道家这一角度去考察，就较为了然。林语堂先生也说，街头两个孩子打架，拳头硬的是儒家，拳头软的是道家。我们说若朝廷是拳头硬的，民间不就是拳头软的么？古代那些温习功课准备科考的士子，他们桌子上摆着"四书五经"之类的高头讲章，但若我们去翻翻他们枕头底下，一定是放着一本《庄子》。有庄子垫底，他们的心里踏实多了。考中的，便高谈阔论高视阔步地去治国平天下，做儒家；考不中的，回到陋室，凄凄凉凉，头枕庄子，做一回化蝶之梦，或南柯之梦，也是一剂镇痛良方。而梦醒之后，悟出"世事庄周蝴蝶梦"，齐贵贱，等生死，则眼前无处不是四通八达的康庄大道，身旁无处不是周行不殆的造化之机——庄周庄周，本即是康庄大道周行不殆之意也！

面向风雨的歌者

一

屈原是一本大书，可以让我们代代翻阅而不能尽其意；或者如胡适所说，是一个大“箭垛”，让我们人人都可以在他那里射中心中所想；或者，如我曾经比喻的，是一个大大的“滚雪球”，当他在时光的坡道上滚过一代又一代时，一代又一代的人都可以在上面附着上自己的东西：既是对屈原的新发现，也是价值的增值。是的，物理存在的屈原在公元前278年即已死去，但精神的屈原却永在生长，且日益枝繁叶茂，硕果累累，庇荫着吾国吾民的精神家园，滋养着我们的精神力量。

比经学家把《诗经》学术化、意义化而使其失去了生动鲜活更严重的是学者们对屈原的所作所为。首先是对屈原作品的种种猜疑。学者们用他们各自不同的判断标准，对哪篇作品是或不是屈原所作下了种种结论。现有屈原的所有作品，包括《离骚》，是否为屈原所作，都曾被怀疑过。我承认他们工作的严肃性与重要性，容不得我这个没学问的人说三道四，但我不耐烦他们的争论，远避而去，总还是我的自由。套用一句古人的话："何苦将两耳，听此寒虫号。"当然，现在的学者早不是"寒虫"，在鼓励学术的政策下，他们都暖洋洋的。

更令人气闷的是，学者们还挑起了一场"历史上有无屈原"的争论，弄得东瀛日本国的学者们也来凑热闹，直让我们怀疑他们的用心。以我这个头脑简单的人的想法，"屈原"本就是一个符号。它代表着一个人，不错，但却是一个早就死去的人——据说还是投江而死的人，也就是说，作为一个"物理事实"，他早已消失。而我们今天讲的这"屈原"，乃是一个"人文事实"。不管历史上——实际上也就是在楚怀王、楚顷襄王时代——这个人物是谁，或根本不存在这个人，但至少从汉代贾谊、刘安开始，这"屈原"两个字就已作为一个"人文"符号而存在，并在不久后得到了大史学家司马迁的认可且为之作传。在贾谊、刘安和司马迁那里，"屈原"代表的是一种命运，一种精神，一种品性，这些东西引起了他们的共鸣。而这些东西是抽象的，也就是说，他们感兴趣的就是这些"抽象"出来的东西，而不是那个已经消亡的肉体。自那时起，我们民族的记忆中就有了"这个人"，并且"这个人"还在漫长的历史时期里施加了他的影响；也就是说，随着历史的发展，"这个人"的文化内涵越来越丰富，他的"抽象"意义越来越丰富，而成了一个无可否认的"人文事实"。这个事实是否定不了的，而那一个所谓的"物理事实"，即那个血肉之躯，是张三还是李四，甚至是否存在，则无须否认，也无须坚持，因为无论如何，"屈原"这个符号在当时是指"这一个"还是指"那一个"，甚或如论者所说，不存在，都无关紧要，因为"它"实际上已经不存在了，存在的只是一种精神性的东西。它对我们的意义，不是来自那么一个物理性存在的"个体"，那么一个由血型、指纹、DNA、身份证、户口本、职工登记表等生物或社会体系认定的具体的"那一个"；恰恰相反，对我们有意义的是这么一个"人文事实"，这个事实是由其文化内涵决定的，比如忠贞、坚定、爱国爱民、冤屈等等，都是一些抽象概念。而这种“文化内涵”是由文化史派生的，在文化发展过程中不断堆垒、附着而成的，比如“爱国”“改革”就是很后来才附着上去的。说白了，从本质上讲，它无关乎“事实”，而与“价值”有关。我把屈原称为“滚雪球式人物”，意思也就是说，“屈原”这两个字所包含的意义、价值、精神等等，是在文化史中被不断附着上去的，正如一个雪球，我们若层层剥开它去寻找所谓的事实，则最终仍不过是雪块而已——所谓的“真正的事实真相”不存在。极言之，文化史上众多人物与文化现象何尝不是一直滚动，滚到今天，滚到我们面前的雪球？当他们从我们这儿滚过时，若我们能在上面附着上什么东西，就功德圆满了，何苦要拿着“学问的凿子”硬凿下去，要找出所谓最后的“真相”？待到最后，一切剥落，“真相”会令我们失望：原来什么也没有。而且我们还糟蹋了历代的文化成果，把它弄成一堆碎渣。

二

屈原的代表作《离骚》，若从其具体主张上讲，实际上并不见得有多高明，这话定会让很多人恼火，但我恳求他们让我诚实地说出我诚实的看法。《离骚》的诉说有三个对象：对君，对自己，对小人。简单地说，对君是忠，屈原标志着对士之朝秦暮楚式自由的否定，对士之“弃天下如弃敝屣”的自由的否定，也标志着另一种观念的建立——“忠”。这与荀子是一致的，比起孔、孟，荀子特别强调这个“忠”。在孔、孟那里，“忠”的对象是普泛的，甚至更多的是指向一般的人际关系，“为朋友谋而不忠乎？”以及“忠”“恕”并称即是例证。而孟子，就其个性而言，那种对君主的“忠”，他是撇嘴表示不屑的。但荀子特别强调的就是对君主的“忠”。荀子比屈原稍晚，而且就待在楚国，这是有消息可寻的。

忠而见疑，便是怨。这怨之来处，即是“忠”。由忠而见疑所产生的“怨”，是很近于“妾妇之道”的，是颇为自卑而没出息的。更糟糕的是，《离骚》还把自己的被委屈、被疏远、被流放归罪于小人对自己光彩的遮蔽、对自己清白的污染。这小人很像是第三者，插足在自己与君王之间，导致自己的被弃。不可否认的是，中国文化传统中，失意官僚普遍存在的弃妇心态，就是从屈原开始的。

对外在权威的皈依和依恃，导致先秦士人自由精神的没落。屈原的选择标志着路已只剩下一条：在绝对君权下放弃自己的主体选择，除了获得一个特定的君主的认可之外，不能有更多的自由空间。这几乎是一条绝路。贾谊、晁错式的悲剧早已在屈原那里发生，难怪贾谊独独心有戚戚于屈原。

好在《离骚》中还有对自我的充分肯定与赞扬，在很大程度上洗刷了“忠君”带来的污垢，而保持住了自己的皓皓之白。这可能是因为先秦士人主体精神的强大基础尚未坍塌，屈原尚有精神的支撑。令人稍感吃惊的是，正是在屈原这样一位向君权输诚的人那里，这种桀骜不驯的个性精神表现得尤其强烈和突出，除了孟子外，大约还没有人能和屈原相比：他那么强调自己、坚持自己、赞美自己（有不少人就据此认为《离骚》非屈原所作——他们的根据是：一个人怎能这样夸奖自己）。而且他一再表明，为了坚持自己，他可以九死不悔，体解不惩。正是这种矛盾现象，使得屈原几乎在所有时代都会得到一部分人的肯定，又得到另一部分人的否定。我想提醒的是，在我们大力宣扬屈原忠君爱国爱民的同时，一定不要忘了他张扬个性的一面。这后一点，也许是屈原最可贵的东西。谁能像他那样让自己的个性直面世界的碾压而绝不屈服？谁能像他那样以自己个性的螳螂去挡世界的战车？谁能像他那么悲惨？谁能像他那么壮烈？谁能像他那样成为真正的战士？

在中国古代，优美的抒情作品实在太多了，但像《离骚》这样的华丽的交响乐则太少。单从篇幅上讲，它就是空前绝后的；全篇三百七十二句二千四百九十余字，是中国古代诗歌史上最长的一篇，几千年来没有人能打破这个纪录。而其结构的繁复、主题的丰富、情感的深厚，更是令人叹为观止。作为抒情诗，而能展开如此宏大的篇章，不能不令人叹服屈原本人思想和个性精神的深度及广度。同时，我们也必须注意到他形式上的特点，正是由于他自设情节，使得一首抒情诗才能像叙事诗那样逐层打开而逐层深入，深入到精神的深处，游历到精神之原的开阔地带。抒情诗而有了"情节"，也就必然是象征的、隐喻的，所以，象征和隐喻也是《离骚》的主要艺术手法。比起《诗经》的比、兴，屈原"香草美人"的系统性设喻与上天入地、求女占卜等自设情节的使用，是一次巨大的历史飞跃。

不管怎么说，屈原仍然是历史上第一位伟大的诗人。我们可能听这类表述太多了，但我是认真地说这话的。"第一位"，盖因他之前尚无称得上伟大的诗人，甚至连"诗人"也不易觅得。《诗经》中可考的作者也有多位，有几位还颇有几首诗保存在这被称为"经"的集子中，但我总觉得，《诗经》之伟大，乃是整体之伟大，如拆散开来，就每一首诗而言，可以说它们精致、艺术、有个性，但绝说不上"伟大"。"伟大的诗人"，须有绝大的人格精神，可以沾溉后人；须有绝大的艺术创造，可以标新立异，自成格式，既垂范后人，又难以为继。应该说，在这两点上，屈原都当之无愧。就前一点而言，屈原已成为一种精神的象征，虽然对他的精神价值，根据不同的时代需要，代代有不同的理解，比如有时我们理解为"忠君"，有时我们理解为"忠民"，有时我们又理解为"爱国"。总之，他已是我们在不同历史时期的精神力量来源之一，重要的思想资源之一，人格精神的诱导之一。

就后一点说，“屈平辞赋垂日月，楚王台榭空山丘”，他在后半生的人生绝境中数量不多的艺术创造，已胜过楚国王族——也是他的祖先——几百年创下的世俗政权的勋业。他寄托在他诗歌创造中的志向与人格，“虽与日月争光，可也”——这是刘安和司马迁的共同评价。我们知道，司马迁对历史人物的评价，是一言九鼎的。而屈原的艺术创新，“轩翥诗人之后，奋飞辞家之前”，超经越义，自铸伟辞，“衣被词人，非一代也”——这又是中国历史上最杰出的文论家刘勰对他的评价。一个史界的司马迁，一个文论界的刘勰，两个在各自领域中的顶尖人物，对他的精神与艺术、人格与风格，作这样至高无上的推崇，屈原之影响人心、折服人心，于斯可见。

三

其实，屈原作品的数量并不多。班固在《汉书·艺文志》中列出的数目为二十五篇，刘向的已散佚的《楚辞》及王逸的《楚辞章句》中列出了这二十五篇的篇名，它们是:《离骚》一,《九歌》十一,《天问》一,《九章》九,《远游》《卜居》《渔父》各一。一篇被梁启超称为“全部楚辞中最酣恣、最深刻之作”的《招魂》，不在此列，我颇为遗憾。近世有不少学者力主此作仍为屈原的作品，我虽拙于考据，但从情感上说，我很希望这篇作品的著作权归于屈原。多年以前，我支边去青海，一待十七年之久，常起故乡之思（我本楚人）。每吟那“内崇楚国之美，外陈四方之恶”的《招魂》，尤其是那结尾三句，即不任感慨之至：

湛湛江水兮上有枫，
目极千里兮伤春心，
魂兮归来哀江南！

我们知道这“哀江南”后来被那羁留北方的江南人庾信敷衍成一赋《哀江南赋》，其赋其序，都是文学史上的名篇。

除此之外，即便在二十五篇之列的《远游》《卜居》《渔父》，也有不少人否认为屈原作品。作为学术研究，他们说什么自有他们的根据，但要让我来做这样的判断，我则没有心情——我不大喜欢他们的“根据”，因为那“根据”本身即不算稳固。我还是依我的“心情”，这三篇，仍为屈原作品。你看这样的句子，多么好：

惟天地之无穷兮，哀人生之长勤，
往者余弗及兮，来者吾不闻。(《远游》)

这是何等杳不可及、一往不复的寂寞？一个人好像突坠一个深黑无底的宇宙黑洞，扪天叩地，寂无回音。近千年后，幽州台上的陈子昂，还在唱这样的调子。再看这样的句子：

谁可与玩斯遗芳兮？长向风而舒情！(同上)

谁？谁与我一同赏玩芳草？我只长向风雨，舒我情怀！这样的句子，除了屈原，除了这个被命运的风雨播弄得死去又活来的人儿，谁能写得出？

《卜居》乃屈原卜自己以何居世，这样的大问题，似乎也只有屈原才发问。屈原向太卜郑詹尹一口气问了十八个涉及人格、人品、人生策略与人生道德原则的大问题，把郑詹尹问得哑口无言。是的，这样深刻的问题，谁能回答出？

世溷浊而不清，
蝉翼为重，千钧为轻；

黄钟毁弃，瓦釜雷鸣；

谗人高张，贤士无名。

吁嗟默默兮，谁知吾之廉贞？（《卜居》）

如果说，《卜居》是写公共生活中，人以何种面目面世；那么，《渔父》则是写在私人生活中，人如何背转身来，面对自己。渔父给出了一种随波逐流、与世推移的人生策略，但屈原则不能忍心于以自身的皓皓之白，蒙世俗之尘埃。这确实是不可调和的矛盾。人的伦理责任确实在很大程度上障碍着我们自身的逍遥。但在屈原身上，我们却也看到了，正是这种伦理责任压力，使得屈原精神之流的压强增大，使他的人格不断向上，使他臻于伟大之境。

四

屈原的二十五篇作品，可以分成三类：《离骚》《九章》《远游》《卜居》《渔父》为一类，是屈原政治生活、社会生活的记录，是他公共生活形象的写真，是他的心灵史、受难史、流浪史，是他生的伟大、死的光荣的见证；《九歌》十一篇为第二类，这是一组深情绵渺的情爱类作品，本之于楚国巫风中的娱神歌曲，屈原把它们改造了，变成了他自己的独创，因为他把自己那一往情深的心灵寄托在了里面；第三类只有《天问》一篇，这是一篇独特的作品，不仅在屈原作品中是独特的，在整个中国诗歌史上都是独特的、怪异的，又是令人震惊的。全诗一千五百多字，三百七十多句，呵问一百七十多个问题，“怀疑自遂古之初，直至百物之琐末，放言无惮，为前人所不敢言”（鲁迅《摩罗诗力说》）。

其实，屈原在问“天”之前，已问过“人”：他问过太卜郑詹尹，问过渔父，问过灵氛，问过女媭，问过虞舜……但无“人”能回答他“天”大的问题、“天”大的委屈、“天”大的痛苦、“天”大的不幸，所以他只能仰而叩问苍天，只有“天”才能回答他那一百七十多个至今也没有答案的问题！只是——

天意从来高难问，况人情易老悲难诉！（张元干《贺新郎》）

“海水呀，你说的是什么？”
“是永恒的疑问。”
“天空呀，你回答的是什么？”
“是永恒的沉默。”（泰戈尔《飞鸟集》）

是的，屈原就是那躁动不息的大海，他为那些“永恒的疑问”所折磨、所苦恼，他的《天问》永存天地之间，成为“永恒的疑问”。而天空，对这些疑问，大概也只能抱以“永恒的沉默”。

关键还不是这一百七十多个问题，而是这种疑问的精神与勇气。这种精神与勇气实际上是人类精神的象征。人类精神总是通过人类最杰出的分子——人之子，来作最集中的体现。

在他的第一类作品中，我们可以看见他的痛：

日月忽其不淹兮，春与秋其代序。
惟草木之零落兮，恐美人之迟暮。
……
老冉冉其将至兮，恐修名之不立。
……

长太息以掩涕兮，哀民生之多艰。

……

亦余心之所善兮，虽九死其犹未悔。

怨灵修之浩荡兮，终不察夫民心。

……

忳郁邑余侘傺兮，吾独穷困乎此时也。

……

这是《离骚》中的句子，充斥着“恐”“太息”“哀”“怨”“忳”（忧愁）……骚者，哭也！为时光哭，为生命短暂哭，为短暂的生命里不尽的痛苦、失意哭。注意，他诗中的“民”，也就是“人”，“民生”即“人生”，“民心”即“人心”。他开始从“人”的角度、“人”的立场来表达愤怒，提出诉求。我们知道，《诗经》中的愤怒，往往是道德愤怒，是集体的愤怒；而屈原的愤怒，虽然也有道德的支撑，但却是个人的愤怒。屈原很执着地向我们诉说他受到的具体的委屈：他政治理想的破灭，楚怀王如何背叛了他，顷襄王如何侮辱他，令尹子兰与靳尚如何谗毁他……他起诉的是这些人对他个人的伤害与不公。他指责他们的不道德，指责他们没有责任心，指责他们道德上与智力上的双重昏聩，但这都出自他很自我的判断。更重要的是，我们从他的诗中读出了人生的感慨，读出了人的命运，读出了一个不愿屈服的个人所感受到的人生困窘，一个保持个性独立意志的个人在集体中受到的压迫甚至迫害。如果说，讲究“乐而不淫，哀而不伤，怨而不怒”的《诗经》，其人生感受的尖锐性大有折挫而略显迟钝的话，那么，怒形于色，被班固批评为“露才扬己”的屈原，则以其“发愤以抒情”（《惜诵》）、“自怨生”（司马迁）的诗歌，向我们展示了当个性在面对不公与伤害时，是何等的锋利而深入。这种锋利，一方面当然是对社会的切割，而更重要的，是对自己内心的血淋淋的开剥。伟大的个性，就从这血泊中挺身立起。

曾歔欷余郁邑兮，哀朕时之不当。
揽茹蕙以掩涕兮，沾余襟之浪浪。（同上）

我们在《离骚》《九章》等作品中，看到了一个泪流满面的诗人；看到了一个时时在掩面痛哭的诗人；看到了一个面向风雨“发愤以抒情”，又对人间的邪恶不停地诅咒的诗人；一个颜色憔悴、形容枯槁、行吟泽畔、长歌当哭、以泪作诗的诗人。可他并不脆弱，并不告饶，并不退却，并不招安——不，绝不。他已从人群中上前一步，成为孤独而傲慢的个体，与全体对立，他绝不再退却：

亦余心之所善兮，虽九死其犹未悔！
……
虽体解吾犹未变兮，岂余心之可惩！（同上）

《诗经》的俗世精神很了不起，但从另一方面讲，这种俗世精神恰恰消解了个人的意义，消解了个性与社会的对立，从而障碍了个性的伟大。它入世的深度恰恰减少了个性的高度。而屈原，由于他已被主流社会抛弃——他的被流放是一个很有象征意义的事件，而他的《远游》则正是他精神的自我流放——他有深刻的孤独。在以孤立的、不堪一击的个体面对命运时，个性在绝望中显示了它的高度、深度与完美。我们来看看这样的诗句，除了屈原，还有哪位诗人能写得出：

经营四方兮，周流六漠。
上至列缺兮，降望大壑。

下峥嵘而无地兮，上寥廓而无天。
视倏忽而无见兮，听惝恍而无闻。
超无为以至清兮，与泰初而为邻。(《远游》)

个人从来没有以这样嶙峋的面目面对世界，世界也从来没有向我们展露出它如此峥嵘的色相。面对天地玄黄，面对宇宙洪荒，人站在哪里不是深渊？人站在哪里不面临悬崖绝壁？这是中国文学史上最为孤绝的人格，空前而绝后。庄子有屈原的“大”，却似乎缺少他的决绝，缺少他的自绝于世界的惨烈。

五

刘勰说楚辞是“气往轹古，辞来切今，惊采绝艳，难与并能”。鲁迅说楚辞是“逸响伟辞，卓绝一世”，并且较之《诗经》，说它“其言甚长，其思甚幻，其旨甚明，凭心而言，不遵矩度”。这一“凭心而言，不遵矩度”，就唱出了个性。屈原是被人群抛弃的，有人会说抛弃他的只是楚怀王、楚顷襄王父子，但从对体制高度认同的屈原来说，被这一对肉头父子抛弃，就足以使他有“国无人莫我知兮”（一国中没人知道我）的孤独感。假如屈原是一个脆弱的人，或者说，他的个性还不够坚定，他可能会试图改变自己，再回到人群中去，但偏偏他是一个倔强而不肯有一丝迁就的人，一个纯洁而不受一丝污浊的人，一个九死不悔的人，于是，便出现了这样惊心动魄的对峙：一边是世俗的强大权力及权力控御下的人群及其思想，一边是孤独无依却一意孤行、绝不屈服的个人。屈原的伟大，即体现在这种对峙之中。他的失败，就因为他取对立的立场而不曾屈服；他的成功与辉煌，他的光荣与梦想，也是因为他取对立的立场而不肯屈服。所以，我曾在《屈原：无路可走》一文中说，“屈原之影响后世，是因为他的失败，这是个人对历史的失败，个性对社会的失败，理想对现实的失败”。屈原的作品，是中国历史上第一次有关一个具体的活生生的血肉之躯与社会、文化发生冲突并招致毁灭的记录，是有关人类自由、幸福的启示录。所以，如果我们说，《诗经》是北方世俗生活的记录，它反映了周代社会生活的方方面面，并因此被冠以“现实主义”的名目；那么《离骚》，则是一个苦难心灵的记录。《诗经》反映的是生活中的冲突，《离骚》则由生活中的冲突深入到内心的冲突。“离骚者，犹离忧也”（司马迁），“离，犹遭也，骚，忧也，明已遭忧作辞也”（班固）。是的，“离骚”乃是一个强悍不屈的个性心灵的痛苦心声。它体现了个性的深度、痛苦可以达到的深度，它是自我的觉醒、自我的坚持、自我的抗争，是追求自由、幸福与个人信仰的曙光。

所以，我说，屈原的作品，数量虽然不多，但却几乎都是“大诗”，有大精神，大人格，大境界，大痛苦，大烦恼，大疑问。大爱大恨，大悲大喜，他直往个性的深处掘进，绝不浅尝辄止，绝不“怨而不怒，哀而不伤，乐而不淫”；他就往这不“中庸”的狂狷的路上走，绝不回头，直至决绝而去，一死了之。他对邪恶，怨而至于怒了；他对自己，哀而至于伤了。较之《诗经》的节制，他的文学形式，他的篇幅与情感，真的是“淫”（过分）了。所以，我上文说，《诗经》中任一首诗，单列出来，都略显渺小，它们靠的是群体的分量而占有文学上的一席之地。而屈原的作品，如《离骚》《天问》《招魂》，以及《九章》中的那些杰出的篇目，是可以单独地自立于诗歌之林，单独地成为一道风景，称得起“大诗”的。即如他的《九歌》，写苦写痛，写爱写痴，写恋写愁，写盼写思，无不一往情深，直叫人有惊心动魄之感：

帝子降兮北渚，目渺渺兮愁予。

袅袅兮秋风，洞庭波兮木叶下。（《湘夫人》）

直让人在那心灵深处，突然升起一腔柔情蜜意，不拥入怀中不能自已。可那袅袅秋风，已不知从何处悄悄袭来，让洞庭生波，让木叶飘零，让山河变色，让我们心底生凉……

秋兰兮青青，绿叶兮紫茎。

满堂兮美人，忽独与余兮目成。

入不言兮出不辞，乘回风兮载云旗。

悲莫悲兮生别离，乐莫乐兮新相知。（《少司命》）

较之《诗经》中的爱情诗，《九歌》的境界更高，意味更深，情韵更永。事实上，《诗经》中的爱情诗都来自具体的“爱情事件”，即它们都是具体的爱情经历的记录。而《九歌》中的爱情诗，则没有这样的背景，它们纯粹出自对爱情的想象。所以，它们更抽象，更哲学，是哲学化的爱情，所以也更有象征的意味。如果说，《诗经》中的爱情诗让人觉得亲切，让人恋上俗世的温暖与幸福；那么《九歌》中的爱情诗，则让人飘忽，让人惆怅，让人怀疑获得俗世幸福的可能性与爱情的真实性。屈原是悲剧性的，无论是他的人生，还是他的艺术。他有直探世界悲剧本质的洞察力。即使是温暖的爱情，他在写出它的温馨与令人哀哀欲绝的柔情的同时，却也写出了围绕在它四周的寒凉，使其不可驻如梦，不可掇如月，不可揽如云，不可止如水……他的这一组写情爱的诗足可以上升为哲学，成为哲学寓言。本来，他就是写对神灵的崇拜与爱慕，是人对上帝的爱，对自然的爱，对世界的爱……

屈原的作品，被称为“楚辞”。何为“楚辞”，我用一句话来说，楚辞即是——楚国诗人屈原等人在吸收楚国民歌艺术营养的基础上而创作出来的带有鲜明楚国地方语言色彩的新体诗。“楚国诗人”“楚国民歌”“楚国地方语言色彩”，说明了“楚辞”中的“楚”字；而“新体诗”，则说明了此“辞”并非《诗经》式的旧体诗，它不再是四言体式，而是自由奔放的杂言诗，篇幅长大宏阔，情感深沉博大，思虑曲折深刻，“衣被词人，非一代也”（刘勰《文心雕龙·辨骚》），“其影响于后来之文章，乃甚或在三百篇之上”（鲁迅《汉文学史纲要》）。

言语侍从与御用文人

“赋”，原先只是一种描写的手法，《诗经》中“赋、比、兴”并列，表明“赋”只是与“比”“兴”一样，是抒情、状物的手法之一种，朱熹《诗集传》说“赋”乃“敷陈其事而直言之也”。具体地说，一切叙事，写景中的白描，抒情中的直抒胸臆，都属于“赋”，因为这几种手法都是“直言之”，而没有中介或借助。后来荀子作品中有《赋篇》，这可以说是以赋名篇的最早作品（至于传说中宋玉的一些作品，如《高唐赋》《登徒子好色赋》等，未必真是宋玉作品，姑存疑）。而屈原的作品，原只称“辞”（楚辞），但与《诗经》相比，规模宏大，铺张扬厉，抒情和状物都趋精细，实为汉代赋作的最直接母体。所以后来“辞赋”并称，屈原之“辞”与汉人之“赋”，体制上原先并无不同。

需要区别的是，“汉赋”与“汉代的赋”并不是一回事。质言之，“汉赋”只是“汉代的赋”之一种。汉代的赋，有从汉初即出现、绵延至汉末而不绝的、脱胎于屈原楚辞的所谓“骚体赋”，以抒情为特征，我们可以称之为抒情赋；有在汉武帝时成熟并蔚为大观的汉大赋（即为汉赋）等等。汉大赋的代表人物就是枚乘、司马相如、扬雄、班固、张衡等人。其中的张衡，后来也是抒情小赋的代表人物。

汉大赋是特定历史时期政治、伦理和审美风尚的产物。枚乘《七发》肇其始，而司马相如《子虚赋》定其形制。后来的大赋作家，几乎是在司马相如绘制的格子里填空。

司马相如，字长卿，蜀郡成都人，年轻时读了不少书，尤其是对怪僻生冷的字感兴趣。他后来著《凡将》篇，通小学，这都可见他学问的趣味。他被列为汉赋四大家之首。他是中国历史上第一个纯种文学家、作家（此前的先秦诸子，包括屈原，以及汉初的陆贾、贾谊等都是政治家或思想家），以摆布文字、玩弄技巧沾沾自喜。他羡慕蔺相如从贱人一跃而为卿相，便也用了人家的名，叫司马相如。他父母用尽家财为他买了一个郎官，到汉景帝那里做了一名骑马的卫士。不久，梁孝王刘武来朝见景帝，随身带来了几个大名鼎鼎的文章高手，邹阳、枚乘、严忌等，司马相如与他们一见如故。到梁孝王回梁国的时候，他也辞了职，去了梁国。在梁国，他做的是孝王的门客，与那班文朋诗友，整日游玩饮宴，登高作赋，寻章摘句，推敲雕琢，此前认识的生冷字、怪僻字全都派上了用场。这几年中他的成绩便是做出一篇名闻遐迩后来也名震古今的满篇生冷怪僻字眼的《子虚赋》。《子虚赋》里有三个假托的人物，分别叫子虚先生、乌有先生、亡（无）是公。子虚与乌有先生分别夸耀楚王和齐王的田猎生活，而亡是公则夸饰天子的田猎威风。文势一浪高过一浪，后者压倒前者，就这样把文章推向了高潮，这是司马相如的模式。后来这一模式一再被人模仿，司马相如也就成了祖师。

一个时代的审美风尚真是不可思议。那时代就喜欢堆砌和填满，看这《子虚赋》，如同类书，写山的一段，全是用“山”字部首组成的字布列在一起，一眼看去，只见群山峨峨，怪石嶙峋，负下争高，令读者心折骨惊。写树的一段，是林无静树，风声萧萧；写水的一节，又似川无停流，流波浩浩。兽则惊慌哀号，东西奔窜，青面獠牙，应弦而倒；人则兴奋叫嚣，南北合围，骏马利箭，弓不虚发……一篇《子虚赋》，合綦组以成文，列锦绣而为质，一经一纬，一宫一商，控引天地，错综古今，包举宇宙，总揽人物。司马相如的看家本领，吃奶力气，全用在这篇文章中了。据说他写这篇文章时，是“意思萧散，不复与外事相关……忽然如睡，焕然而兴，几百日后而成”。这种散体大赋的创作，往往都是旷日持久，连年累月，甚至有十年乃成者。赋的这种创作过程，实际上已经表明，它更多的是学问，是技术，而不再是艺术。因为，这个过程，没有灵感和情感的介入，有的只是经营和算计。

汉武帝刘彻即位后，爱好辞赋。司马相如把他的《子虚赋》上半部分给他的同乡杨得意，让他找个适当的机会呈给武帝。武帝读完《子虚赋》后，大为欣赏，立即召见司马相如。司马相如到了长安，听武帝称赞他的《子虚赋》写得好，便说：“那算不了什么，只是写写小诸侯们的自得其乐罢了。如您允许，我可以为您写一篇描写天子游猎的赋，那才是天地壮观呢。”武帝便命令尚书给他搬来笔砚与木简，司马相如装模作样地在武帝面前一挥而就——其实是默写出《子虚赋》的下半部——亡是公言天子田猎的事，只不过是巧妙地把武帝正在轰轰烈烈地修筑的上林苑加了进去，写成了田猎的场所。[1]

1 《子虚赋》的最后部分，即在亡是公夸说天子田猎的一段里，提到了汉武帝时才圈建的上林苑（上林苑修于武帝建元三年，即公元前138年，而司马相如的这篇赋则是写于公元前143年之前）。所以，虽然《史记》《汉书》把它们当作一篇，到了《文选》就把它们分成了两篇：子虚和乌有先生相互辩难的部分为《子虚赋》，被当作写诸侯田猎之乐，而亡是公言辞的部分则为《上林赋》，是司马相如见武帝后的作品。但我以为这样的分法也欠妥，原因是，文章的开头，在写了“子虚过姹乌有先生”之后，赫然就是一句“亡是公存焉”（亡是公在场）。所以，这文章的最后一部分，亡是公谈上林苑的一段与上面的部分应是一次写成的。同时，就赋的一般结构而言，也一般是有这样逐层展开的三部分的。这就涉及这篇赋是何时写成的问题了。由于写到了上林苑，后人遂疑这篇赋就是司马相如见武帝后所奏的（转下页）

赋成，“奏之天子，天子大悦”。马上任命他为郎官。

司马相如为郎官以后，还写过一些赋，如《长杨赋》，劝阻武帝勿拿生命当儿戏，应少冒险射猎;《哀二世赋》，感慨胡亥持身不谨，信谗不寤，以致亡国失势，宗庙灭绝。但这一类东西他写得没什么深度与特色。他确实有“不能持论，理不胜辞”（曹丕评孔融）的毛病。倒是他的另一篇《大人赋》，是他后来最出色的作品。《大人赋》写成，奏给武帝，“天子大悦，飘飘有凌云气，游天地之间意”。

据《汉书·艺文志》载，司马相如的赋有二十九篇，但今日传下来的只有六篇，其中《长门赋》与《美人赋》是骚体赋。但细读《长门赋》，我们感到他只是在描摹痛苦，而不是在体验痛苦。他把痛苦作为对象，作为不关痛痒的客体，而不是作为主体的感受。质言之，他面对痛苦，正如他面对田猎的场面，面对山川林木，然后，他调动技巧描摹它，而不是调动感情感受它。甚至，我们可以说，他是在别人的痛苦中磨拭自己刀笔的锋利。他不是在表现陈皇后的痛苦，而是在炫耀自己刻画痛苦的技巧。他不能感受陈皇后的痛苦，这正如一个脑筋急转弯的题目：针扎在哪里不感到疼？答案：扎在别人身上。现在武帝绝情的针扎在陈皇后身上，他司马相如正享受着武帝的恩宠，他不感到疼。陈皇后

（接上页）《天子游猎赋》，而《子虚赋》当别有一篇。日人泷川资言说：“愚按《子虚》《上林》，原是一时作，合则一，分则二。……相如使乡人奏上篇，以求召见耳。”（《史记会注考证》）泷川的话虽然没能说明为何在公元前143年前作成的赋中就有了后来的上林苑的提法，但仍给我以很大的启发。我认为，所谓《子虚赋》《上林赋》，原确是司马相如在梁时所作的一篇赋，只不过原作中写到天子游猎时，没有“上林”一词。后来，司马相如截取文章的前半部分，让同乡狗监杨得意奏上，而留下后半部分，以俟召见时冒充当场作文。当武帝召见他时，他说要写一篇天子游猎赋，实际上就是默背出他的旧作。只不过根据现实情况，汉武帝的上林苑正在隆重施工，他就在里面添上“上林”一词而已。这点手段，于他而言，易如反掌。

的痛苦不能感动他，不能引起他的同情心，倒是唤起他的表现欲。眼睛盯着“痛”这个字，与眼中有根刺的真痛，感觉是不同的，司马相如就用满篇的“痛”字来糊弄我们的眼睛，糊弄我们的“痛觉”。这篇赋前有一篇序，假如那真是相如自己作的，倒很符合他沾沾自喜、夸夸其谈的天性。他在序中说：看！我把陈皇后的不幸和痛苦描写得多么感人！连武帝都回心转意了！可是司马迁的《史记》告诉我们，陈皇后被贬入长门宫后，并没有再次获得武帝的宠幸。这至少说明了，连他的文学崇拜者武帝都没有被他的这篇赋感动。

班固把司马相如列入“言语侍从之臣”(《两都赋序》)，后世的赋家，如扬雄、班固、张衡、左思，都一面模仿他，一面又批评他、轻视他。他的文字技巧确可让人佩服，甚至成为模范；但他的为人处世，却平庸得很。他是一个思想平庸、精神也庸俗的人。他是一个“为艺术而艺术”的作家，可是他对艺术的理解大约相当于工艺，对于真正的艺术，他还缺少悟性。他文字功夫极佳，但艺术悟性极差。他不关心政治，不关心民生，他在武帝身边从没有在这方面建言献策。他对那个时代的苦痛毫不关心。所以，就人格言，他远远不能望陆贾、贾谊、晁错、董仲舒等人的项背。

他除了缺乏贾谊等人的良心与责任心，他也缺乏东方朔的那种对社会人生的洞察力。在他的作品中，有一些“劝百”之外的“讽一”，但这微不足道的“一”，与其说是他讽谏别人，不如说是他试图表明他还有起码的良知，向我们表明他在最起码的价值判断面前还站在我们这边，以此获得我们对他作品的道德认可，甚至奢望着我们的欢呼（这一点他成功了，历代都有人对他欢呼）。但实际上，在奢靡与节俭之间做出选择，这实在不是一种需要较高判断力的选择题，他即便选对了，我们也不必给他判高分，更何况他的真正用意与真正兴趣还不是节俭呢！他只是顺便给我们一点安慰、一点麻痹罢了。

在他的作品中，我们看不到痛苦。他既不为别人痛苦，也不为自己痛苦。我们在他的作品中找不到文学的最本质的东西：怜悯。他既不怜悯被残杀的动物，也不怜悯在专制车轮碾轧下的人民。他描写帝王的田猎场面时，他的判断力——甚至可以说他的所有感官，包括视觉与听觉，都已经失去。他分不清哪些是被围猎的野兽，哪些是围猎的士兵，人与兽全都成了帝王抖威风的材料，也成为他鸿文中的抽象符号。这符号是王权的象征，也是御用文人对王权忠心的象征。

当然，作为文人，司马相如是划时代的。他是一个重技巧，尤其是重文字技巧的作家；他是一个求形式之美而轻视求道德之善的作家；他是一个不重诗情而重画意的作家；他是一个不关心人，不关心人类生存，而只关心自己的“艺术”的作家；他是一个对社会背过身去，却又去屠宰自然的作家。这一切，都使他与前辈作家割裂开来，也与一切伟大作家拉开绝大的距离，自成一道风景。我们读他的作品，可能会惊叹，但不大会被感动，因为他只让我们的感官惊骇，却无关于我们的心灵。

冷幽默

东方朔在历史上是以滑稽传名的，司马迁就把他列入《滑稽列传》，与历代俳优放在一起。班固说他是“滑稽之雄”，以至于后世好事者往往把一些奇谈怪论都附会给他。其实，他心冷得很，眼毒得很，有非常杰出的社会观察力。他有两篇杰出的赋《答客难》《非有先生论》和一篇四言韵文《诫子》。这三篇文章在中国历史上都有特殊的意义。

《答客难》假定有一个“客”向东方朔问难，然后由东方朔解答。客人问，“苏秦、张仪一当万乘之主，而都（居）卿相之位，泽及后世”，而你东方先生呢，“修先王之术，慕圣人之义，讽诵《诗》《书》百家之言，不可胜数，著于竹帛”，“自以（为）智能海内无双”，“悉力尽忠以事圣帝”，何以至今还只做个小小侍郎呢？大概还是品行上有问题吧！

东方朔的回答是：

> 彼一时也，此一时也，岂可同哉！夫苏秦、张仪之时，周室大坏，诸侯不朝，力政争权，相禽（斗）以兵，并为十二国，未有雌

雄。得士者强，失士者亡，故谈说行（得行其道）焉！……今则不然。圣帝流德，天下震慑，诸侯宾服，连四海之外以为带，安于覆盂（言不可动摇），动犹运之掌（言治天下易如反掌），贤不肖何以异哉？

人才的地位，取决于社会需求。战国纷争时代，人才往往决定着诸侯们的兴衰成败，所以，他们不得不尊重人才。而今天下一统，于皇帝言，无人与他争权夺利，无人与他争地争城，当然也就无须什么才与不才、贤与不肖。于人才言，以前有多个雇主，尚有选择的自由，背离一个国君而投奔另一个国君，如同扔掉一双破鞋子；而今却只有一个雇主——中央政府，除此以外，别无混饭吃的地方。主动权现在转到皇帝手上了，对文人，他——

绥之则安，动之则苦；尊之则为将，卑之则为虏；抗之则在青云之上，抑之则在深泉之下；用之则为虎，不用则为鼠。

几乎是皇帝想怎么折腾就怎么折腾。当然，历代皇帝也不能说就全凭自己的喜怒而不重人才，至少汉武帝就重人才。毕竟封建社会还是“家天下”，天下是他“家”，他也不至于对自己这个“家”完全不负责任。但——

天地之大，士民之众，竭精谈说，并进辐辏者（像车轮中的车轴全都向着轴心一样），不可胜数，悉力募之（尽全力来募用他们），困于衣食（没有足够的俸禄），或失门户（没有足够位子）。使苏秦、张仪与仆并生于今之世，曾不得掌故（掌管礼乐旧事的小官），安敢望常侍郎乎？故曰：时异事异。

天下之大，人才之多，出路却只有一个。车轴很多，但轴心却只有一个。千军万马挤独木桥，落水者、相蹂践而死者当然不可胜数。一元时代来了，文人的悲剧也就开始了！

这是多么透彻的洞见！

东方朔还有一篇很有意思的赋体文章，叫《非有先生论》。这个在吴王宫中“默默无言者三年”的非有先生，有什么样的高论呢？就是那非有先生再三感慨的四个大字：“谈何容易！”

韩非的《说难》，是理智冷静的分析，是对游说经验的总结，也是对游说者指导门径，其目的乃是积极的——增加游说的成功率。而东方朔的“谈何容易”，则是对血的教训的感慨，也是对言谈者的告诫，其目的则是消极的——要人们三缄其口。这是东方朔对自己时代的观察。

东方朔的另一篇意义非同寻常的文章是四言韵文形式《诫子》篇。它提供了一种非同寻常的处世之道——游世：

> 明者处世，莫尚于容，优哉游哉，与道相从。首阳为拙，柱下为工。饱食安步，以仕代农。依隐玩世，诡时不逢……圣人之道，一龙一蛇，形见神藏，与物变化，随时之宜，无有常家。

这种“游世”哲学，是封建集权时代很多颟顸官僚的护官符。你看，既可尸位素餐，饕餮天下，中饱私囊，又可游手好闲，心地闲雅似神仙；既像国之栋梁，一言九鼎，宰割天下，因而名利双收，又像山中隐士，名节俱全。体现在这篇文章中的冷幽默，是艺术上的一大特色。

扬雄与司马相如、班固、张衡并称为“汉赋四大家”。他又作《太玄》，模仿《周易》；作《法言》，模仿《论语》；还作方言专著《方言》。

扬雄的有文学意味的文章，有两篇，一是《逐贫赋》，一是《解嘲》。

《逐贫赋》是扬雄赋中极特别的一篇。扬雄之作，多模仿别人，唯这一篇，却让后人模仿他。鲁褒《钱神论》、韩愈《送穷文》，都从此脱出。另外，韩愈《进学解》之正话反说，诙谐幽默，寓庄于谐，也学的是《逐贫赋》。《逐贫赋》读起来，确实有让人忍俊不禁的地方，这是最古老的黑色幽默。他写自己贫穷，是：

人皆文绣，余褐不完。人皆稻粱，我独藜飧。……徒行负笈，出处易衣。身服百役，手足胼胝。或耘或耔，露体沾肌。朋友道绝，进官陵迟。厥咎安在？职汝为之。

看来，这个“穷神”还真害他不浅。于是他想躲开这个“穷神”，而“穷神”却缠住他不放：

舍汝远窜，昆仑之巅。尔复我随，翰飞戾天。舍尔登山，岩穴隐藏。尔复我随，陟彼高岗。舍尔入海，泛彼柏舟。……我行尔动，我静尔休。

最后是这个“贫”跟主人讲了一通“贫”的好处：

处君之家，福禄如山。忘我大德，思我小怨。堪寒能暑，少而习焉。寒者不忒，等寿神仙？桀跖不顾，贪类不干。人皆重闭，子独露居。人皆怵惕，子独无虞。（同上）

明人张溥说：“《逐贫赋》长于《解嘲》，《释愁》《送穷》，文士调脱，多原于此。”（《汉魏六朝百三家集题辞》）王世贞云：“子云《逐贫赋》固为退之（韩愈）《送穷文》梯阶。”这种独特的幽默，确为子云独创，而为后人承续。

汉人本来质朴务实，追逐富贵在他们看来自然而然，并不像在后世那样，总是面临道德审判的危险。司马迁在《货殖列传》中对各种追逐富贵的行为，甚至包括一些不光彩的行为，一概予以宽容——天下熙熙攘攘，皆为利来利往。东方朔、司马相如这样的文人，也一概赤裸裸，毫不掩饰地追名逐利，而至于不择手段，而至于不以为耻，反以为荣。班固批评司马迁“崇富贵而羞贫贱”，殊不知这正是那时代的风气。与之相关，夸耀富贵而不像后世那样财不外露，也是那时代的一大特色。《陌上桑》写罗敷，《羽林郎》写胡姬，《孔雀东南飞》写刘兰芝，都用浓墨重彩写她们衣饰的华贵，这都正是汉人朴实本色。

而扬雄《逐贫赋》则显示了一种新的态度。那就是对贫穷——物质匮乏的态度。在他酸溜溜的口气中，我们能发现中国人“一分为二”思维方式对生活本身产生的影响。在这种思维方式里，关键不在于我们怎样生活，或生活得怎样，而在于我们如何解释生活，解释得怎么样。这种典型的唯心主义生活观后来构成了我们文化传统的重要部分。我们看扬雄，他的虚弱无力、无可奈何在这里表现得很充分：他没有能力过上更好的生活，他便设法把不好的生活解释为好的生活；他试图找出贫寒生活的优点，找出富贵生活的不足。这种努力，后来在道德层面上得到了完成，那就是：富贵的，总是不道德的，至少是道德可疑的；贫寒的，则往往是因为道德高尚。富贵变成了道德负号，贫寒则成为道德正号。于是，精神的奖励就弥补了物质的匮乏，甚至成了我们生活中的画饼。扬雄的这篇《逐贫赋》，它可能就暗示着我们民族文化心理的这一深刻转捩。

张溥说扬雄善于解嘲。扬雄恰好有篇赋，题目就叫《解嘲》。

这篇赋，模仿东方朔《答客难》的地方很多。它们都是剖析中央集权时代知识分子的处境的。不过，细细揣摸，两者仍有差别：东方朔虽在体制之内，但满身纵横家气息，桀骜不驯，目空一切。虽则不得志，但绝不认输，尤其不承认自己无能，而只斥责社会无道，用人者无目。扬雄则满身书卷气，温文尔雅，谦恭退让。他自认失败，故甘心自守学问一隅，满纸都是无奈与虚弱。他比东方朔更悲哀，更绝望。比如扬雄一开始，借客嘲笑自己后，便是这样的句子：

扬子笑而应之曰："客徒欲朱丹吾毂，不知一跌将赤吾之族也！"

巧妙地利用"朱""赤"的同义与多义，把爬得高跌得重的专制官场的一般规律揭示了出来。这也是历史经验的总结，是血的教训的写照。从汉高祖杀功臣，到汉景帝杀晁错，再到汉武帝的残酷诛杀大臣，多少权倾一时的人物被灭族？朱丹其毂者，往往接着就是赤族之家！

当今……言奇者见疑（被怀疑），行殊者得辟（被杀头），是以欲谈者宛（卷屈）舌而固声（闭嘴），欲行者拟足而投迹（循前人的脚印走）。

一言一行，一举一动，莫不如履薄冰，胆战心惊。大胆的思想没有了，新颖的创造没有了，专制政治的最终结果，正是消灭个性，从而扼杀一个民族的生机。扬雄敏锐地看出了汉代大一统之下的社会与先秦诸子时代的社会有着截然不同的风貌！

在这样的大一统之下，我们不可能有大智大勇，我们也不可能堂堂正正。我们所有的，就是那种绝对委琐的保身之术与蝇营狗苟的可怜生态：

炎炎者灭，隆隆者绝。……攫拏者亡，默默者存。位极者高危，自守者身全。是故知玄知默，守道之极。爰清爰静，游神之庭。惟寂惟寞，守德之宅……

最后，扬雄表明他不能与前代成功人物比，“为可为于可为之时，则从；为不可为于不可为之时，则凶”。时代不同了，他只能“默然独守吾《太玄》”。

汉赋，从枚乘、司马相如的空洞无物、凌空蹈虚，到东方朔、扬雄对当代问题的深刻思考，显示出赋这种文体的生命力。《答客难》《解嘲》《逐贫赋》诸作，是汉赋对原罪的自赎。

听那历史的哭声

天汉二年，公元前99年，汉廷发生了一件震动朝野的大事：名将李广之孙李陵率数千步兵，深入匈奴，先胜后败，而救兵不至。在走投无路的重围之中，这个家世悲惨、满怀光宗耀祖志向的年轻人，不甘心就此在失败中了断一生，他做出了最为耻辱的决定：投降匈奴。对他而言，他只是想“留得青山在”；在现代人看来，在牺牲自己也不能改变战局的情况下，投降而成为战俘，也是无违纪律与道德的正常选择。但在那个时代，在特别寡恩的汉廷，这个有“国士之风”的青年将军却就此彻底地铸定了自己的悲剧命运。

更令人唏嘘的是，这件事竟然也彻底铸就了另一个人的命运，这就是曾经与他共事过的司马迁。他俩一文一武：当李陵在沙场上为汉廷浴血奋战时，司马迁也在书房中奋笔疾书，他在为这个大时代，为“明主贤君忠臣死义之士”树碑立传。此刻，远在漠北惶恐绝望的李陵绝不会想到，司马迁，这个他虽然认识，却从未有过交往，“未尝衔杯酒，接殷勤之余欢”的一介文人，为了援救李陵一家老小的生命，在为他辩护，从而冒犯武帝，被下狱，第二年，公元前98年，被判死刑。

同样不甘心就此“轻于鸿毛”地死掉，“没世而名不称”，司马迁也选择了活下来，为此不惜接受最为耻辱的宫刑。

人类的悲剧是文学的温床。这件事引出了汉代最杰出的两封书信：李陵的《答苏武书》和司马迁的《报任安书》。

《答苏武书》让我们记起了一个被自己的民族抛弃、被大漠淹没的人的绝望。

而《报任安书》，则写尽了一个人被自己的政府羞辱，被人群歧视，在濒临崩溃的边缘，如何独力支撑，为了某种希望，所能承受的人生耻辱的极限——用司马迁自己的话说，在人生的所有耻辱中，“最下腐刑极矣！”

这封书信，显示了作者内心在巨大的打击和耻辱感下深重的矛盾痛苦，以及在对抗这种痛苦中显示出的坚韧的个性力量，读后有一种震撼人心的感受。它是散文体的《离骚》；它与《离骚》一样，都展示了个体与强大体制的对抗及其悲剧性后果，而且它们都站在个体的立场，对冷酷的体制与强权进行道德审判，并给以足够的轻蔑。事实上，就这一点而言，《报任安书》甚至比《离骚》更杰出：因为它的作者司马迁最终以个人的坚韧完成了自己的名山事业。所以，如果说屈原是失败的英雄，司马迁则是成功的伟人。屈原的死是伟大的，因为它表明作者对荒谬世界的背叛，个体以“死亡”的形式保持自己的“皓皓之白”，显示自己的最终没有屈服，用海明威的话说，是“可以被打败，但不可能被征服”；司马迁的忍辱不死也是伟大的，因为它体现出韧性的战斗，并且给我们以乐观的启示：伟大而顽强的个性可以在对体制的激愤与抗争中完成自我的使命，实现自我的意志，个性甚至是不可以被打败的。

是的，在极辱中完成的《史记》，是司马迁胜利的旗帜！

大约在公元前90年，《史记》横空出世。而它的伟大创作者，司马迁的行踪却消失了。

那死去的孤绝的生命，在《史记》中得到永生。

说司马迁是一个伟大的史家，当然不会有人怀疑。但对于他为什么伟大，人们却有不同的见解。这正说明他在诸多方面都是伟大的，所以，在后人所涉足的地方，都发现了他的伟大与创造。

他笔下的历史，是“活的历史”。在孔子传统下的中国史家，大都是用他们头脑中固有的价值观念——主要是社会主流意识形态——儒家的价值观念来考据历史，记录历史，评价历史。史家必须兼具书记员和审判官双重职能。在他们看来，历史是一个事实，但却是一个已经“过去了”的、尘埃落定的事实；是一个经历，但却是人类“曾经有过”的经历。它对我们的意义与价值，乃在于为我们提供一种道德案例。我们关注的乃是这些已经过去的事实中透析出的道德意义，而不是事实本身。这样，作为对象的历史，就是被我们判为死亡的东西。历史学家们面对历史，如同尸检官面对一具尸体，只是解剖它，判定其死因，写出尸检报告，而不必对死者表示尊敬与哀挽。

但司马迁则异乎寻常地为我们展现了另一种对历史对象的处理方式：他抚尸痛哭，为历史招魂，让历史复活。他让历史的幽灵飞临我们现实的天空，与我们共舞。他为我们展现的，不是历史逻辑，不是历史理性，不是一切理论性的灰色的历史结论，而是历史本身，是原生态的历史，或者说，是历史的原生态。他用“再现”的方法，让“曾经的事实”变成了每一个阅读者“当下的现实”。——当我们翻开《史记》的册页，我们就会听到那些历史人物的声音，看到他们生动的面容。

同时，他虽然也满怀无奈与感喟地承认历史的必然性并在其著作中对之加以勾隐索微，但他真正的兴趣，则是关注着人类天赋中的自由精神、原始的生命激情、道德勇气下义无反顾的心灵；关注着历史人物的血性、气质、性情，以及那种冲决逻辑的意志力量。一个不相信、不承认、不尊重历史必然性的史家，不是一个老实的、心智健全的史家；但仅有历史必然性而没有自由精神，仅有逻辑而没有意志，仅有理性精神而没有宗教崇高，匍匐在必然性法则之下而不能歌颂个体生命对必然性的抗争，必不是一个伟大的史家。这种伟大的史家必具有一种无与伦比的悲剧精神，所以也往往是伟大的悲剧家。我们在古老的史诗中可以仰望到这样的人物，像荷马及荷马史诗。史与诗的结合，就是历史必然性和个人自由意志的结合。在史诗中，历史必然性与个人自由意志的永恒冲突，就是其作品内在张力与其无限魅力的来源。

可能是由于司马迁认识到了，历史总归是“人”的历史，不是天的意志史，不是神的历史，也不是哲学家们所想象的“观念”（或“理念”、绝对理念等等）的历史，以“绍圣《春秋》”为使命的司马迁抛弃了孔子既定的历史纪年法——编年体，而改用纪传体。这绝不仅仅是一个技术问题，而是观念问题。抛弃编年体，就是对所谓包含历史必然性的“历史进程”的蔑视，是对“时间”的过程、“时间”的整体有序性的放弃，对“人”的命运、“人”的生命历程的重视。他对那冰冷的历史巨轮投以轻蔑的一哂，然后满怀慈悲地去关心轮子下面的那些泣血的生灵，从而，我们看到，一代一代的人物以及他们对历史必然性的反抗，对自身命运的体认，构成了《史记》中最绚烂、最悲壮、最华丽、最哀婉的主色调。史学成了人学，必然性成了戏剧性，逻辑的链条崩解了，生命的热血喷涌而出……

司马迁纪传体之“以人代史”“以人叙史”，实际上乃是历史观念的伟大觉醒：没有人，便没有历史，历史的主体正是那形形色色的人及其命运；而历史的意义也恰好就是人的意义，而不是抽象的道德观念。

是的，司马迁是一个自觉的“人类的史学家”，而不是“天”或“绝对理念”的账房先生。

司马迁似乎很缺少孔子那样的史家往往具有的价值自信与道德自负。他对很多东西似乎不够确信，他更多的是怀疑与犹豫。是的，他的思想并没有定格，他只是一直在“思想”，却又一直不敢下结论。在这儿，我是在动词的意义上使用“思想”这个词的。他一直在思，在想，他如同一个顶尖的棋手，面对历史的错综风云，一直在长考，而举棋不定。这就使得《史记》具有一种动态的思想状态。作为历史著作，《史记》几乎成为历史本身。《史记》是盖棺而不能论定的历史人物的party，是死而不能瞑目的历史人物的诉讼。是的，《史记》里有一双双死而未瞑的眼睛，有太多死不服输的杀气，还有死而未绝的相思与柔情，死而未绝的怜悯与牵挂……

我说《史记》是历史本身，就是说，《史记》就是人类生活本身。这里有伟大的帝国和威严的帝王，不可一世的将军及他的坐骑和宝剑，情不自禁的诗人及他的酒壶和秃笔，卑鄙的政客与仗义的侠士，显赫的官僚与江湖的隐士，趋炎附势的门客与侠肝义胆的游侠……

还有阴谋与情欲，屠戮与招安，武夫壮志，政客宏愿，诗人的灵感，哲人的思想……

司马迁明白，人性的复杂远超历史的复杂，于是，他并不是通过历史给我们一个结论，而是与我们一同思考，他写出他的怀疑、惊讶、彷徨与苦闷，他几乎就是一个误入历史迷宫而走投无路的迷失者，试图拉住我们，让我们一同帮他走出思想的迷惘。这类带着强烈的反思与主观意见的文章，当然无法在“编年体”中得到充足而自由的腾挪空间。我仅举一例：《伯夷列传》。刘大櫆说：“太史公《伯夷传》可谓神奇。”这一篇确实与其他传记不同，因为它基本上不再是“传”，而是“论”。如是“传”的写法，当从文中的“伯夷、叔齐，孤竹君之二子也”始。而此篇一开始就是议论，显然，在下笔之前，司马迁已是感慨万端，有满腔郁积的话语需要发泄，所以，他握笔临案，不能自控，骤然发之，满纸烟云。一番倾吐过后，再以“其传曰”引起二人生平，给读者的感觉是，对传主的生平叙述已退居二线，只是为作者的议论服务，成为议论的“论据”。这种写法完全打破了他自己确立的纪传体格局，并且在后来历代采用纪传体的正史中难得一见，实在是一个非常突出的“另类”。可说它是“论”，却又是并无定论，而只是司马迁的满腹狐疑，以至于满篇的“疑问”:“由此观之，怨邪非邪?”“是遵何德哉?”“倘所谓天道，是邪非邪?”“闾巷之人……恶能施于后世哉?”而几乎每一“问”，都是一个关涉历史正义、现实良知和人类德行的大问题。而他却并没有给我们一个结论。这说明他并不想用一种既定的价值观念予历史人物以鉴定，而希望我们在更宽广的道德视野、人性观照中做多角度的思考。

司马迁创作《史记》，其最大宏愿以及其为自己定下的伟大目标，乃是“究天人之际，通古今之变，成一家之言”。“究天人之际”是哲学，“通古今之变”是史学，他确实非常杰出地完成了这两项使命而“成一家之言”。但显然，《史记》的成就还不仅仅在这两方面。司马迁对人的重视，对人的意志的高扬，对人的情感与理想、痛苦与欢乐、成功与失败、性情与才华、智慧与激情的浓厚兴趣和出色描摹，以及他投入其中的充沛的个人激情、个性化特征，又使《史记》成就为一部无与伦比的文学华章。

以“人”及人之性格、命运作为自己写作的目的和使命，最终决定了《史记》不仅是哲学、史学，还是文学。《史记》中记录描摹的历史人物，不仅仅是“历史”的对象，而且是审美的对象。我们从那些人物身上不仅了解了历史，而且甚至更多地了悟了人及人类的命运、世界的悲剧性、人生的荒谬性；了悟了人性的美与丑、伟大与卑微。《史记》不仅让我们了解了那一段历史，领会历史的必然性、规律性，更多的倒是激起了我们内心巨大的审美感慨。读《史记》中的人物传记时，我们往往不是那种研究历史时常见的冷静、客观的心态，恰恰相反，我们是常常处于情绪的巨大波动中的，我们在历史中感悟人性，感慨人生。一句话，读《史记》的过程，不仅仅是温习历史的过程，更多的倒是一个审美的过程。

司马迁对人的命运的关注，与他自身的经历有关。遭受李陵之祸，使他感受到个体生命在强大的体制面前的渺小脆弱与不堪一击，感受到个人的意志、人格、精神力量在命运面前的无奈；同时，他又一定被人性的东西感动，对人的自由意志无比推崇。鲁迅说《史记》乃“史家之绝唱，无韵之《离骚》”，刘鹗《老残游记序》说“《离骚》为屈大夫之哭泣……《史记》为太史公之哭泣”，都以《离骚》这样的纯个人抒情作品来比拟《史记》，这说明《史记》虽为史书，但却确实是有鲜明的个性色彩。这个性色彩不仅是指其语言风格、叙述风格，而更主要的是指其中所蕴涵的司马迁基于个人经历的个人感受，以及独特的个人情感特征。这种个人感受、个人情感特征使《史记》带上了强烈的抒情色彩，个人性与抒情性是《史记》文学特征的重要表现。

通过《史记》，我们洞悉了司马迁内心忍受的痛苦以及在忍受侮辱时他内在的强大与自尊。《史记》是他耻辱与痛苦的结晶，却变成了他尊严与崇高的象征。是的，《史记》首先是他的光荣，然后又成为我们民族的光荣，成为我们这一伟大的文化传统中最为耀眼的光环。

尼采说：“一切书中，我爱那以血写成的。”

《史记》就是用重重的血写成的：历史的血，历史人物的血，再加上司马迁自己的血……

尼采还说：“我爱这样的人：他创造了比自己更伟大的东西，并因此而毁灭。”

我们也因此爱司马迁。

死亡与爱情

在历史学家那里，公元2世纪中后期——具体一些说，汉桓帝、灵帝时代，是一个让他们摇头不迭、感慨万端的时期。东汉开国之君光武帝开始剥夺相权而集于皇帝一身，其结果恰恰造成东汉绵延十几代的皇权旁落。野心家一茬又一茬，小人成群结队，而君子则血流成河。在桓帝、灵帝任内，数年之间，接连弄出第一、第二次“党锢之祸”，大批清流知识分子被杀，只是矛盾的合乎逻辑的演化罢了。

在这个时代，除了清流、宦官、外戚与皇帝，还有那么一批人，虽被排除在大舞台之外，但他们的敏感的心灵感应着那个时代，并用他们的秃笔记录在案。这就是那被钟嵘称为“惊心动魄”的《古诗十九首》。这组收录在萧统《文选》中的十九首无名氏的古诗，是一份经过心灵过滤的时代备忘录，无论何时，只要我们打开它，那个时代的黄昏便弥漫开来，渐渐把我们包围。

现在学界一般认为《古诗十九首》是桓、灵之际的作品。桓帝延熹九年（166），第一次党锢之祸；灵帝建宁二年（169），第二次党锢之祸。这两次党锢之祸几乎把正直官吏和太学生罗织殆尽，把国家的生气扑灭殆尽，知识分子终于认识到汉统治已不可救药，并最终弃它而去。这种抛弃是双向的：走在末路上的汉朝廷也不再需要知识分子。

《古诗十九首》的作者即是这种社会与政治的“多余人”，既已被现行政治体制排除在外，绝望于生命的对象化，他们便开始关注生命自身。他们高唱“何不策高足，先踞要路津”，但他们自己都知道，这只是空谈。他们虽不放弃“先踞要路津”的希望，在冷酷的现实面前，他们还是冷静而安分守己的。所以，我们在《古诗十九首》中看不到真正的政治热情，看不到河清海晏的政治理想，也看不到负责任的政治讽谏。面对权势者的朱门酒肉与五马翠盖，他们甚至都少有愤怒，只是远远地一边艳羡，一边认命地叹息。他们所写的，是逐臣弃妻，朋友阔绝，游子他乡，死生新故，偏偏不谈政治。他们不言志，不载道，只缘情。社会已经无道，他们已经无志。所剩的，只是那一丝对自己生命的恻隐之情。他们偶尔有一两句议论，也离现实政治很远，却又与传统伦理道德大相径庭，甚至，离经叛道得让我们张皇四顾。他们说话，已成自言自语（他们不曾得到过话筒与讲坛），至多是二三至交的对床夜语或促膝心语、对酒醉语，所以也尽可以不负责任，一任自己的一念之真，所行于衷肠倾诉，所止于无话可说。可以理解，当知识阶层激越的清议之声被朝廷的诛杀之声压制下去之后，政治已不再是他们实现理想个人与理想社会的手段，而是权势者们压迫人民、杀戮异己的工具。这个时候，他们只能背对朝廷，甚至远离大都市，在孤馆春寒或深窗秋怨中默默消磨他们的生命与热情。一边消磨，一边枉自嗟呀，自怜自爱，承受着物质上的穷乏与精神上的不平衡，体验着个体生命被抛向孤独一隅的失意与痛苦。

在《古诗十九首》里，我们第一次心惊肉跳于生命本质的痛苦，以及由这痛苦反拨出的“及时行乐”的合奏：

人生天地间，忽如远行客。（《青青陵上柏》）

人生寄一世，奄忽若飙尘。(《今日良宵会》)

人生非金石，岂能长寿考。(《回车驾言迈》)

四时更变化，岁暮一何速。(《东城高且长》)

浩浩阴阳移，年命如朝露。
人生忽如寄，寿无金石固。(《驱车上东门》)

这是他们对死亡的理性认识，确定而无疑，冷静而无奈。生命真相的冷酷对他们而言，已经是“司空见惯浑常事”，但他们这样反反复复地强调，却不免让我们“痛断刺史肠”。还有一些对死亡情景的具体描写，那种阴森惨淡，更使我们惊悚不安：

驱车上东门，遥望郭北墓。
白杨何萧萧，松柏夹广路。
下有陈死人，杳杳即长暮。
潜寐黄泉下，千载永不寤。(《驱车上东门》)

去者日以疏，来者日以亲。
出郭门直视，但见丘与坟。
古墓犁为田，松柏摧为薪。
白杨多悲风，萧萧愁杀人。(《去者日以疏》)

这是对死亡的感性体验。使我们害怕的，不是物，而是我们关于物的思想和想象。严格来讲，这里所写的，不是“死亡”，而是“死亡之后”。从“陈死人”来写死亡，从被人遗忘的坟墓来写死亡，写得那么冷，冷彻我们骨髓。“坟墓”乃是生命的终结，是集体抛弃个体的“罪证”。这“郭北墓”与城内的高楼大厦对峙着，但这“城外土馒头”（王梵志的妙喻），却是每一个城内人都不可推辞的，“纵有千年铁门限，终需一个土馒头”（范成大）。莎士比亚在《哈姆雷特》中，也借两个小丑之口，把坟墓称为“最长久的建筑”，因为它可以让我们一直住到世界末日。但这还不是对死亡的最透彻的体认。这“土馒头”一般的坟墓，就可以永久吗？我们能从中得到永恒的睡眠吗？——

古墓犁为田，松柏摧为薪。（《去者日以疏》）

这才是大虚无！是生与死的大虚无！它揭示出，不仅“生”将不复存在，并连“死”也不复存在。“生”作为一个“事实”，被“死”抹走了，“死”去的生命作为一个“曾经有过的事实”，却又被另一些“生”抹走了。当我们的坟墓都被毫无同情地掘开、荡平时，我们曾经活过的、曾经来到过世界的事实，都被人否定。人类集体抛弃我们的罪证也被毁灭了——因为我们根本不曾存在过。而这，正是绝大多数人的生命真相，是世界与人生荒谬的铁证。这是把“死”的意义发挥到极致的思想。这里有人心的大冷酷，有生者对死者的大冷酷。死者是生者的死者，死者是从生者的心中与记忆中死去的。没有生者的抹杀，便没有死亡与死者，从而也就没有这种人生的大无聊、大寒冷、大荒诞！

生命的终点有死亡，死亡之后却无来生。那只好“且趣当生，奚遑死后”（《列子·杨朱》）。这“趣当生”，在《古诗十九首》的作者那里，便是“及时行乐”。这“时”，既可分解为每一个当下的时光，也是人之一生的总和——

斗酒相娱乐……聊厚不为薄。
驱车策驽马，游戏宛与洛。……
极宴娱心意，戚戚何所迫。(《青青陵上柏》)

何不策高足，先踞要路津。
无为守穷贱，坎坷常苦辛。(《今日良宵会》)

不如饮美酒，被服纨与素。(《驱车上东门》)

昼短苦夜长，何不秉烛游！
为乐当及时，何能待来兹。(《生年不满百》)

很显然，这“及时行乐”，只是苦中作乐，或只表达了一种愤懑的情怀而不能——应该说是没有条件付诸实施的。“斗酒”是少量的酒，显然他们还不具备后来正始名士们的社会地位与经济实力，也不能像后者（如阮籍）那样喝公酒，所以不能如后者一般豪饮。斗酒即可，聊相为乐。驱车却不能策肥马，而是一匹“驽马”，就这样穷开心去宛、洛。去那儿干什么呢？那儿当然没有他们的事业，没有他们的餐桌，所以，他们说是去“游戏”，这颇近黑色幽默。可一“游戏”，又看到了权贵们的豪奢生活，这对他们是一个不小的刺激。弄得他们“戚戚”不安，有很大的心理压迫。

而《今日良宵会》中的“何不策高足，先踞要路津”，显然是尚未策高足、未踞要路津；“无为守穷贱，坎坷常苦辛”，显然现在还在守穷贱，且已经很长时间了，一直是坎坷与苦辛。

因之，《古诗十九首》中的“及时行乐”，还仅仅是一种愿望，是对人生苦短的反拨，是对社会不公的反抗，是愤激且感伤的“口头享乐派”。

但他们如此藐视传统伦理道德观念，如此公开唱着及时行乐的调子，就构成了历史上的一道独特的人文风景。他们被社会遗弃，被生命遗弃，他们便破罐子破摔，索性当起了传统的叛徒、社会价值的挑战者、伦理道德的嘲讽者。而“及时行乐”与“人生短暂”联袂而出，又使得它具有了强大的逻辑支撑。无怪乎钟嵘惊叹：“文温以丽，意悲而远，惊心动魄，可谓几乎一字千金！”（《诗品》）

很显然，这种对生命黯淡却又入木三分的感觉，是那个黯淡的、无一丝生命气息的时代造成的。他们身处王朝末，伟大的、不可一世的汉帝国昔日的声威烟消云散，轰轰烈烈的场面已人去楼空，喧嚣一时的时代及那个时代中煊赫一时的人物都化为尘埃，现在只剩下末世的悲凉、黯淡和寂寥，看到的是坟墓——一个终止符。那些伟大的人物现在都已进了坟墓，变成了为人疏忘的“陈死人”。时代相同而脾气不同的赵壹，写过一篇言辞激烈的《刺世疾邪赋》，赋中有诗曰“河清不可俟，人命不可延”，可谓是对那个时代知识分子感受最深的两件事情的概括：现实是黑暗而无意义的，生命是短暂而无价值的。无论是社会，还是个人，都是无望的；无论是公共价值，还是私人价值，都是不存在的。

这是一个没有热情的时代，没有理想的时代，没有目标没有方向的时代。历史的马车在一个气息奄奄、朝不虑夕的朝廷的有气无力的鞭影下向着夕阳走下坡去。在这种没落的气氛中，即使他们想有所作为，也是“可怜无补费精神”。于是，他们的思虑自然是沉下去，沉下去，越沉越深，越来越收缩，最后便只凝于深深的一点，只有这一点才是那麻木不仁的时代中唯一真实可触的感觉——那就是个体生命对这个寂寞而寒冷的世界的独特体验。这世界对他们漠然无视，他们对这个世界也就无所关心，他们只能关心自己的生命，并由惊讶于自己的一头风霜而惊心于生命的流逝，而后又由慨叹自己的苦难生涯而猛醒这一切的不值，“及时行乐”的思想油然而生。

死与爱，是文学中最有魅力的两大主题。《古诗十九首》的作者们，在惊心动魄地描写死亡的同时，又勾魂摄魄地写出了情爱，写出了爱的忠贞与恐惧，爱的弱小与强大，爱的专一与易变，爱的难得与巧遇。爱，就是爱的能力，是爱人的能力，是承受爱的能力。古诗的作者们在痛感自己的虚弱、痛感自己面对“世界”的无力时，发现自己竟然还有爱的能力！这是人性死灰中的余烬，是古墓中的谷种，是冬日的残荷，是夏日的最后一朵玫瑰；还像是走夜路而胆怯的人的口哨。这是颤抖的爱，惧怕的爱。《涉江采芙蓉》《行行重行行》《冉冉孤生竹》……十九首中，竟有十一首直接写到了爱与爱的牵挂！这一丝牵挂，是他们留在这世界的唯一理由，是他们生命的唯一价值，是世界给予他们苦难生命历程与愁苦心灵的唯一安慰和报偿。于是，他们把爱写得百般温存，万种柔情，令人恻然心伤而又温馨无比。他们几乎使我们相信，他们是那个时代的最后体温！

> 冉冉孤生竹，结根泰山阿。与君为新婚，兔丝附女萝。
> 兔丝生有时，夫妇会有宜。千里远结婚，悠悠隔山陂。
> 思君令人老，轩车来何迟！伤彼蕙兰花，含英扬光辉。
> 过时而不采，将随秋草萎。君亮执高节，贱妾亦何为！
> （《冉冉孤生竹》）

这是爱之怨，但温柔得让人无所措手足。我发现，《古诗十九首》中的爱，一点也不浪漫，不刺激；恰恰相反，是那么家常，那么平实。它不是刺激我们的感官使之亢奋，而是抚慰我们的心灵使之安宁；它不是激起我们的热情，而是抚慰我们的创伤。这是一种使人安宁的爱、使人平静的爱，是一种浸透着亲情的爱。我们不是有那么多的“戚戚”与不平衡吗？我们不是有那么多的忧虑与恐惧吗？这爱让我们平静，让我们心平气和，让我们与世无争、逆来顺受，让我们抛别世界的繁华而独守爱巢，并从中找到满足。

这种爱怨，如柳梢之风，吹面不寒；如杏花之雨，沾衣欲湿。就那么缓缓地，一点点深入，一点点浸润，最后深入我们的骨髓，深入我们的心房，让我们骨折心惊！

中国古代诗歌常常是以日常普通生活为基本素材的。诗歌不是对生活以外或生活之上的东西的仰望与想象，也不是一些与众不同的人物的与众不同的生活的反映，一般情况下，也少见一小撮精神贵族孤绝的精神之旅——这样的作品当然有，比如屈原的一些作品，但尚不能改变中国古代诗歌的整体的日常性特征。即便是屈原这样独处时代台阶的最高端、独自成为一国之人的另类的诗人的作品，除却《九歌》《天问》，大多数作品，包括《离骚》，仍是以他自己的生活为素材的。在中国人的观念里，诗歌是生活的伴侣，甚至就是我们的日常生活，它不但不远离我们的生活，事实上，它就是我们生活的一部分，是我们丰富的生活内容之一。比如说，假如我们今天要去赴朋友的约会，在约会时我们会交谈、宴饮、游玩；兴致来了，我们也许还会写诗、吟唱，或者，在活动安排里早就有了这一项。值得注意的是，这写诗吟唱也就是今天诸多活动中的一项而已，它并不特殊，并不高于其他项活动，比如交谈、宴饮。

于是我们就可以这样来解读中国诗歌史：它既是我们的精神史、心灵史，也是我们的生活史；既是我们内心隐私、情感的表达与精神的流露，也是我们日常生活的反映。

在这样的大背景下，我们就能理解中国古代诗歌的一些常见题材了，比如田园题材、山水题材、战争题材、婚恋题材等等，我们必须承认，它们确实是日常社会生活的基本内容。在婚恋题材中，包括了有关女性题材的基本内容。女性在文学中的出现，也大多作为婚恋的对象，且常常是被动的、软弱的，甚至常常是被戕害的、被侮辱的，而这就是生活，是生活的习以为常的恶，是我们熟视无睹的恶。但文学的锐眼与正义也在这里：当社会把她们当作弱者来欺凌的时候，文学则成为她们的喉舌。

在这类题材中，弃妇诗与思妇诗（又可称作闺怨）是最具代表性的两类。弃妇当然是被她的男人所抛弃；而思妇往往又是为她的男人所疏远与轻忽，甚至遗忘，遗忘在一个他不会再回去的角落，而她，就在这个角落等待与思念。是的，当男人因为各种原因或各种理由而离家外出时（常见的当然有兵役、徭役、经商与游宦），独守空房的妻子就成了一个寂寞的思妇，寻寻觅觅，冷冷清清，凄凄惨惨戚戚。我们不要小看了这个主题，因为它就是生活之痛，就是人性之痛。旷夫怨女乃是悲惨世界之最常见的世相之一，他们也是苦难人生的人证。正如弃妇往往是人性丑恶的人证，思妇则往往是人生苦难的人证。他们都以小见大地指向一个深远厚重的话题。

在中国传统诗歌中，思妇是极其常见的，每一个时代的诗页上都有她们的泪珠与叹息。这与中国古代的社会情景是相符的。我要特别说明一下，中国古代诗歌中的思妇诗、弃妇诗，其作者往往倒是男人，是一种拟代体的作品。这是否可以看作是男性在对女性集体犯罪之后的良心忏悔，我不敢说。但这一类拟代体的作品确实在揣摩女性的心理与苦痛，我们可以把它们看作是女性的自述。汉末《古诗十九首》中的《行行重行行》一诗，当是它们中的代表作——可能是她的周围弥漫着那个日落帝国的暮霭，使她的形象比其他时代的思妇有更多的内涵、更多的外延，能更多地调动我们的道德情怀与审美情愫：

行行重行行，与君生别离。相去万余里，各在天一涯。
道路阻且长，会面安可知！胡马依北风，越鸟巢南枝。
相去日已远，衣带日已缓。浮云蔽白日，游子不顾返。
思君令人老，岁月忽已晚。弃捐勿复道，努力加餐饭！

在这个以思妇口吻叙述的诗歌里，“她”与她的那个“他”，既有“相去万余里”的空间睽隔，更有“相去日已远”的旷日持久。“她”不仅有深刻的相思之苦，以至于“衣带日已缓”，巧妙地借衣带之宽缓描画出人之憔悴消瘦；且“日已”二字，又写出这是经日累月的消磨与煎熬，如油枯灯干。而且，“她”还有深重的担忧之情——借“浮云蔽白日”的比兴，见出“她”之猜测与忧虑:“他”是否在外面另有所欢，以至于“游子不顾返”？而“她”呢，虽然一边是“相去日已远，衣带日已缓”，独居之时，无奈于时光之迟缓；一边却又惊觉“思君令人老，岁月忽已晚”，揽镜自照，震惊于青春之倏忽。而青春消逝去，容颜老去，又使得未来更显绝望。我们设想一下，一个独守空房却又毫无独立的政治、经济地位，眼巴巴地盼望着丈夫归来的“她”，心思里会有些什么？不外乎对对方的相思之苦，对对方另有所欢的担忧之情，对自己青春流逝的恐惧之心，当然还有努力保养自己以使青春暂驻以待所欢的苦心。这曲曲折折的心事，凄凄婉婉的心情，温温柔柔的心灵，总之，这一份承担太多的苦心，全在这短诗中得到了体现。

人们常用“温柔敦厚”来评价《古诗十九首》的风格，这当然十分正确。但我们要知道，这种风格来自作品中主人公情感的缠绵与温柔。即如这一首，“她”担忧对方变心，焦虑自己变老，一切都会变，但她自己的温柔不变，对对方的深情不变。这是绝望中的坚持，绝情中的深情，冷酷中的温柔。

> 绿草蔓如丝，杂树红英发。无论君不归，君归芳已歇。
> （谢朓《王孙游》）

灵心秀口的谢玄晖，寥寥二十字，就写出了女性的绝望。这首短诗可以和《行行重行行》一起来读：不是一直在眺望大路尽头盼着“他”归来吗？不是为了延缓衰老、强保青春以待“他”而“努力加餐饭”吗？太久了，岁月的风霜已经落上了额际，现在，即使“他”归来了，“她”也已经人老珠黄，青春不再，“他”再也不会爱“她”了！

这世界往往无聊，而男人，往往无情。但女人的爱，以及她们的痛，让男人良心发现，从而不致堕落。正如歌德所说，永恒之女性，引导男性上升。

《古诗十九首》中的女性，不仅要人爱，而且，她们能爱人，会爱人，她们是男人的故乡。可是，男人们的回乡之路，往往那么漫长，漫长得花落人老。读这一类的诗，我们确实可以体验到传统女性的爱心与苦心，为她们的爱心而感动，为她们的苦心而恻然。她们心柔，心苦，而这世界呢？往往太生硬，太冷酷！

客从远方来，遗我一端绮。
相去万余里，故人心尚尔。
文彩双鸳鸯，裁为合欢被。
著以长相思，缘以结不解。
以胶投漆中，谁能别离此。(《客从远方来》)

远方的“他”给她捎来了并不特别珍贵的一块丝绸，竟让她感动得潸然泪下。被感动了的她越发痴情，并且到了失去现实感的程度：她没有用这丝绸做衣服，而是用它缝制了双人合用的“合欢被”，并以长相之思（丝）缝缀，以不解之结结之！她一边做被子，一边内心暗自发狠：我俩如胶似漆，胶漆融合，谁也分不开我们！

她已经完全忘记了自己的真实处境（离别），而生活在虚幻的心理空间里。在这个空间里，她与她的那个“他”，长相思，结不解，完全没有分离过！她已经完全痴傻了。有了这颗心，这相去万里的苦苦相思是值得的，为他憔悴、为他苍老是值得的，只要他心依旧（尚尔）。是的，感动我们的，就是她所提到的这颗“心”，故人心未变，她的心更痴，人心未死，人心未死啊！我们一下子触到了那遥远时代的心跳，体味到了一千八百多年前的温热……

大地的歌声

“乐府”作为一个词，一个概念，它首先是政府官署的名称。这种官署，据说在秦时即有，但史籍所载，却是始于汉，尤其盛旺于武帝时。武帝是个雄才大略却又不失浪漫情怀的君主，他坚忍残酷却又颇有艺术情调。据说他希望乐府这个机关能为他“观民风，知厚薄”做点事，但这大概还是满脑冬烘的班固的道德猜想。

> 武帝定郊祀之礼，……乃立乐府，采诗夜诵，有赵、代、秦、楚之讴。以李延年为协律都尉，多举司马相如等数十人造为诗赋，略论律吕，以合八音之调，作十九章之歌。(《汉书·礼乐志》)

在这客观的记录里，我们可以想见武帝当时的神采，都尉而名之曰“协律”，或因协律而设“都尉”。这使我想起曹操曾将他组建的专业盗墓队的头头封官为“摸金校尉”，事虽不类，却都极有幽默感，是大手笔的创造，是体制的掌控者自己拿体制的严肃性开玩笑。

这李延年李都尉自从有了这个官办的艺术公司，就把当代著名作家司马相如等人拉到旗下，成为签约作家与歌手，加以包装，此后的官方政治活动里，就有了经常性的演出活动，古代“礼乐”政治在大汉复活了。据说，在一次大型祭祀天神的活动中，七十个童男女组成的童音合唱团，从黄昏一直唱到天亮，嘹亮的歌声引得神光天降，聚集祠坛，武帝遥望而拜，参加祭祀的数百文武官员都肃然起敬，又惊又怕。真正是“天人感应”了。——当然，这又可能只是班固笔下的道德神话。

但这一类《郊祀歌》《安世房中歌》是没有什么意义的。正如今天的大型合唱团，所唱所演，除了具有仪式的意义外，艺术的感染力往往不足，娱神的成分多，娱人的成分少。武帝本人除了在这种神人同欢、天人同庆的场合，大约也不会去欣赏。我们注意这段话里有“采诗”一说，《汉书·艺文志》也有“孝武立乐府而采歌谣，于是有赵代之讴，秦楚之风，皆感于哀乐，缘事而发”。至于民间采那些“感于哀乐，缘事而发”的歌谣，才是乐府机关最有价值的工作，武帝大约也最看重这部分工作，以他的个性，他最喜爱的也应该是这些赵代之讴、秦楚之风。

有关《诗经》成书的“采诗说”，乃出于猜测与臆断，而汉乐府机关的“采诗”，却是实实在在的政府行为，且有专门的机构主其事。有意思的是，班固在“采诗”的后面，还有两个字“夜诵”，为什么要“夜诵”呢？颜师古的解释是：“夜诵者，其言辞或秘不可宣露，故于夜中歌诵也。”这“见不得阳光”的东西却要采来，还要夜诵，可见其魅力。但又是什么使这些诗歌“秘不可宣露”呢？不外乎两点：一是于国家政治有冲突，有暴露性、抨击性、批判性；二是于国家道德有冲突，有破坏性、诱惑性、示范性。既是感于哀乐，缘事而发，当然是个人的、人性的，所以，一方面它与现有价值体系有不尽相符之处，甚至有大冲突，另一方面却有极大的艺术诱力。

这协律都尉李延年及各届乐府令、乐府工作人员，都大有“雪夜闭门读禁书”的大快乐呢！

魏晋以后，人们就直接把由乐府机关收集、整理、演唱的这些诗歌径称为“乐府”了，“乐府”二字的意义，至此一变而为一种入乐的诗体的名称。

我们现在一般都说《诗经》中的“国风”乃民歌，但这并不能让所有的人都认同。“国风”中的情感与生活，确实往往并不是下层人民的。但汉乐府中的民歌，确实是民歌，因为它的内容就是下层人民的生活与情感。在汉乐府中有三分之一属于叙事诗（这也与《诗经》基本属于抒情诗有大不同），而这些叙事诗所叙之事，并非朝廷国家之事，而是小民日常之事：

> 妇病连年累岁，传呼丈人前一言。当言未及得言，不知泪下一何翩翩。“属累君两三孤子，莫我儿饥且寒，有过慎莫笪笞，行当折摇，思复念之！”
>
> 乱曰：抱时无衣，襦复无里。闭门塞牖，舍孤儿到市。道逢亲交，泣坐不能起。从乞求与孤买饵，对交啼泣，泪不可止：“我欲不伤悲，不能已。”探怀中钱，持授交。入门见孤儿，啼索其母抱。徘徊空舍中，“行复尔耳！弃置勿复道。”（《妇病行》）

被生活如此煎熬而至于走投无路、夫妻父子不相保的，必是下层细民。从艺术上看，叙事时口吻亲切而至于啰唆碎屑，真实而至于口吻紊乱，这正是原生态的民歌。而其中体现出来的汉代政治的残酷，也颇能让我们明白这些诗只能“夜诵”的原因。

与此相近的还有《孤儿行》与《东门行》。《孤儿行》其啰唆碎屑、层次混乱比《妇病行》有过之而无不及。艺术是最难以言说的东西，最无规则的东西。一般而言，啰唆碎屑、层次混乱是最不堪的，但在这里，恰恰成为它魅力的成因。从这首诗中我们可以看出在讲究悌道的汉代兄弟阋墙的故事，孤弱的弟弟在失怙之后，简直成了兄嫂的奴仆。——这是道德的崩溃。

《东门行》不啰唆不碎屑，层次也清晰了，但语气上还是疙里疙瘩，像"咄！行！吾去为迟！"读起来不像诗，唱起来大概更不成调。但这也正是民间的声口。其内容则是写一个铤而走险的丈夫与其逆来顺受的妻子的一段对话，从中我们可以看出下层人民已到了不反抗无以生存的地步。——这是政治的黑暗。

有意思的是，《孤儿行》的结尾是"兄嫂难与久居"，《东门行》的结尾是"白发时下难久居"。一是道德崩溃，家不能居；一是政治黑暗，国不能居。国虽在，却已无小民的生路；家虽在，却已非孤儿的庇护，这是隐藏着的国破家亡。堂堂大汉，泱泱中华，煌煌文明，却"内瓤里尽上来了"。这乐府机关收集的民歌，对汉武帝的文治武功，有莫大的嘲讽。

当然，汉乐府中并不全是这种横眉冷对、苦大仇深之作，字字顿挫血，声声哽咽泪。更多的，是风情摇曳之作，浪漫风流之调。这可以看出吾民族在最强盛的时代的浪漫情怀与乐观精神，以及这个民族内在的精神力量与气质：

青青园中葵，朝露待日晞。
阳春布德泽，万物生光辉。
常恐秋节至，焜黄华叶衰。
百川东到海，何时复西归？
少壮不努力，老大徒伤悲。（《长歌行》）

青青河畔草，绵绵思远道。
远道不可思，宿昔梦见之。
梦见在我傍，忽觉在他乡。

他乡各异县，辗转不相见。
枯桑知天风，海水知天寒。
入门各自媚，谁肯相为言！
客从远方来，遗我双鲤鱼。
呼儿烹鲤鱼，中有尺素书。
长跪读素书，其中意何如：
上言加餐食，下言长相忆。（《饮马长城窟行》）

秋风萧萧愁杀人，出亦愁，入亦愁；座中何人，谁不怀忧？令我白头。胡地多飙风，树木何修修。离家日趋远，衣带日趋缓。心思不能言，肠中车轮转。（《古歌》）

这是多么流畅婉转的歌！它们确实不像《诗经》那样高贵雍容，但它们有自己的平易与亲切。这是普通人的情感。没有更多的国家价值负载，这使得它们更加纯粹，如同人类的童心，绝假纯真，最初一念。

《诗经》中的抒情也往往带有道德意味，有伦理的诉求在。我们可以比较一下《诗经》中的第一首《关雎》和汉乐府中的《江南》。先看《关雎》：

关关雎鸠，在河之洲。窈窕淑女，君子好逑。
参差荇菜，左右流之。窈窕淑女，寤寐求之。
求之不得，寤寐思服。悠哉悠哉！辗转反侧。
参差荇菜，左右采之。窈窕淑女，琴瑟友之。
参差荇菜，左右芼之。窈窕淑女，钟鼓乐之。

“关关雎鸠，在河之洲”！何等自然活泼，但马上就被“窈窕淑女，君子好逑”这样的道德之言代替。“参差荇菜，左右流之”，何等自由放任！但“窈窕淑女，寤寐求之”却又显得沉重压抑，并且暗含着道德上的象征意义。尤其是最后接连出现的“窈窕淑女，琴瑟友之”和“窈窕淑女，钟鼓乐之”。“琴瑟”与“钟鼓”，明显地引入了社会价值。

而汉乐府的《江南》则一任真心流动，毫不节制，毫不惭愧：

江南可采莲，莲叶何田田！鱼戏莲叶间。

鱼戏莲叶东，鱼戏莲叶西，鱼戏莲叶南，鱼戏莲叶北。

“采莲”者，采怜也，找对象也。鱼戏莲叶者，男女调情相戏也。可惊异的是，后面四句只说这调情一事，既可见江南水乡男女风情，也可见作者津津乐道唯此一事，而不知其他。道德意味的淡化，日常情趣、大众情怀的表达，成为汉乐府区别于《诗经》的一大特征。

《诗经》的伦理美使其成为民族的经典，成为“大我”的情怀。而汉乐府中的抒情诗，一看便知，纯属那种最个性的“小我”的瞬间情怀：

有所思，乃在大海南。何用问遗君？双珠玳瑁簪，用玉绍缭之。闻君有他心，拉杂摧烧之。摧烧之，当风扬其灰。从今以往，勿复相思！相思与君绝！鸡鸣狗吠，兄嫂当知之。妃呼豨！秋风肃肃晨风飔，东方须臾高知之。(《有所思》)

先是爱如火，后是恨似刀。一件爱的礼物，几乎是用爱心装饰而成；而一旦决绝，折断它，摧毁它，焚烧它，便是灰烬也要当风扬尽，不留一丝痕迹。这岂是伤心？这简直是毁心，即使心如死灰，还要扬走这份成灰的心。这是真正的爱与爱之痛，没有一点比兴，没有一点隐喻，她就说她的爱。

再看《上邪》——“上邪”者，“天啊”也，这是少女吁天录：

上邪！我欲与君相知，长命无绝衰。
山无陵，江水为竭，冬雷震震，夏雨雪，天地合——
乃敢与君绝！

这是一首直抒胸臆的诗歌，一位大胆泼辣、热情如火的少女，向她所爱的男子发出了炽热的爱的誓言："我要和你相爱！""我欲"二字，不仅见出她的主动，而且还看得出她的很自我的个性。这一"我欲"还包含着"我要，谁能阻挡"的意思。而后面用一连串绝不可能出现的假设，来作为"与君绝"的条件，不仅逻辑上否定了"与君绝"的可能，而且，从思想意识上讲，这样的表白，简直置天翻地覆于不顾，完全的爱情至上。对她而言，只有爱是不能忘记的。

这种激烈、刚烈，甚至使得《诗经》中类似的诗歌相形见绌。使《诗经》相形见绌的还不仅体现在对这种被恩格斯称为最个性的情感——爱情的描写上。生命意识在汉乐府里也达到了新的深度。《诗经》里没有直接的生命咏叹，只有含蓄而轻描淡写的类似"今我不乐，日月其除"（《唐风·蟋蟀》）的表述。而以下两首在汉代流行的丧歌，却让我们在《古诗十九首》之前，就已"惊心动魄"：

薤上露，何易晞！露晞明朝更复落，人死一去何时归！（《薤露》）

蒿里谁家地，聚敛魂魄无贤愚。鬼伯一何相催促，人命不得少踟蹰！（《蒿里》）

也许有人会觉得这歌词太简单了，但感动人的东西往往就是简单的。震撼我们，使我们幡然猛醒的，往往就是那一掌猛击：这简单的歌词唤醒了我们内心的恐惧、遗憾、不平以及无奈，还要什么繁华？死亡的微笑已使所有的似锦繁花瞬间飘零。

据《后汉书》卷六十一《周举传》记载，东汉末年外戚梁商在洛水边大宴宾客：

商与亲昵酣饮极欢，及酒阑倡罢，继以《薤露》之歌，坐中闻者，皆为掩涕。

我们不知道这《薤露》的乐调是什么样子、怎么个唱法了，但让酒酣耳热、极欢尽乐的一帮权贵“乐极生悲”、怆然涕下，岂非是因了这歌词的那种直透人心的大悲凉！？

虽然死如秋叶之叹息，生却仍能如夏花之绚烂。我们读过了汉乐府中的恨，汉乐府中的爱，汉乐府中的死，现在我们来看看汉乐府中的“美”——那是生命的华丽，是华丽的生命。是生的热烈、生的绚烂，是青春之火的燃烧，如此美艳，又如此只可远视而不可亵玩——我是说汉乐府中最脍炙人口的《陌上桑》——你看这题目，就是春天的气息，就是生命的气息，就是田野上的风与阳光，是的，此诗就是与太阳一同开始的：

日出东南隅，照我秦氏楼。秦氏有好女，自名为罗敷。罗敷喜蚕桑，采桑城南隅。青丝为笼系，桂枝为笼钩。头上倭堕髻，耳中明月珠。缃绮为下裙，紫绮为上襦。行者见罗敷，下担捋髭须。少年见罗敷，脱帽著帩头。耕者忘其犁，锄者忘其锄。来归相怒怨，但坐观罗敷。

使君从南来，五马立踟蹰。使君遣吏往，问是谁家姝。秦氏有好女，自名为罗敷。罗敷年几何，二十尚不足，十五颇有余。使君谢罗敷：“宁可共载不？”罗敷前置辞：“使君一何愚！使君自有妇，罗敷自有夫。”

“东方千余骑，夫婿居上头。何用识夫婿，白马从骊驹。青丝系马尾，黄金络马头。腰中鹿卢剑，可值千万余。十五府小吏，二十朝大夫，三十侍中郎，四十专城居。为人洁白皙，鬑鬑颇有须。盈盈公府步，冉冉府中趋。坐中数千人，皆言夫婿殊。”

这是中国文学画廊中最美的少女，是体态美与道德美的完美典范。但若仅仅如此，她还不算特别，她的特别在于她充溢的青春活力，机智，顽皮，活泼，单纯。面对丑恶，她正义在胸却并不动用正义，道德在侧却并不依仗道德——她几乎是凭借自己天赋的聪明和与美丽俱来的自信，就挫败了强大的对手。我要强调说，她并不需要社会道德体系对她进行维护，她有足够的自卫能力，谈笑间，樯橹灰飞烟灭。如果贞洁是美丽的最好伴侣，她拥有了。但我还要说，这并不重要。这首诗并不要表达这样的意见。这首诗不是在高唱道德赞歌；它既不歌唱道德对好人的庇护，也没歌唱好人的道德，它高唱的是美的赞歌。在全诗三叠里，描写罗敷美貌的第一叠是作者写得最卖力也最精彩的，简直是眉飞色舞、兴高采烈——作者对此兴致最高、兴趣最大，所以，写起来文采也最为浓烈。是的，这首诗的可爱处，正在于它不是一个道德题材——这正是我说的汉乐府与《诗经》区别的一个最好例证。汉乐府把这么好的、严肃的道德题材都弄成轻喜剧了，它的价值取向可见一斑。《诗经》是孜孜不倦地在日常小事中找寻道德意义的。

当美丽的罗敷在众目睽睽之下自信甚至自得地展示自己的美丽时，她是反传统的，她自豪于她的美，也自得于她的美颠倒众生。而当她碰到太守时，她实际上面临着双重的考验：道德的考验与智慧的考验。作为一名普通人家的少女（她后面的夸夫乃是出自虚构：我们无法想象一位“朝大夫”的私眷能独自一人去采桑，且还能让那么多不相干的下层人来围观），她有可能凭着美貌攀龙附凤，趋炎附势，牺牲正常的、自然的情感去“爱”一个猥琐丑陋的老男人。但她经受住了这种一般人都难以经受的道德考验。这本来是一个大题目，是一个正大光明的题目，是一个可以大做文章使之成为道德典范事例的事件，但作者却轻易地弃掷了，并不想在这个主题上有什么作为。相反，作者把重点放在了“智慧的考验”上。我们知道，弱势者反抗强势者的侵凌，往往是悲剧结局（而这悲剧结局正为道德家所津津乐道）。罗敷反抗太守，自然也面临这样的危险。但她却似乎根本没有在意这种危险：太守在罗敷的美貌面前尚且有所退避，他没有自己上前，而是派了一个小吏前来探口风；而罗敷则直接走到太守面前，严词斥责之后，依样画葫芦地对他进行嘲讽与调侃：你有权势，我的丈夫也有。只不过，我丈夫是一个相貌堂堂的、皮肤白皙的、美髯飘飘的……美男子啊！你撒泡尿照照自己的猥琐破碎、黑不溜秋、连胡子也不长的嘴脸吧！

你看，罗敷并没有对太守做明确的、过多的道德审判，并且也绝不对自己的品行做道德夸耀，一句“使君自有妇，罗敷自有夫”，轻轻提起旋又丢在一边。我罗敷就算爱有权有势、既富且贵的男人，我也已有这样的丈夫了。我还爱美的丈夫呢！我也有了。你怎么着？就你这小样儿？

这乡下小女子，不是在斥责太守的道德水平，而是在嘲讽他的体貌丑陋！太守虽然自得于自己的权势，在美丽的少女面前，却不能不自卑于自己的长相！

这是美对丑的胜利，智慧对权势的胜利，这是以弱胜强的著名战例。而且，这美丽而聪慧的小女子在取胜时，并没有动用正义、道德等公共武器。她是孤胆英雄——这是她一个人的战争，一个人的胜利，一个人的光荣，一个人的美丽。

但另一方面，那么一位单纯、活泼、青春、阳光一样的女孩，面对来自权贵的调戏，表现得如此非凡——我是说智力与道德的双重非凡，不仅让我们惊讶于她的个人天赋，甚至对人性的高贵都生出了信心。我们似乎已经习惯于在悲剧作品中体会人性的崇高，在喜剧作品中调侃人性的弱点，但《陌上桑》却让我们有了新的经验：它是喜剧的，但它的目的显然不是为了讽刺那个可怜又可鄙的太守的道德丑陋，而是要展现一位少女的人性美丽。是的，它不是为了撕破丑，而是为了表扬美——虽然它是喜剧。从这个角度看，它又是独特的。

《陌上桑》是美的喜剧。而汉乐府中最伟大的作品《孔雀东南飞》——它是中国古代诗歌史上最长的叙事诗，被《艺苑卮言》称为“长篇之圣”——中，同样美丽无双的少妇刘兰芝，则以自己柔弱的生命演绎出英雄般的大悲剧。罗敷是个社会角色相对单纯的少女，而与罗敷不同的是，刘兰芝则是社会角色相当复杂的少妇。在中国传统的家庭中，这个角色确实是过于复杂了——“少妇”有这样多重的身份以及相应的责任与义务：妻子，儿媳，嫂子，等等。并且，在这些身份里，“儿媳”的角色是最为重要的，也就是说，做好“儿媳”比做好“妻子”更重要，不幸的是也更难。汉代庐江府的小女子刘兰芝及其父母，显然深知这一点，所以，在她做少女时就为将来做个好媳妇而刻苦学习，其学习的知识范围包括当代的一切女红，甚至还扩大到了传统文化、诗书礼乐等“素质教育”的范围：“十三能织素，十四学裁衣，十五弹箜篌，十六诵诗书”。然后，十七岁时，好像取得嫁人资格的她嫁给了庐江府小吏焦仲卿。用她母亲的话说是“谓言无誓违”——自以为这样终于没有什么可担心的了。值得提醒的是，她做妻子是很成功的，成功到她的丈夫焦仲卿认为，在其他方面不大成功也不大可能成功的他，唯一感到幸运的是“幸复得此妇”，并且要和她“结发同枕席，黄泉共为友”。也就是说，要和她生生死死在一起，最后还真的以死殉情（顺便说一下，这样的好男人在传统中国绝对是稀有元素）。当然，更要说明的是，她做家族的媳妇也是尽心尽力且成功的：她勤劳（“鸡鸣入机织，夜夜不得息”）、能干（“三日断五匹”）、顺从（“奉事循公姥，进止敢自专”）。她被驱遣之后，仍然谦恭地与驱遣她的婆婆告别，语涉关心；与小姑的告别更可以见出她平日与小姑相处时相亲相得之状，以及离别时的难舍难分真情。但即便如此，刘兰芝仍然在焦家是“心中常苦悲”，并在委曲求全几年后，终于被驱遣。现代学者极力想分析焦母驱遣刘兰芝的心理原因，但这并不十分重要。因为，只要一个婆婆有了这样的权力，她就不管出于什么原因，只要她不喜欢，她就可以这样做，而不喜欢往往是没有什么摆得上桌面的原因的。比如后来陆游母亲所做的那样。因此，具体的原因并不重要，重要的是权力。正如我们所看到的，焦母在对待刘兰芝时是孤立的，是不得人心的，连家族中的人心也不得。但她仍然可以为所欲为，因为她作为家长有顺我者昌、逆我者亡的权力。刘兰芝的兄长也有这样的权力。所以，这一悲剧的意义，在于揭示出中国古代封建家庭内部的道德危机，揭示出封建社会的家庭道德内蕴含的不道德与残忍。在汉代“七出之律”里，在《礼记·内则》里，这些以道德律令形式存在着的、在世俗世界中发挥着至高无上的现实作用的观念，确实包含着严重的不道德。而这种残忍的、不道德的屠刀，现在砍杀的乃是如此美丽、可爱的妻子与如此忠厚笃诚、知冷知热的丈夫。他们那么善良，那么热爱生活，那么与世无争、与人为善，这是一对人性的可人，并蒂的人性的花朵。一边是屠刀，一边是美善，如此强烈的反差就会产生强烈的悲剧效果。当这对年轻恩爱的小夫妻完全合礼合法地被践踏时，除了诗人的同情与愤怒，社会毫无愧怍，当事者毫无罪恶感，亦不受任何惩罚——无论是法律的还是道德的，这是令人震惊的。我们也就有可能在震惊过后，在悲剧过后，认识一些真理——其实，真理往往也就是一些常识，也就是一些基本的人性、对人性的起码尊重。

非常有意思的是，与罗敷一样，刘兰芝同样是一个内心极有分寸的女子。就像罗敷知道她如何获胜一样，刘兰芝则知道她无法取胜——无论对婆婆还是对兄长。他们背后的社会资源与体制支持太强大，而她，只有爱情与个体的尊严。但是，最后，刘兰芝还是发现了比制度更强大的力量：那就是“死”。是的，“死”可以使她获得尊严，可以使她重申自己的意志，可以保护她的爱情与婚姻，还可以表示她对社会道德体系的蔑视与反抗。于是，爱与死与美，得到了最完美的结合：刘兰芝身穿绚丽的嫁妆，上身是单罗衫，下身是绣夹裙，腰若流丸素，耳著明月珰，指如削葱根，口如含朱丹——注意，这是多么美艳鲜活的生命啊——然后她揽起裙摆，脱去丝履，玉足一点，举身赴清池。这又是何等惊艳的一跳！我们发现，她赴死的动作在诗人的笔下是如此灿烂优美，照亮了那个寂静的夜晚；如此令人目眩神迷，拂去了我们心中的阴霾。我们几乎忘了这是死亡，而惊呆于这极美的一瞬——这是生命最绚烂的一瞬，这是美艳的生命最美艳的一瞬。然后，她那美丽的灵魂从水中升起，与她的所爱，一样殉情而死的忠厚的焦仲卿——顺便问一句，陪伴刘兰芝这样绝代佳人的，除了忠厚，还有更好的品行吗？——变成鸳鸯，双双对对，“仰头相向鸣，夜夜达五更”。死亡变成了新生，死门变成了生门，通过死亡，他们蜕变成鸳鸯，摆脱了人间的桎梏，获得了自由。

这是美，是爱，是死，是自由。一首诗而呈奉出这样的主题，非“伟大”一词，不足以当之。

汉乐府中的罗敷与刘兰芝，两个中国文学中最美的女人，一个是我们的喜，一个是我们的悲；一个让我们乐，一个让我们痛；一个是我们的日出，一个是我们的月落。她们都是我们的爱。我们记住了罗敷阳光般的前额，我们也记住了刘兰芝那些晶莹透明的泪水。是的，最后，我想提醒读者的是，在读《孔雀东南飞》的时候，好好地注视刘兰芝的泪水，用我们的人性去温热它们。

建安烈士

公元196—220年，是所谓的汉献帝的建安年间。这是献帝最长的年号，也是他比较稳定的二十四年的帝王生涯。说比较稳定，那是因为在这二十四年里，他“做稳了奴隶”；而此前，从初平元年他十岁时被董卓立为帝，到他十六岁被曹操迎于洛阳，是他“想做奴隶而不得”的生涯。说一个皇帝是“做稳了奴隶”地位的人，可能有点耸人听闻，但我是说实话。对献帝来说，这二十四年，固然比以前好，但却也是一个傀儡，且是一个忍气吞声的傀儡，那时的大权，在他的丞相兼大将军曹操手里。曹操才是北方的实际统治者，他在对中央政权的实际控制力、对无法无天的天下军阀的威慑力、对一塌糊涂的混乱世道的整顿力等方面，全面超过这位年轻的小皇帝。曹操的这些力量又来自他近乎无与伦比——至少在他那时代，他确实无与伦比——的自身才具。他是大政治家、大军事家，同时，我们还要说，他还是那时代的大文学家。他几乎在所有的领域都是出类拔萃、压倒他人的。套用恩格斯的一句名言，这是一个需要天才而又产生了天才的时代。是的，曹操迎献帝于洛阳，又迁都于邺，从而开创了建安时代。这个建安时代，既是一个政治时代、军事时代，也是一个文学史上旗帜一般的时代。以“建安”命名的“文学”，以及“七子”“风骨”等等，成为中国文学史上最为闪亮的字眼，也是历代文人笔下最频繁使用的褒义词汇。建安时代是一个流血的时代、混乱的时代、苦难的时代，但却成了历代文人向往的时代。而曹操，当之无愧地，成为这个文学时代的开创者。

钟惺《古诗归》卷七说曹操：“老瞒生汉末，无坐而臣人之理。然其发念起手，亦自以仁人忠臣自负。”我们看曹操的《蒿里行》《苦寒行》，知道他深感痛苦的不是那生命尽头的死亡，而是生命当下所体验到的现实的伦理痛苦与伦理关怀：社会崩溃，生灵涂炭，以及他自己作为该时代的独特分子所体味到的种种艰辛。而这种价值取向，正是建安文学的伟大之所在：

> 关东有义士，兴兵讨群凶。初期会盟津，乃心在咸阳。
> 军合力不齐，踌躇而雁行。势利使人争，嗣还自相戕。
> 淮南弟称号，刻玺于北方。铠甲生虮虱，万姓以死亡。
> 白骨露于野，千里无鸡鸣。生民百遗一，念之断人肠。
> （《蒿里行》）

是什么让他念念不忘，痛断肝肠？是万姓的死亡，是生民的涂炭，是“白骨露于野，千里无鸡鸣”的现实。这首诗充分体现了对现实人生的伦理关怀，而且还剔除了汉末以来一般文人的愤世嫉俗与尖刻不屑，是大慈悲、大关怀；不是清高文人远避肮脏、洁身自好的冷眼神，而是介入当时纷争，为理想而战的战士的热心肠。

他对生命流逝的感受同样是尖锐的，“造化之陶物，莫不有终期”。但这既已是不可更改之自然铁律，“圣贤不能免，何为怀此忧？”“陶陶谁能度？君子以弗忧。”他毕竟是有内在大坚定、大执着的人，他把这恼人的问题——恼了两汉多少聪明人——轻轻地拂过一边，只是叹息“年之暮奈何，时过时来微”(《精列》)。留给自己的生命已然不多，可要做的事又太多，这才是他真正忧虑的。能说明他思想上这种由怜惜自我转向怜悯广大众生的苦难的最好例子，正是他的两首乐府旧题诗:《薤露》与《蒿里行》。这两首汉代的挽歌在他那里一变而为记时事、悯乱伤时的“诗史”。《蒿里行》已上见，我们再看他的《薤露》:

惟汉廿二世，所任诚不良。沐猴而冠带，知小而谋强。
犹豫不敢断，因狩执君王。白虹为贯日，己亦先受殃。
贼臣持国柄，杀主灭宇京。荡覆帝基业，宗庙以燔丧。
播越西迁移，号泣而且行。瞻彼洛城郭，微子为哀伤。

这里有着曹操的傲慢，凭他的智谋，他也确实有资格一笔抹杀桓、灵以来的各色人物。即便是道德上，他又何尝不能傲视群雄?

曹操最为人所知的作品当数《短歌行》(其二)，在这首“跌宕悠扬，极悲凉之致”(陈祚明《采菽堂古诗选》卷五)的诗歌里，充分表现了他的英雄情怀:

对酒当歌，人生几何?譬如朝露，去日苦多。
慨当以慷，忧思难忘。何以解忧?唯有杜康。
青青子衿，悠悠我心。但为君故，沉吟至今。
呦呦鹿鸣，食野之苹。我有嘉宾，鼓瑟吹笙。
明明如月，何时可掇?忧从中来，不可断绝。
越陌度阡，枉用相存。契阔谈宴，心念旧恩。
月明星稀，乌鹊南飞，绕树三匝，何枝可依?
山不厌高，海不厌深。周公吐哺，天下归心。

曹操“不戚年往，忧世不治”(《秋胡行》其二)，在他那里，人生短暂的痛苦转化为了功业未建的痛苦，且这种功业还是一种社会责任心与伦理责任心。他的《短歌行》，一开始即是“对酒当歌，人生几何。譬如朝露，去日苦多”，颇似颓唐，以至于唐人吴兢就误以为这首诗写的仍然是《古诗十九首》的主题：“言当及时行乐。”(《乐府古题要解》)直到清代的沈德潜，也还在这样闭目胡说(《古诗源》卷五评《短歌行》：“言当及时为乐也。”)。但曹操“慨当以慷，忧思难忘”之“忧”，却不是“譬如朝露”的人生，而是功业未建、贤才未附，故他的结论不是“及时行乐”，而是要像“山不厌高，海不厌深”那样胸襟宽广、广纳人才(李斯《谏逐客书》云：“太山不让土壤，故能成其大，河海不择细流，故能就其深，王者不却众庶，故能明其德。”)，更要像历史上的周公那样(“周公吐哺，天下归心”)，虚心降志，谦虚谨慎，招致人才，从而“早建王业”(张玉穀《古诗赏析》)。难怪张玉穀要嘲弄他们“何其掉以轻心!”吴淇评此诗是全篇“曲曲折折，絮絮叨叨，若连贯，若不连贯，纯是一片怜才意思”(《六朝选诗定论》)。而风格则是“跌宕悠扬，极悲凉之致”(陈祚明《采菽堂古诗选》卷五)。

这首诗共分八解。第一解由此刻当下“对酒当歌”之乐(“当”可理解为“合当”之“当”，也可理解为“对当”之“当”，与“对酒”之“对”同义)而突悟“人生几何”之悲，正是乐极生悲。而此“悲”，在第二解又转为“忧”，正是这一转，体现了建安诗人由生命本体之“悲哀”转向关注社会之“忧患”。可以说，这是一个伟大的转折，弥漫于汉末的颓废、消极、无奈、无聊被一扫而空，积极向上、努力当下的新世风涣然形成。所以，我们可以说，曹操《短歌行》的主题，实际上就是一个时代的主题。“老汉朝”正在死去，“新汉代”(也就是曹操掌控的建安时代)已经出生。栖栖惶惶于一己生命短暂的老调子已经唱完，兢兢业业于社会重建的主旋律已响亮奏起。“苍天已死，黄天当立”，这黄巾的造反谣言，已经成为事实。

为了更好地说明这一点，我们继续往下看，看看曹操“忧”的是什么。

接下去第三、第四解两引《诗经》成句，关念“子”，牵挂“君”，欢宴“嘉宾”，乃是在提示我们，他之“忧”，是由于对一些人的思慕，是外向涉他的，而不是内向内省自涉的；他的“忧”，来自自身之外的关注。

第五解明白地告诉我们：正是这些美好如月、难掇如月的人，使他念念不忘，“忧从中来”，且“不可断绝”。

那么，他所思慕的到底是什么样的人呢？

第六解没有回答，而是写出了在想象之中他已与他思慕的这些人“契阔谈宴，心念旧恩”了。在这看似虚幻的描写里，恰恰可以体现出他对他所思慕的人的强烈渴求。

然后，在第七解，他用一个非常传统的比兴告诉了我们他所思慕的是什么人：他用“良禽择木而栖”来喻“贤才择主而事”，从而我们明白，他所思慕的，就是在那样的纷争时代最稀缺也最重要的人才！他的忧，就是惧怕这些南奔北走、恓惶不定的人才不来投奔他！

至此，第八解的一个比兴，一个典故，其用意也就昭然若揭：他是在表达他对人才的容纳与礼遇，以期天下人才归之如百川之归海。而以儒家的大圣人周公自比，除了表明他要做忠臣、圣臣，不做篡臣，向天下表明心迹外，也是一种自我勉励。同时，还可以看出他对事功的重视，入世的精神。

与此相类似的，当然还有那首描写大海的名作《步出夏门行·观沧海》。值得注意的是，在那样的乱世之中，曹操仍然抱持着政治上的理想，有廓清天下、重整乾坤、拯救生灵的道德上的目标，并为之奋斗。他的《对酒》《度关山》表达了大致相同的政治理想：国家统一，君主贤明，执法公正，民人不争，百姓安乐，五谷丰登。显然，他的这种精神、情怀影响了围绕在他周围的建安作家，从而，建安的文人们，又都对那个血腥的时代抱持着莫大的希望。是的，是希望，是带着希望的道德追求与道德实践，使建安的作家们获得了尊严与光荣。

谭元春评曹操《蒿里行》说："声响中亦有热肠。"（《古诗归》卷七）吴淇评《短歌行》说："从来真英雄，虽极刻薄，亦定有几分吉凶与民同患意……观魏武此作，及后《苦寒行》，何等深，何等真。所以当时豪杰，乐为之用，乐为之死。今人但指魏武杀孔融、杨修等，以为惨刻极矣，不知其有厚道在。"（《六朝选诗定论》卷五）这"热肠"，这"厚道"，既真且深，"以仁人忠臣自负"的他意识到了自己的责任，并由这份责任心而生出时不我待的急迫感。良心一旦主动，便成为责任心，责任心一旦强烈到某种程度，又会成为一种心理的焦虑。建安诗人就是循着这一条合乎逻辑的伦理关怀之路，把个人的建功立业和社会重建紧密地结合在一起，而不是那种单纯的个人的荣升或成就。

曹植作为一个诗人，其成就可以说是臻于极致，他之前的诗人大约也只有一个屈原能压得过他。但相对于"立言"，他更看中"立功"。由于他后半生的遭际，他对建功立业的渴望愈发强烈而执着；从曹丕即位一直到明帝曹睿，他耿耿而不能释怀的，就是他失去了追求现世事功的机会。他后期的痛苦，全在这一点上。正是对现世功业的追求及其痛苦，构成了他诗歌中的"风骨"。

他早年的《白马篇》是那么自信、自豪，充满英雄主义精神，既是对自己德行与才华的双重肯定，又是对自己志向的洋洋自得的表述。我们看到，他的个人志向是与时代的主题相融的。"捐躯赴国难，视死忽如归"（《白马篇》），这是对死亡的道德意义的肯定，这是《古诗十九首》中所没有的境界。《古诗十九首》是发现了死亡对道德的破坏与否定，而曹植，显然发现了，当生命用于道德的目的时，死亡便有了道德价值。所以，对他而言，“闲居非吾志，甘心赴国忧”，“国仇亮不塞，甘心思丧元”（《杂诗》），他对死不但不怕，反而有了一种潜在的期待——我们知道，他是期待着用生命来玉成现世的功业。

惊风飘白日，忽然归西山。
圆景光未满，众星灿以繁。
志士营世业，小人亦不闲。（《赠徐干》）

这里不但没有生命短暂的无奈和哀伤，倒颇有《易》的“天行健，君子以自强不息”的精神气度。人总有一死，所以他追求一个重于泰山的死法。他“甘心丧元（首）”“视死如归”，能否用自己的这颗头颅去“赴国难”“赴国仇”，换得人生功业，这才是他的真心病。

希冀以“立言”来传名于后从而在精神上“不朽”的，可以曹丕为代表，我们看他的议论：

盖文章，经国之大业，不朽之盛事。年寿有时而尽，荣乐止乎其身，二者必至之常期，未若文章之无穷。是以古之作者，寄身于翰墨，见意于篇籍，不假良史之辞，不托飞驰之势，而声名自传于后。

……

古人贱尺璧而重寸阴，惧乎时之过已。而人多不强力，贫贱则慑于饥寒，富贵则流于逸乐，遂营目前之务，而遗千载之功。日月逝于上，体貌衰于下，忽然与万物迁化，斯志士之大痛也。（《典论·论文》）

如此絮絮叨叨，不厌其烦，不外两个意思，一是人生短暂，忽然与万物迁化；二是须重寸阴而贱尺璧，通过“无穷”的文章而使声名传于后，这样就可以人死而精神长存了。他只活了四十岁。他似乎已经意识到了，生命的价值在于质量而不在于数量，在于它所达到的高度而不在于它所延伸的长度。这是对“人生短暂”的真正有哲学价值的超越与升华——

> 行年已长大，所怀万端，时有所虑，至通夜不瞑。志意何时复类昔日？已成老翁，但未白头耳！……少壮真当努力，年一过往，何可攀援？古人思秉烛夜游，良有以也。(《与吴质书》)

“秉烛夜游”这句《古诗十九首》中的话，在这里被赋予了全新的内容。而三十多岁即认为自己“已成老翁”，这是一种焦虑的心态，为此，他“通夜不瞑”，写自己的文章或编朋友们的遗集。他不曾料到自己只能活四十岁，但他为死神的随时到来做好了准备。曹丕在他死时，已写出了足以让他不朽的作品，其中包括中国文学史上最早的完整的七言诗《燕歌行》以及中国历史上最早的文学批评专论《典论·论文》。当死神不期而至时，他应该可以嘲弄它：我已经抢在你到来之前收拾好了，我们走吧！能跟死神这样说话，应该是人生最完美的终结。长寿与否，倒在其次。

曹氏父子三人，不仅自己是文坛高手，曹操还“设天网以该之，顿八纮以掩之”，把天下文人收罗在自己周围，且能“体貌英逸”，反对“文人相轻”。所以，他们的“区宇之内”，“俊才云蒸”。围绕“三曹”而以之为核心的，是“七子”。

> 今之文人，鲁国孔融文举，广陵陈琳孔璋，山阳王粲仲宣，北海徐干伟长，陈留阮瑀元瑜，汝南应玚德琏，东平刘桢公干。斯七

子者，于学无所遗，于辞无所假，咸以自骋骥騄于千里，仰齐足而并驰。（曹丕《典论·论文》）

他们“人人自谓握灵蛇之珠，家家自谓抱荆山之玉”（曹植《与杨德祖书》）。这是一种历尽苦难后的意气风发，是长期受压抑后终于喷薄而出的激情。

观其时文，雅好慷慨，良由世积乱离，风衰俗怨，并志深而笔长，故梗概而多气也。（刘勰《文心雕龙·时序》）

生活在末世与乱世，目睹种种淋漓的鲜血，被迫直面惨淡的人生，但纷乱的社会也刺激了他们重整乾坤的兴趣与雄心壮志，黯淡的感伤与寂寞的无奈一扫而空。他们忽然发现自己正面临一片荒野，拓荒的欲望与自豪油然而起。

窃慕负鼎翁，愿厉朽钝姿。
不能效沮溺，相随把锄犁。（王粲《从军行》其一）

出于对曹操的敬慕与信赖，王粲要学那“负鼎调五味”（《韩诗外传》）而后成为商汤贤相的伊尹，竭尽自己的驽钝来效力于曹操、效力于时代，而不愿学那隐居不仕的长沮、桀溺。“七子之冠冕”的王粲，他的这种心态也可以代表其他七子，甚至代表当时北方的一般文人。

《古诗十九首》对生命短暂的体认在这里仍然是延续的，并且在乱世淋漓的鲜血与纵横的白骨中更加突出而刺痛人心。所不同的是，在面对这一永恒困惑的挑战时，建安作家所采取的态度不再是那种用高密度、高强度的个体灵肉享乐来试图增加生命密度，以相对延长生命的消极对抗，而是采取了一种新的、较为可信的方式。他们认识到，人的物质生命是有限的，但精神的影响却可以流芳千古；换句话说，人可以通过短暂的现世努力，建立永久的精神之流，从而不朽。而这种“不朽”，是必须建立在社会认同的基础上的，没有社会的认同，就没有社会与他人的传布；没有他人与社会的传布，精神之流就会中断，不朽也就成了一句空话。所以，“不朽”的前提，即人对社会的参与和融合，是人对社会有所供奉后获得的褒奖。

惟日月之逾迈兮，俟河清其未极。冀王道之一平兮，假高衢而骋力。惧匏瓜之徒悬兮，畏井渫之莫食。步栖迟以徙倚兮，白日忽其将匿。（王粲《登楼赋》）

骋哉日月逝，年命将西倾。
建功不及时，钟鼎何所铭。
收念还房寝，慷慨咏坟经。
庶几及君在，立德垂功名。（陈琳《游览》其二）

建安诗人的生命意识不再是无可奈何的浩叹或内心默默的体味，而是一种溢于言表的“焦虑”，是一种按捺不住的激情。建安诗人是痛苦的，但痛苦的原因或为之痛苦的对象，已由人生短暂的生命本体痛苦转向功业未建或文章未显的生命功能痛苦，为此，他们显示出一种集体的焦虑。这种焦虑，像一片笼罩的云气，涵盖了他们的作品，甚至也涵盖了那个时代，使得那个时代整体地显示出一种力争上游的气象。建安七子，包括魏文人圈子以外的诸葛亮，都呈现出这样一种焦虑气象。诸葛亮晚年的“知其不可而为之”“鞠躬尽瘁，死而后已”，更是这种精神气象的最感人体现。与《古诗十九首》的作者相比，他们已由“多余人”而变为“烈士”（曹操自称“烈士”），悲怀壮烈，自强不息。直至“烈士暮年”，仍然“壮心不已”。

生存还是死亡

王业须良辅，建功俟英雄。
元凯康哉美，多士颂声隆。
阴阳有错舛，日月不常融。
天时有否泰，人事多盈冲。
园绮遁南岳，伯阳隐西戎。
保身念道真，宠耀焉足崇。
人谁不善始，鲜能克厥终。
休哉上世士，万载垂清风。

这是阮籍《咏怀》其四十二。前四句宛然建安时代：俊才云蒸，英雄云集，可谓一时之盛。“阴阳”以下四句则百花凋残，一派萧瑟，给人以“溪云初起日沉阁，山雨欲来风满楼”之感：阴阳舛错，天时否泰，人事盈冲，变故在须臾。魏明帝曹睿临死诏命八岁的齐王曹芳继位，以曹爽与司马懿夹辅幼主，曹魏政权急骤衰落。正始十年正月，司马懿发动高平陵之变，从而使大权落入中国历史上最残忍的家族之手。

昙花一现的建安时代消失了，代之而起的是正始时代。上古名臣“八元”“八凯”式的“建安烈士”不见了，代之而起的是商山四皓与老聃一类的隐士——保身、念道、服药、饮酒、佯狂避世的正始名士与竹林名士。

正始名士的代表人物是何晏和王弼，竹林名士的代表人物是阮籍和嵇康。他们也代表了当时的知识分子。《晋书》阮籍本传载：

> 籍本有济世志，属魏晋之际，天下多故，名士少有全者，籍由是不与世事，遂酣饮为常。

现实逼得他们不能再像他们父辈那样（阮籍就是“建安七子”之一的阮瑀的儿子）有很大的抱负，而只是喝酒、弹琴、谈玄，打发无聊时光。统治上层矛盾激化，分裂为势不两立的两大派，政治权力之争演变为最极端的对对方肉体的消灭。偏偏是握有实权的一方（司马氏家族）最残忍、黑暗与无道。文人们保曹无术又不愿依附司马氏，从而在政治上无所凭依，失去了“建安七子”曾经有过的那种友朋式的政治后台。同时，统治上层对外建功立业的抱负也为对内争权夺利所取代而消解，他们不再具有曹操那样的对天下的责任心，而只关注自身的政治地位与权力之争；这也必然导致文人的精神因无所着落而渐趋颓丧。在现实的无聊赖中，玄谈成为他们打发生命、打发才华的时髦行为。这种玄谈和高压政治结合便流为清谈，并以清谈代替了建安作家的实际抱负和政治批评、社会批评。比如阮籍，就只是“发言玄远”而“口不论人过”。唯一敢于“非汤武而薄周孔”、借历史批评来进行社会政治影射式批评的嵇康，被弃身东市，时政批评已成为禁区。

由此，正始文人已由建安文人的哀社会民生之多艰而变为哀个人人生之多艰。哀社会的建安作家致力于社会改造，要重整乾坤，有廓清天下之志，要建立的是事功；而哀人生的正始作家则沉湎于人生的哲学思考，有退避山林或求仙之想，要躲避的，恰恰是政治。政局的黑暗，使得他们从道德上鄙视政治；政局的凶险，又使得他们从自身安危的考虑上远离政治。政治的离心力出现了。

如果说，《古诗十九首》是为生命短暂而痛苦，建安作家又为“去日苦多”、功业未建而痛苦，那么，正始作家则是为如此短暂的生命中偏又充满艰辛与屈辱而痛苦。生命本已短暂，却连这短暂的天年都不能尽，而且，生命过程偏偏充满着对生命尊严的侮辱，这当然是难以为怀。阮籍的八十二首五言《咏怀》诗，其突出的价值及其在文学史上的地位，就是因为它们对生命荒诞性的前无古人的思考并给出悲观的结论。在阮籍那里，生命既不能用来及时行乐（如《古诗十九首》所宣扬），更不能用来建功立业（如建安作家所表达），生命存在的意义已荡然无存，只是体味痛苦、侮辱，甚至只是恐惧地等待外来的暴力结束这生命：

嘉树下成蹊，东园桃与李。秋风吹飞藿，零落从此始。
繁华有憔悴，堂上生荆杞。驱马舍之去，去上西山趾。
一身不自保，何况恋妻子！凝霜被野草，岁暮亦云已。
（其三）

一日复一夕，一夕复一朝。颜色改平常，精神自损消。
胸中怀汤火，变化故相招。万事无穷极，知谋苦不饶。
但恐须臾间，魂气随风飘。终身履薄冰，谁知我心焦！
（其三十三）

生命至此，已无意义与自身尊严。一日复一夕，一夕复一朝，生命只是恐惧地等待着暴力的降临，生命只是以自身的生物存在为唯一关心，这是生命的堕落，已堕落到连动物都不如的地步！动物的生命比起这样的生命，尚有两点尊严：其一是，动物的生命仍有繁衍后代延续物种的使命；其二是，动物并不为生命的死亡而困扰。所以，阮籍一方面忧生惧死，另一方面又不免觉着这样活着太无聊。前者出自生命的自我保护意识，是动物性的；后者出自对生命尊严的理性思考，是人性的。所以他发出疑问：

人言愿延年，延年欲焉之？（其五十五）

这样活着有什么意义？延续生命为了什么？人的生命若没有尊严，怎能自诩它有方向与目的？人类的生命若没有目的，它从哪里获得意义与价值？被这些矛盾纠缠，思想在现实与精神的牢笼中冲突而不得出，他焉得不痛苦？痛苦又不能明白地倾诉，焉能不怪诞，焉能不抓住一切可以甚至不可以放声大哭的机会以一泄胸中块垒？所以，在《晋书》本传中的他，才如此怪诞：

时率意独驾，不由径路，车迹所穷，辄痛哭而返。

母终……举声一号，吐血数升。及将葬……直言穷矣。举声一号，又吐血数升。毁瘠骨立，殆致灭性。

兵家女有才色，未嫁而死。籍不识其父兄，径往哭之，尽哀而还。

《世说新语·任诞》也有类似的记载：

籍邻家处子有才色，未嫁而卒。籍与无亲，生不相识，往哭，尽哀而去。

自由与人的自由意识有关，自由意识越强烈，对自由的追求就越强烈，对不自由的感受就越强烈而至于不能忍受。阮籍就是个自由意识极强的人。竹林人物中，除嵇康外，刘伶也属于这一类人。刘伶“志气放旷，以宇宙为狭”（《文选》李善注引臧荣绪《晋书》），以宇宙之大，尚不足以称自己自由心灵之意。他脱衣裸体室中，自云是“以天地为栋宇，屋室为裈衣”（《世说新语・任诞》）。这些略显变态的行为，正见出自由心灵遭受压抑后的正常反应。他的《酒德颂》写大人先生，是：

以天地为一朝，万期为须臾，日月为扃牖，八荒为庭衢。行无辙迹，居无室庐。幕天席地，纵意所如。

这是对大空间、大时间的渴望。阮籍《大人先生传》在这点上几乎如出一辙，他说大人先生是：

以万里为一步，以千岁为一朝。
行不赴而居不处，求乎大道而无所寓。

空间大到“万里为一步”，时间大到“千岁为一朝”，犹嫌不足，因为“万里”“千岁”仍是约束，于是干脆“不处”而“无所寓”，这样才能彻底摆脱时空的约束。像阮籍、刘伶这样对大空间、大时间的追求，凌越庄周而空绝后代，正可以看成是那个不自由的时代对自由心灵压抑后，心灵产生的过激反应。这种心灵显然是变态的、病态的，这种自由也是自由的变态。

中国文学史确实太丰富了，丰富得让人奢侈，让人不懂珍惜。很多杰出的诗人及其诗作，我们都随手放在一个地方，以后就让他一直待在那个地方，而不是对他另加鉴定，为他重新确定在文学史框架中的地位。而由于他一直待在那个地方，在我们的观念里，他便几乎是先天性地属于了那个地位，不管他在这个地位是否委屈。

我的这段议论是由阮籍引起的。读阮籍是从二十多年前开始的，随着时间的推移，我对他的认识也在深化。我曾对他的个性不大欣赏。我喜欢刚烈的人物，比如阮籍身边的嵇康。因此，在一些发表过的文章中对他有些贬低与揶揄。但我现在认识到这是由于我自己的不够宽容——我当然没有资格说去宽容阮籍这样一个杰出的诗人，我是说我对人性的丰富性还缺少更宽广的认知与同情。知识的狭隘会导致精神的狭隘，而精神的狭隘会导致欣赏趣味的狭隘。我太喜欢他身旁的嵇康了，以致老拿嵇康的优点去比他的缺点，殊不知这“缺点”正是他的特点——正是最正常不过的人性，且是人性优点的另一面。欣赏嵇康与欣赏阮籍需要不同的眼光。

阮籍绝对应该有一个比现在人们给他的更高的地位。他的八十二首五言《咏怀》诗在某种意义上是前无古人的。我们知道，在阮籍之前五百多年，有一个伟大的诗人屈原，阮籍当然不能与他相比，无论是从诗体的创立还是从人格的崇高上，他应该是逊色的。在他之前二十多年，是旗帜一般的建安时代，那个时代有气韵沉雄的曹操与风流自赏的曹植，他们在那个血与火的时代所体现出来的阳刚气质与朗畅风格，使阴柔晦涩的阮籍也显得黯淡。但阮籍的价值也正在这里。正是他天性中的阴柔气质使他能洞悉人生中阴暗的东西，直至深入黑暗的核心，揭示出黑暗的本相；正是他的懦弱性格使他认识到人在面临世道的黑暗与人生的荒谬时是无能为力的。是的，如果外向的建安作家写出了他们面对世界时的自信与自大，写出了他们对世界的信心与对价值的坚持，写出了他们维护道德与扫除邪恶的勇气；那么，内向的、敏感而多疑、脆弱而怯懦的阮籍就写出了他在面对世界时的惶恐与不安，写出了他对世界的悲观与对价值的怀疑，写出了他在面对邪恶及其对正义的凌辱时的无奈与惶恐，还写出了他在自感无力时放弃坚持、放弃尊严时的深深失落。在他的眼里，这世界是荒谬的、悲剧性的——

木槿荣丘墓，煌煌有光色。白日颓林中，翩翩零路侧。
蟋蟀吟户牖，蟪蛄鸣荆棘。蜉蝣玩三朝，采采修羽翼。
衣裳为谁施？俯仰自收拭。生命几何时，慷慨各努力。
（其七十一）

他一口气写出的，都是美好却又短命的东西：木槿花朝开暮落，蟋蟀命不过冬，蟪蛄不知春秋，蜉蝣三日而死。“生命几何时，慷慨各努力”，在面对各自命定的悲剧命运时，它们还要做无谓的“努力”，这是一种无奈的挣扎，是“可怜无补费精神”。阮籍在此表现出来的，与“天行健，君子以自强不息”是两种完全不同的精神状态与内在情绪。对于生命，对于造化给予我们的命运，阮籍是悲观的。

骆玉明先生非常敏锐地发现了阮籍对世俗观念中“种种可以视为解脱途径，可以作为人生追求目标的东西”的否定：财产、名声、美女、亲朋，甚至生命自身（见骆玉明《简明中国文学史》中有关阮籍的章节）。事实上，这些否定就是对人生意义与价值的否定，对这些东西的怀疑就是对人生价值的怀疑。由是，阮籍几乎成了彻底的悲观主义者，在他的笔下，充满了对世界及人生不确定性的忧虑：

从容在一时，繁华不再荣。
晨朝奄复暮，不见所欢形。（其三十）

朝生衢路旁，夕瘗横术隅。
欢笑不终晏，俯仰复欷歔。（其五十九）

人生有什么东西可以使我们确信，可以使我们信任依赖，从而，值得我们去坚持并付出我们的热爱？如果上举两例还不足以给人们深刻印象的话，那我们再逐首看起：

如何金石交，一旦更离伤？（其二）
——朋友靠不住。

繁华有憔悴，堂上生荆杞。（其三）
——繁华不常驻。

朝为媚少年，夕暮成丑老。（其四）
——生命挽不住。

娱乐未终极，白日忽蹉跎。（其五）
——快乐留不住。

布衣可终身，宠禄岂足赖？（其六）
——高贵不可恃。

四时更代谢，日月递差驰。
……
愿睹卒欢好，不见悲别离。（其七）
——亲朋飘零去。

试问，在阮籍之前，甚至在他之后，有谁如此集中地表现这个世界的不可信赖与人生的无法坚持？除了阮籍这样气质的诗人，除了他这样禀赋的哲人，谁能如此久处黑暗核心并在此吟唱？谁会如此长久纠缠其中不能脱身？如此重大的主题，如此深入的认知，不是长期厮磨，如何能体会？

“视彼桃李花，谁能久荧荧？”（其十八）在阮籍的诗里，这世间所谓美好的东西，要不得不到，要不保不住；要不不存在，要不不长久。所以他感叹于“变化”——

存亡从变化，日月有浮沉。（其二十二）

阴阳有变化，谁云沉不浮。（其二十八）

胸中怀汤火，变化故相招。（其三十三）

在这些无穷无尽、不息不止的“变化”里，“万事无穷极，知谋苦不饶”（其三十三），世界多变，世事多变，而吾智有限，奈何？吾生也有涯，而知也无涯，我们有限的心智，如何应对这世界的多变？

事实上，世界的变化是一个客观的存在，在真正的道家眼里，成就是毁，毁也是另一种成。“成也，毁也。”（《齐物论》）一种状态，可变坏，也可变好，所以，无所谓悲观与乐观。但在阮籍的眼里，变化都是在向坏的方向变化。这就是他看世界的基本眼光，而我们也由此知道了他思维的基本特征——他确实偏执于一端，偏向于悲观的一端。正因为如此，他在这一端上才走得远，看得彻，想得深——直达黑暗的心脏。而这，就是他的价值，就是他的伟大——他是伟大的悲观主义者、厌世主义者、批判主义者、怀疑主义者。我们看他的这一首：

出门望佳人，佳人岂在兹？

三山招松乔，万世谁与期？
存亡有长短，慷慨将焉知？
忽忽朝日隤，行行将何之？
不见入秋草，摧折在今时？（其八十）

全诗都在问，这是微型的《天问》。一问是一痛，一问是一恨；一问一绝情，一问一死心。直问到斩尽杀绝，心如死灰。

独坐空堂上，谁可与欢者？
出门临永路，不见行车马。
登高望九州，悠悠分旷野。
孤鸟西北飞，离兽东南下。
日暮思亲友，晤言用自写。（其十七）

空堂独坐，慰我者“谁”？长路远眺，寂寥无人，九州登览，一片空旷。从堂上到长路到九州，这偌大的世界空无一人，而阮籍独坐。独语。独咏怀抱。

有意思的是，阮籍在他的散文类作品中简直是肆无忌惮地、张狂万状地鼓吹“大”的东西——大人格，大精神，鼓吹狂放无状的行为做派；但在他的诗歌里，他却显得那么小心翼翼，躲躲闪闪，遮遮掩掩，以至于让人发出“厥旨渊放，归趣难求”（《诗品》上）、“文多隐避，百代以下，难以情测”（《文选》注）的感叹。如果我们承认，《大人先生传》之类的散文作品是他的压抑的想象力的爆发或升华，那么，《咏怀》诗就是他匍匐的精神的写照。在专制暴力的现实生活中，一切浪漫都不易想象，除非有拼却一死、绝不苟且的大勇气，而这勇气，阮籍尚不具备。但他有这样的朋友，那就是嵇康。

嵇康在那个近乎嬉皮士的时代显得有些特别。他高贵、单纯，不愿作践自己，更不愿委屈自己的良心与判断力。所以，他“轻肆直言，遇事便发”，“无万石之慎，有好尽之累”。这种性情固然最终招致杀身之祸，但他的内心却因这种无所顾忌的宣泄而较为宁静。王戎说，与嵇康比邻而居了二十年，不曾见到他的喜怒之色（《世说新语·德行》）。这则记载与嵇康的一贯作风颇为不合，或者嵇康厌恶王戎的人品，不在他面前流露真性情也未可知。

有意思的是，与阮籍相比，嵇康把他的想象力表现在诗歌里，而让他的散文成为匕首与投枪，在现实中绞杀。阮籍在散文里虚构现实中没有的自由与自由的人物，而嵇康却在诗歌里这样干。这使得嵇康的一些诗歌成为那个灰暗的诗歌视野里难得的阳光地带。我们看他的《赠秀才从军》：

良马既闲，丽服有晖。
左揽繁弱，右接忘归。
风驰电逝，蹑景追飞。
凌厉中原，顾盼生姿。（其九）

息徒兰圃，秣马华山。
流磻平皋，垂纶长川。
目送归鸿，手挥五弦。
俯仰自得，游心太玄。
嘉彼钓叟，得鱼忘筌。
郢人逝矣，谁与尽言。（其十四）

这是写乱世艰险中的理想生活。他知道在黑暗中仰望光明，在肮脏中向往纯洁，所以他不颓丧，不隐忍，不苟且，不赖活，不阴毒而痛快，不自卑而自尊。生活的太不自由，使得他愈加想往自由，他不仅是一位自由意识极强的人，还是一位精神力量极强的人，上引的两首诗不就是一种自由的畅想么？生活太沉重，所以他写轻松，“风驰电逝，蹑景追飞”；精神太沉重，所以他写放逸，“俯仰自得，游心太玄”。这些都让我们心仪于他风度上的潇洒飘逸，心灵上的自由舒张。而“目送归鸿，手挥五弦”的心态，则竹林名士中唯他独有了。谁的心灵能有他那么纯净？谁的精神能有他那么超拔？我们尊敬嵇康，就是因为他的这种骨气与傲气，以及由此而派生的逸气。有此骨气、傲气与逸气，便是司马昭的屠刀，也不能剥夺他的精神尊严。阮籍缺少的正是这种傲气，他在感叹命运的强大时忘记了人性的强大，所以，尽管他睁大眼睛去外求，率意独驾去寻找，他仍然找不到值得追求的东西，以至于他怀疑还有什么值得坚持。而他身边最好的朋友，嵇康，则有更大的自信：一切美好的价值，就存在于我们自身的坚持之中。只要我们不放弃，不投降，不叛变，正义就不会泯灭，人类就依然拥有未来。当然，这往往需要我们有舍生取义杀身成仁的精神。

当嵇康在刑场上顾视日影，索琴而弹时，他是何等孤独。谁能待在这种孤独的境地中而仍能潇洒沉着如嵇康？一曲终了，他长叹：“《广陵散》于今绝矣！”乃引颈就戮，颜色不变。这刑场，就是一种高度。阮籍就到不了这种高度。是的，阮籍有他的深度，但嵇康有他的高度。当代两位最杰出的思想家、诗人，有这样不同的取向，很好。这个苦难而卑鄙的时代，却同时又是风流而浪漫的时代，端的就是因为有了他们二位：一个代表了时代的深度，一个代表了时代的高度。哲人往往以一己的精神提升整个时代。

良心何在

一

正始之后，是元康。杀戮依然凶残而频繁，并且那带血的刀锋最终指向了司马氏家族内部。这期间的文人有所谓的“三张二陆两潘一左”，有什么贾谧的“二十四友”，还有那由当代豪富、才情也勃发的石崇主持的，盛极一时、热闹非常的“金谷诗会”——西晋的皇室虽然没有文化与教养，其开国之初的文坛倒也热闹。连刘勰也赞美说：“晋虽不文，人才实盛：茂先摇笔而散珠；太冲动墨而横锦；岳、湛曜联璧之华；机、云标二俊之采；应、傅三张之徒；孙、挚成公之属，并结藻清英，流韵绮靡。”（《文心雕龙·时序》）从人数而言，从声势而言，从文的自觉与作品的数量而言，不仅为一时之盛，而且可以说是超越前代了。

但非常可惜的是，文学是以质量胜而非以数量唬人的。与建安、正始的凛凛风骨飒飒风力比，元康之际的作家们很像是文学市场上的赶集者、打群架者、卖弄风情者。而在政治上，在为人上，他们的表现更为糟糕，完全是孔子所鄙视过的“患得患失”的“鄙夫”：

子曰："鄙夫可与事君也哉？其未得之也，患得之。既得之，患失之。苟患失之，无所不至矣。"（《论语·阳货》）

是的，为了"得"，他们争；为了保住所得，他们也往往真是"无所不至"，不择手段。他们的才华可能并不比前代诗人差，但他们的心胸与境界和他们朝廷的道德水准一样，和前代有不小的差距。他们的创作，既是炫耀自己的才华，展示自己的才华，却也因此糟蹋了自己的才华。他们大量制作拟诗，拟古人、拟乐府、拟形式、拟题材，这表明他们对现实生活的规避。对现实生活而言，他们是一群超级鸵鸟。更可怕的是，他们对现实感受能力的退化与丧失：他们已经无法在现实世界中找到感动与感触了，从而现实生活中的苦痛与欢乐便从他们的文学题材中消失了，现实生活竟然不再是他们文学的对象。他们把文学雅化了，把文学变成了象牙塔中的智力游戏，而文学创作则成了一种与古人和与朋友之间的智力竞赛。比如陆机，在他的所有作品中，我们找不出他经历过的众多社会政治大变故的影子，倒是找出了一大堆的拟诗。他的生活是那么一团糟，危机四伏，朝不虑夕，但他的诗却那么超然——他那么矜持地表现自己趣味的高雅和智力的高超，大家只要去读读他的《文赋》及《演连珠》等等，就可知我言不虚。

对了，除了拟诗，还有朋友之间的唱和。是的，这也是一个唱和诗大量涌现的时代。他们需要在不断的唱和中给自己壮胆，更兼吹吹拍拍，把彼此都弄得舒舒服服。文学，在他们看来，是一种贵族化的修养，是他们贵族沙龙的身份证，"金谷雅集"与"二十四友"都是有门槛的，只有会玩文学这一手的，才能厕身其间。他们既有着曹丕曾经批评过的"文人相轻"的毛病，又染上了更可恶的"文人相拍"的恶习，拉帮结派，自造声势，自抬并互抬身价。他们的才华就在这些近乎无聊的互相炫耀中被葬送掉了。

二

《诗品》评张华诗云:“儿女情多，风云气少”，“巧用文字，务为妖冶”。实际上这可以看作是此时作家的普遍习性。张华在那个时代算是木秀于林的人物了，他的文学趣味尚且如此，何况他人？悲怀壮烈的功业感慨没有了，哀感流涕的忧生之嗟也没有了，一切都在转向麻木与平庸。道德的麻木与思想的平庸往往是孪生的时代之子。这确实是一个麻木与平庸的时代，没有大思想家（倒有几个鬼聪明式的沾沾自喜的人物），文坛上也没有大作家（有的是一些小白脸式的风流才子）。没有大思想家大作家的时代是黯淡的，寂寞的，无个性的，大家都在追求平庸中的小玩意、小花样，并沾沾自喜。

“儿女情多，风云气少”，这是思想上的转变，一变而为无志向；“巧用文字，务为妖冶”，这是兴趣上的转变，一变而为没出息。可以说，他们都是在掩耳盗铃式地小心避开伦理上的痛苦，而沉入感性形式的欢愉。但无道德痛苦感的人是无道德感的，没有良心的刺痛也不会产生责任心，试图避开伦理上的痛苦必然降低他们作为作家的价值。因此，他们中的大多数不独不让我们尊敬，甚至连同情也勉强了，虽然他们的遭遇甚是悲惨——死于杀戮的就有张华、陆机、陆云、潘岳、石崇、刘琨……但除了张华与刘琨外，他们中的绝大多数都不是为了正义而死，甚至也不是为了他们自身抱持的价值而死。也就是说，他们是不专一的、无执着的，除了张华、刘琨等极少数几人外，他们遭遇的悲惨使我们惋惜，但他们人品的卑贱也让我们厌恶。可以说，这简直是一个“一塌糊涂的泥塘”。

这些作家中，在艺术上可以称得上是阮籍《咏怀》诗的继续的，只有左思。而能够在思想与人格上与阮籍、嵇康相比的，则一个也没有。他们既没有阮籍的深度，更没有嵇康的高度。他们拒绝痛苦而追求享乐，不愿让思想在痛苦中沉潜，不愿让人性在苦难中淬炼，哪里能来深度？他们不愿有道德的坚持与不妥协，哪来的高度？

与此同时，在与现实的关系上，他们没有嵇康、阮籍的反映现实的力度、反抗现实的强度，更无论嵇、阮在污浊世界中表现出来的风度。我们常说“魏晋风度”，实际上，魏有风度，而且是绝世的风度；晋哪里还有什么风度？司马氏的恐怖政治已经压碎了文人的骨头，他们已经没有了脊梁。没有“风骨”，就一定没有“风度”。他们倒是有了“文的自觉”，文人——知识分子的身份自觉却没有了。古代士人的那种“仁以为己任”“以道自任”的精神，没有了；汉末党锢群英身上表现出来的救世精神与道德崇高，没有了。

我们举陆机一段论“死”的文字，看看他们是如何小心地避开恐惧与痛苦，为自己寻找心理安慰的：

> 夫死生是失得之大者。故乐莫甚焉，哀莫深焉。使死而有知乎，安知其不如生？如遂无知焉，又何生之足恋？（《大暮赋》）

这显然是对生（生存现状——社会现实苦难）的委婉控诉。但他的着力点却从这一层上滑开去，而滑入自我安抚中了。他们确实有拒绝对象而热衷自慰的倾向。这一时代的作家大都是宁愿自欺欺人，也不愿直面惨淡人生的。

如果说，建安作家有志气，他们志深笔长，梗概多气；竹林名士有思致，他们满怀忧生之嗟、愤怨之情；那么，西晋的名士们则既无志，也少思。这是一个没有志向也缺乏思考的时代，他们随世道之波逐流，与政治之舟沉浮，听欲望之令蹉跎。他们哪有反思的闲暇？黑暗的现实不但不能激发他们的志向，反而勾起了他们的欲望。人欲淹没了人心，思想便成了多余的与可笑的。在那浮华世风的浸染之中，以身殉利还来不及，还要什么思想！

我们来看看，建安时期，曹操有“对酒歌，太平时”的理想，而司马氏“三祖”（司马懿、司马师、司马昭）包括晋武帝司马炎有什么？曹操有“生民百遗一，念之断人肠”的悲天悯人，有“烈士暮年，壮心不已”的壮美情怀，司马氏又有什么？他们只有杀戮与权欲！以杀戮来满足权欲，是这个家族（可能司马炎在杀戮异己上与乃祖不同，显得比较宽容）的祖传心诀。这是一个政治毒瘤一般的家族，一个反人类的家族。这个家族从杀政敌、杀异己起家，到家族自相残杀的“八王之乱”，他们一直在嗜血。

这样的政治实体还有什么政治信念与理想？于是，自上而下地，肉欲之徒取代了慷慨之士，西晋的政坛成了饕餮天下的餐桌，百姓成了鱼肉，而西晋的文坛竟然毫无文学的良心，反而跟在嗜血的权贵之后啜食其残羹冷炙，并以此作为他们的世俗追求。而“文学”，则只是他们的“玩意儿”。

“竹林七贤”本来就是一个偶然相合、终当必分的松散群体。现在有人怀疑这个称谓及其所指称的集体在当时是否真的存在，很有道理。嵇康、阮籍这样的真名士，与山涛、王戎甚至向秀在人生态度上有着极大的区别。嵇、阮不特反对司马氏，他们还有着对世俗富贵的蔑视。这可能是他们与山涛等人的最大、最本质的区别。阮籍《大人先生传》言：

> 故与世争贵，贵不足争。与世争富，则富不足先。

他追求的是“超世而绝群，遗俗而独往”。嵇康也宣传“外荣华而安贫贱”（《答难养生论》）。应该说，他们二人，在思想境界上，是相称的。

而那个被嵇康绝交的山涛何许人也？他早年即对其妻说：

忍饥寒，我后当作三公。但不知卿堪作夫人不耳？（《晋书·山涛传》）

其人生追求及为人趣味，与汉代小丑朱买臣一个腔调。山涛可能不贪财（他死时“旧第屋十间，子孙不相容”），但他太慕势，不富而贵。

王戎之贪鄙，更是入了《世说新语·俭啬》，该篇记述王戎贪鄙之状，竟有四条。一条说他侄子结婚，他送了一件单衣，后来忍不住心疼，又要了回来。岂独对侄子？自己的亲生女儿向他借了钱，回娘家来他就板着脸，女儿知道他的毛病，赶紧还了他的钱，他的脸色才好转，这简直就是果戈理笔下的文学人物——《死魂灵》中的泼留希金。他最大的快乐，是用象牙为筹，算计自己的家资。这又像莎士比亚笔下的守财奴夏洛克。

戎好治生，园田遍天下。翁妪二人常以象牙筹，昼夜算计家资。（王隐《晋书》，《世说新语·俭啬》引）

他甚至有钻李核之举：

王戎有好李，卖之，恐人得其种，恒钻其核。

难怪王隐的《晋书》说他：

戎性至俭，财不出处，天下人谓为膏肓之疾。（《世说新语·俭啬》引）

这类不可思议的悭吝行为，发生在一个“既贵且富，区宅僮牧，膏田水碓之属，洛下无比”的大富大贵者身上，令人惊奇。这是既要贵又要富的人物。

向秀同样崇尚富贵而与嵇康相反。他说“崇高莫大于富贵”（《难养生论》）。

于是，历史进入元康，嵇康就戮，阮籍忧死，而一帮贪鄙之徒则在朝廷引路人的引领下，昂首阔步进入新时代。历史在经过优汰劣胜之后，一批老滑头、老贪鄙与新生代的新新人类，共扇浮华之风。一边是何曾、何劭父子，日食万钱、二万钱，一代胜过一代；一边是王恺、石崇二贵，斗富比阔，一个更比一个牛。末日狂欢开始了！

三

此时的政治，正如阮籍曾恶谑过的，是一条破烂肮脏、散发恶臭的棉裤裆，只有虱子才能从中找到安逸的感觉。而此时的文人们还真从中找到了安适——不，“安”没有，“适”则是真的。末日狂欢本来就是过把瘾就死，所以只要一时适性快意，“安”早就不要了。陆机、潘岳、石崇……他们都对自身处境不“安”过，但仍离不开这个“适”。这是他们的无奈，也是他们人格堕落的证明。说他们无奈，是因为他们不得不生活在其中；说他们堕落，则是因为他们涉足政坛如入鲍鱼之肆，久而不觉其臭，并且说服自己的良心，不断对自己的良心重复：这就是生活！然后还能从中发现美。

晋以杀戮而得天下，其诞生之初，便无道德上的自足感；其既生之后，更无道德上的理想。当然，也不能说这时代文学的颜面扫地以尽。因为我们还是发现了落魄者左思与觉醒者刘琨。事实上，时代的文学尊严，往往在时代的弃子那里得到保持，这是一个令人感伤的话题。

左思（约250—约305），字太冲，临淄（今山东临淄）人，出身寒微，相貌丑陋而又口吃，生卒年不可确考。但他文章写得好，相传他用十年时间写成的《三都赋》，曾弄得“豪贵之家，竞相传写，洛阳为之纸贵”（《晋书·左思传》）。但即便如此，由于出身庶族，在那“上品无寒门，下品无势族”的士族制度下，他要在官场上出人头地，是不大可能的。但偏他自恃才高德美，对此颇不服气，并为之上下钻营：先是因其妹左棻以才入宫，他也举家迁京师，曾官秘书郎；后是投靠贾谧，得预“二十四友”之列。从皇帝到权臣，可以说，他都用了功夫。但人力虽勤，天命难违，他的升迁之志一再受挫。雄心难酬，他的内心郁积了不少怨气，并由这怨气转变为傲气、骨气，自卑也一变而为自尊，从而使得他成为那个时代少有的、有着强烈的自我肯定的人物，成为那个时代唯一一个张扬个体并胆敢以个体的傲慢蔑视社会、蔑视强大体制的人物。有了这样傲慢的个体精神气质，文学所特别需要的高贵也就庶几具备了。

可见，左思并不是一个道德自律、洁身自好的人物，他是很热衷于功名富贵的，是很眼红于他人的春风得意的，但他由于出身庶族，很难挤上时代的餐桌分一杯羹，于是他变得愤愤不平、愤世嫉俗。而他的诗，恰因“愤愤不平”而呈现出所谓的“左思风力”，为后人特加褒奖，谓之继承“建安风骨”；又因其“愤世嫉俗”，而被我们标榜为批判现实。当然，他诗中对门阀制度的痛恨，出自一个受其侮辱和伤害的个体之口，我们可以看成是个体对自身权利和尊严的维护，是对强大而冷酷体制的反抗——有了这样的内涵，文学的骨头也就有了。

有了文学的高贵，有了文字的骨头，在各方面都并不杰出的左思出人意料地获得了文学史上的地位。

非常有意思的是，《晋书·左思传》几乎用光了所有的文字来记叙与夸奖他的《三都赋》，却只字不提他的《咏史》诗及其他诗歌作品。我们要知道，《三都赋》是他向社会、向体制输诚的作品，无论在价值观还是文学的审美观上，这篇在当时为上流社会广泛认可与赞誉的作品，都是在向士族的世界观献媚。而他的《咏史》诗则正相反：这是他在遭受士族社会的折辱之后，向其发泄不满、不屑，并从人格上与之划清界限的宣言。

在中国文学史上最早作“咏史”诗的，要数史学家班固，但他那被钟嵘评为“质木无文”（《诗品》序）的《咏史》诗，实际上不过是用韵文写成了“史”罢了，何尝有什么“咏”？也就是说，班固的《咏史》诗，只是历史原物，而没有经过心灵的“过滤”，哪里能算得是诗。班固究竟不是一个诗人。直书史实，毫无感慨咏叹，是史家本色，而非诗人风格。以后又有王粲、阮瑀的《咏史》诗，曹植的《三良》诗，但都不能别开生面，创为一体。

而左思的《咏史》，就既有“史”又有“咏”，“史”只是“咏”的材料罢了。到此，“史”就成了“诗”了。从此，“咏史”之作才有了自己的面目与主脑，而成为诗史上一大题材，也成为诗人借古讽今、抒情言志的一大手段。我们先看他的第一首：

弱冠弄柔翰，卓荦观群书。著论准《过秦》，作赋拟《子虚》。
边城苦鸣镝，羽檄飞京都。虽非甲胄士，畴昔览《穰苴》。
长啸激清风，志若无东吴。铅刀贵一割，梦想骋良图。
左眄澄江湘，右盼定羌胡。功成不受爵，长揖归田庐。

这一篇哪能叫作“咏史诗”？是彻头彻尾的“叙志诗”，从头至尾都是在说自己，都是以第一人称的口吻在自叙、自诩与自许，呈才、叙志、夸德乃一篇之大要：前八句写自己文才武略俱备，接六句则写自己报国之志，实际上也就是个人的自我实现之志；最后两句则又把自己打扮成为一个“功成身退”的道德模范。这样的诗，实在是不能叫作“咏史”的。里面虽然也提到几位古人，不过是引之为喻罢了。可见左思虽然大书其题曰“咏史”，但他眼里哪里有“史”？他只有一肚皮的牢骚，一肚皮的炫耀，一肚皮的不服气，一肚皮的不合时宜。有了这开篇第一首的自诩，下面的自傲与不服便有了根据：这样德才兼备的人物却“困之于势”而不能成就功名，这世道还像话吗？先赞自己，再骂社会，高扬自我，蔑视社会，这就是他的《咏史》八首的基本主题与价值所在。现在我们来看其二：

郁郁涧底松，离离山上苗。以彼径寸茎，荫此百尺条。
世胄蹑高位，英俊沉下僚。地势使之然，由来非一朝。
金张藉旧业，七叶珥汉貂。冯公岂不伟，白首不见招！

诗明显地分为三层，每四句一层。第一层写自然现象，是赋中兼比，且对比鲜明。最后一层写历史现象，也是对比鲜明。但无论自然现象、历史现象，都不是作者真正要写的，他真正要写的是中间一层——社会现象，世胄与英俊的对比，势与才的对比，这才是他的牢骚所在。“地势使之然，由来非一朝”两句承上启下，且笼罩全篇，作者的愤郁不平之气，力透纸背。公正地说，虽然左思此作只不过是抒一己之愤慨，但因他所指斥的现象代代皆有，从而能引起后人广泛共鸣。而他的诗亦因其对不公正历史和荒谬现实的揭露、批判，而成为当代最强音。

最能表现出他的傲慢与自尊的可能是其五：

皓天舒白日，灵景照神州。列宅紫宫里，飞宇若云浮。
峨峨高门内，蔼蔼皆王侯。自非攀龙客，何为欻来游？
被褐出阊阖，高步追许由。振衣千仞岗，濯足万里流。

前面六句写王侯豪宅，似有夸耀之意。但却是俯瞰的态势而自居高远。他曾经从皇帝到权臣都有所巴结，现在他决绝而去了。七、八两句似乎有“觉今是而昨非”（陶渊明《归去来兮辞》）之意。九、十两句物质的贫寒与道德的高超相对照，显示出一种“贵者虽自贵，视之若埃尘。贱者虽自贱，重之若千钧”（其六）的自我肯定。最后两句更有“不可一世”之慨。当社会对一些群体做整体性的道德与智慧上的否定时，最好的反抗不就是他们的自我肯定吗？

左思《咏史》之超越前人处，主要在于以己为主，而以史为辅；以今为主，而以史为证。前者摆脱了班固的叙事格局而入于抒情，是史向诗的过渡；后者则借古讽今，使咏史成为讽喻的手段，从而入于诗学正统——自《诗经》以来，“美刺”已成诗之主要功能。我前文提到左思时用了两个词“愤愤不平”“愤世嫉俗”，前者即指其抒情性，后者即指其讽刺特征。

四

西晋文士中另一位在最后终于获得我们尊敬的，是刘琨。他本也是那帮浮华子弟中活跃的一员，他既参加过石崇的“金谷雅集”，又是著名的——臭名昭彰的——贾谧“二十四友”之一。用他自己的话说：“昔在少壮，未尝检括，远慕老庄之齐物，近嘉阮生之放旷，怪厚薄何由而生，哀乐何由而至。”（《答卢谌书》）刘琨之可敬，在于他后来由象牙塔回到了生活中，并且他在那样长期的花天酒地、灯红酒绿中，竟还没有丧失对现实生活尤其是生活中苦难的感受力，还没有丧失对家国的责任心。他曾醉生梦死，荒唐万状，但一旦家国有难，马上就能唤醒他的良心与责任心。殷红的时代之血从杯酒中濡散开来，他的醉眼被刺痛了，他幡然醒来。永嘉元年（307），他出任并州刺史，此时，那些曾与他一起痛快饮酒、风流快活的人物大都已饮刃而入鬼簿：石崇、潘岳、陆机、陆云……左思也失意落魄而去了冀州，即使还没有死，也是一病不起，苟延残喘。而刘琨在赴并州途中，看到了什么呢？是他们以前从未瞩目留意过的下层百姓：

流离四散，十不存二。携老扶弱，不绝于路。及其在者，鬻妻卖子，生相捐弃。死亡委厄，白骨横野……（《上怀帝请粮表》）

原来丽天白日之下，竟有此等受蹂躏的生灵！他开始向朝廷为这些生灵请求粮食与布帛，对他们进行安抚与慰劳，好像只有他才想起，朝廷还有这样的道德义务。这时，他才感到，人生一世，原不仅为一己之风流快活也。而一己之风流快活，又是何等易碎也。

当然，由于刘琨"素豪奢，嗜声色"，又加上常年放浪生活形成的不良习惯，"虽暂自矫励，而辄复纵逸"（《晋书》本传），信任并放纵通音律的徐润，并杀了性情忠直的令狐盛，迫使令狐盛之子令狐泥投奔刘聪，而刘聪遣子刘粲及令狐泥攻拔晋阳，刘琨父母遇害；后又困于石勒，穷蹙难安；与段匹约为兄弟，共保晋室，又为段所猜疑而下狱。此时，他终于走到人生的绝境了——

国破家亡，亲友凋残。负杖行吟，则百忧俱至；块然独坐，则哀愤两集。（《答卢谌书》）

此时他的经历与心境，就类似于建安诸子了——我们岂不是也可以说，由曹操收拾安定的北方山河，又被司马氏家族拖入战乱，从而西晋末年的"八王之乱"生灵涂炭，绝似汉末的董卓之乱、军阀混战，从而使得西晋末年的文人面临着汉末的知识分子（如“建安七子”）极其相似的话语情境——不过，建安诸子是满怀希望，而刘琨则只有孤独与绝望。建安诸子在苦难里显“风流”，而晋世文人则是由“风流”而入苦难。两个“风流”，本不是一回事。好在，这“苦难”对刘琨“玉汝于成”，使他成为一个志士、一个烈士。他的诗，也慷慨悲凉，绝似建安诗歌，我们看看他的《扶风歌》：

朝发广莫门，暮宿丹水山。左手弯繁弱，右手挥龙渊。
顾瞻望宫阙，俯仰御飞轩。据鞍长叹息，泪下如流泉。
系马长松下，发鞍高岳头。烈烈悲风起，泠泠涧水流。
挥手长相谢，哽咽不能言。浮云为我结，归鸟为我旋。
去家日已远，安知存与亡？慷慨穷林中，抱膝独摧藏。
麋鹿游我前，猿猴戏我侧。资粮既乏尽，薇蕨安可食？
揽辔命徒侣，吟啸绝岩中。君子道微矣，夫子固有穷。
惟昔李骞期，寄在匈奴庭。忠信反获罪，汉武不见明。
我欲竟此曲，此曲悲且长。弃置勿重陈，重陈令心伤。

所不同者，面临天下鱼烂河决的局面，曹操有的是周公东征式的悲慨与壮美情怀，有的是幽燕老将般的气韵沉雄；而刘琨则只有英雄末路的穷途悲吟，是失败者的绝唱，是委屈者的怨曲。

这样的诗，与曹操的《苦寒行》，风格、境界都十分相似。我们比较一下：

北上太行山，艰哉何巍巍！羊肠坂诘屈，车轮为之摧。
树木何萧瑟，北风声正悲。熊罴对我蹲，虎豹夹路啼。
溪谷少人民，雪落何霏霏！延颈长叹息，远行多所怀。

我心何怫郁，思欲一东归。水深桥梁绝，中路正徘徊。
迷惑失故路，薄暮无宿栖。行行日已远，人马同时饥。
担囊行取薪，斧冰持作糜。悲彼《东山》诗，悠悠令我哀。

应该说，是刘琨，而不是左思，才是建安精神的真正传人。

我们再看看他《重赠卢谌》一诗中的最后一节，它仍然那么像建安诗歌，直让我们有“一声何满子，双泪落君前”的感伤——

功业未及建，夕阳忽西流。
时哉不我与，去乎若云浮。

这不就是建安么？可惜的是，建安诗人是感慨之后多作为，而刘琨则是梦醒以后无路走：

朱实陨劲风，繁英落素秋。
狭路倾华盖，骇驷摧双辀。
何意百炼钢，化为绕指柔。

秋风吹落了果实，秋霜打杀了鲜花。华盖倾覆，无路可走；沉舟侧畔，无复来者。将军一去，大树飘零。

曹刘坐啸虎生风，四海无人角两雄。
可惜并州刘越石，不叫横槊建安中。（元好问《论诗绝句》）

建安是一个英雄云集的时代，生在那时，当不孤独。西晋末年则是一个庸人攒聚的时代，末路英雄刘琨，只有“抱膝独摧藏”——他那些曾经的朋友，早已堕落。

南山种豆

一

陶渊明（365—427），字元亮，后更名潜。浔阳柴桑（今江西九江）人。其曾祖陶侃出身贫寒，后以军功发迹，官至大司马。此后陶渊明的祖父、父亲都做过太守。但到陶渊明时，由于幼年丧父，家道衰落。他自己，曾做过江州祭酒，但不久归隐。后来又断断续续地在江州刺史桓玄、镇军将军刘裕等人门下做过参军，并最终出任彭泽县令。在任八十余日，宣称“不为五斗米折腰”，弃官归隐。时年四十二岁。自此以后直至老死，一直躬耕隐居，拒绝仕宦。

“元康之英”过后，有作为的便是东晋末年刘宋初年的陶渊明和谢灵运了。陶是“古今隐逸诗人之宗”，田园诗的开山；谢是“元嘉之雄”，山水诗的鼻祖。他们是试图从体制中解脱自己的一代。由汉末党锢、《古诗十九首》到建安、正始以迄太康，痛苦得太久了，而且他们的实践几乎都证明着这一点：要想在实际的政治生活中有所作为，实现自己的人生价值，是近乎徒劳的，甚至，“仅免刑”也难得，往往倒是

“天下多故，名士少有全者”（《晋书·阮籍传》）。从汉末至西晋，除了短暂的建安时期外，知识分子走的是一条为保命而不断退却的路。他们放弃了道德，放弃了正义，放弃了良心，最后甚至放弃了是非判断力，放弃了现实感受力（如果还有感受力，就往死里喝酒以求麻木），他们仅想退守活命的一隅，把自己变成没脑子、没心肝，只有高度发达的肠胃和过分亢奋的性器（如果不亢奋就猛吃春药）的猪猡。但猪猡就更是屠杀的对象了，而且还被杀得毫无尊严与价值。太康的作家们虽然不像党锢、不像正始作家那样在政治生活中坚持正义感与道德感，却也不免于在忽左忽右、变化莫测的政治陷阱中纷纷灭顶。没有正义的政治当然也就没有稳定，没有稳定的政治当然会使人的命运难以逆料。建功立业的希望破灭了，而官场，以其肮脏险恶倒着实教育了他们，于是他们不再像左思那样热衷于仕进了。“密网裁而鱼骇，宏罗制而鸟惊。彼达人之善觉，乃逃禄而归耕。”（陶渊明《感士不遇赋》）他们恍然大悟，终于“鸟倦飞而知还”（陶渊明《归去来兮辞》），掉转头去，向自然寻求了。陶渊明找到了朴实宁静、充满人间温情的田园，谢灵运则纵情于清新神奇、一尘不染的山水。这是一种逃避、一种远遁，同时也是一种对现实叛变的姿态，他们的行为反证着现实的黑暗。

这里固然有逃避伦理责任的味道，我们也尽可以批评他们把世界及世界上可怜的百姓毫不怜悯地拱手让给暴君乱臣而独善其身，但孤单的个人在那个时代实际上也只有这一条路。他们不能改变社会的肮脏与险恶，但他们以自己的行为标示出一片洁净与宁和；他们不能反抗普遍存在且不可动摇的专制与黑暗，但他们在山水田园中保持了自己的自由的个性。这种洁净，这种自由个性，不绝如缕地为中华民族提供理想生活的范式，从而使人知道在“践踏人，侮辱人，不把人当人”（马克思语）的专制之外，还有别样的生活，从而带着希望去反抗现实，追求未来。这就是他们的价值之所在。

二

朱熹曾经说："晋宋人物，虽曰尚清高，然个个要官职。这边一面清谈，那边一面招权纳货。陶渊明真个是能不要，此所以高于晋宋人物。"实际上，在我们的文化传统中（不仅是道家，甚至是儒家）都给予洁身自好、隐遁避世以极崇高的文化褒奖，把这种行为看作是个人修养的最高境界。既有这样的文化大勋章悬挂在那里作诱惑，便少不了有人要假惺惺地去做隐士，来领这枚勋章。而领到了这枚勋章，又如同获得了特别通行证，余下的关节便可一一打通。所以，隐逸，更多的是一种手段，以这种手段求名求利，甚至最后来了个逻辑上的自相矛盾：求官。——这就是所谓的"终南捷径"。这种文化怪胎的逻辑思路是这样的：因为他不愿为官而隐居，所以他德行高尚；因为他有了这样高尚的德行，所以他应该为官，甚至为大官。所以，在中国，历代都有隐士，同时，历代朝廷又都去山中征召隐士，隐士与朝廷共同上演这样一出文化喜剧与闹剧。

正是在这样的文化背景下，我们来认识陶渊明及其行为的意义。与众不同的是，在他那里，隐居不是一种手段，而是一种生活方式，他喜欢这种生活方式，隐居本身即是最后之目的。虽然后世人都把陶渊明看作隐士，比如钟嵘就称他为"古今隐逸诗人之宗"，但他自己，却没有把自己当作隐士，他只是在按照自己喜欢的方式"生活"而已。你看他说的话，"结庐在人境"，不是隐居，而是"结庐"；"昔欲居南村，非为卜其宅。闻多素心人，乐与数晨夕"，不是故作姿态，欲作名士，不是为了要彰示自己的道德化的生活，并以此与社会对立，而是"欲居"，要与那些素心人生活在一起，过一种平平淡淡的日常生活（数晨夕）。结庐也好，居家也罢，他是在寻找一安身之所。这一安身之所不在高山之上、崖穴之下，不是那种远离人世的高人姿态，而是在"人境"，在

“南村”做一个普普通通、泯然众人的人，有“邻曲时时来”，“而无车马喧”。他从官场上“归去来兮”，是归来了，回到自己的老家宅院，他不是在寻找一种姿态，而是在回归一种生活，回归自己喜欢的那种生活方式：

引壶觞以自酌，眄庭柯以怡颜。倚南窗以寄傲，审容膝之易安。园日涉以成趣，门虽设而常关。策扶老以流憩，时矫首而遐观。云无心以出岫，鸟倦飞而知还。景翳翳以将入，扶孤松而盘桓。归去来兮，请息交以绝游。世与我而相违，复驾言兮焉求？悦亲戚之情话，乐琴书以消忧。农人告余以春及，将有事于西畴。或命巾车，或棹孤舟。既窈窕以寻壑，亦崎岖而经丘。木欣欣以向荣，泉涓涓而始流。善万物之得时，感吾生之行休。已矣乎！寓形宇内复几时，曷不委心任去留？（《归去来兮辞》）

全篇洋溢着欣喜之情。这是快乐的生活，是平常的生活，而不是什么有故意的寓意的生活，有道德负载的生活。生活就是生活呵，每天就这么快快活活、轻轻松松呵，心里哪有那么多的仇恨与决绝？哪有那么多的牵挂与纠缠？天地给我以“生”，我便轻松地“活”。万物得时，我亦得生，但时易逝、生将休，寓形宇内有几时？为什么不好好享受当下？

当然，他讲到了“世与我违”，讲到了“息交绝游”，还讲到了“吾生行休”。但这显然不能仅仅看作是陶渊明对他那个时代及人物的失望与决绝。因为，什么样的时世才不与“我”相违？有多少“交游”真正知心？这是人生荒诞的一般事实，有这种荒凉感的，岂止晋末宋初的陶渊明？所以，把这些看成是陶渊明对自己的时代的反抗与失望，还不如这样来认识：陶渊明从自己的体验出发，从自己的时代出发，发现了人生荒谬的基本事实，从而超绝而去。他不再沉沦于人生的悲剧本质，而是尽量享受人生的乐趣：天伦之乐，田园之趣，出游之快，对了，还有悟透人生之后，心灵的宁静。

再看他的诗：

孟夏草木长，绕屋树扶疏。众鸟欣有托，吾亦爱吾庐。
既耕亦已种，时还读我书。穷巷隔深辙，颇回故人车。
欢然酌春酒，摘我园中蔬。微雨从东来，好风与之俱。
泛览《周王传》，流观《山海图》。俯仰终宇宙，不乐复如何！
(《读山海经》)

读了这样的诗，如果我们还不能倾慕他的那种生活，必是弱智或有心灵上的疾患。我们看到，他不是生活在崇高的道德境界中，以自苦为极，他是生活在闲适的艺术境界中，以自乐为美。他确实不是一般意义上的隐士，我看古人或听今人说他是隐士，感觉怪怪的。我们真的误会他了，我们自以为拔高了他，其实是贬低了他，贬低了他的境界。我们想让他可敬，却损害了他的可亲可爱。一般而言，隐士是使生活道德化，而陶渊明却努力使自己的生活艺术化。道德化的生活指向崇高，艺术化的生活指向美与和谐；道德化的生活指向无，是一种否定式的生活，而艺术化的生活指向有，是一种肯定式的生活。我们看陶渊明的生活：人有屋庐，鸟有树枝，人欢鸟欣，酒香蔬美。又，道德化的生活指向"敬"与"怒"，艺术化的生活指向"爱"与"乐"：陶渊明岂止爱这八九间的草庐，他爱他触目所见的一切；他岂止听到了鸟的啁啾，他甚至一边读书，一边听他耕种过的地方的庄稼萌叶拔节的声音。有春酒，有园蔬，微风来，好雨俱，而《穆天子传》《山海经》又把灵魂带到那遥远而神奇的地方，让他做一回美妙的精神之旅，不乐复何如！

他一连用了“欣”“爱”“欢”“乐”这样明白无误的词，来表达他从内心中情不自禁地涌现出来的愉快。他不仅屏绝道德说教，“既耕亦已种”——生活中功利的一面也一笔带过，现在他要在这鸟鸣成韵、绿荫覆盖的北窗之下读书了。而他的读书，也是他一贯的方式：泛览，流观，心无芥蒂，不求甚解，每有会意，便欣然忘食。好在，他还没有忘记作诗，为我们留下这千古一快！

少无适俗韵，性本爱丘山。误落尘网中，一去三十年。
羁鸟恋旧林，池鱼思故渊。开荒南野际，守拙归园田。
方宅十余亩，草屋八九间。榆柳荫后檐，桃李罗堂前。
暧暧远人村，依依墟里烟。狗吠深巷中，鸡鸣桑树颠。
户庭无尘杂，虚室有余闲。久在樊笼里，复得返自然。
（《归园田居》其一）

他告诉我们他的“爱丘山”本性及官场的污浊凶险，从正反内外两方面把他推离官场、返回田园。实际上，“归园田居”，从语法上讲，即暗示着“从官场归园田居”的语义。这是一篇感情倾向特别明显的作品。写官场，用的是“尘网”“羁”“池”“尘杂”“樊笼”等这样否定性的词，且用“误落”“久在”这样厌恶性的词来描写自己断断续续十三年的官场生活。而写田园，则用的是“旧林”“故渊”“自然”这类充满怀旧依恋意味的词，更有“爱”“恋”“思”“返”这样表达强烈依恋情感的词。而中间一层（从“开荒”至“余闲”）对田园生活的细节描写，不仅写出了田园生活的情趣，而且表现了作者的性情及理想：他的性情是淡泊自守、拒绝庸俗的，他的理想则是追求和平宁静的生活。苏轼说陶诗是“质而实绮，癯而实腴”。“榆柳荫后檐，桃李罗堂前”，桃红李白，榆青柳碧，不着一色彩语而满眼春色，岂不是“质而实绮”！

“暧暧远人村，依依墟里烟。狗吠深巷中，鸡鸣桑树颠。”在纯乎白描的写景中又给我们以安详宁静的感觉，他写的是景，却让我们想到生活，想到生活的安然从容，从而爱上这样的生活。生活有条不紊，心情闲逸淡泊，且还暗中对比着官场，对比着官场与田园相反的特质：压抑，阴暗，日以心斗，患得患失。如此丰富的内涵，岂不是“癯而实腴”！

三

栖栖失群鸟，日暮犹独飞。徘徊无定止，夜夜声转悲。
厉响思清远，去来何依依。因值孤生松，敛翮遥来归。
劲风无荣木，此荫独不衰。托身已得所，千载不相违。
（《饮酒》）

好一个“托身得所，千载不违”！他曾如一只失群独飞的鸟，现在终于找到了庇荫之地：田园。在诗歌中，在散文辞赋中（如《归去来兮辞》《与子俨等疏》），他详细而津津乐道地描写了自己田园生活的乐趣与称意，他对他的生活给予了由衷的赞美。荒谬的人生一变而为圆满的人生，这是田园的赐予，是大自然的赐予，更是他心灵的成果。他认识到了，作为自然的产物，人，只有与自然一体，过自然的生活（人之本性亦自然之物），才能超越荒谬性而返璞归真。人的荒谬性起源于人心——人心是自然的产物，却又是自然的反动，只有经过否定之否定，让人心回归其本初，为老子所言的赤子之心，婴儿之性，才能消弭荒谬。

我们看他的《饮酒》其五：

结庐在人境，而无车马喧。
问君何能尔？心远地自偏。
采菊东篱下，悠然见南山。
山气日夕佳，飞鸟相与还。
此中有真意，欲辩已忘言。

“结庐在人境”，显示他与一般隐于高山之上、崖穴之下，刻意去做“隐士”的人不同，“而无车马喧”则表现出他自己是高于“避人”又高于“避世”的“避喧”，是“避”的最高级。然后自设一问：“问君何能尔？”再傲然作答：“心远地自偏。”从而引出全文之髓：心。身之所处，乃心之所恋；手之所采，乃心之所慕；目之所见，乃心之所想；智之所悟，乃心之所求。是的，他的生活已经心灵化，已达到心外无物之化境，他的一举一动，一语一默，一念一静，都出自这一远离尘嚣、远离庸俗、远离低级趣味的“心”。此诗是写日常生活，更是写心灵生活，写这颗悠闲心、淡薄心、高贵心。而结尾“此中有真意，欲辩已忘言”，有心领会这一切，何用言语？所以，结语仍是写心。而心灵从“山气日夕佳，飞鸟相与还”中领悟到的，大约也就是“我是谁？我从哪里来？我到哪里去？”这样的人生大问题的答案吧！

陶渊明显然不是中国历史上第一个隐士，但他是第一个把隐居生活写得如此美好、如此充满魅力的。他以前的隐士们似乎在追求艰苦的生活，并乐意于向人们展示他们的艰苦生活，以便显示自己道德的崇高。陶渊明不想向人们作任何表示，这是他自己的生活，他只求自己满意。如果不违背道德，我们可能不需要特别地委屈一下自己来向道德献媚。实际上，我们过分的、矫情的、违背人性的苦行，对道德而言，实在是不必要的。我们高高兴兴快快活活地活着，有什么不对吗？陶渊明就这样给我们活出了一个样儿。我们可以说他是屈原、庄周之后最伟大的诗人。而他们三人真有着一些逻辑上的关联。屈原是天真的、纯洁的，是被命运播弄得死去活来而仍然懵懂的、不得要领的、至死也没能大彻大悟的人。他的伟大与可爱都正因为他的执着、愚拙，看不穿命运的把戏，不明白人生的荒谬。他一直与之纠结缠斗，不依不饶，不屈不挠，绝不承认“生活就是这样”。他的心里，有一理想的社会在，有一理想的人生在，他坚决认为一切都应该是合理的，从而对现实中的混乱无道与他自己遭际的非道德因素觉得不可理解，从而绝不认可，绝不妥协，绝不让步。这是屈原的伟大，一种悲剧性的伟大，一种毁灭性的伟大，是理想主义者的伟大。

而庄子则是生活的冷眼旁观者，他睿智、通达，对人生的荒谬和社会的混乱无道洞若观火，但他不介入。他虽然感慨万端，却并不参与是非之争，他置身事外，以此置身世外。对事，对世，他只是远远地指手画脚，冷嘲热讽。他骂这世界肮脏，他自己却站在干净地——他通过远离生活来远离荒谬。但他是无奈的，是悲凉的，因为他远离生活的生活方式，是生活荒谬性的又一证明。如果说屈原是迷者，他就是悟者。但无论是迷者，还是悟者，他们都生活在荒谬之中而不能自拔，正如无论是看穿了命运还是迷失于命运，都被命运播弄，而无可奈何。至少，他们在自己的生活中，是没有找到快乐的，他们的生活，与一般所言的“幸福”，是互不相关的。

陶渊明的意义从这个角度去看，就比较明白了：他是唯一能在生活之中而又能使生活回归人性，从而可以避开荒谬的大智者。他使生活即是人心、人心即是生活，从而使主体与客体，不仅在理论的层面上，而且真正从生活——尤其是平常的、日常生活的层面上，合二为一了。当他回归田园时，田园不仅是他的生活环境、作诗写文的“语境”，还是委心任去留的“心境”；田园、自然与他的心合一了，他生活在田园中，就是生活在自己的心灵中。生活而能得此大境界、大圆满，遍观中国古人，靖节先生一人而已！

是的，他最先影响我们民族的，是他的这种生活方式、生活姿态，以及他乐观而从容的心态，然后才是他的诗艺。而他诗的魅力则可能正是得之于他生活的魅力与心灵的魅力，三者密不可分。欣赏他的诗，实际上就是在欣赏他的生活，欣赏他这个人。我们的历史，甚至可以没有他的诗歌艺术，但却不能没有他这个人。他是我们民族文化的精品。人们最先注意到他，就是他这个人，而不是别的。沈约的《宋书》把他归入《隐逸传》；萧统喜欢他，是因为他的怀抱"旷而且真"，直到唐代房玄龄等著的《晋书》，他仍在《隐逸传》。对这一点，文学史家常常愤愤不平，但我以为，对陶渊明而言，他的人格魅力确实在他的诗歌魅力之先，如果不是更大的话。而他作品中的很多精彩篇章，可以看成是田园生活的广告。田园生活之乐趣，经他阐发，更是深入人心。虽然他同时代的人都为人生的病态的华艳所障目而不能追随他，但至唐宋，尤其是宋代，在那样一种沉静的文化氛围中，苏东坡等人确实是从陶渊明那里得到一种眼光与视角，得到一种灵感与境界，然后再去寻觅自然之美，体味平淡生活的真味。实际上，中国传统文化中的自然与田园，就是陶渊明式的。陶渊明以他的心灵之光照亮了田园，而田园即着陶之色彩。

四

陶渊明是对比的大师。他的田园就是对比官场的。很多人批评他美化田园，但他美化田园不正是为了反衬官场的丑污吗？而且这也是他的自我安慰：在这污浊的世界上，生命简直找不到一块洁净而宁静的安恬之处。正如他说的"劲风无荣木"——世道的萧瑟秋风刮走了人生的绿叶，我们的灵魂无处蔽荫。但"此荫独不衰"——田园给了他最后的安顿与最终的补偿。于是他甚至不惜自欺欺人一般地美化田园。他不美化田园简直无法平静自己的内心，他美化田园就是说服自己：人间尚有可居之处。这是荒谬人生的桃花源。

实际上，田园生活并不总是充满诗意，往往有它艰辛的一面。不仅一般的农人通常是贫困而饥寒交迫的，即便是陶渊明自己，在他田园生活的后期，也一再陷入窘困，以至于饿得白天盼天黑，夜里盼天亮：

天道幽且远，鬼神茫昧然。结发念善事，僶俛六九年。
弱冠逢世阻，始室丧其偏。炎火屡焚如，螟蜮恣中田。
风雨纵横至，收敛不盈廛。夏日长抱饥，寒夜无被眠。
造夕思鸡鸣，及晨愿乌迁。在己何怨天，离忧凄目前。
吁嗟身后名，于我若浮烟。慷慨独悲歌，钟期信为贤。
（《怨诗楚调示庞主簿邓治中》）

生活变成了肠胃与时间的较量，他恻然地回顾自己五十四年的生平，他发现，就世俗生活而言，竟毫无幸福可言，只是一连串的不幸与艰辛。我们知道，了悟大道的人在回顾自己生平时，总是能感受到生活的逼迫、命运的播弄。而不像一般得志小人那样，沾沾自喜，夸夸其谈，以炫其成功。更何况陶渊明时代是一个不可能有什么个人成功的时代，一个不可能既不违背道德与人性而又能有所作为的时代。生活是那么无聊赖，无意义，无价值，甚至，物质贫乏到了连肉体存在都变成了问题。这时，官场那边又总有人在不断地向他招手，赠以粱肉；邻居这里也有人不断地劝他“一世皆尚同，愿君汩其泥”。家里妻子更是抱怨生活的穷困。但他仍然坚定不移：吾驾不可回。谁能像他这样在四面楚歌中悠然见南山？

和凶险而肮脏的官场相比，田园生活至少没有性命之忧——“常恐霜霰至，零落同草莽”（《归园田居》其二）。对庄稼收成的担忧，与“密网裁而鱼骇，宏罗制而鸟惊”（《感士不遇赋》）的对死亡的恐惧相比，毕竟是轻松愉快的。且躬耕陇亩的生活比起官场倾轧、盘剥百姓，其道德上的自足是不言而喻的。

当然，他也有他脆弱的一面。在极度的贫困中，他也曾慨叹“人生实难，死如之何!”（《自祭文》）这时，他就眺望着他的南山上的“旧宅”了：

> 家为逆旅舍，我如当去客。去去欲何之，南山有旧宅。
> （《杂诗八首》其七）

他死后可能即葬于此“旧宅”中，那可能是他家族的墓地吧。据说现在那儿还有他的墓。

在一个专制的社会里，在一个权力肆虐而秩序混乱的社会里，一个人要正派地生活确实是比较艰难的，他真的必须有陶渊明式的坚定、坚韧与对苦难的容忍。在这个意义上，追求生活的自然适性的陶渊明，出乎意料地又成了道德的模范。实际上，中国传统文化中对退隐生活的道德褒奖，其另一面，即隐含着对专制体制的道德贬低，这可能是文化本性对专制体制的一种天然敌意。陶渊明无意中表现了这种敌意而体现了文化人的公意，于是大家一致推崇他为道德英雄。

其实这是很无谓的。我倒觉得，与其说陶渊明为我们树立了一个道德理想，倒不如去肯定他为我们建立的有关幸福的信仰与观念。这种幸福，与世俗欲望的满足无关，而与心灵的境界有关。陶渊明把人的幸福与人的道德境界联系了起来：一种合乎道德的生活未必是幸福的生活，而幸福的生活一定合乎道德。这种带有明显唯心色彩的幸福观后来成为中国传统文化对幸福的基本诠释并深入人心。

不过陶渊明自己可没想这么多。他只是到田园中找他的归宿，找符合他本性的自然纯真的生活。当他“晨兴理荒秽，带月荷锄归”时，他就是一个地道的农夫，他哪里想到自己还有那么重大的道德承担，更没想着去成为一种文化符号。他是认定他一死，就会被人忘记的——

亲戚或余悲，他人亦已歌。死去何所道，托体同山阿。

（《挽歌诗》其三）

——你看他对他身后的哀荣，是多么眼冷心冷。所以他只要好好地活在现在——

虽留身后名，一生亦枯槁。死去何所知，称心固为好。

（《饮酒》其十一）

——田园就是他的称心的伊甸园，在这里他找到了生命的安全，良心的平静，人性的完整。所以他为他的这种复归欣喜不已，也自豪不已。虽然一度穷困潦倒，以至于乞食于人，但他再也没有反悔过，而是在农村一待就是二十多年，直到仙逝。物质穷乏了，精神却丰富了。他觉得这才是人的生活。

从正始到元康，精神汩没如泥牛入海，至陶渊明才又如小荷出水，且如此清清净净，出污泥而不染。他不再追求“先踞要路津”，也失望于“建功立业”。我们看他的诗：“桑麻日已长，我土日已广。常恐霜霰至，零落同草莽。”（《归园田居》其二）他真的有所谓常常存在的“恐惧”吗？他这是在自豪啊。我们比较一下以前阮籍的诗：“但恐须臾间，魂气随风飘。”一个是常恐桑麻遭霜，一个是但恐生命有殃，孰轻孰重，不是一目了然了吗？“四体诚乃疲，庶无异患干”（《庚戌年九月于西田获早稻》)，这是陶渊明式的自豪。诙谐，坦荡，机智，明了而又含蓄，得意却故出反语。这是一种轻松的心境才能具有的特征啊！我们从汉末党锢至建安至正始至元康至陶渊明，二百多年了，很久没这样轻松与从容了！

对官场的逃避实际上就是对体制的逃避。体制是以权力来维持的，而权力天然具有反民众、反人性的属性。中国古代的隐士现象，我们可以看成是一种个人的道德选择，但一些隐士对体制的避之唯恐不及，实有避免体制约束的原因在。另一方面，在中国古代，个人的所谓“建功立业”，往往是指当世事功，更多的时候更直接体现为个人在体制中的地位：官职的高低、权力的大小等等。所以，合乎逻辑地，一个人要保有自己的个性自由，逃避体制，他就必须连带否认功名。在陶渊明的时代，要追求功名，不仅要牺牲个性，出让自由，甚至要搭上性命——淋漓的鲜血与纷纷滚落的人头一再把这个事实展示出来。回归田园的陶渊明终于摆脱了弥漫士林的生命恐惧，他可以待在家里，静等生命大限的到来。他退出体制而“纵浪大化中”，所以能“不忧亦不惧”。他坦然而从容的三首挽歌及一篇自祭，见出他对自己的生命是多么有把握，《与子俨等疏》对后事的从容安排，足见他心灵的平静。对于死亡，他是哀伤的，但不再是恐惧的。他的生命，是他与自然大化之间的约定，别人不得干预了。

回归田园在陶渊明看来，实际上是从官场上、体制中赎回了自己，使自己重获自由。那能拥有自己的人有福了。陶渊明就是这么一个有福的人。幸福不是取决于一个人有什么，而是往往取决于一个人没有什么。如果从“有什么”的角度来看陶渊明，那陶渊明所拥有的太少了：名声、地位、财富，他都缺乏。但这并不妨碍他成为一个令后人无限羡慕的幸福的人。因为他“没有”我们一般人所不能摒弃的庸俗之心、趋利之心、得失之心、荣辱之心——一句话，那一切使我们大不起来的“小”人之心，他都没有。我很喜欢汉语中“安心”这个词，它比“安身”更重要。安顿好我们这颗心，对人对事安好心，对自己安平常心，做到了这些，我们也就有福了。陶渊明实际上也就一直在与自己谈“心”，又对我们交“心”。他告诉我们“心远地自偏”的道理，他说他“心念山泽居”，他还自得地说“虚室有余闲”。什么叫“虚室”呢？庄子有言“虚室生白”，意思是说，清空而无世俗欲念的心灵才能充满阳光。心灵充满阳光，可不就得大从容、大安宁、大幸福？可不就是一个高尚的人、一个纯粹的人、一个脱离了低级趣味的人？陶渊明就是这样一个人，这样的一个幸福的人。

五

有一点我必须提到，那就是，陶渊明与他的那个时代的冲突并不像我们文学史家们所想象所描述的那样激烈。他断断续续地在官场上十三年，虽然他自己说“性刚才拙，与物多忤”，但这极可能只是一句推脱之辞，至多表示他自身对体制的不适应。实际上，我们没有发现他与哪一位上司特别不和，也不见他在官场上受过什么特别的打击与排挤。他一开始做官，就做州祭酒，据逯钦立先生考证，这不算是小官，起点颇高。并且在后来，只要他愿意，他似乎随时有官做，官场上的人对铁了心回归田园的他，也一直很眷顾，给他送酒钱，送粱肉，并虚位以待。应该说，他的人生历程，是比较平顺的，所以，他的心态，也是比较平和的。刘克庄《后村诗话》云：

士之生也，鲜不以荣辱得丧挠败其天真者。渊明一生惟在彭泽八十余日涉世故，余皆高枕北窗之日。无荣恶乎辱，无得恶乎丧，

此其所以为绝唱而寡和也。(转引自《文渊阁四库全书》集部二《陶渊明集·总论》)

他没有追求过荣，当然也就无所谓辱；他没有得，当然也就没有失(丧)，而无得失荣辱的人生磨难，其本性的天真也就没有被挫伤。看他的诗文，确实是一派温敦气象，即便是“金刚怒目”的作品，如《咏荆轲》，实际上也是内热烈而外不露声色。他的诗，除了四言就是五言，没有杂言，没有乐府，拟古也不是真拟古，这在那个时代是很特别的。四言是诗歌中最安详静穆的形式，五言是诗歌中最从容不迫的形式，它们与陶渊明人生的从容、心态的安详相吻合(情感不平衡、内心心理能量大的诗人，往往喜欢用杂言，句式的长短错落一如其情绪的高下低昂，如鲍照、李白)。在《诗经》之后写作四言，是必须有极强的平衡能力的，或有对平衡的强烈追求欲望。爱写四言的曹操、嵇康与陶渊明恰恰都是竭力追求平衡、竭力维持自己内心平衡的人。只不过曹操与嵇康求之不得，陶渊明则是求仁得仁。曹操是“忧思难忘”，他如何能求得平衡？嵇康是“狂顾顿缨，赴汤蹈火”，也最终失去平衡。只有陶渊明，做到了“纵浪大化中，不忧亦不惧”。于是，他真的平稳地站住了。

当然，在谈陶渊明的幸福与安详时，必须提到的是，陶渊明的内心往往又是悲凉的，他的人生观，是建立在悲剧意识之上的。他那篇热烈而阳光的《归去来兮辞》的最后，就已经告诉了我们：委心任去留的旷达，是因为认识到了人生短暂——寓形宇内能几时？是因为看到了自己生命的易逝——感吾生之行休。木欣欣向荣，泉涓涓淌流，天之行健，万物得时，而人亦当顺时委命，纵浪大化。对生命的悲观意识构成了他人生幸福的平台，这一点也不矛盾，一点也不难理解。恰恰相反，幸福的观念与感受必须建立在有节制的、理性的、客观的认识论基础上，必须建立在对人生整体悲剧性的了悟上。

久去山泽游，浪莽林野娱。试携子侄辈，披榛步荒墟。
徘徊丘陇间，依依昔人居。井灶有遗处，桑竹残朽株。
借问采薪者："此人皆焉如？"薪者向我言："死殁无复余。"
"一世异朝市"，此语真不虚！人生似幻化，终当归空无。
(《归园田居》其四)

这是写人生如梦，终归于空无。本来，一片废墟，可能是一个很具体的悲剧——一场很具体的苦难导致一户或数户人家"死殁无复余"。但陶渊明超越这一层面，而直达一般人生的悲剧本质，从而引起我们的感慨、怜悯之情，且是感慨、怜悯我们自身。"井灶有遗处，桑竹残朽株"，让我们想起生命曾经的存在，以及这些生命个体曾经的生活。这些生活曾经是热烈的、红红火火的、有情有义的，有喜怒有哀乐，有追求有向往，但在生命历程的最后，却是归于空无，一片荒虚，一声叹息，一滴清泪。这是人生荒谬的典型案例。陶渊明不能不感怀万端，不能不面对这一真实而残酷的人生真相。但正由于他能在理性上承认这种荒谬的必然性或不可避免，他又很能节制自己的情怀。他的感慨是深沉的，却又是平和的，而不是激烈偏执的，是体认的而不是控诉的。他与人生的荒谬性相安无事了，然后他才能有余暇从容不迫地安享当下生活的种种趣味与快乐。

白日沦西阿，素月出东岭。
遥遥万里晖，荡荡空中景。
风来入房户，夜中枕席冷。
气变悟时易，不眠知夕永。
欲言无予和，挥杯劝孤影。
日月掷人去，有志不获骋。
念此怀悲凄，终晓不能静。(《杂诗》其二)

这一首则又写出了人生的寂寞，“欲言无予和，挥杯劝孤影”。落寞寡欢的诗人形象如在目前。值得注意的是，到了后面，竟愤愤不平起来，以至于“终晓不能静”。“欲言无予和，挥杯劝孤影”时，还是平和的，感伤的，容忍的，诗的风格也是“静穆”的。而一想到“日月掷人去，有志不获骋”，生命流逝，而曾经的志向泯没无成，就满怀悲凄，而至于“终晓不能静”，这就颇有些“金刚怒目”的样子了。这是真实的陶渊明的又一面。人之亲切与可爱，往往不在于他的优点，而恰恰常在于他的一些缺点或不足。看到如此通达的靖节先生也有愤愤不平时候，我们会会心一笑，莫逆于心。确实，陶诗平淡自然的风格之外，另有“金刚怒目”一类。《咏荆轲》之作，正是作者愤愤不平、愤世嫉俗的表现：

燕丹善养士，志在报强嬴。
招集百夫良，岁暮得荆卿。
君子死知己，提剑出燕京。
素骥鸣广陌，慷慨送我行。
雄发指危冠，猛气冲长缨。
饮饯易水上，四座列群英。
渐离击悲筑，宋意唱高声。
萧萧哀风逝，淡淡寒波生。
商音更流涕，羽奏壮士惊。
心知去不归，且有后世名。
登车何时顾，飞盖入秦庭。
凌厉越万里，逶迤过千城。
图穷事自至，豪主正怔营。
惜哉剑术疏，奇功遂不成！
其人虽已殁，千载有余情。

此诗显示出陶渊明的内心仍积聚着大量的心理能量，虽然他那么善于疏导自己。不公正的社会总是要在人心中积聚大量的不良心理能量。这种不良心理能量，若体现在强梁身上，便是暴力；而体现在陶渊明这样的文人身上，便是一种文字上的升华——升华为对暴政的控诉和反抗，对反抗的赞美与期待。这是最能体现陶渊明“金刚怒目”风格的作品。

但陶渊明终究是关怀人生的。在苦难重重、世风浇薄的时代，他向往着和平宁静的世道和和睦淳朴的世风。这体现在他的名作《桃花源记》中：

晋太元中，武陵人捕鱼为业。缘溪行，忘路之远近。忽逢桃花林，夹岸数百步，中无杂树，芳草鲜美，落英缤纷。渔人甚异之，复前行，欲穷其林。林尽水源，便得一山。山有小口，仿佛若有光，便舍船，从口入。初极狭，才通人。复行数十步，豁然开朗。土地平旷，屋舍俨然。有良田、美池、桑竹之属。阡陌交通，鸡犬相闻。其中往来种作，男女衣着，悉如外人。黄发垂髫，并怡然自乐。见渔人，乃大惊。问所从来，具答之。便要还家，设酒杀鸡作食。村中闻有此人，咸来问讯。自云先世避秦时乱，率妻子邑人，来此绝境，不复出焉，遂与外人间隔。问今是何世，乃不知有汉，无论魏晋。此人一一为具言所闻，皆叹惋。余人各复延至其家，皆出酒食。停数日，辞去。此中人语云：“不足为外人道也。”

既出，得其船，便扶向路，处处志之。及郡下，诣太守，说如此。太守即遣人随其往，寻向所志，遂迷，不复得路。

南阳刘子骥，高尚士也。闻之，欣然规往，未果，寻病终。后遂无问津者。

文中所记述的桃花源，即使在那个时代可能有类似的地方，也不能否认陶渊明虚构的特点。这种理想化的社会，可以上溯至老子的“小国寡民”理想，又明显带上了陶渊明自己心灵的色彩。“有父子，无君臣”，人与人之间没有了阶级、国家、体制等的社会关系，而只有建立在血缘基础上的淳朴的道德关系。这是对“家”的肯定，更是对“国”的否定。这是心造的世界，是美的世界、善的世界，却不是“真”的世界。“真的世界”就是“外人”的世界，是包括陶渊明自己在内，渔人、太守、刘子骥以及所有人的世界，这个世界却是丑的，恶的，混乱无道的，弱肉强食的，道德败坏的。在对桃花源作诗意描写之后，我们可以想象到的是，陶渊明掷笔于地，一声浩叹！

六

种豆南山下，草盛豆苗稀。晨兴理荒秽，带月荷锄归。
道狭草木长，夕露沾我衣。衣沾不足惜，但使愿无违。
（《归园田居》其三）

我注意到了这首诗中的三个圆形意象：豆、露、月。它们代表了陶渊明生活中的三种境界：豆代表着现实生活的圆满，露代表着道德上的纯净，而月则代表着精神世界的高超。梭罗在他的《湖滨散记》中问自己：“我为什么喜欢种豆?”然后他自答：“只有上帝知道。”假如有人问：陶渊明为什么喜欢种豆？我会回答：我知道。只是，欲辩已忘言。

没安好心

谢灵运（385—433），陈郡阳夏（今河南太康）人。东晋名将谢玄之孙。袭封康乐公（入宋后降为康乐侯），故世称谢康乐。又因小时曾寄养他家，称“客儿”，人又称“谢客”。又与谢朓并称“大小谢”，而单称“大谢”。曾任永嘉太守、侍中、临川内史等职，后因起兵反叛被杀于广州。他是第一个大力模山范水的山水诗作家，对扫荡“淡乎寡味”的玄言诗有大功劳，在诗歌形式的探索上也有相当贡献。

文学史家们喜欢强调陶渊明与谢灵运的不同，是的，他们的为人风格与为文风格都有极大的不同。由于陶渊明的杰出成就与崇高地位，把谢灵运与他放在一起比较，本来就不大公平。况且他俩风格既不同，以读陶之眼光与趣味来读谢，当然格格不入。叶嘉莹教授就提到过，不能用欣赏陶诗的方法来欣赏谢诗。清之沈德潜在《古诗源》中也提到，陶诗之不可及处在真、在厚，谢诗之不可及处在新、在俊。真而厚，是合乎中国诗审美的传统的；新与俊，则是突破了传统。大谢费了不少力去突破，却不大讨得好。当然这是指从赵宋至今。赵宋以前，尤其是他生前，他的诗名是了不得的，他在老家始宁写诗，一传到京城，贵贱莫不传写。连皇帝见到他，都要先问他最近又有什么新作。京城里那一帮附庸风雅之徒、诗歌爱好者，更是伸长脖子等待他的大作传来，他的新作出现之日成了京城人的节日。那时候，除了会稽郡的谢大诗人，谁还知道在庐山脚下的浔阳柴桑，有一位自称“五柳先生”的陶潜也在写诗？陶渊明（365—427）与谢灵运（385—433），这两个同时代的诗人，在文学史上的地位，如同在玩跷跷板：这个上来那个就下去，这个下来那个就上去。当初谢灵运高高在上，陶渊明简直低得没了影儿；赵宋以后陶上来了，谢却一直没能抬头。他一生都愤愤不平，若死后有知，这一点不知会令他多么愤慨。

在我看来，陶与谢之最大区别，在于陶已安好他那颗心，而谢则没安好心——这话有点歧义，不过有点歧义正好。他既没有安顿好自己这颗心，从而这颗心永在浮躁，使得他“多愆礼度”，“猖狂不已，自致复（覆）亡”（《南史·本传》），同时，他在有些时候也真是对人对事不安好心。比如，他既不能够抛官不做，却又不好好做官，在做永嘉太守时，就只顾自己肆意游遨，而“民间听讼，不复关怀”，这样不关心民间疾苦，大概不能算是好官，好人也算不上。我们不要求你有终极关怀了，承担社会良心与公理了，即以最基本的要求看，“不在其位，不谋其政”，你在其位，也不谋其政，如此不负责任，轻忽职责，你能算好人？徐九经说，当官不为民做主，不如回家卖红薯。这话送给他正合适。

他岂止不关心民间疾苦？他有时简直是地方一霸。他因父祖遗产，生业甚厚，本来已是养尊处优，钟鸣鼎食，衣轻策肥，却还是不知餍足，不断凿山疏湖，功役无已。为扩充田产，他甚至不惜破坏生态，剥夺民生。他竟通过宋文帝，让会稽太守孟𫖮把会稽郡东面的回踵湖放了水，让他做良田。孟太守因此湖离城很近，“水物所出，百姓惜之”，坚决不给他。他又要另外一个湖，孟太守也犟上了，还是不给。他就攻击人家，说孟不是爱惜百姓，而是因为自己信佛，不愿伤害湖中水族生命。我想，这件事显然是谢诗人不对。孟太守不管动机如何，保住这两个湖，对当地老百姓而言，还是有好处的，谁知道有多少百姓赖湖而生呢！孟太守的动机可能不是爱护百姓，但他这样做的客观结果，却确实是有益于百姓，而谢诗人这样做，定是不爱惜百姓，有害于百姓。所以我说谢灵运没安好心。

后来孟告他有“异志”，图谋不轨，摆出要逮捕他的架势，吓得他赶紧进京，伏阙上书，可怜兮兮地称自己是一介文人、隐士，历史上哪有这类人造反的？文帝不杀他，却也不让他再回会稽，让他做临川内史。到了新地方，旧态却不改，依然是游放不止，又为有司所纠，要逮捕他。这次他自己大约都厌烦自己，干脆拉起旗子造反。兵败被捕并流放广州，不久在广州被杀。

从这件事可以看出，孟说他有“异志”，那是诬告；但他没安好心，倒是真的。一个大诗人，谈起玄理佛法，头头是道，最后却为争一湖而送命，说是“贪夫徇财”亦未尝不可。所以谢灵运的境界，比起陶渊明，确实差了一截。

而要说对体制的不适应，谢灵运比陶渊明更甚。陶虽不适应，但其性格尚不至于如谢那样骄躁。他有些事还有得商量，比如在彭泽县当县令，公田一百亩，他一开始要全种上秫，以便酿酒，说“吾尝得醉于酒足矣”。但他妻子固请种粳，他也就五十亩种秫，五十亩种粳，向妻子让步。《责子》诗前面痛斥五个儿子不肖，但最后却是这样的两句：“天运苟如此，且进杯中物。”打孩子的手又收回来，端起了酒杯了。王弘要见他，他不愿意见，但王弘在路边摆酒诱他，他就酒也喝了，人也见了，并不为忤。自家酿酒，酒熟，手边无漉酒的工具，便从头上解下葛巾漉酒，漉毕，再把葛巾盘回头上。他好像无可无不可。他知道很多事并非你死我活，非要斩尽杀绝不可。所以，他与世道人心的冲突也就比较平和，其间还有较大的周旋余地，这余地，就够他逍遥了。

而谢灵运则不然。他皎皎易污，峣峣易折。他与刘裕不合，与刘义符不合，与刘义隆还不合——三个皇帝他得罪完了。而他们却都还想笼络他。他又“构扇异同，非毁执政”，与徐羡之等人结仇。他与孟顗不和，与御史中丞傅隆不和，与临川郡上上下下不和……他总是与人冲突，且他与别人的冲突又总是太尖太锐，事情又总是做得太绝，所以结果总是大挫大折。他的性格缺少弹性，他的为人处世缺少回旋空间。他做什么事都往极端的路上走，这种弹性的缺乏和空间的逼仄，是他一生的悲剧。

而这又正好形成他诗歌的特色——繁复。景物繁复，意象繁复，词汇繁复，甚至用字他都喜欢笔画繁复的。读他的诗，我们感到压迫，有时有喘不过气来的感觉。他的诗中，空间太逼仄了，不像陶渊明那样疏疏朗朗，有透气感。诗境的繁复与他内心中对这个世界的繁难感受有关。实际上，我们可以把他的诗歌看成是他追求弹性空间的心灵记录：山水的搜寻，乃是心灵对空间渴求的外化；谈玄奉佛，则是他试图增加自己性格弹性的努力。

但奇怪得很，他的这种努力竟然也是贪得无厌而走上极端的：他对山水的搜寻，像是一个疯子——在永嘉做太守，竟然“肆意游遨，遍历诸县，动逾旬朔。民间听讼，不复关怀”。在朝廷做秘书监，天子眼皮底下，他也竟然“出郭游行，或一日百六七十里，经旬不归。既无表闻，又不请急（假）”。在老家赋闲，他带着百多位义故门生加仆从，“寻山陟岭，必造幽峻，岩嶂千重，莫不备尽”。他曾从始宁南山出发，“伐木开径，直至临海”，把临海太守王琇吓了一大跳，以为来了一群山贼。他就这样毫无节制，“游娱宴集，以夜续昼”（以上引文皆出《宋书·谢灵运传》）——《古诗十九首》作者所艳羡的那种生活，他是过上了。可惜他毫不快活。这样无节制地搜求山水，我们看得出他内心的燥热。他实际上已不是在从容地游山玩水，而是在迫切地寻找一种能使他心灵平衡的东西。这东西怎能外求？它是一种自我调节的能力，是一种“安心”的功夫。可惜的是，他缺少的就是这样一种能力和功夫。

我们从谢灵运的行为和他的诗作及诗作中大量充斥的玄理中，可以看出他为了“安心”是如何努力，但却不见其努力的结果。他说他已经“安心”了，他说“持操岂独古，无闷征在今”。但他真的有这样的操行吗？真的能做到“遁世无闷”吗？不要说我们不相信，他自己怕也不信。对陶渊明，我们觉得他可爱可敬，还可羡可慕，但对谢灵运，有时我只觉得他可怜。他把自己弄得首鼠两端，东奔西突，四面出击，直至疲惫不堪，却最终也没有突出一条生路。他永不停歇地寻找——是的，陶渊明的生活与心态都以“静”为特征，而他则是永无休止的“动”，穷折腾，不，富折腾——可折腾到最后，仍然两手空空，心中空空，他自己都失望，都厌烦，他活腻了。他游山玩水，竟然一日百六七十里，这哪里还是游玩，这简直是在赛跑，是和自己烦躁的心赛跑，想把它丢在后面。他这样疯跑，既是在向未知的快乐追寻，又是对此在的生活的逃逸：他永远生活在别处。他不能安心，此在也就不能安身。陶渊明是安于现状的。谢灵运则不能有片刻的安歇，此在的一切都让他心烦，他要跑起来，在跑动中抖落一身烦恼。但最后，他跑不动了，他自认失败，干脆自杀性地打起叛旗。他哪里是在和别人较量冲突？他是在和自己较量冲突。哪里是别人杀了他？他是自杀的。

我们大谈陶谢之不同，那主要是他俩在性情上的不同、修养上的不同。在思想层面上，他们是有大相同的：他们在价值追求上是相同的。不管谢灵运实际上对功名富贵多么向往，在价值层次上，他仍然赞成对世俗富贵的超越。他诗中有些句子，和陶渊明如出一辙：

谢诗	陶诗
虑淡物自轻，意惬理无违。 （《石壁精舍还湖中作》）	问君何能尔，心远地自偏。 （《饮酒》其五）
羁雉恋旧侣，迷鸟怀故林。 （《晚出西射堂》）	羁鸟恋旧林，池鱼思故渊。 （《归园田居》其一）
虚馆绝诤讼，空庭来鸟雀。 （《斋中读书》）	户庭无尘杂，虚室有余闲。 （《归园田居》其一）

这是随意捡出的几句，未做全面细致的检点，但已足可见出两人的共同思考。他俩是没有交往的（陶年龄也比谢大二十岁），他俩生活的差异更是迥若云泥。但诗中的相似点这么多，确实令人惊讶——谢的《斋中读书》与我们上文曾引述过的陶的《读山海经》（“孟夏草木长”）更是通篇立意相近，取象相似。我们只能说，面对同一个时代，一流诗人在感受上是相同的。对体制的警惕，对个人自由的维护，是他俩共同的价值坚持。

说谢灵运是一流诗人，应该是没有问题的（不过可能有不少文学史家不同意）。从中国文学史上讲，像他这样开拓一种诗题材，并在形式上有多方面探索，从而标志着审美理想的一个转折——这个转折的转向指示牌直指唐诗——的诗人，中国历史上不多。唐人对六朝很贬低，但是对谢灵运很尊重（这些纯学术的话题此处不赘）。从传统道德观念的标准看去，他的人格不很高尚，他作诗抒情也不很真诚，但像他这样性格的人，造假作伪也破绽多多，甚而至于赤裸裸而无遮无掩。看他大言不惭、高谈阔论，并还以为别人真信了他，也有天真可爱处。他好歹不是大骗子，他只是好说大话，好吹牛。这话头也暂时按下不提，这里只特别点出他的山水诗说一说。

我们先看看他的一首名作《登池上楼》:

潜虬媚幽姿，飞鸿响远音。
薄霄愧云浮，栖川怍渊沉。
进德智所拙，退耕力不任。
徇禄反穷海，卧疴对空林。
衾枕昧节候，褰开暂窥临。
倾耳聆波澜，举目眺岖嵚。
初景革绪风，新阳改故阴。
池塘生春草，园柳变鸣禽。
祁祁伤豳歌，萋萋感楚吟。
索居易永久，离群难处心。
持操岂独古，无闷征在今。

这是谢灵运最出名的一首诗，作于他任永嘉太守之时，时在景平元年（423）春天。他是头一年的秋天，受徐羡之的排挤，出为永嘉太守的。晋宋易代，于晋有大功劳的谢氏家族受到抑制打击，谢灵运由康乐公被降为康乐侯，生性高傲的谢灵运对刘宋政权心怀不满是必然的，问题是，他还让这种不满变成明显的，甚至是公开的，于是，刘宋的几任皇帝，他都得罪了，掌握朝政大权的权臣，他更是结怨了。于是，君臣联手收拾他，几乎是必然的结果。

朝廷变成了他的烦心地、伤心地，山水就自然成为他舒忧解闷的第一选择。所以，去风景秀丽的永嘉，于徐羡之等人而言，当然是对谢灵运的惩罚，但对谢灵运而言，未必不是他之所愿。总是不会处理人际关系从而人事紧张的谢灵运，与山水为伴，应该是一个不错的选择。可惜的是，他处理自己与山水的关系同样并不成功。他太自我中心了，太刻意了。我们来看看这首诗——不，看看他与永嘉的山水之间的关系。

此诗很明显地分为三层：一层叙事，从开头至“褰开暂窥临”；一层写景，从“倾耳聆波澜”至“园柳变鸣禽”；最后一层六句是议论。叙事乃叙自己进退失据的矛盾心境：仕不如飞鸿而隐不及潜虬，用飞鸿之远音响彻来比喻飞黄腾达，用潜虬之幽姿自媚来比喻遁世无闷，是典型的比兴手法。但问题在于他这两者都做不好：谋求官场发达，他智力不足；退隐田园躬耕，他体力不够。看这几句话，他挺谦虚的。但谢灵运从来不会谦虚，他一谦虚，我们就要小心：他是在说牢骚怪话，是在冷嘲热讽，是在用私下里的嘀嘀咕咕报复别人对他的排挤与贬抑。当然，他自己知道，像他这样的大诗人，私语总会变成公共话语，被他嘀咕的人就会成为大众——包括当代的和未来的——的笑料甚至敌人。所以他那两个看似自我反省的字，“愧”和“怍”，实际上是针对他人的“怒”与“恨”——是的，谢灵运是有一些小人的德性的。

接着，他说到，他终于在一穷海之地，做一永嘉太守，却又一病一冬，卧床不起。他又说这是在“徇禄”，是追逐禄位，故意把自己说得不堪，好像是在自嘲，却显示出他的做作。他是希望我们在转几个弯子之后，得出他此时清高而又无奈的结论。清高是他的品格，无奈是他的遭际。既表彰了自己，又丑化了政敌。作为一个有着高超语言技巧的诗人，他这个目的应该是达到了。到此时，大家应该看得出来，谢灵运的内心是充满块垒的，需要有消除块垒的东西，那就是山水了。这就自然过渡到下一层。

在一冬不起之后，某一天，也许是在别人的提醒与建议下，他无聊赖地拉开窗帘，却有意想不到的收获：他的感觉恢复了，精神复活了，甚至病也好了——他远眺青山，遥闻海涛，观池塘青草之生，聆园柳黄莺之鸣，终于引发感慨，对人生有一番彻悟。写景中的“池塘生春草，园柳变鸣禽”，是他的名句，他自己得意，后人也激赏。叶梦得《石林诗话》说：“此语之工，正在无所用意，猝然与景相遇，借以成章，不假绳削，故非常情所能到。”姜夔《白石道人诗说》曾说诗有四种高妙，其四是“非奇非怪，剥落文采，知其妙而不知其所以妙，曰：自然高妙”。谢灵运这两句，就是这种“自然高妙”吧。钟嵘《诗品》“颜延之”条引汤惠休的话说“谢诗如芙蓉出水”。鲍照也有类似的“谢公诗如初发芙蓉”的议论（《南史》）。事实上，谢灵运的诗从总体上看是颇雕琢的，感情也是颇不自然、颇不真诚的。像这一首诗，真的就这两句出于自然。其他的描写并不清新，更不自然。而第三部分的议论，就给人言不由衷之感。这种生硬近乎蛇足的议论，带着明显的情绪，却说着“无闷”的高调，不仅是抒情上的矫情，而且是议论上的假大空，被后人称为“玄言的尾巴”，招致一片批评。

就全诗来看，事、景、情的结合并不十分自然，尤其是从“池塘生春草，园柳变鸣禽”的春光怡人，突然转入“祁祁伤豳歌，萋萋感楚吟”的“伤感”，是了不相关而强作高明。“持操岂独古，无闷征在今”的自我称许，也只会让读者掩口而笑。堆砌辞藻、雕琢失真的弊病也不免。且全诗除了“衾枕昧节候，褰开暂窥临”外，都用偶句，平板少变，滞涩不畅。“祁祁伤豳歌，萋萋感楚吟”两句用典，却只为表出“归”之一字，也显得卖弄得太笨太费力气。

总之，就题材开创和形式创新而言，谢灵运虽差可与陶渊明比肩，但若论单篇质量和总体艺术成就，如情、景、理的圆融无碍，人格与诗格的浑然一体，他怕还不能望陶之项背。

不过，我们必须指出的是，谢灵运虽然在纵情山水时仍然不忘“飞鸿响远音”（《登池上楼》），以至于山水不足娱其情，名理不足解其忧，但他毕竟用他游荡在山水之间的身影指出了一个方向，那就是和凶险的社会相对立的和谐而可亲近的生机盎然的自然山水。自然在建安诗人那里是凶恶的，是社会凶恶的陪衬和帮凶，一如曹操在《苦寒行》和曹植在《赠白马王彪》中所描写的。一直到陆机，我们看他的《赴洛道中作》，自然也是令人厌恶的，是令人退避的，是人生险途的征兆。但在谢灵运那里，自然却是心灵的益友了："清晖能娱人，游子憺忘归。"（《石壁精舍还湖中作》）不但能由迷恋而忘归，而且还能启发心智，安慰心灵："观此遗物虑，一悟得所遣。"（《从斤竹涧越岭溪行》）应该说，他是第一个发现山水的美感的。他虽然没有说山水"可居"，但他指出了山水的"可游"，并在山水的美感与人的心灵之间架起了第二条山水与人之间互通的桥梁（第一条桥梁是孔子架设的）。

在这之前，一些哲人谈到过山水，比如孔子，他就说过"仁者乐山，智者乐水"之类的话。但孔子的山水往往是伦理道德的象征，孔子由此架起了人与山水相通的第一道桥梁，即山水的"以形媚道"与人内心的道德情操之间的桥梁。在中国历史上，总有一些人隐于山水。但隐于山水的原因正是看中了山水的凶恶，因为山水的凶恶恰可衬显隐者的道德崇高。山水在这些隐者那里是没有美感而只有道德感的，也就是说，他们和孔子一样，是只有第一道桥梁的。如首阳山上的伯夷、叔齐，阮籍所遇的苏门山上的无名氏真人"苏门先生"，嵇康所遇的汲郡山上的孙登。伯夷、叔齐至采薇而食终于饿死，阮籍所遇的苏门先生的全部生活资料也只是"有竹实数斛，杵臼而已"（《世说新语·栖逸》刘孝标注引《魏氏春秋》）。这些都是通过山水的凶恶来反衬隐者的道德的。这种道德化的山水，及其以自身的凶险对人所做的道德考验，我在上一篇谈陶渊明时也有涉及。正如陶渊明不是去描写田园生活的艰辛而是描写田园生活的美一样，谢灵运向我们展示的，也是山水之美。虽然他不至于真正归隐山水，但山水之美经他阐发却深入人心了。也就是说，他架设了人与山水相通的又一桥梁：孔子的是伦理的桥梁，他的却是美学的桥梁。伦理的山水使我们敬畏，而美感的山水却可供我们退避栖身。

迷者之歌

鲍照是和谢灵运齐名的诗人，我这样说好像是鲍照沾了谢灵运的光，其实，在“元嘉三大家”里，若按诗歌创作的成就排名，应该是鲍照第一，谢灵运第二，颜延之第三。但谢灵运是多么有身份的人啊，他是康乐公、康乐侯，是有爵位的。那时代，皇帝都轮流做，走马灯似的，但这王、谢两大家族，却是常青的不老松，谁当皇帝谁都要依赖着这两个家族。所以，他生前虽不得意，或者说，不如他的意，但他却仍然是煊赫的、为人注目的。而由于他开创了山水诗的传统，在文学史上他也是被人不断提及而脸特熟的。而鲍照则是一个下层庶族小地主，“才秀人微”，“取湮当代”（《诗品》中）。当谢灵运的诗篇万众传诵、“贵贱莫不传写”之时，鲍照写完诗，却要谦恭万分地“贡诗言志”，把诗献给临川王刘义庆，冒着“轻忤大王”的风险，才有可能得到赏识。好在他的诗还真的得到了爱好文学的刘义庆的称奇，并“赐帛二匹”（《南史·鲍照传》）。他哪里能比得上谢灵运的风光？这真是鲍照所愤愤不平的——“才之多少不如势之多少远矣！”（《瓜步山揭文》）

有了这样大的生活上的差异，思想上的差异也就在所难免。比如谢灵运是豪奢的，对贵族化的东西往往是生活在其中、享受在其中，而又流露出不屑与否定的。而鲍照却是“身地孤贱”（鲍照《拜侍郎上疏》），并对贵族们的豪奢生活流露出无限艳羡而又不加掩饰的。这又使他与左思划出一个界限来。左思出身庶族，但他的世界观、价值观则宛然是士族的，虽然骨子里十分热衷仕进，追名逐利，但嘴上却不断地说着淡泊，鼓吹着“功成身退”。而鲍照则真正是庶族思想与价值观的代表：不满所处的地位，迫切地要求改变，热切地追逐富贵。这是鲍照文学的重要意义之所在，典型意义之所在。与此同时，他也就显得比左思更为真诚而真实。在“诗言志”的基本原则下，鲍照的诗，也就有了更加充沛的激情——因为他是写他内心真实涌动的情感与追求，而没有矫情。事实上，如果说，在那个淡乎寡味的玄言诗大行其道的时代，陶渊明以田园诗与之对抗，谢灵运以山水诗与之对抗，而鲍照，则是以自己的激情重现了文学的本质，重现了文学的魅力。相对于陶渊明、谢灵运的以题材胜，鲍照的激情，才是当时文学最为缺少的东西。

我们看他写自身的潦倒：

湮没虽死悲，贫苦即生剧。
长叹至天晓，愁苦穷日夕。
盛颜当少歇，鬓发先老白。
亲友四面绝，朋知断三益。
空庭惭树萱，药饵愧过客。
贫年忘日时，黯颜就人惜。
俄顷不相酬，恧怩面已赤。
或以一金恨，便成百年隙。
心为千条计，事未见一获。
运圮津途塞，遂转死沟洫。
从此穷百年，不如还窀穸。（《代贫贱苦愁行》）

鲍照存诗二百多首，乐府诗有八十多首，而这首诗虽名曰“代……”，一不小心，还以为又是乐府旧题，其实“贫贱苦愁行”并不见于《乐府诗集》，可见是他的自创，自创而曰“代”，又可见“贫贱苦愁”是他心中耿耿不能忘怀的人生之痛。开首“湮没虽死悲，贫苦即生剧”，结尾“以此穷百年，不如还窀穸”，总是申述人生贫贱苦愁，还不如一死了之。而中间所写的贫苦尴尬之状，也“非身历者不能道”（萧涤非《汉魏六朝乐府文学史》）。可见他虽然也偶然以儒家思想自宽慰，“自古圣贤尽贫贱，何况吾辈孤且直”（《拟行路难》其六），但他是不甘的、不愿的、不服的。

泻水置平地，各自东西南北流。
人生亦有命，安能行叹复坐愁？
酌酒以自宽，举杯断绝歌路难。
心非木石岂无感，吞声踯躅不敢言。（《拟行路难》其四）

心非木石，岂能无感于人生穷愁，无感于世道不公？只是因为“不敢言”，而“吞声踯躅”而已！

我们再看看他在诗中表现出的对富贵的艳羡和贪恋——这是一般人都要加以掩饰而他却大言不惭的——

一身仕关西，家族满山东。
二年从车驾，斋祭甘泉宫。
三朝国庆毕，休沐还旧邦。
四牡曜长路，轻盖若飞鸿。
五侯相饯送，高会集新丰。
六乐陈广座，组帐扬春风。

七盘起长袖，庭下列歌钟。

八珍盈彫俎，绮肴纷错重。

九族共瞻迟，宾友仰徽容。

十载学无就，善宦一朝通。(《数名诗》)

除了最后两句有些愤怨（其实也夹杂着更多的艳羡）外，那种对车骑、宴饮、歌舞等物质享受的充满叹慕的描写，对“家族满山东”“休沐还旧邦”“九族共瞻迟，宾友仰徽容”的成就感及虚荣心的满足等等，都全不似传统士人的口吻，而完全出于一般市井人的心理。这是典型的下层人、普通人的眼光与理想，在中国古代诗人那里，我们很少看到这样的眼光与趣味——不是他们没有这样的眼光、趣味与追求，而是他们都掩饰了这种趣味，也就是说，从道德价值观上说，我们的传统知识体系与价值体系是贬低这些的，是把个人的富贵追求看作是低层次的追求的，所以，人们总是掩饰自己的这种追求。左思说：“功成不受爵，长揖归田庐。”（《咏史》其一）这才是传统的价值体系肯定与赞赏的，也是对我们的要求——一方面要我们立功，所谓“君子之仕也，行其义也”(《论语·微子》)，另一方面又要我们拒绝个人富贵，免得这种个人的利益追求玷污了、损害了公益的追求。

可是鲍照的趣味就是下层的，因而是活泼泼的、真实的，我们看他的《代白纻舞歌辞》其二：

桂宫柏寝拟天居，朱爵文窗韬绮疏。

象床瑶席镇犀渠，雕屏合匝组帷舒。

秦筝赵瑟挟笙竽，垂珰散佩盈玉除。

停觞不御欲谁须？

你看他笔下的事物，哪一样不金碧辉煌、流光溢彩?《诗品》说他“险俗”，固是确评。他就是俗，他的世界观、他的审美观、他的趣味都是“俗”，而且那么理直气壮，俊逸、壮丽、豪放，“如饥鹰独出，奇矫无前”（敖陶孙《诗评》），“发唱惊挺，操调险急，雕藻淫艳，倾炫心魂”（《南齐书·文学传》）。他就热爱这些俗艳的东西，富贵的东西，感性的东西，物质的东西。

我们再看他的《拟行路难》其一：

奉君金卮之美酒，玳瑁玉匣之雕琴，
七彩芙蓉之羽帐，九华蒲萄之锦衾。
红颜零落岁将暮，寒光宛转时欲沉。
愿君裁悲且减思，听我抵节《行路》吟。
不见柏梁铜雀上，宁闻古时清吹音?

写人生的华丽与心底的悲凉。他铺排华丽之时，早已心如死灰，但他心如死灰之时，仍旧铺排华丽！这就是生命力！

就题材言，鲍照不仅写出了自己的人生历程，而且他还创作了大量的边塞诗和宫体诗。他的边塞诗是中国边塞诗史上重要的一环，他是唐朝边塞诗前最值得珍视的作家。他还创作了大量的艳情诗，写女性的情与态，写情欲，写体貌。大胆而又露骨——他笔下的女子，也是富于激情的。他的这些艳情诗，又是梁陈宫体诗的前声。一个热心于江山塞漠的人也醉心于宫廷闺闱，这似乎不大和谐，其实却十分合乎逻辑。因为无论是边塞，还是闺闱，都是最能激发生命冲动的地点；无论是敌人，还是美人，又都是最能让人热血沸腾的对象。鲍照是一个生命力特别强大的人，是一个激情澎湃的人，他需要杀戮与征服，需要死亡与爱恋——马背与女人的玉胸，是他的天堂。而死亡与生殖，最能搅动他的热血。

我们选一首他的艳情诗看看，《代淮南王》其二：

朱城九门门九开，愿逐明月入君怀。
入君怀，结君佩，怨君恨君恃君爱。
筑城思坚剑思利，同盛同衰莫相弃。

你看这样的女子，是不是柔情似水更热情似火？

就体裁言，鲍照亦有大贡献。其一，是他的“乐府诗”创作成就非凡。萧涤非《汉魏六朝乐府文学史》第五编“南朝乐府”中为之单列一章：“第四章，汉乐府大作家鲍照”，称赞鲍照的乐府诗在南朝“犹之黑夜孤星，中流砥柱”，并比较当时三大诗人陶渊明、鲍照、谢灵运说“以诗言，陶鲍谢三家，后先鼎足，以乐府言，则当让鲍照独步”。萧涤非把鲍照称为“汉乐府大作家”，乃是因为“明远乐府，其意识体裁，皆与两汉感于哀乐，缘事而发者为近，而与当时（南朝）荡悦淫志、喧丑之制实相远”。

其二，是他在七言诗创作上的贡献。可以说，七言诗到了他，不仅被大量使用，而且几乎成熟。他可能仅仅想寻找一种新节奏来宣泄他的感情，七言诗这种一挫三折的新节奏较之五言的平稳，更多一种流转与顿宕，而这与他内心充沛的激情是相宜的。所以我们这样说：七言不是他的试验物，而是他心灵的自然反映，所以，对于七言，他几乎是一用便自然，便流畅，便成熟。他之用七言，正如李白之用古风，是外在的形式契合了内在的心灵。对了，说到李白，我有必要点一下，李白的看家本领，即来自鲍照。

在鲍照的那个时代，陶渊明转向了田园，谢灵运游荡于山水，他们对这个世界，一个是淡泊相忘，一个是厌恶相烦，他们给这个世界的，是背影。他们是那个时代的“悟者”，他们看穿了，看厌了，也就心冷了。可是，诗人都远离了去，还有谁对这个世界、对人生、对人的生活保持着那一份关注与追陪？此时的鲍照，就显得非常重要了，他是一个名副其实的“迷者”，迷恋着这个世界上的一切光怪陆离，一切花花绿绿。世道红尘滚滚，鲍照情欲深深。而且他在才华上、艺术上又如此毫不逊色。那时代的三支笔，一支写田园，一支写山水，一支写社会；一支写两相忘，一支写两相烦，一支写两相缠。有淡泊的，有厌恶的，他们都想抽身而出，但这边还有一个羡慕的，他却投身而入，他是面向世界的。陶渊明说“密网裁而鱼骇，宏罗制而鸟惊，彼达人之善觉，乃逃禄而归耕”（《感士不遇赋》），他写出了世道的凶险与肮脏，为了全身，他退出了。而鲍照则正相反：“凌燋烟之浮景，赴熙焰之明光。拔身幽草下，毕命在此堂，本轻死以邀得，虽糜烂其何伤，岂学南山之文豹，避云雾而崖藏”（《飞蛾赋》），轻死邀得，死而不悔，以身殉利，堂皇不惭。“君子树令名，细人效命力，不见长河水，清浊俱不息。”（《行京口至竹里》）这是一种蓬勃的生命力，世道虽然黑暗，但并不是所有的生命都雌伏以避，还是有强韧者搏击其中：“飚戾长风振，摇曳高帆举，惊波无留连，舟人不踌伫。”（《代棹歌行》）人生风波固然险恶，但君子仍然自强不息。鲍照向我们展示了来自下层的活力，这是一个社会不死的保障，是生活之河不会停滞的保障，当上层社会对人生厌倦时，下层社会仍然充满着对人生的渴慕；当上层社会对一切丑陋麻木，并从中获益，或对之绝望而“怀宝迷邦”时，下层社会的反抗就是社会进步的动力。我们看到当陶渊明描写着他的淡泊无争，谢灵运在竭力表达着他的遁世无闷时，鲍照在他的诗歌里表达着他的愤怒，因为他对这个社会还在生气，所以，不仅他的作品虎虎有生气，而且也显得这个社会尚有生气。当“悟者”们（陶谢都自称是悟者）抽身而去，弃世界如弃敝屣时，“迷者”如鲍照，就成了这个世界中真正的战士。他歌唱的，才是真正的战歌。他可能不够纯洁，但是，这个世界有时候不需要纯洁的婴儿，而需要血污斑斑的战士。

南方和北方的女人

学者们的文学史，往往是写得冷静、客观而面目严肃的，但我们看看这一段：

> 人类情思的寄托不一端，而少年儿女们的口里所发出的恋歌，却永远是最深挚的情绪的表现。若游丝，随风飘黏，莫知其端，也莫知其所终栖。若百灵鸟们的歌啭，晴天无涯，惟闻清唱，像在前，又像在后。若夜溪的奔流，在深林红墙里闻之，仿佛是万马嘶鸣，又仿佛是松风在响，时似喧扰，而一引耳静听，便又清音转远。他们轻喟，轻得像金铃子的幽吟，但不是听不见。他们深叹，深重得像饿狮的夜吼，但并不是怖厉。他们欢笑，笑得像在黎明女神刚穿了桃红色的长袍，飞现于东方时，齐张开千百个大口对着她打招呼的牵牛花般的嬉乐。他们陶醉，陶醉得像一个少女在天阴雪飞的下午，围着炭盆，喝了几口甜蜜的红葡萄酒，脸色绯红得欲燃，心腔跳跃得如打鼓似的半沉迷、半清醒的状态之中……总之，

他们的歌声是永久的人类的珠玉，人类一天不消灭，他们的歌声便一天不会停止。

这是郑振铎先生《插图本中国文学史》中的一段话，评论的是南朝乐府诗。显然，他面对以下这些诗句，有些情不自禁——面对这样的诗句，我们谁又能无动于衷？

宿昔不梳头，丝发被两肩。婉伸郎膝上，何处不可怜。
始欲识郎时，两心望如一。理丝入残机，何悟不成匹？
年少当及时，蹉跎日就老。若不信侬语，但看霜下草。
谁能思不歌，谁能饥不食。日冥当户倚，惆怅底不忆？
侬作北辰星，千年无转移。欢行白日心，朝东暮还西。
夜长不得眠，明月何灼灼。想闻欢唤声，虚应空中诺。
今夕已欢别，合会在何时。明月照空局，悠然未有棊。
（以上《子夜歌》）

渊冰厚三尺，素雪覆千里。我心如松柏，君情复何似。
涂涩无人行，冒寒往相觅。若不信侬时，但看雪上迹。
炭炉却夜寒，重袍坐叠褥。与郎对华榻，弦歌秉兰烛。
寒鸟依高树，枯林鸣悲风。为欢憔悴尽，那得好颜容？
（以上《子夜四时歌·冬歌》）

还有如：

黄葛生烂熳，谁能断葛根。宁断娇儿乳，不断郎殷勤。
（《前溪歌》其三）

碧玉小家女，不敢攀贵德。感郎千金意，惭无倾城色。
（《碧玉歌》）

桃叶映红花，无风自婀娜。春花映何限，感郎独采我。
（《桃叶歌》）

闻欢去北征，相送直渎浦。只有泪可出，无复情可吐。
（《丁督护歌》）

寡妇哭城倾，此情非虚假。相乐不相得，抱恨黄泉下。
（《懊侬歌》）

在中国文学史上，南朝乐府民歌是太独特了。在一个重理抑情、重礼义而轻人心的文化传统中，出现纯粹以男欢女爱为主题的歌吟，几乎是个奇迹。在南朝乐府的三百多首作品中，一切社会问题、人生问题全不涉及，而唯情爱是歌，我们完全可以把南朝乐府——郭茂倩《乐府诗集》、冯惟讷《古诗纪》称为“清商曲辞”——称为“爱情圣经”，因为它就是一组爱情诗专辑。在当时的长江中下游，以建业（今南京）为中心的“吴声歌”“神弦歌”，出于荆、郢、樊、邓之间的“西曲歌”（三者是“清商曲辞”中的主要成分），虽然出处不一，但以男女情爱为唯一歌吟对象则出于一辙。这当然与当时的风气有关——按：风气往往是自上而下的——与采编者的兴趣、目的有关，但南方鱼米之乡、繁华之都盛产爱之歌咏，却也是不争的事实。这好像是一个感情特别丰富的时代，而约束相对宽缓；表达特别大胆而直率的时代，而讲究相对较少。我们知道这时代儒学相对淡出，并且南方的政权由皇族和世家大族共同把持。这些代代相传的贵族之家，讲究的是从容、逍遥、享受与诗意的栖居，南方的秀丽山水与丰富物产构成了他们的生存背景，而经济发达的新兴城市也孕育着膨胀的情欲，他们需要消遣自己过分优雅而优裕的生命，更需要消费那种弥漫全社会的情欲与浪漫情调。问题是，他们的生活方式、艺术兴趣、审美情调、理想追求，自然成为全社会的范式和追求。于是，在长江流域那些新兴的、繁荣的、享乐气氛浓郁的城市里，男欢女悦既已成为生活时尚，谈情说爱自然成为文学主题。《诗经》《楚辞》中的爱情题材，是众多题材之一；而南朝乐府中的爱情题材，则成了唯一。在长江中下游的这些新兴城市中青年男女的歌唱（需要说明一下：南朝民歌不是产生于乡村，而是出于城市），如带着朝露的野花，真实、自然，带着原生态的特征。你看这样的诗：

> 欢若见莲时，移湖安屋里。芙蓉绕床生，眠卧抱莲子。
> （《杨叛儿》）

> 春林花多媚，春鸟意多哀，春风复多情，吹我罗裳开。
> （《子夜四时歌·春歌》）

> 朝登凉台上，夕宿兰池里，乘月采芙蓉，夜夜得莲子。
> （《子夜四时歌·夏歌》）

> 开窗秋月光，灭烛解罗裳，含笑帷幌里，举体兰蕙香。
> （《子夜四时歌·秋歌》）

极色情却又极纯洁，极性感却又极稚朴，极挑逗却又极天真，极放荡却又极单纯——这些对立的双方如此统一，在文人那里很难达到这种境界，比较一下文人们的宫体诗就能明白：什么叫爱情，什么叫色情。爱中一定有色，如上引的南朝乐府民歌；色中却未必有爱，如宫体诗。顺便交代一下，南朝乐府在艺术上的一个突出特征，就是广泛地使用谐音双关的手法，像上引诗中的“莲”就是“怜”，“怜”就是爱啊。“莲子”，当然就是“爱你”，就是“爱人”“情人”。而“芙蓉”，乃“夫容”，是那纯洁秀美如莲花的女子的钟情对象。有意思的是，南朝乐府的叙事抒情主人公十之八九乃女子，那些撩人心旌的情诗，十之八九皆女子口气，齿吻绝肖。她们自称“侬”，而称她们的情人为“欢”、为“郎”，向他们表达她们的一腔痴情，当然，也有怨情，而且，难得的是，她们从来不掩饰她们对性爱的渴望与沉湎：

打杀长鸣鸡，弹去乌臼鸟。
愿得连冥不复曙，一年都一晓！（《读曲歌》）

在中国文学史上，还从来没有像在南朝乐府民歌中看到的那样，男人的女人在整体上那么柔情，那么深情，那么痴情，那么依恋男人、热爱男人、缠绵男人。南朝乐府民歌中的女人，是中国文学史画廊中最自然的女人，最真实的女人，最有女人味的女人，最美的女人，最令男人心旌摇荡的女人，最值得男人爱恋与保护的女人。她们不是道德的偶像，供男人敬仰和自豪；也不是男人生活中的牧师，总是一边爱护男人一边教导男人；不是管家婆，不是贤妻良母——当然也不是不贤良，只是她们不是这样的社会角色。不，她们是男人的初恋，是男人的女友，是男人的情人，是男人月下的伴、花前的侣、床笫的欢、桑间濮上的乐。她们是男人的情感生活，而不是男人的道德生活；是男人的自然生活，而不是男人的社会生活——她们几乎只是男人的自然关系而不是男人的社会关系，是男人的心灵而不是男人的理智，她们让男人享受生活与生命，享受青春与爱欲，而不是让男人修身齐家治国平天下——她们要男人成为情人、爱人，而不是忠臣、孝子，更不是伟人、圣人。她们要把男人拉入她们的世界，与她们共浴爱河。可是，男人往往在名缰利网中，追求所谓的成功与成就；或者，在体制的控御下，官事鞅掌，从而不能遂她们的愿，倒是常常抛别她们：

闻欢下扬州，相送江津湾。愿得篙橹折，交郎到头还。

（《那呵滩》）

她们舍不得男人，情不能抑。可男人常常为了什么借口与理由，冷静——冷酷地挥手作别：

篙折当更觅，橹折当更安。各自是官人，那得到头还？

（《那呵滩》）

于是，她们的爱里，便浸润了太多的泪：

啼相忆，泪如漏刻水，昼夜流不息。（其十二）

相送劳劳渚。长江不应满，是侬泪成许？（其十九）

啼着曙。泪落枕将浮。身沉被流去。（其七）

（以上《华山畿》）

甚至，以死殉情：

懊恼不堪止。上床解要绳，自经屏风里。

（《华山畿》其六）

最后，我们一定要读读这一首，《长乐佳》八首中的一首：

红罗复斗帐，四角垂朱珰。玉枕龙须席，郎眠何处床？

美丽的、柔情似水的女人们，让这世界如此华丽，她们为男人准备了如此舒适的婚床，让世界成了欢爱之所，而男人，却睡在何处？——睡在名利场，睡在官场、商场、科场、战场，甚至赌场。只是，正如龚自珍发问的：温柔不住，住何乡？

这首诗短短四句，前三句铺叙婚床之华丽与舒适，最后一句却一个突转，如同当头棒喝，醍醐灌顶，让男人在人生纷扰、孜孜矻矻中突然住手，回头是岸；或者茫然四顾，又不知所措。唉，这女人的柔情让男人心醉，这女人的苦心让男人心碎，而郎呵，你是否已溢满了眼泪？

江陵去扬州，三千三百里。已行一千三，所有二千在。
（《懊侬歌》其三）

也许，男人离女人的距离，就是离幸福的距离，好在，男人在女人的召唤下，已经启程回家。

永恒之女性，引导我们走。（歌德）

当南方的女子们在低吟她们的爱情时，北方，一群自称“我是虏家儿，不解汉儿歌”（《折杨柳歌》）的男女，也唱出了自己的悲凉慷慨。

北朝的民间乐府，保存在梁代的乐府机关里，所以称“梁鼓角横吹曲”，有六十六曲，另外，在《杂曲》《杂歌谣辞》中亦有少量保存，其数量远不及南朝。盖因北朝不文，亦无人收集采编整理，今所见之“梁鼓角横吹曲”，可以说有不少是翻译作品——是从“虏歌”译为“汉语”的。

但与南朝乐府相比，虽然它的数量少，但题材却极广泛，举凡那个时代、那个社会的主要痛苦与矛盾、爱欲与追求，都可以从中找到影子。

驱羊入谷，白羊在前。老女不嫁，蹋地唤天！

（《地驱歌乐辞》其二）

门前一株枣，岁岁不知老。阿婆不嫁女，那得孙儿抱？（其二）

敕敕何力力，女子临窗织。不闻机杼声，只闻女叹息。（其三）

问女何所思，问女何所忆？阿婆许嫁女，今年无消息！（其四）

（以上《折杨柳枝歌》）

这是纯粹的求偶之声，其表现为，其爱欲并无一特定的、具体的对象，而是泛对一切异性。这是北朝女子面临的问题：大约是北方久罹战祸，男子或死或戍，而男女比例严重失调，致使嫁人很难。而男子或死或戍之后，有女子之家庭，为经济计，亦会滞留已成年之女性于家中，使其可以操持生计，从而使她们不能适时而嫁。这样的闺情作品，就有了两个值得注意的特色。（一）如果说，南朝那些有特定对象（欢、郎）的闺情诗，唱的是“爱”的话，北朝的这些作品，毋宁说唱的是“欲”，是本能的原欲冲动，是人的自然生理欲求。它可能不够高尚，但人的自然生理欲求是天赋的生物指令，人为原因造成其压抑，甚至是全社会普遍的压抑，就必须反抗与谴责。（二）这类诗歌，就其主题来说，已不单纯是情爱作品，而是可以把它们看作是社会题材的作品，其透视出的社会问题与人间苦难令人难以平静。

小时怜母大怜婿，何不早嫁论家计？（其四）

天生男女共一处，愿得两个成翁妪！（其二）

男儿千凶饱人手，老女不嫁只生口！（其一）

（以上《捉搦歌》）

好像她们在同这个社会讲道理，讲女性的天赋人权与神圣追求。这最后一句的意思是：男人再凶蛮，也是养家活口的依靠，女子不嫁，岂不只是一张吃白饭的口！（也有人认为“只”字音义皆同“无”，“只生口”即不能生儿育女之意，亦可通。）

我们再来看看下面的诗，看看它们的风格是何等迥异于南方的柔弱，而显示出苍凉，显示出世界的荒凉和我们内心的悲凉。

陇头流水，流离山下。念吾一身，飘然旷野。（其一）

朝发欣城，暮宿陇头。寒不能语，舌卷入喉。（其二）

陇头流水，鸣声幽咽。遥望秦川，心肝断绝！（其三）

（以上《陇头歌辞》）

当然，在北方的厚地高天处，往往更能显示人与大地的关系，更能见出人对土地的大深情。见于《杂歌谣辞》中的《敕勒歌》，是千古绝唱：

敕勒川，阴山下，

天似穹庐，笼盖四野，

天苍苍，野茫茫，

风吹草低见牛羊。

这是人与土地关系的颂歌，人与自然关系的颂歌，据说，当北齐大将斛律金在宴坐之时高唱此曲时，北齐神武帝高欢“自和之，哀感流涕”（《北史·齐高祖纪》）。确实，这样的诗歌，可以用来评价它的，不是笔墨，而是泪水。

当然，北朝乐府最伟大之作品不能不推《木兰诗》（《乐府诗集》收有两首木兰诗，我们指的是题曰“古词”的第一首）。

唧唧复唧唧，木兰当户织。不闻机杼声，唯闻女叹息。问女何所思，问女何所忆。女亦无所思，女亦无所忆。昨夜见军帖，可汗大点兵。军书十二卷，卷卷有爷名。阿爷无大儿，木兰无长兄。愿为市鞍马，从此替爷征。

东市买骏马，西市买鞍鞯，南市买辔头，北市买长鞭。旦辞爷娘去，暮宿黄河边。不闻爷娘唤女声，但闻黄河流水鸣溅溅。旦辞黄河去，暮至黑山头。不闻爷娘唤女声，但闻燕山胡骑声啾啾。

万里赴戎机，关山度若飞。朔气传金柝，寒光照铁衣。将军百战死，壮士十年归。

归来见天子，天子坐明堂。策勋十二转，赏赐百千强。可汗问所欲，“木兰不用尚书郎。愿借明驼千里足，送儿还故乡。”

爷娘闻女来，出郭相扶将。阿姊闻妹来，当户理红妆。小弟闻姊来，磨刀霍霍向猪羊。开我东阁门，坐我西阁床。脱我战时袍，著我旧时裳。当窗理云鬓，对镜贴花黄。出门看火伴，火伴皆惊惶：同行十二年，不知木兰是女郎。

雄兔脚扑朔，雌兔眼迷离。两兔傍地走，安能辨我是雄雌？

这首诗给我们充满哀怨女人的文学史提供了一个杰出的另类。在中国文学史上，女性形象基本都是与爱情、婚姻以及各种性事件有关，且往往是弱者和被动者，是受损害的形象。而木兰的形象则与一般爱情婚姻题材无关，与性无关，而且，在整个事件中，她已是一个主动者、一个强者的形象。

但有意思且值得我们佩服的是，作者并不刻意写木兰的强悍与好勇，恰恰相反，他刻意表现的倒是木兰的女儿本色。按照中国的传统观念，木兰是一个忠孝双全的人物。她为国出征是为忠，代父从军是为孝。十年征战，功勋卓著，“策勋十二转”，是为勇；不慕官爵，不贪赏赐，是为廉。如上所言，她是一个令人敬的人物。但她又存一颗女儿心，出征途中，有对爷娘的深切思念；回归以后，她迫切想过的是和平的生活，是一家人相互厮守的和睦的生活。“木兰当户织”，见其勤劳；“当窗理云鬓”，见其爱美。本质上，她乃是一位令人爱的少女。所以，作为“典型人物”的木兰的“典型环境”不在边塞与战场，这样的场景作者只用“万里赴戎机，关山度若飞。朔气传金柝，寒光照铁衣。将军百战死，壮士十年归”寥寥数句三十字，近乎敷衍。木兰的“典型环境”在“家庭”，在家人环绕的庭院。而她，不过是这个家庭的女儿、阿姊，是邻家眼里的小妹。更有意思的是，这个“策勋十二转”的英雄，她自视也不过是一个“女儿”，她珍重且急于恢复和呈现给众人的，也是女儿身。

大勇之人，往往就是胸中有爱之人。平淡的日子，爱父母，爱亲人，爱邻人，做平淡的人。关键时刻，突然站出来，成为英雄。木兰就是这样的英雄。但是啊，私下里，我们知道，她不过是家中的女儿、阿姊，是我们民族最可爱的女儿。

感伤的青春

唐初二十年的诗坛了无足观，高祖、太宗算是有魄力的人物，但“稍逊风骚”却也是定评。虽然太宗是一个南征北战的大英雄，虽然《全唐诗》开卷第一题即是他的《帝京篇》十首，且第一首首二句即是“秦川雄帝宅，函谷壮皇居”，让人感觉到一种大形势，但总体而言，他的艺术趣味却颇为“小女人”，为此还遭到手下大臣虞世南的委婉批评。读这样大英雄笔下的小女人味十足的诗歌，颇令人发噱。

这类小女人味十足的东西是从六朝脂粉气十足的宫廷中滋生并蔓延至唐的。唐太宗的武功扫除了天下英雄，让版图一色，但其“文治”，却竟然降心屈志低首于他战刀下雌伏的南人。他的诗歌，整体而言，仍然是南朝宫体的余绪。

真正可以称得上为“唐诗”——唐人自己的诗，应以“四杰”为始。骆宾王（619—684？）、卢照邻（634？—689）、王勃（650—676）、杨炯（650—693）。我这是以年龄来为他们排序。文学史上的一般排序是“王杨卢骆”，是根据所谓成就。但据说杨炯就不满意，他说“吾愧在卢前，耻居王后”。我的意见是，卢照邻的成就确实不应排在第三，超过杨炯应不成问题。

有时候喜欢一个人，说起因缘来却非常简单，简单到没什么说服力。我喜欢卢照邻，就是因为第一次读他的《长安古意》而为之击节——他那语言的节奏太美了，让我们不能不为之击节。在这首杰作里，他为我们展示了大唐长安的形形色色与滚滚红尘，而他，则是一双冷眼，甚至带有一丝仇视地注视着他笔下的各色人物，甚至诅咒他们最终的幻灭与蓬勃生命的枯萎。原因可能很简单：他自己，由于得了可怕的疾病，已经失去了追逐享乐的可能。

长安大道连狭斜，青牛白马七香车。
玉辇纵横过主第，金鞭络绎向侯家。
龙衔宝盖承朝日，凤吐流苏带晚霞。
百丈游丝争绕树，一群娇鸟共啼花。
啼花戏蝶千门侧，碧树银台万种色。
复道交窗作合欢，双阙连甍垂凤翼。
梁家画阁中天起，汉帝金茎云外直。
楼前相望不相知，陌上相逢讵相识？
借问吹箫向紫烟，曾经学舞度芳年。
得成比目何辞死，愿作鸳鸯不羡仙。
比目鸳鸯真可羡，双去双来君不见？
生憎帐额绣孤鸾，好取门帘帖双燕。
双燕双飞绕画梁，罗帏翠被郁金香。
片片行云着蝉鬓，纤纤初月上鸦黄。
鸦黄粉白车中出，含娇含态情非一。
妖童宝马铁连钱，娼妇盘龙金屈膝。
御史府中乌夜啼，廷尉门前雀欲栖。

隐隐朱城临玉道，遥遥翠幰没金堤。
挟弹飞鹰杜陵北，探丸借客渭桥西。
俱邀侠客芙蓉剑，共宿娼家桃李蹊。
娼家日暮紫罗裙，清歌一啭口氛氲。
北堂夜夜人如月，南陌朝朝骑似云。
南陌北堂连北里，五剧三条控三市。
弱柳青槐拂地垂，佳气红尘暗天起。
汉代金吾千骑来，翡翠屠苏鹦鹉杯。
罗襦宝带为君解，燕歌赵舞为君开。
别有豪华称将相，转日回天不相让。
意气由来排灌夫，专权判不容萧相。
专权意气本豪雄，青虬紫燕坐春风。
自言歌舞长千载，自谓骄奢凌五公。
节物风光不相待，桑田碧海须臾改。
昔时金阶白玉堂，即今唯见青松在。
寂寂寥寥扬子居，年年岁岁一床书。
独有南山桂花发，飞来飞去袭人裾。

闻一多在《宫体诗的自赎》一文中盛赞卢照邻的《长安古意》："在窒息的阴霾中，四面是细弱的虫吟，虚空而疲倦，忽然一声霹雳，接着的是狂风暴雨！虫吟不见了，这样便是卢照邻《长安古意》的出现。"他说卢氏这首诗"癫狂中有战栗，堕落中有灵性"。闻一多先生是站在对宫体诗的批判的立场上，在诗歌发展的坐标上来阐释和估定卢照邻这首杰作的价值和地位的。他说，"比起以前那光是病态的无耻"，"如今这是什么气魄！对于时人那虚弱的感情，这真有起死回生的力量"，"我几乎要问《长安古意》究竟能否算宫体诗"，"卢照邻只要以更有力的宫体诗救宫体诗，他所争的是有力没有力，不是宫体不宫体”。用“有力”与否来谈《长安古意》，闻一多先生具有的，不光是学术的见识，更是艺术的直觉——他直觉到了这首诗中鼓胀的生命力及其在重重压力下形成的巨大压强。当然，还有极其重要的诗歌本身的节奏以及由此形成的语言的张力。

看诗歌的题目，好像是说长安“古意”，似乎是怀古或咏史，其实，这首诗既不怀古，也不咏史，而是实实在在地描摹长安的现实，是展现长安的“今况”。唐人老是以汉代唐，在他们那里，此前的朝代里也只有一个汉还能入他们的法眼。这是一幅长安市井生活图：街道繁华，车马纵横，大道小径，四通八达。五剧三条三市，南陌北堂北里，处处熙熙攘攘，时时热热闹闹。而人心则轻躁多欲，趋炎附势，追名逐利，行有华舆，住有豪宅，衣食华丽而奢靡，行径荒唐而恣意。这里有王族公主，有轻薄少年，有怀春少女，有妓家娼妇，有侠客流氓，有官僚权贵。当然，还有寂寞的学者。他们共同组成了长安的形形色色，他们一起搅和成中世纪的滚滚红尘……

这是欲望的渊薮：物欲，权欲，情欲，人欲横流。这是名利的战场：追逐，排挤，竞争，勾心斗角。好热闹的一个世界！好堕落的一个社会！在繁华中有腐败，在腐败中有生气，这不就是春？一个疯狂生长的春。却也到处都有霉变与腐烂。“御史府中乌夜啼，廷尉门前雀欲栖”，是呵，这是春天，一个万物复苏而疯长的季节，焉用约束？焉用肃杀？一切都被放纵了，一切都被默许了，一切崩溃，一切再生，一切堕落，一切崛起。“得成比目何辞死，愿作鸳鸯不羡仙”，纵做不成鸳鸯，只要能在长安，就不羡仙，长安岂不就是我们一切欲望的放纵之地？岂不就是人生理想的达成之所？岂不就是人间天堂？我们已无须来生，我们也不求彼岸，生命在欲望之火中燃烧，却看不见灰烬。——此刻即是永恒，还是永恒已被我们握在手中？

自言歌舞长千载，自言骄奢凌五公。(《长安古意》)

风月固然无边，而富贵真能不磨，歌舞能醉千载?

且慢！在这热闹繁华的世界的一个偏僻而被人遗忘的冷清角落，有一双冷眼在觊觎，阴冷，刻毒，却洞彻着我们的命运，看到了我们那可怕的未来。他——

看到了那匹灰色的马
骑在马上的人叫作死
相随在马后的
是阴间的冥府

他就是卢照邻。秉性耿介，而体弱多病。曾任邓王府典签，后调新都尉，因染风疾（麻风病）去官，避居太白山，服食丹药中毒，病情转重，足挛，一手又废，乃去具茨山下，买园数十亩，疏颍水围行舍周。复豫为墓，偃卧其中。这样不幸的人，我们指望他有什么样的心态与眼光？世界繁华，而他枯萎；物质丰盈，但他却没有能力。他因为失意而嫉妒，他因为失去了享受的能力而对一切享受之物抱有仇恨，他对他不能吞咽的东西唾以唾液，于是，世界热闹，但他心冷，眼冷。

在汉代的长安，这双冷眼是扬雄，“炎炎者灭，默默者存”是扬雄的诅咒，所以他只年年岁岁一床书，枯坐青灯，冷对外面的红尘滚滚。在初唐的长安，这双冷眼，是卢照邻。他比扬雄更痛苦：扬雄面对的是将乱将亡之世；而在他眼前灯红酒绿、歌舞升平的，是将兴将盛之世。对行将灭亡前的末日狂欢，扬雄容易冷眼旁观；而对着盛世欢歌、万方乐奏，他卢照邻只能临渊羡鱼，这次第，怎一个愁字了得?

他比扬雄更不合时宜：高宗当朝时重视吏治，他却是儒；武后推崇法家，他却是道；再后来，皇帝封禅泰山，下诏广求贤士，他却已残废——他得风疾，手足挛缓，不能行走已十年。在具茨山下，他为自己造了一个坟墓，躺在里面，这真是令人惊恐的生活，“每春归秋至，云壑烟郊，辄舆出户庭，悠然一望”。这一望，他是否就望见了长安那边的红男绿女，宝马香车，市声喧嚣着活力与欲望？他定是心如沸水！绝望之感攫住了他：

覆焘虽广，嗟不容乎此生；
亭育虽繁，恩已绝乎斯代。（《释疾文》）

这个时代，固然是千帆竞发，万木争春，而他却如病树，枯尽根本；又如沉舟，永沦海底！他已无法平息自己的内心痛苦，生命既已成了灾难，并且还要耳闻目睹其他生命的盛筵，还不如死掉！他于是与亲属诀别，自沉颍水。死时才四十岁，正是大好年华。

我们再来听一听他的诅咒，这凄厉而哀伤的调子千年不绝：

节物风光不相待，桑田碧海须臾改。
昔时金阶白玉堂，即今唯见青松在。（《长安古意》）

繁华的世界，与这个世界冷清一隅的寂寞的失意的诗人，这种对峙本身就有意味。一边是大赋式地铺排人间欲望的满足，享乐的大宴，让我们体会生命的大快乐与生活的大繁华；一边却又安置了一双冷眼，小瞧这一切，一张刻薄的嘴，诅咒这一切，让我们明了一切的空无与最终的憔悴。一边让我们在感官的欢娱中沉醉，一边又让我们在理智的判断中警醒，并认识到生命的脆弱与生活的本质。“他是宫体诗中一个破天荒的大转变。一手挽住衰老了的颓废，教给他如何回到健全的欲望，一手又指给他欲望的幻灭。这诗中善与恶都是积极的，所以二者似相反而相成。”（闻一多）是的，卢照邻在行使着他否定的否定：他用新时代旺盛的生命否定了旧时代萎靡的精神，却又用终极的大虚无把一切生命的火焰罩灭。这是真正的诗：因为它的洞彻力，因为它的毁灭力，因为它的实有，因为它的虚无。

他还有一首《行路难》正是写“枯木”的，我们要知道，这“枯木”就是他自己——

君不见长安城北渭桥边，枯木横槎卧古田。
昔日含红复含紫，常时留雾亦留烟。
春景春风花似雪，香车玉舆恒阗咽。
若个游人不竞攀，若个娼家不来折？
……
巢倾枝折凤归去，条枯叶落任风吹。
一朝零落无人问，万古摧残君讵知？
人生贵贱无终始，倏忽须臾难久恃。
谁家能驻西山日？谁家能堰东流水？

立意与结构都与《长安古意》相似。看来，外界生活的繁华与自身生命的残废，是如此深刻地影响到了他的思想与心灵，他就在这种煎熬中结晶出他的思想、他的诗歌。

客观地说，卢照邻的诗都还粗糙而不够纯粹。无论是思绪还是语言，《长安古意》有些缭乱，有些语无伦次，颠三倒四，这一首毛病更多，比如“巢倾枝折”与“条枯叶落”就显得捉襟见肘，滥竽充数。“谁家”两句也有此弊。唉，七言歌行作得好，真如长江滔滔，哪怕泥沙俱下，漂残流枯，也尽有那浩浩汤汤的气魄。但文以气为主，浩浩汤汤的，也就是作者的“气”。气不足，则局促；才不足，则寒碜。这一类诗本不大好作，体弱多病的卢照邻有如此成绩，已足可让我们钦敬。他的粗糙，恰使他有别于六朝的精细。他的“粗大”（语言的粗糙感与篇幅之长大）与六朝的“细小”（语言的精细感与篇幅的小巧），是一大变异。不管怎么说，规模有了，气派有了，魄力有了，有了大框架，就不怕没有大成就。在六朝的后花园里我们看够了精致的小男人，现在见到这么一个满脸风霜苦难的男人，粗豪地吼出这么一嗓子，令我们耳目一新。唐诗的刚健，已有消息在此中。

“四杰”中的骆宾王，则有《帝京篇》《畴昔篇》，那是五言、七言交错的长篇歌行，与卢照邻主题小异而对人生的感慨则大同。比如这样的句子：

古来荣利若浮云，人生倚伏信难分。
始见田窦相移夺，俄闻卫霍有功勋。
未厌金陵气，先开石椁文。
朱门无复张公子，灞亭谁畏李将军。
相顾百龄皆有待，居然万化咸应改。
桂枝芳气已销亡，柏梁高宴今何在。
春去春来苦自驰，争名争利徒尔为。
久留郎署终难遇，空扫相门谁见知。
当时一旦擅豪华，自言千载长骄奢。
倏忽抟风生羽翼，须臾失浪委泥沙。（《帝京篇》）

而《畴昔篇》更其长大，是一千四百多字的牢骚与不平。如果能短一些，可能会精气凝聚些，现在这个样子，拖沓了。

四杰中名声最大的是王勃，他的那首《滕王阁诗》则不能不提：

滕王高阁临江渚，珮玉鸣鸾罢歌舞。

画栋朝飞南浦云，珠帘暮卷西山雨。
闲云潭影日悠悠，物换星移几度秋。
阁中帝子今何在？槛外长江空自流。

这样的悠悠歌唱，真可以让我们一手持酒杯，一手拍槛栏，反复吟咏，面对“落霞与孤鹜齐飞，秋水共长天一色”的景色，“天高地迥，觉宇宙之无穷；兴尽悲来，识盈虚之有数”（《滕王阁序》），然后不知是因酒而醉还是因文而醉，或者都不是，让我们醉的，正是那无穷宇宙与盈虚之数。总之，他们的局面大了，“由宫廷走上江山塞漠”（闻一多语），空间阔了，空气也清新了，虽然也伤感生命，但不是醉生梦死了，而反让我们心旷神怡。

值得我们注意的是他们为什么都有这种繁华易逝的感受？是离六朝不远的原因吗？我想起阮籍的名句“繁华有憔悴”（《咏怀》其三），可阮籍身处乱朝，“天下多故，名士少有全者”（《晋书·阮籍传》），眼见的正是一派肃杀与憔悴，嵇康那样华丽的、如玉山如青松的生命，不就是在阮籍眼前被杀灭的么？阮籍有此感慨，可以理解。而初唐人普遍存有这样脆弱的心思，个个都有天荒地老的感慨、勘破人生的荒凉，让我颇费思量。这应该是青春期感伤一类的情感吧！

天宝末年，大唐的太阳已然西斜，老年的唐玄宗，登上勤政楼，让梨园弟子唱几曲散散心。没想到一曲终了，竟让玄宗凄然泪下——

山川满目泪沾衣，富贵荣华能几时？
不见只今汾水上，唯有年年秋雁飞。

玄宗问，这是谁的诗啊？有人告诉他是李峤的作品，玄宗说：“李峤真是才子啊。”又过了一年，安史乱发，玄宗幸蜀，登白卫岭，览眺良久，低吟李峤此诗，末了，再叹说“李峤真才子啊”，旁边的高力士老泪难禁。

让玄宗感慨万千的，就是李峤（645—714）的《汾阴行》，那可是初唐的作品，是霞光万道、朝日初升时的作品——

君不见昔日西京全盛时，汾阴后土亲祭祠。

斋宫宿寝设储供，撞钟鸣鼓树羽旂。

……

我省略的部分是描写汉时朝廷祭祀汾阴后土的热闹情景，那是壮盛，是荣耀，是声威，是豪情，是夏花的灿烂。可是——

自从天子向秦关，玉辇金车不复还。

珠帘羽扇长寂寞，鼎湖龙髯安可攀？

千龄人事一朝空，四海为家此路穷。

豪雄意气今何在？坛场宫观尽蒿蓬。

路逢故老长叹息，世事回环不可测。

昔时青楼对歌舞，今日黄埃聚荆棘。

玄宗是从中看到了自己及大唐命运的谶言？一年后他的经历又成了李峤诗意的验证，他不能不感触于心。

何谓“才子”？才子即是在生命之花繁盛之时能窥见生命悲剧本质的人。才子即是能悟出“繁华有憔悴”的人。

西京长安如此，东都洛阳又怎样呢？

洛阳城东桃李花，飞来飞去落谁家？

洛阳女儿好颜色，坐见落花长叹息，

今年花落颜色改，明年花开复谁在？

已见松柏摧为薪，更闻桑田变成海。
古人无复洛城东，今人还对落花风。
年年岁岁花相似，岁岁年年人不同。（刘希夷《代悲白头翁》）

前两句真有“春城无处不飞花”之感，春光撩人，春花满眼，洛阳城里美丽的少女，也正在她的花季。可是，正如鲜花终将凋落，青春也转眼即逝。这蓬勃飞扬、不可一世的繁荣，却正隐藏着衰败的机运。一声长长的叹息，叹出下面惊心动魄的诗句：“今年花落颜色改，明年花开复谁在？”据说刘希夷写出这两句，把自己吓了一跳：这两句太像诗谶了！与石崇（当为潘岳）写出“白头同所归”，而最终与金谷诗会的朋友们一同被杀太相似了！他胆战心惊地删去此一句。可待写下“年年岁岁花相似，岁岁年年人不同”时，更惊吓万分：这不比前句更像诗谶吗？这些句子怎么就跳到笔下了呢？想再删去，却又舍不得，转而一想，死生有命，由他去吧！于是就把这两联都保存了下来。

我们不知道这个记载是否真实，但它却显示出这两句诗的那种直达事物核心的艺术穿透力，察见渊鱼者不祥！勘破造化机密者，不祥！果然诗写好后不久，刘希夷即为奸人所杀。这杀他的人，《唐才子传》说是刘希夷的舅舅宋之问。宋之问读了刘希夷的这首诗后，特别喜欢“年年岁岁”这一联，知道刘希夷还没有示人，就要求刘希夷把这两句的著作权送给他，算是他写的了。刘希夷先答应了他，后来又舍不得，宋之问就让家丁用土袋把刘希夷活活压死了，死时年不到三十。

说到这个人品极坏的宋之问，还要提一下同样恶劣无行的沈佺期，这两人在文学史上被称为“沈宋”，在推进近体律诗的成熟、定型方面有大功劳。唉，完成近体格式的竟是这一对活宝，为“文人无行”又添一证。

“山雨欲来风满楼”，卢照邻来了，王勃、李峤来了，刘希夷来了，群星灿烂之中，一轮圆月即将升空，那就是张若虚的《春江花月夜》。

张若虚的夜晚

张若虚的《春江花月夜》诞生之时并没有“石破天惊逗秋雨”的声势。相反，在唐初至明初这一漫长的时间里，她倒像是一个“养在深闺人未识”的绝代佳人。除了作为一首乐府诗，她幸而得以保存在郭茂倩的《乐府诗集》中而流传后世外，在明初高棅《唐诗品汇》和“后七子”领袖人物李攀龙的《古今诗删》外的诸多选本里，我们找不见她的倩影;《历代诗话》及其续编也没有对她的一句议论。她同她主人的名字一样，长期沉默在冷清的书角里。但“天生丽质难自弃”，《春江花月夜》最终要放射出其夺目的光彩，并且随着覆盖她的历史尘埃的逐步褪去，她的光彩愈来愈明丽，终于升腾为一轮皎然独照的明月。人们渐渐感受到了她的不可迫视的光芒。明高棅在《唐诗品汇》中还把她列入“旁流”（他的《唐诗正声》未收《春江花月夜》，可见他还不认为她是正声），至清末王闿运就称之为“大家”了；闻一多先生更称之为顶峰上的顶峰、诗中的诗。

艺术作品内涵的丰富性和深刻性，往往连作家本人也不能把握，他的笔往往不自觉地反映了生活的本质或某些本质。正如曹雪芹无意中揭示了封建末世的没落命运一样，《春江花月夜》也在有意无意之中唱出了迎接封建盛世的赞歌。

让我们把目光投向这样一个阔大神秘的景象吧——

春江潮水连海平，海上明月共潮生。

这如江海大潮般涌来的诗句和神秘雄奇的宇宙，使我们大受震撼、大饱眼福：潮涨海平，洪波浩荡，横无际涯。在这样一个浩渺神奇的境界之中，月亮“生”出来了！月亮从浩浩荡荡的大海里水淋淋地诞生了！我们顿时想起“日月之行，若出其中；星汉灿烂，若出其里”的宏伟，但同时又感到惶惶不安，躁躁欲动，感受到这境界的扑朔迷离的神秘。人们死水般平静的灵魂受到了惊扰，泛起波澜。历史好像又回到了神话的时代，又回到了那人神杂居相处的，热烈、奋发、好奇、好动的人之初年！诗人一开始就借用神的力量唤醒了人们沉睡的思考，把人们习以为常的惰性击得粉碎，让人们在历史的疲倦和慵懒中奋发起来，重新像初民一样对这些宇宙现象感到新奇和恐怖，觉着宇宙的神秘和高深，激发起探讨和思考的兴趣、欲望。人们麻木的神经被刺痛了，朦胧的眼神放出了惊异的光彩，于是，诗人抓住时机，椽笔一横，把人们刚惊醒的注意力从垂直的方向——深、高的方向，引向平行的方向——远、宽的方向：

滟滟随波千万里，何处春江无月明。

诗人不让人们激发起来的兴趣和智慧在玄秘的高空中迷失，他要让人们的思想随着月下春江的滟滟之波，想象千里之外、万里之遥的月明之夜；想象着同在这千里万里的月光下的人们。如果说这里是写水把粼粼的月光漂向远方，倒不如说是诗人想借水把人们的思想和注意力漂向远方，漂向远方的、共患共难的同类。隋炀帝的“流波将月去”或可是本句的导源，但是张若虚这里没有了冷漠不关己的“去”，而加上了热切关注的“随”和“何处”，这就表现了一种企图，一种把人们的注意力从神性的高空引向人性的世界的企图。下文诗人的思维从对天发问到对人生关注的转机，其暗流在这里就已经遥遥地潜伏着了。他借助宇宙恐怖神秘的震撼，把沉睡的人们喝醒，然后又指给他们思考和探索的方向。我们的视线经过几次周折，现在终于回到了眼前切身的、亲切的境界：

江流宛转绕芳甸，月照花林皆似霰，
空里流霜不觉飞，汀上白沙看不见。

由前面的大笔挥扫，横空万里，而转入轻吟低唱，曼语缠绵。水绕芳甸，月照花林，空似流霜，汀如迷沙……多么温柔妩媚，情意绵绵啊！神性的宇宙和人性的现实像一对迷醉了的恋人，静谧而又热烈地偎依在一起了……多么惬意的疲倦和苟且啊！让我们也沉醉吧！让我们重新躺回由于糜烂而生发温热的历史上睡去吧！——整个六朝不都在迷醉中吗？整个六朝不都依偎在妇人的怀里吗？……然而，不能！低首之际，猛一仰天，我们不禁又大吃一惊：

江天一色无纤尘，皎皎空中孤月轮。

江天一色，因月明愈见其迷茫；孤月一轮，因江阔更显其伶仃。它们并没有因为对方而消释了自己，它们并不是融化在对方的怀里、渺然不可分了，而是在对立之中更确切、更实在、更理想、更完美地显示着自我，证实着自我的独立存在。这是多么阔大而凄清的意境，澄洁而惆怅的情绪啊！“皎皎空中孤月轮”，月亮被“孤”起来了！仅这一点就有多大的历史跨度！王尧衢说“皎皎月轮，独照万古，故见是孤”，他还只见到自然历史中的月亮，没有见到人类社会历史中的月亮、人化的月亮。月亮，作为人化的自然现象，她何曾独照过？她何曾冷静过？在两晋六朝时，她不总是在闺房里、在胭脂里浸泡着吗？不总迷醉在酒酣耳热的丝竹噪声和鬼影似的舞姿中吗？现在，她终于挣脱了出来！从缠绵的梦里和昏醉的酒中醒来，跃上高空，大梦初醒般地、冷峻而深刻地注视着人生的悲欢离合，悔恨、检讨着历史，思考着人生的真谛。历史开始清醒了，开始疑惑和探问了！哲学家式的诗人并不停足于对宇宙作外观的审美。他还要从历史的角度去深入地探索宇宙的本质。他的思想是那样的广博和精刻；他的眼光是那样的深邃和远大：他从月之现在，忽然想到了月之初生，又想到了月之终结：

江畔何人初见月？江月何年初照人？
人生代代无穷已，江月年年只相似。
不知江月待何人，但见长江送流水。

——这是一连串多么令人于神秘之中产生恐怖和震动的问题啊！从屈原《天问》的“日月安属，列星安陈”，“夜光何德，死则又育，厥利维何，而顾菟在腹?”到张若虚这里的思考，再接下去是李白和苏轼的把酒相问，宇宙规律一直是中国诗人们探索的对象。如果说屈原的《天问》显示出先秦理性精神在南方的萌芽，李白的问月是盛唐人睥睨一切、凌驾宇宙的气概的表现，苏轼的问月又表露了对人生缺憾认命似的深深的痛悼的话，那么，张若虚的《春江花月夜》的问月则是从魏晋南北朝之乱到隋的短命覆亡之后，初唐人走向封建盛世的先声。他从孤月独照，过渡到江月照人。人出现了！人，这个渺小的生灵，在大宇宙笼盖的清辉下，影影绰绰而又实实在在地出现了！历史的焦距终于对准了人！这又是多么巨大的历史跨度！诗人不经意的轻松写来的“皎皎空中孤月轮”和“江月何年初照人”两句，却是历史经过了多少艰难才走完的历程！月之出，是为了照人；月之永恒，是为了待人。因人方才有月。这种解释在客观真理上是荒谬的，但它不同时在肯定人生价值、追求人本身的世俗幸福这一点上，又极有其深刻的合情合理的哲学含义吗？艺术有时可以违背具体的科学事实，但却不能违反哲学。人生是短暂的，月亮是永恒的，但是，作为人类而存在的人生，不也是“无穷已”的永恒吗？这种人生无穷已的认识，必然导致人生价值的发现。六朝人的人生观总有贬值的意味，因为他们强调现时的享受，却否定了人对于历史和社会的责任，因而也实际上否定了人生的意义和价值。托名之作《杨朱》就是这种思想的典型表现。而《春江花月夜》所透露的，是多么使人为之一振的历史曙光呵！随之而来的，必然是生机勃勃的、开拓一切的盛唐。历史的气息启动了诗人的情思，《春江花月夜》是历史造就的杰作！从月始月终过渡到人生思考，诗人的脑子是博大精深的。但博大精深的脑子往往比庸常的脑子忧苦得多。所挟持者远，其忧必远；所瞻望者殷，其苦必殷。最倔强者往往是最孤独者；最深刻的人往往是最寂寞的人。作者从广漠的宇宙中看到了人类的孤独；从自然的永恒中看到了人生的短暂。《春江花月夜》正深刻地表现了这种执着者的迷茫和深刻者的孤独：在人生无穷已的永恒的另一面，单个人的生命又是短暂的，是不可能穷尽宇宙的奥秘的。这种意识一旦闪现出来，便足以令诗人怅然起来。是的，我们也随之怅然起来。于是，诗人和我们都在深刻而紧张的思考之后，疲倦地喟叹一句：“但见长江送流水。”人的智慧能达到之领域的可能性是无限的，但其现实性却是有限的。每一个时代的人由于历史的局限和寿命的局限，只能切身地完成本时代的任务。而单个的人，更是只能实现一些有限的愿望，鱼和熊掌是不能兼而得之的。诗人对此有很深的惋惜，有很深切的感慨。念天地之悠悠，他也不免欲怆然而涕下。他不满意这一点，但理智地接受了，吞下了欲出的泪水。他知道在人生中总要用一些失去的东西来偿付得到的东西，他的时代已不是六朝玄思的时代，他属于实干的时代，不能因为观念的东西而忘掉现实的东西。因此，他理智地把自己和自己这个时代铸为历史阶梯上的一个新的石级。这对于一个既有着强烈的探讨欲望而又有着博大精深的心智的他来说，是痛苦的，甚至是不平的。但他还是用一声深长的叹息打发了痛苦，用理智的态度接受了历史的不尽如人意的托付。

如果说汉末《古诗十九首》的"生年不满百，常怀千岁忧"，由于不能控制住对永恒历史的迷茫，从而对现实生活的意义和价值产生了怀疑的话，那么，《春江花月夜》则正是由于理智地控制住了面对广漠宇宙而产生的虚无主义的思想苗头，才使她获得了面对现实的信念。同样，如果说《古诗十九首》用一种极端的个人享受的态度肯定了人作为个体的价值和权利，从而把个人摆在一切之上；那么，《春江花月夜》就是从儒家的经世哲学出发，指出了单个人作为人类组成部分的价值和责任，从而把个人有机地组织进历史的链条和网络中。而《古诗十九首》正因为把个人摆在一切之上，使个人脱离了群体，从而觉得孤独和彷徨，找不到光明的出路；《春江花月夜》又恰因为把个人融入了整个社会人生，才使她充满着温存和希冀，充满着创造历史的信心和勇气。——现在让我们休息一下吧，让我们把飞得高而远的思想收回来吧！人生短暂的发现使我们更执着于生命的价值，人生无尽的认识又使我们认识到我们作为漫漫人生一链的责任。把人们博大精深的智慧引向对人类自身幸福的探求，这才是时代的要求，是历史应有的转折。这不正是下面诗人思维方向转折的契机吗？我们向下看吧：

白云一片去悠悠，青枫浦上不胜愁。
谁家今夜扁舟子，何处相思明月楼。

诗人的胸怀是宽广的，又是细腻的；他的心灵是崇高的，又是亲切的。他是扬州人，有着南方人的温柔和细腻。他不仅高踞一切之上思考宇宙的规律，而且跻身于人众之中关切人的命运；是哲学家，又是父兄。在他那里，天道和人道是和谐的；哲学和人学是一致的。他终于把对天道的探索转成对世俗人生的关注；把哲学的玄思引进伦理的责任——在他深刻而紧张地思索着宇宙的奥妙时，他并不曾忘却人生的苦难和呼求。一片悠悠而去的白云，竟引出他无限的联想，并由这种联想生出无限的同情。白云自去，何干诗人情思？浦上愁人，却缠绕诗人的心灵；在这明月高悬的夜晚，多少人扁舟天涯，又有多少人离恨高楼？旷夫怨女，都在他温暖的心胸中挂念着：

可怜楼上月徘徊，应照离人妆镜台，
玉户帘中卷不去，捣衣砧上拂还来。

诗人唯其有了深厚的同情心和责任感，才能如此真切地想象着闺妇的离愁。白云已逝，游子不归；帘子易卷，月华难收；捣衣砧上，拂去还来。一边是固执的月亮，一边是无可奈何的愁人。如果说开首的“海上明月共潮生”的“月”还是神秘的神，“皎皎空中孤月轮”的“月”又过于冷峻和渺然的话，那么，这时，她正是亲切而又有点可恼的人！月亮也从高空走向世俗人间，和人们的思想感情完全融合了！

至此，月亮改换了三次位置，经历了两段巨大的历程：她从六朝宫廷醉生梦死的浓胭腻脂中跳上了冷峻而清醒的高空，经过了一连串的深刻的反省、思考和探索，终于又摈弃了神性的诱惑，认识到人生最深刻的意义和责任，带着人性的亲切走向人间，去抚慰人间那些痛苦的灵魂，激发人间的向往。这里的“月”，已不是浸泡在陈后主、隋炀帝宫宴酒中的月了，而是一轮已经走向人间，与人间苦难的人们为友的月亮了。“孤月”是离开脂粉的必经之路，因为昏醉了几个世纪的月亮只有在孤寂的空中才可能对生活进行思考；但“孤”绝不是目的，走向人间才是目的。这里的月是温柔的，但已不是六朝式的肉感的温柔，而是纯净的感情和澄洁的思想的表露。这位思妇意识到了月之可亲可信，她深情地说：

此时相望不相闻，愿逐月华流照君。

她的爱情是纯洁的，月华也是纯洁的，让纯洁的爱情随着纯洁的月光流照着对方吧！但这不过是少妇天真的幻想，她自己也知道这是幻想：

鸿雁长飞光不度，鱼龙潜跃水成文。

鸿雁自去，而月光并未随之去；鱼龙潜跃，亦不过纹圆之波，波静则月华亦敛。逐月流照，已是失望，而现实却还真真地存在着：

昨夜闲潭梦落花，可怜春半不还家。

“可怜”者，犹情人也。春已过半（或者寓有青春年华过半的象征和感喟？）而情人不归，这怎能不日思夜梦呢？

到了这时，我们刚才还被宇宙神秘所困扰和恐怖的思想终于由于倾注到这位少妇身上而踏实、温暖起来。一个平凡的少妇所代表和象征的人世间的痛苦和向往，正是诗人对宇宙、历史、现实进行思考和探索的出发点和归宿！现在，诗人为他的智慧和勇气找到了这块未开垦的处女地，且安营扎寨，准备开拓吧！但是面对着荒芜的现实，他仍然有不尽的迷茫：

江水流春去欲尽，江潭落月复西斜。
斜月沉沉藏海雾，碣石潇湘无限路。

江水流春欲尽，而一夜的好月也西斜了。终于在西天的海上，雾蒙蒙地不见了——从“海上明月共潮生”到“斜月沉沉藏海雾”，思考、思恋、幻想、痛苦，终于是“碣石潇湘无限路”。他站在茫茫荒原上，无限悠远的惆怅和战斗正未有穷期的斗士之情同时涌上心头。月生月毁宇宙规律的哲学思考，月升月落现实图景的审美关注，无始无终的历史探求，短短一宵的审美体验，交替描写，呈叠加结构，把宇宙和现实人生融为一体。但是对宇宙的探索最终还是为了世俗人间的幸福，于是，伟大的月亮退场了，而平凡的、一个为离愁所苦的女子却楚楚地出现在我们的面前，抓住了我们的思考，垄断了我们所有的同情和兴趣。我们终于为我们的智慧和精力找到了关注的对象；历史终于为自己寻到了发展的方向。作者写月正是为了写人。让月亮“生”出来，正是为了让月亮“沉”下去。因为月亮不过是一个伟大主题的引子。它自始至终都是具体的，又是象征的。从月生到月在高空，从月斜到月落，这是具体的月，自然的月。而从开始的宇宙美的象征，到中间的宇宙本质的象征，再到最后一层对人间苦难怜悯的象征，它是美，是真，是善。康德说，使我们震惊的，是我们头顶的星空和心中的道德律。张若虚的《春江花月夜》，使我们震撼的，就是他给我们呈现的那一特定夜晚的星空和他心中的道德善！

到了这时，诗人广博而深刻的思想汇成了一条月下春江，带着他淡淡的花香般的忧郁情怀，粼粼而下，浇灌、陶冶了一代又一代人的心灵，这确实是“诗中之诗，顶峰上的顶峰”！她有着六朝的柔情，却绝没有六朝的颓废和堕落。诗人极写夜的温柔，但却不让我们迷恋夜的温柔，他最终把我们的思想引向明天的生活中去了；他极写月之多情，但不让我们陶醉于月之多情，而最终使我们盼望着“海日生残夜”（王湾《次北固山下》）的那一刻；他极写相思的缠绵，但却不让我们缠绕于这种缠绵，而最终把我们引向脚踏实地的坚韧的奋斗。比起“怆然而涕下”的陈子昂，他似乎更含蓄，更深沉，更富有内在的力量。陈子昂在他面前都似乎很幼稚、很浅露了。而他却似一个少年老成的人，既有着少年人的勇猛，又有着老年人的深刻和稳重。在缠绵悱恻的温柔中隐藏着深刻冷峻的思考，包蕴着不可抑制的勇力，在忧愁伤怀的喟叹中有着激人奋起的呐喊，在温情的月夜下呼唤着时代的曙色。这正是这首诗的内在精神和魅力！也是她的价值所在！

是的，我们的诗人是多情的，是人道的，他还不忍心就这么结束了，在碣石潇湘的无限路上给人以无限悠远的怅望。因而他接着写道：

不知乘月几人归

乘月有归人，这是多么伟大的一笔！这是多么伟大的乐观！这是时代的恩赐啊！我们在六朝的那些闺怨诗中寻得到这种乐观的精神吗？历史学会了同情，历史也就要进步了。但是，诗人又是实际的，不愿说廉价的安慰话，所以在“乘月”前加“不知”表疑问，在“归”前加“几人”表其少。诗人是矛盾的，这种矛盾正是那个时代的矛盾：历史虽然已经开到了拓荒的前缘，但面对的旷野却正是一片荒芜。不过若说这两句透露出诗人矛盾的心理，倒不如说是透露出诗人调和矛盾的愿望。他既想安慰自己又不想欺骗自己，正如他既想安慰别人又不想欺骗别人。诗人的思想是惆怅的，但却不是绝望的、颓废的。面对着充满矛盾而又洋溢着希望的现实，他隐瞒现实的缺陷正是因为他憎恶现实的缺陷，美化现实却又是基于想改变现实。诗人对于现实的软弱正是因为他对现实的执着和热恋，对于现实的惆怅正是由于他有了面对现实的勇气。这种直面惨淡人生的勇气，在六朝的宫廷诗中同样是找不到的。迷惘而不失执着，软弱却依然倔强，这正是一个时代前进的条件。最后他写道：

落月摇情满江树

全诗由紧张而舒缓，由开阔雄伟而缠绵温柔。宇宙、历史、现实的紧张思考，到这里化成了一片温情（这是世俗之情和伦理责任感的结合呵），躁动不安的思想和感受得到了安抚和平静。一串串的矛盾在心理上得到了调和，一簇簇强烈的思维火花柔和了，终于，轻轻落下，落在诗人的诗笺上，成就了这样一篇绚丽多彩、永垂不朽的诗篇！

“什么时代产生了诗人？那是在经历了大灾难和大忧患以后，当困乏的人民开始喘息的时候”（狄德罗《论戏剧艺术》）。张若虚生逢其时，他正处在自汉末黄巾至隋末这几百年的大乱过后的喘息苏生的时刻。时代玉成了他，他也报答了时代。他以他的《春江花月夜》出色地喊出了时代的呼声，出色地表现了时代的憧憬。如果李白、杜甫可以代表盛唐，那么，张若虚可以毫无愧色地代表初唐。他的《春江花月夜》在当时是一种预言，是一种消息，一种盛世降临前的消息；在以后，直至现在、将来、永远，是一轮明月，是一轮照耀万古的明月！

谁在台上泣千古

大约在公元684年的长安大街上，突然出现一个卖胡琴的人，要价百万。长安城里的王公贵族、豪门大姓都被惊动了，大家把胡琴在那里传看，却无人识货，无人敢买。突然，一个人从人群中走出，对跟随的左右说：“用车拉一千串钱来，买下它。”面对大家的吃惊疑问，此人说：“我善于演奏胡琴。”大家都说：“我们可以听听吗？”此人说：“明天大家都到宣扬里来，我在那儿恭候大家。”第二天，大家如期前往，发现美酒佳肴早已摆好，那把胡琴也摆放在那里。酒足饭饱后，大家都等待着主人演奏。只见主人捧着胡琴对大家说：“本人乃蜀人陈子昂，有文章百轴，奔走京城，却碌碌尘土不为人知。这把乐器不过是下贱工匠的作品，为什么反而让大家如此留心？”说完，举起琴，摔碎在地上。在大家惊愕之中，这个自称陈子昂的人，拿出他的文集，遍送与会的人。一天之内，陈子昂名声大噪。

这则记载在《唐诗纪事》里的故事颇见陈子昂的性情。以千缗之价，买来了自己的名声与身价，也是物有所值。那个卖胡琴的人说不定也是陈子昂安排的“双簧”，那就更见出他的策略了。这件事见出他做事的魄力与能力，他有对世俗的蔑视、批判与挑战，但他的目标却是成为世俗的领袖，得到世俗的尊崇与承认，而不是自居对立的一方，与之分庭抗礼。他是征服者，是拉斯蒂涅和于连式的人物，而不是巴尔扎克。

他不是如卢照邻那样的冷眼旁观者、冷嘲热讽者，而是一个自信心极强、能力极突出的竞争者、分一杯羹者。他也不像骆宾王那样道德感极强，从体制外闹革命，另立中央，自封自官，他要的是豪贵的承认，他的政治立场说明了这一点，他就不站在传统道德的一方反对武则天，而是与之合作。他要在这个世俗社会中证明的，是自己的价值与才干，而不是自己的品性与道德。对自己的才干，他十足地自信，不比卢照邻之自卑绝望、自绝于世，王勃之一蹶不振、自暴自弃。他又是强悍的、粗鲁的，不比刘希夷、张若虚等人温柔细腻。他自信是龙种，但他并不要独往独来，他要人雕琢。请看他的名作《修竹诗》：

龙种生南岳，孤翠郁亭亭。峰岭上崇崒，烟雨下微冥。
夜闻鼯鼠叫，昼聒泉壑声。春风正淡荡，白露已清泠。
哀响激金奏，密色滋玉英。岁寒霜雪苦，含彩独青青。
岂不厌凝冽，羞比春木荣。春木有荣歇，此节无凋零。
始愿与金石，终古保坚贞。不意伶伦子，吹之学凤鸣。
遂偶云和瑟，张乐奏天庭。妙曲方千变，箫韶亦九成。
信蒙雕斫美，常愿事仙灵。驱驰翠虬驾，伊郁紫鸾笙。
结交嬴台女，吟弄升天行。携手登白日，远游戏赤城。
低昂玄鹤舞，断续采云生。永随众仙逝，三山游玉京。

这个“龙种”，最终要的不是道德与审美的所谓“坚贞”，而是要伶伦子雕琢它，使之成器并把它吹出鸾凤之音，与云瑟为偶，奏乐天庭，在天庭事奉仙灵，并“永随众仙逝，三山游玉京”。陈子昂的俗世情怀，功名心切，于斯可见。这诗前有一序，是陈子昂的名作，我们把它看成是陈氏的诗歌革新的宣言：

> 东方公足下：文章道弊五百年矣。汉魏风骨，晋宋莫传，然而文献有可征者。仆尝暇时观齐梁间诗，彩丽竞繁，而兴寄都绝，每以永叹。思古人，常恐逶迤颓靡，风雅不作，以耿耿也。一昨于解三处见明公《咏孤桐篇》，骨气端翔，音情顿挫，光英朗练，有金石声。遂用洗心饰视，发挥幽郁。不图正始之音，复睹于兹，可使建安作者，相视而笑。

在这篇序里，他提出了诗歌须有“兴寄”“风骨”，所以，这首诗所写的“修竹”，也是寄托他自己的志向的。他的志向如何？就是要像这种修竹，要从山林到天庭，从江湖入魏阙。他是一个果断斩截的人，做事从不拖泥带水。他是富家之子，史传说他“与游英俊，多秉权衡”（交游的都是握有大权的人物，见《唐才子传》）；再看他长安宣扬里集聚权豪博取赏识，正可见他的志趣。他年少时任侠尚气，打猎赌博，一副纨绔模样，十八岁时尚不会写字。十八岁后的某一天，他游逛乡校，听到里面孩子的琅琅书声，忽然醒悟，乃与此前的流氓朋友一刀两断，折节读书，痛下决心自我修炼，精心研读古代经典，尤其沉湎于黄老、易象。光宅元年（684），他来朝廷上一奏札，劝阻将高宗灵柩迁移长安，武则天召见他，奇其才，遂拜麟台正字。看他能放纵，能收敛，放得开，收得拢，他确实是一位极有个性又极有自制力的非凡人物，唐代诗人中，自我膨胀的不少，但像他这样真有将相之才的不多。

万岁通天元年（696），契丹攻陷营州，武则天派建安王武攸宜前往征讨，陈子昂随军参谋。武攸宜一再显示出其无能与轻率，次年兵败，举军震恐。陈子昂慨然进言，提出战略，请求分兵万人以为前驱，武攸宜不允。第二日，他又去进谏，且“言甚切至”（卢藏用《陈氏别传》），触怒武攸宜，被降职为军曹。陈子昂满腔愤怒，登上幽州台，写下了传诵千古的《登幽州台歌》：

前不见古人，后不见来者。
念天地之悠悠，独怆然而涕下。

诗的形式已脱落殆尽。除了大约整齐的句式外，押韵都不要了。一般登临之作，总先写登高远望所见，再接以见后所感，景与情都有了。而陈子昂的这首，却是登高之后，一无所见：前不见古人，后不见来者。这前后古今，岂是转头就可见的？这古人来者，岂是登高就可见的？真是无理得很。他做事常不按牌理出牌，他作诗思想也没有一个常道。原来他登幽州台，不是要观风景，是要找知音，找古往今来的明君贤臣。他的心胸已然高出我们，超出我们平庸的期待之上。他要在这幽州台提供的空间坐标上，找寻时间的过客。噫！无理之极！但这正是“诗”的思路。难怪他“不见”，活该他“不见”，他怎么就不知道他的这种登览企图有多愚蠢？是别人把他气糊涂了，还是他在愚弄我们？

我们读了那“登幽州台歌”的题目，是满心以为他要写出他的登高所见，来与我们共赏的——却不料他另有企图，且是注定没有结局的企图。幽州台下满目的风景全都不见了，不，他胸中本来无物，他目中本来无人，他站在那里，发愣：我怎么就没看见那些明君贤臣？历史上曾经有过的，如燕昭王与乐毅一般的，哪儿去了？未来也还会再有，可我怎么也看不到？他怔在那里，他，陈子昂，站在幽州台上，把自己弄得糊涂了：人都到哪里去了？

此时他已全然忘却自身的环境和处境，一切消逝，没了背景，只余自己和天地宇宙："念天地之悠悠"——他在独语，他在玄想，天地悠悠，过客匆匆，我在何处？"独怆然而涕下"——终于热泪夺眶而出！一个"独"字，正是一篇之魂。古人吾不见，来者不见吾，今人何屑屑？天地何其大，时光何其久，唯我独立；胸中有万古，眼前无一人，唯我独尊。这是孤独，不也是自大？

陈子昂一直是自大的。我是在中性甚至褒义的色彩上用"自大"这个词。在这首诗里，他好像写出了个人之渺小、之无助，让自己面对如此宇宙洪荒，荒到人踪绝灭，然后再潸然泪下，这正是他内心极坚韧弘博、极自尊自负的表现。渺渺众生，茫茫万有，都已不能做他伴侣，甚至不配做他陪衬，在面对无边无际无始无终的宇宙时，它们都如潮水般退去，只余他一人独立广漠，他的背后已无世俗支撑，他只有自己的心灵与意志。——苍茫的时空与独立的人影，其巨大的反差，本来就是一幅英雄主义的画面。

陈子昂的诗与初唐其他诗人不同的是：其他人是顺承六朝的，而他是上接汉魏的。唐人贬六朝而褒汉魏，他是宗祖。他对自我的强烈关注，对自我实现的强烈诉求，也与其他诗人抒发一般性人生感慨不同。别人是横向拓展的连类而及，因为对生活苦痛的关注由己及人而呈现一种人道的精神与世俗关怀；而他则是纵向开掘的，他向自己个性的深处掘进，发掘出强大个体的独立精神与自我实现的顽强意志。这样的个体当然是孤独的，是与社会不合拍甚至冲突的，不仅他的《登幽州台歌》，他的一组《感遇》更是这种主题的集中体现。就艺术特色而言，顺承六朝的"四杰"、刘希夷、张若虚等人，是文采繁缛而稍欠骨骼的；而他的诗则正相反，是骨骼嶙峋而稍欠风韵的。

从卢照邻到张若虚，他们都是平面展开的，他们的诗情是泛滥的，他们有滥施同情的倾向，有对人生苦痛的过敏反应和过度开掘。同时，他们让我们感觉到在面对人生苦痛时，个体的无奈和脆弱。读他们的一流作品，真如平畴远风，良苗怀新；又如长江起波，漫漫浩浩。他们教给我们同情，教给我们对人生有了一副悲哀的仁慈的眼光。读他们的作品，我们是感怀万端的，击节三叹的，那是一种畅达的感受，我们内心中郁积的情感随着他们流畅的歌行而一泻无余。但陈子昂不一样了，他不大用歌行体了。歌行体是适合于“歌”唱的，但不大适于“行”动。陈子昂是一个行动的人，他可能认为感慨人生的苦难不如创造人生的幸福，坐而论不如起而行。读他的诗，我们开始觉得个体的自尊傲慢，觉得个体在命运面前尚有可为。韩愈说：“国朝盛文章，子昂始高蹈。”子昂给我们指出了向上的一路，我们开始攀升，往高处走了。如同一个年轻人，在青春期的迷恋、感伤和过分的多情之后，在浪漫甚至荒唐、纯洁甚至脆弱、善善恶恶甚至尖刻顶撞之后，开始不骄不躁，脚踏实地，向着一个既定的人生目标前进。失去了一些纯善，却多了一些宽容；精神的穿透力钝了些，但语言的尖刻也少了些；心胸豁达了许多，为人处世通达了不少。一个度过了激情岁月的青年，走上了他理性睿智的盛年，是的，盛唐就要来了，我们接着往下看吧。

鹿门幽人

唐人的山水田园诗来源于六朝，陶渊明、谢灵运的田园诗与山水诗，一直延展至唐。我在陶渊明、谢灵运那里已指出过，陶之后的田园诗，即带陶之色彩；大谢之后的山水诗，亦有大谢风范。但对陶渊明，唐人似乎还未从历史性的麻痹中醒来；或者，陶所处的时代，与盛唐大相径庭，故不宜有共鸣。而谢灵运则一再为唐人所称道，连李白这样傲视千古的人物，也对他表示相当的敬意。这可能又是因为谢出身士族，物质之丰厚和性格之豪奢与盛唐文人的生活能契合。

但唐人不提陶渊明并不表示他们不受陶渊明的影响。正如我们讲生存条件，往往提及衣食住行，而忘了提及空气。其实，空气是不能一刻没有的。况且陶渊明之影响后世，除诗外，更多的是人格，是他的“隐”的行为及其所昭示的处世之道。盛唐有一个孟浩然（689—740），就是一个终身未仕的隐士，他的诗，就颇受陶之影响。像他的《过故人庄》中的“开轩面场圃，把酒话桑麻”，就显然来源于陶的“相见无杂言，但道桑麻长”（《归园田居》其二）。

我们就来看看孟浩然的这首诗：

故人具鸡黍，邀我至田家。绿树村边合，青山郭外斜。
开轩面场圃，把酒话桑麻。待到重阳日，还来就菊花。

此诗颇得渊明之致，在平常小事中见情趣、性格与爱好。开首两句，“故人”而又是“田家”，正可见孟夫子平常交往，和渊明拒绝与官场上人来往（“穷巷寡轮鞅”）而与农民“披草共来往”一样，都是淳朴的“素心人”（陶渊明《卜宅》）。与他们聚话，当然会是李贽所说的咂咂有味之言，不会语言无味，面目可憎。

这样的人一“邀”，孟夫子即“至”，欣然之状宛然在目。“鸡黍”乃农家本色，风味醇正；“具鸡黍”之举，见出主人殷勤招待之诚。赴这样的故人的“鸡黍”之请，心情是轻松而无负担的，所以，当孟夫子悠然前去赴会时，方有那一份愉快的闲心顾盼那远近的景色：“绿树村边合，青山郭外斜”——消消停停，指指点点，说说笑笑。就写景言，一近一远，一密一疏，而在对景色指指点点之间，亲切之情亦在不言之中。“合”与“斜”二字，化静为动，且引导我们的视线忽远忽近，极为传神，但又是信手拈来，妙手偶得——灵感之出现，也正需要轻松愉快的心情。

“开轩面场圃，把酒话桑麻”，视界是开放的，人与自然环境是融合的、和谐的，且此时的场圃上定是一派丰收景象。场圃上有满钵满囤的收获，主人才有满心满意的欢喜，才有邀客之心，也才乐于面对场圃而展示自己的丰收，客人也才能有一份轻松的吃喝之心。这种“癯而实腴”的手法，正是陶渊明的嫡传。“把酒话桑麻”，话题轻松愉快，与农家的“酒”、农家的“鸡黍”一样津津有味。这样的闲饮、闲话真是人生大快！且这快乐还是可以延续的：“待到重阳日，还来就菊花。”此次还未结束，已预约了下一次，此乐可常，盛筵可再！

孟浩然的田园诗，来自渊明，却又较渊明多一层韵味。盖渊明生当乱世，终不能脱一“贫”字，而浩然则能无此局促。渊明之境界乃是在一片黑暗之中凭一己之心力刻意营造，有惨淡经营之苦、之勉强、之矻矻；而孟浩然笔下之境界，乃盛世太平景象之一隅，殊无劳心竭虑之苦。陶之田园，与外面的世界是隔膜的；孟之田园，与外面的世界是相通的。陶于艰苦中坚守，见其坚韧；孟于丰足中自得，见其风流。陶于世道，有否定，于官场，有厌弃；孟于世道，有肯定，于官场，有艳羡。陶之境界与心志，与他那个时代是疏远的；孟之情趣与心志，与他这个时代是亲近的。所以，陶是误落尘网十三年仍被后人抬举为道德模范；孟则身处盛世终身未仕，后人却只爱他的诗酒风流。陶显美丽于清贫，见卓绝于艰苦，如青松傲雪，苦难风流；孟浩然则白首松云，风流蕴藉，如好花逢春，乘时而开。盖道德须经苦难玉成，而浩然所缺者，正此耳。

闻一多先生称孟浩然的诗：“淡到看不见诗了，才是真正孟浩然的诗。”其实，这里面是有原因的。在我看来，关键在于孟浩然描写的这种田园生活本身即具有无限魅力，这种生活本身因为其符合人之本性，虽不能说具备了幸福生活的一切条件，却已具备了基本因素。而且，更重要的是，这种生活还摒除了那些常在的与幸福有害的东西，比如生活中的压力、竞争、安全感缺乏、患得患失的心境等。总之，孟浩然笔下的这种田园生活本身即具有感动人心、俘获人心的力量，孟浩然用老实的笔老实地写出来，即已完成了对生活本身魅力的“复制”。比如说，上述《过故人庄》一诗的魅力就主要来自这种生活的魅力，孟浩然文字的传神和韵味倒在其次。谓予不信，我们仿作一首：

故人具海鲜，邀我至酒家。大厦街边合，立交远处斜。

开轩面闹市，把酒话股市。待到发财日，还来喝早茶。

你看，韵味顿失，不仅没有了孟浩然的“清”气，还弥漫着难耐的浊气、俗气。可是，我们基本上保持了孟诗的形式，他用得巧妙的词我们也保留了，我们只是改变了几个名词——是的，正是这些“名”的改变，让我们也改变了“实”。孟浩然的“名”，指称田园，而我们这改诗中的“名”，则指称现代都市的生活。这样的置换，使我们知道，孟诗《过故人庄》的魅力，确实主要来自他描绘的那种生活本身。而我们改诗所描绘的生活中，一些潜在的危机和不稳定、不确定因素破坏了我们此时的心情和对未来的期待。重阳会如期而至，菊花到时会开，股市则凶险莫测，发财更只在两可之间，且这种欲望之壑永远难填，赚足多少时，我们才有那一份满足而闲雅的心境？节奏的快速，市声的嘈杂，话题的沉重，我们的心灵已不堪重负，诗意早已在人间蒸发。古代田园诗中的幸福感、美感来自生活本身的相对稳定和生活因素的可预期性。而我们现在所处的是一个患得患失的社会——唉，正如有人预言的，山水田园诗将会消失——不，已然消失……

可是，我们怎能失了那一份闲暇？没有这一份闲暇，我们如何去感受生活？

春眠不觉晓，处处闻啼鸟。
夜来风雨声，花落知多少？（《春晓》）

第一句写“闲”，第二句写“趣”，如果我们没有了这份闲，每日行色匆匆，赶着上班，如何有这份“趣”？“夜来风雨声，花落知多少？”夜里能听听风雨而不用担心误了睡眠不能早起，这是多大的“福”？有了这种闲福，才会有“花落知多少”的敏感与多情！才能让我们的心灵与宇宙一息一微息息相关！

孟浩然存诗二百多首，有《孟浩然集》四卷，绝大部分是五言短篇。他的五言短篇确实是好，如《宿建德江》：

移舟泊烟渚，日暮客愁新。
野旷天低树，江清月近人。

澄澈的宇宙与惆怅的心灵妙合无间，美妙而不可言传，感伤而只可心会。

他的七言也很棒。《夜归鹿门山歌》是我百读不厌的：

山寺钟鸣昼已昏，渔梁渡头争渡喧。
人随沙路向江村，余亦乘舟归鹿门。
鹿门月照开烟树，忽到庞公栖隐处。
岩扉松径长寂寥，惟有幽人自来去。

一种置身世外的无聊，自绝于人民与为人所弃的寂寥，情感的落寞与精神的自尊，一种恰到好处的酸——没有一丝酸味，梨子就不大好吃，孟浩然有时太淡，但这首里面掺进了一丝丝的酸，使我们的舌苔有些刺激，有些兴奋。这个分寸不好掌握，但孟浩然做到了，这首诗让我们回味无穷。

诗中的"鹿门山"是他的一种标榜或一种姿态，并非他的常住之所。他的家在襄阳城南郊外，岘山附近，汉江西岸，名曰"南园"，又叫"涧南园"，而鹿门山则在汉江东岸，与他的"南园"隔江相望。他之所以与"鹿门山"有了缘分，其缘来自汉末隐士庞德公。庞曾拒绝朝廷征辟，携家隐居于此，鹿门山也就有了文化上的隐逸意味。孟晚年谋仕不成，回到故乡后便在鹿门山筑一住舍，偶尔去住住，以示追踪先贤。不管孟氏此举是否做作，总之，鹿门山与襄阳、岘山成了盛唐山水田园诗的圣地之一，则是无疑的。

平心而论，孟浩然的山水田园诗尚非完全成熟，仍处于蜕化的某个阶段中，他的一些诗仍有谢灵运的特点。谢灵运的山水诗往往只是记游诗，然后再加上生硬的议论——此被后人讥为“玄言的尾巴”。他的诗，从结构上看，有这样一种模式：叙事—写景—议论（说理或抒情）。叙事部分写游历的背景、起因；写景部分写游历中所见；议论部分说一番道理或发一通感慨。而孟浩然的山水田园诗亦往往不能免于斯累。如《临洞庭湖赠张丞相》：

八月湖水平，涵虚浑太清。气蒸云梦泽，波撼岳阳城。
欲济无舟楫，端居耻圣明。坐观垂钓者，徒有羡鱼情。

前四句写景，后四句说理（干谒），前后转折突兀而不自然，意脉不通，境界亦前后不伦。此诗大类谢灵运，我们不能只见他前四句写景气象不凡，不察他后四句狗尾续貂。再看他的《与诸子登岘山》：

人事有代谢，往来成古今。江山留胜迹，我辈复登临。
水落鱼梁浅，天寒梦泽深。羊公碑尚在，读罢泪沾襟。

前四句议论兼叙事，与谢灵运《登池上楼》如出一辙。此诗虽免于“玄言的尾巴”，却又戴上了大谢的帽子。我们说，成熟的山水田园诗，是既断玄言的尾，又斩大谢的头，而让山水田园成为主体，甚至全部。我们看成熟以后的山水诗的开头：王维《终南山》的“太乙近天都”；李白《望庐山瀑布》的“日照香炉生紫烟”，《望天门山》的“天门中断楚江开”；杜甫《望岳》的“岱宗夫何如”，《同诸公登慈恩寺塔》的“高标跨苍穹”，《登高》的“风急天高猿啸哀”；孟郊《游终南山》

的“南山塞天地”；柳宗元《登柳州城楼寄漳汀封连四州刺史》的“城上高楼接大荒”……无不开篇即写景状物，而又并不感觉突兀，不觉得不周到，为什么？因为题目中已写足了，若诗中再细叙因由，就重复了。所以，他们把题目也放在内容之内，既惜墨如金，又使诗歌整体纯粹浑朴。细读孟浩然的诗，他真正用来描摹山水的句子是很少的，往往也就两句（如上引《与诸子登岘山》）或略多，而把大多数篇幅留给了叙事、议论。到了王维就发生了很大的变化，写景的句子明显占了主体的地位，甚至全篇写景。山水田园诗，到了王维，才是完成了漫长的蜕变过程，由蛹变成美丽的蝴蝶了。

艺术囚徒

孟浩然身处中国历史上最开明的盛世却终身布衣，他的身上确有一种乡村野老的气味，王士源《孟浩然集序》说他“骨貌淑清，风神散朗”，可见他的气质。与他齐名的另一位大诗人王维（701—761），则多了一些贵族式的雅致与精细。王维虽然仕途亦稍有挫折，但总的来看比较顺遂，这可能与他那不温不火的性格有关。王维的诗好，但王维的性格却有点沉闷。虽然他也写过一些颇为慷慨的作品，如《夷门歌》《观猎》《少年行》等，但总的来说，他一挫即不能复，一蹶即不能振，到了后来，甚至有了明显的自闭倾向，什么“中年好道”“晚年好静”，鼓吹佛教“无生”，都与他懦弱而内向的性格有关。这样一个性格肉头的人，又过着所谓“半官半隐”的生活——顺便说一句，这“做官无官官之事，处事无事事之心”的所谓境界，自晋以来，便是自私自爱而不负责任的官僚的道德遮羞布——由于不大与人冲突，不大有所坚持，凡事拎得清，升迁反而总是伴随着他们。说实话，就做人言，我不大喜欢王维，他是批评过陶渊明的，这是他一生聪明中最大的愚蠢，是一种聪明过头的失误。当他从陶渊明身上来试他自鸣得意的人生聪明之剑时，他不可能不折断。陶渊明是自称为“守拙”的。陶之伟大，正因为他不“聪明”，这种以拙的形态显示出来的大德行、大智慧，是“达人”的“直觉”，而不是聪明人的机灵。王维与陶相比，到底差一个档次。但我们明白的是，陶渊明的那种缺衣少食、求助于人的尴尬，王维确实不会有，他算计得精明，他不会让自己弄成那样。他不仅无法有陶渊明式的真名士之风流，连孟浩然的境界也不及。做人不可太聪明，对王维来说，他太聪明了，以致没有人发现他有太多的不可爱。他在长安失陷时，迫受伪职，却又写下“万户伤心生野烟”一诗，以明心迹。后来在唐军收复长安后，他果然因此诗而仅作降职处理，并且很快又得升迁。谁知道他当初作此诗是不是有意在为自己留后路呢？唐氏王室一直宽厚，不大以小人之心度人。就让我来做一回小人吧，反正这千年之后的罗织，不会陷他于罗网。

文学史上对他的诗评价特别高，很长时间中他一直排在李杜后面，名列唐代第三大诗人。由于题材上的关联，我们把他与孟浩然并列，却又把年轻的他排在年老的孟浩然前面，叫“王孟”，显然是认为他的成绩较孟浩然为大。就诗歌创作而言，他确实比孟浩然内容丰富，涉及面广，艺术成就更高而手法多样。但把他与李白、杜甫一比，就马上可以看出其间的差距。李白、杜甫是“大”的，他显然是“小”的。大小之差的原因在于：有没有承担。承担的越大，境界当然就越大。李杜是以自己的心灵去承受这个世界的苦难与折磨的，他们甚至主动地把世界的荒谬与民生的不幸承担到自己的身上，直至使自己的心灵不堪重负。此时他们发出的，就是震撼人心的黄钟大吕之声。而王维则一直在推卸，他连自己个人的一些生活挫折都难以承受，都要想方设法地躲避，直至最后躲到空门——当然，他也没有力量承受真正的空门的清苦，他只是一个在家的居士；正如他无法真正过一个清苦隐士的生活，而要亦官亦隐——家也要，官也要，禅也要，隐也要，在追求精神的同时，物质的一切也不愿放弃。既如此，他的精神之旅所能达到的区域就有限了，不像李杜那样无远弗届。李白一生求“出”，“大道如青天，我独不得出”，他是躁动的，一刻不闲的，永远生活在别处的，这一点他很像谢灵运。杜甫一生求“入”，他“朝扣富儿门，暮随肥马尘”，不惜“残羹与冷炙，处处潜悲辛”，就是要进入圈子，得入魏阙，从而“致君尧舜上，再使风俗淳”（《奉赠韦左丞丈二十二韵》），而“会当凌绝顶，一览众山小”（《望岳》），乃是他对自己终当能入台阁的信心。李杜二人，无论是“出”，追求自由无碍，还是“入”，追求世俗成功，都显示出对生命、对人生的热爱与执着，以及为了追求而付出的精神历练与承担。而王维则追求一个“归”字，这在盛唐，实在是较为罕见：

斜光照墟落，穷巷牛羊归。
野老念牧童，倚杖候荆扉。
雉雊麦苗秀，蚕眠桑叶稀。
田夫荷锄至，相见语依依。
即此羡闲逸，怅然吟《式微》。（《渭川田家》）

日归于渊，牛羊归栏，野老候归，雉雊蚕眠，田夫荷锄归，相见语依依……句句写归；后接“即此羡闲逸，怅然吟《式微》”，写自己受此感染，而欲归隐。实际上，王维的心理中，总有一种回归平衡、平静、安适的冲动。他生于盛唐，不可能不受世风影响，所以他亦对外在世界颇有兴趣。但他内心总有一种不安全感、不可靠感，在试探性向外的同时，总在回首着退路，总在寻找那歇脚地。他后来皈依佛教，也是他内心缺少安全感的缘故。除了上引《渭川田家》外，我们再看几首诗：

太乙近天都，连山到海隅。白云回望合，青霭入看无。

分野中峰变，阴晴众壑殊。欲投人处宿，隔水问樵夫。

（《终南山》）

结尾两句，化崇高为优美，化陌生为熟悉，化对峙为和谐，化可游为可居，化遥远为亲切。整首诗先写可游可观，最后他仍要可居，要有一“宿”处安顿自己。

单车欲问边，属国过居延。征蓬出汉塞，归雁入胡天。

大漠孤烟直，长河落日圆。萧关逢候骑，都护在燕然。

（《使至塞上》）

此诗整体结构与《终南山》一样，前面弘放，后面收敛：前面眼界向外，饱览自然壮观，为外部世界的精彩喝彩；后两句则从壮观的自然景观中收回目光，由自然转入人事，由人对自然的欣赏转入人与人的融洽，由大漠壮观转入人情温暖。事实上，即使在他兴高采烈地观赏大自然的壮观时，他内心里仍一直在关心着、寻找着一个晚上安顿的地方——他碰到了巡逻的骑兵，他们告诉他大军驻地所在，且河西节度使正等着他，可以想见，晚上，将有一场欢迎宴会在等着他。像他这样的人，总是要先安顿好身体，然后才能让自己的精神溜出去小逛一会儿，并赶紧回来。他是一个在相当的程度上精神依附于肉体的人，用陶渊明的话说，是“心为形役”的人。精神力量强大的人，往往会精神驾驭肉体，肉体在精神的驾驭下疲惫不堪，形销骨立；而肉体欲望强烈的人，则往往肉欲、物欲驾驭精神，使得精神委顿空虚，麻木不仁。王维当然还没有到这一步，他毕竟是一个有着丰富内心世界并且能对外在世界做出曲折细致反应的人。但他的精神更多地受制于肉体，则是一个可见的事实。再看他的《送元二使安西》：

渭城朝雨浥轻尘，客舍青青柳色新。

劝君更尽一杯酒，西出阳关无故人。

西出阳关无故人，一种无着落感使他惊恐。这与他一贯的安全感缺乏有关。比较一下高适《别董大》“天下谁人不识君”，可见二者心理状态的差异。

到了晚年，他的山水诗不再是外出游览式的，而是居家静观式的。把他的诗和李白的比较，我们可以看出，对于山水景物而言，李白是游人，又性喜吹嘘夸大，故写其惊，炫其见，壮其观，以动他人视听（《望天门山》《望庐山瀑布》《梦游天姥吟留别》等）。而王维是居人，又天性收敛安详，故写其幽，述其得，悦其悟，以愉自己幽怀。不仅他的《辋川集》，他的《皇甫岳云谿杂题》，即便是《山居秋暝》也显然是静观了悟所得。

因此，王维的山水田园诗，便是文人式的，而不再是纯自然的。他的山水田园是经过他心灵过滤的，是文人隐居悟道之所，而不是农民耕耘谋生之所，是带着格物式的理趣与禅味的，而没有了实际生活的烟火气。这与后来宋代范成大的田园诗形成了极大的反差——范成大是把田园又还给了农民的，范成大山水田园诗中的主人是农民，思想情感也是农民的，或为了农民的。

读王维的山水田园诗，是要先把自己的趣味文人化的。或者说，文人一般都会喜欢他的山水。而一个农民如果读读《千家诗》之类，则可能更喜欢范成大。那种“昼出耘田夜绩麻，村庄儿女各当家”（《四时田园杂兴》）的描写，才是原生态的田园。

王维懂音乐——他一出道做的官，是太乐丞，懂绘画，所以他的山水田园诗总是“诗中有画”，且充满音乐的美感。他的名作太多了，我们随意选一首《山居秋暝》：

空山新雨后，天气晚来秋。明月松间照，清泉石上流。
竹喧归浣女，莲动下渔舟。随意春芳歇，王孙自可留。

这首诗，可以用“空故纳万境，静能了群动”概括之。一座“空”的大山，却容纳着如此丰富的人生色相和自然色相：清泉、冷石、明月、青松，浣女、渔夫、莲叶、竹林……果真不是“顽然无知之空”，而是生机包孕之所，同时又有无数生动的形体和声息：浣衣归来的少女，忙于生计的渔夫，流动的泉水和颤动的莲叶，少女的嬉闹和泉水铮淙。可惊异的是，我们在这一片热闹中却听出了寂静，这寂静能平息我们内心的躁动和创伤，使我们安详恬静……

正如孟浩然的生活、诗歌与岘山的缘分一样，王维与终南山也有不解之缘，而辋川则成了盛唐山水田园诗的又一圣地：

空山不见人，但闻人语响。
返景入深林，复照青苔上。(《鹿柴》)

独坐幽篁里，弹琴复长啸。
深林人不知，明月来相照。(《竹里馆》)

木末芙蓉花，山中发红萼。
涧户寂无人，纷纷开且落。(《辛夷坞》)

这样的诗，是天籁，是佛音，让人悠然神远。这里面，是消歇中的生机，安详中的激情，寂静中的热闹，萧条中的繁华，无中的有。禅宗不就是在否定中肯定么？这些诗中，没有人事，没有社会，也没有由此而牵连的心灵烦躁，甚至连人生感慨都没有。摩诘是否真得道，不知道，但可以肯定的是，此时的他，真的是“晚年唯好静，万事不关心”（《酬张少府》），而专心格物参禅了。

王维不仅是山水田园诗写得好，他还有不少边塞诗。在这方面光那“大漠孤烟直，长河落日圆”的名句就足以让人记住他。我们上引的《使至塞上》也属于这类。他有出塞的经历，当然会有诗来记录和描写。以他的艺术天赋，也定会有描摹的佳作——但显然，我们发现，在这类题材上，他又无法和高适、岑参相比，缺的还是那种大眼光、大胸襟、大关心、大承担。唉，王维是艺术的天才，却是思想的矮子；艺术的感受力、创造力一流，而精神的穿透力、承受力三流。他是一个被精神牢笼囚禁的艺术囚徒。

秦时明月汉时关

刘宋时的鲍照，就热衷于写边塞诗，我们知道他是一个生命力极强却又被时代压抑住了的人物。那种险仄的语言气流是他冲突的精神欲望的体现。其实呢，鲍照时代的“边塞”已不是在国之“边”，也无有“塞”。“北伐”是那个时代的主题，但除了个别雄桀之士如刘裕、如桓温，坐拥江南温柔的南朝是缺少曹植式的“幽并游侠儿”（《白马篇》）与鲍照的“但令塞上儿，知我独为雄”的丈夫的（《代陈思王白马篇》）。“马毛缩如猬，角弓不可张”（鲍照《代出自蓟北门行》）的边塞苦况，是令江南人士闭目惶拒的。来自北方的王谢大家族，一家专攻书法，一家雕章琢句，名士取代了英雄，儒雅风流，迷恋江南，乐不思乡。他们被“文”化了，也弱化了，再没有“西北望”的勇气与兴致了。

这种情况到唐人那里有了大的改观。初唐的杨炯就已写出了“宁为百夫长，胜作一书生”（《从军行》）的豪放之语，后来高适更写出了“大笑向文士，一经何足穷”的英雄之言。南朝的崇文贬武倾向一变而为扬武卑文。就连十分内秀与懦弱的王维，也有过“单车欲问边，属国过居延”（《使至塞上》）的英雄式行为，并写过一些颇有质量的边塞诗，数量也有三十多首。“孰知不向边庭苦，纵死犹闻侠骨香”（《少年行》），何等雄迈？“大漠孤烟直，长河落日圆”，更是千古流传（《使至塞上》）。这只能看作是时代之赐了。这是一个奋发向上的时代，一个热气腾腾而使人热血沸腾的时代，一个外向的时代，一个由宫廷走上江山塞漠、由内心体验走向外部世界的时代，一个小桥流水人家与铁马秋风塞北合为一体，六合一统、四海为家的时代，一个诗、酒、山水、金戈铁马交响的时代。

葡萄美酒夜光杯，欲饮琵琶马上催，
醉卧沙场君莫笑，古来征战几人回。（王翰《凉州词》其一）

是悲怆，却也洒脱；是感叹，却更豪放。连战死沙场也是以美酒与音乐为伴，浪漫到了骨子里。

被称为“七绝圣手”的王昌龄（698—757？），写此类诗似更出色，请看《从军行七首》中的几首：

烽火城西百尺楼，黄昏独坐海风秋。
更吹羌笛关山月，无那金闺万里愁。（其一）

琵琶起舞换新声，总是关山旧别情。
撩乱边愁听不尽，高高秋月照长城。（其二）

青海长云暗雪山，孤城遥望玉门关。
黄沙百战穿金甲，不破楼兰终不还。（其四）

是的，从这些诗人的诗里，我们知道唐人的视野与胸怀。他们的世界是那么广大，那么高远，不仅是外延上的，而且是内涵上的：这世界是丰富的、多姿多彩的，主题复杂，形态多样，他们的内心世界也因此而充实，充实而广大。

王昌龄的七言绝句“无一篇不佳”（杨慎《升庵诗话》），在唐人中只有李白一人能称敌手。不论什么题材，不论何种情感，王昌龄都能用二十八字表达之，且曲曲折折又淋淋漓漓。以下的这一首，足抵一篇史论：

秦时明月汉时关，万里长征人未还。
但使龙城飞将在，不教胡马度阴山。（《出塞二首》其一）

时空交错。时间如风中流沙，掠过关塞；关塞之上，碧空中的那轮孤月，荒凉已久。可是啊，那万里长征的人仍未归来。我们好似那深闺中的栖栖惶惶、楚楚可怜的女子，从秦望到汉，从汉盼到唐，而伊人不归。边境千年，战氛难靖。种族要生存、要繁衍，文化要保持、要发展，我们的壮士万里戍边，一去不还。为什么民族与民族之间总是兵戎相见？总是“上疆场彼此弯弓月”？广袤的边塞，为什么总是“流遍了，郊原血”？总是“沙头空照征人骨”？为什么不能“不战而屈人之兵”，实现民族之间的相安？在一连串的疑问之后，几乎是应和着我们的期待——“但使龙城飞将在，不教胡马度阴山”——终于写出了这种愿望：对战争的厌倦，对弥漫着硝烟的人类历史的悲悯，对“和平”的祈祷。

王昌龄除了边塞诗外，还写了数量可观、质量上乘的描写女性的诗。他使那些美人的美永恒定格了。战争与女人，对男人而言是够刺激的题材，王昌龄是兴味盎然的。但好战而能归于和平，好色而能归于怜惜，王昌龄终于是一个有境界、有高格的男性诗人。

唐代薛用弱《集异记》卷二曾记有一则王昌龄与王之涣、高适“旗亭画壁”的故事：

开元中，诗人王昌龄、高适、王之涣齐名，共诣旗亭贳酒。忽有伶官十数人会宴，三人私约曰：“我辈各擅诗名，今观诸伶讴，若诗入歌辞多者为优。”俄一伶讴“寒雨连江夜入吴”，昌龄引手画壁曰：“一绝句。”又一伶讴“开箧泪沾臆”，适引手画壁曰：“一绝句。”寻又一伶讴“奉帚平明金殿开”，昌龄又画壁曰：“二绝句。”之涣因指诸妓中最佳者曰：“此子所唱，如非我诗，终身不敢与争衡矣。”须臾双鬟发声，则“黄河远上白云间”。之涣揶揄二子曰：“田舍奴，我岂妄哉？”因大谐笑，饮醉竟日。

这真是一个令人神往的时刻，这个时刻只能镶嵌在那个浪漫而明朗的时代。那是我们民族的春天。

王之涣（688—742），字季凌，《全唐诗》仅存他的诗六首，但据说他的诗多“歌从军，吟出塞”，是一个典型的边塞诗人。这“黄河远上白云间”，即是王之涣那首被誉为唐人绝句压卷之作的《凉州词》：

黄河远上白云间，一片孤城万仞山，
羌笛何须怨杨柳，春风不度玉门关。

绝句能写得风浪蕴藉，已是神品，而要写得气势磅礴，又从气势磅礴再转为幽深绵缈，实在是众多高手措手不及的。而这首绝句却做到了。唐代的诗人，创造了太多的神话。或者，我应该说，那个时代，孕产了太多的神话一样的诗人，他们使不可能变成了现实，使诗歌创作变成了神话的诞生。

王之涣更有名的可能是《登鹳雀楼》：

白日依山尽，黄河入海流，
欲穷千里目，更上一层楼。

日月不息，江河滔滔，天行健，君子以自强不息！这是唐人的日月，唐人的山河，唐人的眼光，唐人的精神！

唐人边塞诗的大家，首推高适（702？—765）与岑参（715—770）。高适的代表作是《燕歌行》，一首乐府旧题诗。高适，字达夫，他的个性确也有孔子所谓“无可无不可”式的通达，庄子的无是无非的随缘。他写诗，“多胸臆语”（《河岳英灵集》），“以气质自高”（《旧唐书·高适传》），“虽乏小巧，终是大才”（《吴礼部诗话》引时天彝评）。旧传说他年过五十才留意篇什，不知有什么根据，而据我们今天读到的他的作品，好诗则恰好都在五十岁之前，五十岁以后他官位渐高，好诗渐少，反没有什么值得称道的大作了。他的诗题材多样，边塞诗仅是其中的一个方面，但他以一首《燕歌行》而成了唐代边塞诗的领军人物，并与另一位纯粹的边塞诗人岑参并称“高岑”。

汉家烟尘在东北，汉将辞家破残贼。
男儿本自重横行，天子非常赐颜色。
摐金伐鼓下榆关，旌旆逶迤碣石间。
校尉羽书飞瀚海，单于猎火照狼山。
山川萧条极边土，胡骑凭陵杂风雨。
战士军前半死生，美人帐下犹歌舞。
大漠穷秋塞草腓，孤城落日斗兵稀。
身当恩遇恒轻敌，力尽关山未解围。
铁衣远戍辛勤久，玉箸应啼别离后。
少妇城南欲断肠，征人蓟北空回首。
边庭飘飖那可度，绝域苍茫更何有？
杀气三时作阵云，寒声一夜传刁斗。
相看白刃血纷纷，死节从来岂顾勋。
君不见沙场征战苦，至今犹忆李将军。

这诗作于开元二十六年，那时他虽然生活困顿，但毕竟正当三十五岁的壮盛之年，生命力旺盛而气质澎湃，有这样的气势滔滔的作品正当其时。此诗虽序曰为张守珪为契丹所败而作，但并不专咏一事，而是对那个时代边事的全面概括与反思。即此一点就可知高适的心胸之宽广与手眼之高卓。此诗揭示了几组矛盾——民族矛盾、将卒矛盾以及戍边士卒的内心矛盾（报国之志与思乡之情的矛盾）；刻画了一干人物——上至天子，中至将帅，下至士卒及闺妇；描摹了一串场景——出师之际，交战之间，边塞的生活风俗图与风景画。描绘时既粗犷又细致，抒情时有自豪有愤怒，议论时既雄壮又悲惋。苍凉深沉，雄健高亢，有直截了当的对比——“战士军前半死生，美人帐下犹歌舞”，怒形于色，有指桑骂槐的揶揄——“君不见沙场征战苦，至今犹忆李将军”，几乎把唐代边疆那些雄桀不可一世的强梁将帅一笔抹杀。当然高适写此诗时尚未依人为幕府，所以他能如此超然，如此平视那些赳赳武夫。到他后来依哥舒翰以后，他的腔调也就一变蔑视而为崇拜了。余恕诚先生把唐代边塞诗分为“战士之歌”与“军幕文士之歌”两类，盖高适在入幕之前所写的边塞诗为“战士之歌”，用战士之眼光抒战士之情感。而后期，则一文士——一有人身依附关系的文士耳。

高适的名作，还有作于四十八岁（天宝十载）的《封丘作》。这是最能体现他个人气质的作品，艺术上也很圆熟，叙述式的赋体，应是他最拿手的，最能体现其浑灏流转、磊磊落落的个人气质。他的送别诗颇有特色，人人熟知的送别董庭兰的《别董大》中的名句“莫愁前路无知己，天下谁人不识君”，正是他性格中旷达一面的典型体现：“不愁前路”。他半生蹉跎，一事无成，却从来没有焦虑，这真是一个有着特别心志与气质的人物。这样的人物，也是那个时代的特产吧。而那个时代也没有亏待他，他的人生之路在后半生终于柳暗花明，在年近五十时“豁然开朗”，直接坐到了部长级的宝座。“有唐已（以）来，诗人之达者，唯适而已”（《旧唐书·高适传》）。庄子说“嗜欲深者，其天机浅”，像高适这样无可无不可的人物（他甚至求丐自给也不以为意），正是天机深者。且看他的《送别》：

> 昨夜离心正郁陶，三更白露西风高。
> 萤飞木落何淅沥，此时梦见西归客。
> 曙钟寥亮三四声，东邻嘶马使人惊。
> 揽衣出户一相送，唯见归云纵复横。

《唐诗解》卷十六析此诗曰：“此叙不忍别之情。夫念离而忧，思深如梦，候钟而起，闻马而惊，当未别之时已不胜情矣，况既别之后所见为归云，能无惆怅乎？”但此诗最让人难忘的还是从中体现出来的高适个人的性情，他“离心郁陶”之时，仍然那么洒脱奔放，不粘不滞。“揽衣出户一相送”，我们看到的是潇洒俊爽，是豪放旷达，拎得起，放得下，似乎缠绵难断，却又似一丝不挂。似乎浓于酒，却又似乎淡如水。他的情怀中，真是无小儿女态。

与高适齐名的岑参，若就边塞诗而言，其成绩应在高适之上，他是属于余恕诚先生分类中“军幕文士之歌”中的最典型代表。就其自身情感特征及文体风格言，他与李白很相似，只是他尚有藩篱，尚有规矩，尚有分寸，不像李白那样无法无天，没大没小。岑参若再狂放一些，比如酒量再大一些，酒后大言狂言再多一些，再不着边际一些，眼界再广一些，再眼高于顶、目中无人一些，气量再大一些，性情再真实一些，他就是李白了。但这都不可能，李白的出身与他的出身差异很大，李白的狂放豪奢有其家庭物质基础，而岑参少年丧父，靠自己勤奋出人头地。所以李白一生只求事业，只求所谓建功立业，而不知产业家业；而岑参则把功成名就与改变“贫贱”联系在一起，“花门楼前见秋草，岂能贫贱相看老”（《凉州馆中与诸判官夜集》）与李白的“天生我材必有用，千金散尽还复来”（《将进酒》）是有不同的追求取向的。盖李白的志向为实现人生价值，完成自身的最大发展；而岑参的志向则与改变自己的生活状况与社会地位紧密相连，所以，岑参在幕府不免谀主，有小鸟依人之态；而李白则视万乘亦若僚友，“天子呼来不上船，自称臣是酒中仙”，此则岑参万不及李白处。

但若以诗言，岑参自有自己的特色与贡献，他的天性中，最特殊的一点是“好奇”。杜甫《渼陂行》说“岑参兄弟皆好奇”，好奇的人往往也好炫耀，他就是这样的人，他把边塞的艰苦化为“奇”，再以炫耀的口吻向人道出：

北风卷地白草折，胡天八月即飞雪。
忽如一夜春风来，千树万树梨花开。
散入珠帘湿罗幕，狐裘不暖锦衾薄。
将军角弓不得控，都护铁衣冷难着。
瀚海阑干百丈冰，愁云惨淡万里凝。
中军置酒饮归客，胡琴琵琶与羌笛。
纷纷暮雪下辕门，风掣红旗冻不翻。
轮台东门送君去，去时雪满天山路。
山回路转不见君，雪上空留马行处。

《白雪歌送武判官归京》写雪，写寒，写送别，《走马川行奉送出师西征》写风，写寒，写战争，都不是厌恶与悲伤，而是惊奇与惊喜，也因此才有那有名的梨花之喻。白雪天山，荒凉奇寒，在岑参心中，不是一大心病，而是一大骄傲！他的内心里，为自己设定的潜在读者，一定是内地之人，未有出塞经验之人，他在向他们炫耀：这边塞的种种奇观，种种怪异，种种神奇；边塞将士们的种种伟大，种种艰苦，种种卓绝，种种浪漫与豪情，种种侠骨与柔肠。他的潜台词是：这一切发生在边荒的人生风景，你们知道吗？他在向他们宣告：我来了，我看见了！

岑参的诗，正是以他亲身经历为素材，也让我们“看见了”。

兴高而采烈

李白，就其人生理想来说，是失败而不幸的，这从他那临终之作、悲怆绝望的《临路歌》中可以看出。但就其生命过程及每一个当下生存状态来说，则是生动活泼、生龙活虎、浓墨重彩、寻欢作乐的。也就是说，他的生命过程，实在是快快活活的，随心适意，肆意为欢。用他自己的话说是“人生得意须尽欢，莫使金樽空对月”，其实呢，他是在“得意”时尽欢，在不“得意”时创造“得意”也要尽欢。“人生在世不称意”时，他不也一样“对此可以酣高楼”？这个“此”，不过就是谢朓楼上极目所见之景罢了。他是“平生不下泪”的，虽然偶然“于此泣无穷”，但只是一瞬间，他永远如同一个孩子，脸上还挂着泪珠，却已在那里兴高采烈了。对了，李白的人生，是兴高采烈的；他的诗文，亦是兴高采烈的——他永远有“高”的兴致，所以他也就有了那么“烈”的文采。

在中国这样一个有着“忧患”传统的文学历史中，找到李白这样一个人实在不容易，他是一个另类，但这是多么伟大的一个另类啊！他从不作严肃状，不作忧心忡忡状，不作忠臣孝子态。对仁义礼智信，他不反感，却也不挂作招牌。他嘲鲁叟，笑孔丘，他视万乘若僚友，合则共事，不合则去。他不拘检而纵逸，不小心而大意。他“华而不实，好事喜名，而不知义理之所在。语用兵，则先登陷阵不以为难；语游侠，则白昼杀人不以为非”（苏辙《诗病五事》）。他大谈政治，却似纵横家；谈军事，却是书生倜傥之论。看他“但用东山谢安石，为君谈笑静胡沙”“指挥戎虏坐琼筵”“南风一扫胡尘静”（《永王东巡歌》），令人掩口胡卢而笑，但这不是耻笑，我们是觉得他可爱。他那么自信自大，把自己的政治热情与政治理想当成了政治才能，把自己个人发展的欲望当成自己的实际才干，天真也好，幼稚也罢，总之是坦荡磊落，大言不惭。像他这样毫无心机的人，为什么不让人喜爱？他的人生是艺术的人生，正如杜甫的人生是政治的人生。李白把政治、军事都弄成了诗歌艺术了，又正如杜甫把诗歌写成了政治批评，如果我们不得不向杜甫表示尊敬，那我们更不能不打心眼里喜欢李白。

李白是一个彻头彻尾的享乐主义者，他把自己的生命，一用作自我实现，二用作寻欢作乐。用作自我实现，须借助世俗权力，但他一挫于玄宗，二惑于永王，直至被肃宗流放——顺便调侃他一句：他流放的地方亦是以“自大”出名的夜郎——只能归之于失败。而用作寻欢作乐，则只需要自己有一颗为乐之心，一颗无拘无束、无所凭依的自由心灵。理想的破灭，上进之路的被堵死，不但不使他心绪颓败，反倒给了他寻欢作乐以足够的道德支持。我们看他的《将进酒》：

君不见黄河之水天上来，奔流到海不复回。
君不见高堂明镜悲白发，朝如青丝暮成雪。
人生得意须尽欢，莫使金樽空对月。
天生我材必有用，千金散尽还复来。
烹羊宰牛且为乐，会须一饮三百杯。

岑夫子，丹丘生，将进酒，杯莫停。
与君歌一曲，请君为我侧耳听。
钟鼓馔玉不足贵，但愿长醉不愿醒。
古来圣贤皆寂寞，惟有饮者留其名。
陈王昔时宴平乐，斗酒十千恣欢谑。
主人何为言少钱，径须沽取对君酌。
五花马，千金裘，呼儿将出换美酒，
与尔同销万古愁。

此时的李白哪里有什么“得意”？但他仍自以为得意，仍要“尽欢”，我用“寻欢作乐”来形容李白的生活态度，证据就在这首诗里。你看他说的“烹羊宰牛且为乐”，注意“乐”是“为”出来的，而且要代价：不仅要羊、牛，且还要烹、宰，五花马、千金裘也要搭上。人生本苦，苦中作乐，诚为不易！

全诗由悲（悲白发）到欢（尽欢）到乐（为乐），渐入狂放，渐入愤激。欢而且谑，并且是恣意为之。人生悲苦的底色太浓，不如此肆意涂抹，如何盖得过？在一番狂欢放荡之后，突然的一句：与尔同销万古愁！猛然收束，令人惊愕，令人顿悟：原来这一切，都不过是为了消愁，且是万古之愁，何其深重，何其积重难返！此时我们才想起开头的那两个气势磅礴的长句，原来他早已把生命短暂的“惊心动魄”的真相，作为他人生的前提。

夫天地者，万物之逆旅也；光阴者，百代之过客也。而浮生若梦，为欢几何？古人秉烛夜游，良有以也。况阳春召我以烟景，大块假我以文章。……开琼筵以坐花，飞羽觞而醉月。不有佳咏，何伸雅怀？……（《春夜宴从弟桃花园序》）

"天地不仁，以万物为刍狗。"（老子）但，另一方面，又给我们以丰富的馈赠："阳春召我以烟景，大块假我以文章。"况"造化钟神秀"，像李白这样的"神秀"、杰出之士，生命历程定不寂寞，定不枯燥，定不索然寡味。是的，这人生固然如梦如烟，固然"为欢几何"，但我们仍可以活得开开心心，活得热热烈烈，活得浓墨重彩，活得有滋有味。我们可以在花丛中开琼筵，可以在朗月下飞羽觞——李白早告诉了我们："清风明月不用一钱买，玉山自倒非人推。"……好的，我们就来看看他的《襄阳歌》吧——

落日欲没岘山西，倒著接䍦花下迷。
襄阳小儿齐拍手，拦街争唱《白铜鞮》。
傍人借问笑何事，笑杀山翁醉似泥。
鸬鹚杓，鹦鹉杯。
百年三万六千日，一日须倾三百杯。
……

这样的诗，真令我们心花怒放。这是一种彻底的享乐主义，享乐得如此心安理得，如此张扬而大放厥词，不仅自己沾沾自喜，洋洋自得，而且对别人津津乐道，眉飞色舞。"百年三万六千日，一日须倾三百杯"，直把人生的所有时光，人生的所有追求与价值，都与"酒"——这一享乐的代表——连在一起，而且还大有舍此岂有他哉的味道。古来圣贤，归于寂寞；功名富贵，归于烟灭。羊公善政美名，遗忘于人心；襄王云雨风流，淘尽于江流。没有永恒，没有明天，只有当下欢乐，千秋万岁名，不如即时一杯酒。若分析这首诗的构成元素，大约有三分癫狂，三分嘲弄，三分玩世，再加一份沾沾自喜，自我欣赏。他甚至说出"舒州杓，力士铛，李白与尔同死生"的话来，真让人跌足长叹！

读这样的诗，若不被感染得意气横生，不能被激发出对生命的热烈的爱，反而蹙眉作“道德”状，说李白消极享乐，真是该死！

杜甫曾疑惑李白：“纵饮狂歌空度日，飞扬跋扈为谁雄？”不为谁，就为了他自己这副可爱德性。他天生才雄，天生狂放，天生好酒量、好诗才，天生一副寻欢作乐的脾气与福气，他要“兴酣落笔摇五岳，诗成啸傲凌沧洲”（《江上吟》），我们有什么办法？

为了不受约束地逞才尽性，他最喜欢的体裁是那不论句式、不论篇幅长短的古风与歌行（实际上，古风与歌行在体制上并无明显区别）。但另一方面，也许是为了有意识地控制自己的天才和络绎奔会、应接不暇的灵感，李白在诗歌形式上给自己设置了一些障碍和顿挫。他有意识地通过句式的变幻拗断那过度的流畅，一诗之中，四言、五言、七言交错出现。他可能想通过变换步幅与节奏来增加拗折。有时，在流风回雪、轻便婉转之中，在美女肌肤一般的润滑之后，突兀地横在我们面前的，是散文化的句子，突然地增加了顿挫与语言的骨感，然后又是绸缎一般的流畅，水银一般地轻泻，这般倏忽变换，仍能气脉流畅。我们看他的《灞陵行送别》：

送君灞陵亭，灞水流浩浩。
上有无花之古树，下有伤心之春草。
我向秦人问路歧，云是王粲南登之古道。
古道连绵走西京，紫阙落日浮云生。
正当今夕断肠处，骊歌愁绝不忍听。

有时，他还在一派流畅之中，突然出现一个单句，故意打破平衡，或对上文起急收作用，或让我们的阅读期待猛地顿住，如勒奔马，如断急流。如此顿宕，就避免了平滑。一味流畅则易入于“滑”，一味阻滞则易显得“涩”。李白诗不滑不涩，流畅而顿宕，充满了张力与弹性。我们见杜甫在沉郁中有顿挫，不可不知李白在轻便中亦有顿挫。沉郁而顿挫，是同质相成；轻便而顿挫，则是相反而相成，尤为难得。

李白有直透人生悲剧本质的大本领，所以他的诗总是能由具体与个别而直达抽象与一般，以形象的语言表达抽象的人生感悟。他花天酒地，欢天喜地，一派繁华：可就在这一派似锦繁华之中，在洒脱无待、一丝不挂、一意孤行、一往无前之时，他又那么一往情深，他时时陷入悲凉之中而一往不复——

青天有月来几时？我今停杯一问之。
人攀明月不可得，月行却与人相随。
皎如飞镜临丹阙，绿烟灭尽清辉发。
但见宵从海上来，宁知晓向云间没。
白兔捣药秋复春，嫦娥孤栖与谁邻？
今人不见古时月，今月曾经照古人。
古人今人若流水，共看明月皆如此。
唯愿当歌对酒时，月光长照金樽里。
（《把酒问月·故人贾淳令予问之》）

苏东坡式的彻骨悲凉与自我安抚，已遥伏在李白的语言花丛之中。

大凡天才，内心中总有一种不可名状的悲凉。这悲凉大约来自天才智力上的穿透力：穿透了一切繁华表象，看到了生命那悲哀的核。

一个人如何成为诗圣

李白使诗歌变成神曲，而杜甫使诗歌成为人歌。李白总是往一般化、抽象化上靠，而杜甫则总往具体化、形象化上靠。读李白的诗，使我们感受到人生宇宙之中的莫名大寂寞；而读杜甫诗，则使我们颇感身处人间的种种具体的烦恼——不论这烦恼有多大，由于是具体的苦难与不幸，相对于那种生命本质上的苦痛，它是在质上为小的。是的，李白总是大鹏一般，精神遨游天上；而杜甫则时时注目人间，他为那些声声入耳的悲声和丝丝入目的苦形所牵挂、所苦恼，忧心忡忡，而又不知所措。

与李白对具体的人事不感兴趣正相反，杜甫则对日常生活中的悲欢离合倾注了极大的关注与关心，这可能正是他人格上日臻于圣人境界的途径，圣人就是“即凡而圣”的。一部《论语》，其中多少哲理，全来自日常生活的观察，孔子的学问，其最值得我们尊敬的也即在此——人伦之圣孔子和诗歌之圣杜甫，其精神特质及升华之途径，确有同构之处。非常有意思的是杜甫在面对日常生活中的悲欢离合时，他选择的不是感慨，这一点他与李白正相反，李白总是把日常生活中的事件看成是人生悲剧的一个例证而发出感叹，并使之成为诗的主体，而杜甫是描述。他的诗甚至因此变得有些琐屑，而这正是他的特色，不仅是他的诗歌艺术的特色，而且是他思维的特征，我们正是因此，又把他的诗称为“诗史”——他是记录的、描述的、客观的，正如他在《石壕吏》中所表现的那样，不，像他在整个“三吏三别”、整个安史之乱之际所写的那一类诗一样，全是叙述，而且细节摹写生动，人物音容笑貌刻画生动。他甚至因此被后人称为一个袖手旁观者，冷漠无情，殊不知这正是他诗歌的特色，他要保持客观与冷静，他要不介入，从而使事件正常地发生发展，不因干扰而改变方向，从而有真实可信的结果。这时候，面对对象，他更像一个科学工作者，而不像一个易激动的诗人。

看李白沉湎于酒的境界，真像一个酒神。但有意思的是，他酒醉之后倒不是与别人打成一片，醉成一团，撕扯不开，而是心游万仞。他此时的眼光是向上的，看到的是长风万里送秋雁，想到的是欲上青天揽明月，而不是与人纠缠。他醉后倒似乎更有洞彻力，更有穿透力。他的醉眼似乎更冷峻，更把一切不屑。

杜甫则是冷静的，这是指他的客观判断力。若论及他的主观态度，更常常是冷峻，一种冰冷的、严厉的、难以靠拢的精神形式。他写过《饮中八仙歌》，我们该知道，这是醒者的诗——只有醒者，才能如此细致地观察——不，观赏。他就这样八人皆醉我独醒地观赏他们，描摹他们的醉态，并对他们发出由衷的赞美，他暗中很羡慕他们的境界，但他注定是另一种人。他的良心太敏感，因而时时被惊醒，或者被痛醒，不大能在醉态中酣睡。杜甫也是饮酒的，但他写醉酒很少，他是在冷静时写作的，他的作品出自他的理智，以及他仁爱的内心，不像李白那样出自澎湃而不可抑制的热情与激情，他的大作品《自京赴奉先县咏怀五百字》《北征》等，其推进展开，不是热情的蔓延，而是事件过程的自然发展。前人早就正确地区分过李白的《经乱离后天恩流夜郎忆旧游书怀赠江夏韦太守良宰》为“书体”，而杜甫《北征》为“记体”(清陈仅《竹林问答》)。所谓“书体”，乃议论；而“记体”，乃叙事。同为长篇，李白为长篇大议论，杜甫为长篇大事记。

李白总是把个人的遭际纵向地上升到人生，杜甫则总是把一己的不幸横向地联系到社会。所以李白更像一个哲学家，杜甫则是一个政治评论家，他的诗更像是社会评论。李白是对人生感怀万端、情不能已的，而杜甫则是对社会苦难愤慨不平、唏嘘不已。如果要控诉这人间的罪恶，那么，李白可能是滔滔不绝的公诉人，而杜甫则是目击证人。他发誓他在现场，他所说的一切都是真实发生的。

所以李白的大本领是议论，虽然他并不愿多动脑筋思考，但“斗酒诗百篇”的他要发议论，而且是不着实际社会边际的议论，他总能思如泉涌，妙语连珠，且让我们随之手之舞之，足之蹈之。而杜甫的大本领是描摹与叙述，他描摹的功夫在自来诗人中可称第一。我们知道中国古代诗歌多为抒情诗，叙述与描摹在这类诗歌中只是点缀与补充，从而这种功能因久被闲置而几乎废殆。但在杜甫的诗中，无论叙场景的描摹(如《羌村三首》)，还是写风景的描摹，甚至写心理的描摹，他都能“使笔如画”。他天生一双仁慈的眼光，天生一双善于捕捉细屑的眼光，他常在细枝末节中发现大问题，他常被细小的情节感动。他就把它们描摹下来，不是花很多笔墨，而是用经济却传神的笔墨。

李白是破坏的力量，杜甫是建设的力量。李白代表那种冲决一切束缚的、向往自由的、蓬勃发展的精神，而杜甫则代表那种建立规矩、遵从规范的纪律。李白古风、乐府最好——这是说，他在这种体裁中的好诗最多，而不是说他擅长或不擅长哪种诗体——事实上，李白哪种诗体都能玩得转，玩得绝。谁能说他的五、七言律、绝不行？我们只能说他更喜欢用哪种方式来抒发他那不羁之情——对了，因为他的情是“不羁”的，所以，他爱用古风，因为古风在形式上是最少约束的，除了一般性的押韵和节奏，其他都可模糊。李白的天性是“君子善假于物”，在他眼里，那么多诗体，简直是宇宙之间丰盛的大餐，他只取来饕餮、享用，他可不想去烹饪。而杜甫则如同一个孜孜不倦探求烹饪技术的厨师，他不停地在那里试验新的配方与配料，讲究火候与色香味，所以他是诗体的大师，他几乎在各种诗体上都做过勤奋试验，元稹说他是“尽得古今之体势，而兼人人之所独专”，可能稍有溢美，但基本情形却也差不多。

当然，杜甫取得的最大成绩，我以为还在七律上。他的《秋兴八首》真是极锤炼之功。情感的沉郁和音节的顿挫，内涵的丰富复杂与语言的歧义模糊，思虑的滞涩艰深与用词的沉重黏稠，诸如此类，密不可分地结合在一起，真让人有体用不二之叹。也许他的一些杰出的单篇会受到挑战，但他的这八首组诗则是文学史上空前绝后的交响乐，它们源自杜甫圣人般忧患重重的慈悲胸怀，这是一种境界，是人格修炼的结果，不仅仅是诗艺上的琢磨。

玉露凋伤枫树林，巫山巫峡气萧森。
江间波浪兼天涌，塞上风云接地阴。
丛菊两开他日泪，孤舟一系故园心。
寒衣处处催刀尺，白帝城高急暮砧。（其一）

闻道长安似弈棋，百年世事不胜悲。
王侯第宅皆新主，文武衣冠异昔时。
直北关山金鼓振，征西车马羽书驰。
鱼龙寂寞秋江冷，故国平居有所思。（其四）

瞿塘峡口曲江头，万里风烟接素秋。

花萼夹城通御气，芙蓉小苑入边愁。
珠帘绣柱围黄鹄，锦缆牙樯起白鸥。
回首可怜歌舞地，秦中自古帝王州。（其六）

以下则是被胡应麟《诗薮》称为“精光万丈”，推为“古今七言律之冠”的《登高》：

风急天高猿啸哀，渚清沙白鸟飞回。
无边落木萧萧下，不尽长江滚滚来。
万里悲秋常作客，百年多病独登台。
艰难苦恨繁霜鬓，潦倒新停浊酒杯。

季节之秋和生命之暮在夔州重阳节重叠了。前四句写季节之秋，写登高远望中所见秋景，而“无边落木萧萧下”中也有生命之叶正在凋落的悲凉，随着“不尽长江滚滚来”的，也正是那无边无际、不可断绝的忧愁。后四句视线收回自身：羁旅之意，思乡之情，迟暮之感，多病之忧……罗大经《鹤林玉露》说“万里悲秋常作客，百年多病独登台”二句，是“十四字之间，含有八意”，这种紧凑、凝练、丰富与复杂，正是老杜晚年艰难苦恨、百忧丛集在艺术上的体现。

杜甫有很“俗”的一面。比如他可以在长安“朝扣富儿门，暮随肥马尘”（《奉赠韦左丞丈二十二韵》），可以在成都毫不惭愧地靠老朋友如高适等人接济，如果对方忘了，他可以主动催要（《因崔五侍御寄高彭州一绝》），希望他们来“救急难”。他可以进三大赋以求用：一边自诩“窃比稷与契”（《自京赴奉先县咏怀五百字》），且要“致君尧舜上，再使风俗淳”（《奉赠韦左丞丈二十二韵》），一边却又可以毫无羞耻地自比古代文学弄臣枚皋、扬雄，一再恳求玄宗“哀怜”（《进〈雕赋〉表》）。

可能因为他一生在经济上不能潇洒，在政治上不能得志，影响到他人格上的拘谨与一丝委琐。这种庸俗的一面，与他“诗圣”的“圣”的一面（此“圣”乃指他精神上伟大的博爱与推己及人的慈悲）似乎很不和谐，但却如此真实地出现在一个人身上。事实可能正是因为杜甫自己对生活的艰辛与种种尴尬有切身的体验，他才能体谅他人的苦难与辛酸。这可能正是杜甫由凡入圣、由俗入圣的逻辑之路。

长安花

唐德宗贞元十二年（796），四十六岁的苦吟诗人孟郊终于考中了进士。

昔日龌龊不足夸，今朝放荡思无涯。

春风得意马蹄疾，一日看尽长安花。(《登科后》)

你看他的那股张狂劲。可是，这已是“秋风生渭水，落叶满长安”的季节了，在这暮气重重的长安，还能有什么娇艳的花呢？

我曾写过两则短短的《晚唐轶事》，其中第二则是这样写的：

渭水不竭，泾水不竭。几番泾以渭浊，几番渭以泾浊，秋风便郁郁地吹来了。

有消息说杜甫死于洞庭了。代宗有些悲哀，望望殿前乌柏之秋声，有人报御餐备好了。

傍晚，长安大道黄叶堆积。几个斗鸡童子在树下玩耍。几个白头宫女坐于阶前，闲说玄宗之玉液池，闲说玄宗之蜀道。而贵妃的马嵬只有孤月伴寐了。

在李白长啸出城之垭口，李商隐骑马踟蹰而来，似乎有些落魄。杜牧在扬州很久没有消息了。老孟郊却张狂地一日看尽小巷女儿躲闪之花容。

贺知章金龟换酒处，店家易主。王之涣赌唱之旗亭中，伎女云散。他们拍拍肩膀，浊酒一杯，无声地默望终南山遥远的余雪，城中暮寒更深了。

这是关于中晚唐的一些错综印象的断片。我只是想写出我的伤感，写出那种人生的寒凉。一个伟大的时代演完了它的辉煌，关上了它的大门，繁华远逝，功业不再，雄心衰颓。那些后来者、迟到者只能坐在紧锁的时代大门外，叹息。

可是，长安，曾经是有过花的，在那迷人的夏季。那是人类历史上最鲜艳的花朵之一，与爱情、艺术，甚至一些撩人的绯闻纠缠在一起。

当然，这已不是被苏轼讥为“寒”、被元遗山嘲为“囚”的孟郊所能见到的了，花已经开过，并且在他四岁时就已凋落尘埃了。

连最风流倜傥、轻薄无行的采花高手元稹，都只能隔着时代叹息。元和十三年（818），元稹写下了他一生中最重要的诗作：《连昌宫词》。他这样无限向往、可怜巴巴地向六十多年前的长安眺望聆听：

上皇正在望仙楼，太真同凭阑干立。
楼上楼前尽珠翠，炫转荧煌照天地。
……
初届寒食一百六，店舍无烟宫树绿。
夜半月高弦索鸣，贺老琵琶定场屋。

力士传呼觅念奴，念奴潜伴诸郎宿。
须臾觅得又连催，特敕街中许燃烛。
春娇满眼睡红绡，掠削云鬟旋装束。
飞上九天歌一声，二十五郎吹管篴。
逡巡大遍凉州彻，色色龟兹轰录续。
李谟压笛傍宫墙，偷得新翻数般曲。
平明大驾发行宫，万人歌舞途路中。
百官队仗避岐薛，杨氏诸姨车斗风。
……

原谅我引得这么多。不这么着见不出那盛大的场面与气氛。读卢照邻的《长安古意》，在那生龙活虎般的律动里，我们见得出那人生欲望的骄躁；读杜甫《忆昔》其二，在那长吁短叹的口气中，我们见得出那物质世界的丰盈；而读元稹的这首《连昌宫词》，在那无限艳羡和企望的心理中，我们见得出艺术世界的华美。长安！你可不就是后人想象中的天堂？

这三人中，卢照邻愤世嫉俗，又患有人见人怕的麻风病，他命定被关在天堂之外。杜甫生性严肃，爱给自己找一些沉重的东西背在肩上，即使在天堂（三人中也只有他赶上了那好时光），他也是天堂中怨声载道的清洁工。只有元稹，你看他那沾沾自喜，你看他那轻薄无行，你看他那风流倜傥、诗才敏捷、好出风头、享乐主义……他最该在天堂中！可他晚到了。他出生时，盛唐都已过去四分之一世纪了，到他写这首《连昌宫词》时，已是六十多年——一个花甲之年过去了。他只能恻然地眺望与感伤，在追忆与想象中做一回白日之梦。

这是一连串有关长安与音乐的神奇传说。六十多年了，这传说愈发扑朔迷离，如梦如烟，似真似幻，此情可待成追忆，只是当时已惘然。

我发现，盛唐以后的中晚唐诗人，除了心性极坚韧极冷酷极道学如韩愈等少数人外，大都有梦呓的特征。他们是否还有梦游的毛病？能在梦中游回那让他们魂牵梦萦、“中心藏之，何日忘之”的盛世长安吗？现在，且让我们与元稹同做一梦，在梦中回到六十多年前的盛唐去——

玄宗在宫楼下大宴士民已多日了。场面越来越热烈，人情越来越激动，歌吹弹唱，起坐喧哗，醒者闹，醉者叫，连琵琶演奏大师贺老（怀智）华美动人的琵琶演奏都没人要听了，负责场面程序的严安之、韦黄裳已经束手无策，只能报以苦笑。玄宗叫来高力士，耳语几句，但见高力士大声喊道：“现在我们请念奴唱歌，让二十五郎邠王李承宁吹笛伴奏，你们要听吗？”场面果然顿时安静下来，玄宗与贵妃一笑。大家都在等着美丽的女歌手念奴出场，可念奴在哪里？高力士满头大汗，大声呼找，台下有人起哄：“念奴大概正偷偷陪着御林军中的那些英俊少年睡觉吧？”全场粲然。终于找到了念奴姑娘，她正轻笼薄翼般的红绡睡觉呢！一听满场都在等她，她轻拢乱鬓、略施粉黛，很快就打扮好了。在寒食节禁烟火时，玄宗特许在大街上燃起蜡烛，给念奴姑娘照路。念奴赶到了，飞一般飘落宫楼之上，对着台下热烈的场面，轻启朱唇，美妙的音符飞翔在长安城的夜空……

在二十五郎的笛声伴奏下，念奴姑娘唱了一曲又一曲，唱完了一整套的凉州大曲，又尽情地唱起了龟兹音乐，边歌边舞，歌声婉转轻妙，舞姿翩翩若仙，观众如痴如醉，如癫如狂……

夜深了，意犹未尽的玄宗带着几个随从在大街上漫步。一家小酒馆里传出美妙的笛声，玄宗一听，大惊失色：这不是我昨晚在上阳宫才谱出的新曲吗？原来，当玄宗在上阳宫揣摸推敲新曲时，一个叫李谟的吹笛少年正在天泽桥上赏月，听到宫中度曲，就悄悄记下了曲谱……

第二天，天一亮，玄宗的大驾从行宫出发，他看到了这样一幕盛世场景：万人鼓舞途路中……

这是一个艺术的时代。这时代的两个领头人物是杨玉环和李隆基。不仅他们两人都是艺术大师与艺术鉴赏大师，而且，他们几乎凭着血缘关系就能聚集一个顶尖的艺术沙龙：贵妃的姐妹们一个个如花似玉，歌美舞妙；玄宗的兄弟们一个个擅长乐器，英俊潇洒。女人美丽又多情，男人风流而多才。这是一个怎样让人心仪的时代呵！

杨玉环把一个政治的、军事的、道德的唐朝变成了艺术的唐朝，一个音乐、歌舞、游戏的唐朝。开元二十八年（740）十月，玄宗第一次见到她，她以儿媳的身份给玄宗进奏《霓裳羽衣曲》，舞姿翩翩。从此，《秦王破阵乐》的时代过去了。她把玄宗由庙堂引进了床帏和梨园，把大唐引进了艺术的天国。

除了贺怀智、念奴、二十五郎、李谟外，还有一些人物也必须提到。

首先是李龟年与李白。他俩合作完成了乐府新声《清平调》三首，李白作词，李龟年配乐并亲自演唱，歌词是献给这时代最美的女人的，歌颂她的绝世风采。

韦濬《松窗杂录》这样记叙这件盛事：

> 开元中，禁中初重木芍药，即今牡丹也……会花方繁开，上乘照夜白（马名），太真妃以步辇从。……李龟年以歌擅一时之名，手捧檀板，押众乐前，将歌之。上曰："赏名花，对妃子，焉用旧乐词为？"遂命李龟年持金花笺，宣赐翰林供奉李白立进《清平调辞》三章。白欣然承旨，犹若宿酲未解，因援笔赋之。……龟年以遽辞进，上命梨园弟子约略调抚丝竹，遂促延年以歌。太真妃持玻璃七宝盏，酌西凉州蒲桃酒，笑领歌意甚厚。……

名花，美女，一曲新辞酒一杯。

最美丽而灵慧的女人，最伟大而风流的君王，最杰出的音乐家，最浪漫的天才诗人。啊！仅这四人，不就足以组成一个小小的天堂么！

名花倾国两相欢，长得君王带笑看。
解释春风无限恨，沉香亭北倚阑干。（李白《清平调》之三）

骊宫高处入青云，仙乐风飘处处闻。
缓歌慢舞凝丝竹，尽日君王看不足。（白居易《长恨歌》）

人生的无限忧愁都在这艺术氛围中被释解了。刚性的东西被软化了。玄宗在杨妃天使般的微笑与歌舞里，发现自己的内心原来这么柔软，这么脆弱，这么不堪一击而需要抚慰。他本来是何等人物？机智明智，冷静冷酷，铁腕铁血，诛灭韦氏集团，扫除太平公主，他何曾心软过？现在，他变成了一个与人为善、宽柔以教、不报无道的好老头儿。他越来越不像政治家，不像从前的他了，他越来越像艺术家，越来越像李后主。何意百炼钢，化为绕指柔！

多少文人诅咒杨妃，诅咒她带坏了玄宗。这些人真是很冬烘。他们不知道，只有在杨妃那里，玄宗才回到真正的人！才意识到人性！至少，他人性的丰富性，人性中可爱的一面、温柔的一面才得以发挥！

美人让我们温柔，蠢人让我们粗野。这世界多一个美人，我们就会多一份温柔；多一个蠢人，我们就会多一份粗鲁。美人往往是艺术家，喜欢玩一些恋爱游戏，惹出一些绯闻，让我们粲然又心醉，当然，有时也会玩得我们心碎，但我们仍然温柔，碎了也温柔。蠢人往往是道德家，爱搞一些政治的把戏，惹出我们的杀身之祸，或惹出我们的杀心，让我们愤然又心烦，甚至搞得我们全没了心智。如果我们很偏激，很狭隘，不大气，那是因为我们没福气碰见美人，却常常碰见蠢人。读中国的史书，我们就常常碰见蠢人在欺侮美人，如同流氓在拦路劫色，劫不成便毁她的容。而我们只能袖手旁观。上天保佑，让这类事少发生一些。

杨玉环对政治权力没有兴趣。这与此前此后有她一样地位的女人，如吕雉、武则天、韦皇后、西太后大不相同。她是一个纯粹的女人，她只要艺术与爱情两样。当然，她是一朵娇贵的花，艺术与爱情也是娇贵的花，都需要一个温室、一个花房，需要雨露的滋润和阳光的照拂。而玄宗、大唐王朝的宫廷恰好能提供这些。她命定只能生活在宫殿中而不能生活在山野，她需要绫罗绸缎来衬托她绝世的丰姿，但她不能亲自去浣纱。她不是西施。西施出苎罗山下，入吴宫，又跟范蠡泛五湖去了，她无所不可。而杨妃养在深闺，活在宫闱，如果让她出唐宫，只能香消玉殒。我们现在看是陈玄礼等人杀了她，其实是她逃不出命运的逻辑。我们谁能想象让她去经风雨，受冰霜？她是盛唐之花，渔阳鼙鼓敲响了盛唐的丧钟，她也只能如风中之烛，随风而逝。丧钟为谁而鸣？出奔的杨妃肯定已经听出不祥。

读杜甫的《丽人行》与《忆昔》，真是一副伧父面孔。敢情老杜在那热闹繁华的时代是什么也没沾上边，没有人在盛世大筵边给他一个座位、一双筷子——李白在宫廷中乘醉听箫鼓之时，他还在齐鲁那边远远地对着泰山发狠呢。等李白玩腻了，骂咧咧出了长安城，他才贸然而来，却毫无李白进城时的光荣与梦想，他只能是朝扣富儿门，暮逐肥马尘。残羹与冷炙，处处潜悲辛。在盛世，在艺术天国，竟也有这样凄凉的诗人。他那栖栖惶惶的样子，把个长安城都搞得人心惶惶，看他那倒霉样，就知道大唐要倒运塌台了。他没衣穿，没饭吃，没官做，老婆远在奉先县，久旷不室，又生性拘谨，不会风流，所以，他看美女，是只看见那堆金砌银的妆饰，与那混杂着嫉妒与欲望的肉感，全看不见风姿神韵。我们把他的《忆昔》与李白的《清平调》一比，就可知两人的格调。看盛世繁华，他也只看见那积案盈箱满仓满囤的大米白面——典型的饿汉心理，村学究见识。他饿怕了呵！把他的《丽人行》与元稹的

《连昌宫词》一比，就可知两人的眼界。他敢情是个实打实的现实主义者，把风流浪漫全让给了别人。唉！杜甫是个大诗人，但在很多时候，他十分缺乏艺术家的气质。如果他不是写出了一首《观公孙大娘弟子舞剑器行》，他对这个盛唐就要交白卷了：

昔有佳人公孙氏，一舞剑器动四方。
观者如山色沮丧，天地为之久低昂。
㸌如羿射九日落，矫如群帝骖龙翔。
来如雷霆收震怒，罢如江海凝清光。
……

开元五年（717），杜甫六岁，在郾城观看公孙大娘舞《剑器》《浑脱》舞。浏漓顿挫，独出冠时。五十年后，大历二年（767）十月十九日，饱经忧患、已走近人生尽头的杜甫在夔府别驾元持的官宅里，又惊又喜又悲地看到了一出似曾相识的剑器舞。一问，舞者是临颍李十二娘，公孙大娘的弟子。杜甫的眼泪夺眶而出。“五十年间似反掌”，他在李十二娘身上看到了当初公孙大娘的影子，又由公孙大娘而悲不自禁地想到了玄宗：

先帝侍女八千人，公孙剑器初第一。

又是一个与玄宗有关的风华绝代的佳人！

盛唐之时，有二美女，足可为盛唐的代表：一为公孙大娘，一为杨家玉环。公孙代表着盛唐的精神，杨妃代表着盛唐的生活。公孙代表着精神世界的飘逸，杨妃代表着现实生活的魅力。公孙似梅花，杨妃是牡丹。有此健全的精神又有此丰裕的生活，唐人幸甚至哉！此二女俱为玄宗所有，玄宗幸何如哉！而此二女又终弃玄宗而去，玄宗痛何如哉！

世间最美的形体，乃美人与书法。公孙大娘矫健的舞姿，还真的催生出一朵绚丽的书法之花——张旭的“狂草”。这个被称为“草圣”的张旭，其“狂极”，正如同公孙大娘之剑器舞。

《新唐书·文艺传》：

> 旭，苏州人，嗜酒，每大醉，呼叫狂走，乃下笔。或以头濡墨而书。既醒，自视以为神。

这“神”是从哪来的呢？

> 自言，始见公主担夫争道，又闻鼓吹而得笔法意，观倡公孙舞剑器而得其神。

书法本就是纸上的舞蹈。公孙大娘的舞魂剑气全落在张旭纸上了。

另外，杜甫诗歌的“沉郁顿挫”，不也得自公孙大娘的“浏漓顿挫”么？

公孙大娘与杨妃一样，都是艺术之神。

有一个胡人，也以他独特的方式，加入到这艺术沙龙里来。

安禄山，胡人，突厥巫女之子。性情残忍好斗，不断挑起边衅。可他一到歌舞升平的长安，面孔为之一变：呆头呆脑，憨诚可爱。

他肥胖异常，肚子特大，自言腹重三百斤。走路都需要有人搀扶，乘马须乘能驮得起五石土袋的健马，一般马会让他压趴下。鞍前还得另置一小鞍，专门来盛放他的肥肚。玄宗逗他玩，问他肚中何物？他也逗玄宗玩，答曰：更无余物，只有赤心。玄宗大笑。

奇怪的是，他挺着这样的大肚子，走路都难，但一跳起胡旋舞，却旋转自如，“其疾如风”。

天宝二年正月，他对玄宗说：“去年七月，营州境内出现了害虫，蚕食禾苗。臣焚香祝天说，臣若操心不正，事君不忠，愿使虫食臣心；若不负神祇，愿使虫子消散。忽然来了一群鸟，把个虫子吃光光。”

玄宗又笑。他未必不知道安禄山在说谎，但这还不是为了讨他的欢心？这片孝心还是挺可爱的。

他比杨妃大十八岁，却硬要装小撒娇，做她的养儿。每次入见，先拜杨妃再拜玄宗。问之，答曰：“胡人先母后父。”玄宗又粲然一乐。

天宝十年正月，安禄山生日，照例为母者要为儿沐浴。杨妃用锦绣做了大襁褓包着他，宫人用彩舆抬着他，戏谑欢呼，声彻内外，弄得玄宗都来看热闹，还赐洗儿钱。大家觉得他傻乎乎的可爱，把他当猴耍；他越发装得傻。他真是一个大艺术家，是政治艺术，阴谋艺术。

游戏该结束了。四年后，天宝十四年十一月八日，安禄山发动叛乱。

一开始，唐军还占了优势，把安禄山困在河南西部一隅之地，动弹不得。后来玄宗指挥失误，哥舒翰兵败降贼，潼关失守，长安门户洞开。玄宗只得仓皇奔蜀。

> 渔阳鼙鼓动地来，惊破霓裳羽衣曲。
> 九重城阙烟尘生，千乘万骑西南行。（《长恨歌》）

走到马嵬坡，流血事件发生了。扈驾的六军将士杀了杨国忠及其子杨暄，韩国夫人、秦国夫人也同时遇害。但他们仍不歇手，他们怕杨妃日后报复，他们要斩草除根。

> 六军不发无奈何，宛转蛾眉马前死。
> 花钿委地无人收，翠翘金雀玉搔头。
> 君王掩面救不得，回看血泪相和流。（同上）

不仅玄宗掩面，据说，听到杨妃死讯，安禄山在洛阳也为之洒泪。这个胡人有些性情，有些人的心肠，不像后来那些一脸道德的文人。

这个时代的花朵凋落了。

第二年，罪魁祸首安禄山死。死得很惨。“养子”逼死养母，他也被自己的儿子安庆绪买通宦官杀死，也算是老天有眼。宦官李猪儿手执大刀，乘安禄山熟睡，在他那大肚子上猛砍一刀。安禄山大叫，血与肠子流出数斗，死。

公孙大娘、张旭，大约也在这前后，辞世。

第七年，即762年，四月，玄宗死。冬，李白死。

在最后的六年里，玄宗只有回忆。

他从成都归来，即派人祭悼杨妃，又想把她改葬，被李辅国制止。他又密令宦官移葬，宦官掘开当初草草安葬的坟墓，尸首及裹尸的紫褥皆已朽坏，只有杨妃胸前紫绣香囊中还有一粒冰麝香，宦官交给玄宗，玄宗大哭，把它佩在胸前。

他让人图画贵妃的画像，把它挂在宫里，朝夕对之哀哭。

他的几个老臣亲信也被清洗：

高力士以“潜通逆党”罪，被远流巫州。

陈玄礼被勒令致仕（退休）。

他的妹妹玉真公主被迫出居玉真观。

旧时宫女、梨园弟子尽行遣散。肃宗另选后宫百余人，为他照料生活。

西宫南内多秋草，落叶满阶红不扫。
梨园弟子白发新，椒房阿监青娥老。
夕殿萤飞思悄然，孤灯挑尽未成眠。
迟迟钟鼓初长夜，耿耿星河欲曙天。
鸳鸯瓦冷霜华重，翡翠衾寒谁与共。（同上）

我们能熟悉这个世界，理解、接受这世界，热爱留恋这世界，乃是由于这熙熙攘攘的世界里有那么一两个人为我们所热爱，所不舍，所依恋。是他（她）们使这个世界看起来娇艳如花，体味起来温柔如梦，抚慰我们如春风，照临我们如秋月。一旦这一两个人去了，这一两个最疼我们并且也为我们所珍爱的人去了，我们只能如夏天的最后一朵玫瑰，或秋天一池萍碎中的残荷，这个世界已不适宜我们再待下去了……

宝应元年（762）四月，玄宗在无限的痛苦中死去，终获解脱。

这年冬，李白病势沉重，作《临路歌》而卒：

大鹏飞兮振八裔，中天摧兮力不济。
余风激兮万世，游扶桑兮挂石袂。
后人得之传此，仲尼亡兮谁为出涕？

又八年，历尽人生艰辛的杜甫死于江湘，也获解脱。

李龟年流落江南。与杜甫在大历五年（770），也就是杜甫生命的最后一年，在长沙相遇。我以为这是上天的安排，上天一样在为人间流泪。

岐王宅里寻常见，崔九堂前几度闻。
正是江南好风景，落花时节又逢君。（《江南逢李龟年》）

天荒了，地老了。花落了，人没了。李龟年晚年，每遇良辰胜景，为人唱数阕，座中闻之，莫不掩泣罢酒（《明皇杂录》）。

那一群风流人物中，天意让李龟年活到最后，让他为所有人唱最后的挽歌。

永州之野产异文

唐永贞元年（805）十一月，在极目一片肃杀之中，憔悴而惊恐的柳宗元向着“极南穷陋之区”的永州踟躕而来。

柳宗元（773—819），少精敏，于学问无不通达。贞元九年（793）二十一岁登进士第，二十五岁又中博学鸿辞科。曾做集贤殿书院正字、蓝田尉等职。永贞元年，唐顺宗即位，王叔文执政，奇其才，擢为礼部员外郎，成为王叔文、王伾的所谓“外党”，积极参与改革。“二王”在历史上的名声不佳，但这实在是因为“历史是胜利者写的”的原因。实际上，即便在新、旧《唐书》和《资治通鉴》中，二王虽然轻躁专权而遭人嫉恨，却弄权而不作恶。他们当权时的作为，大都是对国事有益而不是有害的。他们的这次革新是短命的。顺宗年初即位，至七月太子监国，仅六个月左右，且王叔文在六月已因母丧而去位，王伾失据，八月，即贬王伾开州司马、王叔文渝州司户，伾不久病死贬所，第二年，叔文赐死，而柳宗元、刘禹锡等亦“一斥毁终身”。过错如此轻微而处分如此严厉，唯求死灰不燃，实为有唐以来罕见。柳宗元在《与萧俛书》中说：

仆当时年三十三，甚少。自御史里行得礼部员外郎，超取显美，欲免世之求进者怪怒媢嫉，其可得乎？

永贞元年九月，柳宗元被贬邵州刺史，在赴邵州途中，因为“朝议”自员外郎贬为刺史“贬之太轻”，再贬永州司马。在此前后被贬的共有八人：柳宗元、韩泰、程异、韩晔、刘禹锡、陈谏、凌准、韦执谊。这是被王安石称为“天下之奇才”（《读柳子厚传》）的人才集团。那些在朝中“议论”的、怪怒媢嫉的、草菅人命的，是一些什么样的货色？！

柳宗元掉转方向，向永州而来。“俊杰廉悍”“踔厉风发”的柳宗元，为这六个月的得志，将付出一生的代价。当他在赴永州的途中蹉跎时，面对隆冬肃杀，他的内心，更是一片荒凉。

永州到了。这是多么荒凉、陌生的所在啊：

自余为僇人，居是州，恒惴栗。

这是他当时的处境与心境。处境：僇人，贬谪之人、罪人。心境：恐惧，忧谗畏讥。他不知道那些朝中的人还会加给他什么样的罪名与打击。王伾已病死贬所，王叔文已经被赐死。凌准、韦执谊亦相继死在贬所。风声鹤唳。危机四伏。朝不虑夕。如履薄冰。同时，我们注意“是州”这个词：这个州。用“是”来称谓永州，见出他对此州的陌生感、排斥感、疏离感。此词在此段最后再次出现：“以为凡是州之山水有异态者。”一种外来客的心态。

日与其徒上高山，入深林，穷回溪；幽泉怪石，无远不到。

这是焦虑心态的写照，一颗受伤的心灵来此僻壤，急切要寻找安慰。

> 到则披草而坐，倾壶而醉，醉则更相枕以卧，卧而梦。意有所极，梦亦同趣。

此处醉，不在酒，亦不在山水，而在心中难消之块垒。山水与酒，皆不足解其忧、浇其块垒。“意有所极，梦亦同趣”，意者，不平也，梦者，期待也。

> 觉而起，起而归。

前面“上高山，入深林，穷回溪”，何其大张其势，直欲寻一精神避难所。而结果则如此虎头蛇尾，冷清寂寥。何其失落、失望！这一“归”字，归于无聊赖也。

这些是他的名作“永州八记”第一记《始得西山宴游记》中描述自己到永州后处境与心境的文字，极其曲折丰富：处境之尴尬，心境之惨淡，山水之寥落，尽在笔下。但作者不甘心如此，乃寻乃求，而结果却总是失落与失望。永州永州！真柳宗元身之所不得不居而心之所迫切欲离者也！

身心矛盾要统一，主（自己）客（永州）距离要拉近。唯山水可以弥合此矛盾，拉近此关系，而那真能慰藉心灵的山水在何处？“凡是州之山水有异态者，皆我有也”，柳宗元怀着焦虑浮躁的心情，近乎神经质地搜寻奇山异水、幽泉怪石，搜寻了整整四年了！而结果皆失望！

> 今年九月二十八日，因坐法华西亭，望西山，始指异之。

他郑重地记下日期，一切将从此时重新开始。一座青山，一个迁客骚人，一篇《始得西山宴游记》，开始了中国散文史的新时代。

遂命仆过湘江，缘染溪，斫榛莽，焚茅茷，穷山之高而止。

仍是一如既往的迫切不耐之状，已失望多次了，此次如何？真是患得患失，近山情更怯——作者此时对永州的耐心已到了极点了，这次若再失望，则永州如何可居？贬谪生活的日月如何打发？

它果然不辜负诗人四年来的苦苦追寻，它高出尘世之上。当我们在它上面“攀援而登，箕踞而遨”时，我们发现：

凡数州之土壤，皆在衽席之下。……然后知是山之特立，不与培塿为类。

登西山之高而骋目，呼嘘大气，柳宗元只觉得：

悠悠乎与灏气俱，而莫得其涯；洋洋乎与造物者游，而不知其所穷。

这是孟子、庄子的境界。孟子的境界，乃正气在胸，浩然之气，充塞乎天地之间。庄子的境界，与造物者游，乘天地之正，御六气之辩，以游无穷。此句上承孟、庄，下启苏轼，东坡《前赤壁赋》之“浩浩乎如冯虚御风，而不知其所止；飘飘乎如遗世独立，羽化而登仙”即本于此。

引觞满酌，颓然就醉，不知日之入。

对照上文之“倾壶而醉”，可知此时柳宗元才有后来欧阳修在滁州的感觉：醉翁之意不在酒，在乎山水之间也。

> 苍然暮色，自远而至，至无所见，而犹不欲归。

对照上文“觉而起，起而归”，心境之不同，昭然若揭。

> 心凝形释，与万化冥合。然后知吾向之未始游，游于是乎始。

心灵安宁而不再焦躁，焦虑过去了，换得一片宁静！宁静是心灵之大美，是心灵渴慕的最高境界！“形释”乃放浪形骸之外，无拘无束之意，作者至此如释重负，得大解脱。

> 故为之文以志。是岁，元和四年也。

珍重地记下此一刻，此一刻是他心灵的涅槃，是他的浴火重生。他满怀感激。

感恩此时，感恩此地：永州。

我们来看看他的题目：“始得西山宴游记”。一个“始”字，写出心中喜悦之情。正文中用反衬手法，一再出现“未始知西山之怪特”“始指异之”“向之未始游”“游于是乎始”等点题，可见，这一“开始”对柳氏的重要——他也从此开始了他在永州的全新的生活：永州不再是陌生的、可恶的，而“开始”可爱起来。

“得”——得到，我得到了，我拥有了。发现西山后的喜悦之情，对西山的感激之情（唯西山可抚慰他的心灵），皆从此一字可见。

永州，受难之所；永州，亦是升华之所！无永州，安有“永州八记”？柳公卓异之心胸，浩荡之正气，唯永州山水能激发之，玉成之。柳公之块垒，亦唯永州山水能消解之。故柳公于永州，别有一番感激恩爱在焉。而永州山水之得遇于柳公如椽巨笔，不亦绝代之奇缘！山水胜绝，人物卓绝，因缘奇绝！

> 凡零陵花草泉石经先生题品者，莫不为后世所慕，想见其风流。（张敦颐《柳先生历官记》序）

> 子厚居愚溪几十年，闲中舍寻游山水外，往往沉酣文字中。故其文至永（州）尤高妙。（钱重《柳文后跋》）

> 子厚居永最久，作文最多，遣言措意最古。（赵善惬《柳文后跋》）

“但使主人能醉客，不知何处是他乡。”这是李白的诗，写酒之移人。而山水胜境亦可移人如此，使居异乡僻壤如在故土乎？然。柳宗元“永州八记”可证，“八记”之一的《钴鉧潭记》结句云：“孰使予乐居夷而忘故土者，非兹潭也欤？”则永州山水，自西山而后，使柳氏如在故乡也。

从此以后，柳宗元一口气写下了四篇连贯的游记。两年多以后，元和七年，他又写下了与之相连贯的四篇，是为“永州八记”。“永州八记”标志着中国古代山水游记的成熟——一种文体自由的、风格个性化的、抒情性很强的游记体，宣告诞生。

百年老鸮成木魅

李贺“细瘦通眉，长指爪，能苦吟疾书”，这是李商隐《李长吉小传》上的话。如何“苦吟疾书”?《新唐书》说他“每旦日出，骑弱马，从小奚奴，背古锦囊，遇所得，书投囊中。……及暮归，足成之”。中唐以后，这一类苦吟诗人不少，这种把自己的日常生活都搞成诗的活动的诗人亦不少，像贾岛、孟郊等都如此，但李贺尤为特别，尤为引人注目，这可能还与他那特异的长相及短命有关。

终日把自己的精神都放在寻章摘句上，如同敲击火石一样不断地敲击自己的脑力，使之产生灵感的火花，一个个句子、一个个意象地收集起来，再“足成之”，是中唐以后不少诗人共同的创作路数。而走幽怪之途以避熟路，发奇险之声以避俗套，也是不甘在前人面前亦步亦趋的中唐诗人力求自成一格的努力。就走新路、拓新境而言，李贺上承韩愈而下开李商隐。上承韩愈，是说，总体而言，他的诗也是一个变格，但他毕竟不是韩愈。韩愈的一些“诗”——实际上只是用汉赋的敷衍再加上文字的险怪，是想震慑我们和恐吓我们，他太想让我们耳目一新了，在我们的审美疲倦中，突然来这样的一种纯感官刺激的东西，也能让我们喝彩。但这些所谓诗（如《陆浑山火》《石鼓歌》），如果真像有人说的，不可无一，那我敢说，也定不可有二。韩愈好像是在一边写着他的怪诗，一边自言自语：你李杜王孟高岑虽然光焰万丈长，但你们总没写过自己的坏牙、人家的眼屎吧？我的坏牙和我朋友张籍的眼屎就是我对诗神的新贡奉。而且，我还要用佶屈聱牙的句子磕磕碰碰，非碰掉读者的美学“牙齿”不可。还好，李贺没有成为韩愈之二，而是成为了自己，且比起韩愈那些莫名其妙的“诗”，他的文字真的是诗了，而且那么美。虽然是非传统的美，但正因此才别具一格，是凄美，凄厉的美，冷艳的美，令人恐慌的美。但毕竟是美，不像韩愈那样只一味怪。李贺的第一手段是其渲染的功夫。我们看他的《将进酒》：

琉璃钟，琥珀浓，小槽酒滴真珠红。
烹龙炮凤玉脂泣，罗屏绣幕围香风。
吹龙笛，击鼍鼓；皓齿歌，细腰舞。
况是青春日将暮，桃花乱落如红雨。
劝君终日酩酊醉，酒不到刘伶坟上土！

伤感、绝望，但却写得热烈。几个短句错杂其间，如疯狂地舞蹈时急促的喘息声。再看《李凭箜篌引》：

吴丝蜀桐张高秋，空山凝云颓不流。
江娥啼竹素女愁，李凭中国弹箜篌。

这前四句的次序也可以换成这样的次序——而这也是正常的次序：

李凭中国弹箜篌，吴丝蜀桐张高秋。
空山凝云颓不流，江娥啼竹素女愁。

效果立马可以比较出来。原诗好就好在一连三个句子，写得江山易颜风云变色（与下面“石破天惊”正相呼应），然后才把画面拉近，原来是“李凭中国弹箜篌”！而且这个地点也惊心动魄——“中国”，好大的舞台！一切都消逝了，一切都席卷而去了，天地一片苍凉，在这风起云涌的中心，一个叫李凭的女子，手拨箜篌如醉如痴，如疯如狂，生机勃勃又杀气腾腾……

昆山玉碎凤凰叫，芙蓉泣露香兰笑。
十二门前融冷光，二十三丝动紫皇。
女娲炼石补天处，石破天惊逗秋雨。
梦入神山教神妪，老鱼跳波瘦蛟舞。
吴质不眠倚桂树，露脚斜飞湿寒兔。

李贺因其爱写与死亡有关的物象，被人称为“鬼才”，他的精神中应有这一种鬼气在。杜牧《李贺集序》说：“荒国陊殿，梗莽邱垄，不足为其怨恨悲愁也；鲸吸鳌掷，牛鬼蛇神，不足为其虚荒诞幻也。”李贺内心中的怨恨悲愁，就是他鬼气的源头。由于他善渲染，所以他常常把那鬼的境界写得阴森恐怖，颇为瘆人。“嗷嗷鬼母秋郊哭”（《春坊正字剑子歌》），这是鬼哭；“秋坟鬼唱鲍家诗”（《秋来》），这是鬼唱；“百年老鸮成木魅，啸声碧火巢中起”（《神弦曲》），这是鬼（魅）啸；“鬼灯如漆点松花”（《南山田中行》），这是鬼游；“呼星召鬼歆杯盘，山魅食时人森寒”（《神弦》），这是鬼饮。“虫栖雁病芦笋红，回风送客吹阴火”（《长平箭头歌》），令人胆战；“茂陵刘郎秋风客，夜闻马嘶晓无迹”（《金铜仙人辞汉歌》），令人心惊……

南山何其悲，鬼雨洒空草。

长安夜半秋，风前几人老？
低迷黄昏径，袅袅青栎道。
月午树无影，一山唯白晓。
漆炬迎新人，幽圹萤扰扰。（《感讽五首》其三）

这是他写鬼境鬼语的代表作。那种阴森森的气氛令人悚惧。李贺的心态是守墓人的心态，苍老，荒寒，幽森，离生人的世界远，离死人的世界近。他写诗，喜用“鬼”“冷”“泣”“瘦”“枯”“硬”“老”“死”，这是人们都注意到了的。但我还注意到他又特别喜欢用“古”字，他出行不就是背着“古锦囊”么？这是典型的怀旧。在他笔下，不仅有“古壁”“古祠”“古剑”“古础”“古台”等别人也会用的词汇，他竟然还有“古血”：

漆灰骨末丹水沙，凄凄古血生铜花。（《长平箭头歌》）

还有“古水”：

荒沟古水光如刀，庭南拱柳生蛴螬。
（《勉爱行二首送小季之庐山》）

甚至那无形的香味也是从远古飘袅而来的：

山头老桂吹古香，雌龙怨吟寒水光。（《帝子歌》）

这些用法真令人拍案叫绝。

他不仅写死，他还会写生，我们看他笔下的春天：

桃花满陌千里红。(《送沈亚之歌》)

东方风来满眼春。(《三月》)

杨花扑帐春云热。(《胡蝶舞》)

桃花乱落如红雨。(《将进酒》)

飞香走红满天春。(《上云乐》)

这是一个动态的春，十分的热烈，十分的躁动，十分的色彩，甚至还有十分的飞扬跋扈，霸道得不留一点分寸。

这种充满而外溢的诗意，正是韩愈《陆浑山火》《石鼓歌》等诗中缺少的。韩愈给了我们一桌文字的冷盘，尽有色彩，尽有花样，尽有排场与布局，但没有香，没有味，还佶屈聱牙。我们可以不向韩愈要求道德意义与价值，但既然你是诗，我们有权要求诗意。我说李贺上承韩愈，就是指他也是在别人不注意的地方特别注意，在别人不经心的地方特别经心，在别人不经营的地方刻意经营，终于经营出了浓郁的诗味。这正是他超越韩愈的地方。后来的李商隐则是一个更加彻底的蜕变，一变而为唯美，从而开拓了唐诗的新疆域。

天河夜转漂回星，银浦流云学水声。
玉宫桂树花未落，仙妾采香垂珮缨。
秦妃卷帘北窗晓，窗前植桐青凤小。
王子吹笙鹅管长，呼龙耕烟种瑶草。
粉霞红绶藕丝裙，青洲步拾兰苕春。

东指羲和能走马，海尘新生石山下。(《天上谣》)

这首诗在李贺集子中是如此的特别。如此轻灵，如此阳光，青春，纯洁，这是爱，超凡脱俗的爱，如梦如烟，如痴如醉，这是他的理想国。陶渊明的桃花源在人间，他的理想国在天上。并且，他就是王子。

在他的集子中有这样的诗，正如同在寒冷的孟郊的集子中有温暖的《游子吟》。欠缺的就是追求的。

当然，李贺是有缺点的，杜牧早就指出了他在“理”上的欠缺。质言之，他有“理不胜辞”的毛病，他在渲染上的功夫是一流的，但渲染过后，却没有一个拎得起来的理路，所以，最后往往令我们的期待受挫。他的艺术感觉极佳，但思想较为贫乏，感性强而理性弱，对人生、社会的穿透力不够。虎头蛇尾是他所有诗的通病。《李凭箜篌引》，前面写得那么剑拔弩张，风起云涌，后面“吴质不眠倚桂树，露脚斜飞湿寒兔”颇为不类;《雁门太守行》前面的铺垫如此隆重盛大，后面出场的“报君黄金台上意，提携玉龙为君死”，令人气煞。他更多的诗则往往给人以刚开头却又煞了尾的感觉，好像他写着写着，突然厌倦了，便投笔而去，留下我们在那里发愣：这算怎么回事呀！是的，他缺少绾束全诗、提升境界的能力。所以他的很多诗，都给人匆匆而来又潦草结束的感觉。有辞少意，有句无篇，这中唐不少诗人的毛病，在李贺这里也更为突出。

不过，他还真的写着写着，就厌倦了，投笔而去。他在呕心沥血之际，突然撒手。二十七岁的他，就此升天，做了上帝的秘书。

无限夕阳

晚唐诗在中国诗史上是别有风韵的花枝，其特有的风流蕴藉，委婉纡徐，体贴入微，形成了特别的魅力。借用一句流行歌曲的句子："特别的爱给特别的你"，我们对晚唐诗确实具有一种特别的爱。

其实呢，晚唐诗也分前后两段，后一段如杜荀鹤、聂夷中等，已是绝望的哀乐与刻骨的仇恨，如同自知必死而不可告饶之后发而为之的怒骂，逞快泄愤有余，精致韵味几无，属于典型的冷峻而尖刻的批判现实主义。而我们讲的"晚唐诗"则更主要指前期的"小李杜"——李商隐和杜牧的诗。他们的诗，是属于感伤的浪漫主义，而且别有创造与特色，构成了唐诗花园中的独特一枝。

"小李杜"之称乃是承袭"李杜"之称而来的，"李杜"李在前，杜在后，"小李杜"便也只好这么个顺序。"李杜"中，李比杜大而成绩相若，这么个顺序当然无人置喙。而"小李杜"中，杜牧比李商隐大十岁，这样排，有些委屈了杜牧。当然，若论成绩，若论诗艺上的独创，我认为李商隐当然远大于杜牧。

杜牧（803—852）的诗歌仍是传统的。我们知道，中唐以后，有在诗坛上出人头地想法的人大都别有蹊径，如韩愈走险怪一途，元白入轻俗一流，郊寒岛瘦，李贺鬼气氤氲。他们都力图有所开拓，或在语言上，或在题材上，或在风格上，或在思维上。而杜牧则显然在诗艺上有天才而无追求，他似乎没有文学上的野心，他读书，留意兵甲、财赋，注《孙子》，上《罪言》，谈王霸，论藩镇（《原十六卫》《战论》《守论》等）。他对经世致用之学的兴趣远大于诗艺。即使论文，他也重立意而轻辞采，重气质而鄙章句（《答庄充书》）。他喜欢的古代作家是杜甫和韩愈，“杜诗韩集愁来读，似倩麻姑痒处搔”（《读韩杜集》），盖杜甫诗与韩愈文，都政治、伦理色彩浓，功利目的明确，与他的心志与兴趣相近。他毕竟出身于“旧第开朱门，长安城中央”（《冬至日寄小侄阿宜诗》）的贵豪之家，祖父杜佑历相三帝，主宰十年，他岂能没有绍承祖业之志？所以他连大家一致佩服的周瑜也不放在眼里，他只是在苦恼：我亦文才武略，万事俱备，但我的“东风”在哪里？他的“东风”不来，他便只好去寻扬州的十里“春风”。他从大和二年（828）十月至开成三年（838），“十年为幕府吏”，由祖父的主宰天下至自己的“每促束于簿书宴游间”（《上刑部崔尚书状》），岂无家族沦落之感与自身落魄之愧？“十年一觉扬州梦”是他的名言，其实他在扬州只待了两年（833—835），所以这句名诗应该理解为十年幕府生活如同一梦，而此梦中最典型的，乃是“扬州梦”！这种征歌逐笑、倚红偎翠的生活适足以看出他在内心痛苦中醉生梦死之状。但他在扬州时脑子并不糊涂，他的政治名论《罪言》即写成于此时，他由这一句“十年一觉扬州梦”而成为所谓“风流文人”的代表，其实很冤枉。他不是那种没心没肝的好色之徒，他有大志向在。这正如他的诗歌，我们今天读他的诗，总觉得风流蕴藉，俊爽畅达，一片春色，其实呢，那只说明他有文学的天才，而不能说明他有文学的爱好、追求与雄心。

他的诗写得最好的是绝句，很多已布在人口，七律大都不太好，像

《九日齐山登高》这样的好作品不多，长篇如《张好好诗》《杜秋娘诗》《感怀诗》《郡斋独酌》都有敷衍之病，使人不耐竟读。这也从另一个角度说明了他不大喜欢把精力用于文字上的经营。我们还是看他的几首绝句吧：

千里莺啼绿映红，水村山郭酒旗风。
南朝四百八十寺，多少楼台烟雨中。(《江南春绝句》)

写景如画，万端感慨尽在不言中。

折戟沉沙铁未销，自将磨洗认前朝。
东风不与周郎便，铜雀春深锁二乔。(《赤壁》)

咏史，却也咏怀，勃郁不平之气，隐隐而在。他因为自信自负，也因为傲慢，喜欢作一些翻案文字，与古人比比高低。这儿他看不起周瑜，那有什么？他还看不起项羽呢！那是何等的英雄！可他却说他不是男儿，且看他的《题乌江亭》：

胜败兵家事不期，包羞忍耻是男儿。
江东子弟多才俊，卷土重来未可知。

这也是一篇有名的翻案之作。

烟笼寒水月笼沙，夜泊秦淮近酒家。
商女不知亡国恨，隔江犹唱后庭花。(《泊秦淮》)

伤时，却又骂时，不知亡国恨者，皆商女之流，骂人亦刻薄。再看他一首骂世骂人之作：

无媒径路草萧萧，自古云林远市朝。

公道世间唯白发，贵人头上不曾饶。(《送隐者一绝》)

直有“时日曷丧，予及汝偕亡”的味道。这种怨，不仅怒，简直毒了。

其他如伤别之诗《赠别二首》，风流之作《遣怀》《寄扬州韩绰判官》，风景之作《山行》，都有名言佳句传播后世，我们是否可以说，他是继盛唐王昌龄、李白之后的绝句大师？

他的七律作品数量不少，但好的不多，《九日齐山登高》是其中的佼佼者。

江涵秋影雁初飞，与客携壶上翠微。

尘世难逢开口笑，菊花须插满头归。

但将酩酊酬佳节，不用登临恨落晖。

古往今来只如此，牛山何必泪沾衣。

人生风霜之中，自有一番洒脱倜傥，小杜果然俊爽。

他的七律比不上他的七绝，与他的性格有关。七绝可以是一个灵感、一个意象、一个名句就可撑得起来，像杜牧这样才赋的人物，使用起来几不用力即可运斤成风。而七律则往往有些许转折、些许安排、些许布置，须得有一番经营功夫。这等耐心与热心，杜牧没有。我们看他的七律，也往往只是有一两个好句子，其他的句子几近草率——他对女人，是薄幸的；对诗，也是薄情的，不用心的。而他的那几个长篇，只说明他感慨万端，下笔不能自休，要说到谋篇布局、起承转合，也不大有成绩。

晚唐的真光荣不得不归于李商隐。李商隐（812—858？）与杜牧个性极不同。杜牧是一个热情洋溢而又掉首不顾、热烈殷勤却又了无牵挂的人，而李商隐才真是一个为情所困而难以自拔的诗人。我们举他俩写的“乐游原”诗，可以比出他们的个性。

这是杜牧的《将赴吴兴登乐游原一绝》：

清时有味是无能，闲爱孤云静爱僧。
欲把一麾江海去，乐游原上望昭陵。

这是他于宣宗大中四年（850）离长安到湖州（即吴兴）任刺史时所作。前两句直写自己胸怀浩荡，潇洒无滞。后两句却是一个转折：朝廷闲职甚是无聊（此时他任吏部员外郎），便请求外任，出守外郡，又把湖州刺史任说成是江海，让人联想到江湖，仍是潇洒。但后面一句“乐游原上望昭陵”却使我们看穿了他的真正内心。昭陵者，唐太宗陵也！“登乐游原而欲望昭陵，追怀贞观，有江湖魏阙之思”（俞陛云《诗境浅说续编》）。原来他“处江湖之远则忧其君”“身在江湖之上，心存魏阙之下”，他骨子里仍是一个政治家，一个事功主义者！“平生五色线，愿补舜衣裳”（《郡斋独酌》），时代的衣裳虽破，但尚可补，且他自己也把自己颇当回事——至少当成了“五色线”。能补舜这样的大衣裳的“五色线”，当然是不凡的。

他还有一首《登乐游原》：

长空澹澹孤鸟没，万古销沉向此中。
看取汉家何事业，五陵无树起秋风。

前二句何等伤感？但他仍惦记着“事业”，“五陵”就是一种辉煌事业的遗迹。秋风萧瑟，并树亦无，真沉郁顿挫，凄怆满怀，但仍然写得豪放，写得侠气，颇似那无名氏的杰出词作《忆秦娥·箫声咽》。总之，杜牧虽然也有情怀难抑之时，但他的感慨往往出于理智，出于一种道德判断、政治判断。而李商隐则迥然不同，他是真的完全沉没在自己的情绪之中了——

向晚意不适，驱车登古原。

夕阳无限好，只是近黄昏。(《乐游原》)

这首短诗中找不到具体的有涉社会政治、伦理判断的内容，纯是一片弥漫的无可奈何花落去的情绪。此时他心中，定没有什么头绪，没有什么分晓，所以也没有什么具体指涉，但又可以指涉一切，正如前人指出和我们感受到的，这正是大唐没落时的意境。

“诗家总爱西昆好，独恨无人作郑笺。”(元好问《论诗三十首》)没错，李商隐难以索解，因为用“郑笺”的方法——传统的方法无法读懂李商隐。李商隐的诗是全新的，全新的方法，全新的意境，全新的审美类型。他本无具体的指涉，他只传达那一种无可名状的意绪和境界。那种以索隐为目的的“郑笺”方法，如何用得着?

他的难懂，与阮籍的不同。阮籍是身处乱世，名士少有全者，为了避祸，而故意隐蔽了自己。就是说他确实是有所隐瞒，我们的任务，就是要通过诗与史的印证，把他隐瞒的东西揭示出来。李商隐是身处末世，他只有一腔欲哭无泪又不可名状的悲凉，怕的是连他自己也“剪不断，理还乱”。就是说，他本没有隐瞒，他写出的，就是全部，或者说，他所有的，就是这一团混沌的东西。我们如何要强作解人?好像吴经熊先生说过的话：对一个美人，我们只需爱她就行了，为什么一定要了解她的身世?

天生的敏感之外，李商隐还有更多的精神创伤：科考的屡试不中；后经令狐楚的推荐得中进士，这份人情账后来也成了他的巨大精神负担，牛李党争中被双方不信任甚至被目为忘恩负义；与妻感情甚笃却在三十九岁盛年时痛失爱妻；“一生襟抱未曾开”，在政治上一直沉沦落魄……这些不幸，若落在别人身上，可能转为愤怒，转为激烈，转为尖刻（李商隐确实有一丝不易察觉的尖刻），转为笔走偏锋、孤傲骂世，转为极端主义，但天性过敏而又内向、内秀、隐忍、懦弱的李商隐，则把这些创伤记忆转变为对人生的狐疑、对生命的哀伤、对生活的恐惧、对时代的失望，还有对爱情的巴望与无望……日薄西山的时代与坎坷多舛的个人命运一齐向他压迫，把他逼回内心，使他的内心超乎寻常的敏感而细腻，锐利而脆弱。如果我们把社会与时代的气息、环境、氛围、气象等情形比喻为一个物理的场，那么，李商隐的内心便如同最为敏感的仪器，能对这个场中最微妙的变化做出反应，或者说，这个时代的“场”中的总体气象与氛围以及微妙的变化，都能在他的内心引起强烈的波动，这种波动，便是他诗的由来。

前人评李商隐诗，多有说他学老杜者。若就七律言，就七律中辗转腾挪、翻奇出新、顿挫有致言，义山确与老杜有一番较量。但二者在诗境上的重大区别，可能被人熟视无睹了。杜甫是一个有政治理想的人，所谓“致君尧舜上，再使风俗淳”，他所写的乃经过道德审视的，他在用诗执行道德批判和政治批判。而义山虽说有政治抱负，想有所作为，想改变一下晚唐政治的现状，但他显然并没有一个道德上的目标，或者说他并没有一个理想政治的标准。他更多的时间是束手无策亦无目标。所以，他所写的，乃是对这个社会与人生的“感觉”，而不是“事件”，不是社会、人生本身。他的诗歌中，不像杜甫那样有那么多的“事件”，他是无事的（这也是“郑笺”的方法在他的诗歌中无所措手足的原因）。他所写的，乃是经过心灵过滤的，一切具体的、事件的纤维、固态物尽皆滤去，只剩下那浸润的汤汁。他的心灵就浸泡在这毒性的汁液中。换句话说，杜甫乃批判社会，义山乃感慨人生。这是一种境界上的提升，还是现实中的退缩？这是认识世界的智识上的超越，还是改造社会的能力上的退化？

浪笑榴花不及春，先期零落更愁人。
玉盘迸泪伤心数，锦瑟惊弦破梦频。
万里重阴非旧圃，一年生意属流尘。
前溪舞罢君回顾，并觉今朝粉态新。
（《回中牡丹为雨所败》其二）

一树秾姿独看来，秋庭暮雨类轻埃。
不先摇落应为有，已欲别离休更开。
桃绶含情依露井，柳绵相忆隔章台。
天涯地角同荣谢，岂要移根上苑栽？
（《临发崇让宅紫薇》）

一岁林花即日休，江间亭下怅淹留。
重吟细把真无奈，已落犹开未放愁。
山色正来衔小苑，春阴只欲傍高楼。
金鞍忽散银壶漏，更醉谁家白玉钩。
（《即日》）

竹坞无尘水槛清，相思迢递隔重城。
秋阴不散霜飞晚，留得枯荷听雨声。
（《宿骆氏亭寄怀崔雍崔衮》）

他自己不就是这样听雨的枯荷？他曾说杜牧“刻意伤春复伤别”，

这是他错读了杜牧。不错，杜牧有些伤春诗，有更多的伤别诗，但他似乎并不刻意，且他真正伤的既不是春也不是别，而是由春与别折射一些社会政治内容，感慨兴衰无常。真正伤春伤别的，是他李商隐自己。他喜欢写花，喜欢写梦，这是他诗中的两大常见意象，从中我们可以窥见他诗的消息。

来是空言去绝踪，月斜楼上五更钟。
梦为远别啼难唤，书被催成墨未浓。
蜡照半笼金翡翠，麝薰微度绣芙蓉。
刘郎已恨蓬山远，更隔蓬山一万重。(《无题四首》其一)

还有那著名的《锦瑟》:

锦瑟无端五十弦，一弦一柱思华年。
庄生晓梦迷蝴蝶，望帝春心托杜鹃。
沧海月明珠有泪，蓝田日暖玉生烟。
此情可待成追忆，只是当时已惘然。

若说杜牧的七绝可以上比王昌龄、李白，那么李商隐的七律则唯老杜可压一头。而且，就我的观察，若就好诗的比例，则李商隐似更在老杜之上——我是说在李商隐集中几乎篇篇都好，而老杜则不能尽然。老杜确实有不少诗，颇乏诗味，他有时太像历史的书记员，或道德法庭的审判员，而李商隐则永远是一个诗人——永远用诗的眼光来观察，写出来的就永远是诗。

有人楼上愁

《忆秦娥》（箫声咽）

与此篇并行于世的还有一篇《菩萨蛮》（平林漠漠）。胡应麟说这两首词是“晚唐人词，嫁名太白”（《少室山房笔丛》卷四十一）。嫁名太白，是北宋的文人干的，北宋文人偶然发现这两首词，觉得其境界阔大，胸襟慈悲，非太白不能当之，就把著作权给了李白。这种做法后来受到怀疑：在李白时代会有这么格式成熟而艺术高超的词么？这是疑古派的撒手锏：他们总是以某一时代该有什么不该有什么来判定真伪，而一个时代该有什么不该有什么，却由他们说了算。其实他们不比宋人高明，宋人的思路是这样的：这种境界的词，除了李白，还有谁能写得出？宋人的这种思维方式不科学，但那有什么关系呢？我们在谈与心灵有关的艺术。我们就把它当成李白的作品吧，同时还要说这是晚唐的作品。我今天就这么不讲理一回，和学者们的“学术规范”开一回玩笑。他们把艺术讲成僵尸，讲成庸俗肤浅的政治经济学与夫似通实不通的考据学，把作家讲成只会简单条件反射的低级生物（他们“考据”出一个作为条件的“事实”，然后认定古代作家必会因此做出他们指定的反射），他们把这称之为严肃、科学、合乎规范的“学术”。可我觉得这即便是“学术”，也已没有了文学。过分的“学术化”是艺术与心灵的终结。今天我不讲“学术”，我们来讲讲艺术，讲讲艺术对我们心灵的触动。

箫声咽，秦娥梦断秦楼月。
秦楼月，
年年柳色，灞陵伤别。

箫声响起，如月如霜，悲哀欲绝而未绝，一缕犹存如呜咽。只是，这从时空的裂隙中锐利地袭来的箫声，会怎样地刺痛我们的思想？音乐是精神的诱拐者，它常常在意想不到的地方出现，让我们一怔，然后我们的思想便走了魂似的痴痴地随它逃逸此在而去了另外的时空，待我们回过神来——回到此在时，我们已经过了一次精神流浪。这秦娥，长安美女，她的箫声，会带我们去何方？她是被明月惊醒的，被自己的梦惊醒的。而我们，在懵懵懂懂的世俗生活中，会不会被她月夜中如霜的箫声唤醒？

实际上，这秦娥只是李白心头一个感伤的幻影，这凄美的幻影背后，是“年年柳色，灞陵伤别”——秦娥及她呜咽一般的箫声，引出的，是我们对人生的了悟，以及了悟后的感伤。也许我们刚才还兴高采烈，在浮世的追逐与满足中自得，但箫声的突然逸入，带走了我们的思想，带我们看到了世道的本相，让我们惊悟遍布华林的人生悲凉。伤感岂独秦娥？人人都存遗憾。我们总是在不断挥手道别，挽留不住。

下阕忽然转入纵向——我们也在与历史、与先人离别，且是未经我们送行的、不告而别的，我们还未到来，他们却已走了：

乐游原上清秋节，咸阳古道音尘绝。

音尘绝，西风残照，汉家陵阙。

“乐游原”是一切美好之象征，“清秋节”又是使凡此一切美好凋零之象征。那么，在乐游原的春天——那些奢靡而繁华的盛世，它拥有过怎样的美好呢？秦皇汉武的车辇，国色天香的妃子，仪仗飘飘翠华摇摇，熙熙红男攘攘绿女。作者用了“音”，用了“尘”，妙。我们的听觉复活了，我们的视觉甚至嗅觉复活了。我们听到了王那隆隆碾响的车辇声，我们嗅到了妃那丝丝浮动的香水味。我们听到了那万头攒动万民鼓舞的盛世音乐，看到了那些闪闪烁烁、如黑色枝丫上点点花瓣的已逝红颜………但是呵！李白又让这些一闪即“绝”。他让我们在一瞬间患于得，又在接下来的一瞬间患于失：他猛地撩开时光裙裾的一角，让我们惊瞥千年繁华，然后又迅速抹去幻影，让我们承受千年风霜。在昔日的光荣、梦想、繁华的废墟上，现在所剩的，是西风飒飒，残照凄凄。瞬间经此二患，瞬间我们衰老。我们的心灵满是孑遗感，历史的风霜落在我们的额头。是的，作为古国子孙，我们一生下来，就已一头风霜，一脸沧桑。我们生长滚爬在先辈的丘墓之间：他们有辉煌，我们只有回忆；他们有雄心，我们只有残梦。还有，插科打诨一下：他们有事业，我们有旅游业。

《菩萨蛮》（平林漠漠）

和《忆秦娥》（箫声咽）一样，《菩萨蛮》（平林漠漠）也被认为是李白的作品。

平林漠漠烟如织，寒山一带伤心碧。暝色入高楼，有人楼上愁。
玉阶空伫立，宿鸟归飞急。何处是归程？长亭更短亭。

“伤心碧”，悲。“有人”，慈。在那满目“无我之境”的语词中，忽插入一强烈主观语“伤心”，真的有一下子击伤我们心灵的力量。那远望中的、使人触目伤心的一带碧色呵！我们所希望的，都在那边。它是一道门槛，我们过不去。它是我们欲望的焦点，却又是我们能力的极限。“平芜尽处是春山，行人更在春山外”（欧阳修），欧公把这伤心写白了，反没有这两个字耐咂摸。

而暝色，则是时间的终结，是我们等待的结果。等待，是人类的宿命，是人类和时间的无保障的契约。望岁是等待。望夫石是等待。望子成龙是等待。等待就是潘多拉盒子中仅剩的“希望”。当希望变成弱者的“巴望”时，那被等待的、被巴望的，就变为“残忍”，成了主宰：它使我们心灵受虐，却又是我们的精神支柱。“等待”是一个阴险的媒婆，她捏合了施虐狂和受虐狂。我们就是这样万劫不复的受虐狂。我们等待，耐心等待，最后等来的是暮色。（谁能摆脱这一宿命？）我们望眼欲穿，我们望穿秋水，最后却只能望洋兴叹。（谁的人生不仅仅是望梅止渴？）李白是这样表述的：时间已经终结，而空间依然空洞无物；希望已随时间死去，绝望却与空间并呈；玉阶连着长亭短亭，等待者心已碎，被等者没动静。菩提本无树，明镜亦非台。本来无一物，何苦要等待？文字至此，已非文字，是一片大慈悲。

白居易《长相思》

写女子相思，李白开出如此境界，我们再看白居易的境界。

他的《长相思》全词如下：

汴水流，泗水流，流到瓜州古渡头。吴山点点愁。

思悠悠，恨悠悠，恨到归时方始休。月明人倚楼。

白居易的这首词足以使我们享受着阅读的快感，并随着这轻快的节奏体味到一种若有若无的惆怅，我们的内心也随之充满了惆怅而澄澈，澄澈得有些透明的感伤——不，确切地说，是同情。他的技巧是不容置喙的，“汴水流，泗水流”对应着“思悠悠，恨悠悠”，物象和情绪之间有着巧妙的暗示（喻）。但一句“恨到归时方始休”却让我们的阅读期待大受挫折。有“归”还有“休”，了无余味，了无趣味，虽是虚拟，却已没了李白的大空虚。空才能包纳万境啊！白居易终究贫乏不能自存。这首小令因之充满了小女人味的生活理想，还带着她们常有的智商有限却好议论、情绪肤浅却易泛滥的特点。

把它拿来和李白的上面两首词相比，它唤起的是我们的同情，而不是悲悯。此词让我们关注了对象，甚至关心了对象，但不能让我们反观自身。白居易是一个关心弱势群体的人，这本来很可贵，很值得提倡，但他是高高在上的，并把这种关心看成是自己的道德光荣。他不能从他“关怀”的对象那里看出自身同样被奴役的命运，反而看出了自己身份的高贵和道德的高尚，从而觉得自己能摆脱那种命运。“关怀”只是一种对公众、对文化价值传统的表态，而不能成为他的生活方式。在个人的私生活上，他是一个庸俗得很的人。与李白相比，他缺少超越的东西。李白也在人群中厮混，他的精神与兴趣有时也能与人打成一片，但却可以随时抟扶摇而上者九万里，背负青天而莫之夭阏。白居易则虽然偶尔也有鸾凤之音，让我们“如听仙乐耳暂明”，并感慨“此曲只应天上有，人间哪得几回闻”，但大多数时候，他只能在地下，不能在天上。这很像是列宁评论人物时的妙喻：鹰有时比鸡飞得还低，但鸡永远飞不到鹰那么高。

李白的境界是“无”，白居易的是“有”。无为万物之母，有仅是“小成”。道隐于小成。成也，毁也。成了小，毁了大。白居易大不起来。

把他和李白比有点为难他，其实他不算太差，在地下也不算坏。最坏的是在底线下：下流。我们接着看。

温庭筠《菩萨蛮》

温庭筠是诗人，他现存诗还有三百三十多首，并与另一个大名鼎鼎的李商隐齐名，被人称为“温李”。但他又是中国历史上第一个倾大力气作词的人，大约词这种“艳科”的东西很适合他的个性，于是他便一发不可收地写了下去。文学史上很多事是有偶然的。词要出现，在各种适合的条件下，可能是必然的，但第一个以词出名的人是谁，大约只能从此人的个性中去找。温庭筠先生在晚唐，在那一片“刻意伤春复伤别”的末世悲凉里，干干脆脆、清清楚楚地堕落，一点也不觉得难为情。晚唐人是都有堕落的冲动的，并且还很强烈。杜牧多么堕落？十年一觉扬州梦。李商隐也被人称为刻薄。但杜牧、李商隐二先生仍有所关心，有我们今人所谓的终极关怀。他们堕落，有反抗的意味，至少堕落得很悲痛。而温庭筠先生则在满怀的雄心受挫之后，彻底地拒绝崇高，并以此自得。对着满目疮痍，他摇摇不尊贵的头，撇撇不关门的嘴，掉头而去。去干什么？去“身体写作”。而且还“零度情感”——因为他只有欲了。

我们看看他的这首选家必选之作：

小山重叠金明灭，鬓云欲度香腮雪。懒起画蛾眉，弄妆梳洗迟。

照花前后镜，花面交相映。新帖绣罗襦，双双金鹧鸪。

（《菩萨蛮》）

"平林漠漠烟如织"的作者是登高望远的；"汴水流，泗水流"的作者是临水送目的；而"小山重叠金明灭"的作者在哪里？——在某一个缝隙中。他是一个偷窥者，此刻正满足着那病态的欲念，流着一丈长的口水。这是怎样的一个下流胚子的下流态啊。而被他偷窥的"美人"又如何呢？以我的趣味来看，伊实在不美。身体的倦怠松弛和精神的空虚无聊，不仅使伊毫无青春气息，毫无生活气息，连生命气息都没有了，只有一种压抑而变态了的情欲，在那里悄悄地腐蚀。末二句是所谓的"点睛之笔"，点出伊的求偶之意，正合偷窥者的心理，假如读者无此"雅兴"，也不会因此兴奋（插一个不大雅的笑话，我以前改高考作文，一个考生把"兴奋"错写成"性奋"，令我又好气又好笑。此刻真想用彼之"性奋"来取代我之"兴奋"）。我就很不喜欢这首词，因为我很不喜欢这个女人。这种女人不要说让我情动，连"性奋"都不会。我不喜欢性压抑而气色不佳、脸色灰暗的女人，哪怕她多么骚情。是的，我从这首词中，看出两个不大可爱的唐人：有偷窥欲的温先生和有性压抑的某女士。一个是窥隐有喜，一个是搔首弄姿。

张岱曾有一名言，说："多情者必好色，而好色者未必尽属多情。"那么，好色者中，除了多情者，"未必属多情"的家伙们为了什么好色呢？我的结论是因为"多欲"。温飞卿先生帮助我得出这个结论。有多情的好色者，有多欲的好色者（还有，即在一个人身上，也会有此次是因了多情而好色，移时却也会仅因了多欲而好色）。多情之好色是怜香惜玉，有一种贵族气质；而多欲之好色则是偷香窃玉，呈下流之态。晚唐人渔色远胜过盛唐（人生百无聊赖，便赖肉欲）。李商隐是好色的，他的那么多曲折吞吐的情诗便是证据。但他是属于"多情必好色"的，所以他的诗中，与女人"心有灵犀"类的"心交"多，肉欲的"性交"（仅仅性的交往）少。与李商隐齐名合称"小李杜"的杜牧先生有着成箱的渔色记录（李德裕的手下做的），但我总觉得杜牧先生不是真好色，他真好的，是政治（“平生五色线，愿补舜衣裳”）、是军事（在这一点上，注过《孙子兵法》的他颇不服气大家都服气的周郎）、是经济（他一直属意财赋之事）。但这些经国之大业人家不让他沾手，他只好把手伸向扬州的女人，把女色当成解忧的工具，聊好一回色。他未对他所好的色们动过情，所以，他在扬州妓院沉湎消磨，青春付与，却只赢得“薄幸”之名，不像后来的柳七，在妓院里如鱼得水，与娼妓们弄得鱼水情深。杜先生无情无义，寡情薄义，色们自然也不喜欢他。但他可能也因此没有那种馋涎的丑态。而与李商隐并称“温李”的温庭筠先生毫不好政，专门好色，对色呢，也是毫不好情，专门好肉，自然也就好出专写女色的色情文学。

好了，现在我们可以做个小小的总结：李太白是神，白乐天是人，温飞卿是兽——仅就这一首词而言。

李太白让我们内心充满慈悲，白乐天让我们内心充满同情，温飞卿只是想唤起我们的情欲。

再说一个小小的问题：为什么温飞卿先生的这首词凡选家必选？——据说是因为文字技巧高超。

就技巧言——纯形式技巧言，这几首词的排名是这样的：

温先生第一，白先生第二，李先生第三。

花开花落

一、屈指西风几时来

后蜀广政三年（940），赵崇祚《花间集》编竣。中国文学史上第一个词派——花间派在经过多年的热闹创作后，以整体的面貌与大致相同的风格，集体包装面世。

这是被称作“艳科”的词在集中描写“艳情”之后开出的第一朵艳花。这朵花在中国的大西南，那被称作芙蓉国的成都冉冉开放，艳惊天下。

> 镂玉雕琼，拟化工而迥巧；裁花剪叶，夺春艳以争鲜。……则有绮筵公子，绣幌佳人，递叶叶之花笺，文抽丽锦；举纤纤之玉指，拍按香檀。不无清绝之辞，用助娇娆之态。……

这是欧阳炯为《花间集》作的“叙”中的句子。这部收录十八家词作的《花间集》，除温庭筠、皇甫松、和凝、孙光宪外，都是西蜀的词人。而他们奉“善为侧艳之词”的温庭筠为鼻祖，可见他们的趣味也并不高，我们知道温是颇为轻佻而不为时人所重的。好在，西蜀政坛，并没有一个庄重人，且看那前蜀后主王衍，在宣华苑中，让宫妓们穿得花枝招展，号“醉妆”，自己头裹尖如锥的小巾踉跄而行，且行且唱自制的《醉妆词》：

者边走，那边走，
只是寻花柳。
那边走，者边走，
莫厌金杯酒。

活像一个小丑。

而后蜀后主孟昶，命人在成都城墙遍植芙蓉。深秋花开，望之如锦绣。他们确实很艺术，很懂享受生活。

我在《长安花》一文中提到，杨玉环使政治的唐朝变成了艺术的唐朝。这艺术的唐朝的精神传人，便是这五代十国时期的南方政权：无论是西蜀还是南唐，他们已没有政治，他们把生活全部艺术化了，而且这“艺术”，不仅仅是享乐的艺术。生活在他们眼里就是穷奢极欲的享乐。肉体的享乐与精神的享乐。肉体的享乐不仅武装到牙齿——进口，甚至武装到出口——孟昶的七宝装饰的溺器。精神的享乐则就是这声色歌舞，词就是那音乐的歌词，是按照那音乐“填”进去的——这有点象征意味：填词填词，敢情这词就是他们享乐生活的“填充物”。我们现在人常批评他们过分讲究形式的错彩镂金，其实，连溺器他们都这样镶嵌，何况是歌词？这些人真够“艺术”的——连溺器都高度艺术化了。但他们却完全没有大唐的气度与责任感。他们偏安，他们也安偏——安于这“偏”，并且以“偏”为“安全”的屏障，在这“蜀道难”的地方，他们自得其乐。他们乐什么？他们没有道德之乐，没有事业成就之乐，他们就只乐这美酒、名花与美人。他们“者边走，那边走”，到这世上来一番奔走，只是寻花柳，只是厌那金杯酒。江南物质的富庶、女人的美艳、风俗的悠闲，正合他们的脾气：

> 人人尽说江南好，游人只合江南老，春水碧于天，画船听雨眠。
> 炉边人似月，皓腕凝霜雪。未老莫还乡，还乡须断肠。

这是那流落江南的京兆杜陵人（今西安）韦庄的《菩萨蛮》词。他入蜀时已六十六岁，且爱妾为蜀主王建所夺，按说他并不得意，但“满耳笙歌满眼花”（韦庄《陪金陵府相中堂夜宴》）的江南还是让他迷恋。作为北方人（他是京兆杜陵人），他为江南的富饶美丽与多情所折服，本篇即是带着极热恋的心情写出的江南赞歌。

这首词结构颇奇特，上阕的前两句与下阕的后两句应放到一起读，这是议论；上阕的后两句与下阕的前两句应放到一起读，这是描写。描写部分中，上阕两句是写江南的风景美，下阕的两句是写江南的风情美，景美、俗美、人美、情美，江南之美，尽在笔底。他的词风格直率显豁，如他这首词中的四句议论；同时他的语言清丽自然，如他这首词中的四句写景。

既然是《花间集》，那我们就看他们写花：

> 木棉花映丛祠小。（孙光宪《菩萨蛮》）

> 东风满树花飞。（毛熙震《清平乐》）

> 路入南中，桄榔叶暗蓼花红。（欧阳炯《南乡子》）

一庭春色恼人来，满地落花红几片。（魏承班《玉楼春》）

门外柳花飞，玉郎犹未归。（牛峤《菩萨蛮》）

春日游，杏花吹满头。（韦庄《思帝乡》）

还似花间见，双双对对飞。（张泌《蝴蝶儿》）

翻开《花间集》，真是“杂花生树，群莺乱飞”。根据统计，《花间集》中“花”出现达155次，这还不包括如杏花（31次）、桃花（20次）、荷（15次）（高锋《花间词研究》），另外还有木棉花、柳花等等。这“莺”就是美丽妖娆的女子，在“花间”干什么？除了“花间一壶酒”，也就是花前月下的美人之约了。除了让我们眼花缭乱、乱花迷人眼，触目的就是蛾眉、娇眼、香腮、朱唇、酥胸、皓腕、玉指、纤手、金臂、雪肌、柳腰、红面。装饰她们的是芙蓉带、绣罗襦、石榴裙、碧玉冠、玉钗、金钗、凤钗、燕钗、金炉玉盘、锦屏绣帷，还有那颇有性寓意的鸳鸯被、鸳鸯枕……然后就是她们生活的背景：金扉玉楼、金井玉殿、画梁绣户、香闺绣阁、雕栏红墙、绮窗凤楼……

这雕缋满眼让我们一边颇生审美疲劳，却也惊叹他们生活的物质之丰盈，以及在这饱暖中鼓胀的淫欲之思。好了，我们且不为这种男女之情欲做道德判断，但这种情欲，与刻骨铭心的爱情有些区别还是应该指出的。这种区别正如同此前我指出过的温庭筠与李商隐两者情爱诗的区别：多欲与多情的区别，也是我在《南方和北方的女人》中指出的宫体诗与南朝乐府的区别。我们发现，这种情欲，是在物质的躯壳中被禁锢的心灵于空虚中产生的压抑的、过度的情欲。其对象往往是所有的异性而非特定的个体，所以它与爱情无关。但从另一方面讲，集中地、无所顾忌地描写男女之情欲，描写爱欲心理与性心理，在中国文学史上自有其特殊的意义，并且以其大胆直露、直逼人性本真的艺术勇气成为中国文学史上“一个古怪的诗的热力的中心”（郑振铎《插图本中国文学史》）。这“热力”，就是因为对人本性中享乐冲动的大胆撩拨与反复歌吟。它是反传统的、非道德的，却又是理直气壮的、毫不惭愧内疚的。除了极个别的词，如鹿虔扆《临江仙》（“金锁重门荒苑静”），他们真的不作忧国忧民状——我是说，他们可以一边沉湎于欲望之中，一边假作正派，但他们没有——他们就一味地在那里寻欢作乐，并且大张旗鼓、明目张胆地用词这种文学样式宣传这种欢乐。是的，他们操练的是词，而词本来就可以不作道貌岸然语。词出人意料地成为一个民族摆脱道德面具而抒发真内心、真性情的工具。你看这样的词：

玉楼冰簟鸳鸯锦，粉融香汗流山枕，帘外辘轳声，敛眉含笑惊。柳阴烟漠漠，低鬓蝉钗落。须作一生拼，尽君今日欢。

（牛峤《菩萨蛮》）

把偷情做爱都写到词中去了，而且写得如此让人心旌摇荡，不仅把柔情写成了豪情，而且把这样的床上豪情，写得如此大义凛然，如此英雄豪气，不仅不下流，不肮脏，甚至还让人读后而生崇高感。真可比“醉卧沙场君莫笑，古来征战几人回”。在热烈欲火中燃烧的，不仅是一对男女，还有一切世俗的羁绊。怪不得王国维极赏此词的后两句。此女子真可以说是色貌如花，柔情似水，肝肠似火！她的生命与精神都是饱满的，生机勃勃而不可屈挠、不可扼杀的，悲痛沉着，豪情纵放，她沉醉在生命的快乐里，而藐视人间的戒律。这种生命意志，本来即是文学应该着力表现的主题。

这样的词作，在宫体诗里是找不到的：宫体诗大都是暗示的、藏头露尾的、偷偷摸摸的，哪里有这般发露、这般沉着、这般狂放、这般坦荡！

当然，《花间集》中更多的是深情绵缈之作——体现的仍是“温柔敦厚”、含蓄蕴藉的民族性格。我们看牛峤的侄子牛希济的两首：

峭碧参差十二峰，冷烟寒树重重。瑶姬宫殿是仙踪。金炉珠帐，香霭昼偏浓。

一自楚王惊梦断，人间无路相逢。至今云雨带愁容。月斜江上，征棹动晨钟。(《临江仙》)

春山烟欲收，天淡稀星小。残月脸边明，别泪临清晓。

语已多，情未了。回首犹重道：记得绿罗裙，处处怜芳草。

(《生查子》)

一种带着社会与自我双重压抑的情怀，柔柔腻腻的、幽幽怨怨的。藕断丝却连，巴望不绝望。这是对爱情心理的多层次、多角度的揭示，且在这种揭示与描写中可以透视出民族、时代、社会的道德与风尚。

二、风里落花谁是主

那些生活在秦岭以南前、后蜀的文人以及两个短命王朝的小皇帝，一方面自恃天险而以为无虞，一方面独拥物产而以为享乐，所以，我们在他们的词里，是很少读到什么忧患的。他们花天酒地、酒绿灯红、红男绿女、女爱男欢。正如前蜀后主王衍所宣扬的:“月华如水浸宫殿，有酒不醉真痴人。”(《宫词》)主人如此提倡与鼓励，臣子、文人与清客何乐而不恣意逞欢?这两个小朝廷都极短命，只二传便终结，但却一无亡国之思，除了鹿虔扆《临江仙》(金锁重门荒苑静)有一些隐微不宣的“暗伤亡国”外，其他人都似全无心肝。他们的情感，都在男女之情上用尽了。

而这边，在南唐，却显示出不同的气度。南唐这边的词人主要有南唐二主李璟、李煜父子及李璟的宰相冯延巳。这三人从身份上看，便与花间诸人不同。花间诸人乃是不负责任的小文人，而南唐的这三位，却担着天大的干系，国家兴亡都在他们手里。虽然他们不算是积极有为、勤勉国事、深谋远虑，但他们总要被这国事纠缠而不得不面对“山雨欲来风满楼”的境况。王国维称冯延巳“堂庑特大”，就正是因为他的词中有了一种不得不面对国事孤危时无力、无奈、无助的心态。是的，冯正中的词比起花间诸人，我们看得出，拟代体少了，男子作闺音少了，即便是写男女，也往往有了象征意义。他的词中，他自身的影子重了，我们可以从中看出他真实的内心了:

> 谁道闲情抛掷久?每到春来，惆怅还依旧。日日花前常病酒，不辞镜里朱颜瘦。
>
> 河畔青芜堤上柳，为问新愁，何事年年有?独立小桥风满袖，平林新月人归后。(《鹊踏枝》)

“独立小桥风满袖”，这俨然是一个忧患深深的宰相形象。“山雨欲来风满楼”“黑云压城城欲摧”，他不可能无动于衷，哪怕是为了保住自己的享乐生活(他有“年少年少，行乐直须及早”[《三台令》]之语，可见他有朝不虑夕之感)，他也要为延续国祚而操心。但在那一派糜烂与享乐中，他不免孤独：

独立花前，更听笙歌满画船。(《采桑子》)

黄昏独倚朱栏，西南初月眉弯。砌下落花风起，罗衣特地春寒。(《清平乐》)

山如黛，月如钩，笙歌散，魂梦断。倚高楼。(《芳草渡》)

泪眼倚楼，频独语。(《蝶恋花》)

笙歌放散人归去，独宿江楼。(《采桑子》)

这种寂寞无助之感，显然是他自身的形象，而与他的身份地位及所担负的责任有关。在他的词中显露出来的这种深沉的、弥漫的、无时不在的孤独感与忧患意识，是花间派词人所缺乏的。这是他的新东西，也是使他“大”起来的东西。是的，有承担，才有胸襟；有胸襟，才有境界。他那堂庑，大过花间诸彦，正为如此。

而中主的一首《摊破浣溪沙》，更有“众芳芜秽，美人迟暮”之感，而为王国维所激赏：

菡萏香消翠叶残，西风愁起绿波间，还与韶光共憔悴，不堪看。

细雨梦回鸡塞远，小楼吹彻玉笙寒。多少泪珠何限恨，倚阑干。

先是冯正中赞其“小楼吹彻玉笙寒”(《南唐书》卷二十一)，后是王安石叹其“细雨梦回鸡塞远，小楼吹彻玉笙寒”（《苕溪渔隐丛话》），再到王国维赏其“菡萏香消翠叶残，西风愁起绿波间”（《人间词话》），而叶嘉莹偏又对上下阕结尾之句慧眼独赏：“如就悲慨之沉郁及深挚而言，则自当推前后片两处结尾之句最为明白有力”（《灵溪词说》）。一首词，所有的句子，都被人给以逐次拔高的评价。而我以为王国维从中看出“众芳芜秽，美人迟暮”，正是具有“史”的眼光。——我的意思是说，《花间词》中的花，是正在开放的，是生活之富贵、闲逸、享乐的象征，是女性的象征，是性的象征。而南唐的“花”，则是“落花”，是衰败、凋零的象征，蜀主孟昶已有“屈指西风几时来”（《玉楼春》）的隐忧，但这西风在南唐词人那里则是已然吹来，且摧残得“菡萏香消翠叶残”。这“西风愁起绿波间”，是否暗示着来自北方的强大政权的觊觎？于是，我们看到，在冯延巳的词中出现的“花”，其姿态风韵与花间派笔下的花已大不同——

砌下落花风起（《清平乐》）

乱红飞过秋千去（《蝶恋花》）

金凤花残满地红（《南乡子》）

惆怅落花风不定（《应天长》）

花之意象，在南唐词人那里，不但不是当下享乐的背景与象征，反而成了生命苦痛的象征，成了人生无常的象征。“日日花前常病酒，不辞镜里朱颜瘦”（冯延巳《鹊踏枝》），“泪眼问花花不语”，这花正是无奈、无力、无聊的象征。“萧条风物正堪愁”（冯延巳《芳草渡》），花引起的，不是我们享乐的欲望、生命的激情，而是给我们“献愁供恨”的，它提醒我们一切美好事物都将凋零，从而在我们“对酒当歌”之时，突然给我们当头一棒，提醒我们“人生几何”。李璟就是如此呆问：

风里落花谁是主？（《山花子》）

这是声泪俱下的一问，是惊心动魄的一问，是石破天惊的一问，是让我们胆战心惊、心如死灰的一问，是让我们禅心顿作沾泥絮的一问。接下来的，便是五代最杰出的艺术家，最纯洁的主观抒情诗人，被王国维称为“有释迦、基督担荷人类罪恶之意”的李煜。“花”在他眼里如何？

三、流水落花春去也

他也曾有花下之约，他的一首大约写他与小周后幽会的《菩萨蛮》，浪漫热烈、抒情纵欲，其大胆与叛逆，不亚于前引牛峤写性爱之《菩萨蛮》。

花明月暗笼轻雾，今宵好向郎边去。刬袜步香阶，手提金缕鞋。画堂南畔见，一晌偎人颤。奴为出来难，教郎恣意怜。

他当然敢于“恣意”地笑纳小周后放肆地奉献的肉体与精神之爱。他是一个好情人。同时以他的艺术修养与敏感细腻、温柔多情的内心，他也最有资格欣赏女人的种种风情。况他以一国之主的身份，也可以领受众多美丽女性对他的爱的奉献。可是呵，上帝是嫉妒的，也是公平的，他的这种美满的生活只能是昙花一现：

林花谢了春红，太匆匆！无奈朝来寒雨晚来风。

胭脂泪，相留醉，几时重？自是人生长恨水长东！(《相见欢》)

“爱”之余温尚在，“恨”已如影随形而来。这就是人生。不仅是他的人生，而且是所有人的人生。李煜之杰出处，在于他能把自己的不幸上升为一般意义上人生的命运。他本来只能引起我们同情，却竟然引起了我们的共鸣。从这个意义上讲，他真是太成功了。即如这首《相见欢》而言，我们一般读者固然没有什么国主之位可以丢失，但我们不是也在我们的生命历程中不断地和一些美好的东西挥手告别，而且任我们如何挽留也属徒然?

我们告别了童年、少年、青年，走向壮年、老年，我们人生的每一看似上升的台阶，却都有青春的代价，我们就这样不知不觉中丢了青春，我们人生的历程就是不断丢失的过程：我们丢失了儿时的玩伴，丢失了故乡，丢失了一些朋友，丢失了曾经的恋人，丢失了曾经的理想、曾经的追求、曾经的青春激情与浪漫情怀……当我们回首来路，在暗夜里怀想着那些丢失的一切美好，我们是不是也会长叹一声：林花谢了春红，太匆匆？！我们是不是也会借酒浇愁，然后和泪长吟：自是人生长恨水长东!

甚至，不仅人与人生，即便是自然万物，岂不也是盛衰存亡，花开花落，春荣秋凋? 叶嘉莹在《灵溪词说》里极准确地说此词是叙写由“林花红落而引发的一切有生之物的苦难无常之哀感”，读这样的词，而不起浩叹，不生慈悲心、寂灭心，不生万念俱灰心，也难!

春花秋月何时了，往事知多少！小楼昨夜又东风，故国不堪回首月明中。

雕栏玉砌应犹在，只是朱颜改。问君能有几多愁，恰似一江春水向东流！（李煜《虞美人》）

由对春花秋月的迷恋到对之厌倦，希望其早日了结。而小楼夜来东风，这本来应该让人心旷神怡的事竟也让他不胜厌倦。为什么？因为它们勾起了“往事知多少”！因为这东南方吹来的风，是从那早被攻灭的故国吹来的风！“往事只堪哀，对景难排！”

王国维说：“词至李后主而眼界始大，感慨遂深，遂变伶工之词而为士大夫之词。”（《人间词话》）眼界大者，盖李煜本性绝纯绝善，而由一己之不幸顿悟人生之无常、自然之生杀；感慨深者，亦因他天生具有慈悲心，而不能面对一切寂灭无动于衷。不仅李煜，南唐三词人冯延巳、李璟、李煜的词作，其变伶工之词为士大夫之词的贡献在于，使词有了一个较好的声誉，可以引来众多高手的参与，从而使词登上高雅之堂并提升其文化品格、艺术品位，为主流文化所认可（词为主流文化所认可，确实有一个过程，这从北宋初年众多“士大夫”官僚如晏殊，包括皇帝宋仁宗对柳永的轻蔑可以看出），从而为词的繁荣奠定了道德上的根基。

对照西蜀花间派词人及其词作，南唐三词人的词，还有另一层意义——他们词作中对人生的悲剧意识，在很大程度上偿赎了花间派的轻佻与委琐，并且向我们昭示：个人生命的享乐虽然可以不理会道德的陈词滥调，或者说，道德上的理由不足以否定人可以尽情享受生命的命题，但是，自然的法则却能无情地终止我们的享乐，因为，一切都在流逝，没有什么可以长驻。

流水落花春去也，天上人间！（李煜《浪淘沙》）

花开西南，花落南唐。偏安而富贵的小朝廷一个个覆灭。北方的两个强梁，摘走了南方的花枝：宋太祖赵匡胤收娶了孟昶的花蕊夫人。（好一朵花，好一个蕊！）十多年后，太平兴国三年，太宗赵光义又强暴了李煜的小周后。据说赵匡胤曾叫花蕊夫人吟诗，花蕊夫人当即挥泪吟诵：

君王城上竖降旗，妾在深宫那得知。
十四万人齐解甲，更无一个是男儿。（《述国亡诗》）

那些在花间醉生梦死的人，当然更无一个是男儿。

天地词心

鲁迅先生曾说："我以为一切好诗，到唐已被做完。"确实，如果我们不是学术地为宋诗找自身的特色与成就，就凭一读而产生的印象，宋诗真的已失去唐诗的那种感动人心的力量。宋诗太平庸了，这平庸主要来自宋诗的过分生活化、叙事化、议论化，弄得好多诗像是押韵的记叙文与议论文。唐诗也有生活化的，像杜甫的不少诗，就是很生活化的，但即便是杜甫，他的那些太生活化的诗，也不能算好诗。他的《羌村三首》，若仅从自身艺术上讲，也不见得多高明，但他有一个大背景：这小小的羌村，以及他哀哀一家数口，是整个中国的象征，是整个中国人口的象征。如果不是和这一个庞大的东西能对接起来，这三首诗也就未必能有那么大的艺术感染力。相比较而言，宋人如陈师道的《别三子》《示三子》之类，除了事可悲哀，诗文却无甚可道。唐诗也有叙事化的，像李白、岑参的作品，如《将进酒》《宣州谢朓楼饯别校书叔云》《梦游天姥吟留别》，像《白雪歌送武判官归京》《走马川行奉送封大夫出师西征》《凉州馆中与诸判官夜集》，都是与一些具体的事件与人物相联系的，但关键是，他们在叙事时充满了激情。这是激情叙事，事为辅而情为主，所以，我们看到他们在慷慨激昂，在感慨万端，在手之舞之、足之蹈之，在呼号叫啸而仍不足以舒其怀。他们的诗使生活艺术化了，意义化了。可悲的是，宋人正缺少这样的激情。他们在叙事时，只是偶然有一些小感触、小领悟，然后又竭力把这一点点的东西做大，这就形成了他们所谓“以议论为诗”的特色：他们喜欢从叙事中，用“升华”的法子，从生活琐碎中，找出一点领悟、一点哲理。但这实在并非诗之特质，并非诗意之所在，也并不是诗之功能与特长。“升华”是一个特别需要警惕的手法，它常常带给我们的是假大空，是矫情做作，连杜甫这样的大师，在使用“升华”不得当时，都不免有“虚伪”之嫌。问题还在于，“升华”的结果，往往不是浓郁了诗情，而仅仅是发现和鼓吹了道理，从某种意义上说，“道理”等等，与诗歌又有何干？我们看苏轼的“不识庐山真面目，只缘身在此山中”，朱熹的“问渠哪得清如许，为有源头活水来”，若从哲理角度讲，当然常为人所激赏和引用，但探究其诗味，却寡淡得很。与唐人王之涣的“欲穷千里目，更上一层楼”相比，很明显地可以看出，唐人是先诗意，然后再哲理的，是激情所至，义理不期而随之的。所以，宋人的诗，毛泽东说是“味同嚼蜡”，可能过于严厉，却基本正确。

总之，宋人较之唐人，最大的区别是激情消退，理想色彩褪尽，面对外在世界的好奇心尽失，英雄主义精神丧失，慷慨豪放的情怀不再，而代之以缠绵不尽、深曲幽隐的内向性格；而表现这样的内向情怀，“境阔”而意象疏略的诗，就不及“言长”而意象绵密的词。诗的意象是跳脱的、疏离的、并置的，意象与意象间的空间较大；而词的意象是紧密的、蝉联的、链接的，其间的空间极小。我们看欧阳修的《踏莎行》：

候馆梅残，溪桥柳细，草熏风暖摇征辔。离愁渐远渐无穷，迢迢不断如春水。

寸寸柔肠，盈盈粉泪，楼高莫近危阑倚。平芜尽处是春山，行人更在春山外。

我们从中不仅可以体味到意象的绵密，而且还能看出，这绵密的意象，与他们的内向细腻的性格有关。他们喜欢“思量”，喜欢这样曲曲折折、反反复复的忖度。另外，“离愁渐远渐无穷，迢迢不断如春水”，“平芜尽处是春山，行人更在春山外”，可见他们注力于某一点，一往而不复、一往而情深的思维特征。这种递进层深之笔，像范仲淹的“山映斜阳天接水，芳草无情，更在斜阳外”（《苏幕遮》），像张炎的“常疑即见桃花面，甚近来，翻笑书无？书纵无，如何梦也无”（《渡江云》），都是宋人情怀幽深的表现。

幽深绵密的情怀表现出来的不再是激情，而是深情；不再是慷慨激昂，而是思虑深深，不再是感受生活，而是领悟生命。给予读者的，也就不再是情绪的感动激发，而是思虑的引申；不再是让我们的热血沸腾，恰恰是让我们热血冷却，代之以幽深的体悟与反思。就生活情景而言，唐人写的是当下，当场现在进行式、行动式，当下参与；而宋人往往写事后，过去完成式、沉思式，事后回味。是的，唐人更天真，就在眼前满足，却过后不思量；宋人更理性，却总在事后思量，但又往往慨叹当时已惘然：

群芳过后西湖好，狼藉残红，飞絮蒙蒙，垂柳栏杆尽日风。笙歌散尽游人去，始觉春空。垂下帘栊，双燕归来细雨中。

（欧阳修《采桑子·群芳过后西湖好》）

他的注意力、着力点是“笙歌散尽游人去”以后；他要表达的情怀，是“始觉春空”的荒凉感。而“笙歌”之盛，群芳正开之时，却被他轻轻带过。再看同组的另一首：

平生为爱西湖好，来拥朱轮，富贵浮云，俯仰流年二十春。
归来恰似辽东鹤，城郭人民，触目皆新，谁识当年旧主人。
（欧阳修《采桑子·平生为爱西湖好》）

他二十年前首知颍州，爱恋颍州西湖美景，乃在六十五岁辞官后买田退居于此，而有此十首《采桑子》。在一切繁华过后，一切人生烟雨过后，他获得了感悟与宁静，却也满腹惆怅和感伤。触目皆新的环境中，唯他是一件老旧之物。再看晏殊的《浣溪沙》：

一曲新词酒一杯，去年天气旧亭台。夕阳西下几时回？
无可奈何花落去，似曾相识燕归来。小园香径独徘徊。

我们应该注意到，写当下情形的，只有第一句“一曲新词酒一杯”，然后便转入对过去的怀想与对生命的思考。“新词”之美，比不上“旧”的一切更引起他的关注与沉思。

在古代作家中，像晏殊这样一生顺遂者很少见。当我们对生活不满意时，我们为生活苦恼；当我们的生活已经相当完美而夫复何求时，我们还有没有苦恼？有，我们为生命苦恼。晏殊的这一首《浣溪沙》就是写这种感受。

“一曲新词酒一杯”，你看他的生活，是何其富贵而闲雅。他的生存，似乎只是为了享受生活的盛宴，而且就这样日复一日，年复一年。可“去年天气旧亭台”，生活老这样也会厌倦是不是？况且，哪怕今年和去年相比，什么都不曾改变，什么都不曾损失，我们在年终结算时，除了计其所得，是否也记住把自己的生命减去一年，然后叹息一声："夕阳西下几时回?"

这真是"对酒当歌，人生几何"。所以，下阕接以"无可奈何花落去，似曾相识燕归来"，就极贴切。生命之花在凋落，我们只能袖手旁观，无可奈何。燕子归来，似曾相识，生活好像在循环，生命则是线性流逝，青春的小鸟一去不还。悟出如此煞风景的念头，新词有何趣，美酒有何味？只能悄然从热闹场中抽身出来，独去后园，在香径之中，独自徘徊，体验生命的落寞。

由第一句"一曲新词酒一杯"的享受生活，到最后一句"小园香径独徘徊"的体验生命，由富贵繁华、歌舞热闹到小园幽径、思心徘徊——此间的消息，值得玩味。

再看张先的《天仙子》:

时为嘉禾小倅，以病眠，不赴府会。

《水调》数声持酒听，午醉醒来愁未醒。送春春去几时回？临晚镜，伤流景，往事后期空记省。

沙上并禽池上瞑，云破月来花弄影。重重帘幕密遮灯，风不定，人初静，明日落红应满径。

张先高寿，且生命不息，风流不止，八十五岁时竟还纳妾，苏轼还赠诗"诗人老去莺莺在，公子归来燕燕忙"。我们不必责备他荒唐，倒佩服他精力过人。这是一个讲究享受生活的典型人物，其他方面无甚可取，也无甚劣迹，且看他的开头一句"《水调》数声持酒听，午醉醒来愁未醒"，你不得不佩服他真会享受，他也真有福气，他生活在北宋数十年承平之际，而北宋人又确实会享受生活。唐人生活丰富多彩，宋人生活却极狭隘，但"鹪鹩巢于深林，不过一枝；鼹鼠饮河，不过满腹"，生活的惬意，不在丰富，而在自足。宋人只取生活中的一点：温柔、和谐、享乐。这种生活的唯一不足是，生命自身的短暂易逝与脆弱难任，所以，弄到最后总是“送春春去几时回？临晚镜，伤流景”。盛宴当前，只恨肚皮太小，美色满眼，可惜张诗人垂垂老矣。虽然老，仍花心不死，“沙上并禽池上暝”，还是让他心有戚戚焉。“云破月来花弄影”是他的名句，一个“弄”字，拟人，写出花之孤芳自赏。而“明日落红应满径”，其间当然包含着对生命的珍惜。

读北宋人的词，比较唐人诗，颇有一些味道。唐人开放，宋人收敛；唐人外向，宋人内向。唐人的世界是江山塞漠，是用眼光来打量，用脚步去丈量，用胸膛来面对的。宋人的世界是梦与楼台，是闭上眼睛，用想象来思量的。唐人去自然中欣赏自然，宋人只是在盆景中想象自然。“明日落红应满径”与“夜来风雨声，花落知多少”相比，孟浩然虽然也足不出户，但外面世界的气息已渗透进来，“处处闻啼鸟”；而宋人则拒绝外面世界，心怀叵测地猜测外面的世界。如果唐人说“外面的世界很精彩”，那么宋人定会说“外面的世界很无奈”。

晏殊和张先都是人生顺遂之人。晏殊只有晚年官职有些谪降，但也只影响尊贵，不影响富有。而悠闲自在生活的保障，恰不在权势上的尊贵，而在财富与时间上的双重富裕。所以，我们读这二位的词，都有富贵相，有惫懒相，有风流态，有自得状。晏殊还好一些，毕竟曾身居高位，荷负重责，对人生的领悟正如冯延巳一样，可以由此超越一般不负责任的小文人，而在胸襟见识上达到一种较高境界，从而使其词作在一派富贵闲雅与伤春感怀中，自有一种更高远的意境可以让读者去做多种联想。而张先则终生耽于逸乐，陷溺其中而不知自拔，其词在境界上当然亦难以自振——既不能向上，亦不能向下：向上者，如冯延巳、晏殊、欧阳修、苏轼，意境超拔，内蕴浑厚，可令人浮想联翩，直达人生的种种境界；向下者，愈益深入，愈益尖锐，愈益狭窄、险隘，直达人心之小九九与大悲凉，这向下的代表人物，便是晏几道、贺铸、秦观。

“向上的一路”，是词向诗靠拢，越来越诗化，使词成为社会政治兴观群怨民生疾苦的传声筒；而“向下的一路”，则坚守词之本职，使词更多地成为人们心灵的舞伴——我们知道，词本即是配乐的。

晏几道在慢词开拓者柳永之后约四十年，但他仍执着于小令的传统，而不屑于慢词。他的《小山词》，大多是为友人沈廉叔、陈君龙家里的歌妓莲、鸿、云诸人所作的歌词，当廉叔下世，君龙卧疾，歌妓云散之后，他又满怀惆怅地追忆：

> 追惟往昔过从饮酒之人，或垄木已长，或病不偶。考其篇中所记悲欢合离之事，如幻如电，如昨梦前尘，但能掩卷怃然，感光阴之易迁，叹境缘之无实也！（《小山词·题跋》）

这些追忆之作，成了婉约小令的“登峰造极”（吴调孚《中国文学名著讲话》）之作：

> 梦后楼台高锁，酒醒帘幕低垂。去年春恨却来时。落花人独立，微雨燕双飞。
>
> 记得小苹初见，两重心字罗衣，琵琶弦上说相思。当时明月在，曾照彩云归。（《临江仙》）

上片写人去楼空无聊赖，下片写当初与小苹一见钟情。晏几道对这位叫小苹的歌女真可谓一往情深。

“落花人独立，微雨燕双飞”原是晚唐翁宏《春残》诗中的句子，全诗为：“又是春残也，如何出翠帏？落花人独立，微雨燕双飞。寓目魂将断，经年梦亦非。那堪向愁夕，萧飒暮蝉辉。”在诗中这两句并不出色，一入于词，却极贴切、浑成。这不是晏几道有点铁成金的功夫，而是此二句的那种迷惘沉思的意味，与北宋小令的整体追忆式格调更为相合。仅仅挪动了一下位置，就让两个气息奄奄的句子熠熠生辉，获得蓬勃的生命，这倒是晏几道的功德。

晏几道为贵人暮子（他为晏殊第七子），早年养尊处优，不知民生之艰，无有生计之虑。此类人往往向两极发展，或为高衙内之流，极下流无耻；或为贾宝玉一类，品性极高，淳善多情而善体贴他人。李后主、晏几道即是此类人物，后来的纳兰性德也是。黄庭坚《小山词序》说他有“四痴”，其中之一“人百负之而不恨，已信人终不疑其欺己”之“痴”，正是他本性淳厚的表现。此类人因本性之纯、之善，又因对社会世态人情之无知幼稚而极天真，一旦遇世之逆、之恶、之丑，往往较他人更敏感、更痛苦，又往往不能自拔地深陷，往往对此百思不得其解：怎么会这样？此时的晏几道就深陷在对往昔的怀念之中不能自拔：他怀念那如幻如电的过去时光，那是他青春的见证；他怀念老朋友，怀念那四个美丽的少女。如果说，温庭筠及花间诸彦笔下的女子往往出于虚构，那么，晏几道笔下的则都是具体的人，都是在他的生命历程中刻下印记的人。如果说温庭筠及花间词人笔下的女人是色的象征，是欲的象征，是他们人生享乐的象征；那么，晏几道笔下的这几个女孩子，则是美的象征、情的象征，是他人生温暖甚至人生意义的象征。这种过于具体与确定固然使他的作品缺少外延上的延展与联想，从而意境不能如冯延巳、李后主、晏殊等人般宽阔，却能使人深陷。他与李后主天性上颇相近，人生逆转也相近，华屋山丘、盛衰今昔之咏叹亦相近。但李煜是有意识地淡化背景，而只出之以感慨；他却是执着地指定对象，固执地告诉我们他思慕与感慨的具体人物。李煜是把自己的不幸升华了，升华为人类甚至宇宙一切有生命之物的共同的命运无常、繁华凋零之悲哀；他却就依附于自己悲伤的一点，不愿须臾分离。所以，李煜最终是提升了人性感知的高度；而他，则是掘出了人性执着的深度。李煜是拓宽了词之疆域，拔高了词境；他却是让词境在更狭隘的地域深潜，使我们领会到词可以多么深入地表达一个人的痛苦与深情。李煜的词，有人生无常的大感慨，并把我们一网打尽，把一切有生之物斩尽杀绝，不留一丝安慰与幻想，从而我们与他在人生境遇上是平等的，我们同是荒诞人生与荒凉世界的被害人、见证人与匆匆过客，我们没有心理上的优势。但我们只有具有足够的领悟力与慈悲心肠，具有足够开阔的胸襟与纯净的心灵，才可以产生深广的联想，才可以在那么高的境界上与他晤对，相视一笑，莫逆于心。而晏几道的对具体人事的追忆与怀想，对具体人事的留恋难舍，则可以直接在情感上对我们产生触动。他似乎近乎蛮横地告诉我们：他就只在乎那几个人，其他的一切与他无关。这是一种深情的冷酷，或冷酷的深情。他通过漠视其他人来提高他的爱人，他高度收敛自己的关注与情感，使其凝聚于一点，所以，他固然因之缺少广度，却有无与伦比的强度。假如我们把李煜比喻为普照的佛光，那晏几道就是那一束凝定的激光：是置人于死地的死光——至少是致他自己于死地。他是无法超脱的，他纠缠得太深了。

还要说到秦观。冯煦《宋六十一家词选·例言》中，把晏几道和秦观相提并论，说“淮海、小山，古之伤心人也”。但我们若细心辨听他们的哽咽一般的吟唱，我们会发现，小山是被外力损伤的，正如我们上文所述，他是被那么几个他不能忘怀的人弄伤的。所以，他更多的是写伤心事、伤心人，是对外的。而淮海则好像本来就是先天地带来了一颗受伤的心，再用这颗受伤的心去感受这令人伤感的世界。所以，他才是直接写自己的那一颗受伤的心，且是一种深深的内伤：

漠漠轻寒上小楼，晓阴无赖似穷秋，淡烟流水画屏幽。
自在飞花轻似梦，无边丝雨细如愁，宝帘闲挂小银钩。
（《浣溪沙》）

纯写感受。盖自然物自然而在，而不同的人对它们的“在”有不同的心理感受。即如“飞花”，一般人大约也就感受到它凋落之动态，而秦少游却能感知到它的“自在”、它的如“梦”之“轻”；而“丝雨”，少游不仅可以在心里测知它的幕天席地、“无边”无际、笼罩宇宙，而且能感知到它的其“细”如“愁”。“宝帘”之撩挂，却有“闲”之意味；“画屏”而有“幽”之况味。“晓阴”不仅“似穷秋”，且还“无赖”。秦观把词之细腻入微、刻骨铭心的优势发挥得登峰造极。他写的是眼中之物吗？不，他写的是心中之象。难怪冯煦《宋六十一家词选·例言》中说：“他人之词，词才也，少游，词心也。得之于内，不可以传。”是这样的，少游之词，出之于他的那颗敏感的心灵，对他而言，词之创作，已与技巧及语言无关，他已先在内心里把这宇宙一切心灵化了，所以，对他而言，他所写的一切，不是艺术的，而是真实的。在他那里，世界就是他的心象，他的心象就是真实的世界。而这心象，又总是凄迷如梦，如烟，如幻，如电：

春去也，飞红万点愁如海。(《千秋岁》)

斜阳外，寒鸦数点，流水绕孤村。(《满庭芳》)

雾失楼台，月迷津渡，桃源望断无寻处。(《踏莎行》)

如果说，晏殊、欧阳修、苏轼等人在人生绝境处总是别有洞天，在绝望之中终于挣脱而去；那么，秦观则是使人愈益深陷而不能自拔，他营造一种意境（如前所说，这也就是他的心象，是他的心灵世界），如蛛网一样粘住我们的心智与情怀，又如同一个溺水而昏迷的人死死地抓住我们，让我们与他一同下沉，直至一了百了，万念俱灰。

太虚、方回、晏几道诸人，皆脆弱敏感多情之人，都是执着而不知变通之人，都是钻牛角尖之人，而这正是词所需要的。或者说，他们的这种精神心理导向与词之形式、性质，正相吻合，所以这几个人的创作，一再重新印证、强调与张扬词自身的特点。他们的一往情深的心灵，他们的一往不复的性格，正可以一针见血地写出词之心、宇宙之心，天地之不得已者。是的，北宋词之杰出瑰伟处，就在于写出了人类与宇宙相晤对时的感伤，写出了人类之心与天地之心相遇之时感动激发而出的无奈、无聊、无助、无赖与无力，问题在于，这宇宙，是寓形于任一对象上的：一树花枝，一川烟草，一抹斜阳，一声鸟啼，万点飞红一杯酒，满城风絮数点鸦，歌女的婉转的喉与灵动的手指，指尖上奏出的飞散的音符，舞女的裙与飘带、长袖，以及她们消逝在时光中的幽怨的眼神、如花的容颜……

大众歌手

说北宋词，柳永（生卒年不详，约在980—1053年之间，据唐圭璋、蔡厚示、李国庭等推断）是当之无愧的第一大家。可这“大家”那时候大家都不大喜欢他，首先是最最“大家”——皇帝老儿就不喜欢他，然后是晏殊、欧阳修、苏轼等“大家”也不喜欢他。宋仁宗读了他的《鹤冲天》“忍把浮名，换了浅斟低唱”后颇气恼：如此漠视体制的尊严，把政府放在什么地位？于是亲自拿笔把柳永的名字从科举榜上勾去，还说了一句颇下流的话：“且去浅斟低唱，何要浮名！”这是吴曾《能改斋漫录》上的记载。胡仔《苕溪渔隐丛话》后集卷三十九引《艺苑雌黄》上的记载大概是另一版本：

> 柳三变……喜作小词，然薄于操行。当时有荐其才者。上曰：“得非填词柳三变乎？”曰：“然。”上曰：“且去填词。”由是不得志，日与儇子纵游倡馆酒楼间，无复检约，自称云：“奉圣旨填词柳三变。”

从他自称“奉旨填词”，可见这家伙确是不大严肃。但这也是那

“颇好词”的仁宗皇帝“大家”逼的。我则有些喜欢这种调侃神圣的气质。中国的知识分子，惯于在体制的框架内追寻自己的位置，三月无君，惶惶如也，柳永敢于宣称“浅斟低唱”的体制外生活强于体制内的地位名声，也算是有勇气与见识。这也就使他与其他“知识分子”——士大夫们拉开了距离。

他把“政府”的尊严不放在眼里，政府当然也排斥他：

柳三变既以词忤仁庙，吏部不放改官。三变不能堪，诣政府。晏公曰：“贤俊作曲子么？”三变曰：“只如相公亦作曲子。”公曰：“殊虽作曲子，不曾道彩线慵拈伴伊坐。”柳遂退。（张舜民《画墁录》）

没官做，当然要找政府，但当时政府首脑是晏殊，晏殊虽亦作曲子，却不喜欢柳永的曲子。两者的区别即在于，晏词雅，柳词俗。当时后来，骂柳词俗的人很多，“格固不高”“韵终不胜”“杂以鄙语”“词语尘下”（陈振孙、李之仪、李清照等人语）。

“彩线慵拈伴伊坐”是晏殊举出的例子。全词如下：

自春来，惨绿愁红，芳心是事可可。日上花梢，莺穿柳带，犹压香衾卧。暖酥消，腻云亸，终日恹恹倦梳裹。无那！恨薄情一去，音书无个。

早知恁么，悔当初，不把雕鞍锁。向鸡窗，只与蛮笺象管，拘束教吟课。镇相随，莫抛躲。针线闲拈伴伊坐，和我。免使年少，光阴虚过。（《定风波》）

这是“小女人”词。自温庭筠至五代，这类“小女人”心理、“小女人”形象就一直有，但柳永是登峰造极。为什么？因为前人是小令，寥寥数语，无论是刻画心理，还是描摹形态，都点到为止；而柳词则是慢调，他尽有铺叙工夫，转折腾挪，点染描画。温庭筠一句“懒起画蛾眉，弄妆梳洗迟”十个字，在柳永这里，改变成了整个上阕五十个字。他多了心理刻画，多了情态描摹与环境烘托，“绿”前多了“惨”，“红”前多了“愁”，“酥”前多了“暖”，“云”前多了“腻”，难怪晏殊把“针线闲拈伴伊坐”记成了“彩线慵拈伴伊坐”，“彩”写线之色，“慵”则写人之情态，晏殊记错的地方，正是他对柳词特征把握很正确的表现——如果让晏殊来写模仿柳永的词，他会写得比柳永还柳永呢。问题就在于，晏殊他们拒绝这样写，因为他们有士大夫的“雅”的坚持。而柳永没有这样的坚持，他就是“俗”，并且决绝到底，俗到家了。他体现的是大众的、世俗的审美眼光。在此词这样的一个女性形象里，我们看不到什么象征，我们也不会产生什么更宽广的联想。是的，柳永不要象征，也不要我们联想，他就是要直白地、露骨地写一个小女人的心态，并且没有什么社会指涉。他甘心就这么浅层次。或者说，在他的词里，表层之下，没有深层。他不用比兴，他只要赋——只要铺叙，描摹，直抒胸臆。在这样的词里，他不言志，不载道，只言情，而且是代他人写情，揣摩一般人的一般化情怀，而不是特殊的个体感受。可以说，他是作家中最没有道德的——我的意思是说，他的作品处在道德与不道德之间的那种状态：他自觉地不去承担道德的重荷，虽然他并不赞成不道德。实际上他可能意识到了这样一个很深刻的问题：在爱情上，道德是一个尴尬的角色，它不能不在场，却又不能时时在场，它必须适时地回避。它固然不能受到破坏，但不破坏它的前提是：当爱情发生的时候，它可能需要适当地回避。

实际是，柳永的风格，是由他写作的目的决定的。在他的《乐章集》里，大多数作品都是为歌妓写的，“教坊乐工，每得新腔，必求永为辞”（叶梦得《避暑录话》）。他的作品有点像命题作文，更像是为人定做，他是面向市场的，是由歌妓们唱给客人听的，而这些客人，比照一下今天KTV包厢中的常客，显然是不雅的，是文化水平不高而享乐欲望极强的。所以，他《乐章集》中的东西，大都类似于我们今天的流行歌曲的歌词：抒发的是大众情感、公共感受，而不是个性体验。他要的是有更多的共鸣者，是要搜刮大众人人心中所有、人人能理解的东西，把它变成歌词，然后再得到他们的喝彩。应该说，柳永在这一点上很成功：他的歌“声传一时”（《避暑录话》），“传播四方”（《能改斋漫录》），上至禁中皇家后宫，中至文人士大夫，下至普通百姓、贩夫走卒，甚至在西夏也有“凡有井水饮处，即能歌柳词”的大名。他是那个时代通俗文艺的代表。而他偎红倚翠，在“秦楼新凤，楚观朝云”谋生涯的生存方式，也并不比吃体制饭的文人们下流——他自己养活自己，没有靡费纳税人的钱。

柳永当然也有受人称赏的作品，那恰恰是写他自己个性体验的作品。如《雨霖铃》：

寒蝉凄切。对长亭晚，骤雨初歇。都门帐饮无绪，留恋处、兰舟催发。执手相看泪眼，竟无语凝噎。念去去、千里烟波，暮霭沉沉楚天阔。

多情自古伤离别。更那堪、冷落清秋节。今宵酒醒何处，杨柳岸、晓风残月。此去经年，应是良辰好景虚设。便纵有、千种风情，更与何人说。

这首词当是写他自己的经历。他离开京城开封，与情人分别，从那难舍难分看，离别当有不得已者在。柳永由于没有生计，他总处在奔波之中，这种状况，会让人心理常在伤怀之中，更何况要与情人分别，又更何况在那冷落清秋时节，傍晚时分，秋雨之中！

他放笔而写，尽情发露，显豁直率，酣畅无余，并且还大胆坦率，毫不遮掩，全不理睬那传统的含蓄蕴藉、哀而不伤、温柔敦厚的教训。有场景描写、动作描写、情态描写，还深入到人心；有心理活动描写，有直说，如“便纵有、千种风情，更与何人说”，更多的是曲曲折折、辗转腾挪，在赋体中平添波澜。陈匪石《宋词举》中说他有“并句一转”的手法：“对长亭晚”——方珍惜此时，却又已“晚”，须动身了；“骤雨初歇”——骤雨突来，可以留人，却眨眼又“歇”；“帐饮无绪，留恋处，兰舟催发”——“帐饮”却又“无绪”，“无绪”却又“留恋”，“留恋”却又“催发”；“执手相看”的，却是“泪眼”；离别要叮嘱的，却是“无语凝噎”。这种句法，不仅使平面的铺叙有了曲折姿态，更是写出了人生处处存在的压抑感、催迫感，是与他的生存状态和生存感受一致的。

不仅有转折来生姿，还有“点染”来生色，难怪这首词有如此的十分姿色。刘熙载《艺概》云：

> 词有点染。耆卿《雨霖铃》“念去去”三句，点出离别冷落；“今宵”二句，乃就上三句染之。

点笔明确显豁，是意脉所在；染笔则濡染烘托，乃气氛所系。这是他对白描手法的发展。他的语言是俗白的，但意脉却是曲折有致的。如果和前人小令相比较，我们发现，前人小令描绘的情境，往往是片断的、瞬间的，静态（特定状态）的、单一的，蓄势待发而未发的，又是戛然而止的，是对情境的描摹，对某一特定情感状态的描摹，我们可以称之为“描情”。而柳永慢词对情境的描绘，则往往是连串的、链条的、发展的，有情节有过程有结果的，延伸的、多重的、曲折多变又一泻无余的，是对情境的叙述，对情感发展的叙述，我们可以称之为“叙情”。

柳永也有很士大夫文人化的东西，比如他的《八声甘州·对潇潇暮雨》，其中“渐霜风凄紧，关河冷落，残照当楼”就被苏轼称为“唐人佳处，不过如此”，这就是他的雅词了。可见，他不是不能作这种雅词，“使能珍重下笔，则北宋高手也”（周济《介存斋论词杂著》）。但他的特色，正在他的俗词，是这些词派定了他歌手的面目。而他在铺叙上的功夫、发展慢词的功劳，又奠定了他在词史上的地位。把周济的话加两个字倒正合适：使能“珍重”下笔，则北宋少一高手也。

他的名声，使他成为一个不可忽视的存在。你可以在趣味上不喜欢他，也可以像晏殊那样利用自居体制高处的有利地位排斥他，使他生活困顿而得不到“政府”的承认，把他排除在士大夫的“圈子”外，但他在民间，创造了奇迹。这种奇迹是无所凭借的。一个科考得意的人，其成功是在既定的框架内爬得高，其光环得之于体制的褒奖，包括相应的职位以及由此而得的物质报酬——俸禄。而他的成功，是个人的成功。他的光荣来自民间，来自布在人口的他的歌词。这种成功，在那样的时代往往是有名无实的——有名声而不实惠。柳永后来为了谋生，还是得改名换姓地去考试，然后得一屯田员外郎的小官职，此时五十五岁左右，已是暮年，最后贫病而死，是歌妓们凑钱安葬了他。但他的名声，还是使人有些眼红。苏轼曾批评秦观学柳七作词，秦观予以否认，但秦观词受柳七的影响是不可否认的。而东坡自己，在作了一首得意的词时，想到的，仍是柳七：

东坡在玉堂，有幕士善讴。因问：“我词比柳词如何？”对曰：“柳郎中词，只好十七八女孩儿，执红牙拍板，唱‘杨柳岸，晓风残月’。学士词，须关西大汉，执铁板，唱‘大江东去’。”公为之绝倒。（俞文豹《吹剑续录》）

这则故事至少透露了两个信息：一是苏轼是把柳永看作词坛上的人

物甚至对手的。被东坡这样的人看作对手，这是莫大的荣耀，也可见东坡虽然不喜欢柳永，但也在内心里不得不承认他的实际影响，不得不承认这个巨大的存在，甚至对柳永巨大的名声有些复杂的情绪。其二，这个故事说明，柳、苏之间的区别，在于风格上的不同。但从这个善讴的幕士举的例子来看，苏词与柳词风格不同者是为《念奴娇·赤壁怀古》这样的词，而这样的词在苏轼全部词作中，数量极少。并且，这种风格的词，此前已见于范仲淹《渔家傲·塞下秋来风景异》、王安石《桂枝香·金陵怀古》。可见，从总体上讲，苏词对柳词的否定，不在于所谓豪放旷达对婉约细腻的风格上的否定，两者的区别在于：当柳永甘心“媚俗”，以俗文学为自己的使命而基本放弃传统文人的营生——诗歌的创作（柳永现存诗歌，只有清代厉鹗在《宋诗纪事》卷十三中，保存的他的三首诗及断句一联），并把词向俗的方向发展而去时，苏轼以正统文坛盟主的身份，自觉地加以抵制，并以自己的创作影响，试图把词拉回“诗”的轨道上来。在苏轼那里，词与诗一样，变成了言志的工具，是表达自己内心世界的工具，而不是文化市场上的商品。在东坡笔下，词之所以无所不能，正是因为词变成了诗。而诗，在中国的文化传统中，更多的不是大众赏爱的文艺形式，而是文人称心如意的、顺手的表达自己内心世界、宣泄自己压抑情感的工具，是文人们沟通世界、表白自己的窗口。所以，它往往是很私人的，是私人的情感、私人的思想、私下的非议或诽谤。不像俄罗斯的诗是属于广场的，中国古代的诗歌，更多的是属于朋友之间的，是邮筒的、酒席的、夜话的。而作为歌曲的词则是属于大众的、市场的，一句话，公共的。有意思的是，私人化的诗，其道德承担却是公共的，是作者表达自己道德立场、政治态度、人生境界、价值判断等等的工具。而大众化的歌词，要表达的，则恰恰是个体的情感体验。

从花间“用资羽盖之欢”的小众，到柳永的“凡有井水饮处，即能歌”的大众，总之，这是一种公共产品，它讲究的不是事件的个性化特征，而是情绪的共性化，它要揣摩的、写出的，是人人心中所有而又人人笔下所无的，因为只有这样才能招来喝彩。所以，走市场的柳永，其词走的是“曲子词”的路。而欧阳修以迄苏东坡乃是使词回到“诗”的路上来，力图使词也如诗一样，成为士大夫文人的精神手杖。因此，东坡等人的词是让人读的，柳永的词是让人唱的。柳永虽“词语尘下”，却是“协音律”的；而“不协音律”的东坡词，则已不再是词，只不过是长短不一、“句读不葺之诗”罢了。李清照对苏轼词所做的价值判断当然可以讨论，但她对苏词的“事实判断”却极是正确。

英雄泪

在对词的士大夫化上，还有比苏轼走得更远的，那就是辛弃疾。苏轼把词变成了诗，辛弃疾（1140—1207）把文引进了词——词到了他，真个是无所不能了：抒情、叙事、论理，样样都行。辛弃疾是把词这种文学形式之内在潜力挖掘最深而发挥最充分的伟大的天才。是的，不是天才不能如此，他以后的崇拜者、追随者，往往不免于粗豪叫嚣，即可为反证。

辛弃疾有词六百多首，是两宋存词最多的词人，而在词上的成就亦可推两宋第一。"有心雄泰华，无意巧玲珑"（《临江仙》）的辛弃疾，再一次证明了文学的最高境界乃是作家的人格与胸襟，而不是什么技巧。他的雄豪激烈的英雄情怀，不得施于疆场，乃以词为"陶写之具"，而创作出"横绝六合，扫空万古，自有苍生以来所无"（刘克庄《辛稼轩集序》）的词作，成为中国词史上最奇崛、最伟岸的景观。

柳永是歌舞升平时的流行歌词的作者，东坡是士大夫文人，而辛弃疾则是国家危急存亡关头的英雄。他生于沦陷区的山东历城，高宗绍兴三十一年（1161）他二十二岁时，即能振臂一呼，啸聚两千人的队伍在敌后抗金。加入耿京义军后，说服耿京联络南宋，并受派遣南下与南宋联络，在建康受到巡幸到此的高宗的接见。但在返回山东时，却获知耿京已被叛徒张安国杀害，义军亦已溃散。他立即率领五十名骑兵，直奔济州（今山东巨野），冲入有五万人之众的金兵营地，活捉张安国，缚于马上，不眠不休，疾驰至临安，将其处死。他的这种行为，“壮声英概，儒士为之兴起，圣天子一见三叹息”（洪迈《稼轩记》）。抓住叛徒，又身当极度危险境地，却并不马上处决，而是带到南宋首都，可见他对于南宋政权的高度认可与尊敬。当时，他可能认为，有南宋政权的强大政治、军事资源，有他的雄才大略，“把诗书马上，笑驱锋镝”（《满江红》），“了却君王天下事，赢得生前身后名”（《破阵子》），挥千军万马，横扫酋虏，收复失地，指日可待。但没想到，他只被任命为小小的江阴佥判，后来虽然官职有所升迁，但都是在地方任职，而且每任时间都不长，从二十九岁到四十二岁，十三年竟调换了十四任官职。四十二岁，正当壮年，被弹劾罢职，闲居江西上饶带湖十年，五十二岁起用，为福建提刑，三年后又被诬陷落职，再赋闲八年，六十三岁起用二年，六十六岁“英雄老矣”，回到铅山故居，六十八岁时赍志而殁。

宋孝宗乾道五年（1169），三十而立的他，南归七八年的他，突然发现，他并不是回到了自己的家，而只是一个颇受猜疑与防范的“归正人”，是一个“江南游子”：

楚天千里清秋，水随天去秋无际。遥岑远目，献愁供恨，玉簪螺髻。落日楼头，断鸿声里，江南游子。把吴钩看了，阑干拍遍，无人会，登临意。

休说鲈鱼堪脍，尽西风，季鹰归未？求田问舍，怕应羞见，刘郎才气。可惜流年，忧愁风雨，树犹如此！倩何人，唤取红巾翠袖，揾英雄泪！（《水龙吟》）

这又是一篇登临之作。辛弃疾来自北方敌占区，他的故乡在山东济南，他从敌后抗金，然后南下，在宋廷中颇受猜忌和排挤，原本的抗金复国大志只能赋之于词。现在他登上赏心亭，心中却一点也没有欣赏风景的闲趣，他的眼光不自觉地落到了北方——好一片河山！但这些锦绣江山现在只能给他添愁——因为它们全在金人的铁蹄底下！

他自称“江南游子”，显然和南宋小朝廷已颇“见外”，他栏杆拍遍，这个小朝廷中怕也没有人能理解他登临望故国的万丈雄心。他不愿求田问舍，蔑视许汜，置疑张翰，但他又能如何？他已被捆住手脚，折断翅膀，在落日楼头，听断鸿声声，看故国江山，忧愁风雨，洒一把英雄泪。只是，何处有红巾翠袖，来为他揾去这纵横的忧国之泪？

国运如落日，己身为断鸿，声声啼血，可怜无补！把栏杆拍遍，知音何在？寂寞而只有红巾翠袖，南宋真无人矣！

宋孝宗淳熙三年（1176），辛弃疾任江西提点刑狱，驻节赣州时，至造口，作有《菩萨蛮·书江西造口壁》：

> 郁孤台下清江水，中间多少行人泪？西北望长安，可怜无数山。
> 青山遮不住，毕竟东流去。江晚正愁余，山深闻鹧鸪。

据南宋罗大经《鹤林玉露》记载，南渡之初，金兵追击隆祐太后至造口，不及而还。事隔四十余年，辛弃疾任江西提点刑狱，亲临其地，抚今感昔，遂作此词。金兵追太后至造口一事宋史无此记载，现代学者也不承认此事，但辛弃疾据传说发感慨也很正常。

作为登临之作，全篇似是写景，实则句句议论。面对郁孤台下的清江之水，作者一声叹问：中间多少行人泪？真有“一声何满子，双泪落君前”的况味。下又接“西北望长安，可怜无数山”，一声“可怜”，又有几多痛惜！俯对清江而发问，远望长安而叹息，一边是英雄忧国，一边却是奸人误国，“青山遮不住，毕竟东流去”。既然南宋小朝廷从皇帝到大臣都一意投降求和，英雄也不能挽狂澜于既倒，山中传来鹧鸪声声，英雄辛弃疾忧愤深深……

宋孝宗淳熙六年（1179），辛弃疾由湖北转运副使调任湖南转运副使，继任者王正之置酒小山亭为他送别，他即席为赋《摸鱼儿》：

淳熙己亥，自湖北漕移湖南，同官王正之置酒小山亭，为赋。

更能消、几番风雨，匆匆春又归去。惜春长怕花开早，何况落红无数。春且住。见说道、天涯芳草无归路。怨春不语。算只有殷勤，画檐蛛网，尽日惹飞絮。

长门事，准拟佳期又误。蛾眉曾有人妒。千金纵买相如赋，脉脉此情谁诉？君莫舞，君不见、玉环飞燕皆尘土！闲愁最苦。休去倚危栏，斜阳正在，烟柳断肠处。

辛弃疾是熔铸英雄，他的词是“豪放”的正宗，但他温婉起来，也可使美人心折。更可贵的是他竟能在一篇之中，熔铸“豪放”与“婉约”于一体，“敛雄心，抗高调，变温婉，成悲凉”（周济《宋四家词选序论》），沉郁顿挫，婉转深沉，这真非大天才莫办。

我们看他上片如何写惜春之情。先是怜春，惜春，惜之甚，竟变为“怕春”，然后是劝春，留春，留春不住，又是怨春——因爱而生怨。如此曲曲折折，敛蓄顿宕，百转千回，层层推进，在中国古代写春的作品里，这一段文字无疑属上上品。

实际上这段春词，又是象征，这一片残春，乃是南宋小朝廷半壁江山的象征，那么，他的怨也就有了现实政治的针对性了。据说宋孝宗见此词“颇不悦”（罗大经《鹤林玉露》），宋孝宗治天下不行，读词倒是行家，如同宋神宗能读懂苏轼词。宋家皇帝一直文化水平都挺高。

但孝宗虽不悦，却并不惩办辛弃疾，他应该也知道辛弃疾一片爱春惜春之情。辛弃疾的怨，来自爱，所谓“持重者多危词，赤心人少甘语”（黄蓼园《蓼园词选》）。

下片突然转入怀古，给人以突然掉头而去，不复相关的感觉。其实，如果我们领悟了上片残春不过象征南宋残局，那么下片说历史故事，正是借古讽今。在这样的残局中，那一帮小人竟还要争宠，真无心肝。所以辛弃疾一声断喝：君莫舞！君不见、玉环飞燕皆尘土——你们不要猖狂！你们不知道那得志一时的杨玉环、赵飞燕，最终都化作粪土吗？真是义正辞严。而一番义愤之后，顾影自怜，却又不免慨叹“闲愁最苦”！闲愁最苦者，无权最苦也，不得大展抱负最苦也！

这首词中有三个祈使句，拎出来，正好可作此词的主题：

一是“春且住!”面对春（南宋朝廷）既爱又怨，爱，是因为南宋朝廷毕竟是汉人政权，是恢复中原的希望，怨是怨其不争气。所以，一声“春且住”，是热切盼望这个朝廷能振作起来。

二是“君莫舞!”这个“君”乃指政敌，指那些争权夺利、不恤国事的主和派，作者对他们是毫不假以颜色，怒不可遏。

三是“休去倚危楼”。这是对自己，自怜自艾，顾影自怜。

全篇凡三转，开合纵横，而主线一以贯之。夏承焘评此词曰“肝肠似火，色貌如花”，妙哉斯言！

当苏、辛词尤其是辛弃疾词出现的时候，我们才发现，此前的词，在表现形态及涉及生活的广度和深度上是多么贫乏，在表现人性时是多么单调与脆弱。“绝不作妮子态”的辛词，六百多首，组合而成的辛弃疾自身形象，英雄气盛而又儿女情长，慷慨纵横而又柔情万种，豪宕而又精致，跋扈而又无奈。果毅之资、刚大之气、妖媚之态、体贴之状，这种文学形象，不仅在词史上，即在中国所有体式的文学史中，都是绝无仅有的。东坡有其磊落光明而无其悲凉慷慨，屈原有其忠愤而无其超脱，杜甫有其沉郁而无其豪放，李白有其恣纵而无其小心，陆游有其低回豪雄而无其放荡明丽。难怪刘克庄说辛弃疾“横绝六合，扫空万古，自有苍生以来所无”，这是说他的词，却也是说他的人。是的，此前的词作里，除了苏轼，还没有人像他那样词即是人，词格即是人格。从男子作闺音的变态，到柳永的投合大众趣味、公共情绪的歌词，其间虽然亦有表现自我之作，但从没有人像辛弃疾那样，无一丝游戏与玩笑；他的词，纯是自画像，是自己思想、情感、遭际、生活的实录，是自己的生活史、生命史、心灵史。苏轼的词里还有不少游戏之作、拟代之作。李煜的伟大在于从个别到一般，由个人不幸体验到众生的不幸与命运的无常；而辛弃疾的伟大则恰恰在于执着于一己的悲愤、一己的精神、一己的人格，以一己的心灵而感染我们。我当然不是指辛词每一首都是直接写自己，但我可以负责任地说，在他的词里总是能找到他，能发现他的影子，发现他的气质，发现他性情、人格的烙印。他有着东坡的才气，却又比东坡多一分豪气，而且，他又像柳永一样倾注全力在词上，不像东坡还主要去写诗。这种情况下，他在词作上的成就超过东坡而雄视历代就完全可以理解了。

如果说，在和平时代，需要晏殊这样的太平宰相，作一些雅致平和的词来点缀升平，显示宫廷的文化水准和艺术氛围；需要柳永这样的大众歌手，作一些风流通俗的词来点缀生活，满足大众的文化与精神需求；更需要苏东坡这样天才的独创的艺术家以他一流的作品来承继文学传统，反映时代精神，抒发士人情怀，那么，在辛弃疾的时代，在那样一个国家残破、外患频仍的时刻，则是一个需要英雄的时代。而包括岳飞、陆游和辛弃疾本人的出现又表明，这又是一个出现了英雄的时代。按说，这应该是一个大时代，有大风云、大场景、大悲大喜、大起大落，但不幸的是，这又是一个扼杀英雄的时代，既杀之以铤与刃，如杀岳飞，又杀之以排挤、压制、猜忌、贬斥、投闲置散，剥夺机会，如杀陆游、辛弃疾。到末了儿，主宰这个时代的，恰恰是一小撮猥琐、卑污、胆怯、奸诈的小人。“公卿有党排宗泽，帷幄无人用岳飞。”（陆游《夜读范至能〈揽辔录〉言中原父老见使者多挥涕感》）于是，这种大风云、大场景，就只能成为文学上的幻象，既有陆游的“铁马冰河入梦来”（《十一月四日风雨大作》，他的另一首诗的题目就是这种英雄大业恍如一梦的真实写照：“五月十一日夜且半，梦从大驾亲征。尽复汉唐故地。见城邑人物繁丽，云：西凉府也。喜甚，马上作长句，未终篇而觉，乃足成之。”），又有辛弃疾的“醉里挑灯看剑，梦回吹角连营”（《破阵子》）。陆游的“楼船夜雪瓜州渡，铁马秋风大散关”（《书愤》），只能是向往之景，辛弃疾的“八百里分麾下炙，五十弦翻塞外声，沙场秋点兵”（《破阵子》），更只能是醉中幻想。而“了却君王天下事，赢得生前身后名”（同上）的英雄事业，只能在白发鬓影中悄悄消失。

据说人生有三福：威福、闲福与艳福。以辛弃疾旺盛的生命力、丰富的情怀与天赋的大才，他当然更倾向于威福与艳福。对威福的追求，体现在他一系列“壮词”里，一系列英雄词里。自然，他还应有不少的艳福，他不讳言他追求美色，喜欢美人。在他六十六岁任镇江知府时，言官还弹劾他“好色”。唉，“试想英雄垂暮日，温柔不住住何乡？”（龚自珍）

> 东风夜放花千树，更吹落，星如雨。宝马雕车香满路。凤箫声动。玉壶光转，一夜鱼龙舞。
>
> 蛾儿雪柳黄金缕，笑语盈盈暗香去。众里寻他千百度，蓦然回首，那人却在，灯火阑珊处。（《青玉案·元夕》）

他岂是永远刚正怒目？亦又有一番柔肠在。这一个宋代的不知名的美人，她可能永远都不知道，在元夕的晚游中，她曾让一位绝世的大英雄刚肠化为柔情，而这位大英雄的笔，让她永垂不朽。

而当他不得已“卖剑买锄犁”，“却将万字平戎策，换得东家种树书”的时候，他竟也能享那闲福：

陌上柔桑破嫩芽，东邻蚕种已生些。平冈细草鸣黄犊，斜日寒林点暮鸦。

山远近，路横斜，青旗沽酒有人家。城中桃李愁风雨，春在溪头荠菜花。(《鹧鸪天》)

茅檐低小，溪上青青草，醉里吴音相媚好，白发谁家翁媪？

大儿锄豆溪东，中儿正织鸡笼。最喜小儿无赖，溪头卧剥莲蓬。(《清平乐》)

如果说唐朝张志和的《渔歌子》还与王、孟的诗一样，所写仍是文人隐士的田园，那么，辛弃疾的这类农村题材词，则与范成大一样，是将田园还给了它真正的主人——农人。只是，辛词比范诗更生动、更活泼，情绪上更快乐，更显示出真心的赏爱。大英雄，亦多爱！

而下一首《西江月·夜行黄沙道中》似更出名：

明月别枝惊鹊，清风半夜鸣蝉。稻花香里说丰年，听取蛙声一片。

七八个星天外，两三点雨山前。旧时茅店社林边，路转溪桥忽见。

“明月别枝”的“别枝”历来有不同的解释，有释为“别一枝”的，有释为“离别树枝”的。如果把“别”理解为“别针”的“别”，意思就是明月别挂在树枝上。但“别”的这种意思在古汉语里不常见。我们还是取第二种解释，“离别树枝”。月亮落了，离别了树枝，把枝上的乌鹊惊动起来。据说乌鹊对光线的感觉极灵敏，日蚀月落，它们都会受惊。唐张继《枫桥夜泊》“月落乌啼霜满天”的“月落乌啼”也是描写这种现象的，张继直接写到了“乌啼”，而辛弃疾却只写惊鹊不写啼而啼自见，同时也与下文的“鸣蝉”不重复。这两句写清风、写明月，清风明月是人间最美好的事物之一，历来为诗人所咏唱。“清风明月不用一钱买”（李白），“惟江上之清风，与山间之明月，耳得之而为声，目遇之而成色”（苏轼），清风明月代表的是一种恬静的环境，一种闲雅的生活态度。作者在这清风明月之际，夜行黄沙道中，听乌鹊与鸣蝉，当然是别有一番趣味，但他看到的、听到的还不只是这些，他还嗅到了稻花吐出的芳香，听到了农民们的纳凉夜话，他们在说着与丰收有关的话题，而周围蛙声四起……这四句，每句都写了声音：鹊声、蝉声、人声、蛙声，交织成夏夜交响曲，夏夜的气氛是多么热闹，夏夜的心情是多么欢快！这是静中的闹，以闹写静，又以静衬闹。而不声不响的夜行人——作者，却是无声胜有声：在这众多的声音里，他只是一个旁听者，但他的心情是多么愉快呢！他在用心参与着这夏夜的合唱……

走着走着，走到一座小山前，突然觉得有星星点点的雨滴，再抬头看看天，果然天上也布起了乌云，只在乌云缝隙，还有那七八颗小星在闪烁，一场阵雨就要来临。这对夜行来说，显然是不利的，作者不免焦急起来，加快了脚步。而就在这急迫之中、走投无路之际，路一转，忽见溪边的小桥，小桥的那边就是一片社林，而社林旁边，可不就是那熟识的茅店么？这最后两句，是一个倒装句，目的不光为了词律，更为了突出“忽见”，作者在急于寻求避雨之地时，忽见熟识的茅店，其心情之畅快、之放松、之长舒一口气，尽在我们的意想之中，而我们还可以这样回味：当作者坐在茅店里的小桌旁，静听外面的风声、雨声，回味刚才听到的鹊声、蝉声、人声、蛙声，又是一种多么有滋有味的心情呢……

虽然苏轼也曾有一组五首的《浣溪沙》，可以算是田园词的开山，但我们仍然不能不推辛弃疾为田园词的第一人。原因是，正如苏轼之前既有范仲淹的《渔家傲·塞下秋来》、王安石的《桂枝香·金陵怀古》，但豪放风格之确立、绮罗香泽之横扫、向上一路之指出，仍不得不推苏轼的《念奴娇·赤壁怀古》一样，虽然有苏轼《浣溪沙》在前，但我们仍以为，田园词真正发生影响并深入人心，不得不自辛弃疾起。

醉翁与他的亭

北宋庆历年间的那一场“新政”，对欧阳修来说，是一场考验，既是政治考验、道德考验，也是智力与文章上的考验。

庆历三年（1043），范仲淹、韩琦并为枢密副使。范仲淹旋为参知政事，锐意改革，庆历新政开始。此时欧阳修知谏院。“与天子争是非者，谏官也。宰相尊，行其道；谏官卑，行其言”，这是十年前范仲淹为右司谏时，他写《上范司谏书》表示祝贺时的句子。现在，范主政，行其道，他主谏，行其言，对于朝廷的内政外交，他无不极谏。现存于《奏议集》中的这一时期的奏疏达十卷之多，显示出了他对政治的关心程度，对政治问题的洞察力与处置力。不久，范仲淹等人便被夏竦及其党羽造作舆论，攻击为结朋党，欲以此将范之新政人员一网打尽。作为谏官的欧阳修既上疏极言范（仲淹）、富（弼）、韩（琦）等人为国忠义，又进《朋党论》以辨“君子之朋”与“小人之朋”的区别。《朋党论》后来成为欧公论说文的重要作品。

其实，若欧公以《朋党论》表明自己的政治立场，表明自己站在君子一边，当无问题，但若就文章本身看，这篇名作还是有我们置喙的漏洞。首先，从立论看，他的议论并非新颖独创，把人分为君子、小人，是中国文化的一贯传统，把朋党分为君子之朋与小人之朋，前有汉末党锢群英以亲身践之，北宋初年王禹偁亦先有《朋党论》，并已明言“夫朋党之来久矣，自尧舜时有之。八元、八恺，君子之党也；四凶族，小人之党也”。可见欧公并无思想与学术的创新。

其次，就驳论言，对方既已指明范、富等为“朋党”，欧公当力辩范、富等不为朋党。欧公置此不顾，却泛言什么“君子之朋”与“小人之朋”，不仅有“王顾左右而言他”的嫌疑，又实际上等于在逻辑上先承认范、富之人果然是“朋党”，这正中了敌人的圈套。而“君子之朋”与“小人之朋”的辨析，又并不能直接推导出范、富等人为“君子之朋”，至少从对手看来，范、富诸人并不是不证自明的君子。可见欧公此文，先是逻辑上的一个疏忽，失之东隅，又由于自身论点之间亦缺少关联，不能“收之桑榆”。简直可以说是一败涂地。好在中国古人，大都头脑中道德观念极强而逻辑思维能力不够，对手在这方面也同样糊涂，一见欧公“君子”“小人”卷地骂阵而来，早已忘掉他已赤膊上阵如许褚，可以一箭毙命，反倒自己那边辟易而退，遂令欧公一战而胜，一战成名，此文遂无端获千载大名，至今仍被我们吟诵佩服。

因此，就文章本身立论的稳妥、论证的严密而言，这篇《朋党论》是有可指摘之处的。若以逻辑严密、行文老辣言，他的另一篇《纵囚论》，当在《朋党论》之上。有意思的是，《纵囚论》正是破除“道德迷信”的，与《朋党论》祭起道德大旗以作虎皮，正好相反。从立意上讲，《纵囚论》层层辩驳，从逻辑到心理，斩绝峻峭，虽不能径因之成为文学，但其文章本身，确是风骨凛凛。仅从其在辩驳析理上不留一丝余地与对手，与《朋党论》之丢土失地、丢盔卸甲相比，正不知高明多少。

所以，我前文说这几年对欧公而言是政治考验、道德考验与文章考验，前两桩考验他都能得优，但后一桩考验——文章考验，就算我们顾及他的面子，也大概只能给他一个及格分。事实是，在他上《朋党论》不久，范、韩诸人即被罢官，新政失败。而他亦因立场鲜明招人嫉恨，并被人陷害，以“盗甥”之污水泼之，导致他丢官外贬，知滁州。这对欧公而言，当然是莫大的侮辱，但对他的道德自信，却也是一次嘲讽，一记当头棒。人们把这种“小人之尤者”也未必能做的丑事栽赃给他，他的内心必受极大震撼。虽然后来官方以文件形式还了他一个清白，但我们知道，这类事，是说不清的。而欧阳修也只能弃京官而外任，去滁州寻找山水之乐去了。

中国的各地中，有些地方与文学的缘分特别深厚，如柳州（柳宗元）、杭州（白居易、苏轼）、黄州（苏轼），滁州也算一个，在唐代即有韦应物在此盘桓，写有《滁州西涧》等名作，现在欧阳修又来了：

昔读韦公集，固多滁州词。
烂熳写风土，下上穷幽奇。
君今得此郡，名与前人驰。

这是欧公的好朋友梅尧臣《寄滁州欧阳永叔》诗中的几句。不像是在向他表示同情与安慰，倒好像是因为他能去滁州而祝贺他。下面还有勉励的：

不书儿女书，不作风月诗。
唯存先王法，好丑无使疑。
安求一时誉，当期千载知。

还是希望他以道自任——欧公是提倡“文以载道”的。在公共生活中，他是凛然的，但私下里，他又有大量的风月儿女之作，后来收在

《六一词》中的，一点也不大丈夫，而非常的“小女人”。大概梅尧臣不大喜欢欧公的这些东西，而且，据说，他的“盗甥”之诬，也来自他的一首词，故梅尧臣以此诫之。当然，生活还是要惬意的：

此外有甘脆，可以奉亲慈。
山蔬采笋蕨，野膳猎麏麚。
鲈脍古来美，枭炙今且推。
夏果亦琐细，一一旧颇窥。
圆尖剥水实，青红摘林枝。
又足供宴乐，聊与子所宜。

这样好的生活，朝廷又有什么可羡慕？况且你是一身污泥浊水，正需要这山野之风水的洗濯：

慎勿思北来，我言非狂痴。
洗虑当以净，洗垢当以脂。
此语同饮食，远寄入君脾。

梅尧臣的这首诗还真够啰唆的，但这也体现了一个好朋友的关心吧。反正欧公到滁州，比起柳宗元到柳州，甚至比后来苏轼到黄州，都更快地找到了感觉，找到了快乐，这倒是事实。这可能与他比较世俗、比较平易的个性有关。

欧阳修被当时人称为当代韩愈，他也以此自许。但他实比韩愈有趣味、懂生活，不像韩愈那样自高自大、师心自用，他比较有性情，这从他的《六一词》中可以看出，他内心实有一腔深情在，有一腔痴情在，有一腔体贴心在。他是公共生活中的大丈夫，却也是私人生活里的小儿女，恩怨尔汝，卿卿我我。他并不放弃他的自我生活的趣味，甚至沾沾自喜于这种生活及趣味，并向我们炫耀。在滁州，他直接、间接地造了两个亭：一为丰乐亭，一为醉翁亭（醉翁亭虽非他自建，却是智仙为他所筑，也是因缘于他）。为此，他还写有两篇名文，一为《丰乐亭记》，一为《醉翁亭记》。

《丰乐亭记》的名声不及《醉翁亭记》大，但若就文章本身看，其含蓄蕴藉气象，如真金璞玉，反倒显得《醉翁亭记》如水晶琉璃，色彩斑斓，而少温润之气质。《丰乐亭记》先叙亭之缘起，由丰山清泉可以“俯仰左右，顾而乐之”，乃“辟地以为亭”，下面若掉尾而去，不说亭而说滁州历史，从五代干戈，到太祖遣将平滁，至今故老无在，可见承平日久，“百年之间，漠然徒见山高而水清”，民无外事，安于田亩，乐生送死，“孰知上之功德，休养生息，涵煦于百年之深也”，这固是歌功颂德之文，但却在不知不觉中令人信服。最后写到自己：“日与滁人仰而望山，俯而听泉……因为本其山川，道其风俗之美，使民知所以安此丰年之乐者，幸生无事之时也。”主题很大，歌开国之功，颂承平之世，兼写自己拱手而治，却无一丝张扬，起承转合尽在不知不觉之中。这篇文章，真正是圣贤之文。

欧阳修比韩愈有艺术趣味，而且还不吝惜才华去追求这种趣味。《醉翁亭记》的意义就在于，他大张旗鼓地宣传了自己的个人的“乐”，虽然他的乐也有来自他人之乐（乐其乐），以及在自己的政绩中、在“滁人”的乐中找到自己的乐的味道，有传统的“与民同乐”的影子，但是，毕竟他敢于把追求个人的“乐”公开宣布，这与《岳阳楼记》褒忧而贬乐，有绝大的区别。范为前辈，欧为后代，两代之间，分野已殊。总之，如果说“丰乐亭”还是欧公道德生活的象征的话，那么，“醉翁亭”则已是欧公自己艺术生活的象征。

滁州四面环山，而西南诸峰尤美，其中蔚然而深秀的琅琊山更是自古有名。琅琊山有一泉曰酿泉，潺潺泻出于两峰之间，泉上有一亭翼然，为山僧智仙所筑。欧公自到此州，恍若大彻大悟，常常到此亭中开宴会，以醉求乐。此前的壮年雄心（作《醉翁亭记》时四十岁）好像一夜消歇，而代之以聊作旷达、自得其乐的游戏人生态度。他“日与滁人仰而望山，俯而听泉”（《丰乐亭记》），才四十岁，便自号“翁”，而且还是一个糊涂颟顸的“醉翁”，连他自己到了老年真正到来时，回首往事，都觉得当初太游戏人生了。《赠沈遵》：“我时四十犹强力，自号醉翁聊戏客。”不是“戏客”，是在戏自己。《赠沈遵博士》：“我苦被谪居滁山，名虽为翁实少年。”少年而自称为“翁”，很有一种就此卸下重担，只图快活轻松的不负责任心态。

有了这种心态，当然就写下了轻松而带明显游戏色彩的《醉翁亭记》。了解了欧阳修的这种心态，我们也就能读懂读透他这篇被人称颂备至的名文。

把他这篇写于1046年的《醉翁亭记》与范仲淹写于同一年的《岳阳楼记》做一比较，我们能看出，同样在谈忧乐，范仲淹侧重于谈“忧”，并推崇这种忧国忧民之“忧”；而欧阳修此文虽然不乏“与民同乐”的人格精神，却已侧重在谈“乐”，并沉湎于这种世俗生活的轻松快乐，以此为生活——甚至精神生活的最高境界。

这是复归真实亲切的人生，还是一种精神的滑坡？范文正公挑起了重担，欧阳文忠公则卸下了这副重担，在滁州这一“地僻而事简”的小地方，没事偷着乐去了。

他曾是洛阳花下客，颇风流，颇闲情逸致，著《洛阳牡丹记》，这是花；后又自号醉翁，这是酒；晚年又自号六一居士，谓“吾《集古录》一千卷，藏书一万卷，有琴一张，有棋一局，而常置酒一壶；吾老于其间，是为六一”，这又是琴、棋、书、酒，一老翁沉于其间，迷于其间，这确是艺术化的人生，在这样艺术化的人生中，他有了“资闲谈”的《六一诗话》，这是中国历史上第一部以“诗话”命名的诗话。这种艺术人生，是韩愈不敢想象的。可以说，欧阳修的这种生活态度与生活方式，是后来明清士大夫讲究趣味、情调的先声。

苏洵曾自信最为了解欧公的文章：“执事之文章……窃自以为洵之知之特深，愈于天下之人。”他把欧阳修的文章与孟子、韩愈的相比较：

> 孟子之文，语约而意尽，不为巉刻斩绝之言，而其锋不可犯。
>
> 韩子之文，如长江大河，浑浩流转，鱼鼋蛟龙，万怪惶惑，而抑遏蔽掩，不使自露，而人望见其渊然之光，苍然之色，亦自畏避，不敢迫视。
>
> 执事之文，纡徐委备，往复百折，而条达疏畅，无所间断；气尽语极，急言竭论，而容与闲易，无艰难劳苦之态。
>
> 此三者，皆断然自为一家之文也。(《上欧阳内翰书》)

这段评论确实很准确地抓住了三者的艺术特征，而表达上也极生动。若让我来比较这三者的文风，我则以为，孟子是天真的，其天性的善与道德上的正气是他文章的灵魂，他是一个为天地立心、为生民立命、为万世开太平的人物，他是毫无心机的，没有城府的，也无一丝私心与小心，他是纯粹的大。而韩愈则是世故的，与世推移的，他有点像孔子曾批评过的，仁心只是“日月而至焉”，好在他写文章时——主要是写载道的文章时，就正是仁心鼓荡的时候，所以，他的文章都是振振有词的，但他的行事，与孟子相比还是有距离的。他有不少的机巧之心，有些小心。如果说孟子是思想家，韩愈大概可以算是个学问家、卫道者，若让我来安排孔庙，孟子可作配享，而韩愈则是护法。

欧阳修又疏远了些。虽然他也是所谓“蓄道德而能文章者”（曾巩对他的评价），但他的“道”与韩愈的“道”相比，内涵要大一些，姿态却又低一些，不仅有古来圣贤之道，且有国计民生之理（他颇重视吏事，不大空谈心性，这正是他较韩愈为亲切的地方），有个人生活之关注。但这一对“道”的疏远，则又使得他比韩子显得大气，显得包容，显得含蓄，显得从容不迫。孟子因天真而可爱，欧公因平易、生活化而可亲，韩愈则有点让人敬而远之。欧公在说理时，往往是朴素的、感性的、日常的，而不是思辨的、玄学的。苏轼就有不少玄而又玄的东西，而欧公的文章就没有这些东西，比如苏轼的《书六一居士传后》：

> 居士可谓有道者也……挟五物而后安者，惑也；释五物而后安者，又惑也。且物未始能累人也，轩裳圭组且不能为累，而况此五物乎？物之所以能累人者，以吾有之也。吾与物俱不得已而受形于天地之间，其孰能有之？而或者以为己有，得之则喜，丧之则悲。今居士自谓六一，是其身均与五物为一也。不知其有物耶，物有之也？居士与物均为不能有，其孰能置得丧于其间？故曰：居士可谓有道者也。虽然，自一观五，居士犹可见也；与五为六，居士不可见也，居士殆将隐矣。

这一段话，把欧阳修的“六一”寓意深文周纳，说得颇妙，却也颇玄。其实，欧阳修大概没想这么多，他就是喜欢这五件东西，再加上一个自己，共同构成一个小小的玩乐世界，老于其间，玩物而终。他是一个感性的人，所以，他的文章，好就好在感性。这与苏轼的文章以思辨之妙取胜者不同。欧公也说理，但他的那些理还停留在格言阶段，不像苏轼讲的那些道理，非要有特别的境界、悟性与修养不能体会，如他的《新五代史·伶官传序》中所说的道理，都并不深奥，但管用，对普通人有警示，这是他朴实的一面。他喜欢讲人情，而不大喜欢说物理，而苏轼是喜欢先物理而后人情的，由物理而演绎到人情的。

欧公又是感慨万端之人，以至于一部《五代史》在他那里，变成了一部“呜呼史”。他有著史的大兴趣，可能即是因为历史上有那么多可供感慨的材料，让他过一把感慨的瘾，呜呼个够。李涂《文章精义》说欧公“此老文字，遇感慨处便精神”，真是看穿了他。但他的感慨，往往也就是朴素的生活道理，并没有玄学的味道。所以，他的那些名作，都是可以作中学教材的——一是文字好，可为中学生范文；一是道理好，可为中学生训诫。他的《秋声赋》算是讲玄理的文章，但仍是庄子遗意，这一方面证明了欧公之不以思辨见长，又可见他从人情出发、以感慨取胜的特点，他的文章是感染人而不是说服人：

欧阳子方夜读书，闻有声自西南来者，悚然而听之，曰：“异哉！”初淅沥以萧飒，忽奔腾而砰湃，如波涛夜惊，风雨骤至。其触于物也，𪺪𪺪铮铮，金铁皆鸣；又如赴敌之兵，衔枚疾走，不闻号令，但闻人马之行声。余谓童子：“此何声也？汝出视之。”童子曰：“星月皎洁，明河在天。四无人声，声在树间。”

余曰：“噫嘻，悲哉！此秋声也，胡为乎来哉？盖夫秋之为状也，其色惨淡，烟霏云敛；其容清明，天高日晶；其气栗冽，砭人肌骨；其意萧条，山川寂寥。故其为声也，凄凄切切，呼号愤发。丰草绿缛而争茂，佳木葱茏而可悦，草拂之而色变，木遭之而叶脱。其所以摧败零落者，乃一气之余烈。夫秋，刑官也，于时为阴；又兵象也，于行为金。是谓天地之义气，常以肃杀而为心。天之于物，春生秋实。故其在乐也，商声主西方之音，夷则为七月之律。商，伤也，物既老而悲伤；夷，戮也，物过盛而当杀。嗟夫！草木无情，有时飘零。人为动物，惟物之灵，百忧感其心，万事劳其形，有动于中，必摇其精。而况思其力之所不及，忧其智之所不能，宜其渥然丹者为槁木，黟然黑者为星星。奈何以非金石之质，欲与草木而争荣？念谁为之戕贼，亦何恨乎秋声？”

童子莫对，垂头而睡。但闻四壁虫声唧唧，如助余之叹息。

文章开头对秋声的描摹，有触耳惊心之感，后接写秋色、秋容、秋气、秋意，都摹声状物，渲染衬托，使人心动。而自然之秋，乃造化之运，为生为杀，其皆出于势不可不如此而非有心戕物。而人为万物之灵，竟然不自觉，而使“百忧感其心，万事劳其形”，至于心劳精竭，为图一时之荣，竟捐百年之身，此人心之“秋”乃最可怕者。其实人生之中，无时不秋，无处不秋，而人脆弱的生命，就这样日复一日、无一时停歇地受此无声之秋的戕贼，终期于尽！

庄子《齐物论》有云：

> 一受其成形，不亡以待尽。与物相刃相靡，其行尽如驰，而莫之能止，不亦悲乎！终身役役而不见其成功，苶然疲役而不知其所归，可不哀邪！人谓之不死，奚益！其形化，其心与之然，可不谓大哀乎？人之生也，固若是芒乎？其我独芒，而人亦有不芒者乎？

茫茫人生，谁非迷茫者？欧公《秋声赋》实脱胎于此。

《秋声赋》的优点，在于感慨万端而以很感性的笔墨来展现他的感慨，但正像章培恒、骆玉明先生主编的《中国文学史》中提到的，其中仅有的一小节理性化的文字则正是全文的不和谐处，这一段就是“夫秋，刑官也”至“物过盛而当杀”这一节。这种不和谐，使我们顺畅的阅读惯性猛然顿折，本该流畅的、一气呵成的文章流程被截断，阅读的快感丧失，本来我们一边读一边击节——他的节奏已经统御了我们，但他自己却突然卡住了，如同破损的磁带，突然之间“呕哑嘲哳难为听”，经过了这难受的一段之后，才在“嗟夫！草木无情，有时飘零”那里又踏上了正常的节拍。

平易的欧公，也许可以谈道理，却实在是不大擅长谈玄理。

缥缈孤鸿

我们大多都知道苏轼的这样一个名言：

> 吾上可陪玉皇大帝，下可以陪卑田院乞儿。眼前见天下无一个不好人。

东坡先生果然平等而爱人。我想“眼前见天下无一个不好人”是一极高境界，表明他已超越了动辄从道德角度对人下判断的中国知识传统。是的，对人做道德评判是我们的一贯传统，虽然这一方法极不科学，往往看人看走了眼，甚至差之毫厘，失之千里，但我们仍乐此不疲。我们应该知道，人的行为更多地受各种外在环境的支配，而道德选择只是其中的一个方面——并且我们不可能要求人们总是只做道德选择。东坡之“眼见天下无一个不好人”，正可能是他对人的人生选择有了更多的宽容与同情之理解。“中国之君子，明于知礼义，而陋于知人心”，这从春秋时期即落下的毛病，其病根，也即是这种察人方法。

但我们还要知道东坡先生的另一面：好骂。这被他的同代人作为他文章的缺点提出来的特点，则正是东坡先生脾气的活写真。他说他眼中无一个不好人，但并不表明他没有是非，更不表明在他眼里这世界一切可爱。不，不可爱的人与不可爱的事到处都有。我等俗人碰到了，往往隐忍不发，甚至一些当代肉头作家还把这鼓吹为修养。大家视东坡先生的修养如何？但他一遇到这类事便会骂。他生性不耐烦，我觉得“不耐烦”是人性纯洁的标志之一。他说他碰到不喜欢的人与事，就“如蝇在食，吐之乃已”。反过来想，能把蝇子吞下肚去的，大概不是修养高，而正可能是人恶心。伟大的作家一定具备看似矛盾的两点：一是他须具有慈悲心肠，有广大的怜悯与推己及人的宽容；二是他又须具有疾恶如仇、路见不平拔刀相斗的大无畏精神。庄周先生不正是这样的人？孟轲先生不正是这样的人？鲁迅先生不正是这样的人？东坡先生也具有这类品质。

当然，这后一点往往给作家带来很多的麻烦。但人生在世，以一个性存在于广大的世间，岂能没有麻烦？岂能没有与他人及社会的冲突？恰恰相反，人格越伟大，冲突越激烈，麻烦越大。鲁迅先生生前死后，被一些人缠斗不休，轻薄不休，即是一例。好在鲁迅先生生在民国，那帝制已被推翻，皇帝老儿做了日本人的小丑，那些人没办法告他“谤讪朝廷”，只说他拿卢布——这当然也可以让蒋介石先生生杀心，事实上蒋也确下过杀心，但毕竟鲁迅先生有“且介亭”，可以“躲进小楼成一统”。而东坡先生在那“溥天之下，莫非王土，率土之滨，莫非王臣”的铁屋子里，是无处可躲的，当他一再作诗，对他所见所闻的王安石新法流弊进行批评时，御史台的小官僚们便有了莫大的“道德义愤”——作为臣子，怎么能谤讪圣上？舒亶在上给皇帝的表状中诘问道：“轼之所为忍出于此，其能知有君臣之义乎？”所以他“不胜忠愤恳切之至”地要求神宗“付轼有司论如大不恭，以戒天下之为人臣子者”（见朋九万《乌台诗案》）。于是，皇帝派人赶往湖州，革去刚刚到湖州上任的苏轼的官职，押回京师审问。这就是有名的“乌台诗案”（乌台是御史台的代称）。

苏轼于元丰二年（1079）七月二十八日被捕，八月十八日被关进监狱，在接下来的四个多月里，受到了非人的折磨与羞辱。好在宋代有不杀士人的传统，王安石在恰当的时候提醒了一下皇帝，并且神宗皇帝也不算昏君暴君，故苏轼历九死而终于一生。到十二月二十九日，判决书下来了，贬为黄州团练副使，限制居住，不得擅离，并且无权签署公文。第二天，也就是除夕这一天，出狱，在牢中关了四个月零十二天。再一日，即元丰三年（1080）一月一日，新春初一前往黄州。苏轼一生中政治上最黑暗的岁月到来了，但他文学上最辉煌的时刻恰在此时此地开始。

刚到黄州时，他没有住处，便暂时寓居在定惠院。

> 缺月挂疏桐，漏断人初静，谁见幽人独往来，缥缈孤鸿影。
> 惊起却回头，有恨无人省。拣尽寒枝不肯栖，寂寞沙洲冷。
> （《卜算子·黄州定惠院寓居作》）

幽人是谁？作者？他人？孤鸿？“影”是什么影？是“孤鸿”之影？抑或“孤鸿”本来即是“幽人”之影？关于本篇的主旨，说法很多，其实，不过是东坡先生“自写在黄州之寂寞”（黄蓼园《蓼园词选》）。你看他的意象，月为缺月，桐为疏桐，这世界就这样稀疏、零落、残缺。人为幽人，鸿为孤鸿，一分伶仃，十分孤傲，是世界抛弃了他，还是他自绝于世界？“幽人”已寂寥，却又“独往来”，蹑手蹑脚，是怕惊动世界，还是怕惊醒自己的寂寞？幽人独往来，却又“谁见”，躲躲闪闪，是无颜见世界，还是不忍见世界？已然安静，却又“惊起”，是幽人惊了世界，还是世界惊了幽人？“惊起却回头”，这一回头，是对这世界回眸一笑，告知世界“我欲乘风归去”，还是在疑惑“又恐琼楼玉宇，高处不胜寒，起舞弄清影，何似在人间”，到底有留恋？可这份缠绵却又“有恨无人省”，哪怕我们舍不得这世界，这世界又何曾是我们的巢穴？哪怕我们愿意栖止在这个世界，可这世界之枝，是“寒”的，是让我们“心寒”的。我们不肯栖，却又在不肯栖之前，已是“拣尽寒枝”，且还要“拣”下去。可见我们的缠绵，可见我们的不舍，可见我们的耐心，又可见我们多么寒心！

幽人无事不出门，偶逐东风转良夜。
参差玉宇飞木末，缭绕香烟来月下。
江云有态清自媚，竹露无声浩如泻。
已惊弱柳万丝垂，尚有残梅一枝亚。
清诗独吟还自和，白酒已尽谁能借。
不惜青春忽忽过，但恐欢意年年谢。
自知醉耳爱松风，会拣霜林结茅舍。
浮浮大甑长炊玉，溜溜小槽如压蔗。
饮中真味老更浓，醉里狂言醒可怕。
闭门谢客对妻子，倒冠落佩从嘲骂。（《定惠院寓居月夜偶出》）

这一次他是明确地告诉了我们他自己就是“幽人”了。这幽人在夜半三更时幽幽地走出屋子，来追逐清风，沐浴月辉，让灵魂从桎梏中出来放放风，此刻，他看到的世界一片宁静，这万籁俱寂的夜的宇宙，是属于他一个人的。这世界仍是那么丰富，有诗意，但他的心境，却已被破坏——他不无后悔地想起自己醉中的失态，以及妻子的嘲骂。

他那“可怕”的醉里狂言是什么？大约总是“骂人”吧。他从乌台诗案一出来，他的弟弟苏辙就指着嘴巴暗示他从此以后要管住自己的嘴巴。但他真是无可救药。苏轼之可爱，不仅在于他境界高，还在于他从不作“高人”姿态。这种真实真醇，是他的天性，也可能是从陶渊明那里悟来的。

初到黄州的苏轼，一如初到永州的柳宗元，还没有和贬谪之地建立感情。作为流放地，这黄州是他苦难与失败的象征，是人生黑暗的象征。

江城地瘴蕃草木，只有名花苦幽独。

……

也知造物有深意，故遣佳人在空谷。

……

陋邦何处得此花，无乃好事移西蜀。

寸根千里不易致，衔子飞来定鸿鹄。

天涯流落俱可念，为饮一樽歌此曲。

（《寓居定惠院之东，杂花满山，有海棠一株，土人不知贵也》）

在他的想象中，大约他也如同一株名花，为幽独地遗落“陋邦”而苦。此诗境界未必高，但情怀真实。

后得故人马正卿帮助，“为郡中请故营地数十亩，使得躬耕其中”。他为之作《东坡八首》。他是陶渊明之后，亲执耒锸的诗人。“东坡”的别号，亦由此来。实际上，在中国民间，“苏东坡”比“苏轼”更为知名。这是元丰四年（1081）的事。

“东坡”自此便成苏轼在黄州生存之依靠，无论是物质的，还是精神的。他不仅自己在上面劳动，甚至弄得“垦辟之劳，筋力殆尽”。而且闲暇时，还在上面徜徉，躺在上面看云卷云舒，农人会提醒他不要睡得太沉，以免牛羊踩着他。

夜饮东坡醒复醉，归来仿佛三更。家童鼻息已雷鸣。敲门都不应，倚杖听江声。

长恨此身非我有，何时忘却营营。夜阑风静縠纹平。小舟从此逝，江海寄余生。（《临江仙》）

他在东坡与人饮酒，醉醺醺地在月下回到家门口，却又在敲门不应之下，回转身来，静听江水之声。这事件的小小转折，使他没能进屋睡觉，而是在月色、江声以及人类的鼾声中静观世界，并了悟“此身”的荒谬。我们当感谢这贪睡的家童，是他促成了这首词的诞生。

这首词的最后两句竟促成了一个谣言：苏轼作此词的第二天，便盛传苏轼挂冠江边，拿舟长啸而去。由于苏轼到黄州是限制居住，当地官吏负有监守义务，郡守徐君猷听到传言又惊又怕，赶紧命驾探访；至苏轼住处，则苏轼“鼻鼾如雷，犹未兴也”，方才放下心来（据叶梦得《避暑录话》）。其实徐太守是太认真了，也太不了解苏轼了。“小舟从此逝，江海寄余生”，此处固不为佳，但何处可供安身？哪里去寻找那个可以安身立命的“江海”？这话本来即是说说，聊舒人生郁闷而已。

同年的三月七日，苏轼与朋友们去沙湖，归途中遇雨，而雨具却被先行者带走，一时大家都很狼狈。但只有他不以为意：人生的大风大浪都经历过，这点风雨算什么呢？

莫听穿林打叶声，何妨吟啸且徐行。竹杖芒鞋轻胜马，谁怕？一蓑烟雨任平生。

料峭春风吹酒醒，微冷，山头斜照却相迎。回首向来萧瑟处，归去，也无风雨也无晴。（《定风波》）

我们可以从中读出苏东坡对人生中碰到的无聊倾轧的轻蔑，可以从中读出他的傲慢与坦荡，当然还有大自信：既是道德上的自信，也是智力上的自信，这种“吟啸且徐行”的人生太高贵、太优越了，李定、舒亶等一帮小人无端加之的种种打击与碾压，不仅不能使他气馁与不安，倒更使他坚定与宁静。人生固有“萧瑟”“狼狈”之时，但是当我们的心灵足够坚定与超脱，就“也无风雨也无晴”，苏轼的这种心态当然是自足的，自涉的，但同时也是他涉的，因为这简直是视对方如无物，这是无以复加的大轻蔑：轻蔑对手，轻蔑人生的一切挫折，甚至轻蔑命运——我自有我的坚定。

后来的章惇就是从苏轼的从容里感受到了对自己的轻蔑，从而被激怒，把苏轼从惠州贬到海南以泄愤。

七月十六日，一场赤壁夜游，《赤壁赋》诞生。如果说，赋这种文学形式，自枚乘、司马相如以来便带有一种原罪的话，那么，只要有一篇《赤壁赋》，就可赎尽一切罪愆。有了《赤壁赋》，谁还能说“赋”这种形式不能与诗、词、曲及散文、传奇并肩而立，自立于文学之林?

这是画意、诗情与哲学水乳交融的美文，在1082年的农历七月十六日夜，大自然奉献出诸如清风、明月、流水，而苏子则参之以万端感怀与透彻的智慧。他无比的寂寞、失意与被遗忘的恐惧都得到充分的展现。全文由乐到乐极生悲，再到“喜”，是他几年来内心世界矛盾斗争而终至于平静又不平静的缩影。是的，这是一篇心灵之文，是心灵的外化。伟大的作家总是在写自己的心灵，在自己的心灵与现实的接触点上做出大文章，屈原、陶渊明、李白、杜甫，莫不如此。

开头一节写赤壁夜游，天上一轮，地下万顷，如梦如幻，如诗如画，“清风徐来，水波不兴”，“白露横江，水光接天”，纵一苇小舟而凌茫茫万顷，又如神如仙，如醉如痴。“此在”的一切让他飘飘欲仙，于是“饮酒乐甚，扣舷而歌”。这一歌，便是乐极生悲的楔子。“渺渺兮予怀，望美人兮天一方”。“此在”的一切让他迷恋，可他仍在眺望远方，他的心在那“天一方”的“美人”——实即能救他出此禁锢之地的神宗皇帝——身上。所以，我们说，他的心灵，是平静的，又是不平静的。东坡的麦苗秀秀，可以娱心悦意，却不能让他心满意足。他还缺少成就感。他还缺少事业。在赤壁，在这一曾经“一时多少豪杰”的地方，在这一成就英雄与事业的地方，对比前人的辉煌与煊赫，遭受严重挫折的他不免顾影自怜，心理失衡，最终引出有名的“水月之辩”，在哲学的安慰下，重新得到心灵的平衡。

大约也写于此时此刻的词《念奴娇·赤壁怀古》表达了同样的主题：

大江东去，浪淘尽，千古风流人物。故垒西边，人道是、三国周郎赤壁。乱石穿空，惊涛拍岸，卷起千堆雪。江山如画，一时多少豪杰。

遥想公瑾当年，小乔初嫁了，雄姿英发。羽扇纶巾，谈笑间、樯橹灰飞烟灭。故国神游，多情应笑我，早生华发。人生如梦，一尊还酹江月。

对比手法的精彩运用是此词的重要特点，可以说，对比在此词中不仅是一种修辞手法，而且还是谋篇布局的关键。具体来说对比在此词中表现为三个方面。

就人物言，是古今人物对比：古代的周瑜少年得志，功业盖世，而今日的自己老来荒唐，一事无成。

就赤壁言，是古赤壁与今赤壁的对比：当初（赤壁大战时）的赤壁是英雄云集，天下注目，而今日的赤壁则是唯我独在，被人遗忘。

即便是“游”，也是身游与神游的对比：对今赤壁，是身游，一切寓之于目，乱石穿空，惊涛拍岸，浪花千叠，大江滔滔。是以景物胜，但景中自然含有六朝旧事随流水，唯有青山如壁的感慨。而对古赤壁，当然是“神游”，作者一边以目观今赤壁之风光，一边遥想当年英雄，那些已被时光淘尽的英雄人物，尽在怀想中复活。

在这些对比中，比出了人生感慨，比出了今不如昔，比出了自己的渺小与失败，比出了心理上的严重失衡。怎么办？“人生如梦，一尊还酹江月”，以一杯酒浇灭一切——苏轼本来就有极强的自我调节能力。

这一年注定成为中国历史上的文学年，到了十月，苏轼的《后赤壁赋》诞生。由于《前赤壁赋》太优秀杰出，太有名了，人们有意无意地忽略了这写于同年十月十五日的《后赤壁赋》。其实这一篇赋，自有自己拓出的意境，正如写于七月十六日夜秋凉中的《前赤壁赋》还带着夏的余温，还有未尽的热情，这写于冬季的《后赤壁赋》则尽带冬的寒凉，冷静、客观、峻刻而悲怆。全赋可分为四段。

> 是岁十月之望，步自雪堂，将归于临皋。二客从予过黄泥之坂。霜露既降，木叶尽脱。人影在地，仰见明月，顾而乐之，行歌相答。已而叹曰：“有客无酒，有酒无肴，月白风清，如此良夜何？”客曰：“今者薄暮，举网得鱼，巨口细鳞，状似松江之鲈。顾安所得酒乎？”归而谋诸妇。妇曰：“我有斗酒，藏之久矣，以待子不时之需。”

从雪堂归临皋，中间这一段木叶尽脱的黄泥之坂因为有明月、有朋友、有心境而变得极有诗意。明月在上，人影在地，诗情画意，不禁且行且歌。但他们还是很快发现了在这“有”中的“无”：虽有客，却无酒；便有酒，也无肴。这岂不辜负了月白风清？可是，这缺憾很快就得到了弥补：佳客有鱼，贤妻有酒。人生亦有如意事！

> 于是携酒与鱼，复游于赤壁之下。江流有声，断岸千尺，山高月小，水落石出。曾日月之几何，而江山不可复识矣！

文章若至此结束，虽不能说太好，也是见好就收，因为既一切皆“有”，下文能写出的，也就是如何消受这既“有”的一切：月白风清，美酒佳肴，还有贤妻良朋的关照与陪伴。如此，苏子在黄州真不乏绝，不，真是极其丰富。但这样写来，就极有可能落入《前赤壁赋》的思路：天地之间，物各有主，我享我有。但苏子居然在第三节毫无道理地转折而去，竟然转出一片新天地：

> 予乃摄衣而上，履巉岩，披蒙茸，踞虎豹，登虬龙；攀栖鹘之危巢，俯冯夷之幽宫。盖二客不能从焉。划然长啸，草木震动，山鸣谷应，风起水涌。予亦悄然而悲，肃然而恐，凛乎其不可留也。反而登舟，放乎中流，听其所止而休焉。时夜将半，四顾寂寥。适有孤鹤，横江东来。翅如车轮，玄裳缟衣，戛然长鸣，掠予舟而西也。

从叙事言，这一段有一大问题：上文写到携酒与鱼，与朋友复游赤壁，下文应写如何与朋友饮酒食鱼，共游赤壁。可这一段却写他突然抽身而去，既不写鱼与酒，亦不及客，直与上文事不相关，只写他自己独自“摄衣而上”，一路披荆斩棘，履险涉难，一意孤行，固执己见，直至弄得“二客不能从焉”。他突然对酒、对鱼、对客都没了兴致，他从这些“有”中剥离了出来，剥离出赤条条孤独独的一个人：一切都去了，只剩自己，他顿然失去了寻欢作乐的兴致，而去追寻那份孤独。月白风清没了，美酒佳肴没了，同游的朋友没了，只有自己独步孤绝之境，“悄然而悲，肃然而恐”——此境界方为人生真相也！

但此境界可偶一睹其狰狞而峥嵘面目，岂可久留？苏子毕竟世俗。所以他“反而登舟”，又回到朋友中间，但他显然已没有与他们打成一片的心境。他的心仍在孤游，此时竟心灵感应一般，一孤鹤横江东来，戛然哀鸣，掠舟而西。这真是一鹤么？抑或是心灵的幻影？

第一段、第二段，写寻欢作乐的兴致，如此大张旗鼓，似乎不得目的，绝不收兵，而终至于如此偃旗息鼓，大家兴味索然，情趣全无，相对漠漠，无一言可记，最后作鸟兽散。盖他未及“对酒当歌”，即已悟彻“人生几何”啊。李白寻欢作乐，盖源自他天真的心灵：他真诚地相信人生本该如此，作为大自然的孩童，这人生一场，如同游园，当以寻欢作乐为目的。“阳春借我以烟景，大块假我以文章”，万物皆备于我，我何为不乐？他是热情洋溢的。苏轼寻欢作乐，则自有其理性在，自有其思考在。盖其自知人生不过尔尔，则何为不乐？人生终不脱苦海，何为不自己找一点快乐？

须臾客去，予亦就睡。梦一道士，羽衣翩仙，过临皋之下，揖予而言曰：“赤壁之游乐乎？”问其姓名，俛而不答，呜呼噫嘻，我知之矣！“畴昔之夜，飞鸣而过我者，非子也耶？”道士顾笑，予亦惊寤。开户视之，不见其处。

他回到了现实，“须臾客去，予亦就睡”，何其萧条，甚至颇为无聊，激情如此容易消退，而消退之后则如此落落。好在还有一梦，聊可慰寂寥之怀。偏双方各有一问，而双方又各自不答：他不答道士，道士亦不答他，只相视一笑，而已莫逆于心——在“惊寤”之后，开户视之，看到了什么？空寥寥的天地，本来无一物！

如果说《前赤壁赋》是写因旷达而乐，人生何处不可歇；那么，这《后赤壁赋》则是写悄然而悲：人生到头一场空。

赤壁之游乐乎？此真一自古大问题。写完《后赤壁赋》后，差三天一整年的“元丰六年十月十二日”，苏轼又写了一篇短小的笔记：

元丰六年十月十二日，夜，解衣欲睡，月色入户，欣然起行，

> 念无与为乐者，遂至承天寺寻张怀民。怀民亦未寝，相与步于中庭。庭下如积水空明，水中藻、荇交横，盖竹柏影也。何夜无月？何处无竹柏？但少闲人如吾两人耳。(《记承天寺夜游》)

经过一番磨难与升华，在黄州的苏轼果然脱胎换骨，这篇承天寺夜游写得如此从容，如此平和。解衣欲睡时，见月色入户，便欣然起行，兴致挺好。但“念无与为乐者”，便隐隐透出寂寞之感。寻到张怀民，两人相与步于中庭，却似乎都在沉默，似乎是为了不打破这无边的寂静。这月夜的静谧如此美好，谁忍心破坏？但也让人隐隐觉得这两人心中各有隐痛，各自在月下咀嚼。

最后的议论真是意味深长，何处无美景？只是缺少有闲人，缺少那悠闲赏景的心境。这已经够有哲理了。但再往深处一想，这两个“闲人”，真的那么闲雅吗？这个“闲”字里面，是不是也有“投闲置散”的无奈与牢骚？

发牢骚而能如此羚羊挂角，无迹可求，是一等牢骚。

十一年之后，苏轼被贬惠州，寓居惠州嘉祐寺，山上有一亭，叫松风亭，他想去游玩。

> 余尝寓居惠州嘉祐寺，纵步松风亭下，足力疲乏，思欲就林止息，望亭宇尚在木末，意谓是如何得到？良久，忽曰：“此间有甚么歇不得处？”由是如挂钩之鱼，忽得解脱。若人悟此，虽兵阵相接，鼓声如雷霆，进则死敌，退则死法，当甚么时也不妨熟歇。(《记游松风亭》)

此地有什么歇不得处？是的，我们可以记着他曾说“小舟从此逝，江海寄余生”，吓得徐太守以为他真的在此处安身不得而远遁了。但人生在世，此处彼处，有何区别？我们还知道他不久就要离开黄州去汝州了，以后又去了更多的地方，还被流放到岭南，甚至海南岛，他曾说过“我生天地间，一蚁寄大磨”(《迁居临皋亭》)。当他到海南时，他还曾写过一则寓言，说覆杯水于坳堂之上，浮小草其上，一个小蚁抱草求救，须臾水干，遇他蚁，泣曰：“没想到还能相见。”哎，人生真如一梦。但我们还是回到他的年轻时期，他在二十四岁时即已写下这样的句子，像是他一生的谶言：

人生到处知何似，应似飞鸿踏雪泥。
泥上偶然留指爪，鸿飞那复计东西。
老僧已死成新塔，坏壁无由见旧题。
往日崎岖还知否，路长人困蹇驴嘶。(《和子由渑池怀旧》)

我们不断从此处移到彼处，此处为何不能歇？为何我们总要生活在别处？这个大疑问，苏子已发出，并且，已给出答案。

菊花与刀

在中国历代的女作家中，李清照算是最杰出的一位。无论是个人才华，还是实际成就，她都是无与伦比的。无与伦比的还有她那自由洒脱的个性：她不大委屈自己，为人不隐忍，为文不隐晦，写作就是表现自我，表现自我的情怀。她的写作，开始得很早，大约十三四岁即开始了，从少女的情窦初开到少妇的闺中思怨再到寡妇的哀婉凄切，她都坦荡荡地写出来，这样的女性，在中国这样的文化传统中，也难得一见。

要说明的是，才女不光要有才，还要有良好的教育。中国古代的才女，都有一个能提供她们受教育的家庭，汉之班昭、晋之左棻、刘宋之鲍令晖等等，无不如此。班昭是班固的妹妹，左棻是左思的妹妹，鲍令晖是鲍照的妹妹，独李清照没有这样类似的一个出色的哥哥，但她却有更好的：她有一个学者的父亲，有文才的母亲，更重要的是有一个好丈夫。她的丈夫赵明诚是太学生，金石学家，撰有《金石录》。赵卒后数年，李清照撰有《金石录后序》，其中讲到他们夫妇二人斗茗，情深意切，充满怀念的感伤：

> 每获一书，即共同校勘，整集题签。……余性偶强记，每饭罢，坐归来堂，烹茶，指堆积书史，言某事在某书某卷第几页第几行，以中否角胜负，为饮茶先后。中即举杯大笑，至茶倾覆怀中，反不得饮而起。甘心老是乡矣。故虽处忧患困穷而志不起。

我相信李清照的学问定不及她丈夫，但“性偶强记”的她在这样的“斗茗”中未见得就输给赵明诚。若论艺术才华，李清照当然在赵明诚之上：赵明诚也曾暗中较过一把劲，但却输了，且输得一败涂地，心悦诚服——

> 易安以《重阳·醉花阴》词至明诚。明诚叹赏，自愧弗逮，务欲胜之。一切谢客，忘食忘寝者三日夜，得五十阕，杂易安作，以示友人陆德夫。德夫玩之再三，曰：“只三句绝佳。”明诚诘之，曰：“莫道不消魂，帘卷西风，人比黄花瘦。”正易安作也。（伊世珍《琅嬛记》）

这里提到的《醉花阴·重阳》，又叫《醉花阴·九日》，原词如下：

> 薄雾浓云愁永昼，瑞脑消金兽。佳节又重阳，玉枕纱厨，半夜凉初透。
>
> 东篱把酒黄昏后，有暗香盈袖。莫道不消魂，帘卷西风，人比黄花瘦。

赵明诚游宦在外，李清照独守空房，乃作此词寄赵明诚，从内容上讲，是闺怨老题材，从性质上讲，乃是妻子寄给丈夫的家信，其读者本来只该是一个人，即赵明诚，而不是我们这些广大读者，以此角度去读，方知其妙。

上阕写她——一贵族人家少妇独守空房的无聊赖与无心情：为长长的白天而愁，看着香料慢慢地成灰；为长长的夜晚而愁，抱着玉枕，独宿纱厨（橱），不胜寒凉，天却不亮——白天盼天黑，夜里盼天亮，实际上就是盼着你归来呀！我们读这样的词，有偷看别人情书的惶恐与窃喜。下阕更露骨了，直写自身的形象：暗香盈袖，此香是花香，也是少妇的体香；人比黄花，花瓣长垂，人体苗条，花与人同饮秋风而销魂。总之是写自己的美丽、多情，却又为思念所苦，是楚楚可怜者对所爱者的乞怜。赵明诚岂能不因此而顿生怜香惜玉之情？

就艺术言，这首词整体上都在追求一种消瘦的效果。盖愁与瘦，本即有因果关系。纤弱多愁的女子，花瓣长垂的菊花，都给人一种瘦削之美感。

王闿运《湘绮楼词选前编》说此词："此语若非出女子自写照，则无意致。"其实，李清照词之一大价值与意义，正在于"女子自写照"。哪怕是她的一些拟代之作，也是以女子之心度女子之腹，且她自己是秉性极敏感、内心极丰富的女子，比起那些"男子作闺音"，更亲切、真实而不矫情。

我们看一首可能是她作于十六岁左右的词《点绛唇》：

蹴罢秋千，起来慵整纤纤手。露浓花瘦，薄汗轻衣透。
见有人来，袜刬金钗溜，和羞走。倚门回首，却把青梅嗅。

前面写出了天真活泼、娇态可掬的少女形象，后面则刻画出少女情窦初开之时独特的心理活动：既已"和羞走"，却又"倚门回首"，这一羞，一回首，内心世界便掀起一角，大有"帘卷西风"的妙处。此前的花间诸人，也有类似写法，如：

石榴裙带，故将纤纤玉指，偷捻双凤金线。(欧阳炯《贺明朝》)

水上游人沙上女，回顾，笑指芭蕉林里住。(欧阳炯《南乡子》)

玉纤遥指花深处，争回顾，孔雀双双迎日舞。(李珣《南乡子》)

但这是男子写“她”，是以男人的眼光与审美态度来审视客体。而李清照却是“自写照”，写“我”，自然更为跳荡鲜活，且有一种道德上的意义。我前面说到，李清照的心灵是自由奔放不拘谨的，道德上亦是坦荡从容不遮掩的，她如此写自己的少女情怀，在古代，是大逆不道的，王灼《碧鸡漫志》便说她的这类词作：“闾巷荒淫之语，肆意落笔，自古缙绅之家能文妇女，未有如此无顾藉也。”是的，我们知道班昭是颇“道德”的，她还专门著过《女诫》，左棻、鲍令晖也是“贤淑”的，所以班、左都能入宫。而李清照则颇不屑于这些道德戒律，她的“无顾藉”，一方面是她才情勃发而不可自抑，另一方面，也是她心地光明，无所愧疚。饮酒赋诗游玩，她的生命真如烂漫的春花，自自然然地开，从从容容地开，摇曳生姿而不作态，顾盼自雄而不自恋。她尊重生命自身的律令，敏锐地感受着生命、自然、人情，她快乐而平和，自得而自足。在历代女作家中，能与李清照比才华者，大约只有一个张爱玲，两者相像的地方太多，包括一次刻骨铭心的爱恋及其凄凉结局。但与李清照比性情，张爱玲就差得远。张爱玲阴冷、褊狭、尖刻，自私而不自觉，李清照则阳光、和蔼、柔媚，多爱而不放肆。她无张爱玲的深刻老辣，张爱玲也没有她的仁爱温婉。张爱玲是解剖生活，审视众生；她是享受生活，审美万象。张爱玲是病态的，她是健康的。张的文章是冷箭，她的词则是明枪。张爱玲的不幸出自她的阴冷的性格，李清照晚年虽极其不幸却仍然没有改变她温煦的性格。李清照之“无顾藉”，正是她的可贵处。也因了这份自由无碍的心境，她才写得出那么自由洒脱的词。无论小令、无论慢词，在她笔下，都一样含蓄蕴藉又自由畅达。也正是她之“无顾藉”，她才敢于写《词论》，将历代词人指点评论。她评南唐二主是“亡国之音哀以思”，评柳永是“变旧声作新声”却又“虽协音律，而词语尘下”；北宋一些鸡零狗碎的小词人，虽然“时时有妙语”，却“破碎何足名家”。即便是晏殊、欧阳修、苏轼这样的人物，她也不怯，既承认他们“学际天人”，又批评他们“不协音律”，是“句读不葺之诗”，而晏几道、贺铸、秦观诸人也各有其不足：晏无铺叙，贺乏庄重，秦少故实，黄庭坚却又用典太多。在中国古代，女性作家倒有些，女性批评家却只李清照一人，这正与她的“无顾藉”的个性有关。她的丈夫赵明诚评她是“清丽其词，端庄其品，归去来兮，真堪偕隐”（《题李清照三十一岁自画像》），赵明诚对自己的这样无顾忌地评点古人、无顾忌地暴露自己的妻子是致敬而热爱的，愿与她一同隐居，固然，若有这样一位女子偕隐，隐居生活当不寂寞，当不艰苦。

可是事往往有大谬不然者，他们的这种诗酒学问的生活很快就到了头。1126年，“胡兵忽自天上来”，靖康之难发生，国破；夫妇颠沛流离，所藏各类书籍及字画古玩，十去八九，1129年八月，赵明诚暴病而死，家亡。

对这一段血泪交织的历史，李清照的《金石录后序》载之甚详。自此，“物是人非事事休”，四十五岁，中年丧偶，国破家亡，漂泊异乡，过去美好的生活如梦如影，而未来的二十多年则要她慢慢煎熬着去过。过去她守着“瑞脑消金兽”，她知道在这瑞脑香料燃尽之时，总会等到丈夫的归来，这苦闷还只是生离之悲，是希望；而现在，在一声声数着梧桐叶上滴下的水滴声中，她知道，她等来的只是漫漫的死别之悲，是绝望——我们看她的晚年名作《声声慢》：

寻寻觅觅，冷冷清清，凄凄惨惨戚戚。乍暖还寒时候，最难将息。三杯两盏淡酒，怎敌他、晚来风急！雁过也，正伤心，却是旧时相识。

满地黄花堆积，憔悴损，如今有谁堪摘！守着窗儿，独自怎生得黑！梧桐更兼细雨，到黄昏、点点滴滴。这次第，怎一个愁字了得！

身如明日黄花，心似枯井死灰。秋风吹来，寻寻觅觅，却寻出这一番次第，真个非一个“愁”字了得！

上片写到了大雁，下片写到了黄花，这两个意象是理解此词内涵的关键词。抬头看大雁，大雁从故国故土飞来，故因旧时相识而伤心；低头看落花，落花正似自己日渐衰老的容颜，因憔悴损伤无人爱怜而痛苦。自身的不幸和国家的残破融为一体，颇像安史之乱以后的杜甫诗歌。

还要注意的是开头的一连十四个叠字，“寻寻觅觅”写外部动作，是“居则忽忽若有所亡，出则不知其所往”（司马迁《报任安书》）之后的近乎神经质的动作。“冷冷清清”既是此在的环境，也可以理解为“寻寻觅觅”的结果，本意可能要寻一点乐子，却发现——实际上是再次证实了——周边环境如此“冷冷清清”，她不免“凄凄惨惨戚戚”。这三组六个叠字，由轻转重，由浅入深，到“戚戚”时，我们似乎已经听到了她那难以抑制的哭泣声。前人对此评价很高：罗大经《鹤林玉露》评其“能创意出奇”，徐釚《词苑丛谈》赞为“真如大珠小珠落玉盘”。总之，这种手段，非天赋极高者莫办。

我们要注意到，黄花的意象在她的前后期词里是连贯的，李清照的潜意识里，黄花就是她的前世今生。从《醉花阴·重阳》中乞怜撒娇的黄花到《声声慢·寻寻觅觅》中委弃于地的黄花，就是这朵黄花的历史。秋风来了，霜降来了，金人的铁骑和战刀来了，山河破碎风飘絮，一朵娇弱的黄花，也不得不面对自己的命运。

野　唱

王国维曾把元曲与唐诗、宋词等列为“一代之文学”，但这“元曲”，似是主要指元杂剧，而元散曲虽可以说是元代最热闹的文体，如“芳草碧连天”，但其真正的成就怕还不能达到诗、词的境界。而元杂剧则真正是伟大的，给它多高的评价都不过分。

元曲包括元杂剧与散曲，而散曲又分小令与套数。曲之小令与词之小令是相类的，或者说，词之小令就是曲之小令的祖先，这种小令是单一而简短的抒情、议论类的歌曲，一般只有一个曲牌（除带过曲——北曲中常用、集曲——南曲里常见、重头——若干小令合咏一事——外）。而套数者，顾名思义，是两个以上的曲牌组合成的一套曲子。如此说来，元散曲中的小令与词在形制上没甚大区别，而有自己特色的，就是套数。

但虽然元散曲中的小令在形制上与词没有大区别，风格上却很不相同。当然我是指原汁原味的散曲，后来散曲越来越向诗词靠拢，自当别论。是的，词有一个逐渐向诗靠拢的过程，曲又有一个逐渐向词靠拢的过程。词靠向诗，由于其形制上的区别，它终究是词；而曲靠向词，则往往真的是泯灭了自己。这是后话。

元曲有自己的味道。钟嗣成说它有“蛤蜊味”(《录鬼簿序》)，何良俊说它有“蒜酪味”“风味”(《四友斋丛说》)。这些都是很好的比喻。它确实不是那种雅兮兮的东西。它不仅不是士大夫的——虽然它的作者有不少是“公卿大夫居要路者”(《录鬼簿》)，而且也不是白领的；它是泼辣的、孟浪的、冲动的。如果说，文以气为主，那么，唐诗、宋词有天真气，而元曲则有无赖气——无赖气息确实是元曲的一种气质，也是它的魅力，比如诗词讲比兴，讲含蓄，讲言有尽而味无穷，而元曲则如泼妇骂街，菜刀砧板乒乓响，唾沫星子四下飞，如何恶毒、如何解恨、如何淋漓如何来，斩尽杀绝才解恨。唐诗、宋词、元曲皆有自身的气质：唐诗有英雄气，宋词有才子气，而元曲确实是有无赖气。至于明清诗词，则大多近乎无气，若有，也更多是酸腐气，所以不足观——这当然是我个人的很意气的意见，很不适合讲文学史，会贻误读者，但“意见”者，“臆见”也，一己之意、一孔之见、一时之见也，况且我也不是在宣布科研结论，又不是在做教材，请大家允许我偶尔胡说一通罢。

最富有自身气质的散曲仍推杂剧大家关汉卿的作品，他的《南吕一枝花·不伏老》，那种死缠烂打、撒泼逞能、好勇斗狠而又睥睨传统的“无赖气”，让我们读得酣畅淋漓且痛快无比。是的，读他的这首名作必须是有一个大的参照系才能明了其意义、价值与人格精神的，我们必须在传统士大夫人格及其审美标准、道德理想的反衬下，才能明了他的革命性、破坏性：

【南吕一枝花】攀出墙朵朵花，折临路枝枝柳。花攀红蕊嫩，柳折翠条柔，浪子风流。凭着我折柳攀花手，直煞得花残柳败休。半生来折柳攀花，一世里眠花卧柳。

【梁州】我是个普天下郎君领袖，盖世界浪子班头。愿朱颜不改常依旧，花中消遣，酒内忘忧。分茶竹，打马藏阄；通五音六律滑熟，甚闲愁到我心头！伴的是银筝女银台前理银筝笑倚银屏，伴的是玉天仙携玉手并玉肩同登玉楼，伴的是金钗客歌金缕捧金樽满泛金瓯。你道我老也，暂休。占排场风月功名首，更玲珑又剔透。我是个锦阵花营都帅头，曾玩府游州。

【隔尾】子弟每是个茅草冈、沙土窝初生的兔羔儿乍向围场上走，我是个经笼罩、受索网、苍翎毛老野鸡蹅踏的阵马儿熟。经了些窝弓冷箭蜡枪头，不曾落人后。恰不道"人到中年万事休"，我怎肯虚度了春秋。

【尾】我是个蒸不烂、煮不熟、捶不扁、炒不爆，响当当一粒铜豌豆，恁子弟每谁教你钻入他锄不断、斫不下、解不开、顿不脱慢腾腾千层锦套头。我玩的是梁园月，饮的是东京酒，赏的是洛阳花，攀的是章台柳。我也会围棋、会蹴踘、会打围、会插科、会歌舞、会吹弹、会咽作、会吟诗、会双陆。你便是落了我牙、歪了我嘴、瘸了我腿、折了我手，天赐与我这几般儿歹症候，尚兀自不肯休。则除是阎王亲自唤，神鬼自来勾，三魂归地府，七魄丧冥幽，天那，那其间才不向烟花路儿上走！

事实上，他这首曲子给我们的，就是那种肆意破坏的快感，他确实在恣意逞快。我用"无赖气"来形容元曲，至少是元曲中最富有原创性的那一类著作，除了说明它的市井味、撒泼腔、要赖态、浪子状，还指的是"无赖"一词的本意：无所依赖。这是一个传统价值崩溃的时代，是一个读书人失去了身份、失去了精神家园、失去了自身角色定位的时代，既然如此，也就不需要装腔作势、拿着捏着、藏着掖着，就让皮袍下的那一个"小"字肆无忌惮地跑出来又怎样？就让人性中的那些真实而不大崇高的东西展露出来又怎样？这个社会既然不给我们权利，也就不能要求我们道德；我们既不能对社会有责任，也就无须承担伦理上的重负。元散曲中往往无顾忌地表明自己是真小人，而不像在诗词中、散文中存在着大量的伪君子。为什么？在台上，当然要人模人样，端着摆着，不然凭什么发号施令，凭什么高官厚禄？在台下，自可以掉臂来去，风言风语，反正我已一无所有，我当然可以我行我素。

“凭着我折柳攀花手，直煞得花残柳败休”，简直是恶。如果说，在美学上，“以丑为美”可以远溯老子、庄子，且在后来诗词中屡屡出现并得到认可的话；那么，在道德上“以恶为善”则只有在元曲这种特殊的艺术形式里才能露头并得到喝彩。好像散曲就是供人胡说八道的东西，就是我们道德狂欢的场所；正如最初的词，似乎就是供人们情欲藏身的“租界”。元杂剧中的男主人公大都是浪子，好人坏人都有浪子特征。好浪子如张君瑞是风流才子，任情倜傥，怜香惜玉。坏浪子如鲁斋郎、周舍，以及各色衙内，是权豪势要，纵欲无羁，暴戾恣睢。是的，好浪子的特征在于一个“浪”字，而坏浪子则在于一个“戾”字，但他们的“攀出墙朵朵花，折临路枝枝柳”“折柳攀花，眠花卧柳”的“浪子风流”是一致的。而这又正是传统道德中不折不扣的“恶”。“万恶淫为首”啊！如果没有元散曲，这种人欲之“恶”，是无论如何也不可能成为文学作品中的正面东西，堂堂正正且大张旗鼓地表现出来。这种“不以为耻，反以为荣”的精神状态，既是一种反叛，也是一种宣泄。反叛的是几千年的抑情文化，宣泄的是几千年的压抑的情感，当然，还有对现实的愤怒，对自身处境的不满！

这是鲜活的生命，充溢着欲望，因而显示出生命的极度旺盛甚至兴奋，所以，在传统士大夫那里被假惺惺地贬低的世俗享受，在这里都得到了夸张式的表达与肯定。情欲、物欲的满足是他最大的成就感，这也是对传统士大夫“修齐治平”的嘲弄与解构——是的，元散曲是中国历史上的“解构主义”，它解构了崇高，解构了价值，解构了传统，解构了生命应该承担的一切社会性责任，“糟腌两个功名字，醅淹千古兴亡事，曲埋万丈虹霓志”（白朴《仙吕·寄生草·饮》），而只把生命当作享乐的载体。我发现，在元散曲里，“快活”一词出现的频率很高。姑举几例：

适意行，安心坐，渴时饮饥时餐醉时歌，困来时就向莎茵卧。日月长，天地阔，闲快活！

旧酒投，新醅泼，老瓦盆边笑呵呵，共山僧野叟闲吟和。他出一对鸡，我出一个鹅，闲快活！（关汉卿《南吕·四块玉·闲适》）

想人生七十犹稀……风雨相催，兔走乌飞，子细沉吟，都不如快活了便宜。（卢挚《双调·蟾宫曲》）

……绰然一亭尘世表，不许俗人到……这一塔儿快活直到老。（张养浩《双调·雁儿落兼清江引》）

甚至有人要“每日家叫三十声闲快活”（王德信《中吕·朝天曲·咏四景·夏》）。他们就用这种“快活”取代了“功名”，张君瑞、崔莺莺也是把快活看作高于功名的。“闲快活”都是些什么呢？就是关汉卿所说的“围棋，蹴踘，双陆”，就是“分茶，竹，打马，藏阄”，就是那攀花折柳的放荡生活，这是一种满含着庸俗气味的快活，但却如此生机勃勃，这是中国文学中少见的俗人的快乐、俗人生活的趣味。

草茫茫秦汉陵阙，世代兴亡，却便似月影圆缺，山人家堆案图书，当窗松桂，满地薇蕨。侯门深何须刺谒，白云自可怡悦。到如今世事难说，天地间不见一个英雄，不见一个豪杰！（倪瓒《双调·折桂令·拟张鸣善》）

这后两句倒真正是大英雄的口吻，一笔扫倒古往今来千古江山的衮衮英雄，这是文化英雄！谁给了他这样大的自负啊？当然是他选择的那种“快活”的生活方式。他否定英雄，且这种否定完全不是陈子昂式的寂寞失意、苏东坡式的颓废落魄、辛弃疾式的愤怒感慨，恰恰相反，他告诉我们，这世界没有了英雄，没有了豪杰，俗人们可以活得更快活，更自在。一对鸡，一个鹅，几卷书，窗前松桂、野地薇蕨，庸人如同韩愈笔下的凡马，简陋的物质即可以满足，即可以快活！因为俗人心胸有限：渴时饮饥时餐、醉时歌困时卧，有日月朝暮悬，有天地掌着生死权，为何不快乐？为何还要英雄来搅这天地的大局？

这种对“英雄豪杰”的鄙夷正来自对现实生活中所谓大人物的认识。现实生活确实一再告诉我们：那些煊赫的、有头有脸的人物，往往不过是狗熊。倪瓒所拟的张鸣善原作《双调·水仙子·讥时》开头是这样的：

铺眉苫眼早三公，裸袖揎拳享万钟。胡言乱语成时用。大刚来（大致，大概，大多意）都是哄，说英雄谁是英雄？五眼鸡岐山鸣凤，两头蛇南阳卧龙，三脚猫渭水飞熊。

从现实人物骂到历史豪杰。而骂现实时，明显地带着元代社会的特色：文化水平较低的族群凭着政治上的优势占据高位。所以，元人欣赏陶渊明却嘲弄屈原：

不达时皆笑屈原非，但知音尽说陶潜是。（白朴《仙吕·寄生草》引）

楚怀王，忠臣跳入汨罗江。离骚读罢空惆怅。日月同光。伤心

来笑一场。笑你个三闾强。问甚不身心放。沧浪污你？你污沧浪？（贯云石《双调·殿前欢》）

楚离骚，谁能解。就中之意，日月明白。恨尚存，人何在。空快活了湘江鱼虾蟹。这先生畅好是胡来。怎如向青山影里，狂歌痛饮，其乐无涯。（张养浩《中吕·普天乐》）

屈原的行为被他们“笑”，甚至嘲弄：“沧浪污你？你污沧浪？”“这先生畅好是胡来。”悲剧的崇高化为一笑。但他们解构了屈原是真，又何尝真明白了陶潜的精髓？陶渊明是大的，他们是小的，陶渊明骨子里的朴素，他们是学不到也不愿学的。

当然他们也不可能一直这么“快活”，但他们有“鸵鸟政策”。

夜长怎生得睡着，万感萦怀抱。
伴人瘦影儿，惟有孤灯照。
长吁气，一声吹灭了。（钟嗣成《双调·清江引·情》）

云笼月，风弄铁，两般儿助人凄切。
剔银灯欲将心事写，长吁气一声吹灭。（马致远《双调·寿阳曲》）

但是消解了崇高，消解了价值，消解了自身的责任，消解了痛苦——这一切都消解了以后，往往也就消解了激情，所以，关汉卿以后，如他这般激情满怀、自信自大的人少见了，激情四溢的曲子也少见了，曲子少了激情，不光是少了野味，更少了感动人心的力量。元散曲中大量的隐逸闲适题材就属于这一类，这一类中好作品数量极少，像马致远的《双调·夜行船·秋思》，该是这类作品中的佼佼者：

【夜行船】百岁光阴一梦蝶，重回首往事堪嗟。今日春来，明朝花谢，急罚盏夜阑灯灭。

【乔木查】想秦宫汉阙，都做了衰草牛羊野。不恁么渔樵没话说。纵荒坟，横断碑，不辨龙蛇。

【庆宣和】投至狐踪与兔穴，多少豪杰。鼎足虽坚半腰里折。魏耶？晋耶？

【落梅风】天教你富，莫太奢。没多时好天良夜。富家儿更做道你心似铁。争辜负了锦堂风月。

【风入松】眼前红日又西斜，疾似下坡车。不争镜里添白雪，上床与鞋履相别。休笑巢鸠计拙。葫芦提一向装呆。

【拨不断】利名竭，是非绝。红尘不向门前惹，绿树偏宜屋角遮，青山正补墙头缺。更那堪竹篱茅舍。

【离亭宴煞】蛩吟罢一觉才宁贴，鸡鸣时万事无休歇，何年是彻？看密匝匝蚁排兵，乱纷纷蜂酿蜜，急攘攘蝇争血。裴公绿野堂，陶令白莲社。爱秋来时那些，和露摘黄花，带霜烹紫蟹，煮酒烧红叶。想人生有限杯，浑几个重阳节？人问我顽童记者：便北海探吾来。道东篱醉了也。

生命是有限的，但世界是无限的，世间的美酒无限，可人生的杯子容量有限。在对人生有限、造物无尽的体认里，马致远告诉我们，我们这有限的生命，就是来分这造物的一杯羹的，既如此，我们就要用足、用尽这生命的杯子而不能让它有空余。

值得注意的是他对世象的描写：“密匝匝蚁排兵，乱纷纷蜂酿蜜，急攘攘蝇争血。”这不仅是在解构“事业”，还在揭露所谓的英雄功业，不过是争名逐利而已。于国于民而言，他们有什么功，又有什么业？

对这种所谓英雄功业做最彻底揭露的，当数张养浩的《中吕·山坡羊·潼关怀古》：

峰峦如聚，波涛如怒。山河表里潼关路。望西都，意踌躇，伤心秦汉经行处，宫阙万间都做了土。兴，百姓苦！亡，百姓苦！

这是元散曲最具思想深度的作品，最具有社会、历史思考价值的作品，而且，在元散曲一派诙谐、调侃嘲弄、嬉皮笑脸、一无正经中，它也是难得的严肃作品。

同样表达对皇权的否定的，还有睢景臣的名作《般涉调·哨遍·高祖还乡》。那是一篇极搞笑的作品，却又寓谐于庄，写出"真命天子"的流氓无赖真面目，这种"蛤蜊"味实足的文体，是元曲的原始风味。

从观念与趣味上讲，元散曲表达的不再是诗词中所展现的贵族士大夫的思想观念、审美观念与人生趣味（也许隐逸类作品还有些近似——但元散曲中的隐逸是隐在市朝中的，与他们常常标榜的陶渊明之隐于山林田园仍然不同）。他们没有士大夫的道德坚持或道德矫情，没有那种清高雅致的审美趣味，他们是民间的、俗世的、朴实的甚至庸俗的。打个不大恰当的比喻，如果诗词是大宾馆中的大席，那么元曲就是当街的大排档。我们在排档旁就餐时，能听得到锅碗瓢盆的交响，闻得到油气的飘荡，还有揽客的招呼、络绎不绝的人流——生活就在身边。

与此相关的是，元曲中表现的智慧，也不是那种士大夫式的思考与领悟，而仍然是民间的，是普通人的基本生活信条与小聪明——也许这恰是大聪明，平实易行，朴素实用，他们对生活的观察与领悟是这样直截了当——

宁可少活十年，不可一日无权，大丈夫时乖命蹇。有朝一日天随人愿，赛田文养客三千。（严忠济《越调·天净沙》）

> 不读书有权，不识字有钱。不晓事倒有人夸荐。老天只恁忒心偏。贤和愚无分辨。折挫英雄，消磨良善，越聪明越运蹇。志高如鲁连，德过如闵骞，依本分只落的人轻贱。（无名氏《中吕·朝天子·志感》）

这种议论口吻，是民间的，直白、真实，而又有一些庸俗与不负责任。为什么？因为当他们这样痛诋社会时，也否定了道德与一般价值坚持，他们“真”有余，而“善”不足，对正面的价值，缺少一种回护。实际上，消解价值的最后往往也就消解了激情，只有冷嘲而没有热讽，只有冷笑而没有热泪，只有鄙夷而没有反抗，甚至，在很大程度上，当不正当的东西变成一种常态时，就会让人觉得它是合理的，于是揭露过后就没有了批判，甚至反而是认可，至多是只有心理上的不平衡，而缺少道义上的愤怒。

从艺术上讲，元散曲只有保持自己的特色，才有自己的地位。后期元散曲在风格上一再向诗词靠拢，像张可久的作品在后来影响甚大，也就是因为他是驱使元散曲向雅化道路发展的关键人物。我们现在在一般文学选本上经常看到的，像马致远的《天净沙·秋思》，像张养浩的《山坡羊·潼关怀古》，都是在风格上完全诗词化的。所以，读元散曲不大好读选本，因为不少编选者总以诗词的风格、趣味来选曲，元散曲自己的面目反而模糊了。

但从思想内容上讲，元散曲如一味保持自己的那种非主流的姿态、说风凉话的立场、解构崇高的态度，也就缺少诗词能达到的深度、厚度与分量。毕竟，深刻而理性的思考是对人生苦难、社会责任的主动承担，是一切伟大作品的必备条件，拒绝这些，一味追求一己的“闲快活”，可能是求到了一时的“快活”，却不能使自己“自重”；可能使自己的生活有所谓的“质量”，却不能使自己的生活有“分量”。正如叔本华曾说过的，人性越完善，痛苦越深刻，反过来，我们也可以说，拒绝道义与伦理上的痛苦，便也阻塞了人格上升的通道。所以，我们看到，在元散曲里，没有出现像诗词中曾经出现过的真正伟大的作品。或许是元散曲这种先天的风格与体制，使它不能出现深刻展现人生悲剧、展现生命荒凉、揭示世界荒诞、显示人性深度以及在这一深度上相应的痛苦的震撼人心之作。从作品上讲，像有着充沛的激情与反叛精神的关汉卿的《不伏老》，有着深刻的历史思考与认识的张养浩的《潼关怀古》，这一类太少了。在散曲作家里，也没有出现过像诗词中的屈原、阮籍、陶渊明、李白、杜甫、李煜、苏轼、辛弃疾这样的人物——一句话，元散曲没有大家，也没有伟大的作品。唐诗、宋词、元散曲，在这一中国古代抒情诗歌的文学序列中，元散曲无疑是惭愧的。

浪子伟人

对中国而言，元代是第一个由少数民族执政的时代。北宋的灭亡，南宋的倾覆，可以说是自炎黄以来，汉族在与周边少数民族的冲突中第一次整体上的失败。这不仅是军事上的失败，在很大的程度上也是文化失败的一次预警：宋代的文化在中国历史上是一次转折。此前的汉文化，乃是外向的或主要外向而辅之以内省的，是功利的；而宋代的文化则显然倾向于内向、思辨与审美。虽然那时，甚至直到满人入关、汉族执政权力再次旁落时，蒙古人和满人，包括当时所有周边少数民族的文化水准及社会状态皆在汉族之下，但汉族的文化优势已不能确保其军事上的优势，文化的秉性已不能保持民族的活力、创造力甚至自我保护能力，却是毋庸讳言的事实。而鸦片战争的爆发及中华民族的整体失败，乃是这种文化在世界范围内已屈居第二流的铁证。问题仅仅在于，由于这最后一次较量的对手，来自一个相对于我们更为先进的文化与社会文明，使我们不得不承认我们全面的落后，才终于使我们警醒过来。

因此，元代的统治者在入主中原之初，颇为藐视汉文化，便有其心理上的依据。在他们那里，蒙古骑兵军事上的优势以及宋兵的不堪一击都给他们留下鲜明的印象，他们很容易把这种军事上的优势转变为心理上的优势，从而转变为一种幻象中的文化上的优势，甚至转变为社会进步层级上的优势：元代的统治者曾经想把农田改变为牧场，把农业社会改变为畜牧业社会，就是明证。客观地说，元代统治者的执政能力与他们的军事能力相比，尚有相当的差距。他们由于缺少文化上的理想，所以也就没有什么政治上的理想，而好像只是有一种君临天下的权欲满足感。我们当然不是说在统治集团中找不出有文化有理想的人，但作为一个集团或执政民族，他们的整体文化水平还不足以使他们保持一种文化上的理性以及政治上的远见。他们对他的征服区域的统治，实际上是用一种落后的方式，让社会文明严重退化和野蛮化。

他们对待文化人的态度就是典型例证。

在传统社会中，士为四民之首。笼络士人，是笼络民心的抓纲之举，纲举目张。不仅汉族的统治者知道这一点，后来入关的满族统治者对这一点的理解甚至更为透彻，执行得也更为彻底、更有效。当代学者们已经发现中国封建社会的长期稳定与“科举制”息息相关，而科举制实际上就是笼络士人的制度，皇权用制度的形式与士人分享国家的权力以及因此而来的利益。但元代统治者在这一点上却做得极不自觉，他们竟有近八十年废止科举的记录，这实际上既是放弃了文明社会重要标志之一的常规的教育，也是绝对的政治特权的象征：国家政权已不需要甚至不允许广泛的参与，而只是被特权阶级垄断。这种做法的直接后果便是教育的荒废和文明的倒退。而读书人既失去了向上的路径，便也失去了传统的身份。“士”在元杂剧中被称为“细酸”，非常形象地展示了他们物质的穷乏与精神的病弱。其社会地位甚至被排在娼妓之后，仅在乞丐之前：“九儒十丐”。这种说法虽未必能得到确证，但那个时代，文化及其承载者、传播者被国家体制与社会极端挤兑而至可悲境地，却也是不争的事实。

由是，在元代，传统的文学样式，如诗词，如散文，一片荒芜，也就可以理解。我们应该明白，诗词也好，散文也好，它们是贵族化的文学，是士大夫的手艺，是士大夫们抒情言志、载道授业的工具，是他们表达自己、吹嘘道统的工具。在元代，既已没有了士大夫，当然也就没有了诗与散文，不仅没有了创作者，也没有了阅读欣赏者。有阅读能力的人是有的，但有阅读兴趣的人却少——没有了相同的生活与相同的追求，便没有了相同的感觉。这对中国的社会传统而言，实在是亘古未经之大变局；对中国的传统社会而言，也是完全不同的面貌：诗歌、散文这类需要有较高文化修养的人才能阅读与欣赏的文体几近消歇，而杂剧这种大众性的通俗文学却勃然兴起。即便是诗歌一属的散曲，也自有一番“大蒜味”：这正是那底层社会的声气口吻。

就杂剧言，第一大家乃是关汉卿（1225？—1300？）。汉卿乃是其字，号已斋叟，大都（今北京）人。他一生创作的杂剧有六十七种之多，今存十八种，即《窦娥冤》《鲁斋郎》《救风尘》《望江亭》《蝴蝶梦》《金线池》《谢天香》《玉镜台》《单鞭夺槊》《单刀会》《绯衣梦》《五侯宴》《哭存孝》《裴度还带》《陈母教子》《西蜀梦》《拜月亭》《诈妮子》。当然，其中若干种，是否关汉卿所作，亦有不同意见。

王国维说关汉卿的创作是“一空依傍，自铸伟词”“曲尽人情，字字本色”（《王国维戏曲论文集》）。注意这“自铸伟词”可是当年刘勰标榜屈原的。关氏的杂剧，确实是中国古代戏剧走向成熟且成为前无古人的高峰的一面旗帜，就总体成就而言，他的戏剧创作，在中国，至少到今天，我们不仅可以说他是前无古人，也可以说他是后无来者的。他是不世出的大才子、大英雄，当然，我们知道，他自己不这么看，他把自己看成浪子，是那么沾沾自喜的浪子。我们看他的“自画像”《南吕一枝花·不伏老》，可以发现，这是全新的知识分子形象，是那个时代的新人类。他的气质、趣味、性情，已与传统士大夫截然而不同。他生命力旺盛，他欲望强烈，他玩世不恭——他不知道那个时代有什么值得他恭敬。他放荡不羁——他也不知道那个时代有什么可以羁縻他：富贵地位名声都没了，他还有什么顾忌？有忌才有羁。恰好如此，他反而没了思想上的禁忌，他成了思想上特行独立的大丈夫，一边放浪形骸，一边自吹自擂，这里有反叛，有挑战，有轻蔑，有不屑，他肯定自己的同时也推翻了别人。他“躬践排场，面傅粉墨，以为我家生活，偶娼优而不辞”（臧晋叔《元曲选》），他“驱梨园领袖，总编修师首，捻杂剧班头”（贾仲明《凌波仙词》）。藏污纳垢、混迹世俗而不以为意者，大英雄也，有主心骨、大主见者也。他行迹不洁，但有真良知、真仁慈、真怜悯，对弱小者有真呵护，对丑恶有杀伐心，尤其是这种杀伐之心，真真不易，与大多数传统文人之懦弱，有大不同。传统文人不乏对弱势群体的同情心，甚至往往还泛滥着廉价的同情心，但却常常严重缺乏对强暴势力的杀伐心。关汉卿的这种杀伐心，在中国古代文人那里，是稀有元素。这种杀伐心后来传给施耐庵，变本加厉，而成一腥风血雨之《水浒传》，此是后话。

另一方面，需要说明的是，关汉卿毕竟不是徐渭式的狂狷之士，他只是一个沦落世俗的天才。由于他天性顽强，是“蒸不烂、煮不熟、捶不扁、炒不爆，响当当一粒铜豌豆”，他不但没有被压迫而变态，反而愈挫愈奋，生命的枝丫四处自由伸展蓬蓬勃勃，所以他没有徐渭的心理病态，没有徐渭的尖酸刻薄，没有徐渭的过激反应、没事找事，他自有其厚道的一面，他既毫不妥协，颠倒是非，却也有厚人伦、正风俗的淳朴思想。他更不像徐渭那样，内心充满怨毒，充满失败感，发而为文也就是自我的号叫，眼睛只盯着自己，好像世界上只有他才是最大的冤屈者。所以徐渭不会有太多的对别人的同情心，他只是一个控诉者，是明代的“祥林嫂”（他们还真是老乡）。而关汉卿则是一个英雄，眼睛盯着天下的不平，心里装着仁爱与仇恨，手心里都是汗。所以他不仅自己在潜意识里做着英雄，在文字上打家劫舍、替天行道，就是他塑造的人物，也往往具有英雄的气质、英雄的胆略、英雄的壮举。他的几乎所有杂剧中都体现着他的英雄豪放：不仅是《单刀会》中关羽这样的历史英雄，还有《救风尘》中赵盼儿这样的风尘妓女，《望江亭》中谭记儿这样的再嫁寡妇，即便是《窦娥冤》中安分守己、认命的小寡妇窦娥，也能在生命的最后，爆发出感天动地的英雄气概。我们从这些人物的气概上，可以想象得出关汉卿的血性豪情：

【驻马听】水涌山叠，年少周郎何处也？不觉的灰飞烟灭。可怜黄盖转伤嗟，破曹的樯橹一时绝，鏖兵的江水犹然热。好教我情惨切！（带云）这也不是江水，（唱）二十年流不尽的英雄血！（《单刀会》）

这真是比苏轼的《念奴娇·赤壁怀古》还要悲怆沧桑、慷慨低回、杀气满纸却又悲悯满怀。

且看赵盼儿在决心搭救宋引章智斗周舍前的唱词：

【双雁儿】我着这粉脸儿搭救你女骷髅，割舍的一不做二不休，拼了个由他咒也波咒。不是我说大口，怎出得我这烟月手！（《救风尘》第二折）

这“烟月手”在正义复仇之时，其力量不亚于关公之青龙偃月刀！

【滚绣球】有日月朝暮悬，有鬼神掌着生死权。天地也只会把清浊分辨，可怎生糊突了盗跖颜渊？为善的受贫穷更命短，造恶的享富贵又寿延。天地也，做得个怕硬欺软，却元来也这般顺水推

船。地也！你不分好歹何为地？天也！你错勘贤愚枉做天！哎，只落得两泪涟涟。（《窦娥冤》第三折）

感天动地窦娥冤，在窦娥临死三桩誓愿感天动地之前，这柔弱的女子已经在那里咒天骂地了！这是彻底的反抗，是斩尽杀绝，没有一点商榷，只是一笔推倒的全盘否决——对了，在第四折里，窦娥的鬼魂就这样唱：

【收江南】呀，这的是衙门从古向南开，就中无个不冤哉！

这是斩尽杀绝——斩尽杀绝从古至今的一切冠冕堂皇、仁义道德、百宋千元、三坟五典。然后，她马上又这样要求她的父亲——

【鸳鸯煞尾】从今后把金牌势剑从头摆，将滥官污吏都杀坏！

这又是斩尽杀绝！关汉卿的杀伐之气来源于民间的冲天怨气，是世道对我们的斩尽杀绝，是我们对斩尽杀绝的世道的斩尽杀绝！是仇恨入心发了芽，是血仇报复，是冤鬼索债！

人们都注意到了关汉卿杂剧语言的“本色”，所谓“本色”也者，不仅是王国维所说的“曲尽人情”，而更是他无文人口吻与嘴脸。他立足于市民阶层，立足于“草根”，立足于普通人群。他笔下的人物，除极少数如关羽、张飞，其他皆是他自己虚构的下层人民，所以王国维要说他“一空依傍”。他这样的大英雄有的是绝大的创造，有的是绝大的本领，而无须什么借鉴与依托。他的创作源泉即在于当时的社会现实，即在于那个贪官污吏与流氓地痞把天地弄得暗无天日的时代。他就这样抟土为人、无中生有、嘘枯吹生——给他一把浸透血泪的现实土壤，他就这样抟出那么多有血有肉、气韵生动的人物，永远地控诉那个黑暗的世道。关汉卿的良知、仁慈以及他更可贵的杀气——因为这一点恰是中国士大夫文人缺少的——都可以让我们说，他不仅是那个时代杂剧的领袖人物，他也是那个时代的良心。而他的杂剧，是那个时代的正义，是那个时代最为缺少的公理，是对那个时代的末日审判！

在关汉卿那里，传统的抒情艺术变成了叙事艺术，而士大夫式的写实的叙事变成了虚构的叙事。由于是虚构的，他就可以精骛八极、心游万仞，于是我们看到，关剧总是洋溢着巨大的激情，在这一点上，他与莎士比亚极其相似：激情四溢的台词与矛盾冲突攒集的叙事水乳交融，人物内心的矛盾与人物关系的矛盾纵横交错，强烈的抒情性显示出人物强大的生命激情，而这强大的激情与世界、与命运的矛盾终于激起了观众和读者强烈的情绪参与。关剧中洋溢的激情终于催生出处处弥漫的浪漫精神，我们会自然地注意到关剧的结尾往往是浪漫主义的。但是，事实是，关剧的浪漫是无所不在的：几乎可以这样说，没有浪漫，关剧几乎无法推进与展开，正如在重重黑暗与重重压力的现实中生活，没有一些浪漫几乎不可能打开一线生机一样；没有浪漫，关剧中的人物不可能成为英雄，而只能成为默默忍受、悄悄毁灭的弱者。所以，我们看到，在关剧中，既有对黑暗现实的令人窒息的描摹，又有对绝不屈服的尊严、人性的热情讴歌。他写出了这个世界无处不在的死亡的陷阱，他又写出了这个世界触处皆春的微微生机。一方面，我们在关剧中深切地感受到死亡的戕残；可另一方面，我们又能发现，正义的力量更勇武百倍！这些描写往往是超现实的，正是在超现实的描写中，尤其是在超现实的结尾中，他“超度”了现实：他让丑恶的现实最终失败，而弱者获得胜利，被侮辱者获得尊严，被压迫者获得翻身，甚至冤鬼也能得申冤屈，复仇成功。

关汉卿也是写情高手，像他的《拜月亭》就被列入元代四大爱情剧。但他好像不大喜欢写那贵族人家的爱情，《诈妮子》中婢女燕燕爱上的就只是一个小千户，而主人公也只是个妮子、婢女，真正的小姐莺莺倒被当作了配角。综观关汉卿的作品，以女性为主角的占了绝大多数，其中又主要是下层妇女。他写女性，并不在闺阁，也不仅局限于一己之儿女私情，他把她们放到社会这个大场景中，让她们在其中受煎熬、显才干，他不仅写出她们之可爱与美丽，他还写她们之可敬可佩，写出她们的豪杰之气、压倒须眉的豪爽与仗义。他笔下的女人，其气质做派，完全不同于传统文学中的样子，他的杂剧中的女人，与宋词中的女人，简直是完全不同的类属。他没有把她们仅仅作为爱情、婚姻与家庭的对象，更不把她们作为弱者。他终究不是言情剧的写手，他是个真正的作家。

如果说关汉卿是站在平民的立场上，反抗现实中的横暴与丑恶；那么，王实甫则用才子佳人的形式反抗文化传统观念中的霸道与野蛮。《西厢记》的题材从表面上看实在很脂粉气，张生与莺莺这一对男女也显得有些弱不禁风，但他们的行为却极具叛逆性，他们的勇气与强大在于他们敢于受情欲的引领，在私下结合。说起来挺有趣：他们遂了自己的情欲，便也就成了叛逆英雄，这很划算了。事实是，王实甫确实是想告诉我们，在那样的不人道的时代，在那样不人道的文化与道德下，我们接受我们自身情欲的引导而行一回“人道”，越一次轨，我们就能成为英雄。而张生、莺莺他们发生这样风流韵事的场所是“庄严妙境”的佛寺，时间则是在莺莺父丧期间，王实甫也忒刻薄——这当然也是斩尽杀绝的表现。

当然，王实甫的《西厢记》，来自唐代元稹的《会真记》，后又经金代董解元的《西厢记诸宫调》，他是在前人基础上的再创造，由小说（传奇）到说唱文学，至他，便成了戏剧。“愿天下有情人都成了眷属”，这是那时代惊世骇俗的一声，是人性的复归。与哲学上越来越反人性的趋势相反，文学总是人性的最后避难所。

与王实甫《西厢记》题材来源于唐代一样，白朴的《梧桐雨》写李隆基、杨玉环的爱情，来源于唐代的真人真事（其实，《西厢记》的母题——元稹的《会真记》亦是自传性质的真人真事），以及包括白居易《长恨歌》在内的大量的历代相关作品。《墙头马上》也来自白居易的一首诗《井底引银瓶》，并且也在结局上做了大团圆式的改造。与关汉卿、白朴一样被列入元剧四大家的还有马致远（另一人或为王实甫，或为郑光祖），他有《汉宫秋》一剧，这已是从唐代延伸到汉代。而更古老的题材是纪君祥的《赵氏孤儿》，这是《左传》《史记·赵世家》都有记载的真实的历史悲剧、历史壮剧，其事实本身即已具备戏剧的一些基本要素，情节紧张紧凑，矛盾激烈尖锐，人物慷慨悲壮。王国维《宋元戏曲考》将之与关汉卿《窦娥冤》并列，并说："剧中虽有恶人交构其间，而其蹈汤赴火者，仍出于其主人翁之意志，即列之于世界大悲剧中，亦无愧色。"确实，论悲剧感慨人心、激人奋发的力度以及对世界与人生悲剧性主题探究之深度言，元杂剧中，确以这两剧为最出色。

文化豪杰

中国的散文（骈文除外），依我的理解，就其精神气度与形态风度言，大致可以分为这么一些重要的时期：先秦诸子（《左传》《战国策》之类，其作者仍是子家），两汉史传（司马迁与班固），唐宋古文（中间有一个耀眼的亮色：晚唐小品文），晚明小品文，清之桐城派，“五四”新文学。1949年至今，虽亦略有名家，且往往得一时之誉，但怕还不能有自己的面目与主脑。

在以上这一链条中，就风格言，先秦诸子、司马迁自是黄钟大吕，无师无友，无复依傍，自铸伟词，卓绝千古。唐宋古文则代圣贤立言，为生民立命，文以载道，一派庄肃，又时见性情。而桐城派则是一派头巾气，拘拘于门庭，规矩方圆，方正得可以。这数家可以算是古代散文的名门正派，华屋堂堂，望之俨然。晚唐小品文被鲁迅誉为“一塌糊涂的泥塘中的锋芒与光彩”，是讽刺性杂文的典范，骂人骂世骂缺德，刺古讽今嘲风俗，其文章如匕首，似投枪，短小精悍，章法随意，极刻薄，极厌世，但究其实质，仍是道德卫士，遵循的仍是文须有益于世道这样的基本原则。

只有晚明小品文是逸出中国古代散文常轨的另类、异端，它既不像诸子、太史公、韩柳欧苏那样正面提倡社会价值，也不像陆龟蒙、皮日休、罗隐那样反面批判以矫正世风。既不像前者那样充满希望，也不像后者那样满怀绝望，既不像前者那样热情洋溢，也不像后者那样冷漠刻毒。他们都是负责任的。而晚明小品文是不负责任的文章。即便与形态相近的晚唐小品文相比，同是小品文，晚唐的小品文是面向大众的、社会的，而晚明小品文则更多的是面向小众的、人生的。晚唐小品文是为大众呐喊的，而晚明小品文则是一小撮精神贵族的浅斟低唱与人生感悟。感慨社会与感慨人生是不一样的，感慨社会是对公共生活的关注，其指向是现实的政治问题；感慨人生往往更倾向于私人生活关怀，其指向是人生的哲学问题。从这个意义上讲，晚唐的陆龟蒙、皮日休、罗隐等人，就其创作动机言，仍是正统儒家的批判现实主义，自觉地承担着道德的义务，并且在事实上，他们的创作也正出自他们的道德痛苦，出自他们强烈的道德诉求。而晚明的小品文，则正由于作者们公开地鼓吹抛弃人生的道德义务与现实责任，而成就其自身的特色。所以，晚明的小品文是中国古代文学的另类、异端，其道德上的破坏性远超过骈文——骈文只不过是往往追寻美的形式而去，是对道德义务与现实责任的疏忽；而晚明小品文则是公开的叛变，另立山头，打出自己的旗号。骈文只不过是专注于自身的形式美而忽略了道德上的意义，如同一个少女穿梳打扮，一心让自己扮靓扮酷以追求回头率，而没有更多的庄严的道德自觉。晚明小品文则是建立在一种成熟的思想基础之上的：这种思想，即以藐视崇高、嘲弄价值、放弃责任、追求一己之适意为旨归。

这种情况的出现是有其必然性的。其出现在晚明，尤其如此。儒学经程朱以后，愈益沉重、古板、教条、反人性，愈益原教旨化、绝对道德化。明代王学的出现，尤其是李贽的出现，是对压迫的反抗，是心理的减压。李贽虽最终被迫害致死，但他在很大程度上是扛住了黑暗的闸门，放一些有灵性的孩子出去了。被他点化、顿悟自己心灵的“孩子”中就有公安派的三袁兄弟，尤其是袁宏道。

老大袁宗道给李贽写信讨教，这样说：

> 不佞读他人文字觉溃溃，读翁片言只语，辄精神百倍。(《白苏斋类集》十五)

老小袁中道，专为李贽作传，《李温陵传》是李贽最好的“画像”，为我们留下这古代文化英雄的凛凛风貌。

三袁之中，袁宏道悟性最高，文人气质最浓，对文章的美学追求也最用力，他于李贽，更是别有一番感激在：

> （中郎）既见龙湖（李贽），始知一向掇拾陈言，株守俗见，死于古人语下，一段精光，不得披露。至是浩浩焉如鸿毛之遇顺风，巨鱼之纵大壑。能为心师，不师于心；能转古人，不为古转。发为语言，一一从胸襟流出，盖天盖地，如象截急流，雷开蛰户，浸浸乎其未有涯也。(《珂雪斋集》卷十八《吏部验封司郎中中郎先生行状》)

公安三袁等士大夫之喜欢李贽，就在于李贽能在沉闷的文化空气中别开生面，给他们以新的视界、新的价值观与审美观。

但非常奇怪的是，包括公安三袁在内的晚明文人，在一阵欢呼李贽为他们打破了思想的牢笼，砸碎了束缚他们行为手脚的镣铐后，离开了战场，寻欢作乐去了，过自己的小日子去了。这一点在袁小修的《李温陵传》中表现得最明显。小修佩服李贽，景仰李贽，但对李贽却是“不能学者有五，不愿学者有三”。五个不能学的是什么呢？

一是李贽的“为士居官，清节凛凛”。而“吾辈随来辄受，操同中人”。

二是“不入季女之室，不登冶童之床”。而“吾辈不断情欲，未绝嬖宠”。三是李贽“深入至道，见其大者。而吾辈株守文字，不得玄旨”。四是李贽“自少至老，惟知读书。而吾辈汩没尘缘，不亲韦编”。五是李贽“直气劲节，不为人屈。而吾辈胆力怯弱，随人俯仰”。

三个不愿学，一是李贽“好刚使气，快意恩仇”。二是李贽既已离仕而隐，却不能遁迹山林，而是流连人世，祸逐名起。三是“细行不修，任情适口”。

也许是小修用反衬手法来写李贽之超绝凡人，但也正好暴露出“吾辈”——晚明一般文人心智上的小巧而乏大，品行上的自私而少德，生活中的堕落而自渎，胆力上的怯懦而欠刚。所以，他们只是在李贽攻克的地方，建立舞榭歌台，歌舞升平；而在李贽战死的地方，他们很见机地转移话题，开始讨论人生的风韵与幸福。

所以，在晚明文人中，要找有才华的，大有人在，但要找有风骨的，大约只有一个李贽。要找文章写得好的，找文人，触目皆是，那也真是一个才子辈出的时代，但要找真有思想与见识的，大约也只有一个李贽。并且这李贽平时虽个性极强，思想极锋锐，但在生活中，却绝不哗众取宠，他的发言，虽然被陈腐的思想界当作奇谈怪论，却句句出自肺腑，出自他的深思熟虑的思想，不像其他晚明文人，没有真思想，却总是追求出语惊人。我们可以比较一下同时代的另一个艺术天才徐渭。李贽是思想的大叛徒、真豪杰，与当世大谬，但却也能把官做到知府，朋友所在皆是；徐渭思想颇平庸，与当世大顺，却终身布衣，落落寡合，众叛亲离。李贽是未完成的圣人，而徐渭则是不得志的小人。

丈夫在世，当自尽理。我自六七岁丧母，便能自立，以至于今七十，尽是单身度日，独立过时，虽或蒙天庇，或蒙人庇，然皆不求自来，若要我求庇于人，虽死不为也。历观从古大丈夫好汉尽是如此，不然，我岂无力可以起家，无财可以畜仆，而乃孤子无依，

> 一至此乎？可以知我之不畏死矣，可以知吾之不怕人矣，可以知我之不靠势矣。盖人生总只有一个死，无两个死也，但世人自迷耳。有名而死，孰与无名？智者自然了了。（《续焚书·与耿克念》）

不畏死，不怕人，不靠势，这是孟子“大丈夫”人格宣言以来最为昂扬的声音、最无奴颜媚骨的声音。“人生总只有一个死，无两个死”，这是何等伟大的傲慢！傲慢到死，还怕什么？实际上，正如孟子早就证明了的，死是人性的极限：超越了死，就获得高贵；不能超越死，就会堕落。“死”是我们道德的最后屏障啊——没有什么邪恶的力量可以穿越死亡来迫使我们就范，关键时刻，无法取胜的时候，只要我们跨出一步，站到死亡这边，一切刺向我们的邪恶剑戟都会被死亡折回。所以，我们真的完全可以不屈服，只要我们愿意跨出这一步。

周作人说“他信里那种斗争气氛也是前人所无”（《知堂序跋·重印〈袁中郎全集〉序》），这话我觉得有些问题。这种斗争气氛在前人那里是有的，先秦诸子都是头角峥嵘、面目狰狞的，斗争的性格是那时代的共性，即便往下，如嵇康这种人也是赴汤蹈火，狂顾顿缨而无一丝怯态的。实际上，说这种斗争的气氛“后人所无”才对，李贽的追随者，公安三袁就没有了这种精神，没有了这种斗志。

他岂止像孟子？他还像庄子。这篇《与焦弱侯》虽然较长，但我实在不能删节，全引于下：

> 人犹水也，豪杰犹巨鱼也。欲求巨鱼，必须异水；欲求豪杰，必须异人。此的然之理也。今夫井，非不清洁也，味非不甘美也，日用饮食非不切切于人，若不可缺以旦夕也。然持任公之钓者，则未尝井焉之之矣。何也？以井不生鱼也。欲求三寸之鱼，亦了不可得矣。

今夫海，未尝清洁也，未尝甘旨也。然非万斛之舟不可入，非生长于海者不可以履于海。盖能活人，亦能杀人，能富人，亦能贫人。其不可恃之以为安，倚之以为常也明矣。然而鹍鹏化焉，蛟龙藏焉，万宝之都，而吞舟之鱼所乐而游遨也。彼但一开口，而百丈风帆并流以入，曾无所于碍，则其腹中固已江、汉若矣。此其为物，岂豫且之所能制，网罟之所能牵耶！自生自死，自去自来，水族千亿，惟有惊怪长太息而已，而况人未之见乎！

余家泉海，海边人谓余言："有大鱼入港，潮去不得去。呼集数十百人，持刀斧，直上鱼背，恣意砍割，连数十百石，是鱼犹恬然如故也。俄而潮至，复乘之而去矣。"然此犹其小者也。乘潮入港，港可容身，则兹鱼亦苦不大也。余有友莫姓者，住雷海之滨，同官滇中，亲为我言："有大鱼如山，初视，犹以为云若雾也。中午雾尽收，果见一山在海中，连亘若太行，自东徙西，直至半月日乃休。"则是鱼也，其长又奚啻三千余里者哉！

嗟乎！豪杰之士，亦若此焉尔矣。今若索豪士于乡人皆好之中，是犹钓鱼于井也，胡可得也！则其人可谓智者欤！何也？豪杰之士，决非乡人之所好，而乡人之中亦决不生豪杰。古今贤圣皆豪杰为之，非豪杰而能为贤圣者，自古无之矣。今日夜汲汲，欲与天下之豪杰共为贤圣，而乃索豪杰于乡人，则非但失却豪杰，亦且失却贤圣之路矣。所谓北辕而南其辙，亦又安可得也！吾见其人决非豪杰，亦决非有为圣贤之真志者。何也？若是真豪杰，决无有不识豪杰之人；若是真志要为圣贤，决无有不知贤圣之路者。尚安有坐井钓鱼之理也！

这是豪杰的赞歌，这是中国的"超人"，我几乎要说李贽就是中国的尼采。但我又觉得这样说委屈了李贽。首先是李贽比尼采早三百多年（尼采生于1844年，李贽生于1527年），其次是，尼采生活于欧洲这样有着学术自由传统的地域，而李贽却生于政治专制一统、思想独尊儒术、道统制锢天下的中国。也就是说，欧洲的土壤诞生尼采的思想，是自然的过程与结果；中国的土壤出现李贽，不能不说是个奇迹。虽然李贽之前已有相当的思想资源，但李贽之横空出世，萃拔于世，仍有他天赋的独特血性在。他的著作《焚书》《续焚书》，是中国古代文化的另类，却也是中国古代文化的光荣。我们浩如烟海的经学著作岂止是汗牛充栋，它们也汗了我们学者的筋骨，充塞了我们学者的心智，使其疲惫，使其愚盲，使其自大，使其无知，使其拾人牙慧而咂咂有味，踵人履迹而唯唯诺诺。在这样的文化氛围中，有《焚书》《续焚书》出，岂不是奇迹？而这样的书出现在这样的国度，岂不是该焚之禁之？

> 自古以来，小人之无忌惮，而敢于叛圣人者，莫甚于李贽。然虽奉严旨，而其书之行于人间者，自若也。（顾炎武《日知录集释》）

天启五年（1625）九月，四川道御史王雅量疏奉旨“李贽诸书怪诞不经，命巡视衙门焚毁，不许坊间发卖，仍通行禁止”。

> 而士大夫多喜其书，往往收藏，至今未灭。（顾炎武《日知录》卷十八）

自名曰“焚书”，皇帝要焚，大臣要焚，但就是没能焚，而是“行于人间”“至今未灭”，真是天不灭斯文，为吾民族留一丝不竭的血性之气。孟子曰：

> 待文王而后兴者，凡民也；若夫豪杰之士，虽无文王犹兴！（《孟子·尽心上》）

不紧要之人

“公安三袁”中的老大袁宗道（伯修），曾著一文《读陶渊明传》，对靖节先生的人品出处发表了迥异于人的见解。我们知道，至少自萧统《陶渊明集序》开始，陶渊明就已成为一种道德符号，成为中国传统文化的一个典型代表，成为中国文人的道德英雄。但袁伯修却对此发表了他独特的看法，他认为陶之隐逸田园，不是为了道德上的清高，而是为了身心的安逸。这种看法倒也不算太坏，甚至可以说是颇合乎陶渊明自己一再申明的本意。但他说陶渊明的行为“与世人奔走禄仕，以餍吻者等耳”，就显得很没分晓。他接着说：“渊明岂以藜藿为清，恶肉食而逃之哉？疏粗之骨，不堪拜起；慵惰之性，不惯薄书。”如此而已。“譬如好色之人，不幸禀受清羸，一纵辄死，欲无独眠，亦不可得，盖命之急于色也。”也就是说，渊明只是两害相权取其轻，两欲相较就其重而已。他之放弃官场，乃是出于不得已。

而这显然是对陶渊明道德价值的贬低。

伯修此文，是对道德化生活的否定，或者说，是对生活中的道德事件与道德人物的否定。他从自然人性出发，只承认人出自本性的追求，而道德追求，或追求道德上的自我完善，是与人的本性相违背的。这实际上也是与传统儒家——无论是孟子一派还是荀子一派——唱反调。

不从道德角度来解释人之行为，是合理的，陶渊明自己也不从道德角度来说明自己的归隐田园。不对人作道德的要求，也是可贵的，因为人之行为动机总是出于人之自我实现，而非为了道德实现。但若再往前一步，否定人生有境界高低之别，则不仅不合事实、不公平，也会带来严重后果。

伯修在三袁之中是最拘谨的一位，尚且如此，中郎、小修更是有过之而无不及。对陶渊明形象道德价值的贬低甚至否定，体现出他们的精神向度，此前还没有任何一个时代的知识分子在整体上如此蔑视传统的价值观念，如此贬低传统道德人物的道德价值。从李贽之贬损孔孟到三袁之重释陶潜，逻辑思路是贯通的，但社会影响却不大一样：李贽有更多的思想解放的意义，三袁则更多道德破坏。李贽解放的是人们的思想，三袁解放的更多的是人们的欲望。传统儒家的价值观，是讲究道义、操守，讲究对世道人心的引导与拯救，讲究承担与坚持；传统道家的价值观包括那些隐士的价值观，是讲究淡泊、清高，在浊世中保有一份清白，在物质的匮乏中以肉体欲望的牺牲来换取道德上的自足。他们在某些时候，甚至可以看成是政治上的反对派、现实的批判者、当权者的敌人，这种角色使他们虽然退避山林江河，却仍是社会中重要的角色，承担着重要的道德负担，这就是他们的价值所在。

而晚明文人，却完全是新类型，是士这一阶层在历史发展过程中的新品种：他们既否定儒家的社会承担，又轻薄道家的个人操守，他们只认人性中自然欲求的一面，放纵，穷奢极欲。一切享受，物的享受与色的享受，只要身体允可，即纵情享受，恬不知耻；一切责任与义务，只要心有所烦，即弃之如敝屣，且还要大张挞伐。这是一种反道德的生活方式，其代表人物，当推袁宏道。

袁宏道曾写《人日自笑》诗，描述自己的形象：

是官不垂绅，是农不秉耒。是儒不吾伊，是隐不蒿莱。是贵着荷芰，是贱宛冠佩。是静非杜门，是讲非教诲。是释长鬓须，是仙拥眉黛。(《袁宏道集笺校》卷三十三)

"自笑"，是自我谈侃，我们从中可以看到，他自己都无法为他的社会形象作一定位。但即便如此，他却也并不惶恐与迷惘，恰恰相反，他颇得意，他在这四不像式的人格形象中摆脱了任一社会角色所承担的社会责任，却又从这任一社会角色中得到相应的地位、权利、享受甚至道德庇护。他一生服膺李贽，把李贽看成是为他思想上开路之人，但他绝不像李贽那样在思想战线上冲锋陷阵；他推重徐渭，把徐渭看成是艺术上的大师，但他绝不在性情上如徐渭那样孤傲狂放，更不会在人生际遇上像徐渭那样落魄潦倒；他与汤显祖也保持着友谊，但他也不要像汤显祖那样陷入情与理的冲突，把当代思想与哲学当作自己的敌人，要与之做较量。这可以看成是他的聪明，他不要冲突，不要斗争，不要崇高，他只是随心所欲，至于在他随心所欲时是否逾了矩，他毫不在意：因为，他已经在思想上没了规矩。

与世无争，随缘任化，追求适意适性，自适自足而不他涉，此种人生智慧在他那里特受表彰，不仅作为智慧，甚至上升为道德人品。他在给徐汉明的一封信中，把世间人分为四种：玩世、出世、谐世、适世。前三种他都予以智识上的贬低，而独推崇"适世"——

独有适世一种其人，其人甚奇，然亦甚可恨。以为禅也，戒行不足；以为儒，口不道尧、舜、周、孔之学，身不行羞恶辞让之事。于业不擅一能，于世不堪一务，最天下不紧要人。虽于世无所

忤违，而贤人君子则斥之惟恐不远矣。弟最喜此一种人，以为自适之极，心窃慕之。(《袁宏道集笺校》卷五《徐汉明》)

这种人之所以受推崇，就是因为是“自适之极”。自己把自己的小日子过得适意，是他们唯一优点，而涉他性优点，却全不相关。不堪一务，不擅一能，表明他们已退出社会公共生活，不能再为大众提供事务性的服务；而不禅、不儒、不道，不学尧舜周孔之学，不行羞恶辞让之事，又表明他们并连精神的感召力也彻底放弃，而以做“天下不紧要人”沾沾自喜。我们知道，任一社会，其知识分子，不外乎两种职能：承担国家事务性、技术性工作和承担社会的价值（所谓“仁以为己任”）、传承民族文化。这些都是“天下紧要”之务，所以知识分子也因此成为天下紧要之人。知识分子变成了社会、国家的“不紧要之人”，这个社会会怎样呢？知识分子自己又怎样呢？

这样的精神境界，我们固然可以说他们对传统有反叛之功，对当时的专制政体与专制思想有“解构”之力。与明代专制渐深相应，文人对体制的厌恶与逃避也越来越强烈，而且这种逃避与厌恶已不像前人那样是由于特定的人事关系不睦，或政见相左，或小人当道，以及特定的黑暗年代的官场危机（所谓“天下无道”），而是对一般体制的逃避。他们逃避的不是“非常态”的无道的官场，恰恰是“常态”的官场。由此可见，体制自身的桎梏已使人难以忍受，体制已越来越非人性化，所以，才有晚明文人对体制的集体文化声讨与道德否定，最终集体叛逃。但是，“解构主义”之最致命的弱点在于，他们可以解构观念，但不能解构问题。社会问题、道德问题、民生问题等等，都不是解构主义所能解决的。袁宏道所处的时代，思想的僵化与文化的保守固然需要解构，而且这种保守僵化的思想观念在与专制整体相互表里、得到专制政体的支撑的时候，用解构主义的方法使其失去崇高与价值尊严，失去统帅人心的力量，是最为经济之方。但是，袁宏道所处的时代，也是社会问题成堆的时代，即便是中郎自己，在“莳花种竹，赋诗听曲，评古董真赝，论山水佳恶”的“快活度日”时，“一见邸报，必令人愤发裂眦。时事如此，将何底止”（《与黄平倩》,《袁宏道集笺校》卷五十五）。所以，当中郎把他的创作取向圈定为对个体生命、生活中“趣”事的玩味的时候，我们也可以反问：生活中“无趣”的一面呢？对这些“无趣”的一面你何以处之？一个一流才情一流见识的文人，一位据说还颇有治国才具的士人（袁宗道的《寄三弟》、袁小修的《吏部验封司郎中中郎先生行状》都夸过他的为官之才），在公共事务中退却，而以插花艺术为津津乐道之事，即便是技进乎道，也不能不说是逃避责任，自私孱头。

所以，晚明以中郎为代表的，讲究闲适、趣味的小品文，相对于此前的先秦诸子、太史公、韩柳欧苏等人，是一个大变化。诸子至欧苏，乃是士或士大夫之文，而中郎之文，乃文人之文。传统的“文以气为主”也一变而为“文以韵为优”，有无“浩然之气”不重要了，只要有趣味即可。传统的“道德文章”，一变而为“趣味文章”。这种文字，轻灵可喜，却也轻浮可厌；充满雅趣，却也因为过度追求从而物极必反，堕为恶俗。中郎等的晚明小品文，初读几篇，觉得辨丽可喜，读多了，就会发现他们的做作、矫情、轻狂刻意、夸饰变态、自私自恋、自得自慰。人性中可厌的一面崭露无遗。我们看他的名作《满井游记》：

> 燕地寒，花朝节后，余寒犹厉。冻风时作，作则飞沙走砾。局促一室之内，欲出不得。每冒风驰行，未百步辄返。
>
> 廿二日，天稍和，偕数友出东直，至满井。高柳夹堤，土膏微润，一望空阔，若脱笼之鹄。于是，冰皮始解，波色乍明，鳞浪层层，清澈见底，晶晶然如镜之新开，而冷光之乍出于匣也。山峦为晴雪所洗，娟然如拭，鲜妍明媚，如倩女之面而髻鬟之始掠也。柳

条将舒未舒，柔梢披风，麦田浅鬣寸许。游人虽未盛，泉而茗者，罍而歌者，红装而蹇者，亦时时有。风力虽尚劲，然徒步则汗出浃背。凡曝沙之鸟，呷浪之鳞，悠然自得，毛羽鳞鬣之间，皆有喜气。始知郊田之外未始无春，而城居者未之知也。

夫能不以游堕事，而潇然于山石草木之间者，惟此官也。而此地适与余近，余之游将自此始，恶能无记？己亥之二月也。

袁宏道的文章，妙处往往只在语言的韵味，此篇亦然。作为游记，其纪游有始无终，颇显做作，其写景杂沓而无章法，其议论如“始知郊田之外未始无春，而城居者未之知也”，更甚无谓，此前若不知郊外有春，游的动机何来？一般城居者更未必不知郊田有春。即便如此，这样的议论也可有可无。结尾处“余之游将自此始”，乃生硬模拟柳宗元《始得西山宴游记》结尾之“然后知吾向之未始游，游于是乎始”而又不伦不类——因为柳宗元此篇而后，续有七篇，统称“永州八记”，此篇乃八篇之始，故“始”字有交代。且柳氏谪永州，以戴罪之身而惶惶不安，游山玩水之间正见其郁闷磊落之气，故文章气韵生动，画意中有内心真情。而袁宏道此篇除却无关宏旨亦不疼不痒的一些“韵味”外，所有的，也就是一种亦官亦隐的“闲适”，甚为无聊。我说他无聊还有一个不大不小的佐证：他的“山峦为晴雪所洗，娟然如拭，鲜妍明媚，如倩女之面而髻鬟之始掠也”几句，被林纾痛訾为“以香奁之体为古文”(《春觉斋论文》)。而动辄以美人设喻，正是中郎的不能让人恭维的癖好。

中郎极推崇李贽，极推崇徐渭。但他在骨子里与这两人有大不同。就晚明思想格局而言，李贽是打江山者，打江山者艰苦卓绝，便见其冲锋陷阵，折冲樽俎与人斗，枭枭狂辩，喇喇不休，性情亦坚忍狠毒，斩尽杀绝。而中郎则是坐江山者，便见其闲花野草，游山玩水，吃吃喝喝与人戏，风花雪月，闲言碎语，其性情亦婉媚柔顺，便辟巧佞。如果说李贽是思想的斗士，中郎则只是精神的贵族。徐渭呢，作为现实中的失败者，苦大仇深，但此深仇大恨亦自成就一段苦大仇深的文字。我们看中郎在《徐文长传》中对徐文长诗的评价：

> 如嗔如笑，如水鸣峡，如种出土，如寡妇之夜哭，羁人之寒起。

他能准确地体会出徐文长诗歌中所包含的生活的艰辛，怨恨，委屈，被遗忘被抛弃的愤怒与反抗，如水鸣峡，写出了徐文长诗歌中的压迫感，挤压感，生命在挤压中扭曲而形成的张力；如种出土，又写出了徐文长诗歌中的冲突感，顽强的生命与压力之间的较量，一种不甘沉沦、不甘消亡、努力出头的欲望。寡妇夜哭，羁人寒起，苦寒之气，达于纸背。但中郎本人的文章却只一派平和。李贽、徐渭的文章使人咬牙切齿，扼腕叹息，而中郎则只能使人推杯换盏，吹吹拍拍。他在对趣味的追求中恰恰抽掉了精神的力量。是的，以袁中郎为代表的晚明小品文，是缺少精神力量的，缺少价值上的坚持的，是不能为社会提供什么公共价值的。极力鼓吹晚明小品文的周作人甚至把晚明小品文与“五四”新文化运动中的文学特征相提并论，说“今次的文学运动和明末的一次，其根本方向是相同的”(《中国新文学源流》)。这实在是荒唐之见。“五四”新文学是有主张的，有主义的，是面向人生的，是救世的而不是个人逍遥的，是有破坏有建设的。有无精神力量，有无价值提倡与坚持，是“五四”新文学与晚明小品文深刻的区别，后期的周作人已颓唐到连这一点都看不出或不愿意承认了。

和传统散文相比，晚明小品文也显示出其琐碎来。高贵性，或理想上的、道义上的坚持与弘扬，是传统散文的身份，这种高贵，就使得散文也成为一种贵族化的文学样式，是并非什么人都能作的，是“道德文章”，是必须有自身的道德修养才能从事的散文创作，这是“士大夫之文”。而晚明之小品文，平易近人，是其优点，而且，它没有身份，一般人，只要有一些文字上的修养与灵性，都可以作，我们可以把它称之为“文人之文”。

晚明小品文的最大贡献，即在于它把文章前面的“道德”二字革去了，解放了文章，使文章成为大众抒发感情、表达性灵的随意的工具。如同皇帝放出宫女，使她们出宫外嫁了。士大夫之文需要修养，需要见解，需要对经典的熟悉，需要学问，并且，在写作时，还需要一种姿态，一种正襟危坐、坐而论道的姿态。而晚明小品文的文人之文则只需要心性上的一点颖悟，精神上的一点感动，甚至，只是语言上的一点灵感，一句格言，一段感慨，即可敷衍成文。因为这样，所以“小”，所以“品”，所以大众化。去除散文的贵族化，使其下降为大众娱情抒怀的工具；去除散文的“载道”、代圣贤立言等道德负担，使其成为日常琐碎生活的记录，家常俚语的记叙，私人生活的伴侣，私人情怀的寄托——使散文由公共生活领域转到私人生活领域，由道德文章变为性情文章，由圣贤的传声筒变为个人的声口，由国家意志与价值的喉舌变为个人情怀的载体，这确是晚明小品文的功劳。

民间的三国

中国人喜欢自诩有“五千年的文明”，这里面除了自豪，说出了事实，也是一种颇自卑的自傲，很类似阿Q“我们先前阔多啦”的名言。但另一方面，大多数中国人对这“五千年文明”却并不能“如数家珍”，“家珍”倒是真的，只是他不大能数。

但中国历史上的三国时期可能是个例外，大凡中国人，说到这个时代，大都能记住一些人物，甚至这些人物的个性、业绩、出身及下场都能熟悉，并且还能牵动他们的爱憎，引起他们的强烈的道德情感。事实上，在“五千年的文明史”中，英雄辈出的时代，风云变幻的时代，惊采绝艳的时代，并非只有三国，春秋战国、五代十国，包括所有朝代的兴与亡时期，都有其精彩的事与精彩的人，都有毁灭与建造、杀戮与呵护、狼烟与牧歌，还有，那几乎在所有的乱世都会集中出现的、最令人热血沸腾的英雄与美女。但人们就是最熟悉三国。为什么呢？无他，有《三国演义》耳。

是的，《三国演义》叙述的，首先是三国时期的历史，是正史中斑斑在案的。人们说它是“七分史实，三分虚构”，可那“三分虚构”又是些什么内容呢？大都是现代读者一读可知其虚假的神仙巫术之类，什么孔明借东风、关公显圣、八阵图等等，另外还有什么“草船借箭”“空城计”啊等等，神是神了，但却也不可信了。所以，这“三分”价值不大，而价值大的，恰是史实，是来自陈寿的《三国志》及其比原文还要丰富的裴松之的注。可能是最早版本的明嘉靖本《三国志通俗演义》，题着“晋平阳侯陈寿史传，后学罗本贯中编次”。罗贯中只是对陈寿的“史传”做点“编次”的工作，正可见《三国演义》与“史”的关系。

但这个题词有着罗贯中很大的自谦，他的“编次”之功实在不能小视。简言之，人们熟悉三国的历史，大多数不是由于他们读了陈寿的《三国志》，而倒是读了——或者是听了据此编次的《三国志通俗演义》。通俗者，通于俗也，三国故事不仅是学者们历史研究的资料，而且是世俗大众的谈资。演义者，演绎也，推演事实而显出意义也，演的是事，却事中有义。那么，《三国志通俗演义》，给予大众的，就不仅是历史，而且是历史的意义，是历史的道德意义、政治意义，还有军事意义。

这就涉及小说《三国演义》与史著《三国志》的区别。既然前者的事实绝大多数来源于后者，虚构的部分又不大精彩，何以前者有大影响于世俗大众，而后者则只能局限在学术圈子里？把这个问题讲清了，《三国演义》的价值也就清楚了。

我们知道，《三国志》的体例是沿袭司马迁《史记》的纪传体，也就是说，把历史故事分解到每个历史人物身上。这种做法，就人物言，当然其一生的历程很清楚，很适于人以文传。但就事件言，则不免盲人摸象之嫌，也就是说，在人物传记中所记之事，必是与此人有关的部分，其他与之无关的部分，只能忽略或简略，从而不能得其全体。而此前的编年体在这一点上也好不到哪里去：因为事件被时间分割了，被同时发生的诸多事件搅乱了，羼杂了，前因后果的脉络就模糊了。作者也不能聚精会神来描述，同时，他的叙述激情也被切割了。可见，纪传体与编年体，一照顾到了人物，一照顾到了历史（时间），损害的却都是事件的发生、发展、结果的起承转合。于是又有一种纪事本末体，试图从事件的角度来展开叙述，但史学毕竟是史学，学术的文体风格与细节的缺失，使得这种叙述往往是松散的、拖沓的、缺少生气的，像司马迁那样的文章天才是可遇而不可求的（这也就是楚汉之际的故事也能深入人心的原因）。文学手段的缺乏，不是换一种体制就可以弥补的。

《三国演义》正是在这一点上有了它自己的创造。首先，它以事件的发生、发展为线索，并辅之以细节的刻画和悬念的设置，总是既能保持文章的节奏，又时时设置阅读的悬念与高潮——这当然有它来自话本的优势，但在小说中，它聪明地保持了这一点并发扬光大。而要做到这些，使每个事件都完整生动，使多个事件又能有机组合、整体推进，这种剪裁取舍的功夫实在了不得。一部《三国志》，再加上裴松之注中保存的大量的已失传的古书中的材料，这些材料要全部推倒，重新组合，并且弄成现在这个生动活泼的样子，真是非一流功夫莫办。

当然，这样大的工作，也实在不是一人能完成的，实际上，在罗贯中之前，已有大量的相关民间三国故事流传。据胡适的推测，在元代至少有:（1）吕布故事。（2）诸葛亮故事。（3）周瑜故事。（4）刘、关、张故事。（5）关羽故事。（6）曹操、管宁等小故事。“最可注意的是曹操在宋朝已成了一个被人痛恨的人物，诸葛亮在元朝已成了一个足智多谋的军师，而关羽已成了一个神人”（《三国志演义》序）。而20世纪20年代，日本盐谷温氏发现的《三国志平话》，郑振铎先生说它“结构很宏伟，描写虽粗枝大叶，有时却也十分生动。后来的《三国志通俗演义》的骨架已完全建立于此了”。而后，“罗贯中氏出来，依据着陈寿的史传，将虞氏本的《平话》完全改写过，而成为《三国志通俗演义》一书”（《〈三国志演义〉的演化》）。可见，“《三国志演义》不是一个人作的，乃是五百年的演义家的共同作品”（胡适《〈三国志演义〉序》），“但主要的创作劳动不得不归于罗贯中”（刘大杰《中国文学发展史》）。

但罗贯中的大功绩显然还不在此处，材料的整理剪裁特其形而下的东西，而价值观、道德观的整合才是其形而上的东西。我们不难发现，《三国演义》的道德水准与趣味都是民间的，这不仅可以解释《三国演义》为什么能够流行、能够畅销，而且还能看出罗贯中在面对一大堆民间三国的资料时，他也面对着浸透其中的民间的趣味与道德观。而他最终决定接纳这些观点，并把它们重新贯穿到他的叙述中去。与《三国志平话》相比，罗贯中删去了一些太过荒诞不经的东西，而增加了历史故事（主要来自陈寿的《三国志》及其注）、诗词与表章书札，这显然是他文人的思想及趣味所致，但他仍然保留了一些荒诞的东西，比如把诸葛亮写得如妖、如道士，手段都并不高明，但却符合民间的趣味。就趣味言，“状诸葛之多智而近妖”，是最典型的表现；其他如关公显圣、孙策斩于吉等章节描写，也显然是民间的口吻。而就道德观言，讲义气，讲知恩图报，讲报应不爽，尤其是讲正统观念，都带有明显的普通民众的朴素道德观色彩，“三绝”之诸葛亮的“智绝”，关云长的“义绝”，曹孟德的“奸绝”，更带有民间的判断力、鉴赏力的印记。

当然，罗贯中在三国故事中演绎出来的“义”还不仅如此。他的成功还在于他把民间的朴素道德观与传统文化中的价值观整合了起来。这集中体现在他对曹操的否定（下面我们要特别加以说明）与对刘备的歌颂上。事实上，否定曹操并不是他的目的，把曹操写得丑陋一些只是一种修辞上的需要，他需要曹操作为一个衬托：衬托出刘备的明君形象。所以，把刘备的形象加以改造，借历史上的刘备的皮囊来寄托他的“明君”理想，才是他的真目的。于是，“历史”的、真实的刘备消失了，“文学”的、理想的刘备诞生了。不少学者都曾为这一点愤愤不平：历史上的刘备其实是一个并不光彩的角色，他自身的行迹已经可以证明他不是一个道德型的人物，他只是一个乱世枭雄。如果他真像作者所描写的那样，凡事都以忠义为手段，以道德为目的，曹操肯定不会把他当作最大的危险，因为这样的人物在那个时代几乎可以注定是走投无路的。丘吉尔曾说过："一个政治家如果完全信守诺言，就如同嘴上叼着横木穿过树林。"但罗贯中却把一切美德都往刘备的身上堆砌，几乎使他成为一个假冒伪劣工程。此即"欲显刘备之长厚而似伪"（鲁迅）。事实上，这个"伪"，既有刘备的"虚伪"在，更有罗贯中的"人为"在。可以这样说，《三国演义》中的刘备是继孔孟塑造的唐尧、虞舜、商汤、周武之后，又一圣君形象，罗贯中确有继孔孟之后再树楷模的雄心。只不过不幸的是，由于历史上的刘备实在不能让人太恭维，而其现实的功业又实在不能让人太佩服，所以，才使得刘备的形象没有上升到与尧舜等人相侔的位置。这当然还因为历史记录的完备，《三国志》等严肃史学著作已经把刘备的行径记录得斑斑在案，不像唐尧虞舜的史实，渺茫得任由孔孟捏造。

但是，罗贯中也有他的成功：通过他的生花妙笔，在一般大众眼里，刘备成了他们具体可感的明君，一个在历史上真实存在的明君。可以这样说，刘备的所谓"明君"形象，成了我们这个古老民族的道德幻象，一种精神抚慰，一剂灵魂的镇痛药。

必须指出的是，对刘备这一"明君"幻象的塑造，不仅是中国民间的道德诉求，更是中国传统文化的文化诉求。这是"内圣外王"之学在文学形象中的生动体现。所以，这是民间诉求与以士大夫为代表的文化诉求相结合的产物。有意味的是，让人觉得"伪"的刘备形象，其实正是这种文化幻象的必然形态。以道德人格自诩的刘备，其所作所为的"不道德"，其实更甚于曹操。在投奔刘表之前，他简直形同政治乞丐、军事乞丐，他投靠过袁绍、曹操、吕布、公孙瓒……但他吃谁的饭就砸谁的碗，大讲忠义并以此获得关羽、张飞及后来诸葛亮无限忠诚的他，自己却对所投靠的主人毫无忠诚可言：无路可走时，勉从虎穴暂栖身；一有机会时，便立马走人，并且还带走对方的军马。而投奔刘表之后，他最终获得的两块根据地荆州和益州，恰恰都是抢自正宗的刘氏皇帝家族成员——也就是说，他没有夺回刘家失去的一寸土地，他只是擅长窝里斗。占荆州时，连蒙带骗加无赖，与孔明一起，把个忠厚的鲁肃玩得团团转——试问《三国演义》的读者，在对荆州的占有和讨还之际，在刘备、孔明和代表东吴的鲁肃之间，哪个才是真正的忠厚与诚实？孔明是智慧的象征，但这智慧在用作对付鲁肃这样的厚道人时，便显示出其不可爱的一面。而攻益州时，刘备碰到的是比鲁肃还要愚拙憨厚的刘璋，而他对刘璋的所作所为实在是为人所不齿。——试问《三国演义》的读者，在读到这一段时，又做何感想？

罗贯中显然在这里也无法从道德角度给出客观的判断。但他毕竟不是在做客观冷静的理性分析和科学论证，他是写小说，他可以运用文学的方法左右读者的感情。他是这样做的：他先在前提上确定刘备是明君，然后他的所作所为当然都是道德的，并且凡是支持他的（比如刘璋手下那些吃里爬外的小人）都是正面人物，凡是反对他的（比如反对刘璋请刘备入川的那些明白忠义之士），哪怕不好遽下“反面人物”的结论，也淡化处理。在这里，罗贯中显然是矛盾的：忠于刘备的人是忠臣，忠于刘璋的人呢？不忠于刘备的人是坏人，是奸邪，不忠于刘璋的人呢？我们在这里显然看到了纯粹的道德评价和道德立场的矛盾与漏洞。张松、法正等人，对刘备而言，当然是忠臣、功臣；但对刘璋而言，则显然是乱臣、奸臣、叛臣！

同样的矛盾也出在对曹操手下人的判断上：凡支持曹操的当然是坏人，而不是忠臣；凡反对曹操的，如孔融、祢衡又都成了道德之士。《三国演义》也是一个矛盾重重的《三国演义》啊！

《三国演义》塑造了一个“明君”的形象，但也只能做到在抽象上肯定其明君形象，在具体的行迹上，却又不得不写出刘备手段之不光彩、道德之不完善。这实际上可以引发我们更深入地思考并对儒家的道德政治、内圣外王理论做出否定的判断。这或许是《三国演义》中更有启示性的东西，是生活中的深刻的矛盾性在小说中的客观反映（罗贯中主观上当然是想掩盖这种矛盾）。实际上，中国历史上对曹操与刘备二人的评价，是深刻地体现出道德判断的荒谬性的：对历史有推动、对当时的人民有大功劳的曹操，在“正统观”等道德观念的左右下，得到的却是道德上的负分；而刘备这样的并不真正高尚其志、清洁其行的人物，就因为他姓刘并反复宣扬自己是“皇室之胄”，从而成为“正统观”维护的对象，而得到了极高的道德分值。

现代读者读《三国演义》，对刘备的佩服与情感和古代读者会有很大的不同，我自己的阅读经验也是这样：我在上小学时读《三国演义》，真如苏东坡在《东坡志林·途巷小儿听说三国语》中所云：“闻刘玄德败，颦蹙有出涕者；闻曹操败，即喜唱快。”而后来上大学读，这种倾向性就淡多了。此次为写此文又重读一遍，感觉竟然几乎完全颠倒了：看到刘备倒霉，就有幸灾乐祸的心理；看到曹操失败，倒平添一段惋惜。所以我前面说，罗贯中骂曹操，不是其真心，他只不过要借此反衬曹操的敌手刘备。事实是，《三国演义》以赤壁之战为界，此前写得最生动者为曹操，此后写得最传神者为孔明。此前的天下主宰是曹操，此后运筹天下大势的就是孔明。孔明出山后，罗贯中才找到一个可以以之为道德坐标的人物。此前反对曹操的人物，如马忠、董承，都毫无分量，不仅没有实力的分量，也没有道德分量，其他军阀，如袁绍、袁术、吕布，更是毫无道德上的立足点。动辄大笑的曹操与动辄涕哭的刘备相比，哪一个更让人喜欢，这不是一个很难的题目。而且，我还发现，即便是罗贯中，他对曹操也是抽象地否定、具体地肯定。比如说，他写刘备爱民，总让人觉得做作，有做戏给人看的成分。如曹操大军南下时，为了突出刘备的深得民心与保民而王，他写百姓拖家带口跟随刘备，这实在让人匪夷所思，除非这些百姓希望置身于最危险的战场，否则此时最安全的地方应该是远离刘备的地方，这种历史的虚夸实在不高明。可他写曹操时，除了写曹操讨徐州陶谦时的一段，写出了盛怒下的曹操残民以逞，其他时候，只要有所攻伐，都会写到曹操马上传令：毋害百姓。简言之，一部《三国演义》，何尝刻意描写曹操残害百姓？

张冥飞《古今小说评林》说到《三国演义》写曹操，有这样一段话：

> 统观全书，是曹操写的最好。盖奸雄之为物，实在是旷世而不一见者。刘先主奸而不雄，孙伯符雄而不奸，兼之者独一曹操耳。……书中写曹操，有使人爱慕之处，如刺董卓、赎文姬等事是也；有使人痛恨处，如杀董妃、弑伏后等事是也；有使人佩服处，如哭郭嘉、祭典韦，以愧励众谋士及众将，借督粮官之头，以止军人之谤等事是也。又曹操之机警处、狠毒处、变诈处，均有过人者；即其豪迈处、风雅处，亦有非常人所能及者。盖煮酒论英雄及横槊赋诗等事，皆其独有千古者也。

其中写曹操令人爱慕处、佩服处、机警处、豪迈处、风雅处且不论，即以令人痛恨处之杀董妃、董承、伏后、伏完，也不是一个道德鉴定就可以是非立判的。是董妃、伏后先要杀曹操，才招致曹操的杀害的，并且在那样的局面下，杀了曹操，于天下苍生何益？朝廷难道会由此安定吗？献帝于此会树立权威吗？董承、伏完之流，有能力与威望震慑天下军阀吗？北方不会重新四分五裂？朝廷不会重新飘摇如转蓬？况且汉廷自顺帝以来，有几个安分守己不弄权的外戚？事实上，当时的真英雄，是有见于此的，所以诸葛亮才会在赤壁之战后放走曹操。应该说，这才是真正大政治家的眼光、胸怀与道德。

《三国演义》不仅给了我们一个明君的幻象，满足了我们的圣君梦，《三国演义》还是我们的英雄梦（无数英雄）、忠臣梦和智慧梦（集于诸葛亮一身），是一个民族道德观、价值观的形象体现，是一个民族英雄观、智慧观的形象展现。《三国演义》的文学成就是可疑的，它塑造人物形象的手法也不高明，比如有不少学者就谈到《三国演义》中的人物形象不是典型，而是类型，不是个性，而是类型中的共性，但这正是《三国演义》成功的秘诀所在，因为它不是要提供文学形象，它要提供的是大众偶像，是让所有人都能理解、体会和讨论的公共形象。用一个典型的文学术语来说，它不是要塑造"这一个"，它是要塑造"这一类"。它在这方面实在是太成功了。它所塑造的那些人物形象，几乎承载了所有人的道德梦想与人生梦想，并且几乎所有人——包括贩夫走卒，都能理解与言说，从而使得它在大众中得到几乎无所不至的传播。这种传播上的成功，也是中国其他古典小说，包括《水浒传》《西游记》这样英雄传奇与神魔鬼怪都望尘莫及的。

《三国演义》的语言也是半文半白的，所谓"文不甚深，言不甚俗"（蒋大器《三国志通俗演义序》），而不像《西游记》《红楼梦》等纯用白话。《西游记》的语言是下层的、粗俗的，趣味却是士人的、上层的；《三国演义》的语言是上层的，趣味却是下层的。《西游记》的道德见识极高，《三国》的道德观念却极庸常。对传统道德而言，《西游》是批判的、破坏的、嘲弄的，是看穿的；而《三国》却是歌颂的、巩固的、鼓吹的，是幼稚的。但这都并不妨碍它的成功，并不妨碍它成为一部成功的小说，因为，它集中地用生动鲜活的形象展示了一个民族的诸多梦想。

快意恩仇

关于《水浒传》的主题，是20世纪后半期以来学者们最为关心的话题，说一句不中听的话，“《水浒传》的主题问题”已经成为一大批学者们的“饭碗问题”，通过这个假设的问题，一大批人解决了自己的饭碗问题、位子问题、车子问题、房子问题。但这样一部数十万言的长篇小说，其创作者（据胡适之先生的观点，是“四百年里的‘梁山泊故事’的结晶”）真的就抱定一个目标——主题，锲而不舍地去表现它？四百年，无数的书会才人、民间艺人，包括施耐庵、罗贯中等人，都是冲着一个主题来加工，塑造，雕琢？

在学者们提出的种种“主题”里，“农民起义说”是20世纪下半叶最主流的观点。我不想去细看学者们那些给他们带来上述种种好处的论文及其提出的论据，我只相信一点良知判断：我本人通读《水浒传》至少四遍以上，断章截句地读的更多（我完全出于爱好，有时仅仅是随便翻翻，就不忍释手，一直读了下去），但如果不是看学者们的论文，我根本想不到什么“农民起义”问题。这可能是我天资愚拙，缺少做学问的能力，但我想，不做学问也罢，这样的学问不做也罢。施耐庵也好，罗贯中也好，书会才人也好，他们弄出这部精彩华章《水浒传》，绝不是为了让人们去做学问，一定是让人们觉着好玩，让人们觉着他们有这一肚皮的牢骚与锦绣。金圣叹曾这样说：

> 施耐庵……只是饱煖无事，又值心闲，不免伸纸弄笔，寻个题目，写出自家许多锦心绣口。(《读第五才子书法》)

这又好像太“为艺术而艺术”了。照我看来，《水浒》虽然不一定像《史记》那样是司马迁“一肚皮宿怨发挥出来”，其作者也定有一肚皮的仇，一肚皮的恨，一肚皮的无聊赖，一肚皮的没奈何，一肚皮的没分晓，一肚皮的没办法，当然，还有那大才子的一肚皮的锦绣。没有这些，《水浒》的文字里为何总透出让人放声一哭的悲凉？那一帮生龙活虎的人，叱咤风云的人，偏播弄出这一片悲凉惨淡的世界。那一种热闹里，那一种繁华里，那一种生动里，那一种顽强里，却总有一种萧肃，一种无奈，一种灰心，一滴随时滴落的眼泪。一百零八人的生命如夏花般灿烂，而一百零八人的世界却如秋草般衰飒！

你看他写林教头风雪山神庙，林教头与差拔一同来大军草料场交割：

> 正是严冬天气，彤云密布，朔风渐起，却早纷纷扬扬卷下一天大雪来。

交割完草料，老军收拾行李，临了说道：“火盆、锅子、碗碟都借与你。”淡淡的温情里掩不住英雄的可怜。交割完毕，老军和差拔向营里来，撇下这东京八十万禁军教头一人在这荒凉的大雪天里，而那草屋“四下里都崩坏了，又被朔风吹撼，摇撼得动”。这里何等可怜？更可怜的，还是那大英雄的小心：

> 这屋如何过得一冬？待雪晴了，去城中唤个泥水匠来修理。

真令人放声一哭！这间破草屋简直可以看成是这个残破世界的象征，这破世界让我们如何过得一生？而且这破世界又哪里容得我们修理？那背后的大阴谋正要修理我们哩。让林冲过不完一冬的，哪里是这摇撼得动的草屋？一会儿，这草屋将和他一起化为灰烬。他兀自不知，还在想着委曲求全。还在想着将就着在这寒凉的世界寻些温暖——这不就是我们的生态的象征？

他出去沽酒。酒是我们和这世界妥协的理由和条件。酒调动的是我们自身的体温，却让我们感谢世界的温暖。林冲冷了，便去包裹里取些碎银子，把花枪挑了酒葫芦，将火炭盖了，取毡笠子戴上，拿了钥匙出来，把草厅门拽上；出到大门首，把两扇草场门反拽上锁了，这一连串动作表现出的是林冲对这个世界的小心。他几乎是赔着小心呵护着这世界上的杂什。而这些杂什好像是他的生命的依靠。然后他带了钥匙信步投东。——雪地里踏着碎琼乱玉，迤逦背着北风而行。

> 那雪正下得紧。

虽然这世界如此寒凉，如此残破，如此寂寥，如此不适合人类居住，但我们仍呵护它，仍委屈暂住，愿意和它和平共处。我们不要冲突，我们要求和。“将火炭盖了”，我们很担心这世界出什么意外，我们希望它平安，希望这秩序延续，哪怕这秩序对我们并不公正有利。“拿了钥匙”“带了钥匙”，我们深信这世界的大门随时会为我们而开，让我们栖身，哪怕那栖身之地并不如意。我们握住了钥匙，似乎就握住了我们和这世界的契约，我们可以随时打开它，而它也随时让我们委身立命。但，“那雪正下得紧”。我们脚踏积雪，背倚北风，几乎是在这风雪世界里挤出一条道。

看那雪，到晚越下得紧了。

但这雪之冷，比人心之冷还差得远。“因这场大雪”，倒“救了林冲的性命”。陆虞候带着高太尉钧旨，与差拨、富安三人雪夜潜到草料场，要放一场大火烧死林冲。刚才的大雪，我们已痛感水深，谁料接下来的一场大火，是这般的火热！这个世界啊，对待我们，岂不就是水深火热？刚才的林冲为何不抱怨？我们为何不抱怨？就是因为我们害怕有更大的灾难在某处潜伏。我们已不奢望这世界变得稍好，我们只祈愿它不要变得更坏。对这个世界的道德品质，我们已经完全没有了信心。不过，自然之母往往仁慈——大雪压倒了草厅，林冲不得已拽出一条絮被去那古庙里安身，躲过这场大劫。在洞悉了这场阴谋后，他手刃三人，然后——

再穿了白布衫，系了褡膊，把毡笠子带上，将葫芦里冷酒都吃尽了。被与葫芦都丢了不要，提了枪，便出庙门投东去。

这是写林冲“出行”，从他万分依恋、半生痴梦中走出。他终于幡然醒悟，在大梦中哭醒来，彻底绝望，从而决绝远去。而以“冷酒”煞尾，既是印证那人间的寒凉，又让我们读着感同身受。此时，此前郑重其事的钥匙当然已经无用，这个世界不是对我们关上了门，而是这个世界根本就没了门。我们要做的事，不是去找一把钥匙，然后紧紧捏住它，像握住我们的命运，然后试着打开某扇门。我们要做的事，是给这个世界造一扇门，然后让它适合人类居住。“被与葫芦都丢了不要”，心中了无牵挂，身外一丝不挂，身如飘蓬，心如死灰，曾经的小心在意，曾经的委曲求全，曾经的逆来顺受，都灰飞烟灭。“被与葫芦”是安寝与享受，这两样象征他与这个世界和谐共处的东西被丢弃；“提了枪”，“枪”是冲突与决杀，这一样象征他和这个世界决绝与为仇的东西却被握在手中。从此，花枪上挑着的，就不再是酒葫芦，而是人头了。

被逼铤而走险的林冲，出了庙门投东去。投何处去？何处可以安身？在柴进那里，他请求柴进周济，“教小人安身立命”。在严密搜捕之中，柴进那里也难以安身。他只能去梁山泊。

但为落魄秀才王伦把持的梁山泊，还不能是天下落难英雄的安身立命之地。施耐庵把王伦的身份安排成“落第穷儒”（林冲骂王伦语），是否也是对建立在儒家政治构想基础上的世俗政权的又一次揶揄？林冲骂王伦：“这梁山泊便是你的？”正可移将来骂皇帝：“这天下便是你的？”所以林冲要火并王伦，李逵要杀了皇帝。谁让这世界与我们如此对立？

林冲的经历被当作“官逼民反”的典型事例。实际上，水浒一百零八人中，并非都是被官逼反，有些是天生要反，如李逵；有些是人生波折，落草为寇；还有不少倒是被宋江、吴用逼反的。但林冲的例子仍有其典型意义，因为，林冲的经历告诉我们，天下最凶险之地，乃是官场，几乎是死门；而生门所在，恰是江湖。施耐庵“独能破千古习俗，冒不韪，以庙廷为非，而崇拜草野之英杰”（眷秋《小说杂评》）。胡适也说：“金圣叹不知施耐庵只是借他发挥他的一肚皮宿怨，故削去招安以后的事，做成一部纯粹反抗政府的书。”（《〈水浒传〉考证》）水浒者，水滨也，王化之外也！人之生门也！

金圣叹盛赞《水浒》作者“其才如海”：

> 江州城劫法场一篇，奇绝了，后面却又有大名府劫法场一篇，

一发奇绝。潘金莲偷汉一篇，奇绝了，后面却又有潘巧云偷汉一篇，一发奇绝。景阳冈打虎一篇，奇绝了，后面却又有沂水县杀虎一篇，一发奇绝。真正其才如海。劫法场，偷汉，打虎，都是极难题目，真是没有下笔处，他偏不怕，定要写出两篇。

其实，写出两篇的岂止是这样单纯的事件与场景？他更出色的是写出两种以上类似的人生体验却又各有其滋味！他在刚刚写完林冲的可怜后（六至十一回），马上接着写杨志的故事（十一至十六回）。“梁山泊林冲落草，汴京城杨志卖刀”，这第十一回的题目见出施耐庵的艺高胆大：这边刚落草，那边又卖刀，一波未歇，一波又起，且一样写英雄可怜，似乎他还嫌林冲的故事没赚够我们的眼泪，定要我们新泪痕压旧泪痕，为这淹蹇的人生，再温一壶酒，再拍一次案，再洒一把泪，再杀一回人！也为施耐庵的天才，再叫一回绝！

在杨志的故事里，我们可以看到，压迫我们的不仅有高俅这样的政治流氓及其所代表的体制，甚至市井流氓、泼皮牛二也不给我们活路，这世界已无道到荒凉的地步。看杨志在东京闹市里被一个泼皮纠缠，最后不得不性起杀了他，感觉到的真是莫名的悲哀。施耐庵心中有多少人生况味？他要捏造多少人物，多少故事，才能一泻胸中积郁？

明人小说中，写市井人物当首推《金瓶梅》，但我要说，《水浒传》的作者在这方面一点也不逊色，他只是不着意罢了。他要写一百零八个英雄好汉，当然把这些市井人物仅作陪衬。可以这样说，如果《金瓶梅》中的市井人物可以夺得最佳男女主角奖，那么，在《水浒传》中，这些市井人物绝对可以夺得最佳男女配角奖。被李贽称赞为文字“断有鬼神之助”的第二十回《虔婆醉打唐牛儿，宋江怒杀阎婆惜》中，写虔婆、写婆惜是何等手段？“不惟能画眼前，且画心上；不惟能画心上，且并画意外。”（李贽语）这是对生活中人物真正深入了解之后才能写出的文字。中国古代的士大夫，从小读圣贤书，皆是高头讲章，然后科举为官，更是官腔官调；其赋诗言志，亦是士大夫情怀，其作文载道，更是代圣贤之言。事实上，要了解中国历史，比如要了解元明时代的中国，读士大夫的诗词、散文，远不如读小说，在小说里（包括“三言二拍”），才可以看到当时社会的真情况，风俗的真状态，道德人伦的真情形。像这一回写虔婆、写婆惜，不仅如金圣叹所说“写淫妇便写尽淫妇，写虔婆便写尽虔婆”，而且，还写尽市井人情世故，写尽口舌中陷阱、言辞间刀锋，“刁时便刁杀人，淫时便淫杀人，狠时便狠杀人”，堂堂大宋，皇皇华夏，简直是杀人放火的所在！

当然，《水浒传》不光写出人世的寒凉，他还写出这寒凉中的一丝暖意。一百零八人，其社会身份，不过是强盗，其可贵者，其为人所首肯心仪者，正是他们洒向人间的那一丝温暖。鲁达在这方面是一个典型，他救金翠莲父女，拳打镇关西，被容本一迭声赞为“仁人，智人，勇人，圣人，神人，菩萨，罗汉，佛”。看过那一段文字，觉得这样的赞语一点也不过分。

这个粗鲁人，救金翠莲时，何等精细？放走金老儿父女，送他们上路回老家，尚怕店小二追赶，便搬条凳子在那里坐了两个时辰，“约莫金公去得远了，方才起身”。这是何等温情？何等呵护？然后，猛起身，“径到状元桥来”，六个字何等可怕可惊！我们知道，杀伐开始了。慈悲温情过后，一道杀气冲天而起。正义岂能无杀心？无杀伐心的人如何能真成佛？鲁达寻到那恶霸“镇关西”，却又不即开打，而是消遣他一早晨，直到饭罢时候。如此消遣，除了是为了激怒郑屠好揍他，也是为了捱时光，让金老儿父女远走高飞。最后，一顿痛快淋漓的骂，三记勾魂夺魄的拳，送那恶人也上了路，回了他该去的老家。这就是爱恨情仇，且无一丝私心杂念，以鲁达为代表的除暴安良的行为，是这个冷酷世界的一点余温，是这个垂死世界的一点奄奄气息……

后来救林冲，鲁达一样极精细。听说林冲被冤，他“忧得你苦”，然后是打听、寻觅、担忧、尾随，暗中保护。当薛霸的水火棍往林冲脑袋劈下来，林冲泪如雨下之时，“那条铁禅杖飞将来，把水火棍一隔，丢去九霄云外，跳出一胖大和尚来”，面对受尽折磨的林冲，鲁达开口两字，便是“兄弟……”这时，谁的眼泪在飞？除了林冲，还有鲁达，除了鲁达，还有五百年的读者！

是的，“兄弟”是《水浒》中最动情的两个字，武大对武松一口一声这么叫，直叫得人心惶惶，凄凄惨惨。武大被害，武松杀嫂、杀西门庆祭奠，洒泪道：“哥哥，灵魂不远，早生天界，兄弟与你报仇，杀了奸夫和淫妇，今日就行烧化。”又是哥哥，又是兄弟，且一场兄弟就此了结，读得人阁泪蒙蒙。忽然之间伶仃为孤儿的武松，身披枷锁，充军沧州，令人难以为怀。到十字坡，遇张青夫妇，亲之爱之，武松“忽然感激张青夫妻两个”，结拜为兄，算是才亡一兄，又结一兄，才稍微宽缓了我们那一颗悬挂的心。

最让人热血与热泪一起飞迸的是顾大嫂的一声“兄弟”。无亲无故的解珍、解宝兄弟为恶绅毛太公毛仲义父子并女婿王正、节级包吉陷害，押在死牢，要取他两人性命。在读者绝望之际，却绝地逢生般地牵扯出一个顾大嫂来。作为二解的表姐，这顾大嫂得乐和的报信，“一片声叫起苦来”，可怜兄弟二人，可曾得到过什么人的怜惜与牵挂？什么人会因为他们的遭际而叫苦？顾大嫂的一片叫苦声，是这死亡世界的一线生机！当顾大嫂一片声叫起苦来时，我们读者也就在心中叫一声“有救了”。为了诈来大伯孙立一同劫狱救人，顾大嫂假说病重，骗得孙立探视，孙立问顾大嫂得的什么病，顾大嫂道：“害些救兄弟的病。”试问天下有几人还能生这样高尚的病、感人的病？见孙立糊涂，顾大嫂道：“伯伯，你不要推聋装哑。你在城中岂不知道他两个？是我兄弟，偏不是你兄弟！”

我们也要问，偏顾大嫂有兄弟，你我无兄弟？她有至亲至爱、牵肠挂肚的“他两个”，我们的兄弟有哪几个？我们又是谁心中牵挂的那一个？

大家商议已定，顾大嫂假作送饭的，走到狱中，包吉呵斥，顾大嫂一踅踅向他靠近，待到近前，猛然掣出两把明晃晃的尖刀来，大叫一声：“我的兄弟在哪里？！”

在泪光中，我要应：兄弟在这里，我的顾大嫂在哪里？！

这是千古兄弟！千古顾大嫂！

“兄弟”一词，在汉语的密林里深藏，却在《水浒传》里熠熠生辉！这个词的分量，从没有像在《水浒》中那么重，那么引人唏嘘。英文版的赛珍珠译的《水浒传》，题目就叫*All Men Are Brothers*（四海之内皆兄弟）。是的，一部《水浒》写的是义气，那感人处，就是这兄弟情。

和《三国演义》相比，《水浒》的语言更胜一筹，不独为其更传神，更生动，更富暗示性和指示性，且更能体现人物心理与内在分寸，鲁迅曾说，《水浒》乃为“市井细民写心”，即此谓也。而我以为，语言是一个作家的写作能力和一部作品的艺术水准的最核心指标。从这一点说，我以为《水浒传》的价值在《三国演义》之上，也在《西游记》之上，且不在《金瓶梅》之下。

说《水浒传》之文学价值在《三国演义》之上，还有一个更能为一般人感受得到与接受的区别，那就是《三国演义》的人物大都是类型化的，而《水浒》则做到了个性化，金圣叹于此叹慨再三：“《水浒》所叙，叙一百八人，人有其性情，人有其气质，人有其形状，人有其声口。”（《水浒》序三）又云：“别一部书，看过一遍即休，独有《水浒传》，只是看不厌，无非为他把一百八个人性格都写出来。《水浒传》写一百八个人性格，只是一百八样。”（《读第五才子书法》）他还举例：

> 《水浒传》只是写人粗卤处，便有许多写法。如鲁达粗卤是性急，史进粗卤是少年任气，李逵粗卤是蛮，武松粗卤是豪杰不受羁靮，阮小七粗卤是悲愤无说处，焦挺粗卤是气质不好。(《读第五才子书法》)

《水浒传》是一流作品，金圣叹是一流读者，一流作品而逢一流读者，是大幸。我建议读《水浒传》者，一定要读金圣叹的评注本（明崇祯贯华堂刻本，俗称“金本”)，《水浒传》的妙处，金圣叹固然没有说完，但金圣叹已基本说到。顺便说一句，金圣叹始作《水浒》评注时，年方十二岁，无任何头衔。

西游去

《西游记》在中国文学史上出现是大可惊异的事。盖国人忠厚敦实，重实在而少玄想，安土而重迁，父母在而不远游，我们的生活总是脚踏实地的，我们的精神也是循规蹈矩的。其实，国人对自己一生的各个不同阶段都有安排，日程紧迫，而没有留下游览四方的余暇。即如《西游记》所叙西游之人，除猪八戒在高老庄留下一个家眷外（其实这家眷也只是他自己念念不忘，对方未必把他当女婿），其他三人，都了无牵挂。说得再直白一些，他们四人，至少三“人”都不是“人”——两个来自天上，一个是石头缝里蹦出来的。而那一个人，却又是人中的“异类”：和尚。和尚是四大皆空的。如此这般，这四位方才有这样长年在外游荡的可能。而他们这样的近乎浪漫的西游，对于生活在自给自足封建小农经济环境下裹足不前的古代读者，是多么巨大的精神诱惑啊！

《西游记》之怪异还不仅在此。其最大的另类之处在于它实在是游戏笔墨。这与传统文学之重道德教训相比，面目颇独特。所以，读《西游记》，也要换一副眼光、换一副心肠才能看出其价值，看出其韵味。胡适说：“几百年来，读《西游记》的人都太聪明了，都不肯领略那极浅极明白的滑稽意味和玩世精神，都要妄想透过纸背去寻那‘微言大义’。”(《〈西游记〉考证》)鲁迅在此基础上，更明确地说“此书则实出于游戏”(《中国小说史略》)。这两位的眼光不仅空前，而且从此后数十年的学界研究，尤其是1949年以后的研究来看，简直是要绝后。1949年以后，各家纷纷，却都把《西游记》附庸于庸俗社会学，对其主题、人物做社会学的指认，遂产生一大堆假问题、伪学问。比如有关《西游记》的主题，一种流行一时的观点就说是阶级斗争，是压迫与反抗，是统治阶级与劳动人民的对立，等等。与之相关，就是大闹天宫的孙悟空遂在七十二变化之外，又加了一变：变成了农民起义的英雄。而此后孙悟空之皈依唐僧，保其西天取经，一路降妖捉怪，又在假问题上衍生出了新的假问题：孙悟空后来的皈依，是投降了统治者，还是其斗争的继续？那一路上的妖魔鬼怪，是孙悟空原先的同类、同志、同伴，还是贪官污吏、流氓地痞？如此推衍下去，我们总有无限的“问题”需要研究，但这样的研究有什么意义吗？

《西游记》的故事，由三大部分构成：前七回，写孙悟空大闹天宫，是他挣得一个出身与名头。他虽从石头缝中蹦出，但他仍也要一个社会的资历与出身，这样才好闯荡江湖。第八至十二回写唐太宗入冥，是写唐僧取经的缘起，也是写唐僧的出身与名头，这样取经才有严肃性与重要性。第十三至一百回全书结束，先是唐僧与孙悟空——一个最正派严肃、循规蹈矩的和尚与一个最邪门捣蛋、惹是生非的泼皮合作，西游取经开始。接着，在途中，师徒二人又收八戒、沙僧，西游遂成四游。并且由于多了性格的组合、映衬、对比与冲突，其趣味性大大增强，作者的幽默感遂得以淋漓尽致地发挥。

四人组成的取经小分队共历所谓八十一难，分属四十一个故事。从小说结构上讲，它与《水浒传》很相似，都是单线发展的线形结构形式，是串联的。每个故事都有相对的独立性，一个故事完成了，再发生下一个故事。从时间上讲，有一个先后的次序。但从逻辑上讲，这些故事又可以是没有先后的，是并联的，好像是那八十一难并列放在那里，反正都得过。这时间上的有先后与逻辑上的无先后，又从本质上决定了《西游记》与《水浒传》在结构上内在的巨大差异：在《水浒传》中，前一个故事对后一个故事是有影响的，水浒英雄们的人生经历是遁逻辑展开的；而在《西游记》中，至少从第十三回开始的四十一个故事之间，是没有互相的影响的，前面的故事与后面的故事基本上了不相关（红孩儿的故事与铁扇公主的故事之间的关联几乎是个偶然）。这些故事在时间的链条上次第展开，独自成立，完然自足。所以，对西游的这四个人物而言，取经的过程不是他们人生的展开，因为这四十一个故事，实际上就一个故事，那就是：西游取经。所以从情理上讲，一个一以贯之的人物的基本性格是必需的，如有变化，也须有所交代，有些契机。实际上，在这一点上，《西游记》的作者是没有问题的，虽然他也有不少细节比较粗糙，有些勉强，但他笔下的人物，不但唐僧、猪八戒、沙僧的性格前后是统一的，就连那善于变化的孙悟空，其性格特征前后也是统一的。问题在于我们的研究把问题复杂化了。比如，当我们一定要把孙悟空大闹天宫说成是农民起义，说成是反抗压迫、反抗黑暗、追求自由，甚至提高到要改天换地的时候，我们就不能很好地说明他后来的行为——他皈依了佛，并且与玉帝老儿及其所代表的天庭保持了相当好的关系，玉帝老儿及其代表的体制，成了他斩妖除魔的得力助手与强大的体制支援。而为了圆前面的谎，我们只好硬着头皮说：孙悟空变节了，投降了，背叛了。这是一个更大的谎。问题就出在我们对“大闹天宫”的理念式的拔高上。这种特别现代化的、时髦的、上刻“反抗压迫，追求自由”八个金光闪闪大字的我们学术作坊制作的高帽子，不适合这猴头。这猴头当初只是胡闹，他哪有那么多的哲学化的思想？他既没有浮士德式的观念的困扰，更没有斯巴达克斯式的现实的压迫。他何曾感受到过压迫？又有谁到花果山、水帘洞中压迫过他？他在那里称王称霸，拉帮结派，吃喝玩耍，日子过得十分的“自由”自在，谁剥夺他的幸福生活？谁动了他的奶酪？没有。没有压迫，哪来的反抗？没有约束，哪来的争取自由？这猴头只是自己的生命力太旺盛，而要和这个世界捣捣乱。这捣乱，也带有十分的恶作剧性质，而没有什么“革命纲领”与革命目标的，他只要做“齐天大圣”，要与玉帝老儿等齐而已，这只是典型的“无厘头”，没大没小。他在花果山做老大，不过瘾了，要和更大的较较劲，显摆显摆。他也没说要做“灭天大圣”“毁天大圣”。

争论得乌烟瘴气的还有孙悟空的阶级属性问题，有说他是劳动人民的，因为他机智勇敢，有很大本领（胡念贻《〈西游记〉是怎样的一部小说》）——你看这是什么逻辑？有说他是新兴市民的，因为他有突破封建束缚，获得发展自由、贸易自由的进步要求（朱彤《论孙悟空》）——这样的论调简直匪夷所思。又有人说孙悟空是当时封建当权派的反对派，激进派，是中小地主的化身（简茂森《孙悟空形象的阶级属性》）——这样的结论只能让我们丈二和尚摸不着头脑。唉，我们的学术研究，这几十年，都在干些什么?!

用这种眼光来读《西游记》是无聊的，无趣的。这么一部如此有趣的书，被我们这么一糟蹋，糟蹋得我们毫无心情。

实际上，《西游记》是全新的东西，是作者的游戏笔墨，我们也就要用游戏的心态去读。文学的花园那么大，为什么里面的花朵不可以多一些品类？中国古代文学里，道德上“正经”的东西那么多，代圣贤立言的东西那么多，为什么就不能有一两部不正经的？况且，大凡不正经里往往有着另外的大正经。

你看他的名字，就叫“西游记”，而不是什么一本正经的“取经记”“斗魔记”“斩妖记”“成佛记”。他就是要告诉我们，这是“游”，这师徒四人，固然有一取经的大目标、大理想，但在作者那里，实际不过是一个“游西”的小由头，他真正写得津津乐道、让我们读得津津有味的，不是师徒四人取经的所谓坚定坚韧，不是什么辛苦劳累，不是什么苦难历练，不是什么终获正果，这些当然是题中应有之义，也是一般读者可以体会得到的道德教训，但作者真正倾力要写的，读者读得兴味盎然的，是师徒四人路途中的“趣味”。在作者笔下，连精魅妖魔都是一些有趣味的精魅妖魔，有幽默感的精魅妖魔。完全的恶，让我们起道德杀心的妖怪，除了“白骨精”这样的少数，几不存在。鲁迅说的“神魔皆有人性，精魅亦通世故”，把神魔精魅写得“有人性”，“通世故”，这哪是什么道德面孔？就这一点说，他是超越《水浒传》的。《水浒传》中的恶人，是让我们起斩尽杀绝之心的，不稍有一点同情与宽贷。而《西游记》中的妖怪，几乎成了游戏的另一方，而对游戏的结果，由于作者预设的结局太明显，读者也不会有什么太大的阅读紧张，对出乎意料的结局也就较少期待，阅读的快感就不是来自什么悬念与结局，而是转向了对过程本身的欣赏：这是轻松的，愉快的，哪怕再紧张，也近乎插科打诨的。于是，传奇不见了，“家常”凸现了。传奇却家常，传奇的架子，家常的细节，这才是《西游记》的最大看点。且看这段：

三藏却坐在他门楼里竹床之上，埋怨道：“徒弟呀，你两个相貌既丑，言语又粗，把这一家儿吓得七损八伤，都替我身造罪哩！”八戒道：“不瞒师父说，老猪自从跟了你，这些时俊了许多哩。若像往常在高老庄走时，把嘴朝前一掬，把耳两头一摆，常吓杀二三十人哩。”行者笑道：“呆子不要乱说，把那丑也收拾起些。”三藏道：“你看悟空说的话。相貌是生成的，你教他怎么收拾？”行者道：“把那个耙子嘴，揣在怀里，莫拿出来；把那蒲扇耳，贴在后面，不要摇动，这就是收拾了。”那八戒真个把嘴揣了，把耳贴了，拱着头，立于左右。行者将行李拿入门里，将白马拴在桩上。（第二十回）

即便在生死关头，作者也不是调动我们的阅读紧张，而是让我们粲然。比如第七十七回，师徒四人俱被那青狮、白象、大鹏三魔头擒住，在要被蒸熟的关头：

> 只闻得那老魔……叫："小的们，着五个打水，七个刷锅，十个烧火，二十个抬出铁笼来，把那四个和尚蒸熟，我兄弟们受用，各散一块儿与小的们吃，也教他个个长生。"八戒听见，战兢兢的道："哥哥，你听。那妖精计较要蒸我们吃哩！"行者道："不要怕，等我看他是雏儿妖精，是把势妖精。"沙和尚哭道："哥呀！且不要说宽话，如今已与阎王隔壁哩！且讲甚么'雏儿'，'把势'。"说不了，又听得二怪说："猪八戒不好蒸。"八戒欢喜道："阿弥陀佛，是那个积阴骘的，说我不好蒸？"三怪道："不好蒸，剥了皮蒸。"八戒慌了，厉声喊道："不要剥皮！粗自粗，汤响就烂了！"老怪道："不好蒸的，安在底下一格。"行者笑道："八戒莫怕，是'雏儿'，不是'把势'。"沙僧道："怎么认得？"行者道："大凡蒸东西，都从上边起。不好蒸的，安在上头一格，多烧把火，圆了气，就好了；若安在底下，一住了气，就烧半年也是不得气上的。他说八戒不好蒸，安在底下，不是雏儿是甚的！"八戒道："哥啊，依你说，就活活的弄杀人了！他打紧见不上气，抬开了，把我翻转过来，再烧起火，弄得我两边俱熟，中间不夹生了？"

临死之前，不讨论如何逃生，而是讨论死法，这是大幽默，亦是大自在。就阅读效果讲，这样写法，有效地缓解了读者的紧张情绪，并且给读者一个暗示：这师徒四人定会遇难呈祥，逢凶化吉，而此刻的一切，都不过是供大家一笑而已！

第二十三回《三藏不忘本，四圣试禅心》，这可算是一堂严肃的道德测试课。四位菩萨化成母女四个，要试这师徒四位的禅心。可是我们的阅读快感与兴奋点全不在四菩萨装扮的美女的“色”的诱惑，也不在四位取经僧的“德”的坚拒，恰恰相反，我们完全被四位取经僧逗乐了。在美女面前，三藏笨拙，行者机智，沙僧忠朴，八戒活泛。尤其是八戒在女色面前的不能自持，欲心难忍，却又遮遮掩掩，写得一片灿烂。他先是催促师父拿主意，是留还是行，用意当然是想让师父决定留下来，师徒四人就地娶那母女四人，后来在行者说让他留下时，他扭扭捏捏地道：“哥啊，不要栽人么。大家从长计较。”后来悟净又说让他留下给人家做女婿，他还扭捏道：“兄弟，不要栽人，从长计较。”当悟空直接说破他的心思，这呆子道：“胡说！胡说！大家都有此心，独拿老猪出丑。常言道：‘和尚是色中饿鬼。’那个不要如此？都这么扭扭捏捏的拿班儿，把好事都弄裂了……”

猪八戒的形象曾让批评家很为难，曾有人撰文予以彻底否定，说他的一切行为皆可笑、可鄙（张默生《谈〈西游记〉》）。若从道德角度言，他的行为确实很丑陋、很自私，但作者显然把他的道德之丑变成了审美之丑。我们读《西游记》，对猪八戒的这些丑陋，不特不那么厌恶反感，倒常常觉得可笑甚至可爱，《西游记》之可读性，一大半倒是来自这个夯货呆子。我们可能是从他的言行里，看出了人性。他的呆，正由于他不虚伪。或者说，他强烈的欲望催促他直奔主题，根本无法掩饰，无法虚伪。他好货（在耳朵里藏钱），好色（大凡美色，哪怕情知是妖精，他也不能自持），偷懒，贪吃，逃避义务，追求安逸……举凡这一切人性的缺点，不也潜伏在我们的意识深处，不也是我们的生物指令，不也在我们自己身上一再冒头？我们在猪八戒身上看到的，正是我们自身熟悉而又不敢示众的，现在由这个夯货呆子表现出来，如同我们自己曝晒自己的隐私，却又借了别人的名头，当然非常惬意。正如我们在孙悟空身上看到的，是我们自大的梦想一样；我们在猪八戒身上看到的，正是我们自卑的现实。猴子是精神的，理性的；八戒是肉体的，感性的。猴子代表着我们的精神的超越，八戒则代表着我们肉体的贪嗔。孙悟空的形象满足我们的英雄梦，崇高梦，事业梦，成就感，我们在想象中与他一同披荆斩棘，壮志远征，豪情满怀；而猪八戒的形象则满足我们的享乐梦，安逸梦，安全感，幸福感。又正如那个不安分的猴子最大的理想就是做个英雄、做个超人一样，这个天蓬元帅，似乎最大的理想就是做个平凡的人，过凡人的生活，享受凡人的幸福。所以，他在高老庄，很是勤谨，“扫地通沟，搬砖运瓦，筑土打墙，种麦插秧，创家立业”。对那高小姐，他要让她“穿的锦，戴的金，四时有花果享用，八节有蔬菜烹煎”。这不就是人间的小丈夫么？在第二十三回“四圣试禅心”时，当那菩萨假装的寡妇对他说女儿们可能嫌他丑时，他说：

> 娘，你上复令爱，不要这等拣汉。想我那唐僧，人才虽俊，其实不中用。我丑自丑，有几句口号儿。……我虽人物丑，勤紧有些功。若言千顷地，不用使牛耕。只消一顿钯，布种及时生。没雨能求雨，无风会唤风。房舍若嫌矮，起上二三层。地下不扫扫一扫，阴沟不通通一通。家长里短诸般事，踢天弄井我皆能。

唐僧曾说他是“两个耳朵盖着眼，愚拙之人”（第三十二回），他确实是两眼向下，脚踏实地，特别安心于平常的生活与幸福。所以，对于取经之事，他是一直视之为苦差事的，因而总是怨声载道，甚至，在他的潜意识里，可能还巴望着师父死掉：

> 假若师父死了，各人好寻头干事。若是未死，我们好竭心尽力。（第二十一回）

在第三十七回，鬼王夜谒唐三藏，三藏惊醒——

慌得对着那盏昏灯，连忙叫："徒弟，徒弟！"八戒醒来道："甚么'土地土地'？当时我做好汉，专一吃人度日，受用腥膻，其实快活；偏你出家，教我们保护你跑路！原说只做和尚，如今拿做奴才，日间挑包袱牵马，夜间提尿瓶务脚！这早晚不睡，又叫徒弟作甚？"

一旦师父遇险，他就嚷嚷着分行李——不光对取经大业的失败满不在乎，对师父的生死不大关心，还念念不忘那一点行李，也真是惫懒——把白马卖了，给师父做口棺材，埋掉，然后各人散伙，你往流沙河，还去吃人，我往高老庄，看看我浑家——这是他时常对沙和尚说的话。其实，在他看来，这世界本来很平凡，有着平凡的幸福，都是什么唐僧，无事生非，惹出这一段波折，让好好的生活横生这许多烦恼，许多痛苦。所以，他急着要给唐僧送终，以便回到生活的常态中去。

于是我们看到了这样一幅绝妙的画图——那是第七十六回，孙悟空被青狮怪一口吞下，八戒以为猴子就此由和尚变成了青狮怪的"大恭"；溜回去又吵着分行李。待孙行者制服了青狮怪，回来时——

远远的看见唐僧睡在地下打滚痛哭；猪八戒与沙僧解了包袱，将行李搭分儿，在那里分哩。

这画面真够残忍，残忍得超过全书任何一处对妖怪的描写。但这恰恰是人性！对人性的善意的调侃，从而让我们会心而笑。这种轻松、幽默又不乏教益的阅读经验，在中国古代文学作品中，是稀有的，《西游记》提供给我们了。

实际上，正如《西游记》的妖怪不是完全的恶，作者对它们不是完全的恨一样，《西游记》中也没有作者完全佩服的正面人物。猴子是“泼猴”，是“泼皮”，既借小妖之口，说他“沿路上专一寻人的不是”（第六十二回），又让土地爷说他“一生好吃没钱酒，偏打老年人”（第七十二回）。“弼马温”的称呼更是刻意的调侃。而唐僧的形象就更差劲，他没用，肉头，糊涂，胆小，软弱，对着妖怪，大叫：“大王饶命！大王饶命！”以至于被行者埋怨：“天下也有和尚，似你这样皮松的却少。”（第五十六回）对徒弟，也说：“你若救得我命，情愿与你做徒子徒孙也。”（第七十八回）所以，不但八戒说他没用，就连最忠心耿耿的行者，也骂他是“晦气转成的唐三藏，灾殃铸就的取经僧”（第八十三回），甚至诅咒他：“我那师父，不听我劝解，就弄死他也不亏！”（第六十五回）但我们若仔细一点琢磨，就能感觉出，作者把这些弱点放在行者、唐僧身上，往往只是把他们作为一个寄托，他只是要借此骂世而已，只是借此调侃人性而已。笔触由社会层次而转到人性层次（远游从某种意义上说，也就象征着对社会的疏离，对背景的淡化），由反映社会问题、社会矛盾，而转向透视人性的矛盾，人性的优点和缺点；文风也由面向社会时往往不能避免的紧张、严肃一变为面向自然人性时的轻松活泼，由严峻的社会批判一变为对人性的轻松调侃，由向外的横眉冷对，到向内心的温煦的自我观照，道德的意义退化了，精神品质的一面凸显了。《西游记》在语言上可能比不上《水浒传》，但在见识上，在观念上，却似乎又在《水浒传》之上。

欲与死

在中国文学史上，真正称得上初具小说架势的是魏晋“志怪”（顺便说一句，同时的所谓“志人”小说，如刘义庆之《世说新语》，其实无论从哪方面讲，都应该是散文而不能称作小说，我不知道为什么现在一般的文学史都把纪实而非虚构的《世说新语》称作小说）。而代表短篇小说丰润成熟的，是唐人“传奇”。可见，“小说”这个很古老的词（它是先秦诸子之一家），当它具备了今天文学范畴中“小说”概念所必需的内涵时，它就是“志怪”，就是“传奇”，记录怪异，传播神奇，炫人耳目，夺人视听，是其主要特点。妖怪神灵，固是其常见主角；即便是写人，也是写怪异之事，神奇之迹，非日常生活与平淡事件。直到长篇小说出来，从历史演义到神魔小说，到英雄传奇，“非日常化”是“小说”这一文学样式的基本艺术特征。我们知道，至少到杜甫时，日常生活便已成为诗歌的描摹对象，且这一特征在宋、明的诗人那里发扬光大，使诗歌成为士大夫日常生活的记录与心灵花盆。散文这一与实用关系极深的文体更是如此。也许是小说属虚构文体，凌空蹈虚，不仅给了作家以装神弄鬼以动视听的条件，也是其不得不如此的原因：既是虚构的，如果还像生活那样平淡，谁会感兴趣？要知道，长篇小说从说唱文学而来，说的不比唱的还好听，谁还来听？

诗歌与散文，既是作家自身生活的记录，自身心灵的表现，我们除了有通过诗文来窥探作者内心的兴趣外，我们还要从那里面找“自我”。因为，我们相信——事实上也是这样——它的作者的心灵和我们是相通的。但我们在读小说时的阅读期待不是这样的，我们想看到一个令我们吃惊的故事，我们是在小说里找“他者”。当长篇小说的最初传播方式是说与唱时，这样的期待就更容易地从接受形式上得到印证：我们是去听一个“他者”的故事，这故事有我们所没有的经验，可以满足我们的好奇心。

但小说要成熟，成为一种反映生活、表达感情的工具，它就不能局限于一隅。它不能总是依靠传奇性的情节来吸引人，它必须具有自己的魅力与诱力，它必须显示出，哪怕没有传奇，没有神怪，仅仅有笔墨，就能吸引人。它甚至必须是抒情的。是的，真正伟大的小说本质上不是叙事，叙事只是其形式，或者说手段，它的本质是抒情。并且，它不能永远依靠书会才人的嘴巴与琴弦。它毕竟是文字，它要以文字直接面对受众。与诗歌、散文一样，它必须精炼自己的语言，使之纯粹而富有表现力，使之哪怕仅仅依靠语言的张力，就可以承载读者沉甸甸的审美欲求。

中国古代小说从“非日常化”转向“日常化”，从“说”到“读”，完成这一转变的，就是《金瓶梅》。

《金瓶梅》还有很多的第一：第一部由文人独立完成的小说，一部无复依傍的小说，它只是借了《水浒传》中潘金莲、武大郎、西门庆、武松那一节的内容，然后就敷衍开去。第一部以“家庭生活”为主题，以日常市民生活为主题的作品。第一部以妇女为主角，努力表现女性的小说。它的题目，就是以书中三个主要女性——潘金莲、李瓶儿、庞春梅的名字合成的。

和《三国演义》《水浒传》《西游记》相比，《金瓶梅》有更多的抒情性。如果说前三者更多的是作者表达一种对生活的认识，表达一种理性的观念和追求，那么，《金瓶梅》的作者似乎没有什么“观念”要表达，以至于我们无法确定它的主题，甚至无法弄明白这个我们尚不能确定是谁的作者，为什么要花这样大的心血，用这样大的才华来写这样一部小说。事实上，作者可能只是有一腔悲哀无处倾诉，王钟麒在《中国三大家小说论赞》中说：“彼（王世贞）以为中国之人物，之社会，皆至污极贱，贪鄙淫秽，靡所不至其极，于是而作是书。”他说作者是王世贞倒未必可信，但他说作者是因为有感于中国社会、人物肮脏至极乃作此书，倒是事实。平子《小说丛话》说：“《金瓶梅》一书，作者抱无穷冤抑，无限深痛，而又处黑暗之时代，无可与言，无从发泄，不得已借小说以鸣之。”为《金瓶梅词话》作序的“欣欣子”称此书的宗旨是“明人伦，戒淫奔，分淑慝，化善恶”，这显然是一种向传统道德讨得通行证的自我标榜。因为，在小说的叙述与描写本身那里，我们几乎看不到作者对西门庆这样人物的刻意丑化，恰恰相反，作者把他写成了一个举止得体、言语有礼、对朋友慷慨大度、对一般人彬彬有礼的人物。说句不大尊重的话，西门庆比之今天中国的满世界的商人，其道德如何？今天的商人们，对女性的占有，对权力的侵蚀，对社会风气的败坏，都要大大超过西门庆了吧？作者有意加以丑化的人物，只有两个：潘金莲与庞春梅。即便是庞春梅，在西门庆死后，她的一些表现也不全是丑恶的，她对吴月娘一家的照拂，对陈敬济的深情，对潘金莲的关心，都还写出了她有情有义的一面。这部书中，固然没有一个正面人物，但要说到彻头彻尾的反面人物，大概也只有一个潘金莲。没有一个正面人物，正是作者彻底的现实主义的表现啊！在那样的社会里，会有出污泥而不染的市井人物吗？所以，我曾拟用“不道德的《金瓶梅》”为题来写这篇文章，因为我觉得《金瓶梅》的作者，其最大的特点，即是摆脱了一般站在道德立场来创作“道德形象”，并对之做道德标榜道德批评的倾向，这与“欣欣子”的宣称恰恰相反。有意思的正在这儿：这样的一个题材，本来确实是最好的道德性题材，是可以用来宣扬“福善祸淫”等观念的好素材，但在作者的叙述过程中，我们看不到明显的道德批判的痕迹，作者严格遵守生活自身的面目与逻辑来写，他是一个伟大的现实主义者，甚至，我们可以说他是一个坚定的自然主义者——他坚持写生活中的自然状态，他坚持写“本来是什么”，而不是试图去写“应该是什么”。他写的人物，不是道德观照下的人物，而是生活中的实在的人物。一句话，他写的是自然的人，而非道德的人。仅此一点，就使他与中国传统的文学观念拉开了距离，使他成为一个另类。

但有意思的是，这看似纯粹客观、不带主观观念的写作，却又透露出巨大的悲哀与绝望。这显然是由于他所描写的那样的社会，那样的人生，那样的生活，那样的人物，都是令人感到绝望的。我们在西门庆的寻欢作乐里，总能感受到那迫近的大限，好似在末日狂欢；我们在潘金莲膨胀的肉欲及肉欲满足里，感受到的不是生命力，而是死亡的阴影。他们在“做爱”，却也是在“作死”。越是疯狂，死亡的阴影越是迫近。有些人认为《金瓶梅》中的色情描写可以删去，且删去之后不会减损《金瓶梅》的价值，反而会使之更纯粹，我不赞成这种看法，因为就我的阅读感受而言，我正是在那看似津津有味的性事描写中，看到死亡狰狞的大口。这是欲的宣泄，却也是死的吞噬，这样一种对性欲满足的解渴般的追求，以及满足过程中的恣意逞快、无所不为，让我们觉得那是一种可怕的心理，是一种没有明天的末日感。

在潘金莲身上，这种表现尤其明显。她几乎是没有心肝，只有肉欲。她几乎是没有其他任何兴趣、任何关爱、任何追求、任何牵挂，她不追求其他的生活舒适，不贪财，不好饮食，她对西门庆说：“奴家又不曾爱你钱财，只爱你可意的冤家，知重知轻性儿乖。”（第八回）直至被赶出门，她也仍是一贫如洗。她骂自己的老母，恶毒尖刻，如骂仆妇；丢自己的私生子入毛司，毫不动情，如弃垃圾；对被她鸩死的武大，她没有任何愧疚；对占有她，给她性满足的西门庆，她也谈不上什么爱。在西门庆疲惫不堪之时，她竟然把三粒淫药一齐灌给他，使得西门庆油尽灯枯，奄奄一息。此时的她，不但毫不觉得愧疚，在吴月娘等妻妾为救西门庆而“对天发愿”时，也唯独她与李娇儿不愿做。并且，到了晚上，这个毫无人性的性虐狂还骑到西门庆身上强做，弄得西门庆“死而复苏者数次”，彻底要了西门庆的命。当初她“骑在武大身上”毒死武大，此时又“骑在西门庆身上”弄死西门庆，两任丈夫，都是死于她的淫！她只有性。这一点正是她与李瓶儿的区别：李瓶儿也追求性，也风流，第二十九回吴神仙相她面，说她“眼光如醉，主桑中之约，眉黛靥生，月下之期难定”，但她既嫁西门庆，满足了她的性欲之后，她摇身一变，竟为一极贤惠极多情极温柔的“德妇”，嫁西门庆后，她不但再没有什么“桑中之约”，而且为了息事宁人，还常常劝西门庆去潘金莲房中过夜，受了潘金莲那么多的陷害也只是忍住不说。自第三十回李瓶儿生子至第六十二回李瓶儿死，这段时间的李瓶儿，表现出的是一个忍辱负重、委曲求全、相夫教子的贤良妇人的形象。李瓶儿之死，也是作者写得最为用力，甚至是极为动情的大事，连西门庆这样的“打老婆的班头，降妇女的领袖”，也都为李瓶儿深深感动，为她的死深深悲恸，口口声声只叫：“我的没救的姐姐！有仁义好性儿的姐姐！怎么闪了我去了？宁可叫我西门庆死了罢。我也不久活于世了，平白活着做甚么！”在房里离地跳得有三尺高，大放声号哭。吴月娘也揾泪哭涕不止。不独西门庆哭她是“有仁义好性儿”，连应伯爵、谢希大二人也哭她是“我那有仁义的嫂子”，被潘金莲和孟玉楼骂：“贼油嘴的囚根子，俺每都是没仁义的？”不独生前，即使在她死后，作者还写她多次托梦西门庆，对西门庆恋恋不舍，关怀备至。李瓶儿前后性情的变化，是压抑的人性得到解放之后人性复归正常、复归善良的典型。而潘金莲的形象，则似乎又说明了无限膨胀、永不满足的人欲若不能有所节制与升华，会何等的可怕。在第二十九回，吴神仙为西门庆一家老小相面，“叫潘金莲过来。那潘金莲只顾嘻笑，不肯过来”。她是一个不信鬼不信神的顽劣之人。待吴神仙对她的品性与命运做了全盘否定与警告后，她完全置之不理，毫无悚惧。当天中午，即与西门庆共浴兰汤，效鱼水之欢。潘金莲是《金瓶梅》中写得特别让人厌恶的人物，在她身上几乎没有一丝正面的品性，她完全是原欲状态的动物，没有人之所以为人的一切正面社会属性。

现代的读者对潘金莲往往给以足够的——我以为是过多的同情，甚至已到了矫情的地步。这是哲学的矫情，思想的做作。人们为她辩护的理由按前后顺序有二：当初鸩杀武大郎，乃是由于不合理的制度，使她遭受性压抑；后来嫁西门庆，又由于那样的妻妾成群的家庭，使她深感多重压抑，包括性压抑，从而反抗。如果这种辩护有道理的话，那任何犯罪都可以开脱，因为，在任何一种社会环境与个人环境下，我们都不可能完全随性适意，而那些障碍我们随性适意的外在东西，就自然成为反抗的理由。比如，现代社会的性压抑未必比古人轻，那些感受到压抑的人难道都因此具有了放纵自己危害别人的道德通行证？所以，对潘金莲这样一个有几条人命在身的人物来说，我们还是不翻案为好。

事实上，《金瓶梅》中的性描写及对人性原欲的夸张性描写，既是当时（明代中期）反动的腐朽的东西的反映，却也是当时进步的新兴的东西的反映；既是当时社会荒淫、人欲横流的反映，也是当时进步思潮的反映。李贽等人鼓吹“好货好色”，并把它作为人的自然欲求加以肯定，在哲学层面上，具有强烈的反理学意义；而在世俗层面上，就往往被庸俗化理解，从而表现为一种道德上的失控。这实在是一个没有宗教屏障的国家道德体系的致命弱点。就这一点而言,《金瓶梅》是写出了“国民性”的,吾国吾民,无宗教信仰,一旦失控,往往观念上无恶不可作,事实上无恶不作。西门庆弄死武大,气死花子虚,残害蒋竹山,让来旺儿入官、宋惠莲上吊、宋惠莲父亲宋仁冤死……欺男霸女,他何曾有过愧疚?何曾有过悚惧?不但他没有,他周围的人有没有觉得他作恶?不但他周围的人,就是一般大众,又有谁有什么根据去指责他、起诉他?恰恰相反,他被当作成功人士,受人尊敬与仰慕,当然更多的是巴结。他死后,又出了个张二官,又成了人人羡慕的人物。应伯爵等人马上就又麇集到他身边,帮他鼓吹,帮他策划,甚至策划把潘金莲弄来,全不念当初西门庆对他们的恩德。这确实是一个恩断义绝的社会,我们只崇尚权力。既然权力已为他收买,不能管辖他,他便能也不受道德上的谴责。

现在不少学者还指出了西门庆这类奸商如何用金钱侵蚀了封建秩序,侵蚀了国家权力,这当然是对的。《金瓶梅》中也确实用不少的篇幅写到了西门庆如何交通官场,甚至巴结到蔡京这样级别的高官。但这只是一方面。从另一个角度说,在那样的体制下,不,在所有的权力社会里,商人能否通过合法而道德的手段获得利润?结论当然是否定的。所以,是商人的金钱侵蚀了权力,还是权力社会中权力的运作导致了商人的非法与缺德?这是一个倒果为因的问题。国家权力对社会公共资源的过度攫取与占有,才是一切不道德的根源。商人也是权力的受害者。

人们习惯于把“四大奇书”放到一起来做比较。《金瓶梅》和其他三部是有大区别的。就作者的心境说,《金瓶梅》的作者最为绝望。《三国演义》最后写到了国家成了一统;《西游记》最后写到了师徒四人成了“正果”;《水浒传》比较悲哀,但也写了这些英雄最后的“招安”,按宋江的意思,其实也就是作者的意思,这也是一个结果。但《金瓶梅》的最后是死亡:《金瓶梅》中的人,死的死,逃的逃,西门庆这显赫一时的家族，几无孑遗，官哥儿死，孝哥儿遁，金人大兵南下，白茫茫大地真干净。这是《红楼梦》的先声。

《金瓶梅》借《水浒传》中的一个由头，敷衍而成一派锦绣文章，但它与《水浒传》是何等不同呵！《水浒传》是恨、是愤、是仇；《金瓶梅》是悲、是哀、是冤。《水浒传》是专打天下不平人；《金瓶梅》是专写天下不平人。像西门庆这样的人物，在《水浒传》里，定是被英雄痛揍的人物，在《金瓶梅》里，倒成了主角。《水浒传》是怒，《金瓶梅》是怨。《金瓶梅》的作者是没有理想的，这社会、这人生的光明在哪里？他看不到，想不出，他只有一丝福善祸淫的平实观念，所以他是写实的，近乎自然主义，虽冤痛极深，揭露极深，而没有愤怒，或者，他已没有力气愤怒，没有支持他愤怒的前提。《水浒》中有邪恶，亦有正义，且正义之遇邪恶，虽有冤抑或屈折，而终于获胜，所以报大仇，雪大耻，伸大冤，令读者读之热血贲张，攘臂欲斗。《水浒传》中有镇关西，就有鲁提辖；有镇关西的欺男霸女，即有鲁提辖的三拳头。有西门庆与潘金莲之杀武大郎，即有打虎的武二郎；有高俅父子的斩尽杀绝，即有柴大官人的接济救助；有殷天锡，即有李逵；有牛二，即有杨志；有毛太公父子，即有顾大嫂夫妻。——说白了，有朝廷，即有水浒，有官场，即有江湖，有风城春色，即有山东烟水寨。即便什么也没有了，插翅难逃了，也还有“天可怜见”。这世界仍有一出路，供无路可走之人奔逸。有水泊梁山，供林冲一类末路英雄安身立命。

而《金瓶梅》怎么样？有了潘金莲、西门庆，而那武二郎报复的刀子却擦身而过，有惊无险。你看那第十回的标题，是何等令人气馁？——“义士充配孟州道，妻妾玩赏芙蓉亭”，正义被社会充军发配了，邪恶在寻欢作乐。这不是正义的失手，而是正义的失守。这世界已完全被邪恶与丑陋统治。待到武二郎再回来，那西门庆早已死去，似乎连死神都站在邪恶一边，帮助他们避开那正义的刀子。是的，与《水浒传》《西游记》《三国演义》的正邪二元对立模式不同，在《金瓶梅》中，只有邪恶，而没有了正义，其偶存之良善，亦只是作为被摧折的对象存在。更可悲的事实是，那些被西门庆摧残的对象，尤其是被他玩弄的女子，无论是仆妇、贵妇，还是烟花女子，又何曾是良善。这真正叫人气馁。

《水浒传》写英雄，《金瓶梅》写俗人。《水浒传》写传奇，《金瓶梅》写风俗。《水浒传》写江湖，《金瓶梅》写市井。《水浒传》写男人，《金瓶梅》写女人。《水浒传》写毁家纾难，多少英雄冲冠一怒，一把火烧尽家园而奔江湖；《金瓶梅》写为家聚敛，西门庆娶孟玉楼，娶李瓶儿，收留女婿，箱笼累累进门，家业如火上添油。所以，说《水浒传》是反家庭的，不算太错，而《金瓶梅》则一典型之家庭小说。另外，《水浒传》中有大人格，如鲁达，如李逵，如武松，可以使人仰慕；《金瓶梅》则只有俗人味，只能使人感慨。《水浒传》的英雄们总是做出惊天动地的大事，而《金瓶梅》的俗人们总是想方设法让自己舒舒服服。——特别要说明的是，水浒英雄中，大多是不近女色的，他们一边有太多的义气，一边又好像都没有“性欲”。而《金瓶梅》中的“鸟男女”，却唯“性欲”满足是求，性的满足甚至发泄几乎成了他们证明自己存在的唯一方式。欲与死，因此成了《金瓶梅》的主题。

拍案叹世

中国古代文学中，创作的主体是士大夫，其代表性文体是诗歌（包括词、散曲）、散文，小说、戏剧不仅后起，其地位也是很晚才得以确立，而其地位的确立，既是靠这类文体取得的不可忽视的实绩，也是靠这类文体的风格、趣味之渐近于士大夫。——《红楼梦》已是很士大夫口味的小说了。

诗词散文之类，从来都是士大夫表达自我的工具，这类文学样式，几乎被他们垄断为这个社会阶层的心灵拐杖。即便是在一些所谓反映民生疾苦的作品里——这类被我们称之为现实主义的作品成为中国古代文学的主流——我们看到的，仍是士大夫的道德情怀，是他们的眼光，他们的判断，是他们在秉持着传统中的正义对社会问题发言。我们看到他们施予的同情，却看不到被同情者的心灵与感受。

不可否认的是，在唐诗宋词的高度繁荣与巨大成就的背后，社会中绝大多数人的喜怒哀乐、生老病死却被遮蔽了。我们在唐诗宋词中看到的，是那个时代士大夫的生活与情怀，我们没有看到的，是那个时代普通大众的精神与生活。虽然唐诗宋词的作者面极广，甚至有不少出身下层，但整体而言，《全唐诗》与《全宋词》所表达的，仍然只是那个时代占人口总数较少的士大夫阶层的情感、理智与审美观、价值观、世界观。这不能不说是那个时代的遗憾。但在明代，这个情况有了改变。我们不仅可以读高启的诗，读归有光的散文，读公安三袁、张岱的小品文及随笔，以此了解这些士大夫在那个时代的生活状态、精神状态，我们还能深入到那个时代一般民众的生活中，那个时代最深厚最基部的东西被我们发觉了，我们看到了那个时代一般人的生活与灵魂——这全是因为有了冯梦龙的“三言”和凌濛初的“二拍”，虽然他们的这些称之为“话本”的短篇小说往往取材于前代，但我相信，其基本生活状貌与喜怒哀乐，定是明代的，或者是与明代相同的。

“三言”的编纂者冯梦龙（1574—1646），字犹龙，乃是一个思想上特立独行的人物，其出身也是士大夫之家，书香门第，并且自身也颇有才情：“才情跌宕，诗文丽藻，尤明经学。”（《苏州府志》卷八十一《人物》）但科举上甚不得意，五十七岁时（崇祯三年）才选为贡生。清兵入关，他刊印传达抗战消息的小册子散布，唐王即位于福建时，被任命为寿宁县知县。明亡，他亦死，有人认为他是殉难而死，有人认为他是忧愤而死。

他是一个思想上和出处行为上的大英豪，乃是由于他出身于士大夫阶层而无士大夫气，明于经学而又无经师味。他蔑视礼教，亵渎圣贤，肯定人欲，提倡“情教”，倡立女权，反对婚姻包办及男尊女卑。以上任何一点，都可以证明他的独特与勇气，更何况他几乎在所有“原则”问题上都与传统反对，都与时代反对。他是有自己思想体系和行为准则的思想巨子啊！在文学上，他是诗人，并有《七乐斋稿》，但却“善为启颜之辞，间入打油之调，不得为诗家”（朱彝尊《明诗综》卷七十一）。这“打油调”就不是士大夫的正经面孔了，就不是正经的“诗家”了。他“擅词曲，有《双雄记传奇》，又刻《墨憨斋传奇定本十种》，颇为当时所称。其中之《万事足》《风流梦》《新灌园》皆已作；亦嗜小说，既补《平妖传》，复纂三言”（鲁迅《中国小说史略》）。这“擅词曲”“嗜小说”倒是他的真兴趣，他“不得为诗家”，是因为他无诗情，他只有俗情。我们看他在“三言”众多故事中大量插引诗词，但却毫无士大夫情调，他喜欢的那些诗，都是慨叹世道人心的，直白而俗，并不见什么“意境”。由此也可见他对诗词的鉴赏，其眼光，其趣味，也是俗人的。他还劝“沈德符以《金瓶梅》钞付书坊板印”（《中国小说史略》）。可见他颇有商业头脑，在那个时代，他一点也不冬烘。他对民间文学的突出的兴趣，在士大夫中颇为罕见。除了上述他的作品外，他还纂辑文言小说及笔记《情史》《古今谭概》《智囊》和散曲选集《太霞新奏》，收录编印民歌《桂枝儿》《山歌》等，这是多大的成绩？心血固不待言，这需要多大多恒久的兴趣、爱好来支撑？中国文学史上，像这样功勋卓著的人物，并不多见呵！

“三言”是他的最有名的作品，是《喻世明言》《警世通言》《醒世恒言》三部小说集的总称。其中，《喻世明言》又称《古今小说》。其实，“古今小说”乃是“三言”的通称。也就是说，《古今小说》内含“三言”，事实上，其中第一部《喻世明言》出版时，就用的这个通称。每集四十篇，共一百二十篇，包含了对宋元明以来话本的汇辑、修改，以及根据文言笔记、传奇小说、戏曲、历史故事、社会传闻的敷衍与再创作。这三部白话小说集，从其取名，即可知冯梦龙的创作旨趣与救世情怀。显然，相对于传统士大夫，他的眼光是向下的。传统士大夫的生活场景一般是两个：魏阙与江湖。在魏阙，他们衣冠楚楚与衮衮诸公对，与帝王将相对；在江湖，他们大袖飘飘与迁客骚人对，与僧道隐士对，偏偏没有普通大众。他们“处江湖之远则忧其君”，眼光是向上的；而他们“居庙堂之高”时，虽然标榜“则忧其民”，但那种居高临下的“关心”与“同情”，是政治的、政策的，眼光是模糊的、整体的，正如在高空中俯瞰森林，甚至会为森林洒下雨露以滋其发育成长，但却并不能细察其间的枝柯藤蔓以及其间的龙蛇出没，与文学的审美观照与体察了不相关。所以，我们从他们的作品中，不大能考见他们同时代的一般民众的生活与心理，这不能不说是中国古代文学的一大遗憾。

但冯梦龙的眼光是向下的，他自己就身处市井之中，他虽则做过短期的县令，但我们真见不出他的魏阙情结与江湖潇洒。他在传统士大夫中的两大生活场景之外，找到了自己的生活平台：市井。他关注着市井的人生百态，从中找到了无限的人生感慨与审美意趣。一般研究者颇关心这部小说集的"喻""警""醒"，认为这是他想把小说当成比"喻"，来"警""醒"读者（赵景深《谈明代短篇小说》），又很关心"明""通""恒"三字，"明者，取其可以导愚也。通者，取其可以适俗也。恒则习之而不厌，传之而可久，三刻殊名，其义一耳"（转引自石昌渝《中国小说源流论》）。这些研究与阐释都很有意义，也很有见识。但我则很关注这三部小说名称中一个不变的字："世"。世者，世道也，世俗也，俗世也，世人也，人世也。他似乎认识到了，真正的世道人心，恰在愚夫愚妇组成的市井之中，是他们组成了世界、世俗、世道与人世。于是他不谈政治，不谈心性，他只说世道人心，而由于他的立足点与取例在于愚夫愚妇的市井，所以，他通达宽容，绝不作道学家的诛心之论，他知道道德的基本水准在哪里，在市井小民的日常生活中，在他们的言谈举止里，在他们的各种利害选择里，而不在道学家的高头讲章里。多年前，我曾询及一位专门研究明代小说的学者，我说，能否比较一下理学家理论上的道德提倡与明代小说中（主要就是"三言二拍"）体现的当时社会的真实道德水准，这位学者对这个题目不感兴趣，但我觉得这样的题目一定有意义与启发。

冯梦龙的"三言"紧紧抓住这一个"世"字，一百二十篇小说都是在反映这个"世"字。他的创作是以普通大众、愚夫愚妇为对象的，这不再是士大夫之间互相传诵、互相品评、互相唱和、互相揄扬的所谓抒情言志、内圣外王、心性理念，不抽象，不深奥，不高深。它是肤浅的，从语言到思想都是浅白的，这不是冯梦龙的智力与才气上的不足，因为这正是他的追求。王阳明主张须做得个愚夫愚妇方可与人讲学，愚夫愚妇最喜欢的东西，能理解的东西，就是这种肤浅直白的通俗小说。所以，我们说，冯梦龙的济世情怀不是“致君尧舜上”，而是要通过这个可以直通世俗的“通俗”小说，来“再使风俗淳”。要救世，他不从魏阙入手，显示自己的政绩；他也不去江湖招摇，彰显一己的“道德”；他就从市井入手，为改变风俗而苦口婆心。是的，他没有士大夫人人都或多或少具有的“圣贤心”，他就只有这一念念在兹的“婆婆心”和絮絮叨叨的苦口。凌濛初在《二刻》卷十二里，有这样的一段话：

> 从来说的书，……最有益的，论些世情，说些因果，等听了的触着心里，把平日邪路念头化将转来。这个就是说书的一片道学心肠，却从不曾讲着道学。

这是他的自道，也正是冯梦龙的“道学心肠”，是冯梦龙手低眼高处。

从文学生态上讲，诗、词、散文，是士大夫自产自销的，一般平民百姓很羡慕很敬仰他们的这种高雅，却又生疏于这种高雅，他们可能会喜欢一些富有哲理的诗词，但不大能理解一些有高深意境的作品。实际上，要读得懂并且喜欢中国的古典诗词，是必须先进行一种士大夫式的人格修炼和专业训练的。只有先行具有了士大夫的那种心态、情怀、观照世界的方式，才能去欣赏他们的诗歌。但冯梦龙编纂的通俗小说则是面向市场的，作为商品的。文学第一次成为一般消费品——我是说以文字的形式——冯梦龙的“三言”确实是使文学从书场到了案头，让书卷成为商品，让文学成为消费品。

通俗小说是文学价值与商品价值两结合的产物。我们知道，“三言”中，有很多是冯梦龙改纂古代笔记、史书而成，这绝不仅仅是一般的情节的衍生与再创造。实际上我们应该注意到的是，他改笔记、史传为话本，乃是对语境的改换、对读者的改换：前者的读者是小众，是士大夫；后者的读者是大众，是市井细民百姓。文雅的变成了俗白的，简洁的变成了翔实的，直接的变成了曲折的——是大众的趣味与欣赏水平在悄悄地塑造着新型的文学，冯梦龙是大众的审美趣味塑造出来的时代文化英雄。

在“三言”里，文学主人公由士大夫变成了商人、手工业者、小贩，经商与治生取代了读书与仕宦，一朝中举、学优而仕也变为经商致富、发迹变泰。修身齐家治国平天下变为养家糊口、生儿育女的衣食道路。尤其值得一提的是，“三言”中的道德主体乃是一般细民百姓，他们身上体现出来的优良品质正成为那时代的道德基础，他们身上体现出来的各种道德信念，比如商业伦理、家庭观念、爱情观与性道德，是如此真诚而不虚伪，如此切近人生、人性而具有蓬勃的生命力……

和前代的志怪与传奇相比，通俗小说也有本质的变化。它是现实的而非传奇的，其故事过程曲折生动，或有因缘巧合、有偶然，而其结局往往非常现实而可信。必然性寓于偶然性之中，这是近代小说的基本特征——既是形式特征更是人文特征。我们注意到，即使是晚出的《聊斋志异》，也希望在超现实的世界中实现人生的欲求。而“三言”则就是在现实中实现它。因而它是乐观的、向上的，对幸福与成功的追求是可预期的。对人生艰难的一面它一点也不讳言，恰恰相反，在读“三言”时，我们常常能感觉到一般人人生的无奈与艰辛，甚至是虚无。但“三言”的作者却并不由此悲观厌世，他似乎以此为生活的常态，而并不大惊小怪，并不特别感伤，他平静地接受它并享受它。这与我们前面说到的，冯梦龙不是诗人，较少士大夫情怀，是一致的。

作为小说，“三言”的艺术性自不待说，其中有些篇章及其中的人物，已成为中国文学史上耳熟能详的故事与文学人物。如《蒋兴哥重会珍珠衫》《滕大尹鬼断家私》《金玉奴棒打薄情郎》(以上《喻世明言》)，《老门生三世报恩》《玉堂春落难逢夫》《白娘子永镇雷峰塔》《杜十娘怒沉百宝箱》(以上《警世通言》)，《卖油郎独占花魁》《乔太守乱点鸳鸯谱》《施润泽滩阙遇友》《十五贯戏言成巧祸》(以上《醒世恒言》)，都是隽永的故事与可爱可亲的人物。

“三言”分别刊刻于天启元年(1621)前后、天启四年(1624)和天启七年(1627)。1628年，即“三言”的最后一集《醒世恒言》刊刻一年后，凌濛初编著的《初刻拍案惊奇》刊行，《二刻拍案惊奇》亦于四年后的1632年刊行。人称“二拍”，亦各四十卷。鲁迅先生说:“《醒世恒言》版行之际，此(即二拍)适出而争奇。然叙述平板，引证贫辛，不能及也。”(《中国小说史略》)鲁迅先生指出其“争奇”的创作动机，也正说明了它是受“三言”的影响而出现。并且它基本上是个人创作，是一部个人的白话小说专集。这就很能体现它的价值。而且它虽然更有一些福善祸淫、忠孝节义之类的陈腐说教，但它的思想似乎比“三言”更激进。“三言”尚言义，而“二拍”直取利;“三言”的爱情往往写妓女，“二拍”的爱情往往写良家妇女——这就几乎是自己逼着自己对女性贞节必须更为宽容，对女性的自觉意识更为关注、更予以尊重，从而，凌濛初在很大程度上对失节妇女予以了谅解、同情，这在中世纪颇为不易。

当然，正如鲁迅先生所说，就语言的生动与张力而言，它较之“三言”是逊色的。

人为什么堕落

一个民族，如果在世俗政权之外，没有更高的信仰，是可怕的。一个民族中的人，如果除了追求世俗政权的承认，追求体制中的地位及其相关的利益，别无更高的精神支撑，也不免要堕落。所以，孔子才说“士志于道”，而且即使是做官、出仕，也是“行其义”。而孟子更明确地提出在世俗政权的“人爵”之外，要有“天爵”，而追求这种精神层面的“天爵”，是人的最高使命，人爵，只是追求天爵的一个额外奖赏罢了。先知先觉们通过自身的修炼性命，敏锐地发觉了这个道德的大玄机：没有信仰的追求，没有精神的崇拜，一个民族就没有精神力量；只有升官发财的世俗追求，只有成功发达的功利理性，一个民族必然日趋下流。事实上，虽然我们是一个不断强调礼义廉耻的民族，但揆诸历史，我们可能不得不承认，我们的民族的整体道德水准一直并不高，而且随着专制统治的日趋强化，权力对社会人生的侵蚀日趋全面，我们的整体道德水准也日趋下降，整个民族越来越没有体面、尊严与光荣，而谄谀、狭媚、虚伪、奴颜媚骨、奸诈阴险却日益滋蔓。明清时期的中国，就是我们民族奴性日深、体面与尊严渐失的时代，生长于清代的吴敬梓假托明代背景的小说《儒林外史》，给我们描写的，就是这样一个下流的世界及蝇营于其中的众多下流胚。在这部小说里，我们可以看到人性的肮脏丑陋、卑鄙下作，看到是什么东西促成了人的堕落——那就是无孔不入的世俗权力及人们对体制的屈从和膜拜。体制地位至高无上的价值观直接否定了彼岸价值，从而导致一个民族彻底失去了信仰的力量，彻底拒绝了信仰女神对我们的向上提携，在炼狱之中，我们已经满足。

在全书的第一回《说楔子敷陈大义，借名流隐括全文》中，提及明太祖议定取士之法“三年一科，用五经、四书、八股文”，作者借王冕之口评点说：“这个法却定的不好！将来读书既有此一条荣身之路，把那文行出处都看得轻了。”

最后一回，第五十五回（卧闲堂本），作者更自己出面议论：

> 论出处，不过得手的就是才能，失意的就是愚拙；论豪侠，不过有余的就会奢华，不足的就见萧索。凭你有李、杜的文章，颜、曾的品行，却是也没有一个人来问你。所以那些大户人家，冠、昏、丧、祭，乡绅堂里，坐着几个席头，无非讲的是些升、迁、调、降的官场；就是那贫贱的儒生，又不过做的是些揣合逢迎的考校。

这是前后的呼应。

一切以世俗“成功”为最高目标、最终目标，而这世俗成功，又不过是“功名富贵”四个字，是这四个字所代表的物质享受、社会地位和名望——而这“名望”，或者说受人传扬与尊敬的东西，不是人格修养，不是知识智慧，不是道德水平，而仍然是一个人在这个高度体制化了的社会中所盘踞的位置以及与此地位相关联的攫取社会资源的能力与事实。我们尊敬什么人？我们尊敬有权势有钱财的人。我们惧怕什么人？我们惧怕有权势有钱财的人。什么人可以骄人？有权势有钱财的人。贫谄富骄不仅成为这个社会的黑暗现状，而且获得了充分合理性的证明，获得了全社会的认可，获得了道德上的通行证、荣誉证、资格证。《儒林外史》所写者，即是这样的一个社会，即是在这样一个社会中的蝇营狗苟的芸芸众生。

闲斋老人序云：

> 其书（《儒林外史》）以功名富贵为一篇之骨：有心艳功名富贵而媚人下人者；有倚仗功名富贵而骄人傲人者；有假托无意功名富贵自以为高，被人看破耻笑者，终乃以辞却功名富贵，品地最上一层，为中流砥柱。

其书开篇写一夏总甲，已是体制高塔之最底层，但仍意气扬扬、洋洋自得且傲慢骄人；其书中间写一牛浦郎，读书学写诗，只是想以此“相与老爷”，他在甘露庵老和尚处偷得客死此处的牛布衣诗集，见题目上都写着：“呈相国某大人”，“怀督学周大人”，“娄公子偕游莺脰湖分韵”，“兼呈令兄通政”，“与鲁太史话别”，“寄怀王观察”，其余某太守、某司马、某明府、某少尹，不一而足。

其书末尾写一妓女聘娘，见嫖客是官，便欢喜不尽，曲意逢迎侍候，至夜梦做了官太太。这是贯穿全书的讽刺，体制对人的控制、对人性的戕害，以及导致全社会的日趋下流狎媚，跃然纸上。

我们看看牛浦郎的一段：

> 浦郎自想：“这相国、督学、太史、通政以及太守、司马、明府，都是而今的现任老爷们的称呼，可见只要会做两句诗，并不要

进学、中举，就可以同这些老爷们往来，何等荣耀！”因想：“他这人姓牛，我也姓牛。他诗上只写了牛布衣，并不曾有个名字，何不把我的名字，合着他的号，刻起两方图书来印在上面，这两本诗可不算了我的了！我从今就号做牛布衣！”当晚回家盘算，喜了一夜。（第二十一回）

卧闲草堂评牛浦郎是“世上第一等卑鄙人物，真乃自己没有功名富贵，而慕人之功名富贵者”。牛浦郎年龄小小即无一丝天真，一开始即无任何体面的思想与志趣，行为恶劣，品性下流。偷窃，冒名顶替，休妻娶妻，只把这世界当成他招摇撞骗的大舞台，而问题在于他果然处处得手，时时顺遂，往往逢凶化吉，遇难呈祥。可见这个社会已经没有一点自我净化的功能，一丝残渣与肮脏都不能过滤与截留。与他一样令人厌生百端的还有一个严贡生，这家伙不特和牛浦郎一样下流，还比牛浦郎阴险，比牛浦郎虚伪。吴敬梓刻画人物用力最多而又最成功的，除了周进、范进，便是这个严贡生。他骗诈穷乡邻王小二的一头猪，还唆使自己的几个如狼似虎的儿子，把这个王小二“拿拴门的闩，赶面的杖，打了一个臭死，腿都打折了”。又诈骗乡下老人黄梦统的银子，还把黄梦统的驴子和米粮都抢到家中。两人告到县衙，他自知理亏，无法狡辩，三十六计，走为上计，卷卷行李，一溜烟急走到省城去了，把这官司丢给兄弟二老官严大育严监生。严监生出钱替他了了这场官司（第五回）。严监生死后，他从省里科举了回来，得了严监生死前送给他的“簇新的两套缎子衣服，齐臻臻的二百两银子”，却还怪这位兄弟办事不济：“若是我在家，和汤父母（汤知县）说了，把王小二、黄梦统这两个奴才，腿也砍折了！一个乡绅人家，由得百姓如此放肆！”（第六回）后来他狡计诈骗船家，欺凌弟妇，强占家产，十足的无赖恶棍。而这无赖恶棍，卑鄙下流之徒，偏偏是被前任周学台举了“优行”，又替他“考出了贡”（第六回）的人，这社会的评价系统还有什么可信？而这样内心肮脏之人，却常常有一种自我不凡的狂妄：

> 自古道：“公而忘私，国而忘家。”我们科场是朝廷大典，你我为朝廷办事，就是不顾私亲，也还觉得于心无愧。（第六回）

这是多大的道德招牌？从小的方面说，小心处往往有大道理，低贱人往往戴高帽子，这固是一个人个人的虚伪无耻处。但若细细一想，像严贡生这样的人，多行不义，却毫无愧疚，怕也不仅仅是由于他个人品行上的麻木与无耻，而是体制上的道貌岸然已然遮隔了私密处的淫狎恶行。不仅一个人的地位是由体制给的，而且一个人的体面与品行，也由体制给予了。这是一个社会彻底烂掉的原因，也是一个社会彻底烂掉的结果。

比较一下《金瓶梅》中的西门庆和《儒林外史》中的严贡生是有意思的。西门庆和严贡生都是作者着力描写的坏人，而且，严贡生是比西门庆更丑陋得多更堕落得多的下流胚。西门庆处处有厚道在，在为人处世上常常有私德在，而严贡生则无处不可厌，在为人处事上已一无是处。西门庆可以说是无恶不作，而严贡生则是无作不恶——即是说，西门庆，固然是作恶多端，多恶的事也能做得出，但尚不是事事恶，时时恶；而严贡生则举凡行动言语，无不是恶。问题还在于，这种人，偏偏是体制认可的“优行”之人！

两者的一个大区别就显示出来了：西门庆在小说所描写的社会语境中，就是一个坏人；而严贡生在小说所描写的语境中，却是一个受人尊敬、被体制认可的乡绅。这不仅体现了《金瓶梅》与《儒林外史》手法上的差异:《金》是批判，而《儒》是讽刺。更深刻的启示是：就这两个人物而言,《金瓶梅》是写一个坏人，而《儒林外史》是写一个坏价值。

好的价值会判断出坏人，而坏的价值则不能。

匡超人是作者刻意描写的又一典型人物。这个本性纯朴的人，只因了向往体制，试图通过科举走进体制以谋求体制许诺的功名富贵，便自踏上科举之途的那一刻起，一天天堕落起来，他的在体制中的升迁过程就是在道德上的堕落的过程，地位、官职的提升与道德的堕落同步。作者用这个形象，生动而深刻地说明了，当体制至高无上，体制不再作为人类走向彼岸的阶梯，体制自身成为目的与终极关怀时，体制阶梯上的上升之路，就是道德人品上的堕落之路。体制的阶梯如果不通向上帝，必通向魔鬼，不通向天国，必通向地狱——别无他路。

关于《儒林外史》的主题，历史上有不同的指认。上引闲斋老人认为是反“功名富贵”（闲斋老人《儒林外史》序）。王仲麟认为是“痛社会之混浊”（《中国历代小说史论》）。胡适先生更进一步认为是“批判明朝科举用八股文的制度”，且指出科举功名是“专制君主困死人才的唯一妙法”（《吴敬梓传》）。客观地说，“功名富贵”说有较大的包容性，而反科举反礼教则有其深刻性。我以为，《儒林外史》主题之深刻，之伟大，之广博，在于它的“反体制”思想，是体制造成了儒林整体的堕落，使之日趋丑陋。所以，《儒林外史》便成了儒林丑史。周进、范进这样没有真学问也没有什么劣迹恶行的人，是体制把他们逼得可怜又可鄙，这是中国明清时代的“变形记”。写出儒林之堕落、蜕变，吴敬梓是中国古代的卡夫卡。

由功名富贵到科举制度到体制，是一条相互串联的枷锁。体制通过科举支付富贵，欲求富贵者，也通过科举而进入体制。社会就这样戴上了脚镣手铐。人类当然不可能没有体制，但体制的无限膨胀，以致垄断了社会的所有资源——无论物质资源还是精神资源，则无疑是中国明清以后社会的一大特征。体制以外没有成功，体制以外没有光荣，没有体面，没有尊严，没有地位，没有肯定，没有追求，没有结局，没有出路。而这种高度垄断的体制，无孔不入的体制，挤占了所有社会空间，终于使中国这个文明古国，变成了一个狎媚的世界，一个鬼魅的世界，一个丑陋的世界！

写出这样的大主题，写出了这样的既属于中世纪，又警醒现代社会、警醒整个人类历史的大主题，《儒林外史》不仅可以称得上是中国古代一流的小说，即使放入世界文明史中，也是一部警醒人生的艺术大吕！

胡适先生把《儒林外史》定义为"讽刺小说"（《五十年来中国之文学》）；而鲁迅先生更说"在中国历来作讽刺小说者，再没有比他更好的了"（《中国小说的历史变迁》第六讲），并且指出了它"感而能谐，婉而多讽"的特点，其写人状物，"烛幽索隐，物无遁形，凡官师，儒者，名士，山人，间亦有市井细民，皆现身纸上，声态并作，使彼世相，如在目前"（《中国小说史略》）。吴敬梓的语言，是一流的，是足可以和《水浒传》的作者一较高下的。

但总体而言，这部小说似有前紧后松的弱点，前面的精彩篇章、精彩细节纷见迭出，令人目不暇接而又意味盎然，且语言老辣，炉火纯青，而从第二十四回鲍文卿出场起，后面的章节就有了一些拖沓，有了一些凑合，而且不少章节人物都似脱离了儒林，如第二十五至二十七回。问题是，他写到儒林时才格外有精神，因为这才是他熟悉的生活。从第三十七回写到郭孝子以后，儒林似乎成了水浒，而吴敬梓说故事的能力显然不及罗贯中，郭孝子的故事说得如同儿戏，而且经不起推敲处亦颇多。如郭孝子深山遇虎，不仅虎及怪兽写得奇怪、死得蹊跷，而且，郭孝子见老虎走远，他不远逃，而是爬上大树等虎回来，显然不合情理。后又在老和尚处见一独角怪兽，这还不算，后来竟然又跳出一只老虎，而这老虎竟被郭孝子一个喷嚏吓得跌进冰涧，冻死在那里。再往下，郭孝子竟然传授强盗武艺；嗣后又轻易地见到了寻访二十多年的父亲。这些，都让读者觉得作者的技拙。确实，吴敬梓的优长在语言、细节，缺点在不会讲故事。

另外，全书还有一些硬伤，如萧云仙打瞎了响马贼头赵大，身背禅林的老和尚，竟“一口气跑了四十里”才放下，这匪夷所思的写法只为前面有一个交代，“这四十里内，都是这贼头旧日的响马党羽”。而萧云仙精力已倦，在一个小店内坐下时，见到一个头戴孝巾，身穿白布衣服，脚下芒鞋，形容悲戚，眼下许多泪痕的郭孝子。不料这个本来萧瑟落魄的郭孝子，竟然出人所料地向他笑道：“清平世界，荡荡乾坤，把弹子打瞎人的眼睛，却来这店里坐的安稳！”他哪有这份心情呢？更何况他从何处得知四十里以外发生的事呢？从细节到情节，都很矛盾而不真实了。

关于《儒林外史》的结构问题，是历来评论家特别关注的题目，“全书无主干，仅驱使各种人物，行列而来，事与其来俱起，亦与其去俱讫，虽云长篇，颇同短制”（《中国小说史略》）。这是对《儒林外史》结构特点的一个客观描述，大约是鲁迅先生对《儒林外史》格外青睐，所以，他对这个特点做了这样的评价：

> 但如集诸碎锦，合为帖子，虽非巨幅，而时见珍异，因亦娱心，使人刮目矣。（《中国小说史略》）

但客观地说，这样的结构给了作者太大的自由，使他不免有些随意与草率，有些地方的承接就显得突兀而不合常理，使读者的阅读期待大受挫折。如第三十八回，从在四川的郭孝子突然转写陕西老和尚，其间的过渡只是郭孝子的一封信，颇为突兀。再如第四十一回，写沈琼枝被两个官差押回，船上见到两个婊子一个汉子，作者就丢掉前面大张旗鼓地写来的沈琼枝，说起两婊子来，显得好没道理。这样唐突读者，三番五次地硬牵着读者的鼻子走，逼读者转弯抹角，这都是由于他自己太自由、太没约束的缘故。

因为，读者读到此处，一定对沈琼枝的命运发生牵挂：这样一个独来独往、敢作敢为又有一些唐突的女子，她被押解回去以后，又会怎样？等待她的，是什么样的命运？但吴敬梓显然对沈琼枝的命运并不关心，但他应该理解读者对沈琼枝的关心啊，况且这种关心还是你自己挑起的。事实上，吴敬梓不关心他笔下任何人的命运，包括杜文卿、迟衡山、庄征君、虞博士这一类人物，在他笔下，一概没有个了局，一概没有个下场，死活不管，活不见人，死不见尸。这种对人物命运的漠不关心，在小说这类叙事作品中极为罕见。

这样太自由地写一处丢一处，拐一处撇一处，甚至使他草菅人命起来：写一个人，要丢开他而又丢不开，放在手边叙述起来又嫌碍手碍脚时，他便让他死。让他这样弄死的人，在一部《儒林外史》中，有数十个之多，有时甚至直接让人绝户：那严监生一家，转眼之间，死了三个人，丢下一个小寡妇哀哀无告。这吴敬梓好心硬。

繁华憔悴

王国维曾不无夸张地说，纳兰性德为“北宋以来，一人而已”（《人间词话》）。其原因在于，纳兰在艺术上有大创造，乃“以自然之眼观物，以自然之舌言情”。事实上，王国维的这种说法可能受纳兰自己的影响，纳兰自己即认为词滥觞于唐人，极盛于北宋，而南渡以后，可置之勿论。他的座师徐乾学也说他“好观北宋之作，不喜南渡诸家”（《纳兰君墓志铭》）。王国维推许纳兰“以自然之眼观物，以自然之舌言情”，固与他的词学理论所推崇者相符，但把纳兰推到“北宋以来，一人而已”的高度，一笔抹倒李清照、辛弃疾诸人，总显不大公平。事实上，纳兰词中，除了哀感顽艳、真切自然之风格外，还有梗概不平的豪宕之作，这一类作品的风格，恰恰颇似辛派词人，所以，清人徐釚就指出，纳兰“词旨嵚奇磊落，不啻坡老、稼轩”（徐釚《词苑丛谭》卷五）。他在不平之气鼓荡之下一气呵成的作品，与北宋（除苏轼外）诸家颇不类。小令作者二晏、欧阳、方回、秦观等固不论，长调作者中，柳永一味铺陈，转折有余而畅达不足，周邦彦吞吞吐吐，语气拗折而气息奄奄，两者固有纳兰不及之优点，亦有不及纳兰之缺点。相反，正是在他不喜欢的南渡诸家那里，尤其是辛幼安的词作里，才可以找见他的那种调子。试看他的一首《金缕曲·赠梁汾》：

德也狂生耳。偶然间、缁尘京国，乌衣门第。有酒惟浇赵州土，谁会成生此意。不信道、遂成知己。青眼高歌俱未老，向樽前，拭尽英雄泪。君不见，月如水。

共君此夜须沉醉。且由他、蛾眉谣诼，古今同忌。身世悠悠何足问，冷笑置之而已。寻思起、从头翻悔。一日心期千劫在，后身缘、恐结他生里。然诺重，君须记。

此词从风格到句式，到用典，甚至一些句子，比如“拭尽英雄泪”“蛾眉谣诼”等，都化自辛弃疾。而正是这首词，给他带来了巨大的声誉，“都下竞相传写，于是教坊歌曲间，无不知有《侧帽词》（按：《饮水词》的前称）者”（徐釚《词苑丛谭》）。

注意这首词的开头“德也狂生耳”，这种直抒胸臆式的开头，在纳兰词中常见，如《金缕曲·寄梁汾》的开头“木落吴江矣”，《瑞鹤仙》的开头“马齿加长矣”，《风流子》的开头“平原草枯矣”，都是典型的辛弃疾式的。可惜的是，他还不具备辛弃疾那种剽悍强戾之气，他“狂”得还不够。他也还不如李清照那样一味自怜，他也“惨”得不够，所以，这类风格的作品，在他的集子中，还不算太多。在他的集子中，最常见的，是那种凄艳的作品，是那些“哀怨骚屑，类憔悴失职所为”的作品。这类作品，“哀感顽艳”（冯金伯《词苑萃编》卷八引陈维崧语），“婉丽凄清，使读者哀乐不知所主”（顾贞观《通志堂词序》）。但这类作品，又颇有些像南渡后的李清照，看他的这首《忆桃源慢》：

斜倚熏笼，隔帘寒彻，彻夜寒如水。离魂何处，一片月明千里。两地凄凉多少恨，分付药炉烟细。近来情绪，非关病酒，如何拥鼻长如醉？转寻思、不如睡也，看道夜深怎睡。

几年消息浮沉，把朱颜顿成憔悴。纸窗淅沥（一作“风裂”），寒到个人衾被。篆字香消灯灺冷，不算凄凉滋味（一作“忽听塞鸿嘹唳”）。加餐千万，寄声珍重，而今始会当时意。早催人、一更更漏，残雪月华满地。

我们是不是从中看出南渡后李清照的味道？连句子都直接拿来了：“非关病酒”。南渡后的李清照是丧夫，而他是亡妻。丧夫的李清照是如明日黄花，飘零江南，而今有谁堪摘？亡妻的纳兰，视息人世，亦觉人生无味。

他的那些悼亡之作被评为“如寡妇夜哭，缠绵幽咽，不能终听”（《李慈铭读书记》）。如这首《青衫湿·悼亡》：

青山湿遍，凭伊慰我，忍便相忘。半月前头扶病，剪刀声、犹在银缸。忆生来，小胆怯空房。到而今，独伴梨花影，冷冥冥、尽意凄凉。愿指魂兮识路，教寻梦也回廊。

咫尺玉钩斜路，一般消受，蔓草残阳。判把长眠滴醒，和清泪，搅入椒浆。怕幽泉，还为我神伤。道书生薄命宜将息，再休耽、怨粉愁香。料得重圆密誓，难禁寸裂柔肠。

纳兰性德是天生贵胄、锦衣玉食之人，而且他自己天分极高，仕途极顺，人际关系极好，按一般世俗观点他的人生几乎是完满的，但他偏偏常在忧患中，“愁似湘江日夜潮”（《忆王孙·西风一夜》）。

予生未三十，忧愁居其半。心事如落花，春风吹已断。（《拟古》）

难怪张芑川发问："为甚麟阁佳儿，虎门贵客，遁入愁城里？"（《百字令》）有人统计过，在纳兰现存的三百多首词里，用"愁"字九十次，"泪"字六十五次，"恨"字三十九次，"断肠""伤心""惆怅""凄凉"等字眼，触目皆是（黄天骥《纳兰性德和他的词》）。

学术界对纳兰的这种"性近悲凉"精神状态的成因，做了种种说明，有说他是"生就肝肠"，天性如此（张芑川《百字令》），有说是"家族世仇"，是"民族仇怨"，是"末世悲凉"，是"理想破灭"。我的意见是，根据他的精神状态，他可能有着忧郁症的病状。所以，虽在花团锦簇之中，烈火烹油之时，他仍然"料也觉，人间无味"（《金缕曲·亡妇忌日有感》），甚至一睡而不愿醒来，"解道醒来无味"（《如梦令·万丈穹庐人醉》）。当然，这种忧郁症病状，不仅由于生理上的问题，更多的是由于社会问题。一种社会状态，延续了两千年，总会让人厌倦。因为这样的社会，哪怕稳定，哪怕舒适，它也不能给人提供精神上的新鲜感，从而使人丧失了精神上的追求，没有精神探索的生活是无聊的，没有激情的生活是令人厌倦和颓唐的。况且，这种表面的繁荣，总隐藏着巨大的危机，表面的稳定，挡不住宿命般必将到来的崩溃，因为，这种盛衰兴亡，甚至改朝换代，已经经历无数次了，熟谙历史而又生性敏感的纳兰，他不可能看不到历史上那么多煊赫一时的家族与风光一时的人物，最后几乎无一例外地不能逃脱覆亡的命运。"朱丹吾毂，一跌将赤吾之族"（扬雄《解嘲》）的故事，是不断地用鲜血来重写的。尤其是他看到自己的父亲，虽权倾一时，却大肆贪赃弄权，最终垮台的命运几乎是铁定的。面对这一切，纯洁而敏感的纳兰，不患上忧郁症，倒是不正常的。

从这个角度看，纳兰生活的煊赫的家庭，他至孝至爱的权倾朝野的父亲明珠，纳兰供职的朝廷，他至忠至敬的所谓雄才大略的皇帝玄烨，这一切，都是某种可怕的历史场景的重现。而且，父亲和皇帝，他孝与忠的对象，恰恰又构成了他生命中不可承受之重：他对他们同时又是怨与怕，他爱父亲，却又不能不对父亲的龌龊苟且满怀怨恨；他敬玄烨，却又不能不对这个掌握他及他家族命运的无情帝王充满恐惧。家庭与朝廷，父权与君权，是他道义名分上必须尊敬爱戴的。而他们的所作所为，却又是不值得尊敬与爱戴的。这是多么巨大的心理重负？极纯洁的人偏生极肮脏之地，极善良的人偏目睹极酷毒之事，极爱美之人偏处极丑陋之侧。目睹戕贼而不能止，身经酷毒而不能言，反而要强颜欢笑，伴虎侣狼，人何以堪？再加上他初恋摧挫，爱妻早逝，凡此种种，加之于一多情善感、情怀高洁、慕善亲贤的青年身上，他的精神，不可能不受致命的摧残。

纳兰作为一介贵公子，他受人倾慕的，不仅是他的才华，而且还有他的人品，他对爱情、对友情都极忠极纯，对父亲他是大孝，对皇帝他也是大忠。徐乾学《纳兰君墓志铭》记其孝曰："太傅（纳兰父明珠）尝偶恙，日侍左右，衣不解带，颜色黝黑，及愈乃复初。"记其忠曰："其在上前，进反曲折有常度，性耐劳苦，严寒执热，直庐顿次，不敢乞休沐自逸。"记其悌曰："友爱幼弟，弟或出，必遣亲近傔仆护之，反必往视，以为常。"梁佩兰在《祭文》中说他"黄金如土，惟义是赴。见才必怜，见贤必慕。生平至性，固结于君亲，举以待人，无事不真"。可以说，纳兰性德是一个为人及修养特别注意的人，他非常愿意演好自己的每一个角色，这与他对人生的基本判断非常矛盾：一方面，他认识到人生的荒谬与无意义，另一方面却又恪尽自己做人的种种责任；一方面，他认识到社会上普遍的道德虚伪，对儒家道德观念有着深切的怀疑，另一方面却又对这些道德规范身体力行。这种矛盾的做法又导致了这样的有些黑色幽默的情景：一个道德化的人与一个不道德的社会，一个道德化的社会角色存在于一个不道德的社会关系中。可以想见的是，在这样的社会关系中，他这样的洁身自好、宁愿以不对等的付出来面对他人的人，是何等的痛苦。这应该是深陷“愁城”并因而形成他哀感顽艳词风的一大原因。

并且，由此出发，我们也可以合乎逻辑地想象出，他为什么对友情与爱情那么执着与痴迷。可以说，友情是中国古代伦常规范中最少外在强制约束而最多宽松自由的关系。谭嗣同在对旧伦常规范做毫不留情的冲决的时候，却对旧道德中“朋友之道”予以充分肯定，原因也就是朋友关系出于自主自愿，而这正是封建伦常中其他关系缺乏的东西：

> 五伦中于人生最无弊而有益，无纤毫之苦，有淡水之乐，其惟朋友乎！……所以者何？一曰平等，二曰自由，三曰节宣惟意。总括其义，曰不失自主之权而已矣。（《仁学》下）

在其他诸如君臣关系、父子关系中心力交瘁的纳兰性德，在朋友关系中找到了自己。至于爱情，这种男女之“爱”，与其他社会关系中的“敬”“孝”“忠”“悌”也有极大的不同，它首先是双向对等的，且是发自内心而非外在的义务，他在其中找到了温暖，找到了真正被爱的感觉，也印证了自己的价值，所以他在《金缕曲·未得长无谓》中宣称要“暂觅个柔乡避”，“但有玉人常照眼，向名花美酒拼沉醉。天下事，公等在”，他要在温柔乡里避世，要在名花美酒中沉醉，天下事，拱手给人了。他在寄严绳孙的手简里，也说：

> 弟胸中块垒，非酒可浇。庶几得慧心人以晤言消之而已。沦落之余，久欲葬身柔乡，不知得如鄙人之愿否耳？（《致严绳孙五简·第二简》）

又云：

弟是以甚慕魏公子之饮醇酒、近妇人也。（同上）

夏承焘先生说，纳兰之欲葬身柔乡，“便是他一切情词艳语的思想底里”（夏承焘《〈词人纳兰容若手简〉前言》）。但我们必须看到，他在这柔乡里，并不如魏公子之无情，亦不似汉武帝之有欲，他是纯情的，同情的，无论是对前妻卢氏，还是对继室官氏，他都情深谊长，以致我们现在无法判断他的那些深致绵长的爱情词是写给哪一位夫人的。而且，还必须说明白的是，他在个人的性道德上，是近乎无懈可击的。他的爱情词，不是像柳永那样写给歌儿舞妓的，他可能有婚外的感情（可能有初恋的情人），但他没有婚外的放荡。在这方面，他几乎是洁身自好的，这与他在其他社会关系中恪守儒家规范相一致。当他在其他社会关系中感到的是掣肘和肮脏时，他在爱情与友情中找到的是自由与纯洁，他也极力维护这种自由与纯洁，把它们看作是他尚能栖身这个世界的理由。他需要友谊的温暖，需要爱情的甜美，在这个世界上，似乎只有这二者，是他能够把握和愿意握持的。

从另一方面讲，爱，其实是爱者的自我需要，而不是对被爱者的义务。所以，从道德角度阐述爱，总是扞格不入的。纳兰对妻子的爱，对恋人的爱，更多的是出自他这颗渴望有所归宿的内心，正如陶渊明爱田园、谢灵运爱山水一样。所以，他的专一与不滥，与其说是道德约束，不如说是他自身因缺少安全感而对一切不稳定东西的天然恐惧：在专一中，他获得了安全的保障，专一是他为获得安全而交纳的保护费——上升了说，他何尝不希望玄烨皇帝对他家族的信任和宠爱也是专一而稳定的！

实际上对纳兰性情成因的探索并不重要，重要的是纳兰词为我们提供了什么，在文学史上，他有什么贡献，换句话说，他对丰富我们这个民族的心灵，做了什么，他对我们这个民族的审美，提供了什么样的样本。对他这方面的评价，相差很大，最高的，是王国维，认为他是北宋以来第一人；低的，只认为他是一个一般的词作者。在这类意见里，陈子展的话很有意思：

> 恰好他的爱妻死了，悼亡叹逝，不觉流露于字里行间，罩上了很浓厚的感伤气氛，可以传染读者。恰好他常常陪侍皇帝出巡打猎，引起了他的边塞荒凉之感，也足以动人。同时他是由科举出身的贵公子，自命风雅，肯和许多名士往来；他又救了一个遭难的文人吴季子，所谓热情侠气，也成了他词里的一部分；加上他的不幸短命；这样，他就成为一代无双的词人了。（陈子展《中国文学史讲话》）

这段话中的事实，实际上不能说明纳兰词之艺术成就，因为凡此种种，本身并不能决定一个人心灵的深度，境界的高度和思想的广度。同样的事，不同悟性的人，会达到不同的深度。而纳兰恰恰是具有非凡悟性的人。不少人喜欢把纳兰和李煜比，而我以为，两者在风格上或很相似，在把具体事件的感受最终上升到人生感慨上也很一致，但两者的路径却很不相同。李煜是向事件开拓的人。他前期写宫廷生活，写与大小周后的爱情，向宫廷生活要灵感，他把那些事写得花团锦簇；后期写亡国，写囚虏生活，把亡国大事反复写，向亡国大事要题材，把这些事写得一派狼藉。而纳兰是向内心开拓的人，他一生中值得写的大事与李煜相比太少了，或者说，太平常了，和一般人比，或者还有些骄傲的地方，比如出塞，下江南，和李煜比，他只能拱手称臣，他的那些事，只能是黯然失色。李煜有现实的大磨难，大变迁，大跌宕，纳兰的生活，纵有些苦痛，也是人之常情（这正是陈子展对他不以为然的地方）。但问题恰恰在于，他就对这些人之常情极敏感，他就从这些人之常情中，人生的常见遗憾中，看出人生的大悲剧，大荒谬，大空虚，大无聊；换句话说，他从日常生活中看出了悲剧。所以，他把自己花团锦簇的生活，弄得一片荒凉。其实，看不见荒凉，就是繁华，若是你的眼光很不幸透过了这层繁华，就看见了荒凉。所以，李煜的悲剧，是事的悲剧，而纳兰的悲剧，则是“几乎无事的悲剧”。李煜的悲剧，是个别的悲剧，他的可贵在于他从自己的个别的悲剧中找到了一般性的人生悲剧，他通过主题的升华，上升为普遍人生的苦痛，这是他的伟大，是他的深度与广度。而纳兰的悲剧，本来就是一般的悲剧，就是我们所有人所有的生活中常见的悲剧，他不需要李煜主题的升华，他就在日常生活中发现了生命的苦痛，无所逃乎天地之间的苦痛，这是彻底绝望。是对生活的彻底绝望，对世界的彻底绝望。绝望到根本无须其他什么重大打击和挫折，无须什么重大变故与失去，我们已然一无所有，我们已然被打倒。我们的日常生活，就是悲剧。

一个社会在僵死的过程中，一些最敏锐的感官，总是最先死亡。纳兰就是这样的感官。

陈廷焯说：“词兴于唐，盛于宋，衰于元，亡于明，而再振于我国初，大畅厥旨于乾嘉以还也。”（《白雨斋词话》卷一）事实上，乾嘉以后的词作，殊不足道，而清初所谓“三大家”中的另两家陈维崧、朱彝尊，也不能和纳兰相比，真正值得我们记起的，在清代也就一个纳兰，而且纳兰之后，再无大家，再无名作。作为一种文体，走到纳兰，就走完了它的生命历程，而由这样一位憔悴天才来谢幕，是词体的光荣，留给我们的，却是生命的刻骨伤感。

天下一聊斋

在中国古代小说传统中，“志怪”一类历史最为悠久，汉代即有类似著作，而魏晋之《搜神记》等志怪小说，成为当时小说的唯一成果（所谓“志人”一类，如刘义庆《世说新语》，只是纪实的随笔、散文，而非出自虚构的小说）。唐人小说中，“传奇”一语与“志怪”，从构词法上即可见出两者的关系。宋代以后白话形式的话本出现，这类以文言形式叙写神怪故事的“小说”终于式微。但不料在清初，一山东淄川县的村学究、穷经生，蒲松龄蒲留仙，却出人意料地创作出一部包含四百九十多短篇的《聊斋志异》，使这一小说之流大放异彩，志怪一类，终于在最后时刻，成就了正果。

但我们若要充分认识《聊斋志异》的成就，那我们就必须认清它与它的那些前身的不同，从而发现，在种类的蜕变中，志怪的蛹变成了美丽的蝴蝶。

首先，从思想内容上说，《聊斋志异》的“志异”与魏晋之“志怪”有了大不同。六朝志怪之“志”，乃是如《汉书》的“志”的体例一样，是“如实记录”的意思，而聊斋先生“志异”之“志”，却已有很多是自己的虚构和创作了。而既是虚构，就必有用意，就必有主观故意，有主观要表达的东西。六朝“志怪”，是搜集记述历代“怪异非常之事”，其对这些“怪异非常之事”的认识，是把它们当成实有之事、实际发生之事的，所以，虽然在叙述中或有明白晓畅生动活泼之文笔追求，但于基本事实却是照着史笔的规矩，如“实”直录的。也就是说，六朝“志怪”的虚构，发生在“志”之前，在“志”之于书籍、录之于文字之前。当干宝等人用笔墨来“志”这些传说或从其他典籍中转录这些故事时，这些故事已经是一个既成的“事实”，所以，在他们的心里，是把这些也当作“史”的，只不过是“非常”之史罢了。干宝《搜神记叙》中就明白地证明，搜记这类神怪之事，正是为了“发明神道之不诬”。若在采自前代典籍中有“失实”之处，也是前代典籍妄载，非自己的罪过，“若使采访近世之事，苟有虚错，愿与先贤前儒分其讥谤”。虽然这些志怪之事其最初的出现乃是出自人们的幻想和想象，但在干宝等人看来，这却是实际发生过的，他们只是“搜”而“记”之而已。

但《聊斋》中“志”的故事，却与之大不同。《聊斋志异》中的故事来源，有出自历代典籍及传奇故事的，有出自民间传说的，有出自朋友们的提供的，这与六朝志怪大致相同。不同的是，蒲留仙先生对这些故事的态度不再是一个“史家”的态度，照单全录，无所改窜与损益，恰恰相反，他往往对这些故事进行文学化的加工，按照自己的理解与思路，按照一定的明确的主题与思想，对这些故事进行艺术处理，从而主题更突出，情节更曲折，思想更深刻，寓意更明确，情感更强烈。虽然蒲松龄未能对所有的故事都做这样的工作，以致还有大量的（约占总篇幅的一半）简略的、不具备故事情节的奇异传闻的记录，被纪昀讥讽为“一书而兼二体”，但我们完全可以把这些粗陈梗概的短章看作是他搜罗保存的原始材料，只是他还没有来得及加工，或已无力进行加工。把这些东西和记叙委曲、摹绘如生的篇什做一个比较，反而让我们能看出蒲松龄的雕缋刻镂之工，脱胎换骨之巧，推陈出新之奇，化腐朽为神奇之妙。

同时，在《聊斋志异》中还有不少完全出自作者自创的篇什，这些作品不再是“记”，而是“创”，不再是“述”，而是“作”，是他有意识结撰的奇异故事，是通过想象来进行的文学创作。如果说，六朝志怪对奇异故事之“搜”，之“记”，之“志”，乃是出自与史家相同的思路，虽然抑或有使读者“游心寓目”的想法，但主要仍只是把这些故事当作历史的一部分的话；那么，蒲松龄之有意识地通过想象来结撰这些奇异故事，描摹这些花妖狐怪，就一定有他纯粹个人的意志在，情感在，动机在。更何况，《聊斋志异》中还有不少篇章，既无鬼神，亦无花精狐狸，只是普通人的瑰伟之行，出众之才，美好之德，这与传统志怪，更是大不相同。蒲松龄自己在《聊斋志异》的结尾中自述其创作动机：

> 独是子夜荧荧，灯昏欲蕊。萧斋瑟瑟，案冷疑冰。集腋为裘，妄续幽冥之录；浮白载笔，仅成孤愤之书。寄托如此，亦足悲矣！

二知道人的《〈红楼梦〉说梦》，比较蒲松龄、曹雪芹曰：“蒲松龄之孤愤，假鬼狐以发之……曹雪芹之孤愤，假儿女以发之，同是一把辛酸泪也。”余集的《聊斋志异序》云：

> 先生少负异才，以气节自矜，落落不偶，卒困于经生以终。平生奇气，无所宣渫，悉寄之于书。故所载多涉诙诡荒忽不经之事，至于惊世骇俗，而卒不顾。嗟夫！世固有服声被色，俨然人类，叩其所藏，有鬼蜮之不足比，而豺虎之难与方者。下堂见虿，出门触蜂，纷纷沓沓，莫可穷诘。惜无禹鼎铸其情状，镯镂决其阴霾，不

得已而涉想于杳冥荒怪之域，以为异类有情，或者尚堪晤对；鬼谋虽远，庶其警彼贪淫。呜呼！先生之志荒，而先生之心苦矣。

久困场屋、怀才不遇的蒲留仙，三十年在缙绅人家坐馆，既获一相对安定之生活，可以安心创作《聊斋志异》，但那青灯古卷寂寥寒窗之苦，有志不获骋之痛，怕也是“念此怀悲凄，终晓不能静”（陶渊明《杂诗》）吧。“惊霜寒雀，抱树无温；吊月秋虫，偎阑自热。知我者，其在青林黑塞间乎！”（《聊斋自志》）孤独、寂寞，“不堪悲情向人说，呵壁自问灵均天”（高凤翰《聊斋志异题辞》）。在馆东毕际有家的石隐园里，这个受压抑、被遗忘的天才，夜阑人静之时，神游八极，他不满足于自己所处的世界，不满于这个世界的无聊、空虚、无刺激少激情、平淡而无味、庸常而无聊，乃以自己的笔，自创一世界，自为一世界，此中充满神奇意外，此中充满诗情画意，此中一切不可能皆为可能，一切不可为皆为可为，一切幻影都成了现实，一切玄想都能够实现，一切爱有结果，一切情有着落，一切罪有报应，一切善有酬答，冤有了头，债有了主。这个世界第一次有了正义，有了明白，有了说法。最高的文学境界，或是从实在中看出虚无，如庄周，如曹雪芹；或是从虚无中造出实有，这在中国文学史上，大概只有屈原与蒲松龄了。

就这一点说，《聊斋志异》又是对唐传奇的超越。唐传奇以“传”达“奇”异自炫，较少作者自身的经验、体会与情感的加入。而在石隐园中过着苦行僧般生活的蒲松龄——他自己就说过他是苦行僧托生，这实际上就是他对自己“久以鹤梅当妻子，且将家舍作邮亭”（《家居》）的坐馆生活的自嘲——“石丈犹堪文字友，薇花定结喜欢缘”（《逃暑石隐园》），他用文字自慰，用文字缔结那想象中的“喜欢缘”，从而，他的作品，不再以情节之奇、构想之幻来炫人耳目，他是用这些幻想的故事来表达他的一腔落寞无处排遣的情怀。假幻设以寓意，才是他的真目的。志怪也好，志异也好，传奇也好，都退居二线，成为手段；“寓意”，寄托自己的情志与孤愤，成了目的，这使得《聊斋志异》有了诗的特征。关于这一点的一个证据是，《聊斋志异》中不少篇目，其寓意已经不是社会意义上的社会批判、政治批判与文化批判，而是审美意义上的人生感慨、人性描述与自我抒怀。这一点，更是六朝志怪想都没想过的，唐人传奇中，这类作品也是个意外。

就艺术上说，正如鲁迅所指出的，《聊斋志异》的最大特色在于“用传奇法，而以志怪”。所谓“传奇法”，即是“描写委曲，叙次井然”，“使变幻之状，如在目前”，“出于幻域”却又能“顿入人间”（《中国小说史略》）。他又把《聊斋志异》与此前的“志怪群书”比较，而见出其艺术上的进步：

> 明末志怪群书，大抵简略，又多荒怪，诞而不情。《聊斋志异》独于详尽之处，示以平常，使花妖狐魅，多具人情，和易可亲，忘为异类，而又偶见鹘突，知复非人。（《中国小说史略》）

鲁迅先生在《聊斋志异》研究史上，是一个改变舆论的人物，他对《聊斋志异》思想内容与艺术成就的客观评价，一下子使人们认清了《聊斋志异》对中国小说的伟大贡献。“用传奇法，而以志怪”，是说出了《聊斋志异》在叙事上对传统志怪小说“简略”的革命，一变而为详尽委曲，层次井然，脉络清晰，细节生动，委婉有致；“出于幻域”“顿入人间”，是说出了《聊斋志异》在内容上对传统志怪小说“荒怪”的革命，变而为“示以平常”；从“诞而不情”变为“花妖狐魅，多具人情”，“能世故，使人觉得可亲，并不觉得可怕”（鲁迅《中国小说的历史的变迁》第六讲）。

《聊斋志异》写爱情，是中国古代文学中最纯美的爱情，因为它所写的大都是花妖狐魅的爱情，在脱离人形之后，她们也摆脱了人间的种种礼教约束和利害算计，她们一任感情之真，或温柔，或热烈，或幽然，或开朗，或天真憨态、明净无邪，或毅然决然、勇敢无惧。所以，如果说南北朝乐府诗中的女人是中国诗歌史上最美丽的女人，那么《聊斋志异》中的女人，即是中国小说史上最美丽的女人。蒲松龄是一个非常性情的人，他在创造这些美丽的女性时，会不知不觉地爱上他笔下的这些女子，从而用他的生花妙笔，把她们写得色貌如花又肝肠似火。这些女性，已是诗意化的女性，甚至她们的性爱，也是诗意化的性爱。比较一下《聊斋志异》写性与《金瓶梅》写性，是很有意义的。《金瓶梅》把性写得那么不堪，那么充满肉欲与死亡的气息，是要以此表现生活的龌龊与人性的堕落，是要写出绝望，写出居高临下的怜悯。而《聊斋志异》中的性，写得那么热烈，那么强烈，那么一见钟情、一触即发，那么令人销魂，那么纯洁美丽，是要写出希望，写出对美好性爱的瞻望般的慕羡。《金瓶梅》是厌恶性的，《聊斋志异》是爱好性的。《金瓶梅》要向我们展示的，是生命的陷溺，是生活的无聊赖；蒲松龄要给我们表达的，是生命的美好，是生活的有盼头。你看《葛巾》中写常大用与牡丹花神葛巾的性爱：

> 乃揽体入怀，代解裙结。玉肌乍露，热香四流，偎抱之间，觉鼻息汗熏，无气不馥。

但蒲松龄在写出这种欢爱与热烈时，仍然为我们预设了最终归于空虚的结局，令人怅怅。常大用与葛巾的那场热烈之爱，是以葛巾姊妹“俱渺矣”结局的。并且葛巾姊妹所生之子，亦掷地“并没”。俱渺，并没，真有春梦了无痕之感。

写得最为伤感的，乃是《香玉》。这一篇杰作，写出了人生的美好与繁华，然后又让这一切于无声无息中消逝无痕。蒲留仙先生无中生有的手段，出生入死的悟性，有情无情的变幻，在此篇中得到了充分展现。

胶州人黄生在劳山下清宫中筑舍读书。宫中有一棵高二丈的耐冬，一棵高丈余的白牡丹，耐冬花神名叫绛雪，牡丹花神名叫香玉。黄生爱上了香玉，香玉主动来相就，两相欢好，夙夜必偕。

后即墨蓝氏掘白牡丹移去，白牡丹在蓝家“日就萎悴”。黄生痛不欲生，作哭花诗五十首，“日日临穴”，涕洟其处，而绛雪亦来相伴。黄生说:“香玉吾爱妻，绛雪吾良友也。”

后来耐冬又要被人砍伐，黄生急忙制止了砍伐者，救下了耐冬，入夜，绛雪来谢。黄生说:“今对良友，益思艳妻。久不哭香玉，卿能从我哭乎?”二人乃往，临穴洒涕。至一更向尽，绛雪收泪劝止，乃还。

黄生的痴情感动了花神，花神准备让香玉重生旧穴中。夜来相见，“生觉把之若虚，如手自握”，“偎傍之间，仿佛以身就影”。原来，当初香玉为花神，故形体凝定，现在是花鬼，故形体虚散也。香玉凄凄地对黄生说，我们今日相聚，你千万不要当真，就当是一场美梦吧。“生悒悒不欢，香玉亦俯仰自恨”。为了使美梦成真，香玉告诉黄生，你每天给我浇一杯白蔹屑加少许硫黄水，一年以后我可以重生。黄生第二天果然看到一株牡丹花萌芽生出。于是“日加培溉，又作雕栏以护之”。黄生归家，也拿出金钱给道士，嘱他朝夕培养之。至第二年四月，黄生回来时，他看到的是:

> 则花一朵，含苞未放；方流连间，花摇摇欲折；少时已开，花大如盘，俨然有小美人坐蕊中，才三四指许；转瞬间飘然已下，则香玉也。笑曰:“妾忍风雨以待君，君来何迟也!”

这花瓣展开的刹那，就是世界的再造。蒲松龄此时可不就是一个艺术的造物主？在他给我们展开的花瓣中，我们有了一切！

我们可以想见，寂寂深夜，蒲松龄写出这样的句子时，他抬起头，望望窗外无边的黑暗，他的眼前展开了一朵大花，这朵大花，就开放在黑夜的心脏，他一定是微笑着，泪光点点……

黄生指牡丹花为誓："我他日寄魂于此，当生卿之左。"后十余年，黄生病，其子哀伤，他却笑曰："此我生期，非死期也，何哀为！"并对道士说，他日如果牡丹花旁有一赤芽，一放五叶，就是我。不久，黄生死。第二年，果然有一棵赤芽生于牡丹花侧。道士以为异，益灌溉之，三年高数尺，拱把之粗，但不花。

若小说至此结束，蒲松龄给我们留下的，就是关于爱的执着与永恒的寓言。但是，蒲松龄真是一"忍人"，他几乎是不动声色地写下了以下句子：

> 老道士死，其弟子不知爱惜，因其不花，斫去之。白牡丹亦憔悴，寻死；无何，耐冬亦死。

这是写出上面那样热烈气息文字的蒲松龄么？他为何突然冷峻到冷酷？是他无边的慈悲催生了这样神奇的大花，还是他彻骨的悲凉，让这朵花最终凋逝？

一场欢爱，一场轰轰烈烈，一场如火如荼，一场如花似锦，而终于消于无痕，形迹不存，念想亦无。这世界曾经开出如此绚烂，而终归于如此寂灭！

骆玉明先生在《简明中国文学史》的相关章节中，提到《聊斋志异》中的《绿衣女》一篇，在叙述了故事的凄然结局之后，有如下精当的议论：

一个微弱的生命被残暴的外力所窥伺着，却不顾危险，仍然要获得哪怕短暂的欢爱。在这缥缈的故事中，哀伤的诗意令人难忘。

唉，蒲松龄的《聊斋志异》，岂不就是“志”下这些异常的、缥缈的故事？这些故事岂不是这个世界难得一见（所以为异）的诗意？这些花妖狐精，岂不就是人中的异类、人中的卓异？《聊斋志异》的“异”，原来就是指我们无聊生活中的变异，是我们平淡生活中的奇异，是我们平庸族类中的卓异，是我们生命中的奇迹！

心灵死亡

在中国文学史上，没有哪一个文学流派产生过像桐城派那样大的影响，没有一个文学流派像桐城派那样流布久远——它几乎和清王朝同始同终，“天下文章，其出于桐城乎!”（姚鼐《刘海峰先生八十寿序》引程鱼门、周书昌语）——也没有一个文学流派像桐城派那样横遭王朝覆灭、文化衰颓，以致人们把它和一个腐朽的王朝、一种没落的文化一起否定。它不仅与这个被人唾弃的王朝一样承担着人们愤怒的斥责，也与一个为人诟病的文化一起承担着民族衰败的罪责。在“西学东渐”的大背景下，一大批和桐城派作家相比，眼界更开阔、思虑更深刻的学术大师、思想巨人，对它进行了毫不留情的思想否定与艺术否定，它几乎被当作一个文化垃圾。一直到20世纪80年代以后，对它的一丝同情的声音才得以出现，而这一同情的声音却因为缺少思想与理论上的新颖性与深刻性，仅凭一些不关痛痒的学术上的例证，在承认批判者基本价值立场的前提下，试图为桐城派做一点无罪的辩护。显然，这些略显胆怯和底气不足的声音，尚不能起到为它洗刷近百年垢瘢的作用。

不可否认的是，如果我们有一个基本的前提，那就是，散文是一个民族、一个时代认知能力的体现、道德情感的体现，那么，从这个角度观察，我们就不能不说，绵延二百多年的桐城派文章，于提高民族的认知能力了无作为，了无贡献，甚至，它还起着相反的作用，那种陈腐的、僵化的文风与道德观念麻痹了人们的思想，麻木了人们的道德情感，障碍着人们的认知。所以，我们看到，对桐城派最激烈的否定，大都来自那些新文化运动的干将，来自那些思想启蒙者，钱玄同在1918年7月2日《寄胡适之》的信中，称桐城派是“选学妖孽，桐城谬种”，即直指其“以不通之典故与肉麻之句调，戕贼吾青年”，而傅斯年对桐城派更是一笔抹杀：

> 桐城家者，最不足观，循其义法无适而可。言理则但见其庸讷而不畅微旨也，通情则但见其陈死而不移人情也，纪事则故意颠倒天然之次叙，以为波澜，匿其实相，造作虚辞，曰不如是不足以动人也。故析理之文，桐城家不能为，则饰之曰，文学家固有异夫理学也；疏政之文，桐城家不能为，则饰之曰，文学家固有异夫朴学也；抒情之文，桐城家不能为，则饰之曰，古文家固有异夫骈体也。举文学范围内事，皆不能为，而忝言曰文学家。其所谓文学之价值，可想而知。(《文学革新申义》)

无论钱玄同还是傅斯年，我们很明显地感觉出他们的言论中的激烈的情绪。而当时支持桐城派的则是林纾等人，林纾顽固的守旧立场与卫道面孔，恰恰是帮了桐城派的倒忙。

应该说，对桐城派的否定，往往有理论的依据与思想的前提；而对桐城派的支持，则至多是在理论上与思想上同意前者之后，做一些学术上的可怜的辩护，这种辩护我们可以称之为“招安的辩护”——自己先立足于反面角色，然后力证自己罪不至死。

比如说，桐城派的批判者和否定者认为，一种文学，若与反动的政治实体相依存，则其价值就是负面的，而桐城派则正是“和封建统治者一个鼻孔出气，以维护反动统治为己任的”（敏泽《中国文学理论批评史》）。如果我们表述得理论化一些，确实可以说，桐城派的“文统”，程朱的“道统”，与康雍之时的“政统”，是三者统一的，相通的。“桐城文派的产生，就其历史渊源来说，是清王朝政策的产物……从它一开始，就在政治思想方面具有正统性和保守性。终清之世，桐城派代有传人，声势浩大，但它所能吸引的，始终只限于正统封建知识分子。”（王凯符、漆绪邦《桐城派文选》前言）

而支持与肯定桐城派者，并不能否定这种前提，他们只是小心翼翼地证明：桐城派并非始终与统治者一个鼻孔出气，他们也有反对的声音，也有抗议，也有怨有怒。但客观地说，这种辩护，就桐城派全体来说，是非常无力的。因为个别的不满之辞、怨怼之声、不平之鸣，并不足以证明整体的立场与价值取向。

还有一种辩护，我把它称为“有害的辩护”，那就是所谓桐城派在散文史上“振衰救弊”的说法。我以为，这是从思想前提上就站不住脚的说法。徐凌云、许善述《评桐城派的古文运动》中说：“清代桐城派古文运动……在文坛上起着振衰救弊的进步作用。”这样的说法，不过是重弹苏轼对韩愈所谓“文起八代之衰”的老调。问题是，从文学角度言，什么是衰？什么是弊？韩愈之前的八代文章，自有其文学面目与文学价值，桐城派之前的文章，也未必就是衰，就是弊，桐城派的文章相对于它们，未必就是兴，就是盛。从逻辑上说，这种观点，是在未经论证之前，就假设了桐城派是文学的兴盛的前提，把要论证的结果先当作已然的事实，再用它来作为前提推出结论——这太违背基本的逻辑原则了。事实上，无论是苏轼的韩愈“文起八代之衰”还是什么桐城派“振衰救弊”，不过是文学复归道统的另一种说法而已，真正的问题是，叛离道统即是衰败？回到老路就是救弊？所以，对桐城派做这种辩护，与上述的“招安的辩护”相比，几乎是“有害的辩护”，因为这是对文学本质认识的倒退，是思想的倒退，观念的倒退。

判断桐城派在历史上进步与否，还有一个很好的参照系：那就是明末清初的思想解放及其余波流绪，其中方以智还是桐城派的乡党，后来的戴震也与姚鼐有往还。非常奇怪的是，桐城派的这些人竟然与这些思想了不相关。一边是启蒙，一边却是麻痹，从这个角度看，桐城派在思想上的倒退是如此明显。在桐城派的代表性作家那里，即使有反清思想，也无反封建思想，一部《南山集》，我们找不到一丝对封建思想体系和封建制度、封建政治的批判，而方苞更是直接谩骂黄宗羲，自称要“助流政教”的他，即使有所批判和揭露，如《狱中杂记》，也只是一些细枝末节的、局部的、具体的问题，而其动机，也还是要达到“官耻贪欺，士敦志行，民安礼教，吏禀法程”（《请定经制札子》）。比较一下方以智、黄宗羲、戴震等人充满批判激情的文章和深含革命思想的学术，高下立判。

刘大櫆在桐城派中可以说“稍有思想”（刘师培《论文杂记》），在某些地方甚至也可直逼黄宗羲、戴震诸人，但他的那些议论虽尖刻，却无逻辑性，虽不乏深刻，却没有一以贯之的理路。所以即便是这位被吴孟复称之为“桐城派中最有思想之人物”（《桐城文派述论》引述刘师培等语而综述之），也是破碎何足名家。

至于姚鼐，这位不仅无思想，连牢骚也没有的人物，除了维风俗明道义，几不知文章还有其他功用，连曾国藩也都一面尊他为“圣哲”，一面也说他“有序之言虽多，有物之言则少”。

要对桐城派做出恰当评价，还有一个非常好的参照系：那就是与他们同一时期并同是乡梓的吴敬梓文木先生。当文木先生用他那绝世的大创造《儒林外史》证明他的识见、剖析那个时代、拷问灵魂、鞭挞人性时，这一帮喋喋不休的理论家、学问家，除了满嘴义理，满嘴仁义道德、教化人伦，他们的创造在哪里？他们的文学才能在哪里？

在与上述黄宗羲、戴震、吴敬梓比较之后，我们可以给桐城派一个比较准确的定位：桐城派既不是一个思想流派、学术流派，也不是一个文学流派，在这些方面它都不够格。桐城派只是一个文章流派。从这个角度认识桐城派，我以为是比较恰当的——既不过分贬低它，给它一个恰当的评价；又不刻意勉强拔高它，使它在名不副实的位置，面对强大的参照系尴尬万分。我这样给它定位，是出自对它的温情——因为我是两害相权取其轻：与其让它在文学的家族里做龟孙子，受尽羞辱，不如让它挪个地方，到文章的地盘里占一山头。作为文学流派，它有太多的不足，以至于不够格；作为文章流派，它却具有太多的优点，几乎是古代文章学的顶峰。

在我所读过的有关桐城派的评论文章里，吴孟复先生的《桐城文派述论》是最扎实的，他对桐城派是真有体会，对它的好处是真能明白，所以他能把桐城派的优点与贡献如数家珍。

他的著作，以“桐城文派”定义桐城派，非常准确。桐城派的优点，是作为文章的优点；桐城派的缺点，是作为文学的缺点。如果我们认识到这是一个文章流派而不是文学流派，我们才可以对它有一个恰当的评价。

说它不是文学，是因为它的文章学问化、伦理化、政治化、格式化、标准化。这种倾向在韩愈那里就有了，自韩愈以后，我们的散文便一直扭扭捏捏，在意志、激情与义理之间彷徨。但韩愈是一个有性情、有大才的人物，所以，他尚可以在他引导而来的悬崖边上立足，并且出人意料地成为一道风景。但有几人能在悬崖边上从容不迫？后来的曾巩、宋濂等人已经有些窘迫，好在他二位还有学问上的定力，尚不致倾覆。桐城派的代表人物，既无韩愈的激情与大才，又少曾巩、宋濂的学问，散文只能一落千丈。作为文学的散文，这种学术化、学问化，是一个民族性情枯竭的标志；而伦理化、政治化，又是一个民族思想僵化的标志；格式化、标准化，则又是一个民族创造力量被耗竭的标志。桐城派的创作冲动来自学问，来自圣贤著作，来自所谓义理玄想，来自卫道热情，却很少来自现实，更少来自心灵对现实的活泼泼的映照。即使从理论贡献上讲，方苞的所谓“义法”观，也不能算是创造，只能说是强调，是提醒，是要求，因为，我们可以反问，在方苞强调“义法”之前，谁的文章无物？什么样的文章无序？谁反对过文章的有物有序？当然，在方苞看来，符合或宣传儒家义理、圣贤语录才叫“言有物”，这是思想上的束缚；而只有屏除个人激情及个性化表述，代之以一种心平气和的内敛而压抑的文风，才叫作“言有序”，这是艺术上的倒退。实际上，桐城派从理论到实践，都是反文学的，举凡有趣，有情，有味，有意，有个人性情创见，而不依傍圣贤语录的，全在他们的否定之列。规矩多了，个性少了，法度严了，激情没了，只剩下“义”，只剩下“法”。法者，阀也，罚也，规矩方圆也。义者，宜也。在生活中，他们不选择他们想做的，只选择他们该做的；在思想上，他们不思想他们要想的，只思想他们该想的，而且还要想出他们该想的；在文学上，他们不是表达他们想表达的，而是表达他们认为应该表达的——这样说他们也许不服气，他们会认为那些就是他们想表达的，那是因为他们已经把自己修炼成自觉，圣贤语录已经主宰了他们，而且是他们自己理解的圣贤。而他们理解的圣贤，往往比圣贤还要圣贤，道德上比圣贤还要苛刻。中国的道统与政统，从韩愈的古文理论到明代的八股文，再到桐城派文章，终于完成了对知识分子的心灵塑造，完成了对他们的精神控制，可以说是大获全胜。传统文论中的“文气”说，也成了迂腐气、学究气，一派义理与教训，却又总是空洞而不得要领，独独没有了作家自身的生命之气，没有了真正的道德勇气。

文学是什么？至少不是义理，至少不是标准化的叙述，不仅是一种合乎主流的观点，也不仅是修辞。不少桐城派的鼓吹者，往往拿桐城派在修辞上的贡献来说明他们的文学价值。我要说的是，有些修辞上的贡献，并不能表明它是文学，更不能证明它在文学上的价值。很简单，即使是科学论文，也要求言有物、言有序，也要求修辞，要求表达的技巧，但那与文学作品又有什么关系？可以说，桐城派是非文学的，反文学的，却又是以散文的面目出现的，所以，它比八股文更可恶；因为若八股文是文学对面的敌人，那么，桐城派文章就是打入文学内部的奸细。

文学固然离不开描摹现实，但文学更多的是表达愿望，表达和引导向往，因此，想象力是文学的重要的元素。恰恰相反，桐城派文章毫无想象力：无文学想象力，无生活想象力，无精神想象力，无理想想象力，这样的文章，乌得谓之文学？

我们一直欠缺比较纯粹的文学意识，一旦那种真正的文学作品出现，我们就马上惊呼文章的衰颓，必须有什么人出来振衰起弊。所以，我们有的常常是僵化的文章意识。用文章来要求文学，文学就像一个灰姑娘，必须削自己的足，去适文章的履。我们要明白，文学是想象的，更多的是表达想象中的生活，而文章是学问的、实证的，是要表达现实的真实的状态。文学是精神的，文章是物质的；文学是情感的，文章是理智的。这两者本来各有自己的领域，可以互相尊重，但总有一些毫无文学感觉的人，拿文章来要求文学，并阴谋取文学而代之，他们终于成功了——在清代，二百多年，几乎少有文学性散文，而有的就是那面目可憎、语言乏味的桐城派文章。桐城派作为文章流派而非文学流派，它的可恶，不在于它对文章提出了那些“标准”，这些标准对文章而言，其实是非常重要的、必要的；它的可恶，在于它把文学推下悬崖，自己冒充文学，让一个时代的人类情感无栖息之地。

中国悲剧

在中国古代文学作品中，真正的悲剧作品很少见。并不是我们的生活中没有悲剧，也不是我们看不到悲剧或在文学作品中排斥悲剧，而是我们总要在悲剧性事件的结尾给它安上一个“光明的尾巴”。这种做法很受现当代批评家的批评，他们认为这种做法实际上就是消解了悲剧，至少是减少了悲剧的力度及对于人的震撼和净化。这种说法当然是对的。比如王国维就在《红楼梦评论》里说：

> 吾国人之精神，世间的也，乐天的也，故代表其精神之戏曲小说，无往而不著此乐天之色彩，始于悲者终于欢，始于离者终于合，始于困者终于亨，非是而欲餍阅者之心，难矣！

但我以为，这可能要从我们缺少宗教这一点来理解。因为我们没有宗教，没有救赎，没有来生的许诺，我们可能真的需要在此生就实现终极正义，否则我们会陷入绝望，而且还会引发绝大的道德危机。要知道，没有宗教的我们，其道德基础就是理性的而不是宗教式的非理性的，所以，我们的正义必须是我们能理解、能看得见的。鲁迅先生在谈到《红楼梦》的那些没出息的续改之作时，颇愤激地说：

> 或续或改，非借尸还魂，即冥中另配，必令“生旦当场团圆”才肯放手者，乃是自欺欺人的瘾太大，所以看了小小的骗局，还不甘心，定须闭眼胡说一通而后快。(《坟·论睁了眼看》)

“当场团圆”的“胡说”，确实是“自欺欺人”，但也是没有办法的选择，“福善祸淫”的“现世报”几乎是我们不得已的选择。但这样一来，我们也就没有了西方意义上的——也就是古希腊意义上的悲剧作品了。

但中国文学有中国文学的特点。由于我们有如此悠久而持续的文学史——远远超过古希腊的历史，以及远远超过古希腊的作者与受众，如此丰富的文学作品，如此巨大的成就，我们完全有资格有能力有必要有责任建立我们自己的文学评价标准。比如，关于悲剧，如果我们理解为悲剧乃是由于人类自身意志与历史的矛盾冲突并最终招致必然失败，是人类自身激情与命运的较量，是人性的弱点或优点在人生历程中的必然体现，而西方的悲剧形式是《俄狄浦斯》，是《安提戈涅》，是《李尔王》《罗密欧与朱丽叶》《麦克白》，那么，我们的悲剧不是一种文体，不是一个事件，而是一种弥漫于作品中的情绪：伤感。是的，伤感是中国文学的最高境界、最深意蕴，是中国人体认命运的独特方式。

悲剧是文学的最高形式。体现在中国文学上，伤感就是中国文学的最本质特征。在中国人的感受里，一切美好的东西几乎都是令人伤感的，因为我们窥见了繁华背后的憔悴。所以，与王国维不同的是，我以为，中国人骨子里就是悲剧性的。只是，一个出人意料的结果是，由于我们能充分体认到世界的荒谬与人生的悲凉，我们在日常表现上，往往倒是乐观的。读一读庄子、陶渊明、苏东坡，我们能充分感受到这一点，二者之间的逻辑过渡自然得很。

在这个意义上，我们会突然发现，《红楼梦》是中国文学史上最伟大的作品，因为：一，它是最能集中体现中国传统文学“伤感”特征的作品；二，它又是能完全符合西方悲剧定义的作品。纯粹、圆融，粹集中西，它是世界文学史上最伟大的作品，几乎无与伦比。

说《红楼梦》是符合西方定义的悲剧，王国维已经说明。他说：“《红楼梦》一书，与一切喜剧相反，彻头彻尾之悲剧也。”并且说它是“天下之至惨”的悲剧：

> 第一种之悲剧，由极恶之人，极其所有之能力，以交构之者。第二种，由于盲目的运命者。第三种之悲剧，由于剧中之人物之位置及关系而不得不然者；非必有蛇蝎之性质与意外之变故也，但由普通之人物，普通之境遇，逼之不得不如是。(《中国人的境界》)

在王国维看来，这第三种悲剧，不像前两种悲剧是由于“蛇蝎之人物与盲目之命运”造成的，而是“人生之所固有”的“非例外之事”，这种“不幸”，却又“无不平之可鸣”，所以是“天下之至惨”的悲剧。鲁迅先生的“几乎无事的悲剧”，也是对这种人生悲剧的准确概括。实际上，我们情绪上的“伤感”，就是对人生与命运的种种“无所逃乎天地之间”（庄子语）的“不幸”与“缺憾”，不能付之于“不平之鸣”，而只能发为一声叹息。叹息过后，并无反抗与不平，有的是认命与无奈。这种认命式的无奈伤感，弥漫于中国古典文学的各类文体，成为中国古代文学的基本情感特征。王国维继而这样分析《红楼梦》中宝黛爱情悲剧的成因：

> 贾母爱宝钗之婉，而惩黛玉之孤僻，又信金玉之邪说，而思厌宝玉之病；王夫人固亲于薛氏；凤姐以持家之故，忌黛玉之才而虞其不便于己也；袭人惩尤二姐、香菱之事，闻黛玉“不是东风压倒西风，就是西风压倒东风”（第八十一回）之语，惧祸之及，而自同于凤姐，亦自然之势也。宝玉之于黛玉，信誓旦旦，而不能言之于最爱之祖母，则普通之道德使然；况黛玉一女子哉！由此种种原因，而金玉以之合，木石以至离，又岂有蛇蝎之人物，非常之变故，行于其间哉？不过通常之道德，通常之人情，通常之境遇为之而已。因此观之，《红楼梦》者，可谓悲剧中之悲剧也。（同上）

相对于后来的“红学家”们在《红楼梦》中划分“好人”“坏人”的做法，我从我的阅读感受出发，颇认同王国维氏的观点。我并不觉得贾府里有多少且多坏的人物，那些被红学家一致否定的人物，如贾政，如凤姐，如袭人，也不过就是一般人啊。他们道德上固然不高尚，但他们的缺点，却也是在基本的人性范围之内。也正是因为如此，这些普通道德水准的人造成的悲剧，才是最令我们感慨万端却又冤无头债无主啊。我们对这样的悲剧，除了感伤，还能怎样？

曹雪芹几乎是毫不节制地在小说中宣泄着他的感伤。宝玉和黛玉，是感伤之主角。事实上，在宝玉、黛玉的思想与心理里，我们已经明显地感觉到他们对未来的悲观，他们的无奈、无力与无方向，他们知道他们是没有未来的。第十九回里，宝玉对袭人说：

> 只求你们看守着我，等我有一日化成了飞灰，——飞灰还不好，灰还有形有迹，还有知识的。——等我化成一股轻烟，风一吹就散了的时候儿，你们也管不得我，我也顾不得你们了，凭你们爱那里去那里去就完了。

在第三十六回，他又说：

> 我此时若果有造化，趁着你们都在眼前，我就死了，再能够你们哭我的眼泪，流成大河，把我的尸首漂起来，送到那鸦雀不到的幽僻处去，随风化了，自此再不托生为人，这就是我死的得时了。

在第五十七回，紫鹃骗宝玉说老太太为他定了琴姑娘。宝玉道：

> 我只愿这会子立刻我死了，把心迸出来，你们瞧见了。然后连皮带骨，一概都化成一股灰，再化成一股烟，一阵大风，吹得四面八方，都登时散了，这才好！

在袭人听来，当然是“疯话”，但这却正是他内心绝望的表示。

小小宝玉，何处来偌大寂寞？盖“悲凉之雾，遍布华林，然呼吸而领会之者，独宝玉而已”（鲁迅《中国小说史略》）。

呼吸如此悲凉之雾，宝玉的爱，乃是痛中的爱，绝望中的爱，犹疑中的爱，寒凉中的爱，是灵魂之爱，精神之爱。他是爱情上的哈姆雷特：爱还是不爱，这是一个问题。所以我们看他一面全身心投入，无比体贴与温柔，一面则时时觉得这爱“无立足境”。人站在哪里不是深渊？宝玉的四周已然塌陷，爱已是一座孤岛。

在这个意义上，我们也许能理解为什么他虽然有时也不免对着宝钗丰腴的玉臂呆想，甚至想“这膀子要是长在林妹妹身上就好了”，有着情欲的一面，但他真正心仪的，仍是能给他灵魂以滋养与安抚的黛玉。对他来说，爱是由于孤独，由于绝望，由于寂寞，由于彷徨，由于灵魂的无着落。这世界中，大概只有那小儿女的一丝闲愁，一点恩爱，才是值得牵挂的，否则，他只能是一丝不挂，他最后的出场，只光着头，赤着足，倏然而逝，莫知所终，这一通灵的石头，不是无才补天，而是天已无可补。

这个十几岁的少年，内心如此绝望，但对人对事，却非常体贴关照，“每日甘心为诸丫头充役”（第三十六回）。可是，他常感到“这个心使碎了，也没人知道”（第三十一回）。“我有一个心，前儿已交给林妹妹了，他要过来，横竖给我带来，还放在我肚子里头”（第九十七回）。鲁迅亦说他“爱博而心劳，而忧患亦日甚”（《中国小说史略》）。

第十九回，宝玉撞见茗烟与一个女孩子偷情，一时禁不住大叫“了不得”，踹门进去，却并不责罚，只叫那女孩子快跑，那女孩子飞快跑出去，宝玉又赶出去叫道：“你别怕，我不告诉人！”急得茗烟在后叫：“祖宗，这分明是告诉人了！”

只这“你别怕，我不告诉人”一句，他内心之良善、之为他人考虑，跃然纸上。他很怕这女孩子想不开，很怕这女孩子羞愧，怕她忐忑恐惧，故赶出来，用一句话宽她的心。

只是，如此良善的人，却被成人世界里判为不肖子，要大张挞伐，最后只能是做了和尚，遁世而去，弄得红楼一梦成佛影。

> 袭人便自己细细的想：“宝玉必是跟了和尚去。上回他要拿玉出去，便是要脱身的样子。被我揪住，看他竟不像往常，把我混推混搡的，一点情意都没有。后来待二奶奶更生厌烦，在别的姊妹跟前，也是没有一点情意：这就是悟道的样子。”（第一百二十回）

大有情变大无情了。也难怪，晴雯死了，黛玉死了，凤姐死了，贾母死了，元春死了，探春、迎春、惜春，嫁的嫁了，出家的出家了，史湘云不再来了，大观园关门了……皇帝隆恩大赦，贾政的世界还在，但宝玉的世界没了，对他而言，白茫茫大地真干净了，俗缘已毕，还不快走？

如果说宝玉是善，黛玉就是真，是美。她眼里揉不得一点沙子，心中容不得一点污浊，只能“质本洁来还洁去”。她有对一切虚伪的近乎过敏的感受力、洞彻力，却没有一丝容忍度。在曹雪芹的心目中，也只有这样冰清玉洁的真，才能配得上那至纯无邪的善。但这只能是理想，是让我们伤感的理想。

宝钗虽然不失温柔大方、聪明伶俐，但她真不及黛玉，善不如宝玉。金钏儿投井死了，宝玉“恨不得也身亡命殒”（第三十三回）。袭人“想素日同气之情，不觉流下泪来”。王夫人也自认为“岂不是我的罪过!”不觉流下泪来。而宝钗为了宽王夫人的心，竟然是：

> 宝钗笑道：“姨娘是慈善人，固然是这么想。据我看来，他并不是赌气投井，多半他下去住着，或是在井傍边儿玩，失了脚掉下去的。他在上头拘束惯了，这一出去自然要到各处去玩玩逛逛儿，岂有这样大气的理？纵然有这样大气，也不过是个糊涂人，也不为可惜。”王夫人点头叹道：“虽然如此，到底我心里不安!”宝钗笑道：“姨娘也不劳关心。十分过不去，不过多赏他几两银子发送他，也就尽了主仆之情了。”

此时还能“笑”，而且如此为强势者开脱，确实令人觉得她心肠忒硬。这是她不及宝黛之处，她比起宝黛，当是差一个境界的人物。

脂砚斋在四十二回前总评中说：“钗、玉名虽两个，人却一身。”宝钗、黛玉两人的气质、体质、秉性、品性，有天壤之别，但因作为金陵十二钗之首，在判词中也是两位一体。王昆仑《红楼梦人物论》说钗黛之分别为：

> 宝钗在做人，黛玉在做诗，宝钗在解决婚姻，黛玉在进行恋

> 爱；宝钗把握着现实，黛玉沉酣于意境，宝钗有计划地适应社会法则，黛玉任自然地表现自己的性灵。宝钗代表当时一般妇女的理智，黛玉代表当时闺阁中知识分子的情感。

总之，宝钗代表着对现世生活的屈从与追随，代表着物质世界及其对人的诱惑以及压迫，代表着体制与社会规则；而黛玉则代表着人性中桀骜不驯的东西，代表着自由与反抗。事实上，在人性中，对自由的向往以及对归属感、安全感的追求是同时并存的。我们既需要个性的空间与独立，以发展自己；也有对群体的依附与追随，以保护自己。更何况人生的价值往往需要在人群中才能得到确认，从这个意义上讲，钗黛合一就不难理解了，钗黛对宝玉而言同具吸引力也就不难理解了。当然，正如我们看到的，在二者之间，宝玉更倾心的是黛玉，这也是因为人性中更倾向于自由，在二者不可皆得的情况下——也就是在宝钗的丰腴手臂不可能长到黛玉身上的情况下，我们会舍膀子而取性灵，舍群体而就自由。但是，体制力量的强大，非个体所能抗衡，恰恰相反，个体往往成为玩偶。林黛玉焚稿断痴情，薛宝钗出闺成大礼，在宝玉失却通灵宝玉而痴傻的情况下，一场由成人世界操纵的、以成人世界的价值观决定的婚姻大事也暗暗地却紧锣密鼓地进行了。这是成人世界对少年世界的集体施暴，区别只在于，黛玉是被抛弃的——整个婚事操办过程包括她弥留之际，贾母、王夫人、凤姐等代表着贾府从而代表着体制的这些人，没有一人到她身边，哪怕是临终关怀也没有。宝钗是主动缴械的——当薛姨妈问她自己的意见时，她竟感觉很吃惊："妈妈这话说错了，女孩儿家的事情是父母作主的，如今我父亲没了，妈妈应该作主的，再不然问哥哥。怎么问起我来?"（第九十五回）当然，这里面也有这正合她的心意的成分在，她也乐得做个贞静柔顺之人。宝玉是被欺骗的——从头至尾，他都满心欢喜于他与林妹妹的结合，而欺骗是天衣无缝、滴水不漏的：心思缜密的凤姐甚至想到了扶新娘宝钗的人都要用黛玉的丫鬟!

与黛玉相比，宝钗并不恶，与其相对的，是“伪”，这“伪”，主要还不是“虚伪”之“伪”，而是“人为”之“伪”，如同荀子的“人性恶，其善者伪也”“性无伪则不能自美”之“伪”。如果说黛玉是一任自己的真心真意显露，不惮以自己的真面目见人，从而落下个心胸狭窄、尖酸刻薄的评价；那么，宝钗就是能掩饰、节制自己的感情与好恶，从而与成人世界取得了最大限度的和解，并因此得到了成人世界的一致赞誉，这也是她最终能够在成人世界占主导、起支配作用的贾府战胜黛玉而成为“宝二奶奶”的原因。可悲的是，虽然她未必不爱宝玉，也把这桩婚姻看作是她幸福与人生成功的保障，但客观地说，她并没有在这一场爱情角逐中有过什么主动的挑战行为，她很有心计，却也并没有在这件事情上用什么心计，她没有为取得宝玉的欢心而刻意做什么，她只是为取得成人世界的认可而刻意约束着自己，这就是她的“伪”。王昆仑说，她要的是婚姻，黛玉要的是爱情。这倒未必对。正确的说法是，她得到了婚姻，而黛玉得到了爱情。但得到了爱情却失去了婚姻，得到了婚姻却未必有爱情，这二位一体之人，都在第九十七回有了大收煞：林黛玉焚稿断痴情，是彻底的“毁”，却也是最后的“成”，她偿还神瑛侍者泪债的心愿终于完成；薛宝钗出阁成大礼，是“宝二奶奶”的“成”，却也是“毁”，她从此彻底失去了她自以为可以掌握的世俗的幸福。这时她才发现，宝玉不但不是她幸福的保障，恰成为她一生不幸的根源，宝玉在她那里真的成了假宝玉、真孽障。——成人世界给予她们的一样是毁灭。

后　记

大概2003年吧，我的老师贺圣遂先生在复旦大学出版社做社长，他给我一个任务：从名家名著的角度，写一本独特的文学史。我当时既受宠若惊，又战战兢兢。但不管如何惶恐，我还是得硬着头皮去做，因为这里有老师的信任和期待。

虽然那时我做着系主任，很忙且很烦，不能专心也不能静心，但我还是很上心且用心，大约用了三年的时间，终于写出了现在这个样子——其实，还有很多可以写的章节，比如唐朝诗人里还有好多值得写的，元明清诗人里戏剧家里有很多值得写的，但我都对他们拱拱手，道声对不起，以后再来拜访了。

这本书初版在复旦大学出版社，书名很朴实，就叫《中国文学史品读》。

但它太不像文学史了，虽然有着文学，且有着时间的顺延，甚至还有着有意识的前后传承的勾勒。

所以，再版时，就改名叫《中国人的心灵——三千年理智与情感》，其实，初版时我就想叫这个名字的，但想到贺圣遂老师叫我写的是文学史，就还是把它叫作文学史了。

这本书在这么多年里不温不火。总有人在读，总有人在不同的场合拿出这本书来让我签名，并表示特别喜欢这本书。对此，我是相信的，因为，它确实是一本特别的别致的我一个人的文学史，里面有我对历史上那些文人和他们作品的心灵感应。

现在，商务印书馆要再版这本书，我更是特别地高兴。因为，商务印书馆是鲍家人创办的，我的书又是鲍静静女士负责，而此时负责商务印书馆上海分馆的，又是贺圣遂老师——这一切让我相信：一切自有因缘，人生终归美好。

2018年5月18日凌晨，于浙江永康康庭宾馆